Amor de redenção

FRANCINE RIVERS

Tradução
Alyda Sauer

9ª edição

Rio de Janeiro-RJ / Campinas-SP, 2019

VERUS
EDITORA

Editora: Raïssa Castro
Coordenadora Editorial: Ana Paula Gomes
Copidesque: Maria Lúcia A. Maier
Revisão: Ana Paula Gomes e Rodrigo Nascimento
Projeto gráfico: André S. Tavares da Silva
Diagramação: Daiane Avelino
Capa: James Hall
Foto da capa: Steve Gardner / Pixel Works Studios

Título original: *Redeeming Love*

ISBN: 978-85-7686-749-4

Copyright © Francine Rivers, 1991
Todos os direitos reservados.
Edição publicada mediante acordo com Browne & Miller Literary Associates, LLC.

Tradução © Verus Editora, 2010
Direitos reservados em língua portuguesa, no Brasil, por Verus Editora. Nenhuma parte desta obra pode ser reproduzida ou transmitida por qualquer forma e/ou quaisquer meios (eletrônico ou mecânico, incluindo fotocópia e gravação) ou arquivada em qualquer sistema ou banco de dados sem permissão escrita da editora.

Verus Editora Ltda.
Rua Benedicto Aristides Ribeiro, 41, Jd. Santa Genebra II, Campinas/SP, 13084-753
Fone/Fax: (19) 3249-0001 | www.veruseditora.com.br

CIP-BRASIL. CATALOGAÇÃO NA FONTE
SINDICATO NACIONAL DOS EDITORES DE LIVROS, RJ

R522a
9ª ed.

Rivers, Francine, 1947-
    Amor de redenção / Francine Rivers ; tradução Alyda Sauer. -
9ª ed. - Campinas, SP : Verus, 2019.

    Tradução de: Redeeming Love
    ISBN 978-85-7686-749-4

    1. Ficção cristã. 2. Ficção americana. I. Sauer, Alyda Christina.
II. Título.

10-5455   CDD: 813
                                     CDU: 821.111(73)-3

Revisado conforme o novo acordo ortográfico

Impresso no Brasil pelo Sistema Cameron da Divisão Gráfica da
DISTRIBUIDORA RECORD DE SERVIÇOS DE IMPRENSA S.A.

Aos que sofrem e têm sede

Aquele que está sem pecado, atire a primeira pedra.

— JESUS, JOÃO 8,7

AGRADECIMENTOS

Agradeço especialmente à minha editora, Karen Ball, por ter acreditado neste livro e por sua ajuda em resgatá-lo para o leitor cristão.

Cria das Trevas

Prólogo

> *O príncipe das trevas é um cavalheiro.*
> — SHAKESPEARE

NOVA INGLATERRA, 1835

Alex Stafford era exatamente como mamãe tinha dito. Alto, moreno, Sarah jamais vira alguém tão bonito. Mesmo com os trajes de montaria empoeirados, com o cabelo úmido de suor, era como os príncipes das histórias que mamãe lia. O coração de Sarah batia acelerado de felicidade e orgulho. Não dava para compará-lo com nenhum dos outros pais que via na missa.

Ele olhou para ela com seus olhos escuros e o coração de Sarah saltitou de emoção. Ela usava seu melhor vestido, azul com avental branco, e mamãe havia-lhe trançado o cabelo com fitas cor-de-rosa e azuis. Será que papai a achava bonita? Mamãe dizia que azul era a cor favorita dele, mas por que ele nao sorria? Será que ela estava inquieta, nervosa? Mamãe disse para ficar imóvel, com as costas retas, para agir como uma dama. Disse que ele ia gostar. Mas ele não parecia nada satisfeito.

— Ela não está linda, Alex? – mamãe disse.

Sua voz soou estranha e tensa, como se algo a sufocasse.

— Não é a menininha mais linda que você já viu?

Sarah viu papai franzir as sobrancelhas. Ele não parecia alegre. Parecia zangado. Como mamãe às vezes ficava, quando Sarah falava ou fazia perguntas demais.

– São só alguns minutos – mamãe apressou-se em dizer.

Rápido demais. Mamãe estava com medo? Mas por quê?

– É tudo o que lhe peço, Alex. Faça esse favor. É muito importante para ela.

Alex Stafford olhou irritado para Sarah. Não disse nada, mantinha os lábios apertados. Sarah procurou ficar bem quieta. Tinha se observado tanto tempo no espelho aquela manhã que sabia o que ele estava vendo. O queixo e o nariz eram do pai, o cabelo louro e a pele clara, da mãe. Os olhos também eram como os da mãe, só que ainda mais azuis. Sarah queria que papai dissesse que ela era bonita, então levantou a cabeça e olhou para ele, esperançosa. Mas seu olhar não foi nada agradável.

– Você escolheu azul de propósito, Mae?

Sarah se assustou com a pergunta. As palavras soaram frias e raivosas.

– Porque realça a cor dos olhos dela? – ele continuou.

Sarah não conseguiu se conter, olhou para a mãe e sentiu um aperto no coração. O rosto de mamãe cobriu-se de mágoa.

Alex virou para o saguão.

– Cléo!

– Ela não está – mamãe disse baixinho, mantendo a cabeça erguida. – Dei-lhe o dia de folga.

Os olhos de papai ficaram ainda mais sombrios.

– Ah, deu? Bem, isso a deixa numa situação difícil, não é, querida?

Mamãe ficou tensa, mordeu o lábio e olhou para Sarah. O que estava acontecendo?, Sarah pensou com tristeza. Papai não estava feliz em vê-la? Ela estava muito animada de finalmente poder estar com ele, mesmo que por apenas alguns instantes...

– O que queria que eu fizesse? – mamãe perguntou para papai.

Sarah aguardou em silêncio.

– Que a mandasse embora. Imagino que ela saiba como encontrar Cléo.

Manchas rosadas apareceram no rosto de mamãe.

– O que quer dizer, Alex? Que recebo outros em sua ausência?

O sorriso de Sarah transformou-se em dúvida. Eles se dirigiam um ao outro com muita frieza. Nenhum dos dois olhava para ela. Tinham esquecido que estava ali? Qual era o problema? Mamãe estava transtornada. Por que a raiva de papai quando soube que Cléo não estava em casa?

Sarah mordeu o lábio, olhando para os dois. Chegou mais perto e puxou o casaco do pai.

– Papai...

– Não me chame assim.

Ela levou um susto, ficou confusa e com medo de sua reação. Ele *era* sim seu papai. Mamãe dizia que era. Ele até levava presentes quando aparecia, presentes que mamãe dava para ela. Talvez estivesse zangado porque ela nunca lhe agradecera.

– Quero agradecer os presentes que...

– Psiu, Sarah! – a mãe apressou-se em dizer. – Agora não, querida.

Papai virou furioso para mamãe.

– Deixe que ela fale. Era o que você queria, não? Por que quer que ela se cale agora, Mae?

Mamãe chegou mais perto e botou a mão no ombro de Sarah. A menina sentiu os dedos da mãe tremendo, mas então papai se abaixou e olhou para Sarah, sorrindo.

– Que presentes?

Ele era tão bonito... bem como mamãe dizia. Sarah se orgulhava de ter um pai assim.

– Pode falar, pequena.

– Gosto dos doces que traz para mim – disse Sarah, contente e orgulhosa de merecer sua atenção. – São muito bons. Mas o que mais gostei foi do cisne de cristal.

Ela sorriu outra vez, cheia de alegria com a atenção que o pai lhe dava. Ele até sorriu também, mas Sarah não sabia ao certo se gostava daquele sorriso, contido e tenso.

– É mesmo? – disse, endireitando o corpo e olhando para mamãe. – Fico feliz em saber que meus presentes significam tanto.

Sarah levantou a cabeça para olhar para ele, encantada com sua aprovação.

– Botei no parapeito da janela do meu quarto. Quando a luz do sol bate nele, as cores dançam na parede. Quer ver?

Sarah segurou a mão do pai. Ele a afastou e a menina ficou magoada, sem entender.

Mamãe mordeu o lábio, estendeu a mão para papai e então parou de repente. Sua expressão era novamente de medo. Sarah olhava para um e para outro, tentando entender. O que tinha feito de errado? Papai não estava satisfeito porque ela gostava dos seus presentes?

– Então você dá os meus presentes para a menina – ele disse. – É bom saber quanto eles significam para você.

Sarah se encolheu com a frieza de sua voz, mas, quando ia falar, mamãe tocou-lhe suavemente o ombro.

– Querida, seja boazinha e vá brincar lá fora.

Sarah ficou angustiada. Tinha feito alguma coisa errada?

– Deixe-me ficar. Prometo que fico quieta.

Mamãe não conseguiu dizer mais nada. Olhava para papai com os olhos cheios de lágrimas.

Alex abaixou-se mais uma vez para falar com Sarah.

– Quero que vá brincar lá fora – disse em voz baixa. – Preciso conversar com sua mãe a sós.

Ele sorriu e deu um tapinha no rosto da menina.

Sarah sorriu também, felicíssima. Papai tinha-lhe feito um carinho. Ele não estava zangado. Ele a amava! Exatamente como mamãe dizia.

– Posso voltar quando acabar a conversa de vocês?

Papai se levantou, irritado.

– Sua mãe vai buscá-la quando puder. Agora obedeça e corra lá para fora.

– Sim, papai.

Sarah queria ficar, mas queria mais ainda agradar ao pai. Saiu da sala e passou saltitando pela cozinha, até a porta dos fundos. Colheu algumas margaridas no canteiro perto da porta, foi para a treliça das rosas e começou a arrancar-lhes as pétalas.

– Bem me quer, mal me quer, bem me quer, mal me quer...

Quando chegou à parede lateral da casa, parou de falar. Não queria incomodar mamãe e papai. Só queria ficar perto deles.

Sarah sonhava satisfeita. Quem sabe papai a colocaria sentada em seus ombros? Ou então a levaria para passear em seu grande cavalo negro? Claro que ela teria de trocar de roupa. Ele não ia querer que ela sujasse o vestido. Sarah desejou que ele a tivesse posto no colo enquanto conversava com mamãe. Ela adoraria isso e não ia incomodá-los nem um pouco.

A janela da sala estava aberta e Sarah conseguia ouvir as vozes. Mamãe gostava que a sala ficasse perfumada com o cheiro das rosas. Sarah queria ouvir a conversa dos pais, assim saberia a hora que papai a chamasse de volta. Se ficasse bem quieta, não atrapalharia, e mamãe só teria de se debruçar na janela para chamá-la.

– O que eu podia fazer, Alex? Você nunca passou mais de um minuto com ela. O que eu deveria ter dito? Que o pai não se importa com ela? Que preferia que ela nunca tivesse nascido?

Sarah ficou boquiaberta. *Negue isso, papai! Diga que não é verdade!*

– Eu trouxe aquele cisne da Europa para *você*, e você o jogou fora, deu a uma criança que não tem noção do valor daquela peça. Deu as pérolas também? E a caixinha de música? Imagino que deve ter dado tudo a ela!

As margaridas estremeceram nas mãos de Sarah. Ela se sentou no chão, sem ligar para o belo vestido. O coração, antes acelerado de felicidade, batia mais devagar. Tudo dentro dela parecia desmoronar a cada palavra.

– Alex, por favor... Não vi nenhum mal nisso. Foi para facilitar as coisas. Hoje de manhã ela perguntou se já tinha idade para estar com você. Ela pergunta toda vez que lhe conto que você está vindo. Como eu poderia dizer não para ela novamente? Não tive coragem. Ela não entende o seu descaso, nem eu também.

– Você sabe o que sinto por ela.

– Como pode dizer que sente alguma coisa? Você nem a conhece. Ela é uma criança linda, Alex. É inteligente, graciosa, não tem medo de nada. É muito parecida com você. Ela é *uma pessoa*, Alex. Você não pode ignorar a existência de Sarah para sempre. Ela é sua filha...

– Os filhos que tenho com minha esposa já me bastam. Filhos legítimos. Eu disse a você que não queria mais um.

– Como pode dizer isso? Como pode deixar de amar uma filha que tem o seu sangue?

– Eu disse o que sentia desde o início, mas você não quis ouvir. Ela não devia ter nascido, Mae, mas você insistiu em fazer as coisas do seu jeito.

– Você acha que eu queria engravidar? Pensa que planejei ter Sarah?

– Pensei nisso muitas vezes. Principalmente quando arrumei uma saída para a situação e você recusou. O médico que indiquei teria resolvido essa confusão toda. Teria acabado com...

– Eu não seria capaz. Como podia esperar que eu matasse um filho assim? Você não entende? É pecado mortal.

– Você passou tempo demais na igreja – ele disse, com desprezo. – Já pensou que não teria os problemas que tem agora se tivesse se livrado dela, como eu lhe disse? Teria sido fácil. Mas você fugiu.

– Eu a desejava! – mamãe disse, desconsolada. – Ela era parte de você, Alex, e parte de mim. Eu a quis, mesmo contra sua vontade...

– Esse é o verdadeiro motivo?

– Você está me ofendendo, Alex!

Sarah se encolheu ao ouvir alguma coisa se quebrando.

15

– Esse é o verdadeiro motivo, Mae? Ou você a teve porque achou que um filho era o único artifício que teria para me prender?

– Não é possível que acredite nisso!

Mamãe estava chorando.

– Mas acredita, não é? Você é um tolo, Alex. Ah, o que foi que eu fiz? Desisti de tudo por você! Minha família, meus amigos, o respeito por mim mesma, tudo em que eu acreditava, toda a esperança que tinha...

– Comprei esta casa para você. E dou todo o dinheiro de que precisa.

Mamãe levantou a voz, como jamais fazia.

– Sabe o que é andar pelas ruas desta cidade? Você anda por aí como bem entende. Todos sabem quem é você e quem sou eu. E ninguém olha para mim. Ninguém fala comigo. Sarah sente o mesmo. Um dia ela perguntou e eu disse que éramos diferentes das outras pessoas. Não sabia o que responder – sua voz ficou entrecortada. – Devo ir para o inferno pelo que me tornei.

– Estou cansado de seu complexo de culpa e de ouvir falar daquela menina. Ela está estragando tudo entre nós. Lembra como éramos felizes? Nunca discutíamos. Eu mal podia esperar para encontrá-la, para estar com você.

– Não fale...

– Quanto tempo eu passo com você agora? Será que basta? Você só fica com ela. Eu disse que isso aconteceria, não disse? Queria que ela nunca tivesse nascido!

Mamãe gritou uma palavra terrível. Houve um estrondo. Apavorada, Sarah se levantou e correu. Passou por cima das flores de mamãe, atravessou o gramado e disparou a caminho da estufa. Correu até não aguentar mais. Ofegante, com dor no baço, caiu na relva, os ombros trêmulos de tanto soluçar, o rosto molhado de lágrimas. Ouviu o galope de um cavalo em sua direção. Arrastou-se para um esconderijo melhor, no mato, à beira do riacho, e de lá viu o pai passando em seu cavalo preto. Abaixou-se e ficou ali, chorando encolhida, esperando que mamãe fosse procurá-la.

Mas mamãe não foi e não chamou por ela. Depois de um tempo, Sarah voltou para a estufa e foi esperar sentada entre as flores. Quando mamãe apareceu, Sarah já tinha secado as lágrimas e espanado a terra do belo vestido. Ainda tremia por tudo que tinha ouvido.

Mamãe estava muito abatida, tinha os olhos vazios e vermelhos. Havia uma marca roxa em seu rosto, mal disfarçada pelo pó de arroz. Mamãe sorriu, mas não era seu sorriso habitual.

– Por onde andou, querida? Estive procurando você por toda parte.

Sarah sabia que não era verdade. Tinha ficado atenta o tempo todo. Mamãe lambeu o lenço rendado e limpou o rosto de Sarah.

– Seu pai foi chamado às pressas para resolver um problema de trabalho.

– Ele vai voltar?

Sarah estava com medo. Não queria vê-lo nunca mais. Ele tinha machucado mamãe e a feito chorar.

– Acho que não, por um bom tempo. Temos de esperar para ver. Ele é um homem muito importante e muito ocupado.

Sarah não disse nada. Mamãe a ajudou a se levantar e a abraçou com força.

– Está tudo bem, meu amor. Sabe o que vamos fazer? Vamos voltar para casa e trocar de roupa. Depois vamos preparar um piquenique e descer até o riacho. Gostaria de fazer isso?

Sarah fez que sim com a cabeça e pôs os braços em volta do pescoço da mãe. Sua boca tremia e ela se esforçou para não chorar. Se chorasse, mamãe poderia descobrir que andou bisbilhotando e ficaria zangada.

Mamãe a apertou e mergulhou o rosto nos cabelos de Sarah.

– Vamos superar isso. Você vai ver, meu amor. Vamos conseguir. *Nós vamos conseguir.*

Alex não voltou, mamãe emagreceu e ficou abatida. Ficava na cama até tarde e, quando se levantava, não tinha mais disposição para as longas caminhadas habituais. Quando sorria, os olhos não brilhavam. Cléo dizia que ela precisava se alimentar melhor. Cléo falava muitas coisas, sem prestar atenção, quando Sarah estava perto o bastante para ouvir.

– Ele continua enviando dinheiro, srta. Mae. Isso já é alguma coisa.

– Não me importo com o dinheiro – os olhos de mamãe ficaram marejados. – Nunca me importei.

– Mas se importaria se não tivesse nenhum.

Sarah procurava alegrar mamãe levando-lhe grandes buquês de flores. Quando encontrava pedras bonitas, as lavava e lhe dava de presente. Mamãe sempre sorria e agradecia, mas seus olhos não brilhavam mais. Sarah cantava as músicas que mamãe havia lhe ensinado, tristes baladas irlandesas e alguns cânticos da missa em latim.

– Mamãe, por que você não canta mais? – ela perguntou, subindo na cama e aconchegando a boneca entre as cobertas desarrumadas. – Vai se sentir melhor se cantar.

Mamãe escovava lentamente o cabelo louro e comprido.

– Não sinto vontade de cantar, querida. Tenho muita coisa para pensar agora.

Sarah sentia um peso cada vez maior dentro do peito. Tudo era culpa sua. Tudo culpa sua. Se não tivesse nascido, mamãe seria feliz.

– Alex vai voltar, mamãe?

A mãe olhou para ela espantada, mas Sarah nem ligou. Não ia mais chamá-lo de papai. Ele tinha feito mamãe sofrer e ficar triste. Desde que partira, ela mal lhe dera atenção. Sarah tinha até ouvido mamãe dizer para Cléo que o amor não era uma bênção, mas uma maldição.

Sarah olhou para a mãe e sentiu um aperto no coração. Estava tão triste... Com os pensamentos longe, de novo. Sarah sabia que estava pensando *nele*. Mamãe queria que ele voltasse. Chorava todas as noites porque isso não acontecia. Escondia o rosto no travesseiro, mas mesmo assim Sarah escutava os soluços.

Ela mordeu o lábio, abaixou a cabeça e mexeu distraída na boneca.

– E se eu ficasse doente e morresse, mamãe?

– Você não vai ficar doente – mamãe disse, olhando para ela e sorrindo. – Você é jovem e saudável demais para morrer.

Sarah ficou observando a mãe escovar o cabelo. Era como a luz do sol cobrindo os ombros muito brancos. Mamãe era muito bonita. Como Alex podia não amar aquela mulher?

– Mas se eu morresse, mamãe, ele voltaria e ficaria com você?

Mamãe ficou imóvel. Virou e encarou Sarah com um olhar tão horrorizado que assustou a menina. Não devia ter dito aquilo. Agora mamãe saberia que ela tinha ouvido a briga dos dois...

– Nunca pense isso, Sarah.

– Mas...

– Não! Jamais faça essa pergunta novamente. Entendeu?

Mamãe nunca levantara a voz daquele jeito antes. Sarah sentiu o queixo tremer.

– Sim, mamãe.

– Nunca mais – ela disse com mais suavidade. – Prometa para mim. Isso não tem nada a ver com você, Sarah.

Mamãe a puxou para perto e a acariciou com ternura.

– Eu te amo, Sarah. Eu te amo muito. Mais do que qualquer pessoa neste mundo.

Exceto ele, pensou Sarah. Sem contar Alex Stafford. E se ele voltasse? E se ele obrigasse mamãe a escolher? O que ela faria?

Com medo, Sarah agarrou-se à mãe e rezou para ele não voltar.

Um moço apareceu para falar com mamãe.

Enquanto brincava de boneca perto da lareira, Sarah ficou observando a mãe conversar com ele. As únicas pessoas que apareciam naquela casa eram o sr. Pennyrod, que levava a lenha, e Bob. Ele gostava da Cléo. Trabalhava no mercado e provocava Cléo, falando de lombo assado e de suculentos pernis de carneiro. Cléo ria dele, mas Sarah não achava graça em Bob. Ele usava um avental branco todo sujo e coberto de sangue.

O moço entregou uma carta para mamãe, mas ela não a abriu. Serviu-lhe chá e ele agradeceu. Depois disso, não falou muito, só sobre o tempo e que os canteiros de flores de mamãe eram bonitos. Ele disse que da cidade até lá era uma longa viagem. Mamãe deu-lhe biscoitos e se esqueceu completamente de Sarah.

Sarah sabia que havia alguma coisa errada. Mamãe sentava empertigada demais e falava muito baixo.

– É uma linda menina – ele disse, sorrindo para ela.

Sarah abaixou a cabeça, envergonhada, com medo de que mamãe a mandasse sair da sala porque tinha sido notada.

– É sim. Obrigada.

– Parece com você. Bela como a aurora.

Mamãe sorriu para Sarah.

– Sarah, vá lá fora e corte algumas flores para enfeitar a mesa.

A menina pegou a boneca e saiu sem dizer uma palavra. Queria agradar mamãe. Pegou uma faca afiada da gaveta da cozinha e foi para os canteiros de flores. Mamãe gostava mais das rosas. Sarah pegou também alguns ramos de espora, goivo vermelho, ranúnculo, margaridinhas e margaridas, até encher o cesto de palha que trazia pendurado no braço.

Quando entrou em casa de novo, o moço havia partido. A carta estava aberta no colo de mamãe. Seus olhos brilhavam e havia cor nas maçãs do rosto. Ela sorriu ao dobrar a carta e botar dentro da manga. Levantou-se, foi para perto da menina, pegou-a no colo e rodopiaram juntas, alegremente.

– Obrigada pelas flores, querida.

Beijou Sarah, depois a pôs no chão. A menina deixou o cesto em cima da mesa.

– Adoro flores – mamãe disse. – São tão lindas, não são? Por que dessa vez você não as arruma? Preciso pegar uma coisa na cozinha. Oh, Sarah! Está um dia lindo, maravilhoso, não está?

Está um dia horroroso, pensou Sarah, vendo mamãe se afastar. Estava enjoada de tanto medo. Pegou o vaso grande de cima da mesa e levou lá para fora. Jogou as flores murchas na composteira. Bombeou água do poço e encheu o vaso. Molhou o vestido quando levou o vaso de volta para a mesa. Não aparou as pontas nem tirou as folhas das flores. Não se importava com a aparência do arranjo e sabia que mamãe nem notaria.

Alex Stafford vinha para casa.

Mamãe voltou para a sala com Cléo.

– Ah, querida, tenho uma notícia maravilhosa. Cléo planeja ir para a praia esta semana e quer levá-la com ela. Não é ótimo?

O coração de Sarah bateu com força, acelerado.

– Ela não é um amor? – continuou mamãe, animada. – Ela tem um amigo que administra uma hospedaria e ele adora crianças.

O sorriso de Cléo era artificial e frio

Sarah encarou a mãe.

– Não quero ir, mamãe. Quero ficar com você.

Ela sabia o que estava acontecendo. Mamãe queria que ela viajasse porque seu pai não a queria. E talvez mamãe também não a quisesse mais.

– Bobagem – mamãe disse, dando risada. – Você nunca foi para lugar nenhum e precisa ver um pouco do mundo. Vai gostar do mar, Sarah. É muito lindo. Poderá sentar-se na areia e ouvir o barulho das ondas. Poderá construir castelos, catar conchas. Espere só até sentir a espuma fazendo cócegas nos seus pés.

Parecia que mamãe tinha revivido. Sarah sabia que era por causa da carta. Alex devia ter escrito que vinha vê-la. Mamãe não queria outra cena como a última, por isso estava tirando Sarah do caminho dele. A menina olhou para o rosto luminoso da mãe, com o coração apertado.

– Venha, querida. Vamos arrumar suas coisas.

Sarah viu suas roupas sendo dobradas e postas num saco de viagem. Mamãe mal podia esperar para livrar-se dela.

– Onde está sua boneca? – ela perguntou, olhando em volta. – Vai querer levá-la também.

– Não.

– Por que não? Você nunca se separa dela.

– Ela quer ficar em casa com você.

Mamãe franziu a testa, mas não continuou a conversa. E também não mudou de ideia.

Cléo foi buscar Sarah e elas percorreram a pé os dois quilômetros até a cidade. A criada comprou os bilhetes assim que a carruagem chegou. O condutor pegou os sacos de viagem e Cléo ajudou Sarah a subir na carruagem. Depois subiu também, sentou-se na frente da menina e sorriu para ela. Seus olhos castanhos brilhavam muito.

– Vamos fazer uma aventura, Sarah.

Sarah queria pular da carruagem e correr de volta para casa, para mamãe, mas ela lhe mandaria para longe novamente. Quando os cavalos começaram a andar, ela espiou pela janela e viu casas conhecidas passando. A carruagem trepidou sobre a ponte e seguiu por uma estrada que cortava uma floresta. Tudo que Sarah conhecia sumiu rapidamente de vista e ela afundou no banco que balançava. Quanto mais avançavam, mais desconsolada ficava.

– Vamos ficar na Four Winds – disse Cléo, obviamente satisfeita porque Sarah havia ficado quieta. Devia estar esperando que a menina fizesse uma cena.

Se achasse que poderia fazer mamãe mudar de ideia, Sarah até faria uma cena sim. Nunca ficara longe dela por mais do que umas poucas horas. Mas a menina sabia que nada mudaria as coisas. Alex Stafford estava a caminho, por isso ela precisava ir. Sarah ficou muito quieta e séria.

– Eles têm comida boa e quartos decentes – Cléo disse. – E estaremos perto do mar. Você segue por uma pequena trilha de grama e chega ao rochedo. As ondas quebram nas pedras. É um som maravilhoso, e o cheiro da maresia é a melhor coisa do mundo.

A melhor coisa do mundo...

Sarah gostava de casa, do jardim de flores nos fundos. Gostava de sentar perto da estufa com mamãe, molhando os pés no riacho.

Ela se esforçou para conter o choro e espiou pela janela outra vez. Os olhos ardiam e a garganta estava irritada por causa da poeira da estrada. As horas se passaram lentamente. As batidas fortes dos cascos dos cavalos davam dor de cabeça. Sarah estava exausta, tão cansada que mal conseguia manter os olhos abertos, mas, toda vez que os fechava, a carruagem dava um tranco ou se inclinava de repente, e ela despertava assustada.

O condutor parou uma vez para trocar os cavalos e fazer alguns pequenos consertos. Cléo levou Sarah para o banheiro. Quando a menina saiu de lá, não viu a criada em canto algum. Correu para a carruagem, depois para o estábulo e por fim foi até a estrada, gritando o nome de Cléo.

– Pare de gritar! Meu Deus, para que essa gritaria toda? – disse Cléo, correndo para perto da menina. – Vão pensar que você é uma galinha sem cabeça, do jeito que corre por aí.

– Onde você estava? – Sarah perguntou, com lágrimas escorrendo pelo rosto.
– Mamãe disse que devíamos ficar juntas!

Cléo ergueu as sobrancelhas.

– Ora, desculpe, madame, mas estava bebendo uma caneca de cerveja.

Segurou a mão de Sarah e a levou de volta para a casa da estação.

A mulher do chefe da estação estava parada na porta, secando as mãos.

– Que menininha linda – disse, sorrindo para Sarah. – Está com fome, meu amor? Ainda há tempo para comer um prato de ensopado.

Sarah abaixou a cabeça, tímida sob o olhar da mulher.

– Não, obrigada, madame.

– E educada também – disse a senhora.

– Venha, Sarah – disse Cléo, e deu um empurrãozinho na menina para entrar.

A senhora bateu nas costas de Sarah e a levou para uma mesa.

– Precisa pôr um pouco mais de carne sobre esses ossos, meu amor. Experimente o meu ensopado. Dizem que sou uma das melhores cozinheiras da estrada.

Cléo sentou e pegou sua caneca de cerveja.

– Precisa comer alguma coisa antes de seguirmos viagem – ela disse.

– Não estou com fome.

Cléo inclinou o corpo para frente.

– Não me importa se está com fome ou não – disse baixinho. – Você tem de me obedecer. O condutor disse que só partiremos daqui a meia hora e teremos mais três ou quatro horas de viagem até chegar à costa. Não quero ouvi-la choramingando de fome até lá. Esta é sua última chance de comer alguma coisa até Four Winds.

Sarah encarou Cléo e fez força para não chorar. A criada deu um suspiro profundo, estendeu a mão e deu um tapinha no rosto da menina.

– Coma alguma coisa, Sarah – disse ela.

A menina obedeceu, pegou a colher e começou a comer. Mamãe dissera que aquela viagem tinha sido planejada para ela, mas até Cléo agia como se ela fosse um estorvo. Era óbvio que mamãe a mandara embora para livrar-se dela.

Quando a carruagem partiu novamente, Sarah ficou em silêncio. Sentou ao lado da janela e ficou espiando a paisagem, com as mãos juntas no colo e as costas retas. Cléo parecia aliviada com seu silêncio e acabou adormecendo. Depois de um tempo, acordou e sorriu para Sarah.

– Está sentindo o cheiro do mar? – perguntou.

Sarah estava na mesma posição de quando Cléo tinha adormecido, mas a menina sabia que seu rosto empoeirado tinha marcas brancas das lágrimas que não conseguira conter. A criada olhou para ela com tristeza, então se virou para a janela.

Chegaram a Four Winds logo depois do pôr do sol. Sarah agarrou a mão de Cléo enquanto o condutor desamarrava os sacos de viagem. A menina ouviu um estrondo enorme, que parecia um monstro, e ficou com medo.

– Que barulho é esse, Cléo?

– É o mar estourando nas rochas. Formidável, não é?

Sarah achou que era o som mais assustador que já tinha ouvido. O vento uivava nas árvores como um animal selvagem à procura de alguma presa de sangue quente, e, quando abriram a porta da Four Winds, ouviu risos altos e homens gritando. Ela recuou de repente, não queria entrar.

– Tome cuidado aí – disse Cléo, empurrando Sarah. – Pegue seu saco. Já tenho o meu para carregar.

Sarah arrastou o saco até a porta. Cléo empurrou a porta com o ombro para abrir e entrou. A menina foi logo atrás. A criada olhou em volta e então sorriu. Sarah seguiu seu olhar e viu um homem no bar, numa queda de braço com um marinheiro musculoso. Um homem grandalhão servia cerveja e avistou Cléo imediatamente. Debruçou sobre o balcão, cutucou o homem que fazia a queda de braço e apontou com a cabeça para Cléo, dizendo alguma coisa baixinho. O homem virou um pouco a cabeça e o marinheiro aproveitou a vantagem daquela falta de atenção. Bateu o braço do outro no bar com um grito triunfante. Sarah viu, apavorada, o homem derrotado levantar e dar um soco no olho direito do marinheiro, que despencou no chão.

Cléo deu risada. Era como se tivesse esquecido que Sarah estava ali, escondida atrás da saia dela. A menina gemeu baixinho quando o homem do bar se aproximou de Cléo e deu-lhe um beijo ruidoso, ao som dos gritos dos outros homens no salão. Quando espiou atrás de Cléo e encarou Sarah, a garota pensou que fosse desmaiar de tanto medo.

– Uma bastarda? Deve ser produto de um cara bonitão, pela sua aparência.

Cléo levou um tempo para recuperar o fôlego e entender do que ele estava falando.

– Ah, ela? Não, Merrick. Não é minha. É filha da madame para quem eu trabalho.

– O que ela está fazendo aqui com você?

– É uma longa e triste história que prefiro esquecer neste momento.

Merrick fez que sim com a cabeça e deu um tapinha no rosto dela.

– O que você acha da vida no campo?

Ele sorriu, mas Sarah não gostou do seu sorriso.

Cléo virou a cabeça.

– É tudo o que eu imaginava que fosse.

Ele deu risada e pegou o saco de viagem dela.

– Por isso voltou para Four Winds, não é?

Ele pegou o saco de Sarah também, deu um largo sorriso e depois uma gargalhada. Então a menina se encolheu para longe, como se ele fosse o diabo em pessoa.

Sarah jamais tinha visto alguém como Merrick. Ele era muito grande, tinha cabelo preto e barba aparada. Lembrava as histórias de pirata que mamãe contava. Sua voz era forte e profunda, e olhava para Cléo como se quisesse comê-la inteira. Cléo não se incomodava com isso. Não prestou atenção nenhuma em Sarah e atravessou o salão. A menina a seguiu, apavorada com a ideia de ser deixada para trás. Todos olhavam fixo para ela.

– Ei, Stump, dê uma cerveja para a nossa Cléo! – berrou Merrick para o grisalho atendente do bar, que a cumprimentou com uma piscadela e um sorriso.

Ele segurou Sarah pela cintura e a levantou bem alto para sentá-la em cima do balcão.

– E vinho aguado para essa menina branquela – disse, apalpando o casaco de veludo de Sarah. – Sua mamãe deve ser rica, hein?

– O pai dela é que é rico – disse Cléo. – E casado também.

– Ah! – Merrick deu um sorriso debochado para Sarah. – Então é isso. Pensei que você estava querendo um trabalho respeitável.

– É respeitável. Ninguém me olha de cima para baixo.

– Eles sabem que você trabalhou anos numa cervejaria antes de resolver melhorar sua posição na vida? – e passou a mão no braço dela. – Para não falar dos bicos...

Cléo olhou para Sarah e afastou a mão dele.

– Mae sabe. Ela não é do tipo que menospreza os outros. Eu gosto dela.

– Essa praguinha se parece com ela?

– Cuspida e escarrada.

Merrick apertou o queixo de Sarah e acariciou-lhe o rosto.

– Olhos azuis como violetas e cabelo de anjo. Sua mamãe deve ser muito bonita, se é parecida com você. Gostaria de vê-la.

Cléo ficou tensa e Sarah achou que estava zangada. Gostaria que Merrick a deixasse em paz, mas ele não parava de alisar seu rosto. A garota queria ficar o mais longe possível daquele homem horrível, de barba preta, olhos escuros e sorriso maligno.

– Deixe-a em paz, Merrick. Ela já está bastante assustada sem você provocá-la. É a primeira vez que se afasta da mãe.

Ele riu.

– Ela está mesmo um pouco pálida. Deixa disso, pequenina. Sou inofensivo. Beba um pouco.

Ele empurrou a caneca de vinho aguado para Sarah.

– É isso aí. Um pouquinho de vinho e não terá mais medo de nada – e deu risada de novo, quando Sarah fez uma careta de nojo. – Ela está acostumada com alguma coisa melhor?

– Ela não está acostumada com nada – disse Cléo, e agora Sarah tinha certeza de que a moça estava zangada. Ela não gostou de Merrick dedicar tanta atenção à menina. Olhou para Sarah, nitidamente irritada com a reação dela a Merrick.

– Não seja covarde. Ele é só papo, nada mais.

O velho Stump e os outros homens no bar deram risada. Merrick também riu.

Sarah queria pular dali e fugir correndo do vozerio barulhento, das risadas e dos olhares. Deu um soluço baixinho de alívio quando Cléo a pôs no chão, segurou sua mão e a levou para uma mesa. Mordeu o lábio ao ver que Merrick as seguia. Ele puxou uma cadeira e se sentou. Sempre que as canecas ficavam vazias, ele pedia mais. Fazia piadas e Cléo ria muito. Uma vez enfiou a mão embaixo da mesa e Cléo o empurrou. Mas ela sorria e falava cada vez mais. Sua voz estava estranha, as palavras saíam embaralhadas.

Lá fora chovia e galhos de árvores raspavam nas janelas. Sarah estava cansada, com as pálpebras tão pesadas que mal conseguia manter os olhos abertos.

Merrick levantou a caneca mais uma vez.

– A pequena está recolhendo as velas.

Cléo tocou na cabeça da menina.

– Cruze os braços em cima da mesa e durma um pouco.

Sarah obedeceu e desejou sair dali. Cléo obviamente não estava a fim de sair. Parecia que se divertia muito, ficava o tempo todo olhando para Merrick com um sorriso diferente, que Sarah jamais vira antes.

– Por que você tinha de trazê-la para Four Winds? – perguntou Merrick.

Sarah ficou de olhos fechados, fingindo que dormia.

– Porque a mamãe dela está recebendo seu belo papai e os dois queriam a menina fora do caminho – Cléo disse com frieza. – Não faça isso.

– Não? – ele deu risada. – Você sabe que veio aqui para isso. Qual é o problema daqueles rapazes do campo?

– Nenhum. Um deles me persegue e quer se casar comigo.

– Vamos lá para cima para conversar sobre o que a trouxe de volta.

– E o que vou fazer com ela? Fiquei furiosa quando Mae a jogou para cima de mim.

Os olhos de Sarah ardiam com as lágrimas e a garganta ficou apertada. Ninguém mais a queria?

– Acho que seria bem fácil arranjar alguém para cuidar da bonitinha. Alguém certamente há de querê-la.

– Foi o que eu disse para Mae, mas ela disse que não. Ela confia em mim. A única coisa que tem quando seu homem não está por perto é essa filha. E as únicas coisas que Mae sabe fazer são ficar bonita e cultivar flores.

– Pensei que tinha dito que gostava dela.

– Gosto dela sim, mas, quando Sua Majestade resolve aparecer, adivinha quem tem de cuidar da bastardinha dele. É muito cansativo andar por aí arrastando uma criança, especialmente uma que nem é sua.

Merrick riu.

– Ora, por que não a jogamos do penhasco? Quem sabe os pais não consideram isso um favor. Podem até lhe dar um prêmio.

O coração de Sarah disparou.

– Isso não tem graça, Merrick – Cléo deu um suspiro pesado, irritado. – É melhor acordá-la e botá-la na cama. Ela teve um dia bem cansativo.

A criada cutucou Sarah, que olhou para ela aliviada. Então Cléo a pegou pela mão.

– Venha. Vamos subir para a cama agora. Diga boa-noite para o sr. Merrick.

Ele deu um sorriso de orelha a orelha.

– Vou levá-las até lá em cima, senhoras.

Quando Cléo abriu a porta de seu antigo quarto, Merrick a impediu de fechar e entrou. Sarah olhou assustada para a criada.

– O que você está fazendo? – Cléo sussurrou, furiosa. – Não pode entrar aqui comigo. Ela vai contar para a mãe dela e eu perco meu emprego.

– Eu cuido disso.

Merrick se abaixou e apertou o queixo de Sarah.

– Se contar qualquer coisa, para qualquer pessoa, sobre eu estar neste quarto com Cléo, eu corto fora sua linguinha cor-de-rosa. Está entendendo?

Sarah acreditou nele e fez que sim com a cabeça. Ele sorriu um pouco e a soltou. Ela correu para um canto e ficou lá encolhida, tremendo e nauseada.

– Está vendo? – Merrick disse, alegremente. – Não tem com que se preocupar. Ela não vai mais contar nada sobre nós.

Cléo o encarou com os olhos arregalados. Ela parecia irritada e Sarah torceu para que o mandasse sair.

– Isso foi terrivelmente cruel – ela disse, olhando para Sarah. – Ele não falou sério, meu anjo. Estava só brincando. Não acredite numa só palavra que ele disse.

– Pode acreditar sim, menina. Eu não estava brincando, não.

E puxou Cléo para perto.

– Cruel? Cruel seria me mandar embora quando sabe que só quero estar com você.

Cléo o empurrou. Ele quis segurá-la de novo e ela escapou. Mas até Sarah percebia que os esforços dela não eram para valer. Como Cléo podia deixar aquele homem chegar perto dela?

– Eu te conheço, Cléo.

Merrick deu um meio sorriso e seus olhos brilhavam.

– Por que voltou para Four Winds? Só para ver o mar outra vez?

– Está no meu sangue, como está no seu.

Merrick agarrou e beijou Cléo. Ela se debateu, tentou se soltar, mas ele a apertou com força. Quando ela relaxou, ele chegou a cabeça para trás apenas o suficiente para falar.

– Tem mais do que isso no seu sangue.

– Merrick, pare. Ela está nos vendo...

– E daí?

Ele a beijou de novo e dessa vez ela lutou contra ele. Sarah ficou paralisada de medo. Talvez ele matasse as duas.

– Não! – disse Cléo, com raiva. – Saia daqui. Não posso fazer isso. Eu devia estar cuidando dela.

Ele deu risada.

– Não sabia que o dever era tão importante para você.

Ele a soltou, mas Sarah achou que Cléo não parecia nada satisfeita. Teve a impressão de que ela ia chorar. Merrick sorriu e deu as costas para a menina.

– Venha, pequena.

– O que está fazendo, Merrick? – perguntou Cléo, quando Sarah se afastou para escapar dele.

– Vou levá-la lá para fora. Não fará mal nenhum ela ficar um tempo sentada no corredor. E não diga que não. Conheço você muito bem. Além de tudo, ela estará pertinho da porta. Ninguém vai incomodá-la.

Ele tirou um cobertor e um travesseiro da cama e apontou para Sarah.

– Não me faça ir aí pegá-la.

A garota não teve coragem de desobedecer.

Ela seguiu Merrick para fora do quarto e observou de olhos arregalados quando ele jogou o cobertor e o travesseiro no chão do corredor escuro.

– Sente-se aqui e não se mexa. Se não ficar quietinha, eu a pego, a levo para a praia e você vai servir de comida para os caranguejos. Entendeu?

Sarah estava com a boca seca e não conseguia emitir nenhum som. Por isso apenas balançou a cabeça.

Cléo apareceu na porta do quarto.

– Merrick, não posso deixá-la aqui fora. Eu vi uma ratazana.

– Ela é tão pequena que os ratos não vão prestar atenção. Ela ficará bem – e deu um tapinha no rosto de Sarah. – Não é? Você fica aqui fora até Cléo vir buscá-la. Não saia daqui até ela chamar.

– S...sim, senhor – ela gaguejou, com a voz presa na garganta.

– Está vendo?

Ele se levantou, fez Cléo dar meia-volta e a empurrou de novo para o quarto. Depois fechou bem a porta.

Sarah ouviu Merrick falando e Cléo dando uma risadinha. Depois ouviu também outros ruídos e ficou com medo. Queria fugir correndo dos sons que os dois faziam, mas se lembrou do que Merrick tinha dito que faria com ela se saísse dali. Apavorada, cobriu a cabeça com o cobertor sujo e tapou os ouvidos com as mãos.

O silêncio ficou pesado. Sarah espiou o corredor escuro. Sentiu olhos que a observavam. E se a ratazana voltasse? Seu coração parecia um tambor, o corpo inteiro tremia com as batidas fortes. Ela ouviu um arranhar suave no chão e encolheu as pernas junto ao corpo, olhando para a escuridão, aterrorizada com o que a espreitava.

A porta do quarto se abriu e Sarah pulou de susto. Merrick saiu. Ela se afastou, com a esperança de que ele não a notasse. E não notou mesmo. Tinha esquecido que ela existia. Nem olhou para ela quando passou pelo corredor e desceu a escada. Cléo ia buscá-la agora, ia tirá-la daquele corredor escuro.

Minutos se passaram, depois uma hora... e mais outra.

Cléo não foi procurá-la. Encolhida embaixo do cobertor e toda encostada na parede, Sarah esperou, como tinha esperado por mamãe no dia em que Alex aparecera.

Cléo acordou com dor de cabeça, com a luz do sol no rosto. Tinha bebido cerveja demais na véspera e sentia a língua inchada. Esticou o braço, mas Merrick não estava mais lá. Ele era assim mesmo. Ela não ia se preocupar com aquilo agora. Depois da noite anterior, como é que ele podia negar que a amava? Ela precisava tomar um café. Levantou-se, lavou o rosto e vestiu-se. Abriu a porta do quarto e então viu a menina encolhida no corredor frio, com olheiras escuras em volta dos olhos azuis.

– Oh! – Cléo exclamou baixinho.

Tinha se esquecido de seu encargo, então foi atacada pelo medo e pela sensação de culpa. E se Mae descobrisse que tinha deixado a filha dela passar uma noite inteira num corredor escuro e frio? Pegou Sarah no colo e a levou para o quarto. Suas mãozinhas estavam geladas e ela estava muito pálida.

– Não conte para sua mãe – disse Cléo com voz de choro. – Se ela me demitir, será culpa sua.

A criava ficou com raiva de estar numa situação tão delicada, dependendo do silêncio de uma criança.

– Por que não veio para a cama ontem à noite, como devia ter feito? Merrick disse para você voltar para o quarto quando ele saísse.

– Não disse não. Ele disse para eu não me mexer até você vir me buscar – Sarah sussurrou arrasada, chorando por causa da raiva de Cléo.

– Não minta! Ouvi quando ele falou! Ele não disse nada disso!

Sarah chorou mais ainda, confusa e amedrontada.

– Sinto muito, Cléo. Desculpa. Desculpa – seus olhos estavam arregalados e vermelhos. – Por favor, não conte para Merrick. Não deixe que ele me jogue do penhasco nem que me dê de comida para os caranguejos, como ele disse que faria.

– Pare com isso! Pare de chorar – disse Cléo, mais calma. – Chorar não vai resolver nada. Já resolveu alguma coisa para sua mãe?

Cheia de remorso, ela puxou Sarah e a abraçou.

– Não vamos contar nada para ninguém. Será o nosso segredo.

Merrick não voltou para o Four Winds e Cléo se embebedou aquela noite. Botou Sarah na cama mais cedo e desceu de novo para o bar, esperando que ele aparecesse mais tarde. Mas não apareceu. Ela ficou mais um pouco, rindo com outros homens e fingindo que não se importava. Então levou uma garrafa de rum para o quarto. Sarah estava sentada na cama, bem acordada, de olhos arregalados.

Cléo queria falar. Queria desabafar e reclamar de Merrick. Ela o odiava por partir seu coração mais uma vez. Tinha deixado que ele fizesse isso muitas vezes antes. Quando é que ia aprender a dizer não para ele? Por que tinha voltado para lá? Já devia saber o que ia acontecer, aliás, o que sempre acontecia.

– Vou contar a verdade de Deus para você, menininha. Preste muita atenção.

Ela bebeu um grande gole de rum, engoliu as lágrimas e o sofrimento e liberou toda a amargura e a raiva.

– Tudo o que os homens querem é usá-la. Quando você lhes dá seu coração, eles o fazem em pedaços.

Cléo bebeu mais e ficou com a voz pastosa.

– Nenhum deles se importa com você. Olhe só seu belo pai. Ele se importa com a sua mãe? Não.

Sarah se enfiou embaixo das cobertas muito aflita e tapou os ouvidos. Então a princesinha não queria ouvir a terrível verdade? Ora, que pena. Furiosa, Cléo puxou o cobertor de cima da menina. Quando Sarah se arrastou para longe, agarrou-a pelas pernas e a puxou para perto de novo.

– Sente aí e escute o que estou falando!

Cléo botou a menina sentada e a sacudiu. Sarah fechou os olhos com força e virou o rosto.

– Olhe para mim! – a criada gritou, furiosa, e só ficou satisfeita quando ela obedeceu.

Sarah olhou para ela com os olhos esbugalhados e apavorados. Ela tremia violentamente. Cléo parou de apertá-la.

– Sua mãe disse para eu tomar conta de você – falou. – Ora, eu vou cuidar de você. Vou lhe contar a verdade de Deus. É para ouvir e aprender.

Cléo a soltou e Sarah ficou sentada, completamente imóvel.

Olhando para a menina com expressão furiosa, Cléo caiu sentada numa cadeira perto da janela e bebeu mais um gole de rum. Apontou o dedo e tentou firmar a mão.

– Seu lindo papai não se importa com ninguém, menos ainda com você. E em relação à sua mãe, ele só se importa com o que ela está disposta a dar para ele. E ela dá tudo. Ele aparece quando bem entende, usa sua mãe, depois se manda para sua bela casa na cidade, com sua esposa aristocrática e seus filhos bem-cria dos. E a sua mãe? Ela vive à espera do momento seguinte em que estará com ele.

Cléo viu Sarah chegar para trás aos poucos, até ficar grudada na parede descascada. Como se isso pudesse protegê-la. Nada protegia uma mulher dos fatos nus e crus. Cléo deu uma risada triste e balançou a cabeça.

– Ela é tão doce, tão tola e tão estúpida... Espera por ele e beija o chão que ele pisa quando volta. Sabe por que ele desapareceu por tanto tempo? Por sua causa. Ele não suporta a visão da própria filha. Sua mãe chora e implora, e que bem isso fez a ela? Mais cedo ou mais tarde ele vai se cansar dela e jogá-la no lixo. E você vai junto. É a única coisa com que você pode contar.

Agora Sarah estava chorando e passando a mão no rosto molhado de lágrimas.

– Ninguém liga para ninguém neste mundo – disse Cléo, cada vez mais triste e mais lerda. – Todos usamos uns aos outros, de um jeito ou de outro. Para nos sentir bem. Para nos sentir mal. Para não sentir nada. Os que têm sorte são muito bons nisso. Como Merrick. Como seu rico papai. O resto de nós só pega o que puder.

Cléo não conseguia raciocinar direito. Queria continuar falando, mas as pálpebras estavam tão pesadas que mal podia mantê-las abertas. Afundou mais na cadeira e apoiou o queixo no peito.

Só precisava descansar um minuto. Só isso. Depois tudo ia melhorar...

Sarah viu Cléo continuar resmungando, afundando cada vez mais na cadeira, até adormecer. Fazia barulho dormindo e a baba escorria pelo canto da boca aberta.

A menina ficou lá, sentada na cama desarrumada, tremendo e pensando se Cléo tinha razão. Mas no fundo alguma coisa dizia que sim, que ela estava certa. Se o pai se importasse com ela, ia querer que ela tivesse morrido? Se mamãe se importasse, teria mandado Sarah para longe?

A verdade de Deus. O que era a verdade de Deus?

Elas partiram na manhã seguinte. Sarah não viu o mar nem uma vez, nem de longe.

Quando chegaram em casa, mamãe fingiu que estava tudo bem, mas Sarah sabia que havia alguma coisa muito errada. Havia caixas pela casa e Mae estava arrumando suas coisas.

– Vamos visitar sua avó e seu avô – ela disse, animada, mas com os olhos vidrados e mortos. – Eles não a conhecem.

Disse para Cléo que sentia muito ter de mandá-la embora, mas ela compreendeu. Finalmente, a criada resolvera se casar com Bob, o açougueiro. Mamãe desejou que fosse muito feliz, e assim Cléo foi embora.

Sarah acordou no meio da noite. Mamãe não estava na cama, mas dava para ouvi-la. A menina seguiu o som da voz entrecortada da mãe e foi para a sala de estar. A janela estava aberta e ela espiou lá fora. O que mamãe fazia lá, no meio da noite?

O luar iluminava os canteiros de flores e Sarah viu a mãe ajoelhada, com sua fina camisola branca. Estava arrancando todas as flores. Um punhado depois do outro, arrancava as plantas do chão e as jogava em todas as direções, chorando e falando sozinha. Pegou uma faca e ficou de pé. Caiu de novo de joelhos, ao lado de suas queridas roseiras. Foi cortando uma a uma pela raiz. Cortou todas.

Então, inclinou-se para frente e soluçou, balançou o corpo para frente e para trás, para frente e para trás, ainda segurando a faca.

Sarah desmoronou no chão e se escondeu num canto escuro da sala, cobrindo a cabeça com as mãos.

Passaram o dia seguinte inteiro viajando numa carruagem e dormiram aquela noite numa estalagem. Mamãe falou pouco e Sarah ficou agarrada com sua boneca. Havia só uma cama no quarto, e a menina dormiu satisfeita nos braços da mãe. Quando acordou de manhã, mamãe estava sentada perto da janela, rezando, com o rosário nas mãos. Sarah ficou ouvindo sem entender, porque sua mãe repetia inúmeras vezes a mesma frase.

– Perdoe-me, Jesus, porque pequei. *Mea culpa, mea culpa...*

Passaram mais um dia em outra carruagem e chegaram a uma cidade. Mamãe estava tensa e pálida. Fez Sarah descer e ajeitou o chapéu. Pegou a mão da filha e percorreram um longo caminho até chegarem a uma rua cercada de árvores. Mamãe parou diante do portão de uma cerca branca.

– Senhor, por favor, faça com que eles me perdoem – sussurrou. – Por favor, Senhor.

Sarah examinou a casa diante dela. Não era muito maior do que a outra em que viviam, mas tinha uma bela varanda e vasos de flores no parapeito das janelas. Havia cortinas rendadas em todas as janelas também. Ela gostou muito.

Quando chegaram à porta, mamãe respirou fundo e bateu. Uma mulher a atendeu. Era pequena, grisalha e usava um vestido florido com um avental branco por cima. Olhou fixo para mamãe e seus olhos se encheram de lágrimas.

– Oh! – disse. – Oh, oh...

– Voltei para casa, mãe – disse mamãe. – Por favor, deixe-me voltar para casa.

– Não é tão fácil assim. Sabe que não é fácil.

– Não tenho mais para onde ir.

A senhora olhou para Sarah.

– Nem preciso perguntar se é sua filha – disse, com um sorriso triste. – É muito linda.

– Por favor, mamãe.

A senhora abriu a porta e fez as duas entrarem. Levou-as até um quarto pequeno, cheio de livros.

– Espere aqui que vou falar com seu pai – ela disse e foi embora.

Mamãe ficou andando de um lado para o outro, esfregando as mãos. Parou uma vez e fechou os olhos, movendo os lábios. A senhora voltou com o rosto branco e enrugado, molhado de lágrimas.

– Não – ela disse.

Uma palavra só. Apenas isso. Não.

Mamãe deu um passo em direção à porta e a senhora a fez parar.

– Ele só dirá coisas que vão feri-la ainda mais.

– Ferir? Como posso ser mais ferida, mamãe?

– Mae, por favor, não...

– Eu imploro. Fico de joelhos. Digo que ele tinha razão, que estava certo.

– Não vai adiantar. Ele disse que para ele a filha está morta.

Mae passou rapidamente por ela.

– Eu não estou morta!

A senhora gesticulou para Sarah ficar no quarto. Correu atrás de mamãe e fechou a porta. Sarah esperou, ouvindo vozes distantes.

Mamãe voltou logo depois. Tinha o rosto muito abatido, mas não chorava mais.

– Venha, querida – disse, com voz monótona. – Vamos embora.

– Mae – disse a senhora. – Oh, Mae... – e botou alguma coisa na mão da filha. – É tudo que tenho.

Mamãe não disse nada. Ouviu-se a voz de um homem em outro cômodo, uma voz furiosa e autoritária.

– Tenho de ir – disse a senhora.

Mamãe fez que sim com a cabeça e deu as costas para ela.

Quando as duas chegaram ao fim da rua arborizada, Mae abriu a mão e examinou o dinheiro que sua mãe tinha posto ali. Riu baixo, um riso de desespero. Depois pegou a mão de Sarah e seguiu andando, as lágrimas escorrendo pelo rosto.

Mamãe vendeu o anel de rubi e o colar de pérolas. Sarah e ela moraram numa estalagem até o dinheiro acabar. Depois vendeu a caixinha de música e viveram com certo conforto por um tempo, numa pensão barata. Por fim, pediu para Sarah devolver o cisne de cristal. Com o dinheiro que obteve com ele, moraram muito tempo num hotel decadente. Depois mamãe encontrou um barraco perto das docas de Nova York e as duas se instalaram lá definitivamente.

Sarah finalmente viu o mar. Tinha lixo boiando nele, mas mesmo assim ela gostou muito.

Às vezes descia e se sentava no cais. Gostava do cheiro de sal e dos navios chegando carregados. Gostava do barulho das ondas do mar batendo nos pilares embaixo dela e das gaivotas no céu.

No porto havia homens rudes e marinheiros que chegavam de todas as partes do mundo. Alguns iam até a casa delas e mamãe pedia para Sarah esperar lá fora até eles saírem. Nunca ficavam muito tempo. Às vezes apertavam a bochecha dela e diziam que iam voltar quando ela crescesse um pouco. Outros diziam que ela era mais bonita do que mamãe, mas Sarah sabia que não era verdade.

Não gostava deles. Mamãe ria quando chegavam e agia como se estivesse contente em vê-los. Mas, quando iam embora, chorava e bebia uísque até adormecer na cama desarrumada perto da janela.

Aos 7 anos de idade, Sarah ficava pensando se Cléo não tinha razão, em parte, sobre a verdade de Deus.

Então tio Rab foi morar com elas e as coisas melhoraram. As visitas dos homens rarearam, mas eles ainda apareciam quando tio Rab não tinha mais moedas tilintando nos bolsos. Ele era grande e sem graça, e mamãe o tratava com afeto. Dormiam juntos na cama embaixo da janela, e Sarah ficava no colchão no chão.

– Ele não é muito inteligente – mamãe dizia –, mas tem bom coração e procura nos manter. São tempos difíceis, querida, e não é sempre que ele consegue. Então mamãe precisa ajudar.

Às vezes ele só queria ficar sentado do lado de fora, se embebedar e cantar canções sobre mulheres.

Quando chovia, ia para a estalagem naquela rua mesmo, para encontrar os amigos. Mamãe bebia e dormia. Para passar o tempo, Sarah juntava e lavava latas, até brilharem como prata. Então, as colocava embaixo das goteiras e ficava sentada no barraco silencioso, sob o tamborilar da chuva, ouvindo a música que as gotas faziam nas latas.

Cléo também tinha razão sobre o choro. Chorar não resolvia nada. Mamãe chorava e chorava, tanto que Sarah tinha vontade de tampar os ouvidos e nunca mais ouvi-la. Todo aquele choro de mamãe jamais mudou qualquer coisa.

Quando as outras crianças zombavam de Sarah e chamavam sua mãe de nomes, ela só olhava para elas, sem dizer nada. O que diziam era verdade, sem dúvida. E quando ela sentia a ameaça das lágrimas, que cresciam dentro dela, exercendo uma pressão tão grande e quente que parecia queimá-la por dentro, a menina engolia, cada vez mais fundo, até criar uma pedrinha dura no peito. Aprendeu a encarar seus torturadores e a sorrir com frieza, arrogância e desprezo. Aprendeu a fingir que nada do que dissessem ia afetá-la. E às vezes se convencia mesmo de que nada a afetava.

No inverno em que Sarah completou 8 anos, mamãe ficou doente. Não quis um médico. Disse que só precisava descansar. Mas foi piorando, a respiração foi ficando cada vez mais difícil.

– Cuide de minha menininha, Rab – ela disse.

E sorriu como não sorria há muito tempo.

Ela morreu de manhã, com a primeira luz do sol de primavera no rosto e o rosário de contas nas mãos brancas e mortas. Rab chorou convulsivamente, mas Sarah não tinha lágrimas para chorar. O peso dentro dela parecia grande demais para suportar. Assim que Rab saiu, se deitou ao lado da mãe e a abraçou.

Estava muito fria e rígida. Sarah queria aquecê-la. Seus olhos pareciam arranhados e quentes. Ela os fechou e ficou sussurrando, repetindo sem parar:

– Acorde, mamãe, acorde. Por favor, acorde.

Mamãe não acordou e então Sarah não conteve as lágrimas.

– Quero ir com você. Leve-me também. Meu Deus, por favor, quero ir com minha mamãe.

Chorou até ser dominada pela exaustão e só acordou quando Rab a pegou no colo para tirá-la da cama. Outros homens tinham ido para casa com ele.

Sarah percebeu que pretendiam tocar em mamãe e gritou para que a deixassem em paz. Rab a agarrou com força e ela quase sufocou com o rosto grudado em sua camisa fedorenta. Enquanto isso, os outros começaram a enrolar mamãe num lençol. A menina ficou quieta quando viu o que tinham feito. Rab a soltou, ela caiu sentada no chão e não se mexeu mais.

Os homens conversavam como se ela não estivesse mais ali. Talvez não estivesse mais mesmo. Talvez ela fosse diferente, como mamãe tinha dito um dia.

— Aposto que Mae foi muito bonita — disse um que costurava a mortalha sobre o rosto de mamãe.

— Está melhor morta — disse Rab, chorando de novo. — Pelo menos agora não está infeliz. Está livre.

Livre, pensou Sarah. *Livre de mim. Se eu não tivesse nascido, mamãe poderia viver numa bela casa no campo, com flores em volta. Mamãe seria feliz. Mamãe estaria viva.*

— Espere um minuto — disse outro, tirando o rosário da mão de mamãe e jogando-o no colo de Sarah. — Aposto que ela ia querer que você ficasse com isso, querida.

O homem acabou de costurar e Sarah ficou passando as contas do terço entre os dedos frios, com o olhar vazio.

Eles foram embora e levaram mamãe. Sarah ficou muito tempo ali, sentada, sozinha, imaginando se Rab cumpriria a promessa de cuidar dela. Quando anoiteceu e ele não voltou, ela desceu para o cais e jogou o rosário num monte de lixo flutuante.

— De que adianta isso? — gritou para o céu.

Não veio nenhuma resposta.

Lembrou-se de uma vez em que mamãe fora para a igreja grande e conversara com o homem de preto. Ele ficara falando um longo tempo, mamãe escutando de cabeça baixa, as lágrimas escorrendo pelo rosto. Mamãe nunca mais voltara lá, mas às vezes passava as contas pelos dedos finos enquanto a chuva batia na janela.

— Para que serve isso? — berrou Sarah. — Diga para mim!

Um marinheiro que passava olhou espantado para a menina.

Rab ficou dois dias sem aparecer e, quando voltou, estava tão bêbado que nem se lembrava de Sarah. Ela se sentou de pernas cruzadas, de costas para o fogo, e ficou olhando para ele. Estava arrasado, lágrimas rolavam-lhe pelo rosto barbado. Bebia muito no gargalo da garrafa, já pela metade. Depois de um tempo, desmoronou e roncou, com o resto do uísque se espalhando nas fendas do assoalho. Sarah o cobriu com o cobertor e se sentou ao lado dele.

– Está tudo bem, Rab. Cuidarei de você agora.

Não sabia fazer como mamãe fazia, mas ia descobrir um jeito.

A chuva tamborilava na janela. Sarah espalhou suas latas e bloqueou a mente para tudo, menos para o som das gotas caindo nelas, fazendo música no cômodo frio e vazio.

Estava contente, disse a si mesma, muito contente. Ninguém mais ia bater àquela porta. Ninguém mais ia incomodá-los.

Pela manhã, Rab se sentiu culpado. E chorou outra vez.

– Tenho de cumprir a promessa que fiz a Mae, senão ela não vai descansar em paz.

Apoiou a cabeça nas mãos e olhou para Sarah de lado, com os olhos tristes e injetados de sangue.

– O que vou fazer com você, menina? Preciso de um drinque.

Procurou nos armários, mas não encontrou nada além de feijão em lata. Abriu e comeu metade. Deixou a outra metade para ela.

– Vou sair um pouco e pensar nisso. Tenho de falar com alguns amigos. Talvez eles possam ajudar.

Sarah se deitou na cama e apertou o travesseiro da mãe contra o rosto. Seu perfume era um alento para ela. Esperou Rab voltar. As horas se passaram e ela começou a sentir um tremor por dentro.

Fazia frio e nevava. Ela acendeu o fogo e comeu o feijão. Tremendo, puxou o cobertor da cama e se enrolou nele. Sentou o mais perto que pôde da lareira.

O sol estava se pondo e o silêncio era como a morte. Tudo ficou mais lento dentro dela, e achou que, se fechasse os olhos e relaxasse, poderia parar de respirar e morrer. Procurou se concentrar nisso, mas então ouviu a voz de um homem, muito animado. Era Rab.

– Você vai gostar, juro que vai. Ela é uma boa menina. Parecida com a Mae. Bonita. Muito bonita. E inteligente.

Sarah ficou aliviada quando ele abriu a porta. Não estava bêbado, só meio zonzo, com os olhos brilhantes e alegres. Sorria pela primeira vez em semanas.

– Tudo vai se arranjar agora, menina – ele disse, entrando no barraco com outro homem.

O desconhecido tinha o corpo igual ao dos estivadores do cais e um olhar duro. Olhou para Sarah, que se encolheu.

– Fique de pé – disse Rab, ajudando-a a se levantar. – Este cavalheiro veio conhecê-la. Ele trabalha para um homem que quer adotar uma menina.

Sarah não sabia do que Rab estava falando, só sabia que não tinha gostado do homem que estava com ele. O homem se aproximou, Sarah tentou se proteger atrás de Rab, mas ele a deteve diante dele. O desconhecido segurou seu queixo, levantou seu rosto, virou-o para um lado e para o outro para examiná-la. Depois pegou uma mecha do cabelo louro de Sarah e a esfregou entre os dedos.

– Bom – ele disse e sorriu. – Muito bom. Ele vai gostar desta.

O coração de Sarah batia descompassado. Ela olhou para Rab, mas ele não tinha percebido nada de errado.

– É parecida com a mãe – disse Rab, com a voz entrecortada.

– Está magra e suja.

– Somos pobres – Rab choramingou.

O homem pegou um maço de notas do bolso, separou duas e deu para Rab.

– Lave-a e compre roupas decentes para ela. Depois a leve neste endereço.

Deu-lhe o endereço e foi embora.

Rab gritou de alegria.

– As coisas estão melhorando para você, menina – disse, com um sorriso largo. – Não prometi para sua mãe que cuidaria de você?

Rab pegou a menina pela mão e foi andando apressado em direção a um outro barraco a alguns quarteirões dali. Uma mulher de roupão fino abriu a porta quando ele bateu. O cabelo castanho encaracolado lhe caía sobre os ombros muito brancos, e ela tinha olheiras profundas sob os olhos castanhos.

– Preciso de sua ajuda, Stella.

Depois que ele explicou tudo, a mulher franziu a testa e mordeu o lábio inferior.

– Tem certeza disso, Rab? Você não estava bêbado, estava? Não parece boa coisa. Ele não deu nenhum nome nem nada?

– Não perguntei, mas sei para quem ele trabalha. Radley me disse. O cavalheiro que quer adotá-la é rico como Midas e tem um cargo no primeiro escalão do governo.

– Então por que ele vem procurar uma filha aqui nas docas?

– Isso não importa, não é? É a melhor chance que ela tem, e eu prometi para Mae.

A voz de Rab tremeu de choro.

Stella olhou para ele com tristeza.

– Não chore, Rab. Vou arrumar a menina bem bonitinha. Vá beber alguma coisa e volte aqui mais tarde. Ela estará pronta para você.

Ele foi e Stella procurou no armário até encontrar uma peça macia e cor-de-
-rosa.

– Volto já – ela disse, e levou um balde para pegar água.

Quando voltou, aqueceu um pouco de água numa panela.

– Agora, lave-se bem. Nenhum homem quer uma menina suja.

Sarah fez o que ela pediu, mas o medo só aumentava dentro de si.

Stella lavou o cabelo da menina com o resto da água.

– Você tem o cabelo mais bonito que já vi. É como um raio de sol. E tem lindos olhos azuis também.

A mulher enfeitou a blusa cor-de-rosa e trançou o cabelo de Sarah com fitas
azuis. A menina se lembrou de que mamãe fazia a mesma coisa quando moravam
na casa de campo. Ou será que tinha sonhado com aquilo? Stella pintou de cor-
-de-rosa as maçãs do rosto e os lábios gelados de Sarah e os esfregou suavemente
com o dedo.

– Você está branca demais. Não tenha medo, querida. Quem faria mal a um
anjinho tão lindo como você?

Rab voltou no dia seguinte, bêbado e sem moedas tilintando no bolso. Tinha
os olhos esbugalhados, vazios, cheios de sofrimento e confusão.

– Oi, menina. Acho que chegou a hora, não é?

Sarah o abraçou com força.

– Não me mande para longe, Rab. Deixe-me ficar com você. Você será meu
pai.

– Ah, é? E o que vou fazer com uma menina, me diga?

Ele a afastou e olhou para ela com um sorriso triste.

– Já tenho problemas demais.

– Não terá de fazer nada. Eu sei me cuidar sozinha. E posso cuidar de você
também.

– Como vai fazer isso? Não tem idade para fazer qualquer coisa que valha
dinheiro. Vai furtar, como eu? Não. Trate de ir morar com o ricaço e tenha uma
vida boa. Agora vamos.

Eles andaram muito. Já estava escurecendo. Sarah ficou com medo do escuro
e agarrou a mão de Rab com força. Passaram por salões cheios de música, gritos e cantoria. Desceram ruas cercadas de casas, casas grandes e modernas, do
tipo que Sarah nunca tinha visto antes. As janelas acesas pareciam grandes olhos
brilhantes que seguiam todos os seus movimentos. Aquele lugar não era para ela,
eles sabiam disso e por isso a queriam longe dali. Quando Rab pedia informa-

ção para outros homens, mostrando-lhes o pedaço de papel amassado, ela tremia e grudava nele.

As pernas de Sarah doíam e o estômago roncava de fome. Rab parou e examinou a casa entre outras semelhantes.

– Olha só que lugar maravilhoso! – disse ele, deslumbrado.

Nenhuma flor. Pedra. Fria. Escura. A garota estava exausta demais para se importar e sentou-se no primeiro degrau, muito abalada, desejando estar de volta ao barraco perto do cais, com o cheiro de maresia vindo na maré alta.

– Venha, menina. Mais dois passos e estará em casa – disse Rab, ajudando-a a se levantar.

Ela olhou assustada para a grande cabeça de leão na porta. Rab pegou a argola que estava encaixada nas presas expostas e bateu à porta.

– Chique – ele disse.

Um homem de terno escuro abriu e o olhou de cima a baixo com desprezo. Rab imediatamente entregou-lhe o papel. O homem o examinou e então abriu a porta para os dois entrarem.

– Por aqui – disse friamente.

Lá dentro estava quente e tinha um perfume doce. Uma sala grande se abriu diante de Sarah, com um glorioso tapete florido no assoalho de madeira brilhante. No teto faiscavam luzes, como se fossem joias. Ela nunca tinha visto nada tão lindo. *O céu deve ser parecido com isso*, pensou, encantada.

Uma mulher ruiva de olhos escuros e boca carnuda e vermelha apareceu para recebê-los. Usava um belo vestido preto com contas cintilando nos ombros e nos seios fartos. Ela olhou para Sarah e franziu um pouco a testa. Virou-se rapidamente para Rab e voltou a olhar para Sarah, dessa vez com mais suavidade. Abaixou-se e estendeu a mão.

– Meu nome é Sally. E o seu, qual é, meu bem?

Sarah não disse nada e se escondeu atrás de Rab.

– Ela é tímida – ele disse, em tom de desculpa. – Não ligue para isso.

Sally se levantou e olhou para ele, muito séria.

– Tem certeza de que sabe o que está fazendo, senhor?

– Claro que sei. Esta casa é maravilhosa, madame. Nada parecido com o buraco onde vivemos.

– Suba a escada à direita – disse Sally secamente. – Primeira porta à esquerda. Espere lá.

Ela estendeu o braço antes de Rab dar dois passos e o fez parar.

– A menos que seja inteligente e siga meu conselho. Vá embora agora. Leve-a para casa.

– Por que eu faria isso?

– Não vai vê-la nunca mais depois desta noite.

Ele deu de ombros.

– Ela não é minha mesmo. Ele está em casa? O patrão, quero dizer.

– Estará em breve e trate de ficar de boca fechada, se tiver juízo nessa cabeça.

Rab foi para a escada. Sarah queria correr para a porta, mas ele lhe segurava a mão com firmeza. Ela olhou para trás e viu que a mulher de preto a observava. Com cara de pena.

Tudo no quarto do segundo andar era grande. A cômoda de mogno, a lareira de tijolos vermelhos, a escrivaninha de teca, a cama de bronze. Havia uma pia de mármore branco num canto, com um pendurador de toalha de bronze tão bem polido que parecia ouro de verdade. Todas as luminárias tinham cúpulas de pedras preciosas, e as cortinas das janelas eram vermelho sangue. Estavam completamente fechadas, de modo que lá de fora não se via ali dentro e ali de dentro não se via lá fora.

– Sente-se ali e descanse, menina – disse Rab, dando-lhe um tapinha nas costas e apontando para uma poltrona exatamente igual à que mamãe usava na casa de campo. O coração de Sarah disparou de repente. Será que era a mesma poltrona?

E se seu pai estivesse arrependido? E se ele estivesse procurando mamãe e ela esse tempo todo, se tivesse descoberto onde ela estava e o que tinha acontecido? E se estivesse arrependido de todas as coisas horríveis que dissera e a quisesse, afinal? Seu coração batia cada vez mais rápido, enquanto esperanças e sonhos feitos de desespero e medo lhe povoavam a mente.

Rab foi até uma mesa perto da janela.

– Olha só para isso.

E passou os dedos acariciando um conjunto de garrafas de cristal. Tirou a tampa de uma e cheirou o líquido âmbar lá dentro.

– Minha nossa...

Deu um suspiro, encostou o gargalo da garrafa nos lábios e virou. Bebeu metade do que havia e secou a boca na manga da camisa.

– O mais perto que já estive do paraíso.

Tirou a tampa de outra e derramou um pouco dentro da primeira que tinha bebido. Levantou as duas para ver se estavam iguais de novo, botou no lugar com muito cuidado e tampou as duas.

Abriu o armário, vistoriou tudo e escondeu alguma coisa no bolso. Depois foi até a escrivaninha, examinou tudo e enfiou mais coisas nos bolsos.

Sarah ouviu uma risada bem baixinha. Seus olhos estavam se fechando e ela encostou a cabeça no braço da poltrona. Quando seu pai ia aparecer? Rab voltou para as garrafas e bebeu de outras duas.

– Está gostando do meu conhaque? – perguntou uma voz grave e profunda.

Sarah levantou a cabeça, surpresa. Olhou bem para ele e ficou com o coração apertado. Não era seu pai. Era um desconhecido alto e moreno. Seus olhos faiscavam, e Sarah achou que nunca tinha visto um rosto tão frio e tão belo ao mesmo tempo. Estava todo de preto, com um chapéu brilhante.

Rab enfiou a tampa na garrafa de cristal e a botou de volta na bandeja de prata.

– Não provo coisa tão boa assim há muito tempo – disse.

Sarah notou que ele empalideceu sob o estranho olhar daquele homem, depois pigarreou e mudou de posição. Parecia nervoso.

O homem tirou o chapéu e o colocou em cima da escrivaninha. Depois tirou as luvas e as deixou cair dentro do chapéu.

Sarah estava tão fascinada com ele que no início nem notou que havia outro homem parado logo atrás. Piscou, surpresa. Era o mesmo homem que tinha ido até as docas para vê-la. Ela afundou na poltrona o mais que pôde. O segundo homem observava Rab, e seus olhos faziam Sarah se lembrar dos ratos no beco atrás do barraco. Olhou para o belo cavalheiro e notou que ele olhava para ela com um leve sorriso. Mas por algum motivo aquele sorriso não serviu para acalmá-la. Ela estremeceu por dentro. Por que ele a olhava daquele jeito, como se estivesse faminto e ela fosse uma coisa que ele quisesse comer?

– Qual é o nome dela? – perguntou, fitando-a incessantemente.

Rab abriu a boca para responder e ficou confuso.

– Não sei.

E deu uma risada atônita e sem graça, obviamente bêbado.

– Como a mãe dela a chamava? – perguntou o homem, secamente.

– Querida... Mas pode chamá-la como quiser.

O homem riu sem humor nenhum e ignorou Rab com uma expressão de desprezo. Examinou Sarah meticulosamente. Ela estava tão assustada, com tanto medo, que não conseguiu se mexer quando ele se aproximou. Ele sorriu de novo quando parou, com um brilho estranho no olhar. Tirou um maço de notas do bolso da calça e soltou um clipe de ouro. Contou algumas e as deu para Rab, sem nem olhar para ele.

Rab pegou as notas, aflito, e contou-as de novo antes de guardá-las no bolso.

– Obrigado, senhor. Puxa vida, quando o velho Radley me disse que o senhor estava procurando uma filha, nem acreditei na sorte da menina. Ela não teve grande coisa na vida, isso eu sei.

E continuou falando sem parar, mencionou o nome do cavalheiro duas vezes, bêbado demais, burro demais para notar a mudança na expressão do homem.

Mas Sarah notou.

Ele estava furioso, e mais que isso. Parecia que... Sarah estremeceu de novo. Não tinha certeza do que parecia, mas não era nada bom. Ela olhou para Rab e sentiu o pânico aumentando dentro de si outra vez. Ele não parava de falar, bajulando o homem parado na frente dela, sem notar um sinal sutil que o cavalheiro passou para o homem atrás de Rab. Um grito se formou na garganta de Sarah, mas não saiu. Não podia. Sua voz estava congelada de terror, como o resto do corpo. Viu, horrorizada, Rab continuar falando. Só parou quando a corda preta foi enrolada em seu pescoço. Os olhos saltaram das órbitas. Ele engasgou e enfiou as unhas sujas no pescoço até tirar sangue.

Sarah pulou da poltrona e correu para a porta. Girava e puxava a maçaneta, tentando escapar, mas a porta não abria. Ouviu Rab sufocar, espernear e arrastar os pés no chão enquanto lutava. Sarah socou a porta e gritou.

Uma mão dura cobriu-lhe a boca e a puxou para longe da porta. Ela chutou, mordeu, lutou, mas não conseguiu absolutamente nada. O corpo do homem era de pedra. Ele agarrou seus braços, imobilizou-os com uma mão só, com força, enquanto, com a outra, continuava tampando-lhe a boca.

Rab não fazia mais barulho.

– Leve-o daqui – disse o homem que a segurava.

Sarah viu, de relance, Rab no chão com a corda preta ainda enrolada no pescoço e o rosto grotescamente retorcido. O homem que tinha ido ao barraco soltou a corda e a guardou no bolso. Ergueu Rab e o jogou por cima do ombro.

– Todos vão pensar que está bêbado.

– Antes de jogá-lo no rio, verifique seus bolsos e traga de volta o que roubou de mim – disse a voz fria em cima dela.

– Sim, senhor.

Sarah ouviu a porta abrir e fechar.

Quando o homem a largou, ela correu para o canto mais distante do quarto e se encolheu. Ele ficou parado um longo tempo no meio do cômodo, olhando para ela. Então, foi até o aparador de mármore e derramou água na bacia de porcelana. Molhou e torceu uma toalha branca e foi até Sarah. Ela recuou o mais que pôde. Ele se abaixou e segurou-lhe o queixo.

– Você é bonita demais para precisar de pintura – disse, e começou a lavar-lhe o rosto.

Sarah estremeceu violentamente ao seu toque e olhou para o lugar onde Rab tinha caído. O homem puxou o queixo da menina em sua direção outra vez.

– Não acho que aquele palerma bêbado era seu pai. Você não se parece nada com ele, e em seus olhos há inteligência.

Terminou de limpar o ruge de sua boca e de seu rosto e jogou a toalha para o lado.

– Olhe para mim, pequenina.

Quando ela olhou, seu coração bateu com tanta força que o corpo todo estremeceu de terror.

Ele a encarou, e ela não pôde mais desviar daquele olhar.

– Se fizer exatamente o que eu mandar, vamos nos dar bem – ele sorriu um pouco e acariciou-lhe o rosto, com um brilho estranho nos olhos. – Como é seu nome?

Sarah não conseguiu responder.

Ele tocou o cabelo, o pescoço, o braço dela.

– Não importa. Acho que vou chamá-la de Angel.

Ele se endireitou e pegou sua mão.

– Venha comigo, Angel, tenho umas coisas para ensinar a você – e a pegou no colo, botando-a sentada na cama. – Pode me chamar de Duke, quando encontrar sua língua.

Ele tirou o casaco de seda preta.

– Que vai encontrar logo, logo.

Sorriu de novo, enquanto tirava a gravata e desabotoava lentamente a camisa.

E, na manhã seguinte, Sarah sabia que Cléo tinha lhe contado a verdade de Deus a respeito de tudo.

Rebeldía

Relatic

*Mas a força sozinha, embora das Musas nascida,
É como um anjo caído: árvores desenraizadas,
Escuridão, e vermes e mortalhas e sepulcros
Se deliciam; pois ela se alimenta de ouriços
E espinhos da vida; e esquece o grande objetivo
Da poesia, que deve ser uma amiga
Para aliviar as aflições e elevar os pensamentos do homem.*
– Keats

Califórnia, 1850

Angel empurrou a aba de lona só o suficiente para espiar a rua enlameada. Estremeceu com o vento gelado da tarde, que carregava com ele o fedor do desencanto.

Pair-a-Dice ficava no filão de ouro da Califórnia. Era o pior lugar que ela podia imaginar, uma favela de sonhos dourados construída com velas podres de navios abandonados, um acampamento habitado por gente comum e aristocratas, por marginalizados e despossuídos, pelos que um dia foram bajulados e agora eram profanos. Bares com teto de lona e casas de jogo se alinhavam nas ruas decadentes, governadas pela depravação e pela ganância descaradas, pela solidão e pelas ilusões de grandeza. Pair-a-Dice era o júbilo violento. Um povoado que unia desespero total e medo e tinha o gosto amargo do fracasso.

Com um sorriso cínico, Angel viu numa esquina um homem pregando a salvação e, na outra, o irmão dele, de chapéu na mão, encaminhando os desgarrados. Para todo lado que se olhasse havia homens desesperados, exilados de seus lares e de suas famílias, tentando escapar do purgatório moldado pelas próprias esperanças decadentes de um futuro.

Esses mesmos tolos a chamavam de libertina e procuravam consolo exatamente onde sabiam que não encontrariam nenhum: com ela. Tiravam a sorte para ganhar seus favores, quatro onças de ouro, pagamento adiantado para a Duquesa, madame do Palácio, o bordel de lona onde ela morava. Qualquer um que chegasse teria Angel por meia hora. A parca porcentagem que era dela era mantida a sete chaves e vigiada por um gigante que odiava mulheres, chamado Magowan. Quanto ao resto, aqueles tristes desafortunados que não podiam pagar para provar os talentos dela, esses ficavam enterrados até os joelhos no mar de lama chamado Main Street, à espera de uma chance de avistar "a Angel". E ela vivia um ano em um mês naquele lugar que só servia para trabalhar. Quando acabaria? Como foi que todos os seus planos desesperados a levaram para lá, para aquele lugar horrível, sujo, de sonhos desfeitos?

– Chega por ora – dizia a Duquesa, mandando embora alguns homens. – Eu sei que vocês estavam esperando, mas Angel está cansada e vão querê-la inteira, não vão?

Os homens reclamavam e ameaçavam, imploravam e tentavam negociar, mas a Duquesa sabia quando Angel atingia seu limite suportável.

– Ela precisa descansar. Voltem à noite. A bebida é por conta da casa.

Aliviada depois que foram embora, Angel largou a aba da tenda e voltou a deitar na cama desarrumada. Olhou desolada para o teto de lona. Aquela manhã, no desjejum, a Duquesa tinha anunciado que o novo prédio estava quase terminado e que as meninas poderiam se mudar para lá no dia seguinte. Angel estava louca para ter quatro paredes em volta de si novamente. Pelo menos assim o vento gelado da noite não sopraria sobre ela, entrando por rasgões na lona de vela já podre. Nem pensara em quanto significavam para ela quatro paredes quando pagara a passagem do barco que a levaria para a Califórnia. Na época, só pensava em escapar. Tudo o que vira era uma chance de recuperar a liberdade. Mas a miragem logo se dissolveu quando chegou à plataforma de embarque e soube que era uma das três mulheres a bordo de uma embarcação com cento e vinte rapazes vigorosos, todos pensando apenas em aventura. As duas prostitutas calejadas começaram a trabalhar logo no início, mas Angel procurou ficar em sua cabine. Depois de quinze dias viu claramente que sua escolha era simples. Ou voltava a se prostituir, ou então seria estuprada. Que importância tinha aquilo, afinal? O que mais ela sabia fazer? Podia muito bem encher os bolsos de ouro como as outras. Talvez assim, mas só talvez, com bastante dinheiro, pudesse comprar sua liberdade.

Sobreviveu ao mar bravio, ao ensopado de bacalhau dos marinheiros, que tinha gosto muito ruim, à falta de espaço nas cabines, à falta de dignidade e decência, com a esperança de juntar dinheiro suficiente antes de chegar às praias da Califórnia para começar uma nova vida. E então, em meio ao entusiasmo da atracação, desfecharam o golpe final.

As outras duas prostitutas a atacaram dentro da cabine. Quando recuperou a consciência, elas já estavam em terra firme, com todo o seu dinheiro e com tudo o que tinha. Só lhe sobrou a roupa do corpo. E pior, não ficou um só marinheiro a bordo para levá-la a terra num dos barcos a remo.

Espancada e apática de tão confusa, ficou dois dias sentada, encolhida, na proa do barco, até chegarem os salteadores. Quando terminaram de se apoderar do que queriam do navio deserto e dela, levaram-na para o cais. Chovia muito e, enquanto discutiam e dividiam o saque, ela simplesmente saiu andando.

Ficou vagando alguns dias, escondendo o rosto e o cabelo sob um cobertor sujo que um dos homens tinha lhe dado. Estava com fome e frio. E resignada. A liberdade era um sonho.

Marcou ponto na Praça Portsmouth até que a Duquesa, uma mulher de idade bem avançada, mas dona de uma mente sagaz para os negócios, a encontrou e a convenceu a ir com ela para a terra do ouro.

– Tenho mais quatro meninas, uma francesinha de Paris, uma chinesa que Ah Toy me vendeu e duas meninas que parecem ter saído de um barco de batatas vazio que veio da Irlanda. Um pouco de comida e elas vão encher. Ah, mas agora, você. A primeira vez que a vi, pensei: Aí está uma menina que pode ficar rica com boa administração. Uma menina com a sua beleza poderia fazer fortuna lá nos acampamentos do ouro. Aqueles jovens mineiros pegariam o ouro do riacho e lutariam uns com os outros para botá-lo na sua mão.

Tendo combinado que Angel daria oitenta por cento do que ganhasse, a Duquesa prometeu cuidar para que ela ficasse a salvo de qualquer dano físico.

– E vou providenciar para que tenha a melhor roupa, a melhor comida e os melhores aposentos que existirem por lá.

Angel achou graça na ironia. Tinha escapado do Duque e caíra nas mãos da Duquesa. A mais completa falta de sorte.

Apesar da aparente benevolência, a Duquesa era uma tirana gananciosa. Angel sabia que ela recebia suborno para manipular os leilões, e nem um grão daquele pó de ouro ia parar na bolsa das meninas. As gorjetas deixadas por serviços bem prestados eram divididas de acordo com o acerto original. Mai Ling, a escrava chinesa de Ah Toy, tentou esconder o ouro uma vez, e Magowan, com seu sorriso cruel e suas mãos enormes, recebeu ordem de ir "ter uma conversinha com ela".

49

Angel odiava a vida que levava. Odiava a Duquesa. Odiava Magowan. Odiava a própria impotência deprimente. Acima de tudo odiava os homens, por sua incessante busca de prazer. Ela lhes dava o corpo, nada mais. Talvez nem houvesse algo mais. Ela não sabia. E nenhum dos homens se importava. A única coisa que viam era sua beleza, um véu perfeito enrolado em volta de um coração congelado, e ficavam fascinados. Olhavam em seus olhos de anjo e se perdiam.

Ela não se deixava enganar pelas infinitas declarações de amor. Eles a queriam da mesma forma que desejavam o ouro dos rios. Cobiçavam-na. Brigavam pela chance de estar com ela. Lutavam, se engalfinhavam, faziam apostas e roubavam... Gastavam tudo o que tinham sem pensar, sem ponderação. Pagavam para se tornar escravos. Ela lhes dava o que pensavam ser o céu e os enviava para o inferno.

Nada disso fazia diferença. Angel não tinha nada a perder. Não se importava. E mais forte ainda do que o ódio que se alimentava dela era a exaustão que lhe secava a alma. Aos 18 anos, já estava cansada de viver e resignada diante do fato de que nada jamais mudaria. Ficava pensando por que e para que tinha nascido. Para aquilo mesmo, devia ser. Era pegar ou largar. A verdade de Deus. E a única maneira de largar aquilo tudo era se matar. Mas toda vez que encarava esse fato, toda vez que tinha oportunidade, faltava coragem.

Sua única amiga era uma prostituta velha e cansada chamada Lucky, que estava engordando de tanto beber conhaque. Mas nem Lucky sabia de onde Angel tinha vindo, onde estivera antes, o que lhe acontecera para ser o que era. As outras prostitutas achavam que Angel era invulnerável. Todas fantasiavam sobre sua vida, mas nunca lhe perguntavam nada. Angel deixara bem claro desde o início que seu passado era território sagrado e intocável. A não ser para Lucky, a bêbada e entorpecida Lucky, de quem Angel gostava.

Lucky passava seu tempo livre mergulhada em álcool.

– Você tem de fazer planos, Angel. Tem de ter alguma esperança neste mundo.

– Esperança de quê?

– Não se vive sem isso.

– Eu me viro muito bem.

– Como?

– Não olho para trás e não olho para frente.

– E o *agora*? Você precisa pensar no agora, Angel.

Ela sorriu e escovou o cabelo comprido e dourado.

– O agora não existe.

2

Ela caminha bela como a noite
De tempos sem nuvens e céus estrelados;
E tudo que há de mais lindo na escuridão e na luz
Se encontra em sua forma e em seus olhos.
– Byron

Michael Hosea descarregava caixotes de legumes da traseira de sua carroça quando viu uma bela jovem andando na rua. Estava vestida de preto, como viúva, e ao seu lado ia um homem grandalhão com uma arma no cinto. Em toda a extensão da Main Street os homens paravam de fazer o que estavam fazendo, tiravam o chapéu e a admiravam. Ela não dizia uma só palavra para ninguém. Não olhava para a direita nem para a esquerda. Movia-se com graça e naturalidade, os ombros retos, o queixo empinado.

Michael não conseguia tirar os olhos dela. À medida que se aproximava, seu coração batia mais forte. Desejou que ela olhasse para ele, mas ela não olhou. Soltou o ar depois que ela passou, sem se dar conta de que estava prendendo a respiração.

É esta, amado.

Michael sentiu um jato de adrenalina misturado com felicidade. *Meu Deus. Meu Deus!*

– Ela é demais, não é? – disse Joseph Hochschild.

O corpulento lojista apoiou um saco de batatas no ombro e deu um sorriso de orelha a orelha.

– É a Angel. A mulher mais bonita a oeste das Rochosas e provavelmente a leste também.

Ele subiu os degraus e entrou na loja.

Michael pôs no ombro um barril de maçãs.

– O que sabe dela?

– Só o que todo mundo sabe, eu acho. Ela tem o hábito de fazer longas caminhadas. Às segundas, quartas e sextas à tarde, mais ou menos a essa mesma hora – e apontou para os homens na rua com um movimento de cabeça –, todos eles vêm para cá para vê-la.

– Quem é aquele homem com ela? – uma ideia desanimadora lhe passou pela cabeça. – Seu marido?

– Marido? – Joseph deu risada. – É mais um guarda-costas. O nome dele é Magowan. Cuida para que ninguém a importune. Ninguém chega a trinta centímetros dela a menos que pague o preço.

Michael franziu a testa e voltou lá para fora. Parou atrás da carroça, olhando para ela. A moça o impressionara profundamente. Tinha uma aura de dignidade séria e trágica. Quando o lojista foi pegar outro caixote, Michael fez a pergunta que o incomodava.

– Como faço para conhecê-la, Joseph?

Hochschild deu um sorriso triste.

– Tem de entrar na fila. A Duquesa promove regularmente uma loteria para ver quem tem o privilégio de estar com a Angel.

– Que Duquesa?

– A Duquesa ali – e apontou com o queixo para o outro sentido da rua. – A dona do Palácio, o maior bordel de Pair-a-Dice.

Michael teve a sensação de receber um chute forte e baixo. Arregalou os olhos para Hochschild, mas o homem nem notou, ocupado que estava levando um caixote de cenouras para dentro, esvaziando-o numa caixa. Michael descarregou outro barril de maçãs.

Meu Deus... Será que entendi mal? Deve ter sido isso. Não pode ser ela.

– Apostei a onça de ouro uma ou duas vezes para ter meu nome no chapéu – disse Joseph, olhando para trás. – Isso foi antes de descobrir que precisava mais do que isso para ter meu nome no chapéu certo.

Michael bateu com o barril no chão.

– Ela é uma pomba maculada? Uma mulher dessas? – ele não queria acreditar.

– Ela não é qualquer pomba maculada, Michael. Angel, pelo que ouvi dizer, é o suprassumo. Treinamento especial. Mas não tenho como pagar para descobrir isso por mim mesmo. Quando preciso, procuro a Priss. É limpa, faz tudo com simplicidade e não custa muito do ouro suado.

Michael precisava respirar. Foi lá para fora de novo. Incapaz de se controlar, olhou mais uma vez para a elegante mulher de preto que caminhava pela rua. Ela estava voltando pelo outro lado e passou por ele novamente. Sua reação foi pior dessa vez, mais difícil de suportar.

Hochschild descarregou um caixote de nabos.

– Você está parecendo um touro que acabou de levar uma marretada na cabeça – Joseph sorriu, com malícia. – Ou talvez tenha ficado tempo demais na fazenda.

– Vamos terminar isso aqui – disse Michael tenso, entrando com o último caixote.

Precisava se concentrar no trabalho e esquecer aquela mulher.

– Você terá ouro suficiente para encontrá-la quando acertarmos as contas aqui – disse Hochschild. – Mais que suficiente.

Hochschild esvaziou o caixote e o botou de lado, depois pôs a balança sobre o balcão.

– Legumes frescos valem uma fortuna aqui neste lugar. Esses jovens cavalheiros sobem os riachos e vivem com pouco além de farinha, água e carne salgada. Então vêm para a cidade com as gengivas inchadas e sangrando, as pernas também inchadas de escorbuto, e pensam que precisam de um médico. Mas só precisam é de uma dieta decente e um pouco de bom senso. Vejamos o que temos aqui. Dois barris de maçãs, dois caixotes de nabos e dois de cenouras, seis caixotes de abóboras e dez quilos de charque de veado.

Michael disse quanto queria pela carga da carroça.

– O quê? Você está me roubando.

Ele sorriu. Não era um principiante naquele negócio. Tinha passado a maior parte de 1848 e 1849 peneirando ouro e sabia do que os homens precisavam. É verdade que comida era apenas uma parte, mas a parte que ele podia fornecer.

– Vai fazer o dobro vendendo isso.

Hochschild abriu o cofre atrás do balcão e tirou dois sacos de ouro em pó. Empurrou um para Michael e mediu uma porção do outro numa bolsinha de couro. Jogou o saco maior dentro do cofre, fechou com um chute e verificou a fechadura.

Michael esvaziou o pó de ouro num cinto que ele mesmo tinha feito. Hochschild o observou, fazendo bico.

– Você tem o bastante para um bom tempo aí. Quer conhecer a Angel? Então vá até lá e converse com a Duquesa, com um pouco desse ouro. Ela o levará rapidamente para o andar de cima.

Angel. A simples menção de seu nome provocava-lhe uma reação.

– Não dessa vez.

Joseph viu sua determinação e fez que sim com a cabeça. Michael Hosea era um homem discreto, mas não tinha nada de suave. Havia alguma coisa em seu olhar que fazia com que os homens o tratassem com respeito. Não era só a altura nem a força, embora essas duas coisas fossem bem impressionantes. Era a firmeza transparente de seu olhar. Ele sabia o que queria, mesmo quando o resto do mundo não sabia. Joseph gostava dele e tinha visto com muita clareza o impacto que Angel lhe causara, mas, se Michael não queria falar disso, ele respeitava.

– O que planeja fazer com todo esse pó de ouro?

– Vou comprar umas duas cabeças de gado.

– Ótimo – aprovou Hochschild. – Faça logo sua criação. Carne vale mais do que legumes.

Ao sair da cidade, Michael passou em frente ao bordel. Era grande e bonito. O lugar estava lotado de homens, a maioria jovens, alguns barbados, outros de cara lisa, quase todos bêbados, ou bem adiantados no caminho de ficar. Alguém tocava uma rabeca e os homens compunham versos obscenos para acompanhar a melodia, cada um mais vulgar que o outro.

E ela mora lá, pensou. *Em um daqueles quartos no segundo andar, com uma cama e quase nada mais.* Ele bateu as rédeas nos cavalos e seguiu em frente, de cara fechada.

Não conseguia parar de pensar nela, e foi assim o resto daquele dia, descendo do filão principal para o vale onde tinha terras. Ficava revendo Angel caminhando na rua enlameada, uma mulher magra, vestida de preto, com um rosto lindo e pálido, feito pedra. De onde será que ela veio?

– Angel – ele disse em voz alta, saboreando o nome com a língua. Apenas experimentando. E soube, na hora em que falou, que sua espera havia terminado.

– Meu Deus – disse, suspirando. – Meu Deus, não é exatamente o que eu tinha pensado.

Mas ele sabia que se casaria com aquela mulher de qualquer jeito.

3

*Sou capaz de suportar o meu desespero,
mas não a esperança de outrem.*
— William Walsh

Angel se lavou, vestiu um robe azul limpo e se sentou no pé da cama para esperar a próxima batida na porta. Mais dois e o trabalho daquela noite estaria terminado. Podia ouvir a risada de Lucky no quarto ao lado. Ela ficava muito risonha e engraçada quando se embebedava, coisa que acontecia praticamente o tempo todo. A mulher se perdia por uma garrafa de uísque.

Angel tinha tentado beber com ela uma vez, para ver se conseguia se soltar também. Lucky servia e ela procurava acompanhar. Mas em pouco tempo a cabeça começou a rodar e o estômago revirou. Lucky segurou o penico para ela vomitar e riu carinhosamente. Disse que algumas pessoas conseguiam segurar a bebida, outras não, e que achava que Angel era uma das que não conseguiam. Levou-a de volta para o quarto e disse para ela dormir.

Aquela noite, quando o primeiro homem bateu à porta, Angel o mandou embora, em termos nada educados. Furioso, ele procurou a Duquesa e disse que queria seu pó de ouro de volta. A Duquesa subiu, deu uma olhada em Angel e mandou chamar Magowan.

Angel não gostava de Magowan, mas nunca teve medo dele. Ele nunca a incomodou. Ficava quieto ao lado dela quando saía em suas caminhadas. Não dizia nada. Não fazia nada. Apenas cuidava para que ninguém se aproximasse dela fora do Palácio. Angel sabia que não era tanto por ela, para protegê-la, e sim pela Duquesa. Ele a acompanhava para garantir que Angel voltasse.

Mai Ling nunca contou o que Magowan fez com ela quando foi enviado ao seu quarto, mas Angel via a expressão de medo nos olhos escuros da chinesa sempre que ele estava por perto. Bastava Magowan sorrir para ela, que a moça empalidecia e começava a suar. Por dentro, Angel zombava dela. Era preciso mais do que palavras para que temesse qualquer homem.

Aquela noite, quando Magowan chegou, Angel só percebeu uma silhueta escura perto dela.

– Você não terá o que o seu dinheiro comprou – ela disse.

Então percebeu que era ele.

– Ah, é você. Vá embora. Não vou sair para caminhar hoje.

Ele mandou que enchessem a banheira. Assim que as duas empregadas saíram, curvou-se sobre Angel de novo, com um sorriso largo e cruel.

– Eu sabia que mais cedo ou mais tarde teríamos de ter uma conversa.

Magowan a agarrou. Sóbria no mesmo instante, ela se debateu, mas ele a pegou no colo e a jogou na água gelada. Ofegante, Angel tentou sair, mas ele segurou a cabeça dela e a afundou na água. Apavorada com o peso daquela mão enorme, Angel lutou. Quando seus pulmões pegavam fogo pela falta de ar e ela já estava perdendo a consciência, ele a puxou para fora.

– Chega? – perguntou.

– Chega – Angel disse com a voz rouca, engolindo ar.

Ele lhe deu outro caldo. Ela se contorceu e esperneou, abanando as mãos para tentar escapar. Quando Magowan a puxou para cima de novo, ela engasgou e vomitou. Ele deu risada e ela percebeu que o brutamontes estava se divertindo. Magowan ficou parado na frente dela, com as pernas meio abertas, e então estendeu a mão para afundá-la de novo. Uma fúria irracional tomou conta de Angel, que lhe desfechou um soco direto e firme. Ele caiu de joelhos, gemendo, e então ela se arrastou para longe.

Magowan foi atrás dela. Ela gritou e ele a agarrou. Angel o chutava e o arranhava, ofegante com o esforço. Ele estava com a mão em seu pescoço quando a porta do quarto se abriu e a Duquesa entrou, batendo a porta com um estrondo e berrando para os dois pararem.

Magowan obedeceu, mas olhou para Angel com raiva.

– Vou matar você. Eu juro.

– Já chega! – disse a Duquesa, furiosa. – Escutei o grito dela na escada. Se os homens também escutassem, o que acham que aconteceria?

– Eles o enforcariam – disse Angel, cruzando as pernas e rindo de Magowan.

A Duquesa a estapeou, e ela caiu para trás, chocada.

– Nem mais uma palavra, Angel – avisou a Duquesa.

Ela se empertigou e se virou para Magowan.

– Eu disse para deixá-la sóbria, Bret, e para ter uma conversa com ela. Era só isso que eu queria que fizesse. Está entendendo?

A Duquesa puxou a cordinha do sino.

Os três esperaram tensos, em silêncio. O tapa tinha silenciado Angel. Ela sabia que a Duquesa mal tinha controlado sua fúria. Também sabia, depois de uma olhada para Magowan, que outro desabafo idiota da parte dela seria capaz de arrebentar a coleira dele.

Alguém bateu discretamente à porta. A Duquesa abriu só um pouco e pediu café e pão. Atravessou o quarto e se sentou na cadeira de espaldar reto.

– Mandei que fizesse uma coisa muito simples, Bret. Faça apenas o que eu digo e nada mais – ela disse. – Angel tem razão. Eles o enforcariam.

– Ela precisa de uma boa lição – ele disse, olhando para Angel com ódio.

Toda a coragem de Angel evaporou. Ela viu claramente que algo sombrio e maligno brilhava nos olhos de Magowan. Ela reconhecia aquele olhar. Já o tinha visto na expressão de outro homem. Antes daquele dia, Angel nunca havia levado Bret a sério, mas realmente ele era um caso sério. Ela também sabia que o medo era a última coisa que podia deixar transparecer. Só serviria para alimentar a sede de sangue daquele homem, e nem a Duquesa seria capaz de impedi-lo. Por isso ficou calma e imóvel, como um rato na toca.

A Duquesa olhou para Angel por um longo tempo.

– Você vai se comportar agora, não vai, Angel?

Ela se sentou direito, devagar, e encarou a Duquesa com um olhar sério e sarcástico.

– Sim, madame.

Ela tremia de frio.

– Dê-lhe um lençol antes que ela pegue um resfriado.

Magowan pegou um da cama e jogou para ela. Angel se enrolou no cetim como se fosse um manto real e não ousou olhar para ele. Fúria e medo se apoderaram dela.

– Venha aqui, Angel – disse a Duquesa.

Angel levantou a cabeça e olhou para a mulher. Ao ver que ela demorava a obedecer, Magowan agarrou uma mecha do cabelo louro e a puxou para cima. Ela cerrou os dentes, negando-lhe a satisfação de ouvi-la gritar.

– Quando ela manda fazer uma coisa, você faz – ele rosnou, dando-lhe um empurrão.

Angel caiu de joelhos diante da Duquesa.

A mulher alisou-lhe o cabelo, e a calculada suavidade depois da brutalidade de Magowan destruiu a rebeldia de Angel.

– Quando trouxerem a bandeja, Angel, coma o pão e beba o café até a última gota. Bret ficará aqui para isso. Assim que terminar, ele vai embora. Quero você pronta para trabalhar em duas horas.

A Duquesa se levantou e foi para a porta. Olhou para trás.

– Bret, nem mais uma marca nela. É a nossa melhor garota.

– Nenhuma marca – ecoou Magowan, friamente.

E manteve sua palavra. Não encostou nela, mas falou. E o que disse fez o sangue de Angel gelar. Ela forçou o pão e o café goela abaixo por saber que, quanto mais cedo acabasse, mais cedo ele sairia dali.

– Você vai ser minha, Angel. Daqui a uma semana, ou um mês, vai passar dos limites com a Duquesa, ou exigir demais. E então ela a entregará a mim numa bandeja de prata.

Desde aquela noite, Angel se comportou e Magowan não a incomodou mais. Mas ele estava esperando e ela sabia disso. Recusava-se a dar-lhe a satisfação que Mai Ling lhe dava. Reservava-lhe sempre um sorriso debochado quando ele entrava no quarto. Desde que ela obedecesse, a Duquesa ficava feliz e Bret Magowan não podia fazer nada.

Mas as paredes estavam se fechando em volta dela novamente Cada dia mais. A pressão dentro dela crescia, e o esforço para manter a fachada de calma esgotava suas forças.

Mais um esta noite e poderei dormir, pensou. Estendeu as mãos e viu que tremiam. Ela tremia inteira. Sabia que estava perdendo o controle. Era muito fingimento, tempo demais. Balançou a cabeça. Tudo que precisava era de uma boa noite de sono e estaria bem no dia seguinte. *Só mais um*, pensou, e torceu para ser rápido.

Ouviu a batida e foi atender. Abriu a porta e avaliou o homem lá parado. Era mais alto e mais velho do que a maioria, com belos músculos. Fora isso, não viu nada de especial nele. Mas sentiu... O que era? Um estranho desconforto. A tremedeira aumentou. Seus nervos estavam à flor da pele, quase fora de controle. Abaixou a cabeça, respirou bem devagar e afastou aquela estranha reação com toda força de vontade que lhe restava.

Só mais um e estou livre esta noite.

Apesar dos 26 anos de idade, Michael se sentia um jovem inexperiente, ali parado diante da porta aberta do quarto de Angel, à luz fraca do lampião no corredor do bordel. Mal conseguia respirar, o coração estava disparado. Era ainda mais linda do que se lembrava, e menor. O corpo esguio era bem visível sob o robe de cetim azul, e procurou não olhar abaixo da linha de seus ombros.

Angel chegou para o lado para ele poder entrar. A única coisa que Michael viu foi a cama. Estava arrumada, mas ele teve visões que surgiram sem convite. Isso o deixou nervoso, irritado, então se virou para trás e olhou para ela. Angel sorriu um pouco. Foi um sorriso experiente, sedutor. Ela sabia de tudo o que se passava na cabeça dele, até o que ele não queria pensar.

– O que lhe dá prazer, senhor?

Sua voz era baixa, suave e surpreendentemente articulada, mas foi tão direta que o pegou de surpresa. Ela não poderia ter dito nada melhor para Michael ter plena consciência do que ela fazia para viver, e da poderosa atração física que sentia por ela.

Quando ele entrou no quarto, Angel fechou a porta e se encostou nela. Esperou a resposta dele enquanto fazia uma rápida avaliação. O desconforto que sentia diminuiu. Ele não era tão diferente do resto. Só um pouco mais velho do que a média e com ombros um pouco mais largos. Não era nenhum menino, mas parecia constrangido, muito constrangido. Talvez tivesse uma esposa em algum lugar e se sentisse culpado. Podia ter uma mãe muito cristã e estaria pensando o que ela acharia de o filho procurar uma prostituta. Esse não ia querer ficar muito tempo com ela. Bom. Quanto menos, melhor.

Michael não sabia o que dizer. Tinha passado o dia inteiro pensando em estar com ela e agora, ali no quarto, emudecia, com o coração latejando na garganta. Ela era tão linda e parecia estar se divertindo. *Meu Deus, e agora? Não consigo nem pensar no que estou sentindo.* Angel foi andando para perto dele, atraindo-lhe a atenção para o seu corpo a cada movimento.

Ela tocou o peito dele e o ouviu engolir em seco. Deu a volta nele, sorrindo.

– Não precisa ser tímido comigo, senhor. Diga o que deseja.

Ele olhou para ela.

– Você.

– Sou toda sua.

Michael observou quando ela foi até a pia. Angel. O nome combinava com sua aparência, de boneca de porcelana perfeita, com olhos azuis, pele branca e cabelo dourado. Talvez mármore fosse uma descrição melhor. Porcelana se quebra. Ela parecia resistente demais para isso, tão dura que chegava a doer só de olhar. Por quê? Ele não esperava sentir aquilo. Tinha se preocupado demais em superar o desejo que sabia que ela provocaria. *Deus, dê-me força para resistir a essa tentação.*

Ela derramou água numa bacia de porcelana e pegou uma barra de sabão. Tudo o que fazia era gracioso e provocante.

– Venha até aqui para eu limpá-lo.

Michael sentiu uma onda de calor percorrer todo o corpo e se concentrar no rosto. Tossiu e teve a sensação de que o colarinho era apertado demais, que o sufocava.

Ela riu baixinho.

– Prometo que não vai doer.

– Não é necessário, madame. Não vim aqui por sexo.

– Não. Está aqui para estudar a Bíblia.

– Vim aqui para conversar com você.

Angel cerrou os dentes. Disfarçou a irritação e deixou os olhos percorrerem indiscretamente o corpo dele. Michael se agitou, constrangido sob aquele olhar. Ela sorriu.

– Tem certeza de que quer conversar?

– Tenho.

Ele parecia realmente convencido. Angel suspirou e virou-se para secar as mãos.

– Como quiser, senhor.

Ela se sentou na cama e cruzou as pernas.

Michael sabia o que Angel estava fazendo. Lutou contra o pronto desejo de cobrar dela a mensagem óbvia que lhe enviava sem parar. Quanto mais tempo ficava em silêncio, mais sua mente criava imagens, e ela sabia disso, pelo jeito que olhava para ele. Estaria fazendo pouco dele? Disso ele não tinha dúvida.

– Você mora aqui neste quarto quando não está trabalhando?

– Moro – ela inclinou a cabeça. – Onde pensou que eu morasse? Numa pequena casa branca, no fim de uma rua em algum lugar?

Ela sorriu para amenizar a crítica contida nas palavras. Detestava homens que faziam perguntas e se metiam em sua vida.

Michael examinou o quarto. Não havia nenhum artigo pessoal, nenhum quadro na parede, nenhum enfeite na pequena mesa de canto com toalha de renda, nenhuma roupa feminina espalhada. Tudo muito arrumado, limpo e frugal. Um armário modesto, uma mesinha de canto, um lampião a querosene, uma pia de mármore com uma bacia de porcelana amarela e uma cadeira de espaldar reto eram toda a mobília do quarto. Além da cama em que estava sentada.

Michael pegou a cadeira no canto, pôs na frente dela e se sentou. O robe de cetim estava meio aberto. Ele sabia que ela brincava com ele. Ela balançava o pé como um pêndulo, sessenta segundos para um minuto, trinta minutos para meia hora. Todo o tempo que ele tinha.

Meu Deus, vou precisar de um milhão de anos para conquistar esta mulher. Tem certeza de que é a que destinou para mim?

Os olhos de Angel eram azuis e sem fundo. Não dava para traduzir nada neles. Ela era uma muralha, um oceano infinito, um céu noturno nublado. Ele não enxergava a própria mão diante do rosto. Só via o que ela queria que visse.

– Disse que queria conversar, senhor. Então fale.

Michael ficou triste.

– Não devia ter me aproximado de você dessa maneira. Devia ter inventado outra forma.

– E existe outra forma?

Como fazer para que ela entendesse que ele era diferente dos outros homens que a procuravam, se chegara da mesma maneira que eles? Ouro. Seguira o conselho de Joseph, fora procurar a Duquesa e então ouvira a mulher dizer que Angel era um bem de consumo, uma fina, preciosa e bem guardada mercadoria. Pague primeiro, depois fale. Pagar tinha parecido a forma mais fácil, mais direta. Não tinha se importado com o preço. Mas agora estava claro que o caminho mais fácil não era o melhor.

Ele devia ter encontrado outro jeito, outro lugar. Ela estava preparada para trabalhar e não para ouvir. E ele se distraía com muita facilidade.

– Quantos anos tem?

Ela sorriu.

– Sou velha. Muito velha.

Ele entendeu que era mesmo. Ela não falava de anos. Michael duvidava de que qualquer coisa a surpreendesse. Parecia pronta para tudo. No entanto, também sentia algo mais nela, e percebera isso já da primeira vez em que a vira. Havia algo oculto nela. *Meu Deus, como faço para chegar até ela?*

– E você, quantos anos tem? – ela lhe devolveu a pergunta.

– Vinte e seis.

– Velho para um mineiro. A maioria tem 18, 19 anos. Não tenho visto muitos homens de verdade ultimamente.

A falta de sutileza fez Michael se sentir em terreno mais firme.

– Por que esse nome, Angel? É por causa de sua aparência? Ou é seu verdadeiro nome?

Ela apertou um pouco os lábios. A única coisa que lhe restava era o nome. Nunca o havia contado para ninguém, nem mesmo para Duke. A única pessoa que a chamava pelo nome era mamãe. E mamãe havia morrido.

– Pode me chamar como quiser, senhor. Não faz diferença.

Só porque ele não queria aquilo pelo qual havia pago, não significava que ela lhe daria outra coisa.

Ele a examinou.

– Acho que Mara combina com você.

– Alguém que conheceu onde vivia?

– Não, significa amarga.

Ela se surpreendeu e ficou completamente imóvel. Que brincadeira era aquela?

– É o que acha? – Angel levantou um ombro, indolente. – Bem, suponho que Mara é um nome tão bom quanto qualquer outro.

E começou a balançar o pé para frente e para trás de novo, marcando o tempo. Há quanto tempo ele já estava lá? Quanto tempo mais tinha de suportá-lo?

Ele continuou:

– De onde você é?

– Daqui e dali.

Michael sorriu com a indefinição mal-humorada, porém educada.

– Algum aqui e ali específico?

– Só aqui e ali – ela disse.

Angel parou de balançar o pé e inclinou o corpo para frente.

– E quanto a você? Qual é o seu nome? É de algum lugar específico? Tem uma esposa em algum lugar? Está com medo de fazer o que realmente quer?

Ela revidava seu tiroteio de perguntas, mas, em vez de constrangê-lo, ele ia ficando mais calmo. Essa mulher era mais real para ele do que a que o tinha recebido à porta.

– Michael Hosea – ele disse. – Moro em um vale a sudoeste daqui e não sou casado, mas serei em breve.

Ela franziu a testa, meio insegura. Era o jeito que ele olhava para ela. Aquela intensidade toda a deixava nervosa.

– Que nome é esse, Hosea?

O sorriso dele se tornou irônico.

– Quer dizer "profético".

Ele estava fazendo piada à custa dela?

– Vai prever meu futuro agora?

– Você vai se casar comigo. Vou tirá-la daqui.

Ela deu risada.

– Bem, é a minha terceira proposta de hoje. Estou muito lisonjeada.

Angel balançou a cabeça e inclinou-se para frente outra vez, com um sorriso frio e cínico. Será que ele pensava que aquela era uma abordagem nova? Será que achava aquilo *necessário*?

– Quando vai querer que eu comece a desempenhar meu papel, senhor?

– Depois que a aliança estiver no seu dedo. Neste momento só quero conhecê-la um pouco melhor.

Angel odiou Michael por prolongar o jogo. O tempo perdido, a hipocrisia, as mentiras intermináveis. A noite tinha sido muito longa e ela não estava com nenhuma disposição para agradá-lo.

– O que há para contar? O que faço é o que sou. Tudo se resume a você me dizer como quer que eu aja. Mas seja rápido, porque seu tempo está quase acabando.

Michael percebeu que tinha estragado aquele primeiro encontro. O que esperava? Chegar lá, falar claramente e sair com ela nos braços? Ela estava com cara de quem queria expulsá-lo do quarto. E ele estava furioso consigo mesmo por ter sido tão ingênuo e tolo.

– Você não está falando de amor, Mara, e não vim aqui para usá-la.

O tom grave e profundo de suas palavras, e aquele nome, Mara, só fizeram aumentar a raiva que Angel sentia.

– Ah, não? – ela inclinou a cabeça. – Bem, acho que estou entendendo.

E ficou de pé. Ele continuou sentado e ela chegou bem perto, passou as mãos macias em seu cabelo. Sentiu que ele ficava tenso e adorou.

– Vou adivinhar, senhor. Você quer me conhecer. Quer descobrir como penso e o que sinto. E, acima de tudo, quer saber como uma menina fina como eu veio parar em um negócio como este.

Michael fechou os olhos e cerrou os dentes para bloquear o efeito que seu toque lhe provocava.

– Faça o que está pensando em fazer, senhor.

Michael a afastou com firmeza.

– Vim para conversar com você.

Ela o observou com os olhos semicerrados, então fechou o robe com um tranco e amarrou as fitas de cetim. Ainda se sentia exposta sob seu escrutínio.

– Pois veio procurar a mulher errada. Se quiser saber o que pode ter, eu explico.

E foi o que fez, explicitamente. Dessa vez ele não ficou ruborizado nem reagiu.

– Eu quero conhecê-la, e não saber o que é capaz de fazer – disse, com a voz rouca.

– Se o que quer é conversa, desça para o bar.

Michael se levantou.

– Venha embora comigo e seja minha esposa.

Angel deu uma risada áspera.

– Se quer uma esposa, encomende uma pelo correio ou aguarde o próximo trem de passageiros cruzar as montanhas.

Ele se aproximou dela.

– Posso lhe dar uma boa vida. Não me importa como veio parar aqui nem por onde andou antes. Venha comigo agora.

Ela deu um sorriso debochado.

– Para quê? Mais do mesmo? Olha, já ouvi isso tudo antes, de centenas de outros homens. Você me viu, se apaixonou e agora não consegue mais viver sem mim. Pode me oferecer uma vida maravilhosa. Que mentira.

– Eu posso.

– Tudo acaba sendo a mesma coisa.

– Não acaba, não.

– Do meu ponto de vista, acaba. Meia hora é mais do que suficiente para qualquer um me possuir, senhor.

– Está me dizendo que é esta a vida que quer?

E por acaso "querer" tinha algo a ver com isso?

– Esta é a minha vida.

– Não precisa ser. Se pudesse escolher, o que ia querer?

– De você? Nada.

– Da vida.

A desolação tomou conta dela. *Da vida?* Do que ele estava falando? Sentia-se agredida por suas perguntas e se defendeu com um sorriso distante e frio. Abriu as mãos indicando o quarto simples, com pouca mobília.

– Tenho tudo de que preciso aqui.

– Tem um teto, alimento e belas roupas.

– E trabalho – ela disse, irritada. – Ah, não se esqueça do meu trabalho. Sou muito boa nisso.

– Você odeia isso.

Ela ficou calada um tempo, desconfiada.

– Você simplesmente me pegou em uma noite ruim.

Foi até a janela. Fingiu que espiava lá fora, fechou os olhos e fez força para se controlar. O que estava acontecendo com ela aquela noite? O que tinha aquele homem que mexia tanto com ela? Preferia o torpor, a insensibilidade àquele turbilhão de emoções. A esperança era um tormento. A esperança era o inimigo. E aquele homem era um espinho em seu peito.

Michael chegou por trás e pôs as mãos em seus ombros. Sentiu que ela ficou tensa ao toque.

– Venha para casa comigo – disse baixinho. – Seja minha mulher.

Angel afastou as mãos dele com raiva e tomou distância.

– Não, obrigada.

– Por que não?

– Porque não quero sair daqui, é por isso. Será que é motivo suficiente para você?

– Se não vem comigo, então pelo menos me deixe chegar um pouco mais perto.

Ah, finalmente. Lá vamos nós.

– Seis passos devem resolver, senhor. Tudo o que precisa fazer é pôr um pé na frente do outro.

– Não estou falando de metros ou centímetros, Mara.

Todos os sentimentos desaceleraram dentro dela e caíram, como se estivessem sendo sugados por um buraco negro a seus pés.

– Angel – ela disse. – Meu nome é Angel. Entendeu? Angel! E está desperdiçando o meu tempo e o seu ouro em pó.

– Não estou desperdiçando nada.

Ela se sentou outra vez na cama e bufou. Inclinou a cabeça para o lado e olhou para ele.

– Sabe, senhor, a maioria dos homens é bastante honesta quando vem aqui. Eles pagam, obtêm o que querem e vão embora. Mas há uns poucos que são como você. Não gostam de ser iguais ao resto. Por isso dizem que *se importam* comigo, perguntam o que deu errado em minha vida e dizem que podem consertar isso.

Angel torceu a boca com ironia.

Mas depois de um tempo todos passam dessa fase e tratam daquilo que realmente estão procurando.

Michael respirou fundo. Ela não economizava palavras. Muito bem. Ele também podia falar francamente.

– Só preciso olhar para você para ter consciência do meu corpo. Você sabe alimentar a fragilidade muito bem. Sim, eu a *desejo*, mas está enganada em relação a quanto e por quanto tempo.

Ela se sentiu ainda mais insegura.

– Não devia se sentir tão mal por isso. É apenas como os homens são.

– Bobagem.

– Agora vai me explicar como são os homens? Se há uma coisa que conheço muito bem é isso, senhor. *Homens*.

– Você não sabe nada de mim.

– Todo homem gosta de pensar que é diferente do anterior. Gosta de pensar que é melhor – ela deu um tapinha na cama. – Venha aqui que eu lhe mostro como são todos iguais. Ou será que está com medo de ver que tenho razão?

Ele sorriu gentilmente.

– Você ficaria mais à vontade comigo nessa cama, não é?

Ele se sentou na cadeira, nada desconcertado. Inclinou o corpo para mais perto dela, com as mãos juntas entre os joelhos.

– Não estou dizendo que sou melhor do que qualquer outro homem que vem procurá-la. Eu só quero mais.

– O quê, por exemplo?

– Tudo. Quero o que nem você sabe que tem para dar.

– Alguns homens esperam um pacote completo por algumas onças de ouro em pó.

– Escute o que eu tenho para oferecer.

– Não acho que o que está oferecendo é diferente do que já tenho.

Alguém bateu duas vezes à porta.

O alívio dominou Angel e ela não se deu o trabalho de esconder. Com um sorriso debochado, deu de ombros.

– Bem, você teve sua meia hora de conversa, não teve?

Ela se levantou e passou por ele. Tirou o chapéu do cabide perto da porta e lhe estendeu.

– Hora de ir.

Ele parecia desapontado, mas não derrotado.

66

– Vou voltar.

– Se isso o faz feliz...

Michael tocou o rosto dela.

– Não quer mudar de ideia? Venha comigo agora. Há de ser melhor do que isto.

O coração de Angel disparou. Ele parecia realmente sincero. Só que Johnny também parecera sincero. Johnny, com seu charme e sua lábia. Depois de tudo, no fim das contas, ele só queria tirar alguma coisa de Duke para depois usar. E tudo o que ela queria era escapar. Os dois fracassaram, e o preço daquilo foi terrivelmente alto.

Angel queria que aquele fazendeiro saísse de lá.

– Terá melhor proveito de seu pó de ouro em outro lugar. Não tenho o que quer que seja que está procurando. Experimente a Meggie. Ela é a filósofa.

Angel ia abrir a porta, mas Michael a impediu.

– Você tem tudo o que procuro. Não teria sentido o que senti na primeira vez em que a vi. Não teria tanta certeza agora.

– Sua meia hora acabou.

Michael percebeu que ela não cederia. Pelo menos, não dessa vez.

– Vou voltar. Tudo o que lhe peço é meia hora sincera do seu tempo.

Ela abriu a porta.

– Senhor, em cinco minutos você ia correr feito o diabo da cruz.

*Porque não faço o bem que quero,
mas faço o mal que não quero*
— Romanos 7,19

Hosea realmente voltou, na noite seguinte e na outra. Toda vez que Angel o via, sua inquietação aumentava. Ele falava e ela sentia o desespero aumentar. Sabia muito bem que não tinha de acreditar em nada, em ninguém. Não tinha aprendido do jeito mais difícil? A esperança era um sonho, e correr atrás dela tinha transformado sua vida num insuportável pesadelo. Não seria atraída por palavras e promessas novamente. Não deixaria um homem convencê-la de que havia qualquer coisa melhor do que aquilo que tinha.

Mesmo assim, não conseguia desfazer a tensão que crescia toda vez que abria a porta e via aquele homem ali. Ele jamais encostara a mão nela. Ficava apenas colorindo imagens de liberdade com palavras que ressuscitavam a antiga e dolorosa carência que sentia quando era criança. Uma sede que nunca acabava. E toda vez que fugira para encontrar uma resposta para isso, algum desastre se abatera sobre ela. No entanto, continuou tentando. Da última vez aquela sede a fez fugir de Duke e ir parar naquele lugar horrível e fedorento.

Bem, finalmente aprendera a lição. Nada melhorava, nunca. As coisas só iam de mal a pior. Era mais sensato se conformar e aceitar para sobreviver.

Por que aquele homem não conseguia enfiar na cabeça que ela não ia para lugar nenhum com ele nem com qualquer outro? Por que não desistia e não a deixava em paz?

E ele continuou indo, todas as noites. Ela estava enlouquecendo com isso. Hosea não era bajulador e charmoso como Johnny. Não usava a força como Duke. Não era como uma centena de outros que pagavam e se deitavam com ela. Na verdade, não era igual a nenhum outro que conhecera. Era disso que ela menos gostava. Não podia compará-lo com ninguém conhecido.

Toda noite, depois que ele saía, ela tentava tirá-lo da cabeça, mas alguma coisa ficava remoendo seus pensamentos. Pegava-se pensando nele nas horas mais estranhas e tinha de fazer força para pensar em outra coisa. Quando conseguia, eram as outras pessoas que o traziam de volta.

– Quem era aquele homem que estava com você ontem à noite? – perguntou Rebecca no jantar.

Angel controlou a irritação e passou manteiga no pão.

– Qual? – disse, olhando para a ruiva curvilínea, de seios fartos.

– O grandão, bonitão... Quem mais podia ser?

Angel deu uma mordida no pão. Queria saborear a refeição de pão com ensopado de veado em paz e não ser interrogada sobre quem entrava ou saía de seu quarto. Quem se importava com a aparência de qualquer um deles? Depois de um tempo, todos pareciam iguais mesmo.

– Entregue o jogo, Angel – disse Rebecca, impaciente. – Como se você se importasse... Ele esteve com você ontem à noite, foi o último a sair de seu quarto. Eu o vi no corredor quando vinha subindo a escada. Inteiro, em seu um metro e oitenta e cinco. Cabelo preto. Olhos azuis. Ombros largos. Sem um pingo de gordura e rijo em cada centímetro. Anda como um soldado. Quando sorriu para mim, senti um calor até a ponta dos dedos dos pés.

Lucky trocou o ensopado por uma garrafa de vinho tinto.

– Se um anão cheio de espinhas vindo de Nantucket sorrisse para você, sentiria esse mesmo calor até a ponta dos dedos dos pés.

– Beba seu vinho, eu não estava falando com você – disse Rebecca, com desprezo.

Ela não tinha paciência para os insultos simpáticos de Lucky e voltou a prestar atenção em Angel.

– Você não pode fingir que não sabe de quem estou falando. É que não quer contar nada para mim.

Angel olhou furiosa para ela.

– Eu não tenho nada para contar. Só quero saborear meu jantar, se não se importa.

Torie deu risada.

– Por que ela não ia querer ficar com ele só para ela? – disse, com o sotaque britânico carregado. – Talvez Angel tenha finalmente encontrado um homem de que gosta.

As outras riram.

– Talvez ela não queira ser importunada – interveio Lucky.

Rebecca suspirou.

– Angel, tenha um pouco de piedade. Só tive garotos inexperientes nesse último mês. Um homem seria muito bem-vindo, para variar.

Torie empurrou o prato.

– Se alguém como ele fosse ao meu quarto, eu o trancaria e o manteria preso.

Angel se serviu de um copo de leite e desejou que todas a deixassem em paz.

– É seu segundo copo – disse Renée, da outra ponta da mesa. – A Duquesa disse que era um copo para cada uma, porque é muito caro, e você está tomando dois!

Lucky sorriu fazendo careta.

– Antes do jantar, eu disse que ela podia ficar com o meu leite se me desse o vinho dela.

– Isso não é justo! – choramingou Renée. – Gosto de leite tanto quanto a Angel! Ela sempre consegue o que quer.

Lucky sorriu de orelha a orelha.

– Se você bebesse mais um copo de leite, ficaria com mais gordura na cintura.

Elas começaram a discutir. Angel teve vontade de gritar e de se levantar da mesa. A cabeça latejava. Até as intermináveis provocações de Lucky a irritavam, e Rebecca não desistia daquele homem desgraçado.

– Ele deve ter encontrado muito ouro para ir ao seu quarto três vezes em três noites. Como é o nome dele? Não finja que não liga.

Angel só queria que a deixassem em paz.

– Ele não é mineiro. É fazendeiro.

– Fazendeiro? – Torie riu. – Quem você pensa que engana, queridinha? Ele não é fazendeiro coisa nenhuma. Fazendeiros têm cara de burro e são sem graça como a terra que aram.

– Ele disse que era fazendeiro. Não quer dizer que é.

– Como é o nome dele? – Rebecca perguntou de novo.

– Não lembro.

Seria possível que o homem tinha de persegui-la mesmo quando não estava por perto?

– Não lembra... Lembra sim! – Rebecca ficou zangada.

Angel jogou o guardanapo em cima da mesa.

– Olha aqui! Eu não pergunto nomes. Não me importo com eles. Dou o que querem e eles vão embora. Ponto final.

– Então por que ele está sempre voltando?

– Não sei e não me importo.

Lucky serviu mais um copo de vinho.

– Rebecca, você está com ciúme porque ele não vai para o seu quarto.

Rebecca virou-se furiosa para ela.

– Por que não cala essa boca? Continue bebendo desse jeito que a Duquesa vai acabar lhe dando um chute no traseiro.

Lucky riu, sem se perturbar.

– Que ainda é um bom traseiro.

– Se mulheres não fossem tão raras por aqui, ninguém ia querer bater na sua porta mesmo – zombou Torie.

Lucky entrou no aquecimento para a batalha.

– Bêbada, sou melhor do que qualquer uma de vocês sóbria.

Angel ignorou os insultos lançados de um lado para o outro, aliviada de ter sido esquecida. Só que agora *ele* ocupava seus pensamentos de novo.

Meggie estava sentada ao lado de Angel e não tinha dito nada durante toda a discussão. Agora olhava para Angel enquanto mexia uma colher de precioso açúcar no café puro.

– E então, como é esse homem delicioso, Angel? Ele tem algum cérebro?

Angel olhou séria e irritada para ela.

– Convide-o para o seu quarto e descubra você mesma.

Meggie arqueou as sobrancelhas e se recostou na cadeira, sorrindo.

– Ah, é? Talvez faça isso mesmo, depois de todo o interesse que ele provocou entre as nossas amigas aqui.

E ficou analisando a reação de Angel.

– Você não se importaria, de verdade?

– E por que me importaria?

– Eu o vi primeiro! – disse Rebecca.

Lucky deu risada.

– Primeiro terá de nocauteá-lo e pedir que alguém ajude a arrastá-lo para o seu quarto.

– A Duquesa não vai gostar disso – disse Renée, irritada. – Você sabe que os homens pagam mais pela Angel. Só não entendo por quê.

– Porque ela é mais bonita exausta do que você em seu melhor dia – cacarejou Lucky.

Renée jogou um garfo nela e Lucky se esquivou com facilidade. O garfo bateu na parede e caiu.

– Lucky, por favor, fique quieta – disse Angel, certa de que Magowan apareceria.

Lucky não pensava quando bebia.

– Então você realmente não se importa – disse Rebecca.

– Pode ficar com ele, com a minha bênção – disse Angel.

Ela não queria que ele a incomodasse mais. Ele a desejava. Ela sentia esse desejo irradiando do corpo dele, mas ele nunca fizera nada a respeito. Só conversava. Fazia perguntas. Esperava. Pelo quê, Angel não sabia. Estava cansada de inventar mentiras para deixá-lo feliz. Ele simplesmente fazia a mesma pergunta de novo, de forma diferente. E não desistia. Cada vez que vinha, estava mais determinado. Na última vez, Magowan tinha voltado duas vezes para bater à porta e acabou gritando do lado de fora que era melhor ele se vestir e dar o fora, se não quisesse encrenca. Hosea não tinha nem desabotoado a camisa.

E dissera a mesma coisa que sempre dizia logo antes de ir embora.

– Venha comigo. Case-se comigo.

– Já disse que não. Três vezes. Você nunca entende? Não, não e não!

– Você não é feliz aqui.

– Não seria mais feliz com você.

– Como pode saber?

– Eu *sei*.

– Vista uma roupa boa para viagem e venha comigo. Agora. Não pense muito. Apenas faça.

– Magowan talvez queira se manifestar sobre isso.

Mas ela percebeu que ele não se preocupava nem um pouco com Magowan. Então imaginou como seria viver com um homem daquele, que parecia não ter medo de nada. Só que Duke também não tinha medo de nada, e ela sabia muito bem como era viver com ele.

– Pela última vez, *não* – disse com firmeza, pondo a mão na maçaneta.

Ele a segurou pelo pulso.

– O que a prende aqui?

Ela puxou o braço.

– Eu *gosto* – e abriu a porta com força. – Agora saia!

– Vejo você amanhã – ele disse, e foi embora.

Angel tinha batido a porta e se encostado nela. Tinha sempre uma terrível dor de cabeça depois que Hosea saía. Naquela noite se sentou ao pé da cama e apertou os dedos nas têmporas, para ver se a dor diminuía.

A mesma dor que a perseguia agora. E que só piorava quando as perguntas de Hosea ecoavam em sua mente. O que a prendia ali? Por que não saía pela porta e ia embora?

Angel cerrou os punhos. Primeiro tinha de receber o ouro que lhe era devido pela Duquesa, mas sabia que ela jamais lhe daria tudo de uma vez. De conta-gotas, era assim que receberia, pingado, só para alguns poucos luxos, mas não o bastante para sobreviver. A Duquesa não tinha como ser tão generosa assim.

E se Angel tivesse ouro suficiente para ir embora? Podia acabar da mesma forma que tinha acabado no navio ou no fim da viagem, quando fora espancada e abandonada, à mercê dos saqueadores. Aqueles poucos dias sozinha em San Francisco tinham sido os mais próximos da perdição que Angel tinha vivido. Sentira frio, fome e temera pela própria vida. Chegara a se lembrar com saudade da vida com Duke, logo com Duke, quem diria.

Ficou desesperada. *Não posso ir embora. Sem alguém como a Duquesa, ou até mesmo Magowan, eles me fariam em pedaços.*

Não queria correr o risco de ir com Michael Hosea. Ele era, disparado, uma incógnita muito maior.

Michael estava ficando sem ouro em pó e sem tempo. Não sabia como atingir aquela mulher. Percebeu que ela se afastava assim que abria a porta. Ele falava, ela olhava através dele e fingia que o escutava, mas ele sabia que não ouvia nada. Ficava só esperando a meia hora passar para ter o prazer de pedir que ele fosse embora.

Tenho pó de ouro para só mais uma tentativa, meu Deus. Faça com que ela me escute!

Subia a escada e repassava mentalmente o que ia dizer dessa vez, quando esbarrou numa ruiva. Chegou para trás e pediu desculpas, constrangido. A moça pôs a mão em seu braço e sorriu.

– Não se incomode com Angel esta noite. Ela disse que você gostaria mais de mim.

Michael encarou a mulher.

– O que mais ela disse?

– Que consideraria um favor se alguém o tirasse das mãos dela.

Ele cerrou os dentes e a afastou.

– Obrigado por me contar.

E foi andando pelo corredor. Parado na frente da porta do quarto de Angel, procurou controlar a raiva. *Jesus, o Senhor escutou? O que estou fazendo aqui? Eu tentei, sabe que tentei. Ela não quer o que lhe ofereço. O que eu posso fazer? Arrastá-la pelos cabelos?*

Bateu duas vezes e o som ecoou bem alto no corredor mal iluminado. Ela abriu a porta, olhou para ele rapidamente e disse:

– Ah, é você de novo.

– Sim, sou eu de novo.

Ele entrou e bateu a porta.

Angel arqueou as sobrancelhas. Um homem zangado podia ser imprevisível e perigoso. Aquele então, podia machucá-la muito, sem grande esforço.

– Não estou conseguindo nada com você, não é?

– Não é culpa minha se está desperdiçando seu ouro – ela disse em voz baixa.

– Eu o avisei naquela primeira noite, lembra?

E se sentou na beirada da cama.

– Não o iludi.

– Tenho de voltar para o vale para trabalhar.

– Não estou lhe impedindo.

O rosto dele estava pálido e tenso.

– Não quero deixar você aqui neste lugar maldito!

Ela piscou, surpresa, com a explosão dele.

– Não é da sua conta.

– Passou a ser da minha conta no minuto em que a vi.

Ela começou a balançar o pé graciosamente, para frente e para trás, para frente e para trás, marcando o tempo. Dormindo de olhos abertos. Era muito controlada. Nada transparecia em seus belos olhos azuis.

– Quer falar de novo? – ela cobriu um bocejo e suspirou. – Então fale. Sou toda ouvidos.

– Faço você ficar com sono?

Ela ouviu a irritação em sua voz. Sabia que o estava provocando. Bom. Talvez um pouco mais o afastasse de vez.

– Tive um dia longo e difícil – ela esfregou a base das costas. – E toda essa conversa perde a atualidade depois de um tempo.

Aquilo foi demais para Michael.

– Preferiria que eu fosse para a cama com você, não é?

– Pelo menos você iria embora com a sensação de que finalmente recebeu alguma coisa por todo o pó de ouro que gastou.

O coração de Michael batia rápido e com força. Foi até a janela tremendo de raiva e de desejo. Abriu a cortina e espiou lá fora.

– Gosta da vista daqui, Angel? Lama, prédios e barracas, homens bêbados cantando músicas de bar, todos lutando para sobreviver.

Angel. Era a primeira vez que ele a chamava assim. Por algum motivo, isso lhe doeu. Ela sabia que finalmente o estava atingindo. Esperou o resto. Ele diria seu discurso, usaria o que quisesse e iria embora. Seria o ponto final. Só precisava tomar cuidado para ele não levar um pedaço dela porta afora.

– E lá embaixo? – ele perguntou em tom de deboche. – Talvez você prefira.

Largou a cortina, deu meia-volta e encarou Angel.

– Tem uma sensação de poder porque pago pelos seus serviços toda noite?

– Não pedi para você fazer isso.

– É, não pediu mesmo. Você não pede absolutamente nada. Não precisa de nada. Não quer nada. Não sente nada. Por que não vou para o fim do corredor, para o quarto daquela ruiva? Não é isso? Aquela que você disse que podia me tirar de suas mãos.

Então era isso. Ele estava com o orgulho ferido.

– Só queria vê-lo sair da cidade com um sorriso no rosto.

– Quer me ver sorrir? Diga meu nome.

– Como é o seu nome? Esqueci.

Ele a puxou da cama.

– Michael. Michael Hosea.

Ele perdeu o controle e segurou o rosto dela com as duas mãos.

Michael.

O toque da pele dela o fez esquecer por que estava ali, e ele a beijou.

– Já não era sem tempo.

Angel chegou para frente e encostou o corpo no dele, incendiando-o. Suas mãos se moveram e ele sabia que, se não a fizesse parar, perderia não só a batalha, mas a guerra inteira.

Quando ela desabotoou sua camisa e enfiou a mão em sua calça, ele deu um salto para trás.

– Meu Deus – disse. – *Meu Deus!*

Espantada, ela olhou para ele. E compreendeu, chocada, o que estava acontecendo.

– Como conseguiu chegar à idade madura de 26 anos sem jamais ter estado com uma mulher?

Ele abriu os olhos.

– Tomei a decisão de esperar pela mulher certa.

– E realmente acha que eu sou essa mulher? – ela riu dele. – Pobre tolo.

Finalmente havia conseguido irritá-lo.

Meu Deus, entendi mal. Esta não pode ser a que enviou para mim.

Ele podia passar o resto da vida tentando fazer com que Angel o entendesse. Teve vontade de agarrá-la, chacoalhá-la e chamá-la de tola, mas a única coisa que ela fez foi encará-lo com aquele sorriso, como se afinal o compreendesse. Ele foi etiquetado e posto numa caixa.

Michael perdeu a calma.

– Se você quer assim, que seja.

Bateu a porta e saiu pelo corredor. Desceu a escada, atravessou o cassino, empurrou a porta de mola e foi para a rua. Continuou andando com a esperança de que o ar frio lhe esfriasse a cabeça.

Michael...

Esqueça! Esqueça que pedi uma esposa! Não preciso tanto assim de uma.

Michael...

Continuarei celibatário.

Michael, meu amado.

Ele continuou andando. *Meu Deus, por que ela? Por quê? Por que não uma mulher bem-criada e intocada até a noite de núpcias? Por que não uma viúva temente a Deus? Senhor, dê-me uma mulher simples, bondosa e forte, alguém que trabalhe ao meu lado no campo, arando, plantando e colhendo! Alguém que tenha terra embaixo das unhas, mas que não a tenha no sangue! Alguém que me dê filhos, ou alguém que já tenha filhos, se não for a sua vontade que eu tenha os meus. Por que me diz para casar com uma rameira?*

Foi esta a mulher que escolhi para você.

Michael parou, furioso.

– Não sou nenhum profeta! – berrou para o céu que começava a escurecer. – Não sou um de seus santos. Sou apenas um homem comum!

Volte lá e pegue Angel.

– Não vai dar certo! Dessa vez o Senhor se enganou.

Volte.

– Ela é boa para sexo, disso tenho certeza. Ela me dará isso e nada mais. Quer que eu volte por isso? Jamais terei dela mais do que uma mísera meia hora. Subo para aquele quarto cheio de esperança e saio de lá derrotado. Onde fica o seu triunfo nisso? Ela não se importa se nunca mais me vir. Está tentando me passar adiante para as outras como um... Não, Senhor. Não! Sou apenas mais um homem anônimo numa longa fila de homens anônimos na vida dela. Não pode ser isso que o Senhor tinha em mente!

Ele ergueu o punho cerrado.

– E com certeza não foi o que pedi!

Passou as mãos no cabelo.

– Ela deixou muito claro. Posso tê-la do jeito que eu quiser. Do pescoço para baixo. Excluindo o coração. Sou apenas um homem, meu Deus! Sabe o que ela me faz sentir?

Começou a chover. Uma chuva gelada.

Michael ficou parado no escuro, na rua de lama a dois quilômetros da cidade, com a chuva escorrendo no rosto. Fechou os olhos.

– Obrigado – disse asperamente. – Muito obrigado.

Sangue quente, em fúria, latejava-lhe nas veias.

– Se essa é a sua maneira de me acalmar, saiba que não está dando certo.

Faça a minha vontade, amado. Eu o tirei do fundo do poço, do pântano, e firmei seus pés sobre uma rocha. Volte pela Angel.

Mas Michael se agarrava à raiva como um escudo.

– Não vou. A última coisa que quero, ou preciso, é uma mulher que não sente nada.

E começou a andar de novo, desta vez para o estábulo, onde estavam sua carroça e seus cavalos.

– O tempo está ruim para viajar, senhor – disse o cavalariço. – Vem vindo uma tempestade.

– É bom como qualquer outro. Estou farto deste lugar.

– O senhor e milhares de outros.

Michael teve de passar pelo Palácio para sair da cidade. As risadas de bêbados e a música do piano eram irritantes. Nem olhou para a janela dela no segundo andar quando passou. E por que olharia? Ela devia estar trabalhando. Assim que voltasse para o vale e se esquecesse daquela mulher destinada ao inferno, se sentiria melhor.

E da próxima vez que rezasse para Deus enviar uma mulher para compartilhar sua vida, seria muito mais específico sobre o tipo que queria.

Angel estava de pé ao lado da janela quando viu Hosea passar. Sabia que era ele, mesmo com os ombros curvados para se proteger da tempestade. Esperou para ver se ele olhava para cima, mas ele não olhou. Ficou observando-o até perdê-lo de vista.

Bem, tinha finalmente conseguido afastá-lo. Era o que queria desde o início.

Então por que estava se sentindo tão desolada? Não devia estar contente por ter se livrado dele afinal? Ele não ia mais se sentar no seu quarto, falando, falando e falando, até ela pensar que ia enlouquecer.

Ele acabou chamando-a de Angel. *Angel!* Ela levantou a mão trêmula e a encostou no vidro. O frio penetrou na palma da mão e subiu pelo braço. Então encostou a testa e ouviu o tamborilar da chuva. O ruído a fez se lembrar do barraco perto das docas e da mãe sorrindo ao morrer.

Oh, meu Deus! Estou sufocando. Estou morrendo.

Ela começou a tremer e deixou a cortina voltar para o lugar. Talvez fosse a única saída. A morte. Se morresse, ninguém mais poderia usá-la.

Sentou-se na cama e encolheu os joelhos junto ao peito. Apoiou a cabeça nos joelhos e ficou balançando para frente e para trás. Por que ele tinha de procurá-la? Ela já estava aceitando as coisas como eram. Estava sobrevivendo. Por que ele tinha de destruir sua paralisia interior? Cerrou os punhos. Não conseguia se livrar da visão de Michael Hosea indo embora na chuva.

E teve o terrível pressentimento de que acabara de jogar fora sua última chance.

> *A morte está diante de mim hoje.*
> *Como um homem que anseia ver sua casa*
> *depois de passar muitos anos no cativeiro.*
> — Papiro do Egito antigo

A tempestade durou dias. A chuva riscava o vidro como lágrimas, lavava a terra e formava imagens líquidas do mundo lá fora. Angel trabalhava, dormia e espiava as favelas, os prédios de ripas e as tendas decadentes de lona, iluminadas por milhares de lampiões até o amanhecer. Nenhum verde em parte alguma. Só cinzas e marrons.

Henri ia servir o café da manhã agora, mas ela não tinha fome e não estava disposta a se sentar com as outras para ouvir suas brigas e reclamações.

A chuva caía mais forte e mais rápida e com ela vieram as lembranças. Ela costumava fazer uma brincadeira com a mãe nas tardes chuvosas. Sempre que chovia fazia frio na favela, frio demais para qualquer pessoa que não fosse obrigada a ficar lá. Os homens iam se aquecer numa taverna confortável e Rab ia com eles. Mamãe punha Sarah no colo e enrolava o cobertor em volta das duas. Sarah passou a gostar das tempestades, porque então tinha mamãe só para ela. Ficavam vendo as grandes gotas se unindo no vidro da janela e por fim escorrendo, transformadas num rio quando chegavam ao batente. Mamãe lhe contava histórias de quando era criança. Só os momentos felizes, os bons tempos. Jamais falava de quando fora abandonada pelo pai de Sarah. Nunca falava de Alex Stafford. Mas, sempre que ficava calada, Sarah sabia que estava se lembrando dele e sofrendo tudo aquilo de novo. Mamãe a abraçava com força, a balançava e cantarolava de boca fechada.

– As coisas vão ser diferentes para você, querida – dizia, e beijava a filha. – As coisas vão ser diferentes para você. Você vai ver.

E Angel viu.

Parou de pensar no passado, largou a cortina e se sentou à pequena mesa com toalha de renda. Reprimiu as lembranças mais uma vez. O nada do vazio era melhor do que o sofrimento.

Hosea não vai voltar. Não desta vez. Fechou os olhos com força e a mão também, pequena, apoiada no colo. Por que pensava nele? "Venha embora comigo e seja minha esposa". Claro, até se cansar dela e entregá-la para outro. Como Duke. Como Johnny. A vida não muda nunca.

Deitou-se na cama e cobriu o rosto com um lençol claro de cetim. Lembrou-se dos homens costurando a mortalha sobre o sorriso rígido da mãe e sentiu um vazio por dentro. Qualquer esperança que um dia existira nela tinha se esvaído. Não restava mais nenhuma salvação. Sentia que estava desmoronando.

– Vou conseguir sozinha – disse no silêncio do quarto, e quase pôde ouvir Duke dando risada: "Claro que vai, Angel. Como na última vez".

Alguém bateu à porta e a trouxe de volta das lembranças sombrias.

– Posso entrar, Angel?

Ela deu boas-vindas a Lucky. Lembrava mamãe, só que Lucky bebia para ficar feliz e mamãe bebia para esquecer. Não estava bêbada naquele momento, mas segurava uma garrafa e dois copos.

– Você anda muito retraída ultimamente – disse Lucky, ao se sentar na cama com ela. – Está bem? Não está doente nem nada, está?

– Estou bem – disse Angel.

– Não tomou café conosco.

E botou a garrafa e os copos na mesa de cabeceira.

– Não estava com fome.

– E também não está dormindo bem. Está com olheiras. Você está triste, não é?

E ajeitou gentilmente o cabelo de Angel para trás.

– Ora, isso acontece com todas nós, até com uma prostituta velha como eu.

Lucky gostava de Angel, se preocupava com ela. Angel era muito jovem... E muito dura. Precisava aprender a rir um pouco da vida. Era linda, e isso era sempre útil naquela profissão. Lucky gostava de olhar para ela. Angel era uma flor rara naquele canteiro de ervas daninhas, era especial. As outras não gostavam dela por causa disso, e porque ela não se misturava, era independente.

Lucky era a única a quem Angel permitia certa proximidade, mas havia regras. Ela podia falar sobre qualquer coisa, menos sobre homens e Deus. Lucky nunca parara para pensar nem para perguntar por quê. Era grata porque lhe permitia que fossem amigas.

Angel estava especialmente quieta naquele dia, com o lindo rosto muito pálido e abatido.

– Trouxe uma garrafa e dois copos. Quer experimentar beber de novo? Talvez não seja tão ruim desta vez. Vamos bem devagar.

– Não – Angel estremeceu.

– Tem certeza de que não está doente?

– Acho que não estou.

O que a deixava doente era a vida.

– Estava pensando em minha mãe.

Foi a primeira menção a qualquer coisa relacionada com o passado de Angel, e Lucky sentiu-se honrada de merecer sua confiança. Entre as meninas, era um grande mistério a origem de Angel, de onde tinha vindo.

– Não sabia que você tinha mãe.

Angel deu um sorriso enviesado.

– Talvez não tenha tido mesmo. Pode ser apenas a minha imaginação.

– Você sabe que eu não quis dizer isso.

– Eu sei.

Angel olhou para o teto.

– Mas às vezes fico pensando.

Existiu mesmo uma casa cercada de flores, com o perfume das rosas entrando pela janela da sala? Sua mãe realmente riu, cantou e correu com ela pelos campos?

Lucky pôs a mão na testa de Angel.

– Você está febril.

– Estou com dor de cabeça, mas vai passar.

– Há quanto tempo está sentindo isso?

– Desde que o fazendeiro começou a me perseguir.

– Ele voltou?

– Não.

– Acho que ele estava apaixonado por você. Está arrependida de não ter ido embora com ele?

Angel ficou tensa por dentro.

– Não. Ele é só um homem como os outros.

– Quer que a deixe sozinha?

Angel segurou a mão de Lucky.

– Não.

Não queria ficar sozinha. Não assim, pensando no passado, sem conseguir afastar as lembranças. Não quando só pensava em morrer. E aquela chuva, constante, martelando sem parar... Estava enlouquecendo.

Ficaram em silêncio um bom tempo. Lucky serviu-se de um drinque. A tensão dominou Angel ao se lembrar de mamãe bebendo para fugir e esquecer. Lembrou-se do sofrimento e da sensação de culpa de mamãe e de seu choro sem fim. Lembrou-se de Cléo, bêbada e amarga, reclamando da vida e contando para ela a verdade de Deus sobre os homens.

Lucky não era mamãe nem Cléo. Era divertida e desinibida. Gostava de falar. As palavras tão conhecidas fluíam como bálsamo. Se Angel conseguisse prestar atenção na história da vida de Lucky, talvez esquecesse a sua.

– Minha mãe fugiu quando eu tinha 5 anos – disse Lucky. – Já contei isso a você?

– Conte outra vez.

– Minha tia me criou. Era uma senhora de bem. O nome dela era srta. Priscilla Lantry. Desistiu de casar com um bom rapaz porque o pai dela estava doente e precisava dela. Cuidou do velho sovina por quinze anos, até ele morrer. Nem tinha esfriado na cova quando minha amável mãe me largou na porta dela com um bilhete que dizia: "Esta é Bonnie". Assinado: "Sharon".

E deu risada.

– Tia Priss não gostou muito da ideia de ter uma criança para criar, especialmente uma rejeitada pela irmã que não prestava. Todos os vizinhos acharam que ela era uma santa por ter me adotado.

Lucky se serviu de mais uma dose de uísque.

– Ela disse que ia cuidar para que eu fosse educada direito, não como minha mãe. Quando não usava uma vara para me bater pelo menos duas vezes por dia, achava que não estava cumprindo o seu dever. "Economize a vara e estrague a criança."

Lucky bateu com a garrafa na mesa de cabeceira e afastou o cabelo escuro do rosto vermelho.

– Ela bebia. Não como eu. Ela fazia tudo direito. Só bebericava. Aliás, nem era uísque. Era madeira, o bom madeira. Começava de manhã, um golinho aqui, outro ali. Parecia ouro líquido em sua bela taça de cristal. Era muito calma e doce quando os vizinhos a visitavam.

Lucky deu uma risadinha.

– Eles achavam charmoso seu ciciar.

Suspirou e rodou o líquido cor de âmbar no copo.

– Era a mulher mais perversa que conheci. Mais perversa do que a Duquesa. Assim que as visitas iam embora em suas belas carruagens, ela vinha para cima de mim.

E começou a imitar o elegante sotaque sulino:

– "Você não fez uma mesura quando a sra. Abernathy chegou. Você pegou dois biscoitos da bandeja, quando eu disse para pegar apenas um. O diretor da escola disse que não fez seu dever de aritmética ontem."

E bebeu metade do uísque no copo.

– Depois ela me punha sentada enquanto ia procurar a vara certa no salgueiro. Tinha de ter a espessura de seu dedo indicador.

Lucky ergueu o copo para a luz e espiou através dele antes de esvaziá-lo.

– Uma tarde ela foi tomar chá com a mulher do pároco. Iam tratar da minha inscrição numa academia de moças. Enquanto estava fora, derrubei o salgueiro com um machado. A árvore arrebentou o telhado e caiu bem no meio de sua linda sala de estar. Quebrou seus cristais todos. Fugi antes de ela voltar.

Riu baixinho.

– Às vezes penso que gostaria de ter ficado para ver a cara dela quando chegasse em casa.

E ficou olhando para o copo vazio.

– E às vezes tenho vontade de voltar e dizer para ela que sinto muito.

Pegou a garrafa e ficou de pé, com os olhos vidrados.

– É melhor eu ir para a cama, ter meu sono de beleza.

Angel segurou-lhe a mão.

– Lucky, procure não beber tanto. A Duquesa andou dizendo que vai mandá-la para a rua se não maneirar na bebida.

– Não se preocupe comigo, Angel – disse Lucky, com um sorriso apagado. – Da última vez que eu soube, ainda era uma mulher para vinte homens aqui. As chances estão definitivamente a meu favor. Você é que tem de se cuidar. Magowan a odeia.

– Magowan não vale nada, é um bostinha.

– É verdade, mas a Duquesa tem uma queda por ele, e ele anda dizendo para ela que você é preguiçosa e insolente. Trate de se cuidar. Por favor.

Angel não se importava. Que diferença fazia? Os homens iam continuar aparecendo e pagando para estar com ela, até as mulheres decentes chegarem. Daí iam tratá-la como mamãe. Fingir que não a conheciam quando passassem por ela na rua. As mulheres de bem virariam a cara e as crianças ficariam boquia-bertas, olhando, perguntando quem era ela, até receberem um cala-boca. À noi-te, ainda teria trabalho. Claro, até deixar de ser bonita ou ficar muito doente e não atrair mais ninguém.

Se ao menos pudesse ser como aqueles homens da montanha que iam para aqueles lugares remotos e ficavam por lá, caçando a própria comida, construindo o próprio abrigo, sem precisar dar satisfação de nada a ninguém. Viver a vida em paz, isso devia ser um paraíso.

Ela se levantou da cama e foi até a pia. Derramou água na bacia, lavou o rosto, mas a água fria não melhorou nada. Ficou com a toalha sobre os olhos um longo tempo. Então se sentou à pequena mesa embaixo da janela e ficou es-piando por trás da cortina. Viu uma carroça vazia na rua e pensou em Hosea. Por que tinha de pensar nele agora?

E se tivesse ido com ele? Será que as coisas seriam diferentes?

Lembrou de uma vez que fugira com um homem. Aos 14 anos, era inexpe-riente demais para entender as ambições de Johnny. Ele procurava uma fonte de renda e ela queria escapar de Duke. Acabou que nenhum dos dois conseguiu o que queria. Fechou os olhos bem apertados diante do horror que Duke fez quan-do pegou os dois. Pobre Johnny.

Sentia-se bem antes de o fazendeiro aparecer. Ele era exatamente como Johnny. Usava a esperança como isca. Pintava imagens de liberdade e prometia isso para ela. Mas ela não acreditava mais naquelas mentiras. Tinha parado de acreditar na liberdade. Tinha parado de sonhar com ela... Até Hosea aparecer, e agora não conseguia mais pensar em outra coisa.

Agarrou a cortina.

– Preciso sair daqui.

Nem se importava para onde. Qualquer coisa era melhor do que aquilo.

Já tinha ouro suficiente para construir uma casinha e parar de trabalhar por um tempo. Só precisava de coragem para descer e exigir o que lhe era de direito. Conhecia o risco que corria, mas agora isso não tinha mais importância.

Pit, o encarregado do bar, estava polindo e empilhando copos quando ela desceu.

– Bom dia, srta. Angel. Quer sair para sua caminhada? Quer que eu encon-tre o Bret?

Faltou-lhe coragem.

– Não.

– Está com fome? Acabei de preparar um lanche para a Duquesa.

Talvez o alimento diminuísse seu mal-estar. Ela fez que sim com a cabeça. Ele largou os copos e saiu pela porta no fundo do bar. Quando voltou, disse:

– Henri vai servi-la num minuto, Angel.

O francês pequeno e moreno apareceu com uma bandeja onde havia um prato de batata frita com toucinho. O café estava morno. Pediu desculpas e disse que os suprimentos estavam acabando. De qualquer modo, Angel não conseguiu comer. Até que tentou, mas a comida parou na garganta, não descia. Bebeu o café e tentou afogar o medo, mas ele continuou lá, com um nó apertado no peito.

Pit a observava.

– Algum problema, Angel?

– Não. Nenhum.

Ela podia muito bem resolver logo aquilo. Empurrou o prato e se levantou.

Os aposentos da Duquesa ficavam no primeiro andar, atrás do cassino. Angel parou diante da pesada porta de carvalho, com as mãos molhadas de suor. Secou-as na saia, respirou fundo e bateu.

– Quem é?

– Angel.

– Entre.

A Duquesa passava o guardanapo delicadamente na boca e Angel viu o que restava de um omelete de queijo no prato. Um ovo valia dois dólares, e era muito difícil encontrar queijo, a qualquer preço. Nem conseguia lembrar a última vez que comera um ovo. Aquela vaca desprezível. O medo diminuiu e o ressentimento aumentou.

A Duquesa sorriu.

– Por que não está dormindo? Sua aparência está péssima. Está aborrecida com alguma coisa?

– Você tem exigido demais de mim.

– Bobagem. É apenas mais um de seus dias ruins.

E alisou a seda vermelha diáfana do vestido, que contribuía pouco para esconder os rolos de banha que tinha na cintura. As bochechas estavam inchadas e estava criando um segundo queixo. Uma fita cor-de-rosa prendia para trás o cabelo, que começava a ficar grisalho. Ela era obscena.

– Sente-se, querida. Vejo que está com algum problema na cabeça. Bret me disse que você não desceu para tomar café hoje. Quer comer alguma coisa agora?

A Duquesa apontou magnânima a mão indolente para um cesto de pãezinhos.

– Quero o meu ouro.

A Duquesa não pareceu nada surpresa. Riu e chegou para frente para se servir de mais café. Acrescentou creme. Angel ficou imaginando onde tinha conseguido aquele creme e quanto tinha custado. A Duquesa levantou a elegante xícara e bebeu o café, enquanto a observava por cima da borda.

– Por que quer o seu ouro? – perguntou, como se estivesse meramente curiosa.

– Porque me pertence.

A Duquesa olhou para ela com um ar de mãe tolerante. Parecia que estava se divertindo.

– Sirva-se de café e vamos conversar.

– Não quero café e não quero conversar. Quero o meu ouro e o quero agora.

A Duquesa inclinou um pouco a cabeça para o lado.

– Você podia pedir com um pouco mais de educação. Teve algum cliente irritante na noite passada?

Angel não respondeu, e a Duquesa semicerrou os olhos. Pôs a xícara no pires.

– Por que precisa do seu ouro, Angel? O que há para comprar aqui? Mais enfeites?

A expressão dela indicava que estava se divertindo novamente, só que o olhar passava um aviso.

– Diga o que você quer, que posso ver se arranjo. A menos que seja alguma coisa completamente fora de propósito, lógico.

Como os ovos e o creme. Como a liberdade.

– Quero uma casinha só minha – disse Angel.

A expressão da Duquesa mudou, ficou ameaçadora.

– Para poder entrar no negócio por conta própria? Está ficando ambiciosa, minha querida?

– Você não terá competição nenhuma de minha parte, posso lhe garantir. Estarei a centenas de quilômetros daqui. Eu só quero parar. Quero que me deixem em paz.

A Duquesa suspirou e olhou para ela com cara de pena.

– Angel, todas nós temos essas ideias bobas uma vez ou outra. Eu tiro por mim. Você não pode parar. É tarde demais.

E inclinou-se para frente, deixando o pires e a xícara na mesa outra vez.

– Eu cuido bem de você, não cuido? Se tiver reclamações procedentes, é claro que vou ouvi-la, mas não posso simplesmente deixar que vá embora. Este lugar é inóspito. Você não estaria segura por aí, sozinha. Coisas horríveis podem acontecer com uma menina bonita quando ela fica sozinha.

Seus olhos faiscaram.

– Precisa de alguém que tome conta de você.

Angel levantou um pouco o queixo.

– Posso contratar um guarda-costas.

Dessa vez a Duquesa deu risada.

– Alguém como Bret? Acho que não gosta dele como eu.

– Eu podia me casar.

– Casar? – ela riu. – Você? Ah, essa é boa.

– Fui pedida em casamento.

– Ah, tenho certeza que recebeu propostas. Até sua amiguinha bebum, a Lucky, já foi pedida em casamento, só que ela também é suficientemente esperta para saber que nunca daria certo. Os homens não querem prostitutas para casar. Dizem todo tipo de tolices quando estão solitários, desejando uma mulher, e quando não há mais ninguém por perto. Mas recuperam o juízo logo, logo. Além do mais, você não ia gostar.

– Pelo menos estaria trabalhando para um homem só.

A Duquesa sorriu.

– O que acharia de lavar as ceroulas sujas de um homem, preparar as refeições dele e limpar seu penico? O que acharia de fazer tudo isso e depois ter de lhe dar o que ele quisesse? Gostaria disso? Ou então talvez você imagine que ele a deixaria sem fazer nada o dia inteiro, que teria empregados para cuidar de tudo. Em outro lugar você podia conseguir isso. Mas aqui na Califórnia não, e certamente não agora. Seria mais inteligente ficar onde está.

Angel não disse nada.

Os cantos da boca da Duquesa viraram para baixo.

– O problema é que você pensa demais em si mesma, Angel – e balançou a cabeça. – Às vezes sinto que estou lidando com crianças mimadas. Tudo bem, minha querida. Vamos ao motivo deste nosso encontro, está bem? Quanto mais você quer? Trinta por cento?

– Só o que eu ganhei. Agora.

A Duquesa suspirou profundamente.

– Está bem, então, se é assim que tem de ser. Mas terá de esperar. Eu investi seu dinheiro para você.

Angel ficou imóvel, sentindo a frustração e a raiva crescendo. Fechou os punhos.

– Desinvista. Sei que tem ouro suficiente em seu cofre, agora mesmo, para acertar as contas comigo – e apontou para o prato. – Tem o bastante para comprar ovos, queijo e creme para você.

Angel juntou as mãos em concha.

– Tudo o que espero é um saco deste tamanho. Um dos homens que você mandou para o meu quarto na noite passada era contador e fez alguns cálculos para mim.

A Duquesa olhou furiosa para ela.

– Minha querida, você está falando como uma tola ingrata – e se levantou com a honra ferida. – Está esquecendo tudo o que faço por você. Os custos não são mais os mesmos de quando iniciamos esta pequena operação. Tudo aumentou de preço. Suas roupas custam uma fortuna. Seda e renda não são comuns numa cidade de mineração, você sabe. Sua comida custa ainda mais. E não levantei este prédio de graça!

O ressentimento e a amargura de Angel há muito tinham dissolvido o medo e o raciocínio lógico.

– O meu nome está na escritura?

A Duquesa parou.

– O que foi que disse?

– Você ouviu. O meu nome está na escritura?

Angel também se levantou, não queria mais se controlar.

– Você tem creme para o seu café, ovos e queijo no café da manhã. Veste cetim e renda. Usa até porcelana fina.

Pegou uma xícara e a jogou contra a parede.

– Quantos homens eu atendi para você poder se entupir feito uma porca e se vestir como uma paródia grotesca da realeza? Duquesa de onde? Duquesa de quê? Você não passa de uma prostituta velha e gorda que nenhum homem quer mais!

O rosto da Duquesa estava branco de raiva.

O coração de Angel batia cada vez mais depressa. Odiava aquela mulher.

– Você não está mais cobrando quatro onças de ouro pelo meu tempo. Qual é o preço hoje em dia? Seis? Oito? A essa altura, eu já devia ter renda suficiente para ficar livre deste lugar.

– E se não tiver? – perguntou a Duquesa em voz baixa.

Angel levantou o queixo.

– Ora, uma garota esperta pode se virar muito bem sozinha.

A Duquesa recuperou a pose.

– Uma garota esperta jamais pensaria em falar comigo desse jeito.

Angel sentiu o perigo e compreendeu o que tinha feito. Afundou lentamente na cadeira, com o coração na boca.

A Duquesa se aproximou e tocou-lhe o cabelo.

– Depois de tudo que fiz por você – disse, em tom de lamento. – Você tem memória curta para as primeiras semanas que passou em San Francisco, não é?

Ela segurou e levantou o queixo de Angel.

– A primeira vez que a vi, ainda tinha marcas de uma grande surra. Vivia num barraco vagabundo e estava quase morrendo de fome.

Ela apertou os dedos até provocar dor.

– Eu a tirei da lama e a transformei em alguém. Aqui você é uma princesa.

Ela soltou o queixo de Angel.

– Princesa de quê? – Angel disse, desolada.

– Você é muito ingrata. Acho que Bret tem razão. Ficou mimada com o tratamento especial que recebe.

Angel tremia por dentro. A raiva irracional tinha se evaporado. Pegou a mão da Duquesa e a apertou em seu rosto gelado.

– Por favor. Não suporto mais isso. Preciso sair daqui.

– Talvez precise mesmo de uma mudança – disse a Duquesa, alisando-lhe o cabelo. – Dê-me um tempo para pensar. Agora suba e vá descansar. Conversamos depois.

Angel fez o que ela disse. Sentou-se ao pé da cama e esperou. Quando Magowan entrou sem bater, Angel teve sua resposta. Levantou-se e recuou para longe, enquanto ele fechava a porta sem fazer barulho.

– A Duquesa disse que você tinha muito que dizer para ela minutos atrás. Bem, pombinha, agora é a minha vez de falar um pouco. Quando eu terminar, você estará tão obediente quanto Mai Ling. E eu vou gostar. Espero por isso há muito, muito tempo. E você sabe muito bem, não sabe?

Angel olhou para a janela dupla fechada, depois de novo para a porta trancada.

– Não vai conseguir passar por mim.

Bret tirou o paletó preto.

Angel se lembrou de um homem alto e moreno, também de paletó preto. Subitamente ficou muito claro que não havia saída, não para ela. Nunca houvera e nunca haveria. Para todo lado que virasse, toda vez que tentasse, acabava presa novamente, em situação pior do que a anterior.

– Não se preocupe. Não vou deixar nenhuma marca visível. E você vai trabalhar esta noite, disposta ou não.

Angel foi dominada pela desesperança e pela fúria. Lembrou-se de tudo que tinham feito com ela desde o tempo em que era criança, num barraco nas docas, até agora, naquele quarto. Nunca ficaria melhor. Aquilo era tudo que podia esperar da vida. O mundo estava cheio de Dukes e de Duquesas e de Magowans e de homens que faziam fila à sua porta. Haveria sempre alguém para escravizá-la e usá-la, alguém que lucraria com sua carne e seu sangue.

A saída era uma só.

Talvez ela sempre soubesse que era a única. Teve a sensação de que era uma presença viva dentro do quarto, uma força ao lado dela, obscura e acolhedora. E estava finalmente pronta para abraçá-la. Bastariam algumas palavras bem dosadas e Magowan terminaria o serviço para ela. E ela estaria livre... Livre para sempre.

Magowan franziu o cenho, confuso com a expressão de Angel, mas ela nem se importou. Não tinha mais medo. Abriu um largo sorriso para ele.

– Qual é o seu problema?

Os olhos de Angel brilhavam como loucos e ela começou a rir.

– Do que está rindo?

– De você, grandalhão. O cachorrinho da Duquesa.

Ela riu mais ainda com a cara espantada que ele fez. O riso ficou mais alto, um som estranho e alegre aos ouvidos dela mesma. Tudo era muito engraçado, incrivelmente engraçado. Por que não tinha percebido isso antes? Toda a sua vida era uma grande piada. Mesmo quando Magowan avançou em direção a ela, não conseguiu parar de rir. Nem no primeiro golpe nem no segundo. E nem no terceiro também.

Depois da quarta pancada, a única coisa que Angel ouviu foi a besta rugindo em seus ouvidos.

Prometo ser fiel, amar e respeitar,
na alegria e na tristeza, na saúde e na doença,
por todos os dias da nossa vida,
até que a morte nos separe.
— Livro de oração comum

Michael não conseguia tirar Angel da cabeça. Tentava se concentrar no trabalho, mas estava sempre pensando nela. Por que ela o perturbava tanto? Por que ele tinha essa impressão de que havia alguma coisa errada? Trabalhava até depois de escurecer todos os dias e então se sentava diante do fogo, atormentado por aqueles pensamentos. Via o rosto dela nas chamas, clamando por ele. Para o inferno, sem dúvida. Ou será que ele já estava tendo uma prova daquilo?

Lembrou-se da aura trágica de Angel quando passou por ele naquele primeiro dia e então se esforçou para lembrar também como seu coração era duro. Jurou que não voltaria para ela e passou a fazer isso todas as noites, quando dormia e ela assombrava seus sonhos. Não conseguia escapar dela. Ela dançava diante dele, como Salomé para o rei Herodes. Ele lhe estendia a mão e ela recuava. Era uma tortura. *Você me quer, não é, Michael? Então volte. Volte.*

Depois de alguns dias, os sonhos viraram pesadelos. Ela estava fugindo de alguma coisa. Ele corria atrás dela, pedindo que parasse, mas ela continuava correndo até chegar a um precipício. Então olhava para ele, com o vento açoitando o cabelo dourado no rosto.

Mara, espere!

Ela se virou para frente, abriu os braços e se jogou.

– *Não!*

Michael acordou assustado, com o corpo coberto de suor. O peito subia e desce, o coração batia tão rápido e forte que ele chegava a tremer. Passou as mãos trêmulas no cabelo.

– Meu Deus – sussurrou no escuro. – Jesus, livre-me disso.

Por que ela o perseguia daquele jeito?

Ele se levantou, abriu a porta e se encostou no batente. Estava chovendo novamente. Fechou os olhos, cansado. Não rezava havia dias.

– Eu seria um idiota de voltar – disse em voz alta. – Um idiota.

Olhou para o céu escuro e chuvoso.

– Mas é isso que o Senhor quer, não é, meu Deus? E não me dará paz enquanto eu não voltar.

Deu um longo suspiro e esfregou a nuca.

– Não entendo o que resultará de bom nisso, Senhor, mas eu voltarei. Mesmo sem gostar muito da ideia, farei o que quer.

Quando finalmente foi para a cama outra vez, dormiu profundamente e não teve sonhos, como há muito não acontecia.

De manhã o céu estava limpo. Michael carregou a carroça e atiçou os cavalos.

Quando entrou em Pair-a-Dice no fim da tarde, olhou para cima, para a janela de Angel. As cortinas estavam fechadas. Um músculo saltou-lhe no maxilar e sentiu uma dor aguda na barriga. Ela devia estar trabalhando.

Meu Deus, o Senhor disse para fazer a sua vontade e estou me esforçando muito. Mas é necessário que doa tanto assim? Preciso de uma mulher e esperei sua escolha. Por que me deu isso? Por que estou aqui de novo, neste acampamento, olhando para a janela dela com o coração na boca? Ela não me quer de jeito nenhum.

De ombros curvados, seguiu pela Main Street para tratar de negócios no mercado. Precisava de ouro para subir ao segundo andar do Palácio. Quando parou na frente da loja de Hochschild, saltou da carroça e subiu os degraus a passos largos. Havia um aviso pregado na janela. Fechado. De qualquer maneira, Michael bateu com força. Lá de dentro, Hochschild gritou uma série de impropérios que deixariam encabulado um marinheiro experiente. Quando abriu a porta, a raiva desapareceu.

– Michael! Por onde andou? Passei semanas com tudo em falta e você não apareceu.

Com a barba por fazer, meio bêbado, a camisa para fora da calça, Joseph saiu para espiar o que havia na carroça.

– Carregamento completo. Graças a Deus. Não me importa se está cheio de insetos ou apodrecendo. Fico com tudo o que trouxe.

– Você é o tipo do cara bom de negócio – disse Michael, sorrindo um pouco.

Empilhou os caixotes e carregou dois de cada vez.

– Está com uma aparência horrível. Esteve doente?

Joseph deu risada.

– Bebi demais. Está com muita pressa? Será que pode ficar um pouco para conversar?

– Dessa vez, não.

– Planeja gastar tudo o que eu lhe der no Palácio outra vez? É uma das doenças do homem, não é? Essa necessidade de mulher.

O maxilar de Michael se contraiu.

– Como é que sabe tanto de meus assuntos particulares?

– Não foi difícil saber, quando você continuou na cidade depois de quatro dias na última vez.

Hochschild olhou para Michael, assobiou sem fazer ruído e mudou de assunto.

– Encontraram um filão a uns seis quilômetros daqui, rio acima.

E contou tudo com detalhes.

– Com todo esse ouro entrando, posso aumentar meus preços.

Michael jogou o último caixote no balcão. O preço de Angel devia ter subido também.

Hochschild o pagou e coçou o rosto barbado. Michael costumava ser sociável, mas naquele dia estava visivelmente mal-humorado.

– Já comprou seu rebanho?

– Ainda não.

Na última viagem, Michael havia investido todo o pó de ouro que ganhara a duras penas para cortejar Angel. Guardou o pagamento no cinto.

– Dizem por aí que Angel parou de trabalhar por um tempo – disse Joseph.

Bastou ouvir seu nome e Michael teve a sensação de ter levado um soco no peito.

– Ela fez por merecer o descanso?

Joseph ergueu as sobrancelhas. Aquela observação não era típica de Michael, absolutamente. Ele devia ter se envolvido mesmo, devia ter se machucado muito. Balançou a cabeça e fez uma careta.

– Esqueça que falei dela.

Seguiu Michael até lá fora e o viu subir na carroça.

– A cidade recebeu um pastor na última quarta-feira. Se tiver vontade de ouvi-lo, está pregando no Gold Nugget Saloon.

Michael estava pensando em Angel. Pegou as rédeas e disse:

– Volto daqui a umas duas semanas.

– É melhor deixar esses cavalos descansarem um pouco. Parece que exigiu demais deles vindo para cá.

– Estou indo para o estábulo agora.

Bateu com o dedo no chapéu e desceu a Main Street. Ia precisar de suborno e de muita conversa para ver Angel aquela noite. Deixou os dois cavalos e a carroça com McPherson e foi para o centro da cidade para alugar um quarto no hotel que ficava em frente ao Palácio, do outro lado da rua. Pela primeira vez na vida Michael queria tomar um porre de verdade. Em vez disso, foi fazer uma longa caminhada. Precisava de tempo para controlar as emoções novamente e pensar bem no que ia dizer a ela.

Voltou ao anoitecer, nem um pouco mais calmo. Uma multidão se acotovelava na frente do Gold Nugget Saloon para ouvir os gritos do novo pregador sobre estarem vivendo o fim dos tempos do Apocalipse. Michael ficou na roda de fora, mais afastada, ouvindo. Olhou uma vez para a janela de Angel. Alguém recuou para trás das cortinas.

Ele devia ir lá agora e acertar as coisas com a Duquesa. Mas o coração disparou e ele começou a transpirar só de pensar nisso. Resolveu esperar mais um pouco.

Alguém tocou suas costas, ele se virou e viu uma senhora mais velha olhando para ele com olhos vermelhos. Seu cabelo era escuro e cacheado, e usava um vestido decotado, verde berrante.

– Sou a Lucky – disse. – Amiga da Angel.

A mulher estava bêbada e tinha a fala arrastada.

– Vi você do outro lado da rua – e apontou para o Palácio. – Você é o cara, não é? Que ficava pedindo para a Angel ir embora com você?

A raiva o dominou como um incêndio sem controle.

– O que mais ela lhe contou?

– Não fique zangado. Apenas vá lá e peça para ela de novo.

– Ela pediu para você vir aqui? Ela estava lá em cima, rindo atrás da cortina?

– Não – Lucky balançou a cabeça com força. – A Angel nunca pede nada.

Os olhos da mulher se encheram de lágrimas e ela limpou o nariz no xale.

– Ela nem sabe que estou falando com você.

– Bem, obrigado, Lucky, mas a última vez que a vi ela mal podia esperar para que eu saísse por aquela porta e deixou bem claro que esperava que eu nunca mais voltasse.

Lucky encarou Michael.

– Tire-a de lá. Mesmo que não se importe mais com ela, mesmo que ela não se importe mais. Apenas tire-a de lá.

Michael ficou alarmado de repente e segurou o braço de Lucky quando ela já ia embora.

– O que está acontecendo com ela, Lucky? O que está querendo dizer?

Ela secou o nariz de novo.

– Não posso dizer mais nada. Tenho de voltar antes que a Duquesa sinta a minha falta.

Atravessou a rua, mas, em vez de entrar pela porta da frente, esgueirou-se pela dos fundos.

Michael olhou para a janela de Angel. Alguma coisa estava errada. Muito errada. Atravessou a rua a passos largos e entrou pela porta de mola. O lugar estava praticamente deserto, a não ser por dois homens que bebiam e jogavam cartas. O guarda-costas não estava no pé da escada para impedi-lo de subir. O corredor estava escuro e silencioso. Silencioso demais. Um homem saiu do quarto de Angel e a Duquesa estava com ele. Ela viu Michael primeiro.

– O que você está fazendo aqui em cima? Ninguém pode subir antes de tratar comigo!

– Quero ver a Angel.

– Ela não está trabalhando hoje.

Ele olhou para a maleta preta na mão do homem.

– O que há de errado com ela?

– Nada – respondeu a Duquesa, irritada. – Angel só está tirando alguns dias para descansar. Agora dê o fora daqui.

E tentou bloquear o caminho, mas Michael a empurrou para o lado e entrou no quarto.

A Duquesa agarrou o braço dele.

– Fique longe dela! Doutor, segure-o!

O médico olhou para ela com frieza e raiva.

– Não, madame, não farei isso.

Michael chegou até a cama e viu Angel.

– Oh, meu Deus do céu...

– Foi Magowan – disse o médico baixinho, atrás de Michael.

– Não foi culpa minha! – disse a Duquesa, recuando cheia de medo da expressão de Michael. – Não foi!

– Ela tem razão – disse o doutor. – Se a Duquesa não tivesse chegado a tempo, provavelmente ele a mataria.

– Agora quer fazer o favor de sair daqui e deixá-la em paz? – disse a Duquesa.

– Vou embora sim – respondeu Michael. – E vou levá-la comigo.

Angel acordou com o toque de alguém. A Duquesa estava esbravejando novamente. Angel queria a escuridão. Não queria sentir nada, nunca mais, mas havia alguém ali, tão perto que ela até sentia o calor da respiração.

– Vou levá-la para casa comigo – disse a voz, suavemente.

– Se quer levá-la para casa, tudo bem. Eu a embrulho para presente – disse a Duquesa. – Mas vai ter de pagar primeiro.

– Mulher, você não tem vergonha? – soou a voz de outro homem. – A menina terá sorte se sobreviver...

– Ah, ela vai sobreviver. E não me olhe assim do alto de sua arrogância! Eu conheço a Angel. Ela viverá. Mas ele não pode levá-la de graça. E vou dizer mais uma coisa. Ela fez por merecer isso. A bruxinha sabia exatamente o que estava fazendo. Passou dos limites com Bret, só tem causado problemas desde que a tirei da lama em San Francisco.

– Pode ficar com o seu ouro – disse a voz que a tinha tirado da escuridão.

Só que agora estava áspera. Com raiva. Será que ela tinha feito alguma coisa errada de novo?

– Mas saia daqui antes que eu faça alguma coisa que depois vá me arrepender.

A porta bateu. A dor explodiu na cabeça de Angel e ela gemeu. Podia ouvir dois homens conversando. Um deles falou com ela.

– Quero me casar com você antes de sairmos juntos daqui.

Casar? Ela deu uma risada que mais parecia um gemido.

Alguém segurou sua mão. Primeiro pensou que fosse Lucky, mas a mão de Lucky era macia e pequena, e esta era grande e dura, com a pele cheia de calos.

– É só dizer que sim.

Ela aceitaria se casar com Satã em pessoa, se a tirasse do Palácio.

– Por que não? – conseguiu dizer.

Angel mergulhou num mar de dor e de vozes baixas. O quarto estava cheio delas. Lucky estava lá, e o médico, e o outro homem, cuja voz era muito familiar, mas que ela não conseguia lembrar quem era. Sentiu alguém enfiar um anel em seu dedo. Levantaram gentilmente a cabeça dela e lhe deram uma coisa amarga para beber.

Lucky segurou sua mão.

– Estão aprontando a carroça para ele poder levá-la para casa. Você vai dormir a viagem inteira com o láudano que bebeu. Não vai sentir nada.

Angel sentiu Lucky passar a mão em seu cabelo.

– Agora você é uma senhora casada, Angel. Ele tinha uma aliança pendurada num cordão no pescoço. Disse que pertencia à mãe dele. À *mãe* dele, Angel. Ele pôs a aliança de casamento da mãe dele no seu dedo. Está me ouvindo, querida?

Angel queria perguntar com quem tinha se casado, mas que importância tinha isso? A dor foi diminuindo aos poucos. Estava muito cansada. Talvez acabasse morrendo. E assim estaria tudo acabado.

Ouviu o tinir de uma garrafa em um copo. Lucky estava bebendo outra vez. Angel ouviu seu choro. Apertou mansamente a mão da amiga. Lucky apertou a mão dela de volta e soluçou baixinho.

– Angel – disse, alisando-lhe o cabelo –, o que você falou para Bret para que ele fizesse isso com você? Queria que ele a matasse? A vida é tão ruim assim?

E continuou acariciando-lhe o cabelo.

– Fique firme, Angel. Não desista.

Angel mergulhou de novo na escuridão aconchegante enquanto Lucky falava.

– Vou sentir sua falta, Angel. Quando estiver morando lá na sua cabana com roseiras em volta, pense em mim de vez em quando, está bem? Lembre-se de sua velha amiga Lucky.

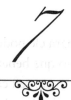

> *Morro de sede*
> *ao lado de uma fonte.*
> – Charles D'Orléans

Angel despertou lentamente com o aroma maravilhoso de boa comida. Tentou se sentar e gemeu de dor.

– Devagar – disse uma voz de homem, e um braço forte apoiou-lhe os ombros, erguendo-a gentilmente.

Ela sentiu que ele pôs alguma coisa atrás para apoiar as costas e a cabeça.

– A tontura vai passar.

Seus olhos estavam quase fechados de tão inchados, e ela mal conseguia ver um homem com botas de cano longo, calça de brim e camisa vermelha. Ele estava debruçado sobre o fogo, mexendo numa panela grande de ferro.

A luz da manhã entrava por uma janela à sua frente. Seus olhos doíam. Estava numa cabana pouco maior do que seu quarto no Palácio. O assoalho era de tábuas. A lareira, de pedras coloridas. Ao lado da cama viu as formas embaçadas de uma mesa, quatro prateleiras, uma cadeira de vime, uma cômoda e uma arca grande e preta com cobertores empilhados em cima.

O homem voltou e se sentou na beirada da cama.

– Tem vontade de comer alguma coisa, Mara?

Mara.

Ficou petrificada. Alguns fragmentos lhe voltaram à lembrança... A surra de Magowan, as vozes em volta dela, alguém perguntando...

O coração galopava em seu peito. Sentiu os dedos... Havia um anel em um deles. A dor de cabeça piorou. Praguejou baixinho. De todos os homens do mundo, tinha de ser *aquele*.

– É ensopado de veado. Você deve estar com fome.

Ela abriu a boca para lhe dizer onde devia pôr o ensopado, mas a dor se espalhou no maxilar e a silenciou. Hosea se levantou e voltou para o fogo. Quando foi se sentar perto dela de novo, segurava um pote e uma colher. Ela viu que ele pretendia dar-lhe de comer. Disse alguma coisa suja e vulgar e tentou virar a cabeça, mas até esse simples movimento era demais.

– Estou feliz que esteja se sentindo melhor – ele disse, secamente.

Ela apertou os lábios e se recusou a comer. Mas o estômago roncou.

– Alimente o lobo em sua barriga, Mara. Depois pode tentar brigar com o que acha que está à sua porta.

Ela cedeu. Estava morrendo de fome. O cozido de carne e legumes que ele servia na colher era melhor do que qualquer prato que Henri tinha feito. O latejar na cabeça diminuiu. O maxilar doía demais e o braço estava numa espécie de tipoia.

– Você está com o ombro deslocado – disse Michael. – Tem quatro costelas quebradas, a clavícula rachada e uma concussão. O médico não sabia se tinha algum ferimento interno.

O suor escorria nos lados do rosto com o esforço doloroso de ficar sentada. Falou devagar e tensa:

– Então você conseguiu, afinal. Sorte sua. Isso aqui é o nosso *lar*?

– É.

– Como foi que cheguei aqui?

– Em minha carroça. Joseph me ajudou a pendurar uma rede para que eu pudesse tirá-la do Palácio.

Ela olhou para a aliança de ouro no dedo. Fechou a mão.

– A que distância estou de Pair-a-Dice?

– Uma vida.

– Em quilômetros.

– Sessenta. Estamos a noroeste de Nova Helvécia.

Michael ofereceu-lhe mais uma colherada.

– Procure comer mais um pouco. Precisa ganhar um pouco de peso.

– Não tenho carne suficiente nos ossos para o seu gosto?

Michael não respondeu.

Angel não sabia se seu sarcasmo o tinha irritado ou não. Percebeu, com certo atraso, que poderia deixá-lo irritado mesmo e que aquele não era o melhor momento para fazer isso. Tomou mais sopa e procurou não demonstrar o medo que sentia. Ele voltou para a panela no fogo e encheu o pote novamente. Sentou-se em uma pequena mesa e comeu sozinho.

– Há quanto tempo estou aqui? – ela perguntou.

– Três dias.

– Três *dias*?

– Ficou delirando a maior parte do tempo. A febre baixou ontem à tarde. Lembra-se de alguma coisa?

– Não – mas nem tentou se lembrar. – Imagino que devo lhe agradecer por ter salvado minha vida – disse com amargura.

Ele continuou a comer em silêncio.

– Então, como vai ser, senhor?

– O que quer dizer?

– O que quer de mim?

– Por enquanto, nada.

– Só conversar. Certo?

Michael olhou para Angel e ela ficou apreensiva com a calma dele. Ele se levantou e foi para perto dela, fazendo seu coração disparar.

– Não vou machucá-la, Mara – disse, suavemente. – Eu amo você.

Não era a primeira vez que um homem dizia que a amava.

– Estou lisonjeada – ela disse secamente.

Ele não disse mais nada, então ela apertou o cobertor com o punho cerrado.

– Por sinal, meu nome não é Mara. É Angel. Você tem de dizer o nome certo se vai botar o anel em meu dedo.

– Você disse que eu podia chamá-la do que quisesse.

Os homens a chamavam por outros nomes, diferentes de Angel. Alguns bonitos, outros nem tanto. Mas ela não queria que aquele homem a chamasse por qualquer outro nome que não fosse Angel. Foi com ela que ele se casou. Angel. E Angel era o que ia ter.

– O nome Mara vem da Bíblia – ele disse. – Está no Livro de Ruth.

– E como você é um homem que lê a Bíblia, achou que Angel é bom demais para mim.

– Não é questão de ser bom ou ruim. Angel não é seu verdadeiro nome.

– Angel é quem eu sou.

A expressão dele endureceu.

– Angel era uma prostituta de Pair-a-Dice, que não existe mais.

– Agora não é diferente do que sempre foi, não importa o nome que resolva me dar.

Michael se sentou na beirada da cama.

– É muito diferente, sim – disse. – Agora você é minha mulher.

Angel tremia de fraqueza, mas revidou.

– Acha mesmo que isso faz diferença? Como? Você pagou por mim, como sempre fez.

– Pagar para a Duquesa me pareceu ser a maneira mais rápida de me livrar dela. Não achei que você se importaria.

– Ah, mas não me importo.

Sua cabeça balançou, tonta, de um lado para o outro.

– É melhor você se deitar outra vez.

Ela não teve força para protestar quando ele passou o braço em volta dela e lhe tirou o apoio das costas. Sentiu sua mão áspera, cheia de calos e quente, na pele nua quando a fez deitar.

– Não queira apressar as coisas – ele disse, puxando o cobertor para cobri-la.

Ela tentou dar-lhe uma boa olhada no rosto, mas não conseguiu.

– Espero que não se importe de esperar. Não estou pronta para demonstrar gratidão neste momento.

E ouviu o sorriso na resposta dele.

– Sou um homem paciente.

Ele passou a ponta dos dedos de leve na testa dela, úmida de suor.

– Não devia tê-la deixado ficar sentada tanto tempo. Ainda não está boa para ficar mais do que alguns minutos de cada vez.

Ela quis discutir, mas sabia que era inútil. Ele devia saber que ela sofria dores horríveis.

– O que dói mais?

– Nada que eu queira que você toque.

Ela fechou os olhos e desejou morrer para a dor acabar. Ele tocou-lhe as têmporas, e ela prendeu a respiração.

– Relaxe.

Sua carícia não era exploratória nem íntima, por isso ela se acalmou.

– A propósito – disse –, meu nome é Michael. Michael Hosea. Caso não se lembre.

– Não me lembrava – ela mentiu.

– Michael. Não é muito difícil de lembrar.

– Se quiser.

Ele riu baixinho. Ela sabia que o tinha magoado naquela última noite no bordel. Por que a tirou de Pair-a-Dice e a levou com ele? Quando ele saiu pela porta do quarto, ela não esperava mais vê-lo. Então por que voltou? Que utilidade tinha para ele naquele estado?

– Está ficando tensa outra vez. Relaxe os músculos da testa – ele disse. – Vamos lá, Mara. Pense nisso se tiver de pensar em alguma coisa.

– Por que você voltou?

– Deus me enviou.

Ele era maluco. Era isso. Era completamente louco.

– Procure parar de pensar tanto. Tem um tordo ali do lado de fora da janela. Ouça o passarinho cantar.

Suas mãos eram muito gentis. Ela fez o que ele disse e a dor diminuiu. Ele falava com ela com voz suave e ela foi ficando com sono. Tinha escutado todo tipo de voz de homem antes, mas nenhuma como a dele. Profunda e calma.

Estava tão cansada que queria morrer e dormir para sempre. Mal conseguia manter os olhos abertos.

– Você e Deus, é melhor não esperarem grande coisa – ela resmungou.

– Eu quero tudo.

– A sua ladainha.

Ele podia esperar quanto quisesse, e também podia pedir. Mas só ia receber o que havia sobrado. Nada. Nada mesmo.

> *O zombeteiro procura a sabedoria*
> *e não a encontra.*
> — Provérbios 14,6

Para Angel, tanto fazia se ia se levantar daquela cama um dia ou não. Uma escuridão imóvel pesava sobre ela. Tinha visto um modo de pôr fim à sua vida miserável e procurara isso num momento de desespero... Só para falhar mais uma vez. Em vez de encontrar a paz que tanto desejava, encontrou a dor. Em vez de se libertar, estava presa a outro homem.

Por que não fazia nada direito? Por que todos os seus planos davam errado?

Hosea era o único homem que ela queria evitar e agora era o dono dela. Não tinha força para lutar contra ele. Pior, tinha de depender dele para comer, beber, morar... Tudo. A completa dependência dele era muito irritante. Ela ficava com os nervos à flor da pele por isso. E o odiava ainda mais.

Se Hosea fosse um homem comum, ela saberia como combatê-lo, mas não era. Nada que ela dizia o incomodava. Ele era uma montanha de granito. Ela não tinha como feri-lo. Ficava irritada com sua silenciosa determinação. Ele tinha algo que ela não conseguia descrever. Uma vez ele dissera que aprendera muito sobre ela quando ela estava com febre, só não dissera o quê. Ela se preocupava com o "tudo" que ele queria. Sempre que estava acordada, ele estava ao seu lado. Mas ela só queria que a deixasse sozinha.

Angel sentiu que a armadilha se fechava em volta dela. Dessa vez não estava numa bela casa na cidade. Não estava numa tenda podre feita de vela de navio nem num bordel de dois andares, mas mesmo assim era uma armadilha, e aquele lunático tinha a chave.

O que ele queria dela? E por que ela sentia que ele era mais perigoso do que todos os outros homens que tinha conhecido?

Depois de uma semana, Michael passou a deixá-la sozinha na cabana algumas horas enquanto saía para trabalhar. Ela não sabia o que ele fazia, e não perguntou. Não se importava. Ficou aliviada de Michael não ficar mais em cima dela o tempo todo, secando sua testa ou dando-lhe sopa na boca. Queria ficar sozinha. Queria *pensar* e não podia fazer isso com ele por perto.

A privacidade que tanto desejava transformou-se em solidão, e pensar era tudo o que fazia. Chovia e ela ficava escutando a chuva batendo no telhado... E com as batidas vinham visões do barraco nas docas, de mamãe e de Rab. Pensar em Rab levava a Duke, em Duke, a todo o resto, e Angel achava que ia enlouquecer. Talvez começasse a falar com Deus também, como aquele louco que tinha posto a aliança da mãe em seu dedo.

Por que ele tinha feito isso? Por que tinha se *casado* com ela?

E então lá estava ele na porta, grande, forte, quieto e olhando para ela daquele jeito. Queria ignorá-lo, mas ele enchia a cabana com sua presença. Mesmo quando ficava apenas sentado em silêncio diante do fogo, lendo algum livro velho e gasto, ocupava a casa inteira. Ele a dominava com aquilo. Mesmo quando fechava os olhos, ela o via lá, sentado na cadeira na frente do fogo, dentro de sua imaginação.

Não o compreendia melhor agora do que no bordel, mas ele tinha mudado. Estava diferente. Para começar, não falava tanto. Na verdade, falava muito pouco. Sorria para ela e lhe perguntava como se sentia, se precisava de alguma coisa, e depois ia cuidar da vida, fosse qual fosse essa vida. Dia após dia ela o via botar o chapéu e sabia que ele ia deixá-la sozinha de novo.

– Senhor – ela disse, determinada a nunca chamá-lo pelo nome –, por que me trouxe para cá se tudo o que faz é me deixar sozinha na cabana?

– Estou lhe dando tempo para pensar.

– Pensar o quê?

– O que quer que precise pensar. Você vai se levantar quando estiver preparada.

Ele pegou o chapéu do cabide perto da porta e saiu.

O sol da manhã entrava por uma janela aberta. O fogo ardia na lareira. Ela estava de estômago cheio e aquecida. Devia ficar satisfeita. Devia poder relaxar, se acalmar e não pensar em nada. A solidão devia lhe bastar.

O que estava acontecendo com ela?

Talvez fosse o silêncio. Estava acostumada com o ataque de ruídos de todos os lados. Homens batendo à porta, homens dizendo o que queriam, homens dizendo o que ela devia fazer, homens berrando, homens cantando, homens xingando no bar lá embaixo. Às vezes cadeiras se espatifavam contra as paredes e vidro se quebrava, e havia sempre a Duquesa dizendo que ela devia agradecer. Ou Magowan, dizendo para algum homem que o tempo dele tinha acabado e que, se não vestisse a calça e fosse embora, ia se arrepender.

Mas jamais tivera aquele silêncio, aquela quietude que zumbia em seus ouvidos.

Ela reclamou.

– Há muitos sons – disse Hosea. – É só prestar atenção.

Como não tinha mais nada para ocupar o tempo, ela prestou atenção. E ele estava certo. O silêncio mudou e ela ouviu sons rompendo barreiras. Era o que a chuva fazia quando ela espalhava as latas brilhantes no barraco pequeno e escuro. Começou a distinguir vozes no coro que a cercava. Um grilo vivia embaixo da cama. Um sapo-boi ficava bem debaixo da janela. Um bando de companheiros emplumados ia e vinha lá fora, tordos, pardais e um escandaloso gaio.

E finalmente Angel se levantou.

Procurou algo para vestir e não encontrou nada. Não tinha pensado, até aquele momento, que nada na cabana pertencia a ela. Nenhuma de suas coisas estava lá. Onde estavam? Será que ele nem pensara em trazê-las? O que ela ia vestir? Um saco de aniagem que pinicava?

Tudo indicava que ele também tinha pouquíssimas coisas. A pequena cômoda guardava um segundo par de ceroulas bem usadas, uma calça de brim e alguns pares de meias grossas, tudo grande demais para ela. Havia um baú preto, velho e gasto num canto, mas ela estava cansada demais para abri-lo e ver o que tinha dentro. Nua e muito fraca para arrastar um cobertor da cama para se cobrir, simplesmente se debruçou na janela e bebeu aquele ar fresco e frio.

Meia dúzia de minúsculos passarinhos saltitavam de galho em galho numa grande árvore. Um pássaro maior andava de peito estufado e ciscava a terra a menos de dois metros da cabana. Ela sorriu, de tanta pose que ele fazia. Uma brisa suave começou a soprar, e com ela um cheiro tão forte que podia quase saboreá-lo. O campo perto da cabana de mamãe tinha esse mesmo perfume. Ela fechou os olhos e o saboreou.

Abriu os olhos de novo e olhou para aquele pedaço de terra.

– Ah, mamãe... – murmurou, com a voz embargada.

A fraqueza lhe subiu pela coluna e as costelas começaram a doer novamente. Ela tremia e estava ficando tonta.

Michael chegou e, quando a viu nua perto da janela aberta, foi pegar uma coberta da cama, sem dizer nada. Enrolou o acolchoado nela e Angel caiu sob aquele peso. Ele a pegou no colo, carinhosamente.

– Há quanto tempo está de pé?

– Não o bastante para ser posta na cama de novo.

Ele a segurava nos braços feito uma criança, passando-lhe seu calor. Ela sentia o cheiro de terra e sol.

– Pode me botar no chão agora. Mas não na cama. Passei minha vida toda na cama e enjoei dela.

Michael sorriu. Ela não fazia nada pela metade, nem ficar de pé outra vez. Ele a pôs na cadeira na frente do fogo e acrescentou mais uma tora.

Ela sentia pontadas de dor nos lados do corpo. Agarrou com força os braços da cadeira e sentiu cada ponto que Magowan chutou e socou. Ele não havia lhe poupado muita coisa. Ela tocou de leve no rosto e fez uma careta.

– Você tem um espelho?

Michael pegou a folha de lata brilhante que usava para se barbear e lhe ofereceu. Horrorizada, ela pôde se ver. Depois de um longo tempo, devolveu-lhe a lata e ele a botou de volta na prateleira.

– Quanto pagou por mim?

– Tudo o que tinha.

Ela deu uma risada fraca.

– Você é um tolo.

Como conseguia olhar para ela daquele jeito?

– Não há nenhum dano permanente.

– Não? Bem, pelo menos fiquei com todos os meus dentes. Já é alguma coisa.

– Não me casei com você pela sua aparência.

– Claro que não. Você se casou comigo pelo meu charme natural. Ou será que foi *Deus* que mandou?

– Quem sabe ele achou que os chifres na sua cabeça cabiam nos buracos da minha.

Angel deitou a cabeça.

– Soube que você era maluco quando o vi pela primeira vez.

Estava completamente exausta e pensava que estaria muito mais confortável deitada de costas naquele colchão de palha outra vez. Talvez conseguisse ficar de pé, mas, se desse um passo, certamente quebraria o nariz novamente, no assoalho de tábuas.

Michael se aproximou e a pegou no colo com gentileza, ignorando seus protestos.

– Eu disse que ainda não quero me deitar.

– Tudo bem. Então fique sentada na cama.

– O que aconteceu com todas as minhas coisas?

– Esqueci de trazê-las. De qualquer maneira, o que tinha não ia lhe servir agora. A mulher de um fazendeiro não usa cetim nem renda.

– É, imagino que ela trota nua por fileiras de feijões e cenouras, para cima e para baixo.

Ele deu um largo sorriso e o humor iluminou-lhe os olhos.

– Talvez fosse interessante.

Angel viu por que Rebecca tinha gostado tanto dele, mas a beleza não fazia diferença para ela. Duke era um homem bonito. Um sedutor carismático.

– Olha – disse, muito tensa –, quero começar a levantar dessa cama e sair por aí sozinha. Com alguma roupa.

– Vou providenciar o que precisa, quando precisar.

– Preciso *agora*.

Ele fez um bico.

– É, acho que sim – disse, com uma calma irritante.

Foi até o velho baú e o abriu. Tirou um embrulho e lhe entregou.

– Isso deverá servir por enquanto.

Curiosa, Angel desamarrou o pacote. A lã cinza se abriu e ela viu que era uma capa gasta. Dentro havia duas saias de lã, uma marrom-claro, a outra preta, duas blusas, uma que devia ter sido branca um dia, mas que agora estava quase amarela, e a outra com flores azuis e cor-de-rosa desbotadas. As duas abotoavam até o queixo e tinham mangas tão compridas que passavam do pulso. Duas toucas combinavam com as blusas. Modestamente escondidas dentro dessas roupas, havia duas camisolas simples, calções e meias de lã pretas. Por fim, achou sapatos pretos sem salto, abotoados até o tornozelo.

Olhou incrédula para ele.

– Serei eternamente grata por esse presente.

– Sei que não é a roupa que costumava usar, mas acho que vai acabar percebendo que essas combinam mais com você do que as outras.

– Vou experimentar e seguir seu conselho.

E passou a mão no tecido áspero da saia.

Ele sorriu.

– Daqui a uma ou duas semanas, você vai poder assumir algumas tarefas.

Ela levantou a cabeça, mas ele já estava indo para a porta. Tarefas? A que tarefas estava se referindo? Tirar leite? Cozinhar? Talvez quisesse que ela cortasse e carregasse lenha, junto com a água do riacho. E aquelas roupas! Ia querer que ela as lavasse e passasse. Que piada! Ela era boa em uma coisa e nada mais. Ele ia ter um verdadeiro despertar quando ela começasse a executar suas "tarefas".

Michael voltou com uma braçada de lenha.

– Não sei nada do que faz a mulher de um fazendeiro – ela disse.

Ele empilhou a lenha com cuidado.

– Não esperava que soubesse.

– Então quais são essas tarefas?

– Cozinhar, lavar, passar, cuidar do jardim.

– Acabei de dizer que...

– Você é inteligente. Vai aprender.

E pôs mais uma acha de lenha no fogo.

– Não fará nenhum trabalho realmente pesado até ficar em forma, o que deve demorar pelo menos um mês ainda.

Realmente pesado? O que ele queria dizer? Ela resolveu experimentar outra tática. Curvou a boca num sorriso muito bem ensaiado.

– E quanto aos outros deveres de esposa?

Michael se virou e olhou para ela.

– Quando significar mais do que trabalho para você, consumaremos nosso casamento.

Ela se espantou com a franqueza dele. Onde estava o fazendeiro que corava e pulava quando ela o tocava? Irritada e com raiva, ela recuou.

– Muito bem. Farei o que quiser. Pagarei cada hora, cada dia, desde que começou a cuidar de mim.

– E depois que achar que pagou tudo, irá embora. É isso?

– Vou voltar para Pair-a-Dice e pegar o que a Duquesa me deve.

– Não vai, não – ele disse, em voz baixa.

– Vou sim.

Ela ia pegar o dinheiro que estava com a Duquesa nem que tivesse de arrancá-lo do rabo da bruxa velha. Depois contrataria alguém para construir uma casa igual à de Michael, bem longe de qualquer cidade, para não ter de ouvir barulho ou sentir mau cheiro, mas suficientemente perto para poder comprar o que precisasse. Compraria uma arma, uma arma grande, e muitas balas, e, se aparecesse algum homem batendo à sua porta, a usaria, a não ser que precisasse de dinheiro. Nesse caso, teria de deixá-lo entrar para fazer o seu trabalho primeiro. Mas, se fosse cuidadosa e esperta, poderia viver muito tempo com o que tinha economizado. Mal podia esperar. Nunca tinha vivido sozinha. Seria o paraíso.

Você ficou sozinha uma semana inteira, zombou uma vozinha lá no fundo, e ficou muito angustiada, lembra? Admita que ficar sozinha não é nenhum paraíso. Nem tendo tantos demônios para lhe fazer companhia.

– Você pode ter investido muito pó de ouro em mim, mas não é meu dono.

Michael olhou para ela com toda paciência do mundo. Era miúda, fraca, mas possuía uma vontade de ferro, que brilhava nos olhos azuis e desafiadores e na postura empertigada que adotava. Pensava que tinha força suficiente para derrotá-lo. Estava enganada. Ele estava cumprindo a vontade de Deus e tinha seus próprios planos, que não paravam de crescer, só que já tinha dito tudo o que queria dizer por enquanto. Deixaria que ela pensasse nisso.

– Você tem razão – disse. – Não sou seu dono, mas você não vai fugir disso.

Comeram cada um num canto da casa, ela na cama com o prato no colo e ele à mesa. O único ruído era o crepitar do fogo.

Angel pôs o prato na mesa de cabeceira. Tremia violentamente, mas ainda não queria se deitar. Ficou analisando Michael. Mais cedo ou mais tarde ia entendê-lo. Ele era um homem, não era? Não podia ser tão complexo assim. Ia desmontá-lo, peça por peça.

– Todos eles têm pontos fracos, querida – Sally tinha dito. – Só tem de traduzir as mensagens que eles passam e descobrir o que querem de você. Se os deixar felizes, vai se dar bem. Se não, eles podem maltratá-la.

Como Duke, quando ficava contrariado. Depois da primeira noite, Angel aprendera tudo sobre Duke. Ele gostava de se sentir poderoso. Queria obediência imediata. Ela não precisava gostar do que ele queria fazer, desde que o fizesse. E sorrindo. Se hesitasse um segundo, provocava-lhe aquele olhar sinistro e perigoso. Se protestasse, levava um tapa. Se o desafiasse, era pancada mesmo. Quando fugiu, ele a queimou com um charuto. E quando se cansou de guardá-la só para si, ela aprendeu a maior lição de todas: fingir. Fingia gostar do que os homens queriam e pagavam para ter, não importava o que sentisse nem se estava com medo, nojo ou raiva. E, se não conseguisse fingir que gostava, tinha de fingir que não ligava. Tornou-se muito boa nisso.

Sally entendia, mas tinha regras próprias.

– Você teve um mau começo quando aquele idiota bêbado a trouxe para cá. Mas também pode ser que não. Já que sua mãe também era prostituta, o pessoal da classe alta não ia aceitá-la mesmo, por mais linda que fosse. Não importa o que pudesse acontecer, a realidade é esta, Angel. E é aqui que você vai ficar.

Ela segurou o queixo de Angel e forçou-a a olhar para cima.

– E a partir de agora não quero ver essa cara nunca mais. Aprenda a esconder o que estiver sentindo, seja o que for. Está entendendo? Nós todas temos nossas histórias tristes para contar, algumas piores do que a sua. Trate de aprender a decifrar os homens, a dar-lhes o que pagaram para ter e a despachá-los com um sorriso no rosto. Faça isso e a tratarei como a mamãe que você perdeu. Se não fizer, vai achar que o tempo que passou com Duke foi uma maravilha.

E Sally revelou-se uma mulher de palavra. Angel aprendeu tudo o que quis sobre os homens. Alguns sabiam o que queriam, outros só pensavam que sabiam. Alguns diziam uma coisa e queriam dizer outra. Uns tinham coragem. Outros eram arrogantes e rancorosos. De qualquer modo, tudo acabava se resumindo a uma coisa só. Eles pagavam para ter um pedaço dela. No início, pedaço sangrento por pedaço sangrento. Depois de um tempo, gota a gota. A única diferença era se deixavam o dinheiro discretamente embaixo da roupa de seda íntima, jogada ao pé da cama, ou se o punham na palma da mão, olhando-a diretamente nos olhos.

Ela olhou para Michael Hosea. Que tipo de homem ele era?

Manuseou a roupa usada e ficou pensando. Talvez ele quisesse que ela usasse o que tinha trazido embrulhado no tecido áspero para não ter de olhar muito para ela. Talvez não quisesse encarar a realidade. Nada de luz, por favor, e fique com o anel no dedo para podermos fingir que está tudo certo. Assim não preciso achar que o que estou fazendo é *imoral*. Ela podia bancar a virgem para ele. Podia até fingir gratidão, se fosse o caso. Ah, sim, muito obrigada por ter me salvado. Ela podia encenar qualquer coisa, desde que tivesse certeza de que só duraria pouco tempo.

Jesus. Meu Deus. Estou cansada de fingir. Não aguento mais viver desse jeito. Por que não posso simplesmente fechar os olhos e morrer?

– Estou satisfeita – disse, e pôs o prato na mesa de cabeceira.

Mais do que satisfeita.

Michael a observava.

– Não vou lhe dar nada além do que estiver ao seu alcance.

Angel se virou para ele. Sabia que ele não se referia às tarefas domésticas.

– E quanto a você? Pensa que pode receber o que vou lhe dar?

– Experimente.

Angel ficou vendo Michael comer. Ele não se preocupava com nada. Cada centímetro dele indicava que sabia quem era e o que estava fazendo, embora ela não soubesse. E ela sabia que, se não ficasse boa e se não fosse embora logo, ele ia desmontá-la, peça por peça.

Na manhã seguinte, Angel se vestiu assim que Hosea saiu. Enfiou a camisola e amarrou as fitas gastas. O tecido era grosso e a cobria toda. Jamais usara nada tão simples, tão doce, tão... comum.

Quem será que tinha usado aquelas roupas antes dela? O que tinha acontecido com essa mulher? A julgar pelas roupas, devia ser muito correta e trabalhadora, como aquelas mulheres que davam as costas quando mamãe passava.

Angel achou a abotoadeira no pé esquerdo e calçou os sapatos. Serviram-lhe bem. Michael chegou e ela olhou para ele com uma sobrancelha arqueada.

– Pensei que tinha dito que nunca tinha sido casado.

– Essas coisas eram de minha irmã, Tessie. Ela e o marido, Paul, vieram para o oeste comigo. Ela morreu com a febre em Green River.

Doía-lhe lembrar do enterro de Tessie no meio da estrada para o oeste. Todas as carroças do comboio passaram por cima de sua cova para não deixar nenhuma marca do lugar. Paul e ele não queriam que índios ou animais a desenterrassem.

Ele não conseguia superar o fato de ter enterrado sua querida irmã daquele jeito, sem pedras ou cruz para marcar o lugar. Tessie merecia mais.

– O que aconteceu com o marido dela? Morreu também?

Michael tirou o casaco e sacudiu os ombros.

– Sua terra está lá no fim do vale, sem cultivo. Ele foi procurar ouro no rio Yuba. Paul nunca conseguiu se concentrar em qualquer coisa por muito tempo. Seu amor por Tess fez com que andasse nos trilhos por algum tempo, mas, depois que ela morreu, se desgarrou de novo.

Angel deu um sorriso triste.

– Então seu cunhado é mais um nessa multidão que estupra os rios da Califórnia... E tudo o mais que encontra pelo caminho.

Michael deu meia-volta e encarou Angel.

Ela sentiu bem aquele olhar e sabia o que ele estava pensando.

– Se ele é homem e está no Yuba, deve ter ido ao Palácio.

Ela viu que ele raciocinara corretamente. Sacudiu os ombros friamente e enfiou a faca mais fundo.

– Não saberia dizer se ele chegou ao meu quarto. Descreva-me seu cunhado. Talvez assim eu me lembre.

Suas palavras soaram duras e frias, mas Michael não se deixou enganar. Ela estava se esforçando muito para afastá-lo. Ele só queria saber por quê.

Angel ficou irritada com o silêncio dele.

– Não precisa se preocupar se ele me conhece ou não. Estarei longe daqui antes que ele volte.

– Você estará aqui comigo, onde é o seu lugar.

Ela sorriu com frieza.

– Mais cedo ou mais tarde chegará um comboio de virgens, todas respeitáveis, com trajes ásperos, poeirentos e gastos. Então você vai recuperar o juízo. Bem na hora em que tiver de dizer: Esta é minha mulher. Eu a comprei no bordel de Pair-a-Dice em 1851.

– Pode vir quem for, me casei com você.

– Bem, é muito fácil corrigir isso – ela tirou a aliança do dedo. – Está vendo? Não estamos mais casados – e esticou o braço para ele com a aliança na palma da mão. – Simples assim.

Michael examinou-lhe o rosto. Será que realmente acreditava que era fácil assim? Que era só tirar a aliança que o casamento era anulado e tudo voltava a ser como antes?

– É aí que você se engana, Mara. Ainda estamos casados, quer use ou não a aliança, mas quero que a use de qualquer maneira.

Ela franziu a testa, mas fez o que ele pediu. Rodou a aliança no dedo.

– Lucky disse que era da sua mãe.

– E era.

Angel deixou as mãos caírem ao lado do corpo.

– Avise-me quando a quiser de volta.

– Não vou querê-la de volta.

Ela pôs as mãos no colo e fez cara de sonsa para ele.

– Como quiser, senhor.

Ele ficou irritado.

– Detesto essa frase: "Como quiser". É como se me oferecesse um café.

Como quiser. Ela oferecia o corpo dela assim.

– É melhor esclarecer logo uma coisa. Eu me casei com você na riqueza e na pobreza, até que a morte nos separe. Jurei diante de Deus quando me casei com você e jamais vou quebrar esse juramento.

Angel sabia tudo a respeito de Deus. Faça tudo certo, senão ele a esmaga como a uma barata. Assim era Deus. Ela viu a escuridão nos olhos de Hosea e não disse nada.

Mamãe acreditava em Deus. Tinha fé. Entregou-se completamente. O Pai Nosso que está no céu vivia no mesmo mundo que Alex Stafford. Angel não era boba de se entregar para ninguém, menos ainda para *ele*. E se esse homem achava que podia fazer com que ela... Angel aprendera muito cedo que uma coisa em que você não acredita não pode prejudicá-la.

– Você se lembra de alguma coisa do casamento? – perguntou Michael, assustando-a e trazendo-a de volta dos pensamentos pessimistas.

– Lembro-me de um homem de preto falando em cima de mim com a voz mais morta do que Jesus.

– Você disse que sim. Lembra-se disso?

– Eu não disse que sim. Disse "por que não"?

– Mas serve.

*Tomai sobre vós o meu jugo e aprendei de mim
que sou manso e humilde de coração; e
achareis descanso para vossa alma.*
– Jesus, Mateus 11,29

Nos primeiros dias fora da cama, a única coisa que Angel conseguia fazer era se vestir. Depois de uma semana de pé, ela se aventurou e saiu de casa. Michael sentiu um aperto no peito ao vê-la com as roupas de Tessie. Nenhuma outra dupla de mulheres podia ser mais diferente do que aquelas duas. Tess, doce e carinhosa, simples e aberta. Mara, fria e indiferente, complexa e fechada. Tessie, morena e forte. Mara, loura e franzina.

Michael não tentou se iludir pensando que Angel tinha ido lá para fora porque se sentia sozinha e queria sua companhia. Ela só estava cansada de ficar trancada na cabana. Estava entediada.

Mas Angel se sentia sozinha e, por causa disso, estava irritada e na defensiva quando Michael se aproximou. Afinal, não queria que ele tivesse alguma ideia errada.

– Quando começo a arar a terra? – ela perguntou secamente.
– No outono.
Ela olhou para ele espantada.
Michael deu risada e afastou-lhe o cabelo do ombro.
– Tem disposição para caminhar um pouco?
– Até onde?

– Até você dizer que quer parar.

E pegou-lhe pela mão, que mais parecia um peixe morto. Resistência passiva. Procurou não se incomodar. Mostrou-lhe a tulha de milho e o barracão de arreios e ferramentas. Levou-a até a ponte de toras sobre o riacho, onde planejava construir a casa refrigerada para guardar carne, leite e laticínios, quando tivesse dinheiro para comprar uma vaca. Caminhou com ela pelo caminho que ia até o pequeno celeiro e mostrou-lhe dois cavalos de tração. Apontou para os campos que tinha arado e plantado e depois a levou até o pasto aberto.

– Comecei no oeste com oito cabeças de gado e acabei com os dois bois que você está vendo lá.

– O que aconteceu com o resto?

– Os índios roubaram um e cinco morreram trabalhando. Era muito difícil – disse. – Os animais não foram os únicos que morreram na bacia do Humboldt.

Michael olhou para ela e viu que estava muito pálida. Ela secou o suor da testa com as costas da mão. Ele perguntou se ela queria voltar, mas ela não quis. Então, ele resolveu voltar de qualquer maneira. Ela estava exausta e era teimosa demais para admitir.

Meu Deus, será que vai ser cabeça-dura em tudo?

No caminho de volta para a cabana, Michael lhe mostrou onde queria botar uma treliça de videiras.

– Nos dias quentes, poderemos nos sentar embaixo dela. Nada cheira melhor do que uvas amadurecendo ao sol. Também podemos construir um quarto, uma cozinha e uma varanda no oeste. Então, poderemos nos sentar lá à noite para curtir o pôr do sol e o aparecimento das estrelas. Nas tardes quentes de verão, poderemos beber cidra de maçã e ver nosso milho crescer. E nossos filhos, um dia, se Deus quiser.

Ela ficou desolada.

– Tem bastante trabalho planejado para um longo tempo.

Michael levantou o queixo dela e olhou bem fundo em seus olhos.

– Vamos levar a vida inteira, Mara.

Ela deu um tranco com a cabeça e livrou o queixo da mão dele.

– Trate de não depositar suas esperanças em mim. Tenho meus próprios planos e eles não incluem você.

E seguiu o resto do caminho sozinha.

A caminhada tinha-lhe feito bem, mas a deixara exausta. Mesmo assim, não queria entrar na casa. Arrastou a cadeira dele para fora para poder se sentar ao ar livre. Queria sentir o calor do sol no rosto, o cheiro do ar puro. Uma brisa suave brincou com seu cabelo e ela fechou os olhos.

Michael voltou do trabalho e encontrou Angel dormindo. Nem mesmo as manchas roxas que lhe escureciam os olhos e o maxilar comprometiam sua aparência de paz. Ele pegou um cacho de cabelo dela e o esfregou entre os dedos. Era pura seda. Ela se mexeu um pouco. Ele olhou para o pescoço branco e fino e viu a pulsação ritmada. Desejou se aproximar e encostar a boca naquele pescoço. Quis respirar seu perfume.

Meu Deus, eu a amo, mas será que esse sentimento vai ser sempre assim? Como uma dor dentro de mim, que nunca acaba?

Angel acordou. Abriu os olhos e se assustou ao ver Hosea sentado ao seu lado. O sol estava atrás dele e não dava para ver seu rosto nem imaginar o que estava pensando. Afastou o cabelo para trás e olhou para o outro lado.

– Há quanto tempo está sentado aí?

– Você parecia muito tranquila. Desculpe se a acordei. Seu rosto está rosado.

Ela pôs a mão no rosto e sentiu o calor.

– Acrescentando vermelho ao preto e ao roxo.

– Está com fome?

Ela estava.

– Você pode muito bem começar a me ensinar a cozinhar.

Ela fez uma careta de dor quando se levantou e foi com ele para casa. Ia ter de aprender a cozinhar quando tivesse uma casa só dela.

– A primeira coisa que tem de fazer é um bom fogo.

Ele atiçou o carvão num leito de tições e botou mais lenha. Saiu com o balde e voltou com um pedaço de carne salgada de veado. Cortou-a em pedaços e colocou-a na panela com água fervente. Angel sentiu o cheiro perfumado das ervas quando Michael esfregou as folhas entre as mãos e as deixou cair na água fervendo.

– Vamos deixar isso aí cozinhando um tempo. Venha aqui para fora comigo.

Pegou um cesto e ela o seguiu até a horta. De cócoras, ele lhe mostrou quais cenouras e cebolas estavam prontas para colher. Arrancou da terra uma batata madura. Ela não queria admitir que estava deslumbrada. Se alguém perguntasse, diria que batatas vinham da Irlanda. A planta que ele arrancou tinha batatas para alguns dias.

Quando Angel se levantou, viu Hosea abaixado uns metros adiante, arrancando plantas e jogando-as para o lado. Uma lembrança contundente de mamãe no jardim ao luar a deixou paralisada.

– Por que está arrancando as plantas?

Michael se espantou com seu tom de voz. Tinha o rosto branco e abatido. Ele se endireitou e limpou as mãos na calça.

– Estou arrancando as ervas daninhas. Elas sufocam as outras plantas. Não tive tempo de trabalhar por aqui. Uma das coisas que vou pedir para você fazer é cuidar do jardim e da horta. Quando puder.

Pegou o cesto e indicou as colinas com a cabeça.

– Há outras plantas comestíveis crescendo por aí. Chicória, mostarda e muita alface de mineiro. Vou lhe ensinar o que deve procurar. Perto do riacho, a menos de um quilômetro daqui, tem amoras. Elas amadurecem no fim do verão. Há mirtilos subindo uns oitocentos metros da encosta. Temos maçãs e nozes também – e lhe deu o cesto. – Você pode lavar esses legumes no riacho.

Ela fez o que ele disse e voltou para a cabana. Michael mostrou como descascar e cortar e deixou-a cuidando disso. A carne estava cozinhando na panela sobre o fogo. Então ele pegou um gancho de ferro e deslizou a panela para a lateral.

– Mexa de vez em quando. Vou sair para cuidar dos animais.

Parecia que o ensopado demorava muito a ferver, então Angel empurrou a panela para o centro do fogo. Ali ele ferveu rápido demais e ela deslizou a panela para o lado novamente. Ficou ali assim, mexendo, empurrando, mexendo, empurrando. O calor e o trabalho eram muito cansativos. Afastou mechas molhadas da testa. Os olhos ardiam com a fumaça.

Michael entrou com um balde de água. Deixou-o cair, esparramando a água no chão.

– Cuidado!

Ele agarrou o braço dela, afastando-a do fogo.

– O que está fazendo?

– Sua saia está fumegando. Mais um minuto e você estaria em chamas.

– Tive de chegar bem perto para mexer o ensopado!

A tampa da panela subia e descia, o ensopado escorria pelos lados e silvava nas brasas. Sem pensar, ela agarrou a alça. Gritou, xingou e pegou o gancho de novo.

– Calma! – avisou Michael, mas ela não queria ouvir.

Angel puxou a panela com tanta força que ela caiu, derramando todo o ensopado. O fogo sibilou e borbulhou furiosamente. Uma nuvem de fumaça subiu e encheu a cabana com um odor horrível de carne queimada.

Não conseguia fazer nem isso direito! Ela jogou o gancho de ferro no fogo e se sentou na cadeira de vime. Inclinou o corpo para frente, abraçando as costelas, que doíam.

Michael abriu as duas janelas e a porta, e a fumaça começou a se dissipar.

Cerrando os dentes, Angel viu um pedaço de carne de veado pegar fogo.

– Seu jantar está pronto, senhor.

Ele se esforçou para não rir.

– Vai se sair melhor da próxima vez.

Ela olhou para ele, furiosa.

– Não sei nada de cozinha. Não distingo uma erva daninha de uma cenoura e, se me puser atrás do seu arado, não terá nenhum canteiro reto para plantar.

E se levantou.

– Você quer que eu trabalhe. Muito bem. Vou trabalhar. Do único jeito que sei. Ali – disse, apontando para a cama dele. – E agora, se quiser, senhor. Se a cama não satisfaz sua fantasia, que tal o chão, ou o estábulo, ou qualquer outro lugar? É só dizer o que quer, qualquer coisa!

Ele bufou.

– É só uma panela de ensopado, Mara.

Ela soltava fogo pelas ventas de tanta frustração.

– Como é que um santo como você me escolheu? Está testando sua fé? É isso?

Passou por ele e foi para fora.

Queria fugir, mas não podia. Sentia dores no corpo todo. Mal conseguiu chegar ao campo, teve de parar e recuperar o fôlego. Ele lhe dera um tranco quando a puxara para longe do fogo, e agora tudo doía. Mas a dor física não era nada perto do desprezo próprio e da humilhação. Era burra! Não sabia nada! Como é que ia conseguir viver sozinha se não conseguia cozinhar um simples prato? Nem sabia acender o fogo! Não sabia nada do que era necessário para sobreviver.

Você vai aprender.

– Ah, não, não vou! Não vou pedir a ajuda *dele*. Não vou ficar devendo nada a ele – e fechou a mão queimada. – Não pedi para ele voltar. Não pedi nada disso!

Desceu até o riacho para mergulhar a mão na água e chorar as mágoas.

Portanto, eis que vou atraí-la, trazê-la para o deserto e falar-lhe ao coração. Então eu lhe darei dali os vinhedos, e o vale de Acor como o portal da esperança.
— Oseias 2,14-15A

A sujeira na lareira já estava limpa quando Angel voltou, mas Hosea não estava mais lá. Esperava sentir alívio com sua ausência, mas não sentiu. Em vez disso, havia um oco dentro dela que lhe dava a sensação de estar flutuando num espaço vazio. Será que ele tinha ido para algum lugar pensar num bom castigo para a explosão dela?

Ele devia estar pensando que ela era uma tola. Podia apostar que a irmã dele sabia acender o fogo, cozinhar uma boa refeição, arar o campo e fazer tudo o que era preciso. Ela devia conhecer todas as plantas comestíveis do Atlântico até o Pacífico, a uma distância de trinta metros. Devia saber farejar a caça, atirar e prepará-la sozinha.

Desolada, Angel se sentou no chão na frente da lareira e olhou para a fogueira morta. *Minha vida é assim: um buraco vazio, frio e inútil na parede.* Era burra e desajeitada. Ah, mas era *linda*. Pôs a mão no rosto. Ou tinha sido.

Ela se levantou. Tinha de fazer alguma coisa. Qualquer coisa. Precisava de luz e calor. Tinha visto Hosea fazer uma fogueira algumas vezes. Talvez pudesse fazê-la sozinha. Pegou lascas de madeira e as empilhou, depois botou gravetos e galhos pequenos. Pegou a pederneira e o aço do console da lareira, mas, por mais que tentasse, não conseguia produzir nenhuma faísca.

Michael ficou parado na porta, observando-a. Tinha ido atrás dela mais cedo e visto quando se sentara ao lado do riacho, tão abalada que nem o havia notado lá. Ficou por ali, vigiando-a, até que voltasse para a casa. Ele podia muito bem ser invisível. Angel estava tão obcecada com o próprio sofrimento e com os pensamentos negativos que ficara cega para tudo o mais. Especialmente para ele.

Xingando, ela cobriu os olhos com os punhos cerrados.

Michael botou a mão de leve em seu cabelo e sentiu quando ela pulou de susto.

– Deixe-me mostrar como se faz.

E se abaixou ao lado de Angel, estendendo-lhe a mão para pegar as ferramentas.

– Antes de mais nada, não pode esperar que saia perfeito de primeira. Isso exige prática.

Como fazer um ensopado, ele queria dizer. Como viver uma vida diferente.

Angel o observava enquanto ele preparava a fogueira e batia na pederneira. Uma faísca pegou fogo, ele soprou suavemente até as lascas de madeira soltarem fumaça e começarem a queimar. Então juntou gravetos pequenos e galhos maiores. Em poucos minutos o fogo cresceu.

Michael chegou para trás e ficou com os braços apoiados nos joelhos levantados. Pretendia aproveitar o fogo e a proximidade com Mara, mas ela tinha ideias diferentes. Ela pegou o atiçador, derrubou os galhos, espalhou os gravetos e as lascas de madeira. Amassou até a última brasa.

Chegou mais perto e preparou a fogueira como ele tinha feito. Fez tudo certo, depois bateu o aço na pederneira. Conseguiu produzir uma faísca, mas não pegou fogo. Tentou de novo, mais resoluta, e fracassou. A mão queimada doía demais, mas segurava as peças com tanta determinação que começou a suar na palma das mãos. A cada fracasso, o peito doía mais, até que a dor ficou tão insuportável, tão profunda e incapacitante, que caiu sentada para trás, sobre as pernas dobradas.

– Não consigo.

Para quê?

O coração de Michael sentia por ela. Ela não tinha chorado nem uma vez, nem quando estava inconsciente, com febre. E só Deus sabia como precisava chorar.

– Deixe para lá, Mara.

– Está bem.

120

E pôs a pederneira e o aço entre os dois.

– Você faz.

– Não foi isso que quis dizer. Você se esforça demais. Espera fazer tudo certo. Isso é impossível.

– Não sei do que está falando. A única coisa que quero é acender o fogo.

– Nem falamos a mesma língua – ele disse, secamente.

Podia estar falando inglês com uma mulher da Califórnia que falasse espanhol.

– É como brigar comigo quando não precisa.

Ela se recusou a olhar para ele.

– Faça de novo para eu ver o que fiz de errado.

Ele atendeu ao pedido. Ela o observou atentamente e viu que não tinha feito nada errado. Por que com ela o fogo não pegou? A lareira estava cheia de fogo e luz, e ele tinha feito tudo em poucos minutos. A fogueira dela nem acendia, mas a dele ia durar a noite inteira.

Angel se levantou de repente e se afastou. Odiava a competência dele. Desprezava sua calma. Queria destruir as duas coisas e tinha apenas uma arma que sabia usar.

Espreguiçou-se sinuosa, consciente de que ele olhava para ela.

– Acho que com o tempo vou acabar aprendendo – disse, e se sentou na cama. – Meus ombros estão doendo. Quer me fazer uma massagem como da última vez?

Michael atendeu ao pedido. Isso fez diminuir a tensão dos músculos dela e aumentar a dele.

– Que gostoso – ela disse, e o tom ardente fez o coração dele bater mais rápido.

Seu cabelo se soltou. Era como seda nas mãos dele. Quando apoiou um joelho na cama, ela pousou a mão na coxa dele.

Então é isso, ele pensou com tristeza. Como não conseguiu acender o fogo na lareira, resolveu acender o seu. E não demorou nada para conseguir. Mas ele recuou.

Angel sentiu e o acompanhou. Passou os braços na cintura dele e colou o corpo em suas costas.

– Sei que preciso de alguém para cuidar de mim e estou feliz de você ter voltado para me pegar.

Jesus, dê-me forças! Michael fechou os olhos. Quando ela moveu as mãos, ele a segurou pelos pulsos e se soltou completamente do abraço.

Quando Michael se virou, Angel estava pronta. Ela sabia desempenhar aquele papel. Conhecia todas as falas de cor. Palavras suaves, entrecortadas... Palavras calculadas para partir o coração dele, para fazer com que ele sentisse que sua rejeição a magoava. Misturar culpa ao sangue fervendo. Dar-lhe motivos e desculpas para ceder. Ele já tinha fraquejado naquela última noite no bordel. Já tinha se tornado um cordeiro, pronto para o sacrifício.

Angel aproximou-se dele novamente, bloqueando as emoções e usando o raciocínio. Puxou a cabeça dele para baixo e deu-lhe um beijo. Michael enfiou os dedos no cabelo dela e retribuiu o beijo.

Ela usou tudo o que sabia para declarar guerra a ele. Não sabia acender o fogo nem fazer um ensopado, mas sobre aquilo sabia tudo.

Ele se soltou e a segurou pelos ombros.

– Você é implacável – disse, sem querer se render.

Angel percebeu que não estava enganando ninguém. Michael sabia exatamente o que ela estava fazendo e por quê. Ela tentou se afastar, mas ele não deixou.

– Não precisa ser do jeito que você conhece.

– Solte-me!

Ela lutou freneticamente. Michael viu que ela estava se machucando e a soltou. Ela foi para bem longe dele.

– Isso fez com que se sentisse melhor?

– Fez! – ela sibilou, mentindo descaradamente.

– Que Deus me ajude.

Ela queria que ele sentisse mais do que desconforto físico. O que queria mesmo era aniquilá-lo, queria vê-lo se contorcendo feito um verme no anzol. Afundou na cadeira de vime, com o pescoço duro, olhando para frente.

Michael ficou desolado. O silêncio dela berrava profanidades contra ele. Ela achava que tinha perdido, mas será que pensava que ele tinha ganhado alguma coisa? Ele foi para fora. *Será que essa mulher não vai ceder nunca, meu Deus? Será que é isso que vou ter pelo resto da vida? Meu Deus, essa luta não é justa!*

Ela está lutando com a única arma que conhece.

Michael foi até o riacho, ajoelhou-se na beira e jogou água gelada no rosto. Ficou ali de joelhos um bom tempo. Depois foi pegar a banheira de metal no celeiro.

Quando entrou em casa, Angel ficou de costas para ele. Ele pôs a banheira na frente do fogo. Ela olhou para a banheira, para ele e para o outro lado de novo, sem dizer nada. Será que tinha feito Michael se sentir sujo? Será que precisava de um banho para lavar onde ela havia tocado? Ele passou uma hora carregando água do poço e a esquentando na grande panela preta que pendia sobre o fogo. Jogou uma barra de sabão na água e disse:

– Vou dar uma volta – e saiu.

Surpresa, Angel foi abrir a porta. Foi andando até perdê-lo de vista no meio das árvores. Franziu a testa, fechou a porta, tirou a roupa e entrou na banheira. Esfregou vigorosamente o cabelo e o corpo, derramou água quente para tirar o sabão e saiu da banheira. Queria terminar o banho antes de Michael voltar. Ele tinha deixado uma toalha pendurada no encosto da cadeira, então ela secou o corpo e enrolou a toalha na cabeça. Vestiu-se rapidamente. Sentou-se outra vez diante do fogo e desenrolou a toalha. O cabelo estava todo embaraçado, e ela tentou passar os dedos nos nós.

Hosea ficou fora mais de uma hora.

Quando a porta finalmente se abriu atrás dela, ela se virou para olhá-lo. Estava com o cabelo molhado. Ela imaginou que ele tivesse tomado banho no riacho gelado e sentiu uma pontada de culpa e de dúvida. Ele ficou andando inquieto pela casa. Angel continuou penteando o cabelo com os dedos, prestando atenção em todos os seus movimentos. Ele abriu o baú e o fechou, batendo a tampa. Passou do lado dela e deixou uma escova de cabelo cair em seu colo. Angel pegou a escova e ficou olhando para ela. Sentiu um nó na garganta. Olhou para ele e começou a escovar o cabelo lentamente. Ele encostou o quadril na mesa e ficou olhando para ela. Ela não sabia o que ele estava pensando. Não sabia o que dizer.

– Nunca mais faça isso comigo – ele disse, abatido.

Ela sentiu alguma coisa se mexer por dentro, pressionando, indo bem fundo.

– Não farei – disse, sinceramente.

Michael se sentou na cadeira de vime perto do fogo com as mãos soltas sobre os joelhos. Ficou olhando muito tempo para as chamas.

– Acho que tive uma boa prova do que você tem vivido.

Ela levantou a cabeça, surpresa.

– O que quer dizer?

Ele olhou para ela.

– É ruim ser usado. Seja qual for o motivo.

Alguma coisa se torceu dentro dela. Ficou com a escova no colo, olhando para ela e se sentindo péssima.

– Não sei o que estou fazendo aqui com um homem como você.

– Assim que a vi, eu sabia que ia me casar com você.

– É, você me disse – ela inclinou a cabeça. – Olha, deixe-me explicar alguns fatos da vida. Um fazendeiro sozinho, semanas seguidas, que vai para a cidade. Podia ter visto o sul de uma égua virada para o norte e achado que era a companheira certa para você.

– Foi seu rosto jovem e frio como uma pedra – disse Michael.

E deu um sorriso triste.

– Depois todo o resto.

Seus olhos brilharam olhando para ela.

– Você estava vestida de preto como uma viúva e acompanhada pelo Magowan. Imaginei que ele estava ali para você não fugir.

Ela ficou muito tempo sem dizer nada. Fechou os olhos e procurou não pensar em nada daquilo, mas era como um mau cheiro que se espalhava pela casa. Estava no ar. Não conseguia se livrar. Estava lá por trás do cheiro limpo do sabão que ele tinha lhe dado. A podridão estava dentro dela, correndo em suas veias.

– Lembra quando me perguntou o que significava o nome Hosea, e eu lhe disse que era "profético"?

Ela recomeçou a escovar o cabelo bem devagar, mas dessa vez Michael sabia que ela estava escutando.

– Hosea, ou Oseias, foi um profeta. Deus disse para ele se casar com uma prostituta.

Ela se virou para ele com um sorriso zombeteiro.

– Deus disse para você se casar comigo?

– Sim, disse.

– Ele fala com você pessoalmente? – ela zombou.

– Ele fala com todos pessoalmente. Só que a maioria das pessoas não lhe dá atenção.

Era melhor agradá-lo.

– Desculpe a interrupção. Você estava contando uma história. O que aconteceu depois? Esse profeta se casou com a prostituta?

– Sim. Ele achou que Deus devia ter um motivo. Um bom motivo.

O mesmo que ele devia ter.

– Esse Hosea espancou a mulher para livrá-la dos pecados? Imagino que ela deve ter se rastejado diante dele, beijado seus pés por salvar sua alma.

– Não, ela voltou para a prostituição.

Ela ficou desanimada. Olhou para ele e tentou entender o que ele estava pensando. Ele apenas olhou para ela, solene, controlado, enigmático.

124

– Então Deus não é assim tão poderoso, não é? – ela disse, baixinho.

– Deus disse para ele procurá-la e trazê-la de volta.

Angel franziu o cenho.

– E ele foi?

– Foi.

– Só porque Deus disse?

Nenhum homem faria isso.

– Sim, e porque ele a amava.

Ela se levantou e foi espiar o céu que escurecia pela janela.

– Amor? Não, acho que não foi por isso. Foi por orgulho. O velho profeta simplesmente não queria admitir que não era capaz de segurá-la sozinho.

– O orgulho faz o homem se afastar, Mara. Fez com que me afastasse de você naquela noite em Pair-a-Dice.

Ele devia ter obedecido ao Senhor e voltado. Devia tê-la arrastado para fora de lá por mais que ela esperneasse e gritasse.

Angel se virou para trás e olhou para ele.

– Então ela acabou ficando com o profeta depois disso?

– Não. Ela o deixou novamente. Ele teve de comprá-la como escrava pela segunda vez.

Ela não estava gostando muito daquela história.

– E aí ela ficou?

– Não. Ela sempre ia embora. Teve até filhos com outros homens.

Ela sentiu um peso no peito. Na defensiva, zombou dele mais uma vez.

– E ele finalmente a apedrejou até a morte – disse, em tom sarcástico. – Não foi isso? Ele acabou mandando a mulher para o lugar dela.

Michael não respondeu, e ela lhe deu as costas de novo.

– Aonde quer chegar? Diga logo.

– Um dia você terá de escolher.

Ele não disse mais nada e ela ficou imaginando se era o fim da história. Cerrou os dentes. Não ia perguntar se a prostituta ficou com o profeta, ou se ele acabou desistindo dela.

Michael se levantou, abriu duas latas de feijão e o derramou na panela. Em poucos minutos estava quente, e ele o serviu.

– Sente-se aqui e coma comigo, Mara.

Ela se sentou com ele à mesa. Ele abaixou a cabeça e rezou, então a raiva cresceu dentro dela outra vez. Começou a comer, procurando ignorá-lo. Ele olhou para ela, que deu um sorriso tenso, revoltado.

– Sabe o que eu penso? – ela disse. – Penso que Deus fez com que se casasse comigo para castigá-lo de um grave pecado de seu passado. Desejou muitas mulheres?

– Isso realmente me acomete de vez em quando – ele disse, com um sorriso triste.

E terminou de comer em silêncio.

Ela invejava sua paz e seu autocontrole. Quando ele acabou, ela pegou seu prato e o pôs em cima do dela.

– Já que fez a comida, eu lavo os pratos.

Ela não gostava do escuro, mas era melhor do que ficar na cabana com ele. Ele podia começar a contar mais uma de suas histórias podres. Uma bem boa dessa vez, sobre algum leproso com feridas abertas.

Depois de lavar os pratos, ficou um tempo sentada à beira do riacho. Sentia dores por todo o corpo e sabia que tinha tentado fazer demais aquele dia, mas ficar ali, ouvindo o barulho da água, acalmava-lhe os nervos.

O que estou fazendo aqui?, perguntou a si mesma. *O que estou fazendo aqui com ele?*

Uma brisa suave balançou as folhas do choupo, e ela podia jurar que ouviu uma voz. Virou-se para trás, mas não havia ninguém ali. Tremendo de frio, voltou depressa para casa e viu Hosea encostado no batente da porta, à sua espera. Estava com as mãos nos bolsos. Ela passou por ele, entrou e guardou os pratos. Estava cansada e queria ir para a cama.

Despiu-se e deitou-se rapidamente embaixo dos cobertores. Ficou deitada pensando naquela mulher voltando para a prostituição. Talvez tivesse uma Duquesa com o dinheiro dela também. Talvez o profeta a deixasse louca, do jeito que aquele fazendeiro fazia com ela. Talvez ela só quisesse que a deixassem em paz. Será que o profeta pensara nisso alguma vez?

Angel ficou tensa quando Hosea se deitou ao seu lado na cama. A culpa era toda dela. Era só lhes dar o gostinho de um beijo para que quisessem saborear tudo. Bem, quanto mais cedo começasse, mais cedo poderia dormir.

Ela se sentou na cama, escovou o cabelo no ombro com impaciência e olhou para ele, resignada.

– Não.

Ficou surpresa com o ar irritado dele.

– Não?

– Não.

126

– Olha aqui, não sou capaz de ler sua mente. Precisa me dizer o que quer.

– Quero dormir na minha cama, ao lado da minha esposa.

Ele pegou uma mecha de seu cabelo e a puxou de leve.

– Isso é *tudo* o que quero.

Perplexa, Angel se deitou de novo. Ficou esperando que ele mudasse de ideia. Depois de muito tempo, sua respiração ficou mais profunda. Ela virou a cabeça com cuidado e olhou para ele à luz do fogo. Estava realmente dormindo. Examinou aquele perfil relaxado um longo tempo, depois se virou de costas para ele.

Angel tentou aumentar o espaço entre os dois, mas Michael Hosea preenchia a cama, do mesmo modo que preenchia a cabana.

Como estava começando a preencher sua vida.

*Em meio à jornada da nossa vida,
encontrei-me em uma selva tenebrosa.*

– Dante

Angel gemeu quando Duke se inclinou sobre ela, rindo baixinho.

– Pensou que podia escapar de seu alfa e ômega?

Alguém a chamou de muito longe, mas Duke continuava abafando aquela voz suave.

– Achou que oito mil quilômetros bastariam, mas aqui estou.

Ela tentou se afastar dele, querendo ouvir quem a estava chamando. Duke puxou-a para perto de novo.

– Você me pertence. Ah, sim. Sempre, e sabe disso. Sou seu único dono.

Seu hálito cheirava aos cravos-da-índia que mascava depois de fumar charuto.

– Sei o que está pensando, Angel. Posso ler sua mente. Não foi o que sempre fiz? Pode torcer quanto quiser, mas não vou morrer nunca. Mesmo quando você deixar de existir, continuarei vivo. Sou eterno.

Ela lutou, mas ele não era daqueles que se podem empurrar para longe. Era uma sombra que a cobria, a trazia de volta e a jogava dentro de um buraco negro e profundo. Sentia seu corpo absorvendo o dele enquanto caía. Ele entrou por todos os poros até aquele negrume ficar dentro dela, até ela querer arrancar a própria carne.

– Não, não!

— Mara. *Mara!*

Ela acordou de repente de boca aberta, num grito silencioso.

— Mara — disse Michael gentilmente, sentado na beira da cama.

Ela procurou parar de tremer e afastou o cabelo do rosto.

— Você tem muitos pesadelos. Sonha com o quê?

A voz gentil e o toque carinhoso fizeram-na relaxar um pouco. Ela afastou a mão dele.

— Não consigo me lembrar — mentiu, com Duke gravado a fogo na memória.

Será que ele ainda a procurava depois de todo aquele tempo? Ela sabia a resposta e sentiu frio. Podia ver o rosto dele. Era como se tivesse fugido ontem e não um ano antes. Um dia ele a encontraria. E quando encontrasse...

Ela não suportava pensar nisso. Não tinha coragem de voltar a dormir. O pesadelo podia começar de novo e terminar onde sempre terminava.

— Mara, conte-me. Do que tem medo?

— Não é nada — disse, muito tensa. — Deixe-me em paz.

Michael pôs a mão em seu peito e ela contraiu os músculos.

— Se seu coração bater com mais força, vai pular do seu peito.

— Está querendo que eu pense em outra coisa?

Michael tirou a mão.

— Há coisas além de sexo entre nós.

— Não há absolutamente nada.

Ela virou de costas para ele.

Michael tirou as cobertas de cima dela.

— Vou mostrar o que há.

— Eu disse para me deixar em paz!

Aflita com o pesadelo, aflita por estar com ele, ela puxou os cobertores e se cobriu outra vez.

Michael puxou as cobertas de novo, embolou tudo e jogou sobre o baú no canto.

— De pé. Agora. Você vai, quer queira, quer não.

Angel ficou com medo. Pôde sentir que ele tentava domar a raiva.

— Vamos dar um pequeno passeio — disse.

— Agora? No meio da noite?

Estava frio e escuro. Ela engoliu em seco quando ele a pegou no colo e a pôs de pé.

Ele vestiu a calça e disse:

– Pode ir vestida ou nua. Para mim dá no mesmo.

Ela não gostava dos cantos escuros da cabana e não ia lá fora, para aquela escuridão.

– Não vou a lugar nenhum. Vou ficar aqui mesmo.

Ela foi pegar o acolchoado, mas ele agarrou seu braço e a fez se virar. Ela se encolheu e levantou o braço para se proteger de um golpe, e então a raiva de Michael se evaporou. Era isso que ela esperava dele, mesmo depois daquele tempo todo?

– Nunca vou machucá-la.

Ele pegou o acolchoado e o enrolou nela. Estendeu-lhe os sapatos, mas ela não os pegou.

– Pode calçá-los ou ir descalça. A escolha é sua. Mas você vai comigo.

Ela os pegou.

– Do que tem medo, Mara? Por que não falamos disso?

Ela jogou a abotoadeira para o lado e se endireitou.

– Não tenho medo de nada, menos ainda de um agricultor como você.

Ele abriu a porta.

– Então venha, se é tão corajosa.

Ela conseguia ver o celeiro, mas ele segurou firme sua mão e a foi puxando para a floresta.

– Para onde está me levando?

Ela odiou o tremor na própria voz.

– Vai ver quando chegarmos lá.

Ele continuou andando, puxando Angel pela mão.

Ela não enxergava quase nada, só alguns vultos. Eram ameaçadores e escuros, alguns se moviam. Lembrou-se de Rab correndo com ela numa noite escura muito tempo atrás e teve medo. Seu coração bateu mais rápido.

– Quero voltar.

Tropeçou e quase caiu.

Michael a segurou.

– Só dessa vez, procure confiar em mim, está bem? Já lhe fiz algum mal?

– Confiar em você? Por que deveria? Você é louco de me trazer para cá desse jeito, no meio da noite. *Leve-me de volta.*

Ela estava tremendo e não conseguia parar.

– Só depois de ver o que quero lhe mostrar.

– Mesmo se tiver de me arrastar?

– A menos que queira ir sobre o meu ombro.

Ela puxou a mão e se soltou dele.

– Então vá na frente.

– Está bem – ele disse.

Angel se virou para voltar, mas não viu a cabana nem o celeiro no meio das árvores. Quando se virou de novo, também não viu mais Hosea e entrou em pânico.

– Espere! – gritou. – Espere!

Michael a segurou.

– Estou bem aqui.

Ele sentiu que ela tremia toda e puxou-a para perto.

– Não vou deixá-la na escuridão.

E, levantando o rosto dela, deu-lhe um beijo suave.

– Quando é que vai entender que a amo?

Angel o abraçou com força.

– Se me ama mesmo, leve-me de volta. Podemos ficar quentinhos e confortáveis na cama. Faço o que você quiser.

– Não – ele disse com a voz rouca, brigando com o modo como reagia a ela. – Venha comigo.

Ela tentou segurá-lo.

– Por favor, espere. Está bem. Tenho medo do escuro. Estar aqui fora me faz lembrar de... – e parou de falar.

– Do quê?

– De uma coisa que aconteceu quando eu era criança.

Ele ficou esperando. Ela mordeu o lábio. Não queria falar sobre Rab e o que tinha acontecido com ele. Não queria pensar no horror daquela noite.

– Por favor, leve-me de volta.

Michael passou os dedos no cabelo de Angel e inclinou a cabeça dela para poder ver seu rosto ao luar. Ela estava com medo, com tanto medo que não conseguia esconder.

– Eu também tenho medo, Mara. Não do escuro nem do passado... Mas de você e do que me faz sentir quando a toco. Você usa meu desejo como uma arma. O que sinto é uma dádiva. Sei o que quero, mas, quando me abraça assim, só sinto seu corpo e o meu desejo. Você me faz tremer.

– Então me leve de volta para a cabana...

– Você não está me ouvindo. Você não entende nada. Não posso levá-la de volta. As coisas não vão ser como você quer. Têm de ser do meu jeito, ou então nada.

Michael a pegou pela mão.

– Agora vamos.

E saiu andando pela floresta escura. Ela suava, mas a mão que ele segurava não era mais como um peixe morto. Ela agarrava a mão dele como se sua vida dependesse disso.

Angel ouvia sons de todos os lados, barulhos e zumbidos que vinham de todas as direções e lhe entravam na cabeça. Era um silêncio tão silencioso que berrava. Queria voltar para a cabana, ficar longe das coisas escuras que se moviam em volta dela. Demônios alados, observando e sorrindo. Aquele era o mundo de Duke.

Estava com frio, fraca e muito cansada.

– Ainda falta muito?

Michael a pegou no colo.

– Estamos quase chegando.

A floresta havia ficado para trás e a lua alta dava um tom prateado e fantasmagórico às colinas.

– É no topo daquela colina.

Quando chegaram à vertente, ele a pôs no chão de novo, e ela olhou em volta, confusa. Não tinha nada lá, só mais colinas e as montanhas ao longe.

Michael ficou observando o vento da noite fazendo o cabelo claro de Angel dançar à luz da lua. Ela se encolheu dentro do acolchoado e olhou furiosa para ele.

– Não tem nada aqui.

– Tudo o que importa está aqui.

– Toda essa caminhada por nada.

Ela não sabia o que esperava. Um monumento. Alguma coisa. Ela se sentou, exausta e tremendo com o ar gelado da noite. O acolchoado não lhe bastava. Dez deles não lhe bastariam. O frio estava dentro dela. O que ele pensava que estava fazendo, arrastando-a para aquela colina no meio da noite?

– O que há de tão especial aqui?

Michael se sentou atrás dela. Pôs uma perna de cada lado e a puxou para perto.

– Espere só.

Ela quis resistir ao abraço, mas estava com muito frio para lutar com ele.

– Esperar o quê?

Ele a abraçou.

132

– A manhã.

– Eu podia ter esperado lá na cabana.

Ele deu risada com o rosto no meio do cabelo dela. Afastou-o e beijou-lhe a nuca.

– Você só vai entender quando a vir daqui – e passou o nariz embaixo da orelha dela.

Angel estremeceu um pouco.

– Durma, se quiser – e a ajeitou para que ficasse mais próxima dele. – Eu a chamo na hora certa.

Ela não estava com sono depois da longa caminhada.

– Faz sempre esse tipo de coisa?

– Não tanto quanto gostaria.

Ficaram em silêncio outra vez, mas ela não se sentiu desconfortável com aquilo. O calor do corpo dele estava passando para o dela. Sentia o peso do braço dele e a solidez do tronco apoiando suas costas. Olhou para as estrelas, minúsculas pedras preciosas em um veludo negro. Jamais vira o céu daquele jeito, tão de perto. Parecia que, se estendesse a mão, seria capaz de tocar cada um daqueles pontinhos brilhantes de luz. O céu estava lindo. Não seria visto assim de uma janela. E o cheiro no ar... Forte, úmido, de terra. Até os sons à sua volta se transformaram em música, como os pássaros e os insetos, como a chuva tilintando nas latas num barraco decadente do cais. E então a escuridão diminuiu.

Começou bem devagar, quase não deu para notar. As estrelas foram ficando cada vez menores, e o fundo preto, mais suave. Ela se levantou para ver e apertou o acolchoado contra o corpo. Lá atrás ainda estava tudo escuro, mas na frente havia luz. Uma luz amarelo-clara que ficava mais brilhante, rajada de dourado, vermelho e cor de laranja. Angel já tinha visto o nascer do sol antes, dentro de quatro paredes, atrás de um vidro, mas nunca daquele jeito, com a brisa fresca no rosto e a natureza selvagem em todas as direções. Nunca tinha visto nada tão lindo.

A luz da manhã se derramou lentamente sobre as montanhas, atravessou o vale e foi até a cabana, a floresta mais atrás, e subiu a colina. Angel sentiu as mãos fortes de Hosea em seus ombros.

– Mara, esta é a vida que quero lhe dar.

O sol brilhava tanto que chegava a doer os olhos, e ela ficou mais cega do que na escuridão. Sentiu os lábios dele em seu cabelo.

– É isso que estou lhe oferecendo.

Sentiu a respiração quente dele na pele.

– Quero encher sua vida de cor e de calor, quero enchê-la de luz.

Ele passou os braços em volta dela e a apertou contra o peito.

– Dê-me uma chance.

Angel sentiu um peso crescer dentro dela. Ele lhe dizia coisas bonitas, mas a vida não era feita de palavras. A vida não era tão simples assim, tão direta. Era complicada, torcida e retorcida desde o nascimento. Ela não podia apagar os dez últimos anos, nem os oito antes de Rab levá-la pelas ruas até o bordel e deixá-la ali para Duke arruiná-la para sempre. Tudo tinha começado muito antes disso.

Ela era culpada de ter nascido.

O próprio pai quisera tirá-la do ventre da mãe e jogá-la fora como lixo. Seu próprio pai. E mamãe teria feito isso mesmo, se soubesse que poderia perdê-lo, desafiando-lhe a vontade. Todos aqueles anos de choro infinito revelaram isso para Angel.

Não, nem uma centena de auroras como aquela, nem mesmo mil auroras como aquela mudariam o que ela era. A verdade estava ali para sempre, como Duke dissera no sonho. Você não pode escapar disso. Por mais que se esforce, não pode fugir da verdade.

Ela deu um sorriso triste e sentiu uma dor lá no fundo da alma. Talvez aquele homem fosse mesmo o que parecia. Talvez fosse sincero em tudo o que dizia, mas ela sabia de uma coisa que ele não sabia. Jamais seria do jeito que ele queria. Simplesmente não poderia ser assim. Ele era um sonhador. Queria o impossível. O amanhecer viria para ele também, e ele acordaria.

E Angel não queria estar por perto quando isso acontecesse.

Mesmo se me persuadir, não vai me convencer.
– Aristófanes

Michael sentiu uma mudança em Angel depois daquela noite, mas não foi uma mudança que o deixou feliz. Ela se fechou e ficou distante. As manchas roxas haviam sumido, as costelas haviam sarado, mas ela ainda agia como se estivesse ferida. Não o deixava se aproximar. Recuperou o peso que havia perdido depois da surra terrível que levara de Magowan e ficou forte fisicamente, mas Michael sentia que havia nela uma vulnerabilidade mais profunda. Deu-lhe trabalho para fazer, para ter um propósito na vida, e a palidez do bordel e da cabana desapareceu. Mesmo assim, seus olhos não tinham vida.

A maioria dos homens se satisfaria em ter uma esposa tão maleável e trabalhadora. Michael não. Não tinha se casado para ter uma escrava. Queria uma mulher que fizesse parte de sua vida, parte dele mesmo.

Toda noite era uma provação. Ele se deitava ao lado dela e ficava respirando seu perfume até ficar tonto. Ela deixava bem claro que ele podia usar seu corpo quando e como quisesse. Olhava para ele todas as noites quando tirava a roupa. A pergunta nos olhos dela fazia a boca de Michael secar, mas ele não entregava os pontos. Esperava, rezando para o coração dela amolecer.

Os pesadelos dela continuaram. Muitas vezes acordava tremendo, com o corpo molhado de suor, mas não deixava que ele encostasse nela. Só depois que voltava a dormir, ele podia abraçá-la e aninhá-la. Nesse momento, ela relaxava, e ele sabia que lá no fundo ela reconhecia que estava a salvo com ele.

Não era muito gratificante quando as necessidades naturais do corpo dele se manifestavam com mais força cada vez que ficava mais tempo com ela. Imaginava que faziam amor como estava escrito nos Cânticos de Salomão. Quase podia sentir os braços dela lhe envolvendo e o gosto de seus beijos de mel. Então saía daquele sonho acordado e ficava mais frustrado e desolado do que nunca.

Ah, ele podia tê-la agora se quisesse. Ela aceitaria. Mostraria todo o seu conhecimento do assunto. E ele saberia que, enquanto depositava todas as esperanças nela, ela estava contando as vigas do teto, ou pensando nas tarefas do dia seguinte, ou qualquer outra coisa que a afastasse dele e de pensar nele. Não olharia em seus olhos e pouco se importaria de saber que ele morria de amor por ela.

A lembrança estava gravada na mente de Michael. Angel sentada ao pé da cama no Palácio, balançando o pé para frente e para trás, como um pêndulo. Agora seria a mesma coisa se ele se entregasse ao desejo físico. Seria Angel, não Mara, só esperando que ele terminasse para poder relegá-lo ao esquecimento, com todos os outros homens que usaram seu corpo.

Meu Deus, o que é que eu faço? Vou enlouquecer. O Senhor espera demais de mim. Ou será que sou eu que espero demais dela?

A resposta era sempre a mesma. *Espere.*

Mais do que qualquer outra coisa, Michael era consumido pela necessidade de ouvir Angel dizer seu nome. *Só uma vez, Jesus. Meu Deus, por favor... Só uma vez.* Michael! O reconhecimento de sua existência. Ela fitava através dele quase o tempo todo. Ele queria ser mais do que alguém que andasse na periferia da alma dela, alguém que ela tinha certeza de que pisaria nela e a usaria. Amor, para Angel, era um palavrão de quatro letras.

Como vou lhe ensinar o que é realmente o amor se meus próprios instintos estão no caminho? Meu Deus, o que estou fazendo de errado? Ela está mais distante agora do que estava em Pair-a-Dice.

Tenha paciência, amado.

A frustração de Michael aumentou e ele começou a pensar em seu pai, que afirmava que todas as mulheres queriam ser dominadas.

Na época Michael não acreditara, nem agora. Mas quase desejava acreditar. Crer nessa mentira tornaria sua vida com Angel mais fácil. Toda vez que ela olhava para ele sem vê-lo, ele pensava no pai. Toda vez que ela chegava perto dele dormindo, ele sabia o que seu pai diria sobre aquele celibato autoimposto.

Ele escutava outra voz, misteriosa e profunda, antiga como o tempo.

Quando é que você vai agir como homem? Vá em frente e possua essa mulher. Por que está se contendo? Pegue-a. Ela lhe pertence, não pertence? Aja feito homem. Divirta-se com o corpo dela, se não pode receber mais nada. O que está esperando?

Michael lutava contra aquela voz na sua cabeça. Não queria ouvi-la, mas ela estava lá, pressionando, pressionando e pressionando, sempre que ele ficava mais vulnerável.

Mesmo quando estava ajoelhado, rezando, ouvia aquela voz o atormentando.

Angel foi ficando mais inquieta e aflita com o tempo. Alguma coisa se formava dentro dela, algo lento, insidioso e ameaçador. Gostava da vida naquela pequena cabana. Sentia-se à vontade e segura, exceto por Michael Hosea. Não gostava das emoções que ele estava começando a provocar nela, sentimentos que afetavam sua determinação. Não gostava do fato de Michael não se encaixar em nenhum molde conhecido. Não gostava do fato de Michael manter sua palavra. De não usá-la. De tratá-la de maneira diferente de todos os modos como fora tratada antes na vida.

Ele nunca se zangava quando ela cometia erros. Ele a elogiava e a encorajava. Compartilhava os erros dela com um senso de humor que fazia com que ela se aborrecesse menos com a própria incompetência. Transmitia-lhe esperança de que aprenderia e orgulho quando conseguia. Agora ela já sabia acender o fogo. Sabia preparar uma refeição. Podia identificar plantas comestíveis no mato. Estava até começando a prestar atenção nas histórias que ele lia todas as noites, apesar de não acreditar em nenhuma delas.

Quanto mais cedo eu me afastar dele, melhor.

Tinha negócios inacabados para resolver em Pair-a-Dice. Além do mais, podia ter sua própria cabana, igual àquela, quando recebesse sua parte do ouro que ganhara. E não teria de morar com homem nenhum.

Angel calculava de cabeça quanto tempo e dinheiro Hosea tinha gastado cuidando dela até ficar curada e depois ensinando-lhe a ser independente. Pretendia lhe pagar de volta cada hora e cada quilo antes de partir.

Ela cuidava da horta, cozinhava, varria, lavava, passava e costurava. Quando ele ia limpar o estábulo, ela pegava uma pá e o ajudava. Quando ele cortava lenha para o inverno, ela enchia os braços de achas e formava pilhas arrumadas contra a parede do celeiro.

Depois de quatro meses sua pele ficou morena, as costas, fortes, e as mãos, ásperas. Espiou no espelho de lata e viu que seu rosto tinha voltado ao normal. Até o nariz tinha ficado reto de novo. Era hora de começar a fazer planos para voltar.

– Você acha que esses legumes e verduras que venho cuidando para você valeriam um saco de ouro lá em Pair-a-Dice? – perguntou-lhe certa noite, quando jantavam.

– Talvez mais – Michael levantou a cabeça. – Teremos o bastante para comprar duas cabeças de gado.

Ela fez que sim com a cabeça, indevidamente satisfeita com a ideia. Talvez ele pudesse comprar uma vaca e eles teriam leite. Talvez lhe ensinasse como fazer queijo. Angel franziu a testa. Que ideias eram aquelas? O que importava para ela se ele comprasse uma dúzia de vacas? Ela precisava voltar e acertar as coisas em Pair-a-Dice. Abaixou a cabeça e comeu devagar. Estava chegando o dia em que ela tiraria a aliança da mãe dele do dedo e poderia esquecê-lo.

Angel lavou os pratos e passou a roupa enquanto Michael lia a Bíblia em voz alta. Não prestou atenção enquanto empurrava o ferro de engomar para lá e para cá até ficar frio e inútil. Ela o pôs de novo na grelha. Já estava vivendo ali com aquele homem havia meses. Tinha trabalhado feito uma escrava, nunca havia trabalhado tanto assim no Palácio. Olhou para as mãos. As unhas estavam quebradas e curtas. Tinha calos. O que a Duquesa acharia disso? Ela pegou o ferro de engomar de novo.

Tentava fazer planos, mas sua mente vagava pela horta, pelos filhotes de passarinho no ninho perto da janela do quarto, pela profunda e quieta serenidade da voz de Michael Hosea lendo. *O que há de errado comigo? Por que estou sentindo esse peso dentro de mim outra vez? Pensei que tivesse acabado.*

Não vai acabar enquanto você não voltar para Pair-a-Dice e pegar o que a Duquesa lhe deve.

Sim, devia ser isso. Até ela voltar para Pair-a-Dice, tudo ficaria suspenso. A velha megera a tinha enganado. Angel não podia deixar que ela saísse impune dessa.

Além disso, ela raciocinou, devia estar aliviada de o tempo passado com aquele fazendeiro estar chegando ao fim. Mas não estava. A sensação era igual à da noite em que ficara vendo Michael sair de Pair-a-Dice, como se tivessem feito um buraco nela e sua vida estivesse se esvaindo por ali, não rapidamente, mas devagar, num fio vermelho que manchava a terra aos pés dela.

Você precisa voltar, Angel. Precisa mesmo. Jamais será livre se não voltar lá. Você vai pegar o seu dinheiro. Será muito dinheiro e você ficará livre. Poderá construir uma cabana como esta, que será só sua. Não terá de dividi-la com um homem que espera demais de você. Ele espera o que você nem tem, o que nunca teve. Além do mais, ele é louco, reza para um deus que não existe nem se importa, e lê um livro de mitos como se fosse resposta para tudo.

Ela mordia o lábio, preocupada, enquanto trabalhava. Botou o ferro de engomar de novo na grelha para esquentar.

– Quando vamos a Pair-a-Dice para comprar suprimentos?

Sessenta quilômetros era uma longa caminhada.

Michael parou de ler e olhou para ela.

– Não vou voltar para Pair-a-Dice.

– Nunca? Mas por quê? Pensei que vendesse sua produção para aquele judeu da Main Street.

– Joseph. O nome dele é Joseph Hochschild. É verdade, eu vendia para ele, mas resolvi que é melhor não voltar mais lá. Ele sabe. Há outros lugares. Marysville, Sacramento...

– Devia voltar e pelo menos pegar o seu dinheiro.

– Que dinheiro?

– O ouro que pagou por mim.

Ele apertou os lábios.

– Isso não importa.

– Devia importar. Não se importa de ter sido enganado?

Ela continuou passando a roupa.

Michael a observou e percebeu que ela queria voltar. Mesmo depois de todo aquele tempo com ele, ela ansiava pela vida que levava em Pair-a-Dice. O corpo dele ficou quente e tenso. Ela continuou passando roupa como se não houvesse nada errado, aparentemente cega para os sentimentos dele. Ele teve vontade de agarrá-la e chacoalhá-la para ver se criava juízo.

Será que ela tem algum, Senhor? Tem? Meu Deus, será que nada do que fiz foi capaz de atingi-la? Será que a fiz trabalhar demais? Ou está apenas entediada com esse tipo de vida tranquila? Meu Deus, o que eu faço? Prendo-a que nem um cachorro?

Ele pensou numa coisa para ela esquecer Pair-a-Dice por um tempo. Era um truque baixo e mesquinho, mas o resultado a manteria nos afazeres domésticos por mais umas duas semanas. Talvez criasse juízo até lá.

– Tenho uma tarefa para você amanhã – disse. – Se estiver disposta.

Ela estava pensando em ir embora no dia seguinte mesmo, mas era uma longa caminhada e nem sabia qual estrada pegar. Duvidava que ele indicaria o caminho certo. O que ela devia fazer? Pedir para o deus dele?

– O que é? – perguntou, irritada.

– Tem uma nogueira preta no campo. As nozes caíram. Gostaria que fosse lá e as catasse. Tenho um saco de aniagem no celeiro. Pode deixá-las no quintal para secar.

– Tudo bem – ela disse. – Como quiser.

Ele cerrou os dentes. Aquela frase de novo. *Como quiser.* Se ela dissesse mais uma palavra, ele ia testar a teoria de seu pai.

– Vou verificar as provisões.

E saiu para esfriar a cabeça.

Foi a passos largos na direção do curral.

– O que faço para me entender com essa mulher? – disse, entre dentes. – O que o Senhor quer de mim? Era para eu trazê-la para cá, dar-lhe tempo para ficar boa e descansar, para depois ela voltar para lá? A vontade de quem está prevalecendo aqui?

Ele não conseguia mais ouvir a vozinha.

Naquela noite, ficou pior do que em todas as outras. Quase cedeu ao desejo do corpo, contra seu coração e sua mente, mas sabia o que era esperado dele. Levantou-se e desceu para o riacho. A água gelada ajudou, mas não curou o que o afligia.

Por que está fazendo isso comigo, meu Deus? Por que me deu essa mulher cabeça-dura, que me enlouquece? Ela está me virando do avesso.

Angel sentiu quando ele saiu da cama. Ficou imaginando aonde iria. Sentia falta do calor dele. Quando ele voltou, fingiu estar dormindo, mas ele não foi para a cama com ela, sentou-se na cadeira de vime na frente do fogo. Em que estava pensando? No gado? Nas plantações?

Ele estava dormindo na cadeira quando ela se levantou de manhã. Angel tirou a camisa velha dele que usava e juntou suas roupas. Virou-se para ele e viu que ele olhava para ela. Então soube qual era o problema. Tinha visto aquele olhar nos homens muitas vezes e sabia o que significava. Era só isso que o afligia? Ora, por que ele não lhe dissera antes?

Ela se endireitou e abaixou os braços lentamente para ele poder olhar para ela. Sorriu para ele, aquele seu sorriso antigo.

Um músculo saltou no maxilar dele. Ele se levantou, pegou o chapéu do cabide perto da porta e saiu.

Ela franziu a testa, perplexa.

Angel preparou o café da manhã e esperou Michael voltar. Quando ele chegou, comeu sem dizer nada. Nunca o tinha visto assim antes, tão mal-humorado. Ele olhou muito sério para ela.

– Já resolveu se vai colher aquelas nozes?

Ela fez cara de espanto.

– Vou colher sim. Não sabia que tinha tanta pressa.

Ela empurrou a cadeira para baixo da mesa e foi até o celeiro para pegar o saco de aniagem. Levou algumas horas para enchê-lo. Arrastou o saco de volta e despejou as nozes. Sacudiu o saco, orgulhosa do trabalho que fizera.

Michael estava rachando toras de lenha. Parou, secou a testa com as costas da mão e indicou a pilha com um movimento de cabeça.

– Isso é tudo?

O sorriso dela se esvaiu.

– Não basta?

– Pensei que seria mais.

Ela ficou tensa.

– Está dizendo que quer *todas* elas?

– Quero.

Ela não disse nada e foi buscar mais.

– Ele deve ser meio esquilo – resmungou baixinho.

Devia querer vender as nozes com os legumes e o veado defumado. Obstinada e com raiva, ficou catando as nozes até passar da hora do almoço. *Que faça ele mesmo alguma coisa para comer. Se quer nozes, terá nozes.*

Estava quase anoitecendo quando despejou o último saco no celeiro. Suas costas eram uma dor só.

– Farejei entre as folhas e não encontrei mais nenhuma – ela disse.

O que Angel mais queria era um longo banho quente, mas a ideia de carregar um balde de água a fez desistir.

Ele sorriu.

– Temos bastante para dividir com os vizinhos.

Dividir?

– Nem sabia que tínhamos vizinhos – disse, zangada, tirando uma mecha de cabelo da boca. Não podia ter trabalhado tanto para um bando de desconhecidos. Eles que colhessem as nozes deles.

Por que se importa, Angel? Você não vai mais estar aqui.

– Vou me lavar e preparar o jantar – ela disse, e foi para o riacho.

– Faça isso – disse Michael.

Ele sorriu e espetou o forcado no feno de novo. Então começou a assobiar.

Meia hora depois, Mara apareceu furiosa.

– Olha isso!

Estendeu-lhe as mãos para que ele visse as palmas e os dedos enegrecidos.

– Usei sabão, gordura. Esfreguei até com areia. Como se tira essa coisa?

– É a tintura da casca.

– Quer dizer que vou ficar assim?

– Por umas duas semanas.

Ela semicerrou os olhos azuis.

– Você sabia que isso ia acontecer?

Ele sorriu e jogou feno numa baia.

– Por que não me disse?

Ele se apoiou no forcado.

– Você não perguntou.

Ela cerrou os punhos manchados de preto e ficou vermelha de raiva. Não estava mais indiferente nem distante. Ele pôs mais lenha no fogo, que já ardia.

– As nozes ainda têm de ser descascadas e secas antes de podermos ensacá--las de novo. Então você e eu teremos o inverno todo para quebrá-las.

Ele viu o calor subindo pelo rosto dela. Estava a ponto de explodir.

– Você fez isso de propósito!

A agressividade dele também estava à flor da pele, por isso ficou em silêncio.

– Como é que eu vou voltar agora com as mãos assim?

Ela podia ouvir a Duquesa rindo de suas mãos cor de bosta. Já imaginava os comentários.

Michael ficou sério.

– Sabe, Mara, se você quisesse mesmo voltar para Pair-a-Dice, já teria ido há semanas.

Ela corou, o que serviu para deixá-la ainda mais furiosa. Fazia anos que não corava.

– Por que isso agora? – perguntou, irritada. – Já fez valer seu dinheiro comigo!

Ele enfiou o forcado no monte de feno.

142

— Não recebi nada de você ainda, senhora. Nada que valha alguma coisa.

A fúria criou uma névoa vermelha diante dos olhos dela.

— Talvez você não seja suficientemente homem para receber do jeito normal!

Deu meia-volta e foi saindo do celeiro, xingando-o baixinho.

A agressividade dele aflorou. Ele a alcançou e a fez virar.

— Não fique resmungando baixinho, Mara. Vamos lá. Diga na minha cara. Vamos botar para fora o que sente por mim.

Ela se soltou dele com um tranco. Berrou-lhe nomes. Conhecia muitos. Percebeu a raiva dele e levantou o queixo, em pose de desafio.

— Vá em frente e me bata. Quem sabe isso não faz de você um homem!

— Não acredito, mas é isso que você quer, não é? Outra surra. Mais dureza na vida.

Ele estava com medo das próprias emoções, do sangue quente que fazia com que quase topasse o desafio. Tremia com o poder dessa agressividade.

— Você só conhece isso e está cheia demais de seu orgulho teimoso para descobrir se existe mais alguma coisa no mundo!

— Não me faça rir! Você pensa que é diferente do resto? Estou quite com este lugar. Paguei hora por hora para você. Teve o valor do seu ouro no meu trabalho.

— Mentira. Você só está fugindo porque está assustada, porque está começando a gostar daqui.

Ela tentou dar-lhe um tapa, mas ele se defendeu com o braço. Ela atacou de novo e ele segurou-lhe o pulso.

— Finalmente tenho toda a sua atenção!

E largou o braço dela.

— Pelo menos está olhando para mim e não através de mim.

Angel deu meia-volta e saiu marchando pelo quintal. Foi para a cabana e bateu a porta. Michael esperou ver alguma coisa voando pela janela, mas não.

Seu coração batia feito uma locomotiva. Soltou o ar e passou a mão no cabelo. Dali para frente ia ser guerra aberta. Bem, que fosse assim. Qualquer coisa era melhor do que a apatia dela. Ele voltou ao trabalho.

Quando Michael entrou na cabana, Mara parecia bastante calma. Olhou para ele e sorriu enquanto servia ensopado num pote e o punha na mesa. Bastou uma provada rápida para ele saber que tinha tanto sal na comida que daria para conservá-lo inteiro. Os biscoitos tinham areia e, quando espiou dentro da caneca de café, viu meia dúzia de moscas boiando na bebida quente. Deu risada e jogou o café porta afora. O que mais ela tinha cozinhado para ele?

– Por que não conversamos sobre o que realmente a incomoda?

Angel cruzou as mãos sobre a mesa.

– Tenho só uma coisa para dizer. Não vou ficar aqui com você para sempre.

Ele olhou para ela com aquele sorriso discreto e enigmático, que ela não suportava.

– Não vou – ela repetiu.

– Vamos viver um dia de cada vez, minha amada.

Michael pegou uma lata de feijão da prateleira e a abriu. O olhar dela pegava fogo, daria para fritar um bife. Ele encostou o quadril na bancada e comeu sua refeição fria mesmo.

Ela olhou para ele, furiosa.

– Não pertenço a este lugar, e você sabe disso.

– A que lugar pensa que pertence? Àquele bordel?

– A escolha é minha, não é?

– Ainda nem sabe que tem escolha. Pensa que só existe um caminho, que é direto para o inferno.

– Eu *sei* o que quero.

– Então se importa de me dizer o que é?

– Quero sair daqui!

Ela se levantou e foi para fora, zangada e frustrada demais para olhar para ele.

Michael largou a lata e foi se encostar na porta.

– Não acredito em você.

– Eu sei, mas o que eu quero não é da sua conta.

Ele deu risada, mas não foi de alegria. Ela olhou feio para ele, seus olhos faiscavam ao luar.

– O que era esse "tudo" que você tinha em mente quando me trouxe para cá?

Michael ficou um bom tempo sem responder. Não sabia se ela ia entender. Também não sabia se era capaz de pôr aquilo em palavras.

– Eu quero que você me ame – ele disse, e viu o deboche na expressão dela. – Quero que confie em mim a ponto de deixar que eu a ame, e quero que fique aqui comigo para construirmos uma vida juntos. É isso que quero.

A raiva dela se dissolveu diante da sinceridade dele.

– Não entende que isso é impossível?

– Tudo é possível.

– Você não tem ideia de quem eu sou e do que eu sou, exceto pelo que criou na sua cabeça.

– Então me diga.

Vá em frente, Angel. Diga para ele. Ele nunca sequer imaginaria as coisas que tinham feito com ela, nem as coisas que ela tinha feito. Ah, mas ela podia contar para ele. Firmar a arma. De dois canos. À queima-roupa. Direto no coração dele. Aniquilação. Isso poria um fim bem rápido em tudo. Por que ela não falava?

Michael se aproximou dela.

– Mara – disse.

Sua voz gentil era como sal nas feridas.

– Meu nome *não é* Mara. É Angel. *Angel.*

– Não é não. Vou chamá-la como eu a vejo. Mara, amargurada com a vida. Tirzah, minha amada que acende o fogo em mim até eu derreter.

E chegou perto dela.

– Você não pode continuar fugindo. Não entende isso?

Parou bem na frente dela.

– Fique aqui. Fique comigo. Vamos resolver as coisas juntos – e a tocou. – Eu te amo.

– Sabe quantas vezes ouvi isso antes? Eu te amo, Angel. Você é tão linda. Eu te amo, querida. Oh, meu amor. Eu te adoro quando faz isso. Diga que me ama, Angel. Fale para que eu acredite em você. Desde que faça o que eu digo, vou amá-la, Angel. Eu te amo, eu te amo, eu te amo. Estou cheia de ouvir isso!

E olhou para ele com raiva, mas a expressão dele a desarmou. Ela se abraçou com força. *Não pense. Não sinta nada. Ele vai destruí-la se sentir.* Procurou se concentrar em outra coisa.

O céu estava muito limpo. Havia estrelas por toda parte e uma lua tão grande que parecia um olho de prata espiando tudo. A cabeça e as emoções ainda fervilhavam. Tentou reunir defesas, mas tinham todas debandado. Quis estar no alto daquela colina, assistindo de novo ao nascer do sol. Lembrou-se do que ele tinha dito: "Mara, esta é a vida que quero dar para você". Quem ele pensava que estava enganando? Ela sabia que isso jamais aconteceria.

Seus olhos ardiam.

– Quero voltar para Pair-a-Dice o mais cedo possível.

– Estou chegando muito perto?

Ela girou nos calcanhares.

– Não vou ficar aqui com você!

Angel procurou se acalmar e chamá-lo à razão.

– Olha, se você soubesse metade das coisas que fiz, teria me mandado de volta para Pair-a-Dice tão rápido que...

145

– Então experimente. Vá em frente para ver se faz alguma diferença.

Angel murchou com aquela ideia. Tinha aberto a caixa de Pandora e não podia mais fechá-la. As lembranças horríveis e grotescas se levantaram dos mortos. Seu pai. Mamãe morta, agarrada ao rosário. Rab com a corda no pescoço, porque sabia que Duke não era o cidadão de bem que o público pensava que fosse. Ela sendo estuprada por Duke muitas e muitas vezes. As dezenas de homens nos anos seguintes. E a sede, aquela sofrida e infinita sede dentro de si.

Michael viu o rosto dela, branco à luz da lua. Não sabia o que estava pensando, mas sabia que estava atormentada pelo passado. Estendeu a mão para tocar-lhe o rosto.

– Queria poder abrir sua mente e entrar nela com você.

Talvez os dois juntos pudessem derrotar a escuridão que tentava engoli-la viva. Ele queria abraçá-la, mas ela já estava distante dele outra vez. *Meu Deus, como posso salvá-la?*

Angel olhou para ele e viu o brilho das lágrimas em seus olhos. Ficou chocada.

– Você está chorando? Por mim? – disse, com a voz entrecortada.

– Acha que não vale?

Alguma coisa dentro dela se rompeu. Ela se contorceu por dentro para escapar daquele sentimento, mas ele estava lá assim mesmo, crescendo com o leve toque da mão de Michael em seu ombro, com cada palavra doce que ele lhe dizia. Teve certeza de que, se pusesse as mãos no coração, ficariam cobertas com seu próprio sangue. Era isso que aquele homem queria? Que ela sangrasse por ele?

– Fale comigo, Amanda – ele sussurrou. – Fale comigo.

– Amanda? O que esse nome quer dizer?

– Não sei, mas tem um som gentil, carinhoso – ele sorriu. – Achei que ia preferir esse no lugar de Mara.

Ele era um homem estranho, que fazia coisas estranhas. O que tinha acontecido com as defesas dela? Onde estavam sua rebeldia e sua raiva? Sua determinação?

– O que quer ouvir? – ela disse, pretendendo parecer que se divertia e não conseguindo.

O que podia dizer para um homem como ele entender?

– Qualquer coisa. Tudo.

Ela balançou a cabeça.

– Nada. Nunca.

Michael segurou o rosto dela com delicadeza.

– Então me diga o que está sentindo agora.

– Dor – ela disse, antes de pensar melhor.

Ela empurrou as mãos dele e voltou para a cabana.

Estava com frio, desesperada para se aquecer. Ajoelhou-se diante do fogo, mas nem o calor das chamas adiantou. Podia deitar sobre as brasas que o gelo que a dominava não derreteria.

Fuja dele, Angel. Fuja dele agora...

Fique, minha amada.

As vozes guerreavam em sua cabeça, puxavam sua alma.

Michael entrou e se sentou ao lado dela no chão. Observou em silêncio quando ela dobrou os joelhos e os abraçou contra o peito. Ele sabia que ela estava tentando se fechar para ele de novo. Não ia ajudá-la a conseguir dessa vez.

– Dê sua dor para mim – ele disse.

Angel se surpreendeu. Estava naquele deserto com aquele homem. Desesperada para encontrar uma estrada conhecida, algum marco para guiá-la para longe. Não conseguia se lembrar da última vez que tinha quase chorado. Não tinha lágrimas, não as tinha mais. Ficava perplexa com Hosea.

– Fiz tudo por você, menos o que sei fazer melhor – ela tentou ler os olhos dele. – Por que não?

A expressão dele mudou e ela derreteu um pouco. Ele estava vulnerável, e ela não sentiu vontade de atacar as defesas dele.

– Está com medo? É por isso que se controla? Acha que eu zombaria de você porque nunca esteve com uma mulher antes?

Michael pegou uma mecha do cabelo dela e a esfregou entre os dedos. Onde estavam todas as respostas racionais?

– Acho que passou pela minha cabeça, sim. Mas, mais do que isso, preciso saber por quê.

– Por que o quê? – ela perguntou, sem entender.

– Por que você faria amor comigo.

– Por quê?

Ela jamais entenderia aquele homem. Todos os homens que tinha conhecido esperavam que ela agradecesse mesmo que tivessem lhe dado apenas uma caixa de doces ou um buquê de flores. Aquele homem a mantivera viva e cuidara dela para que recuperasse a saúde. Ensinou-lhe coisas que a manteriam viva por conta própria. E agora queria saber por que ela lhe oferecia seu corpo.

– Gratidão seria motivo suficiente?

– Não. Não estava em minhas mãos se você viveria ou morreria. Isso cabe a Deus.

Angel se virou para o lado.

– Não me fale do seu deus. Não foi ele quem voltou para me salvar. Foi *você*.

Apoiou a testa nos joelhos dobrados e não disse mais nada.

Michael ia começar a falar, mas a voz o interrompeu.

Michael, tudo tem seu tempo.

Ele suspirou, pensando sobre a mensagem. Ela não estava pronta para ouvir o motivo e a finalidade daquilo tudo. Seria ácido, não um bálsamo. Por isso, ficou em silêncio.

Senhor, guie-me, por favor.

O fogo estalou e Angel começou a relaxar, ouvindo aqueles sons tranquilos.

– Eu quis morrer – ela disse. – Não podia esperar e, bem quando pensei que tinha morrido, você apareceu.

– Ainda quer morrer?

– Não, mas também não sei por que quero viver.

O cerco das emoções passou. Ela virou um pouco a cabeça e olhou para ele de novo.

– Talvez tenha um pouco a ver com você. Não sei de mais nada.

A alegria saltitou dentro de Michael, mas só por um instante. Ela parecia magoada, infeliz, confusa, insegura. Ele queria tocá-la e teve medo de que, se tocasse, ela interpretasse de forma errada.

Console o meu cordeiro.

Se eu encostar nela agora, Senhor...

Console a sua esposa.

Michael pegou a mão dela. Ela ficou com o braço inteiro duro, mas ele não a largou. Virou a mão de Angel na dele e acariciou-lhe a palma e os dedos enegrecidos, de modo que sua mão grande cobriu a dela.

– Estamos nisso juntos, Amanda.

– Não o entendo – disse Angel.

– Eu sei, mas me dê um tempo que acabará entendendo.

– Não, acho que nunca vou entendê-lo. Não sei o que quer de mim. Você fala que é tudo, mas não pega nada. Vejo como olha para mim, mas nunca me tratou como esposa.

Michael rodou a aliança de ouro no dedo dela. Ela era sua mulher. Já não era sem tempo de fazer alguma coisa a respeito. Se ela não sabia a diferença entre fazer sexo e fazer amor, ele teria de lhe mostrar. *Oh, meu Deus, tenho medo, medo da força de meu desejo*. Acima de tudo, ele tinha medo de não saber lhe dar prazer.

Meu Deus, me ajude!

Angel viu Michael olhando para a aliança.

– Você a quer de volta?

– Não – e, sorrindo, entrelaçou os dedos nos dela. – Sou tão novato no casamento quanto você.

Ele sentiu uma calma muito grande e soube que tudo ia dar certo.

Angel virou o rosto. Homens casados a tinham procurado muitas vezes, e ela sabia o que pensavam do casamento. Suas mulheres não os compreendiam. Eles se casavam por conveniência e para procriar. Cansavam-se da mesma mulher e precisavam variar, como ter um bife no jantar em vez de ensopado, peixe no lugar de frango. A maioria dizia que a esposa não gostava de sexo. Será que pensavam que ela gostava?

– O que sei sobre casamento não é nada animador.

– Pode ser – Michael beijou-lhe a mão. – Mas acredito que o casamento é um contrato entre um homem e uma mulher, para construir uma vida a dois. É a promessa de amar um ao outro, aconteça o que acontecer.

– Você sabe o que eu sou. Por que faria uma promessa dessas para mim?

– Eu sei o que você *era*.

Ela sentiu uma dor lá no fundo.

– Você nunca vai aprender, não é?

Michael chegou mais perto, virou o rosto dela e a beijou. Ela não se afastou, mas também não correspondeu. *Meu Deus, preciso de ajuda agora*. Ele tremeu um pouco quando passou os dedos em seu cabelo e a beijou novamente.

Ele estava muito inseguro, e Angel relaxou. Ela sabia cuidar disso. Podia atendê-lo muito bem. Podia até ajudá-lo.

Michael chegou para trás. Não permitiria que seu desejo o dominasse. Não cederia ao sexo, perdendo o amor de vista, por mais à vontade que ela ficasse com isso.

– Do meu jeito, não do seu. Lembra?

Ele se levantou.

Angel ficou confusa.

– O que sabe sobre isso?

– Vamos ter de esperar para ver.

– Por que dificulta as coisas? Tudo acaba dando na mesma. Não será do meu jeito nem do seu. Será como realmente é.

Ela falava de um ato sexual, e ele não sabia como lhe mostrar que aquele momento deveria ser uma celebração do amor.

A única coisa que Angel via era a determinação dele. Ela se levantou devagar e ficou ao seu lado.

– Se tem de ser do seu jeito, tudo bem. Será do seu jeito.

No começo.

Michael não viu mais aquela dureza nos olhos dela. Mas também não viu compreensão. Não tinha mais certeza de que parte dele devia ouvir. Sofria a pressão de sua natureza física. Ela era muito linda para ele.

– Vou ajudá-lo – ela disse, pegando-o pela mão.

Michael se sentou na cadeira de vime com o coração na boca quando Angel se ajoelhou diante dele e tirou-lhe as botas. Ele perdeu o controle rapidamente. Levantou-se e afastou-se. Desabotoou e tirou a camisa. Enquanto se despia, Michael pensava em Adão no jardim do Éden. Como se sentira a primeira vez que esteve com Eva? Apavorado, mas vibrante, cheio de vida?

Quando Michael se virou, sua mulher estava nua diante do fogo, à sua espera. Era deslumbrante, como Eva devia ter sido. Ele foi até ela, fascinado.

Oh, Deus, ela é tão perfeita, como nenhuma outra criatura no mundo. Minha companheira. Ele a pegou nos braços e a beijou.

Quando se deitou ao seu lado, no leito nupcial, ficou maravilhado ao ver como se encaixavam. Ela era feita para ele.

– Meu Deus! – murmurou, extasiado com aquela dádiva.

Angel sentiu Michael tremer violentamente e sabia que era resultado do longo celibato ao qual se submetera. Estranhamente, ela não achou aquilo repulsivo. Ao contrário, sentiu uma simpatia que era desconhecida para ela. Mas afastou esse sentimento e procurou tirá-lo da cabeça. Surpreendeu-se quando ele se afastou e buscou seus olhos. O olhar dele era tão intenso que ela teve de virar para o outro lado.

Pense em seu dinheiro em Pair-a-Dice, Angel. Pense em voltar e pegar esse dinheiro com a Duquesa. Pense em ter alguma coisa só sua. Pense em sua liberdade. Não pense nesse homem.

Tinha funcionado para ela no passado. Por que não funcionaria agora?

Vamos lá, Angel. Lembra como costumava bloquear sua mente? Já fez isso antes. Faça de novo. Não pense. Não sinta. Apenas cumpra seu papel. Ele nunca saberá.

Mas Michael não era como os outros homens, e ele sabia. Não precisava morrer para saber que ela o levara ao paraíso e depois o negara.

– Amada – ela disse, virando o rosto dela para ele. – Por que não deixa que me aproxime de você?

Ela tentou rir.

– Como quer ficar mais próximo?

Ela sentia a diferença desse homem através dos poros e queria se proteger dele.

Michael viu o vazio nos olhos azuis de Angel e isso lhe partiu o coração.

– Você sempre me mantém distante. Tirzah, fique comigo.

– É Tirzah, agora?

Meu Deus, ajude-me.

– Pare de fugir de mim!

Angel quis gritar: "Não é de você! É disso. Dessa busca egoísta e insensata de prazer. Deles e seu, não meu. Nunca meu".

Mas não disse nada. Só o desafiou, com raiva.

– Por que tem de ficar falando?

Ela lutou, mas ele não cedia. Por que ele tinha de ficar invadindo seus pensamentos, interferindo neles, quebrando sua concentração? Ele estava sempre confundindo seus sentimentos, revolvendo tudo. Ele a abraçou, olhou-a nos olhos e soube o que se passava dentro dela. Então algo mudou no interior de Angel.

O pânico aumentou e ela fechou os olhos.

– Olhe para mim, minha amada.

– Não faça isso.

– Não faça o quê? Não a amar? Não me tornar parte de você? Mas eu *sou* parte de você.

– Assim?

– De todo jeito.

– Não – disse ela, se debatendo.

– Sim! – ele respondeu. – Pode ser lindo. Não é o que lhe ensinaram. É uma bênção. Meu amor, diga meu nome...

Como ele podia pensar que aquilo não era apenas vil e simples? Ela sabia tudo que havia para saber. Duke não lhe havia ensinado? Todos os outros não lhe haviam ensinado? Então aquele fazendeiro queria saber como era, realmente. Ela ia mostrar para ele.

– Assim não – a ordem áspera confundiu Angel.

– Não quer que eu o satisfaça?

– Quer me satisfazer? Então diga meu nome.

Seu hálito se misturou ao dela.

– Você disse que não negaria qualquer coisa que eu pedisse, lembra? Quero que diga meu nome. Qualquer coisa, você disse. Não vai cumprir sua palavra?

Ele perdeu a calma.

– *Diga!*

– Michael – ela disse, com dificuldade.

Ele segurou seu rosto.

– Olhe para mim. Diga de novo.

– Michael.

Estava satisfeito agora? Ela esperou um sorriso triunfante, mas, em vez disso, viu olhos que a adoravam e ouviu a voz suave de Michael.

– Continue dizendo...

Quando terminou, Michael a abraçou com força, disse quanto a amava e que sentia muito prazer com ela. Não estava mais hesitante nem inseguro, e essa sua autoconfiança fez com que as dúvidas dela aumentassem.

Uma emoção desconhecida e indesejada se formou lá no fundo. Alguma coisa dura e tensa começou a suavizar e a se desfazer. E, nesse momento, a voz sombria se fez ouvir.

Fuja desse homem, Angel. Você tem de sair daqui! Salve-se! Fuja, fuja!

*E se esperamos o que não temos,
por paciência esperamos.*
– ROMANOS 8,25

Quando Michael saiu para cumprir suas tarefas matinais, Angel subiu a colina rumo à estrada. Era difícil seguir a trilha que ele abrira com a carroça em suas viagens para os mercados dos acampamentos. Numa estrada com pouco movimento, Angel logo se perdeu. Tudo parecia tão desconhecido que ficou desconcertada. Será que ainda estava caminhando na direção certa, ou vinha andando em círculo e voltara para perto da casa de Hosea, de onde havia saído?

O céu escureceu, nuvens cinzentas e pesadas se formaram. Angel arrumou o xale para cobri-la melhor, mas a trama fina pouco adiantava para afastar o frio.

Foi para as montanhas, pensando que Pair-a-Dice devia ficar em algum ponto por lá e que indo naquela direção tinha mais chance de chegar. Além disso, ir para o leste a levaria para longe de Michael Hosea. Quanto mais longe dele, melhor.

As coisas tinham mudado entre os dois. Não era que ele finalmente havia feito sexo com ela. Era outra coisa, mais profunda e mais básica, algo que estava além de sua compreensão. Não tinha certeza do que era, mas sabia que, se quisesse um dia ter vida própria, precisava fugir dele. *Agora*.

Mas onde estava a estrada rumo à liberdade? Ela procurou, em vão.

Viu um riacho e, como estava com sede, desceu até ele. Ajoelhou-se na margem, pegou água com as mãos em concha e bebeu avidamente. Olhou em volta e ficou imaginando se aquele era o mesmo riacho que passava pela propriedade de Michael. Se fosse, teria de atravessá-lo e subir aquele morro do outro lado para voltar para a estrada.

O riacho parecia raso, não tinha correnteza. Angel tinha se esquecido de levar a abotoadeira. Irritada, teve trabalho para tirar o sapato. Antes de entrar no riacho, levantou a saia, embolou os panos na frente e pôs os sapatos dentro para não perdê-los.

As pedras machucavam-lhe os pés delicados, e a água estava tão gelada que chegava a doer. Apesar de avançar com todo o cuidado, escorregou numa pedra com limo e deixou o sapato cair. Praguejando, ela se abaixou para pegá-lo, escorregou de novo e dessa vez caiu na água. Rapidamente ficou de pé, mas já estava ensopada. Pior, o par de sapatos tinha flutuado para longe, rio abaixo. Ela tirou o xale e o jogou na margem.

Um sapato se encheu de água e afundou. Angel conseguiu pegá-lo com facilidade e o prendeu na cintura da saia. O outro pé tinha se enroscado nos galhos de uma árvore caída. Ela foi andando na água para chegar até ele.

O riacho ficou mais fundo, e a correnteza, mais forte, mas sabia que não podia fazer aquela longa caminhada até Pair-a-Dice descalça. Tinha de pegar o sapato. Decidida, Angel levantou mais a saia e foi chegando perto.

Mas o leito do rio afundou de repente, então ela se segurou num galho e esticou o outro braço para pegar o sapato. Raspou a ponta dos dedos nele uma vez e o galho se quebrou. Ela gritou e afundou rapidamente, a água gelada cobrindo-lhe a cabeça.

Ela se debateu, e a correnteza a carregou para debaixo da árvore. Agarrou-se ao tronco e se pôs de pé, já sem ar. A saia ficou presa em alguma coisa. Pendurou-se com toda a força na árvore caída e, chutando, conseguiu soltá-la. Agarrou o mato mais próximo. Os espinhos de amora furaram-lhe a palma das mãos, mas ela se firmou e se arrastou para um terreno seguro na margem, ficando lá, estirada. Tremia violentamente de medo e de frio.

Irritada, jogou pedras no sapato até que ele se soltou e foi levado pela correnteza. Parou nos juncos, não muito longe, e não foi difícil pegá-lo.

Com frio, cansada e se sentindo péssima, calçou os sapatos enlameados e subiu a colina, certa de que encontraria a estrada.

Mas não a encontrou.

Começou a chover, primeiro algumas gotas esparsas, depois mais forte. O cabelo grudou na cabeça e a água escorria por dentro da saia. Com frio, tensa e exausta demais para sentir qualquer dor, Angel se sentou e apoiou a cabeça nas mãos.

De que adiantava aquilo? E se chegasse até a estrada? Não conseguiria andar aqueles quilômetros todos. Jamais conseguiria. Já estava exausta, dolorida e com fome, e ainda não tinha nem encontrado o caminho.

Quem estaria lá para lhe dar uma carona até Pair-a-Dice? E se fosse alguém como Magowan?

Foi atormentada pelas imagens da lareira quente de Michael, do acolchoado pesado e da comida. Nem tinha pensado em levar alguma coisa para comer. As paredes do estômago já estavam coladas de tanta fome.

Abatida, mas determinada, Angel se levantou e seguiu em frente.

Depois de pouco mais de um quilômetro, os pés doíam tanto que acabou tirando os sapatos e guardando-os, um em cada bolso da saia, e nem percebeu quando caíram na estrada.

Quando Michael voltou para tomar café e viu que Angel não estava lá, selou seu cavalo e saiu para procurá-la. Culpou-se de não ter previsto isso. Tinha visto o olhar dela quando pedira que dissesse seu nome na noite anterior. Tinha derrubado suas defesas naquele breve instante e ela não gostou.

Seguiu pela estrada até onde ela tinha chegado e rastreou-a até o riacho. Encontrou o xale de Tessie. Viu a pegada do sapato na margem e seguiu a trilha subindo a colina.

Começou a chover. Michael ficou preocupado. Ela devia estar encharcada, com frio e provavelmente com medo. Era evidente que se perdera, que não sabia para onde estava indo.

Ele encontrou os sapatos.

– Meu Deus, ela está se afastando da estrada.

Galopou até o topo da colina e procurou por ela. Deu para vê-la ao longe, atravessando um pasto. Botou as mãos em concha na boca e gritou:

– Mara!

Ela parou e virou-se para trás. Michael percebeu, mesmo a distância, pela postura dos ombros e pela cabeça inclinada, que ela estava determinada a deixá-lo. Cavalgou lentamente até ela. Quando estava a uns cem metros, apeou do cavalo e foi andando. O rosto dela estava sujo, a blusa, rasgada. Viu manchas de sangue na saia. O olhar dela fez com que ele mordesse a língua.

– Vou embora – ela disse.

Descalça?

– Se for preciso.

– Vamos conversar.

Quando Michael pôs a mão embaixo de seu cotovelo, Angel recuou e lhe deu um tapa na cara.

Ele tropeçou para trás, atônito. Secou o sangue da boca e a encarou.

– Para que isso?

– Disse que estou indo embora. Pode me arrastar de volta, que fujo de novo. Todo o tempo que custar para você enfiar isso em sua cabeça dura.

Michael ficou em silêncio. A raiva ardia mais quente do que a face, mas ele sabia que qualquer coisa que dissesse agora seria motivo para se arrepender depois.

– Está me ouvindo, Michael? Este país é livre. Você não pode me obrigar a ficar.

Ele continuou calado.

– Não sou sua propriedade, não importa quanto tenha pago para a Duquesa!

Paciência, disse Deus. Ora, a paciência estava se esgotando. Michael limpou o sangue do lábio.

– Levo você na garupa até a estrada.

E foi andando para pegar o cavalo.

Angel ficou parada, boquiaberta. Ele se virou para trás e olhou para ela, que empinou o queixo, mas não se mexeu.

– Você quer ou não quer uma carona? – disse Michael.

Ela foi para junto dele.

– Então você finalmente criou juízo.

Ele a levantou, a pôs sentada na sela e subiu atrás dela. Quando chegaram à estrada, segurou seu braço e a pôs no chão. Ela ficou olhando para ele, confusa. Michael desamarrou o cantil e o jogou para ela. Angel o agarrou junto ao peito. Ele tirou os sapatos do bolso do casaco e os deixou cair aos seus pés.

– Pair-a-Dice é para lá – disse. – São sessenta quilômetros de subida o tempo todo, e Magowan e a Duquesa estão à sua espera no fim do caminho.

Ele apontou com a cabeça para a direção oposta.

– Nossa casa fica para aquele lado. Um quilômetro e meio de descida, fogo, comida e eu. Mas é melhor que entenda uma coisa. Se voltar, vamos recomeçar de onde paramos ontem à noite e continuaremos vivendo de acordo com as minhas regras.

E a deixou lá, imóvel e sozinha na estrada.

156

Já era noite quando Mara abriu a porta da cabana. Michael levantou a cabeça, olhando por cima do livro que estava lendo, mas não disse nada. Ela ficou lá parada um tempo, abatida, esgotada e coberta de terra da estrada. Calada, entrou.

– Vou esperar a primavera – disse com amargura, deixando cair o cantil na mesa.

E despencou num banquinho, como se todos os músculos do corpo doessem, mas continuou teimosa demais para se aproximar da lareira.

Pela expressão do rosto dela, era óbvio que esperava que ele caçoasse dela.

Michael se levantou e lhe serviu ensopado da panela de ferro. Pegou um biscoito da lata. Botou o pote e o biscoito na frente dela e deu um sorriso triste. Ela olhou para cima e franziu um pouco a testa.

Faminta, Angel comeu. Ele lhe serviu café. Ela tomou e ficou observando Michael encher uma bacia de água quente. Ele apoiou o cotovelo no aparador da lareira e ficou olhando para ela. Angel abaixou a cabeça e voltou a comer.

– Sente-se aqui – disse, quando ela terminou.

Ela estava tão cansada que mal conseguia se levantar, mas fez o que ele havia pedido. Ele se ajoelhou, botou a bacia com água na frente dela e tirou-lhe os sapatos.

No caminho de volta, ela imaginara Michael tripudiando, zombando e esfregando a cara dela em seu próprio orgulho ferido. Em vez disso, ele se ajoelhou diante dela e lavou-lhe os pés, sujos e cheios de bolhas. Com um nó na garganta, ela olhou para a cabeça dele abaixada e lutou contra os sentimentos que surgiam dentro de si. Esperou que fossem embora, mas não foram. Ficaram, cresceram e lhe provocaram mais dor ainda.

Suas mãos eram muito carinhosas. Ele era muito cuidadoso. Depois de limpar seus pés, massageou suas panturrilhas, que estavam doloridas. Jogou fora a água suja, encheu a bacia de novo e a colocou no colo dela. Pegou as mãos de Angel e as lavou também. Beijou-lhe as palmas manchadas e arranhadas e passou sálvia nelas. Depois as enrolou com gaze.

E eu bati nele. Tirei-lhe sangue...

Angel se encolheu, envergonhada. Quando ele levantou a cabeça, ela olhou diretamente em seus olhos. Eram azuis, como um céu claro de primavera. Nunca os tinha notado antes.

– Por que faz isso por mim? – ela perguntou, com a voz embargada. – Por quê?

– Porque para alguns de nós pode ser mais difícil caminhar um quilômetro do que sessenta.

Ele tirou a terra e os nós do cabelo dela, a despiu e a pôs na cama. Despiu-se também e deitou-se ao lado dela. Ficou quieto e não lhe perguntou nada.

Angel queria se explicar. Queria dizer que estava arrependida. Mas as palavras não vinham. Entalaram como pedras quentes no peito, puxando-a para baixo, cada vez mais para o fundo.

Não quero sentir isso, não posso me permitir sentir isso. Eu não sobreviveria.

Michael se virou de lado e apoiou a cabeça na mão. Afastou o cabelo dela das têmporas. Ela estava de novo na pequena cabana e parecia mais perdida do que nunca. Seu corpo parecia uma pedra de gelo. Ele a puxou para perto para esquentá-la.

Angel não se moveu quando ele a beijou. Se ele queria sexo, tudo bem. Tudo que quisesse. Qualquer coisa. Pelo menos aquela noite.

– Procure dormir – ele disse. – Está segura em casa.

Em casa. Ela deu um longo e tremido suspiro e fechou os olhos. Não tinha casa. Encostou a cabeça no peito dele e as batidas constantes do coração de Michael a acalmaram. Ficou assim muito tempo, mas, apesar de toda a exaustão que sentia, o sono não vinha. Afastou-se, deitou-se de costas e ficou olhando para o teto.

– Quer conversar sobre isso? – ele perguntou.

– Sobre o quê?

– O que a fez querer ir embora.

– Eu não sei.

Michael delineou o lado do rosto dela com a ponta do dedo.

– Sabe sim.

Ela engoliu em seco, combatendo as emoções que não conseguia identificar.

– Não sei traduzir em palavras.

Ele enrolou uma mecha do cabelo louro no dedo e a puxou suavemente.

– Quando lhe pedi para dizer meu nome, você não conseguiu fingir que não estava acontecendo nada conosco, não é? Foi isso? Eu queria entrar em você, entrar no seu coração – ele disse, com a voz rouca. – Consegui?

– Um pouco.

– Ótimo – e passou um dedo no rosto dela novamente. – Uma mulher pode ser uma muralha ou uma porta, minha amada.

Ela deu uma risada sem alegria e olhou para ele.

– Então acho que sou uma porta pela qual já passaram mil homens.

– Não. Você é uma muralha, um muro de pedra com dois metros de largura e trinta de altura. Não sou capaz de passar por essa muralha sozinho, mas não paro de tentar – e a beijou. – Preciso de ajuda, Tirzah.

Os lábios de Angel ficaram mais macios e ela pôs a mão no cabelo dele. Excitado, Michael recuou. Sabia que ela estava exausta.

– Chegue para cá – ele disse baixinho, e ela rolou para perto.

Ele encaixou o corpo dela no dele e a abraçou. Roçou os lábios em seu cabelo.

– Trate de dormir.

Ela deu um suspiro de alívio. Levou poucos minutos para o cansaço vencer.

Dormiu na segurança dos braços de Michael e sonhou com um muro alto e largo. Ele estava lá embaixo, plantando vinhas. Assim que as mudas encostavam no solo, cresciam e espalhavam vida verde pelo muro, enfiando as gavinhas fortes entre as pedras. O reboco se desfazia.

Michael estava deitado no escuro, completamente acordado. Teria de desistir daquela esperança de romper as barreiras dela. *Mas como vou alcançá-la, meu Deus? Diga-me como!*

Fechou os olhos e dormiu tranquilamente. Esqueceu o inimigo à solta pelo mundo. A batalha ainda não estava vencida.

Paul estava voltando para casa.

Não julgueis, para que não sejais julgados, pois com o critério com que julgardes sereis julgados; e com a medida com que tiverdes medido vos medirão também.
– Jesus, Mateus 7,1

Paul largou a parca bagagem na encosta. Viu Michael trabalhando no campo e pôs as mãos em concha na boca para gritar lá do alto. Michael largou a pá e foi ao seu encontro no meio da descida da colina. Os dois se abraçaram. Paul quase chorou quando sentiu aqueles braços fortes e firmes.

– Ah, estou muito contente de vê-lo, Michael – disse, com a voz marcada pela fadiga e pela emoção.

O alívio foi tão grande que ele teve de se controlar para não derramar lágrimas pouco másculas. Envergonhado, afastou-se e esfregou o rosto. Não se barbeava havia semanas e o cabelo tinha crescido muito. Não trocava de roupa havia um mês.

– Devo estar... – e deu uma risada triste. – Foi horrível.

Trabalho duro por pouco ou nenhum dinheiro, beber para esquecer, mulheres para lembrar e brigas só para continuar vivo.

Michael pôs a mão em seu ombro.

– Vai ficar muito melhor depois de se lavar e fazer uma boa refeição.

Paul estava cansado demais para protestar quando Michael subiu a encosta para pegar sua bagagem e botá-la no ombro.

– Como foi lá no Yuba?

Paul fez uma careta.

– Deplorável e frio.

– Encontrou o que estava procurando?

– Se existe ouro naqueles morros, nunca vi grande coisa. O que encontrei mal dava para manter corpo e alma juntos.

Paul olhou para a parte dele no vale e pensou em Tess. Os últimos dias tinham sido cheios de lembranças dela e de como sonhavam ir para a Califórnia para construir um lugar só deles. Perdê-la foi o que o levara à terra do ouro. Toda vez que pensava nela, sentia a dor voltando.

Oh, Tessie! Por que tinha de morrer?

Sem querer, seus olhos arderam e se encheram de lágrimas. Precisava demais dela. Não sabia mais o que estava fazendo. Sua vida havia perdido o sentido com a morte de Tessie.

– Voltou para ficar? – perguntou Michael.

Com medo de confiar na própria voz, Paul pigarreou.

– Ainda não sei – admitiu. – Estou esgotado.

Estava cansado demais para pensar no que faria no dia seguinte.

– Não teria sobrevivido ao inverno nas montanhas. Não sabia nem se ia conseguir voltar para casa.

Agora que estava de volta, ele sentiu aquela velha ânsia de novo. Graças a Deus podia passar o inverno com Michael. Previa com prazer longas horas de conversa inteligente. Os homens nos rios só falavam de ouro e de mulheres. Michael conversava sobre muitas coisas, coisas grandiosas que povoavam a cabeça dos homens e lhes davam esperança.

Tinha ido para os rios para fazer fortuna rapidamente. Michael tinha ido com ele, mas ficara só alguns meses.

– Não é isso que quero da vida – dissera, e tentara convencer Paul a voltar para a terra deles.

O orgulho fez Paul ficar. Mas foram o frio, a desilusão e a fome que o trouxeram de volta. Não era fome de comida nem de conforto ou de luxo que sentia. Era uma fome mais profunda, do espírito.

Michael pôs a mão no ombro dele.

– Estou feliz que tenha voltado para casa – disse, com um sorriso largo. – Temos campos para plantar, irmão, e a mão de obra é rara.

Michael sempre facilitava as coisas. Paul sorriu.

– Obrigado – e acertou o passo com o amigo. – O Yuba não foi nada daquilo que eu esperava.

– Nenhum pote no fim do arco-íris?

– Não tinha nem arco-íris.

Ele já estava se sentindo melhor. Ia ficar. Era melhor arar a terra do que arrebentar as costas. Era melhor limpar um estábulo do que ficar dentro da água gelada para encontrar pouquíssimas lascas de ouro numa peneira enferrujada. Tudo o que precisava agora era da vida pacata e monótona dos fazendeiros. A mesmice e a rotina de todos os dias. Ver as coisas crescendo na terra, em vez de arrancar alguma coisa dela.

– Alguma coisa aconteceu por aqui enquanto estive fora?

Paul via que Michael tinha feito algumas construções e limpado mais uma parte da terra.

– Eu me casei.

Paul parou e olhou para ele. Praguejou.

– Não pode ser.

Assim que disse isso, percebeu que soou mal.

– Desculpe, mas não vi uma única mulher decente desde que viemos para cá.

Ele viu uma expressão esquisita na cara de Michael e tentou consertar o comentário.

– Ela deve ser demais, para você ter se casado com ela.

Michael sempre dizia que estava esperando a mulher certa.

Paul tentou ficar feliz pelo amigo, mas não conseguiu. Sentiu inveja. Todo o tempo que passou na estrada voltando para casa pensava em se sentar na frente do fogo e conversar com Michael, e agora ele tinha uma esposa. Que azar.

Ele precisava dos conselhos de Michael. Precisava de sua amizade. Seu cunhado sabia ouvi-lo e entendia coisas que ele nem precisava falar. Era capaz de iluminar os tempos mais sombrios, dava-lhe a sensação de que tudo se resolveria da forma pretendida, que seria bom. Michael alimentava esperanças, e só Deus sabia como ele precisava de esperança naquele momento. Esperava voltar para casa e encontrar tudo igual.

As mulheres perseguiam Michael desde sempre. Por que uma tinha de amarrá-lo justo agora?

– Casado – murmurou Paul.

– É, casado.

– Parabéns.

– Obrigado. Você parece muito feliz com isso.

Paul fez uma careta.

– Ah, Michael. Você sabe que sou egoísta – recomeçaram a andar. – Mas como foi que a encontrou?

– Dei sorte.

– Então me fale dela. Como é?

Michael apontou a cabana com a cabeça.

– Venha conhecê-la.

– Ah, não. Assim não – disse Paul. – Ela vai olhar para mim e vai ter certeza de que a vizinhança está decadente. Como é o nome dela?

– Amanda.

– Amanda. Bonito – e deu um sorriso malicioso. – É bonita, Michael?

– É linda.

Podia ser a mulher mais sem graça, mas, se Michael a amava, a acharia linda. Paul não pretendia fazer nenhum juízo até vê-la com os próprios olhos.

– Deixe-me dormir no celeiro esta noite – disse. – Estou morto de cansaço e gostaria de conhecer sua mulher depois de me lavar.

Michael levou-lhe um cobertor, sabão e roupas. Paul estava cansado demais até para ficar de pé. Tudo o que conseguiu fazer foi se encostar na parede e esticar as pernas para frente. Michael voltou com uma refeição quente.

– Você precisa comer alguma coisa, meu velho. Está que é só pele e osso.

Paul sorriu sem muito ânimo.

– Você contou para ela que havia um mendigo imundo no celeiro?

– Ela não perguntou.

Michael juntou o feno.

– Afunde nisso aqui com o cobertor por cima que ficará aquecido a noite toda.

– Vai ser um paraíso depois de dormir na terra dura tantos meses seguidos.

Era o primeiro teto que via sobre a cabeça em semanas. Provou o cozido e arregalou os olhos.

– Arrumou uma boa cozinheira. Agradeça a ela por mim, está bem?

Devorou o resto da comida e se encolheu no feno.

– Estou muito cansado. Acho que nunca estive tão cansado assim em toda a minha vida.

Não conseguia mais manter os olhos abertos. A última coisa que viu foi Michael abaixado para cobri-lo com um cobertor grosso. Toda a tensão que andara carregando semanas a fio desapareceu.

Paul acordou com o relincho de um cavalo. Sentiu os músculos duros e doídos quando se levantou. Espreguiçou-se e foi espiar na porta do celeiro. Michael estava cavando um buraco para um pau de cerca. Paul se encostou na porta e ficou observando um longo tempo. Depois voltou para a pilha de feno e pegou as roupas emprestadas pelo cunhado.

Tomou banho no riacho para não ofender a mulher de Michael. Raspou a barba. Vestiu uma camisa de lã vermelha e foi ajudá-lo.

Michael parou de trabalhar e se apoiou na pá.

– Estava imaginando quando acordaria. Você dormiu dois dias seguidos.

Paul deu um sorriso largo.

– Serve para mostrar que peneirar ouro é trabalho muito mais duro do que fazer cercas.

Michael deu risada.

– Venha até a casa. Amanda já deve estar com o café pronto.

Paul estava começando a gostar da ideia de ter uma mulher por perto. Esperava que fosse alguém como Tess no fogão, calma e doce, bondosa e devotada. Ele entrou atrás de Michael, ansioso para conhecê-la. Viu uma moça magra diante do fogo, de costas para eles. Usava uma saia exatamente igual à que Tess usara na trilha do Oregon. E a mesma blusa também. Estranho. Franziu a testa, pensativo. Ela se abaixou para mexer na panela e ele notou na mesma hora que ela tinha um belo traseiro. Quando se endireitou, viu a cintura fina e a trança dourada e comprida que chegava até lá. Muito bom até agora.

– Amanda, Paul está aqui.

Quando ela se virou, ele sentiu o estômago cair até as botas gastas. Ficou olhando para ela, incrédulo, mas ela estava ali mesmo, olhando para ele, aquela prostituta cara de Pair-a-Dice. Olhou para Michael e viu o cunhado sorrindo como se ela fosse o sol, a lua e todas as estrelas que existem no céu.

– Paul, quero que conheça minha mulher, Amanda.

Ele olhava espantado para ela e não sabia o que dizer. Michael ficou esperando ao lado dele, e Paul sabia que, se não dissesse logo alguma coisa agradável, as coisas piorariam. Então, deu um sorriso forçado.

– Desculpe ficar olhando assim, madame. Michael disse que era linda.

E era mesmo. Como Salomé, Dalila e Jezebel.

O que Michael estava fazendo casado com uma mulher como aquela? Será que ele sabia que ela era prostituta? Não podia saber. O homem nunca havia posto os pés num bordel. Nunca havia tido uma mulher. Não que muitas vezes as chances não tivessem surgido. Contrariamente ao que dita o bom senso e às necessidades naturais, Michael meteu na cabeça que esperaria a mulher certa. E agora, vejam o que ele arrumou para toda aquela pureza. *Angel*!

Que história a bruxa deve ter lhe contado? O que ele deveria fazer? Deveria contar para Michael agora?

Michael olhava para ele de modo estranho.

Angel sorriu. Não foi um sorriso amigável. Seus olhos eram de um azul maravilhoso. Mas ficaram frios como a morte. Ela sabia que Paul a tinha reconhecido e dava a entender que não se importava. E, se ela não se importava, então era óbvio que não tinha se casado com Michael por amor.

Ele lhe retribuiu o sorriso. Mais frio do que o dela. *Como foi que enfiou suas garras nele?*

Angel via o mundo nos olhos de um homem e sentia cada pedra que jogavam. O sorriso dela curvou um canto da boca mais do que o outro. Ela entendia aquele homem. Ele provavelmente nunca tivera pó de ouro suficiente para subir a escada.

– Café, cavalheiros?

Michael olhou para um e para outro e ficou sério.

– Sente-se, Paul.

Paul se sentou e procurou não olhar para ela. O silêncio se prolongou demais. O que ele podia dizer?

Michael se recostou na cadeira.

– Agora que está descansado, pode nos contar sobre o Yuba.

Paul lhe contou, por puro desespero. Angel serviu-lhe um pote de mingau de aveia e uma caneca de café. Ele agradeceu, constrangido. Era linda, linda demais... Uma deusa de alabastro, fria e maculada.

Ela não se sentou com eles nem falou nada. Paul achou que ela devia conhecer o Yuba melhor do que ele. Só os homens que encontravam as maiores pepitas podiam pagar pelos seus serviços. O que ela estava fazendo ali? Que mentiras doces devia ter sussurrado nos ouvidos de Michael? O que ia acontecer quando ele descobrisse a verdade? Será que a mandaria embora? Seria bem-feito.

Paul perguntou sobre a fazenda e deixou Michael falar um pouco. Ele precisava pensar, ou pelo menos tentar. Olhava disfarçadamente para Angel. Como é que Michael podia não saber? Como podia nem suspeitar? O que uma menina linda como aquela estaria fazendo na terra do ouro? Não teria sentido para um homem inteligente.

No entanto, bastava olhar para aqueles seus olhos azuis para um homem se perder. Michael não era mulherengo. Era honesto e carinhoso. Ela podia dizer qualquer coisa que ele acreditaria. Uma mulher como ela faria dele gato e sapato. *Preciso lhe contar a verdade. Mas como? Quando?*

Michael levantou para se servir de mais café e Paul olhou para Angel. Ela o encarou também, com o queixo um pouco inclinado, os olhos azuis zombeteiros. Estava tão senhora das coisas que ele quase vomitou a verdade ali mesmo, só que as palavras ficaram entaladas em sua garganta quando viu a cara de Michael.

Angel pegou o xale no cabide perto da porta.

– Vou pegar água – disse, ao pegar o balde. – Tenho certeza de que vocês dois têm muito que conversar.

E olhou diretamente para Paul antes de sair.

Foi como um soco em sua cara. *Ela nem se importa que eu conte para Michael.*

Michael olhava sério para ele.

– O que está pensando, Paul?

Ele não conseguia falar. As palavras não lhe vinham. Deu uma risada forçada e procurou recuperar seu antigo jeito provocador, mas nem isso conseguiu.

– Desculpe, mas ela me deixou sem fôlego. Como foi que a conheceu?

– Intervenção divina.

Divina? Michael estava no buraco negro do Sheol e nem sabia. Tinha caído de cabeça por um demônio de olhos azuis, cabelo louro até a cintura e um corpo que atrairia um homem para o pecado e para a morte.

Michael ficou de pé.

– Vamos lá para fora que quero lhe mostrar o que fiz desde que partiu em busca da fortuna.

Paul viu Angel lavando as roupas dele. Um toque interessante. Será que ela achava que lhe fazendo um favor ele ficaria calado? Mas ela não olhou para eles. Ele talvez não conseguisse dizer a verdade sobre ela para Michael, mas certamente não ia deixá-la escapar assim tão facilmente.

– Dê-me um minuto com a sua mulher, Michael. Causei-lhe uma má impressão olhando-a daquele jeito. Gostaria de lhe agradecer pelo café e por lavar minhas roupas.

– Faça isso. Depois me encontre no riacho. Estou construindo uma casa refrigerada. Você pode me ajudar.

– Eu vou, em um minuto.

Paul foi até onde Angel estava. Examinou-a de alto a baixo de novo e dessa vez teve certeza. Ela estava usando as roupas de Tess. Ficou furioso. Como é que Michael pôde lhe dar aquelas roupas? Ele se aproximou quando ela estava acabando de torcer suas ceroulas velhas. Esperou que se virasse para ele, mas ela continuou de costas. Sabia que ele estava ali. Tinha certeza disso. Apenas o ignorava.

– Olá, Angel – ele disse, achando que isso a faria pular de susto.

Ela se virou, mas com uma expressão calma e segura.

– *Angel* – ele disse novamente. – Esse é o seu verdadeiro nome, não é? E não Amanda. Corrija-me se eu estiver errado.

– Acho que fui descoberta, não é?

E pendurou a ceroula dele no varal que Michael havia feito para ela.

– Eu devia me lembrar de você?

Assanhada, sem-vergonha.

– Suponho que as caras fiquem todas parecidas no seu negócio.

– E tudo o mais também – ela olhou para ele de cima a baixo, dando risada.

– Não deu sorte nos rios?

Ela era pior do que ele esperava.

– Ele sabe quem e o que você é?

– Por que não pergunta a ele?

– Você nem se preocupa com como ele vai ficar quando descobrir?

– Acha que ele vai se desesperar?

– Como foi que alguém como você botou as garras nele?

– Ele me enrolou feito um ganso e me trouxe para cá na carroça dele.

– Uma história e tanto.

A expressão de tédio dela deixou Paul furioso.

– O que acha que ele vai fazer se eu lhe contar que já vi você antes, num bordel de Pair-a-Dice?

– Eu não sei. O que acha que ele vai fazer? Me apedrejar?

– Está muito segura do poder que tem sobre ele, não é?

Ela pegou o cesto vazio e o encaixou no quadril.

– Diga-lhe o que quiser, não faz diferença nenhuma para mim.

E foi embora.

Indo ao encontro de Michael, Paul resolveu lhe contar, mas, quando chegou lá, não conseguiu. Passou o dia inteiro trabalhando ao lado dele e não teve coragem. Voltaram para casa e Paul recusou o jantar. Disse que estava cansado demais para comer. Foi para o celeiro e comeu o resto de charque que tinha. Não queria se sentar à mesa com ela. Não conseguiria manter a farsa de que estava feliz que seu melhor amigo tinha se casado com uma rameira golpista. Enfiou suas coisas no saco, pendurou-as no ombro e foi para sua casa no fim do vale.

Parado na porta da cabana, Michael viu Paul indo embora. Esfregou a nuca e entrou.

Angel olhou para Michael e sentiu a tensão crescer dentro de si outra vez. Sentou-se na cadeira de vime que ele tinha feito para ela e viu quando ele fechou a porta e foi se sentar perto do fogo. Ele pegou suas botas e esfregou cera de abelha nelas para torná-las impermeáveis. Não olhou para ela. Não tinha muito que conversar aquela noite e não tinha levado a Bíblia para ler também. Evidentemente tinha esquecido a noite anterior.

– Você está imaginando, não está? – ela disse. – Por que não pergunta?

– Eu não quero saber.

– Claro que não – disse secamente.

Ela estava com a garganta seca e irritada.

– Vou lhe contar de qualquer maneira, só para limpar o ar. Não me lembro dele, mas isso não quer dizer nada no meu trabalho, não é? Também não me lembrava de você, mesmo depois de duas visitas.

Ela se virou para o outro lado.

Michael sabia que aquela não era toda a verdade, mas machucava mesmo assim.

– Não minta, Amanda. Será que não entra em sua cabeça que eu a amo? Você é minha mulher agora. O que quer que tenha acontecido antes é passado. Deixe-o lá.

A calmaria acabou. A tempestade chegou para eles com fúria.

– Há duas semanas você queria saber tudo de mim. Ainda quer saber *tudo*?

– *Deixe isso para lá!*

Ela se levantou. De costas para ele, passou a mão trêmula no console da lareira.

– Você ainda não entendeu, não é? Mesmo que eu quisesse que as coisas funcionassem para nós, os outros lá fora não deixariam isso acontecer. Como seu bom e íntegro cunhado...

Ela deu um sorriso amargo e olhou para a parede.

– Você viu a cara dele quando me reconheceu?

– Sinto muito se ele a magoou.

Ela se virou e olhou furiosa para ele.

– É isso que pensa? – deu uma risada. – Ele não pode me magoar. E você também não.

Ela não daria essa chance para nenhum dos dois.

Paul passou o dia limpando sua cabana e pensando no que faria quanto a Angel. Tinha de voltar lá e conversar com Michael sobre ela. Não podia ficar quieto. Michael tinha todo o direito de saber que ela o enganava. Conhecendo todos os fatos, ele faria a coisa certa e a expulsaria de casa. Como um gato, ela cairia de pé.

O casamento poderia ser anulado. Provavelmente nem devia ter sido feito por um reverendo santificado, por isso não contaria de qualquer modo. Michael poderia esquecer toda aquela experiência desagradável. Com trens de passageiros chegando à Califórnia, poderia encontrar outra mulher, uma que o fizesse esquecer Angel.

Michael apareceu e cortou lenha com ele. Conversaram, mas não como faziam antes. Paul tinha muita coisa na cabeça, e Michael estava estranhamente pensativo.

– Venha jantar lá em casa – disse Michael antes de partir, mas Paul não suportava a ideia de se sentar à mesa com Angel.

Michael parecia irritado com ele.

– Você feriu os sentimentos de Amanda.

Paul quase riu. Ferir? Aquela prostituta empedernida? Claro que não, mas ele sabia exatamente o que ela estava fazendo. Estava afastando os dois. Pretendia destruir a amizade deles. Bem, se ela queria jogar duro...

– Posso acabar isso aqui amanhã.

Angel estava batendo os cobertores pendurados num varal quando ele chegou. Ela parou e olhou diretamente para ele. Não perdeu tempo com rodeios.

– Ele está trabalhando no riacho, na casa refrigerada. Por que não desabafa logo com ele, antes que isso o coma vivo?

– Está apostando que não vou falar, não é?

– Ah, eu acho que vai sim. Você mal pode esperar.

– Você o ama? – ele zombou. – Pensa que pode fazê-lo feliz? Mais cedo ou mais tarde ele vai ver o que você é realmente.

A mão com que ela segurava o pedaço de pau ficou branca. Ela deu de ombros e se virou para o outro lado.

– Você não liga para nada, não é?

– E devia?

Angel começou a bater no cobertor de novo.

Paul teve vontade de agarrá-la, fazê-la virar de frente para ele e socar aquela cara arrogante.

– Você está pedindo isso.

E foi direto para o riacho.

Toda a rigidez desapareceu quando ela o viu descer para o rio. Ela se sentou num toco e se recusou a reconhecer os sentimentos que desfilavam dentro dela.

– Você chegou bem na hora – disse Michael, se endireitando e secando o suor da testa com o braço. – Me dê uma mão com essas tábuas, por favor.

Paul o ajudou a colocar a tora cortada reta de um lado.

– Michael, preciso lhe dizer uma coisa – disse, com um gemido, quando a tora despencou no lugar.

Michael se virou para ele com um olhar soturno que Paul não entendeu. O calor da raiva que sentia o fez seguir em frente.

– Não tem nada a ver com o que aconteceu no Yuba, nem é sobre eu não saber se vou ficar aqui. É sobre outra coisa. Tem a ver com a sua *mulher*.

Michael endireitou as costas lentamente e olhou para ele.

– Por que acha que tem de dizer qualquer coisa?

– Porque você precisa saber – Paul ainda via a arrogância de Angel. – Michael, ela não é quem você pensa que é.

– Ela é exatamente quem eu penso que é, e é *minha mulher*.

Ele se abaixou e voltou ao trabalho.

Ela realmente devia ter feito a cabeça dele. Furioso, Paul jogou a outra tora no lugar. Virou-se e olhou para ela no outro extremo do quintal. Estava na porta da cabana de Michael. Com as roupas de Tessie. Teve vontade de ir até lá, rasgá-las e tirá-las dela. Queria lhe dar uma surra e expulsá-la daquele vale. Michael, logo ele, enganado. Michael, com seus ideais elevados e sua força de caráter. Michael, com sua pureza. Era inconcebível. Era obsceno.

– Não vou desistir. Não posso.

Michael não estava nem olhando para ele, e Paul segurou o braço do amigo.

– Preste atenção. Antes de ser sua esposa, ela era prostituta. O nome dela é Angel, e não Amanda. Ela trabalhava num bordel em Pair-a-Dice. Era a mulher da vida mais cara da cidade inteira.

– Tire a mão do meu braço, Paul.

Ele tirou.

– Não vai dizer nada?

Ele jamais tinha visto Michael tão zangado.

170

Eu sei de tudo isso.

Paul arregalou os olhos.

– *Sabe?*

– Sei – Michael se abaixou para pegar outra tora. – Segure do outro lado, por favor.

Paul segurou, sem pensar.

– Você soube antes ou depois de botar o anel no dedo dela? – perguntou cinicamente.

– Antes.

Paul bateu com a tora de novo.

– E mesmo assim se casou com ela?

– Mesmo assim me casei com ela, e me casaria de novo se tivesse de fazer tudo outra vez.

Uma declaração simples, feita com calma, mas com os olhos queimando de ira.

Paul teve a sensação de ter levado um soco muito forte.

– Você está enfeitiçado por ela. Michael, ela o enganou.

Ele tinha de fazê-lo raciocinar direito.

– Isso acontece. Você não via uma mulher fazia meses e, quando a viu, com aqueles belos olhos azuis e aquele lindo corpo, perdeu a cabeça. Então a desfrute por algum tempo, mas não tente se convencer de que ela será uma esposa decente. Uma vez prostituta, sempre prostituta.

Michael cerrou os dentes. Eram quase as mesmas palavras que Angel dissera quando falara de si.

– Pare de julgar.

– Não seja bobo!

– Cale a boca, Paul! Você não a conhece.

Ele deu risada.

– Ah, e nem preciso. Eu sei o bastante. É você que não sabe. Quanta experiência teve com mulheres iguais a ela? Você vê tudo e todas as pessoas a partir de seus próprios princípios, mas o mundo não é assim. Ela não vale o sofrimento que causará. Ouça o que eu digo, Michael! Você quer uma mulher que esteve com cem homens para ser a mãe de seus filhos?

Michael encarava Paul e pensava se era isso que Angel tivera de enfrentar a vida toda. Ser condenada e alvo daquele ódio cego.

– Acho que é melhor parar por aqui – disse, com raiva.

Mas Paul não parava.

– O que diria sua família se soubesse? Será que aprovaria? E os vizinhos, quando começarem a chegar? Gente do bem. Pessoas *decentes*. O que vão pensar quando descobrirem que sua bela mulherzinha foi uma prostituta de luxo?

Uma sombra ameaçadora passou pelo olhar de Michael.

– Sei o que penso e o que Deus pensa. Só isso me importa. Acho que deve pôr sua vida em ordem antes de falar da vida dela.

Paul ficou olhando para ele, irritado. Michael nunca tinha usado aquele tom de reprovação com ele antes, por isso se sentiu magoado. Será que não entendia que ele só estava querendo ajudar, que só queria evitar que ele fosse destruído por aquela mulher que não valia nada?

– Você é como um irmão para mim – Paul disse, com a voz rouca. – Ficou do meu lado nos meus piores momentos. Não quero ver você ser destruído por uma bruxa ardilosa que dominou tanto seu coração que o levará à ruína!

Um músculo saltou no maxilar de Michael.

– Você já falou demais!

Mas Paul só enxergava uma prostituta com as roupas de sua amada Tessie.

– Michael, ela é uma puta!

Paul não teve tempo de ver o soco que lhe atingiu o rosto. Só sentiu a dor se espalhando pelo queixo, caído de costas no chão. Michael estava de pé em cima dele, com os punhos cerrados e o rosto lívido.

Michael o agarrou pela camisa e o pôs de pé com violência, sacudindo-o como se fosse uma boneca de trapo.

– Se gosta de mim como diz, então também gosta dela. Ela faz parte de mim. Está entendendo? Ela é parte da minha carne e parte da minha vida. Quando fala essas coisas contra ela, você está falando contra mim. Quando a evita, está evitando a mim. Entendeu?

– Michael...

– *Você entendeu?*

Foi a primeira vez que Paul sentiu medo do cunhado.

– Entendi.

– Ótimo – disse Michael, quando o soltou.

Ele se afastou, de costas para Paul, procurando controlar a raiva.

Paul esfregou o queixo machucado. Ela era a causa daquele desentendimento. A culpada era ela. *Ah, eu entendo sim, Michael. Melhor do que você.*

Michael esfregou a nuca e olhou para Paul.

Eu sei de tudo isso.

Paul arregalou os olhos.

– *Sabe?*

– Sei – Michael se abaixou para pegar outra tora. – Segure do outro lado, por favor.

Paul segurou, sem pensar.

– Você soube antes ou depois de botar o anel no dedo dela? – perguntou cinicamente.

– Antes.

Paul bateu com a tora de novo.

– E mesmo assim se casou com ela?

– Mesmo assim me casei com ela, e me casaria de novo se tivesse de fazer tudo outra vez.

Uma declaração simples, feita com calma, mas com os olhos queimando de ira.

Paul teve a sensação de ter levado um soco muito forte.

– Você está enfeitiçado por ela. Michael, ela o enganou.

Ele tinha de fazê-lo raciocinar direito.

– Isso acontece. Você não via uma mulher fazia meses e, quando a viu, com aqueles belos olhos azuis e aquele lindo corpo, perdeu a cabeça. Então a desfrute por algum tempo, mas não tente se convencer de que ela será uma esposa decente. Uma vez prostituta, sempre prostituta.

Michael cerrou os dentes. Eram quase as mesmas palavras que Angel dissera quando falara de si.

– Pare de julgar.

– Não seja bobo!

– Cale a boca, Paul! Você não a conhece.

Ele deu risada.

– Ah, e nem preciso. Eu sei o bastante. É você que não sabe. Quanta experiência teve com mulheres iguais a ela? Você vê tudo e todas as pessoas a partir de seus próprios princípios, mas o mundo não é assim. Ela não vale o sofrimento que causará. Ouça o que eu digo, Michael! Você quer uma mulher que esteve com cem homens para ser a mãe de seus filhos?

Michael encarava Paul e pensava se era isso que Angel tivera de enfrentar a vida toda. Ser condenada e alvo daquele ódio cego.

– Acho que é melhor parar por aqui – disse, com raiva.

171

Mas Paul não parava.

– O que diria sua família se soubesse? Será que aprovaria? E os vizinhos, quando começarem a chegar? Gente do bem. Pessoas *decentes*. O que vão pensar quando descobrirem que sua bela mulherzinha foi uma prostituta de luxo?

Uma sombra ameaçadora passou pelo olhar de Michael.

– Sei o que penso e o que Deus pensa. Só isso me importa. Acho que deve pôr sua vida em ordem antes de falar da vida dela.

Paul ficou olhando para ele, irritado. Michael nunca tinha usado aquele tom de reprovação com ele antes, por isso se sentiu magoado. Será que não entendia que ele só estava querendo ajudar, que só queria evitar que ele fosse destruído por aquela mulher que não valia nada?

– Você é como um irmão para mim – Paul disse, com a voz rouca. – Ficou do meu lado nos meus piores momentos. Não quero ver você ser destruído por uma bruxa ardilosa que dominou tanto seu coração que o levará à ruína!

Um músculo saltou no maxilar de Michael.

– Você já falou demais!

Mas Paul só enxergava uma prostituta com as roupas de sua amada Tessie.

– Michael, ela é uma puta!

Paul não teve tempo de ver o soco que lhe atingiu o rosto. Só sentiu a dor se espalhando pelo queixo, caído de costas no chão. Michael estava de pé em cima dele, com os punhos cerrados e o rosto lívido.

Michael o agarrou pela camisa e o pôs de pé com violência, sacudindo-o como se fosse uma boneca de trapo.

– Se gosta de mim como diz, então também gosta dela. Ela faz parte de mim. Está entendendo? Ela é parte da minha carne e parte da minha vida. Quando fala essas coisas contra ela, você está falando contra mim. Quando a evita, está evitando a mim. Entendeu?

– Michael...

– *Você entendeu?*

Foi a primeira vez que Paul sentiu medo do cunhado.

– Entendi.

– Ótimo – disse Michael, quando o soltou.

Ele se afastou, de costas para Paul, procurando controlar a raiva.

Paul esfregou o queixo machucado. Ela era a causa daquele desentendimento. A culpada era ela. *Ah, eu entendo sim, Michael. Melhor do que você.*

Michael esfregou a nuca e olhou para Paul.

– Sinto ter batido em você – respirou fundo e continuou. – Preciso de ajuda, não de mais problemas. Ela está sofrendo e você nem pode imaginar como ou por quê.

Michael cerrou o punho, com ar atormentado, os olhos cheios de lágrimas.

– Eu a amo. Amo tanto que seria capaz de morrer por ela.

– Sinto muito.

– Não sinta. *Fique calado!*

E Paul se calou enquanto trabalhavam, mas na cabeça dele gritou o tempo todo. Ele ia ajudar Michael da forma que sabia ser melhor para ele. Ia afastá-la. Ia dar um jeito. Quanto mais cedo, melhor. Ia descobrir um modo de fazer isso.

Michael amenizou a tensão.

– Você vai ter de ir até a cidade para trazer suprimentos para o inverno. Não tenho o bastante para dividir com você.

– Não tenho nenhum ouro em pó.

– Eu tenho um pouco guardado. É todo seu. Pode usar meus cavalos e a carroça.

Paul ficou envergonhado. Mas por que deveria se envergonhar? Estava apenas tentando impedir que o amigo sofresse. Michael era um homem inteligente. Recuperaria o juízo. Seu grande problema era minimizar ou ignorar os defeitos de caráter dos outros. Ele olhava para uma prostituta e via alguém digno de amor.

Paul estava com raiva. Ela já estava entre os dois. Já estava criando desentendimentos. Ele precisava pensar em algum modo de atrair Angel para longe de sua toca confortável e mandá-la de volta ao seu lugar. E precisava fazer isso antes que ela partisse o coração de Michael em mil pedaços.

Puseram a última tábua no lugar. As paredes internas estavam de pé. Michael disse que podia fazer o telhado sozinho. Botou a mão no ombro de Paul e lhe agradeceu a ajuda, mas havia uma tensão entre ambos.

– É melhor você partir amanhã para Pair-a-Dice. Diga para o Joseph que acerto com ele dentro de algumas semanas. Ele lhe dará tudo de que precisa.

– Obrigado.

Pair-a-Dice. Talvez pudesse descobrir mais coisas sobre Angel e suas fraquezas quando chegasse lá. A Duquesa ia querer sua melhor profissional de volta, e podia até enviar aquele gigante, que a protegia como se ela fosse as joias da coroa, para pegá-la.

Quando Michael voltou para casa ao anoitecer, Angel não perguntou o que Paul lhe tinha dito. Serviu-lhe o jantar e sentou-se à mesa com ele, com as costas retas e a cabeça levantada. Ele ainda não tinha falado nada. Devia estar pensando em tudo aquilo, examinando e pesando. Então que pensasse.

Aquele peso estava de volta dentro dela, e ela fingia que não era importante. Que ele não tinha importância. Quando Michael olhou para ela, Angel empinou o queixo e lhe devolveu o olhar. *Vá em frente e diga o que está pensando. Não me importo.*

Michael pôs a mão sobre a dela.

A dor apertou o coração de Angel e ela tirou a mão de baixo da dele. Não conseguiu mais olhá-lo. Pegou o guardanapo da mesa, o sacudiu suavemente para abrir e o botou no colo. Quando levantou a cabeça de novo, ele a observava. Os olhos de Michael, ah, os olhos dele...

– Não olhe para mim desse jeito. Já disse isso antes, não me importo com o que ele pensa de mim e ele pode falar o que quiser. É tudo verdade. Você sabia disso. E não importa. Ele não é o primeiro homem que olhou do alto de sua arrogância para mim, e não será o último.

Ela se lembrou de mamãe caminhando pela rua e dos homens que foram ao barraco, passando como se não a conhecessem.

– Talvez eu acreditasse nisso, se você não estivesse com tanta raiva.

Angel levantou o queixo.

– Não estou com raiva. Por que estaria?

Ela estava sem apetite, mas se obrigou a comer mesmo assim, para que ele não criasse caso. Tirou a mesa e Michael botou mais lenha na fogueira.

– Paul vai ficar fora uns dois dias. Ele precisa de suprimentos. Virá até aqui amanhã, para pegar os cavalos e a carroça.

Angel levantou um pouco a cabeça, pensando. Jogou água na bacia e lavou os pratos. Michael não queria levá-la de volta para o seu lugar, mas ela sabia que Paul a levaria. Só para salvar Michael de si mesmo.

Sentiu um aperto forte por dentro quando pensou em abandonar Michael. Em vez disso, esforçou-se para pensar na satisfação que teria quando encarasse a Duquesa de novo e lhe exigisse seu dinheiro. Podia recorrer à ajuda do *barman* se fosse preciso. Ele era do tamanho de Magowan e tinha muita prática com os punhos. Assim que o ouro estivesse seguro em suas mãos, ela estaria livre. *Livre!*

O peito doía e ela o apertou.

Michael a puxou para perto outra vez aquela noite e ela não resistiu. Depois de alguns minutos, ele se afastou tremendo e banhado em suor. Mal conseguia respirar.

– O que está tentando fazer?

– Ser boa para você – ela disse, e usou tudo o que sabia para lhe dar o prazer que ele merecia.

Paul apareceu ao amanhecer para pegar a carroça e os cavalos. Michael ajudou a atrelar a parelha. Deu-lhe pó de ouro e uma carta para Joseph Hochschild.

– Vou procurar você daqui a quatro ou cinco dias.

– Avistei um cervo a caminho daqui. Um dos grandes.

– Obrigado – disse Michael.

Assim que Paul partiu, ele voltou para a cabana e tirou a espingarda do suporte sobre o console da lareira.

– Paul avistou um cervo quando vinha para cá. Vou ver se consigo mais carne para nós, para este inverno.

Angel tinha pensado a noite inteira como faria para escapar sem que Michael soubesse. E agora, ali estava a resposta. Esperou que ele sumisse de vista e tirou a aliança do dedo. Colocou-a sobre a Bíblia, onde sabia que ele a encontraria. Pegou o xale, botou-o nos ombros e saiu apressada.

A carroça não podia ter ido muito longe. Ela levantou a saia e correu para alcançá-la.

Paul ouviu o chamado dela. Puxou as rédeas e esperou, imaginando o que ela queria. Provavelmente ia pedir que ele trouxesse alguma coisa para ela com o ouro de Michael. Ou talvez fosse implorar para ele deixá-la em paz. Ora, que viesse, então. Não conseguiria nada mesmo.

Quando o alcançou, Angel estava vermelha e sem ar de tanto correr.

– Preciso de uma carona para Pair-a-Dice.

Ele escondeu a surpresa com uma breve risada.

– Então já vai abandoná-lo.

Ela sorriu, com desprezo.

– Você esperava que eu ficasse?

– Suba aí – ele disse, sem estender a mão para ajudá-la.

– Obrigada – ela disse secamente, e subiu no banco da carroça ao lado dele.

Paul tinha passado a maior parte da noite pensando no que faria quanto à noiva maculada de Michael, e agora ela resolvia aquele problema para ele. Não imaginou que o deixaria assim tão facilmente. Sem suborno. Sem ameaças. Ela ia embora por livre e espontânea vontade. Ele bateu com a rédea e seguiu viagem.

Ele a observou secando o rosto com a bainha do xale de Tessie. Era tudo que podia fazer para não arrancar o xale das mãos dela.

– Como acha que Michael vai se sentir quando descobrir que fugiu?

Ela ficou olhando para frente.

– Ele vai superar.

– Você não liga muito para os sentimentos dele, não é?

Ela não disse nada. Ele olhou para frente e depois para ela de novo.

– Tem razão. Ele vai superar. Dentro de alguns anos a Califórnia terá muitas moças decentes para ele escolher. As mulheres sempre correram atrás de Michael.

Ela olhava para a floresta como se não se importasse. Paul queria que ela sofresse muito, queria feri-la até sangrar, como aconteceria com Michael quando descobrisse que ela o tinha abandonado sem nem olhar para trás. Mas ele não tinha avisado? Só que ela devia sentir alguma coisa. Era justo.

Ele estava curioso.

– Por que decidiu ir embora?

– Por nada especificamente.

– Imagino que tenha se entediado com a vida tranquila que Michael leva. Ou será que o problema foi ficar com um homem só o tempo todo?

Ela não reagiu. Michael veria que ele tinha razão sobre ela. Com o tempo aceitaria o erro que estava cometendo. As mulheres o adoravam. Além da beleza, ele combinava força e ternura, o que as atraía feito moscas. Ele se casaria de novo se estivesse mesmo preparado para isso, e não teria de esperar muito. A próxima certamente seria melhor do que esta.

– A Duquesa vai ficar contente ao vê-la de volta. Soube que você gerava uma fortuna para os cofres dela. Ela nunca disse para onde você tinha ido.

Angel levantou um pouco a cabeça e deu um sorriso cansado.

– Não pense que tem de conversar comigo por educação.

Ele sorriu com frieza. Então estava conseguindo irritá-la um pouco. E foi mais fundo.

– Acho que conversar não é tão importante no seu negócio, é?

Angel sentiu a fúria crescer dentro de si. Porco metido a santo. Se não fossem tantos quilômetros de subida até Pair-a-Dice, desceria daquela carroça agora mesmo e iria a pé, mas não era burra de pensar que conseguiria. Deixe que ele a provoque quanto quiser. Ela podia suportar um dia viajando no mesmo banco com aquele ignorante hipócrita. Ia pensar no seu ouro. Ia pensar na sua pequena cabana na floresta. Ia pensar em nunca mais ter de olhar para um homem como aquele na vida.

176

Paul não gostava de ser ignorado, especialmente por alguém como ela. Quem ela pensava que era? Ele bateu no lombo dos cavalos com as rédeas e apressou o passo. Pegou todos os buracos da estrada, fazendo com que Angel balançasse e pulasse no banco. Ela teve de se agarrar para manter o equilíbrio e não ser lançada para fora. Ele ficou satisfeito com o desconforto dela. Ela apertou os lábios com força e não reclamou nem uma vez. Ele manteve a velocidade até os cavalos demonstrarem cansaço e precisarem ir mais devagar novamente.

– Está se sentindo melhor agora? – ela perguntou, zombando dele.

A cada quilômetro ele a odiava mais.

Quando o sol ficou a pino, parou a carroça na beira da estrada e desceu. Desatrelou a parelha e deixou os animais pastando. Depois foi andando a passos largos para o meio da mata. Quando voltou, viu Angel indo para o meio das árvores do outro lado da estrada. Andava como se sentisse dor.

O alforje dele estava embaixo do banco da carroça. Dentro tinha uma maçã, um pedaço de charque e uma lata de feijão. Comeu tudo com prazer. Ela olhou para ele uma vez só quando voltou e foi se sentar à sombra de um pinheiro. Ele rasgou um pedaço do charque com os dentes e mastigou enquanto olhava para ela. Parecia cansada e com calor. Devia estar faminta também. Azar o dela. Devia ter levado alguma coisa para comer.

Paul abriu o cantil, bebeu bastante e, quando terminou, botou a rolha de novo. Olhou para ela e franziu a testa. Aborrecido, levantou-se e aproximou-se. Balançou o cantil de um lado para o outro diante dela e disse:

– Quer um pouco de água? Diga por favor, se quiser.

– Por favor – ela disse baixinho.

Ele jogou-lhe o cantil no colo.

Ela tirou a rolha, limpou o gargalo e bebeu. Quando terminou, secou o gargalo de novo, arrolhou e lhe estendeu de volta.

– Obrigada – disse.

Aqueles seus olhos azuis não diziam nada.

Paul voltou e se sentou embaixo de uma árvore para terminar de comer o charque. Zangado, começou a morder a maçã. Na metade, olhou para Angel.

– Está com fome?

– Estou – ela disse simplesmente, sem olhar para ele dessa vez.

Então ele lhe jogou a sobra. Levantou-se, foi pegar os cavalos e atrelou-os na carroça. Virou-se para trás e viu Angel tirando as folhas e a terra da metade da maçã, antes de mordê-la. Sua dignidade fria e silenciosa o deixava pouco à vontade.

– Vamos embora!

E ficou sentado esperando por ela, muito impaciente.

Ela fez uma careta de dor quando subiu no banco da carroça ao seu lado.

– Como conheceu Michael? – ele perguntou quando bateu as rédeas, e começaram a rodar novamente.

– Ele foi ao Palácio.

– Não me faça rir! Michael não poria os pés naquele buraco fedorento. Ele não bebe, não joga e certamente nunca esteve com prostitutas.

Ela deu um sorriso zombeteiro.

– Então como acha que tudo começou?

– Imagino que uma mulher com os seus predicados pensaria em alguma coisa. Deve tê-lo conhecido no mercado e dito para ele que sua família tinha morrido na viagem para o oeste e que estava completamente sozinha no mundo.

Ela riu dele.

– Ora, então nem precisa mais imaginar. Agora que eu saí de lá, pode ter Michael só para você o inverno todo.

As articulações dos dedos dele ficaram brancas apertando as rédeas. Será que ela estava fazendo algum tipo de insinuação? Será que duvidava de sua masculinidade? Puxou as rédeas, saiu da estrada e parou.

Ela ficou tensa, desconfiada.

– Por que parou?

– Você me deve alguma coisa pela carona.

Ela ficou imóvel.

– O que você tem? – ele queria maltratá-la mesmo. – Imagino que saiba que, quando alguém lhe faz um favor, você fica devendo para essa pessoa. Certo?

Angel se virou para o outro lado. Ele agarrou-lhe o braço com força e ela olhou para ele outra vez, com o rosto pálido. Paul encarou com fúria aqueles cínicos olhos azuis.

– Bem, deve mesmo. Você me deve por essa viagem.

Ele a soltou com brutalidade.

Dessa vez ela não desviou o olhar. Encarou-o com o rosto tranquilo, sem expressão.

– Sabe, eu nunca consegui chegar ao segundo andar do Palácio – ele disse, enfiando a faca mais fundo.

Paul desamarrou o fio de couro que prendia o cabelo dela.

– Nunca tive pó de ouro suficiente, nem para ter meu nome no chapéu.

E soltou o cabelo de Angel.

– Ficava imaginando como seria chegar ao santuário de Angel.

– E agora quer saber.

Paul queria deixá-la aflita.

– Talvez.

Angel sentiu tudo girar dentro dela. Para baixo, como a água descendo pelo ralo. Tinha esquecido que tudo tinha um preço. Soltou o ar e inclinou um pouco a cabeça.

– Ora, então podemos resolver isso logo.

E desceu da carroça.

Paul ficou espantado. Saltou do outro lado e deu a volta para ficar de frente para ela. Angel estava branca e cansada, e ele não tinha certeza se ela estava blefando ou não. Será que ela pensava que podia andar sessenta quilômetros? Ele não ia lhe dar a chance de mudar de ideia e voltar.

– O que está pretendendo fazer?

– O que você quiser – tirou o xale e o pendurou na lateral da carroça. – E então? – seu sorriso zombava dele.

Será que ela pensava que ele não era capaz? Furioso, Paul agarrou o braço dela e a empurrou até uns três metros fora da estrada, à sombra de uns arbustos. Foi bruto e rápido, só desejava magoá-la e degradá-la. Ela não emitiu nenhum som. Nenhum.

– Não demorou muito para voltar aos velhos hábitos, não é?

E olhou para ela com fúria e desprezo.

Angel se levantou devagar e espanou as folhas da saia. Tirou outras do cabelo.

Paul estava com nojo.

– Isso nem a incomoda, não é? Você tem a moral de uma cobra.

Ela levantou a cabeça lentamente e deu um sorriso frio, morto.

Nada à vontade, ele voltou a passos largos para a carroça. Mal podia esperar para aquela viagem terminar.

Angel sentiu a tremedeira começar. Amarrou a combinação e abotoou a blusa, que enfiou na saia. O tremor piorou. Foi para o meio das árvores, onde Paul não podia vê-la, e caiu de joelhos. Um suor melado despontou-lhe na testa. Sentiu o corpo todo gelado. Fechou os olhos e lutou contra a náusea. *Não pense nisso, Angel. Não terá importância se não quiser. Finja que não aconteceu.*

Apertou o tronco da árvore até os dedos doerem e vomitou. O frio passou e a tremedeira parou quando ela se levantou. Ficou algum tempo esperando que a calma retornasse.

– Ande logo! – gritou Paul. – Quero chegar lá antes de escurecer.

De queixo empinado, ela voltou para a estrada.

Paul olhou de cara feia para ela do alto da carroça.

– Sabe de uma coisa, Angel? Você é superestimada. Não vale mais que duas pepitas.

Alguma coisa explodiu dentro dela.

– E você, vale o quê?

Ele semicerrou os olhos.

– O que quer dizer?

Ela chegou mais perto e pegou o xale da lateral da carroça.

– Eu sei o que sou. Nunca fingi ser outra coisa. Nem uma vez. Nunca! – e pôs a mão na ponta do banco da carroça. – E aqui está você, pegando emprestado a carroça de Michael, os cavalos dele, o ouro dele e usando a mulher dele – disse-lhe, rindo. – E se considera o quê? O *irmão* dele!

O rosto dele foi do branco ao vermelho e voltou ao branco. Ele cerrou os punhos e deu a impressão de que queria matá-la.

– Devia deixá-la aqui. Devia deixar que fosse a pé o resto da viagem.

Já calma, completamente controlada, Angel subiu na carroça e se sentou ao lado dele. Sorriu e alisou a saia.

– Agora não pode mais. Já o paguei.

Nenhum dos dois disse uma palavra sequer no restante do caminho.

Então Pedro, aproximando-se, lhe perguntou: "Senhor, até quantas vezes meu irmão pecará contra mim, que eu lhe perdoe? Até sete vezes?" Respondeu-lhe Jesus: "Não te digo que até sete vezes, mas até setenta vezes sete".

— Mateus 18,21-22

O Palácio não estava mais lá.

Angel ficou tremendo sob a neve que caía, com lama até os tornozelos, olhando para o entulho enegrecido do que tinha sobrado. Olhou em volta e viu que as ruas estavam calmas e quase desertas. Vários prédios estavam parcialmente desmontados, e já tinham carregado as carroças com as tábuas e as telhas de madeira. O que estava acontecendo?

Do outro lado da rua havia um bar aberto. Pelo menos o Silver Dollar ainda funcionava. Ela se lembrou do proprietário, Murphy. Ele sempre subia pela escada dos fundos. Quando Angel entrou pelas portas de mola, os poucos homens lá dentro pararam de falar e ficaram olhando para ela. Murphy estava no bar.

— Ora, quem diria! Se não é a Angel! — e deu um sorriso largo. — Não a reconheci nesses trapos. Max! Traga um cobertor para a dama. Ela está molhada e quase congelada. Ei, cavalheiros, olhem quem voltou! Senhorinha, é uma visão e tanto para olhos cansados. Por onde andou, querida? Disseram que tinha se casado com um fazendeiro.

E deu risada, como se fosse uma grande piada.

Murphy estava fazendo um escândalo e Angel queria que ele calasse a boca.

— O que aconteceu com o Palácio? — ela perguntou em voz baixa, tentando parar de tremer por dentro.

– Pegou fogo.

– Isso eu vi. Quando foi?

– Há duas semanas. Foi a última coisa interessante que tivemos por aqui. A cidade está morrendo, caso não tenha notado. O ouro que sobrou nessa região exige muito esforço para ser extraído. Mais um ou dois meses e Pair-a-Dice estará completamente morta. Terei de seguir com os retirantes ou falir, como já aconteceu com alguns. Hochschild previu o que ia acontecer e desmontou seu mercado semanas atrás. Está em Sacramento agora, recomeçando do zero.

Ela procurou dominar a impaciência e alimentar a esperança, que se evaporava.

– Onde está a Duquesa?

– A Duquesa? Ah, ela foi embora. Saiu logo depois do incêndio. Sacramento, San Francisco, não sei bem para onde. Algum lugar maior do que este, pode apostar.

O coração de Angel ficou apertado quando todos os seus planos se desintegraram. Max deu-lhe um cobertor. Angel se enrolou nele para afastar o frio, que só aumentava. Murphy continuou falando.

– Ela ficou sem ter onde cair morta depois que Magowan incendiou a casa toda. O fogo matou duas meninas dela.

Angel levantou a cabeça de estalo.

– Quais meninas?

– Mai Ling, aquela pequena flor celestial. Vou sentir sua falta.

– E a outra, quem foi?

– A bêbada. Como era o nome dela? Não consigo lembrar. De qualquer modo, as duas ficaram presas no andar de cima quando o incêndio começou. Ninguém conseguiu tirá-las de lá. Deu para ouvir seus gritos. Tive pesadelos muitos dias depois disso.

Oh, Lucky. O que vou fazer sem você?

– Magowan tentou escapar – disse Murphy. – Chegou a uns dez quilômetros daqui antes de conseguirmos alcançá-lo. Nós o trouxemos de volta e o enforcamos bem ali, na Main Street. Foi içado como uma bandeira. Demorou à beça para morrer. Era um homem muito perverso...

Angel saiu de perto do bar e se sentou em uma mesa. Precisava ficar sozinha e controlar as emoções.

Murphy juntou-se a ela com uma garrafa e dois copos. Serviu-lhe uma dose de uísque.

– Parece que você não deu sorte, querida.

E se serviu de uísque também. Examinava Angel com olhos escuros e luminosos.

– Não precisa se preocupar com nada, Angel. Tenho um quarto extra lá em cima.

E olhou em volta, para os homens.

– Você pode voltar ao trabalho em cinco minutos, é só dizer.

E, chegando mais perto, disse:

– Só temos de acertar a divisão. Que tal sessenta para mim e quarenta para você? Terá quarto, refeições, roupas, o que quiser. Cuidarei bem de você.

A tremedeira por dentro havia começado novamente. Angel segurou o copo de uísque com as duas mãos e olhou desolada para o líquido âmbar. Todos os seus projetos haviam acabado. Não tinha ouro, nem comida, nem lugar para ficar. Só lhe restavam as roupas do corpo. Estava de volta ao lugar onde tudo havia começado, em San Francisco. Só que agora era inverno e estava nevando.

A cabana nunca existirá.

Murphy inclinou o corpo para frente.

– O que acha, Angel?

Ela olhou para ele e deu um sorriso amargo. Ele sabia que ela não podia recusar.

Nunca serei livre.

– E então, o que me diz?

E passou-lhe o dedo pelo braço, para cima e para baixo.

– Meio a meio, e eles pagam para mim – ela disse. – Senão, nada feito.

Murphy se recostou na cadeira e arqueou as sobrancelhas. Ficou analisando Angel um bom tempo, depois deu risada. Bebeu todo o uísque e meneou a cabeça.

– Tudo bem. Desde que me dê o que eu quiser de graça. Afinal, este lugar aqui é meu, não é?

Ele esperou e, como Angel não protestou, sorriu.

– Tudo certo então, querida.

E se levantou.

– Ei, Max! Assuma aí por mim. Vou mostrar para Angel seu novo quarto.

– Ela vai ficar? – gritou um homem, com cara de que o Natal tinha finalmente chegado.

Murphy deu um sorriso de orelha a orelha.

– Ela fica.

– Sou o segundo! Quanto é?

Murphy deu um preço alto.

Angel bebeu todo o uísque. Murphy puxou a cadeira e ela ficou de pé, tremendo. *Nada vai mudar... Nunca.* Seu coração foi batendo mais devagar enquanto subia a escada. Quando chegou ao topo, nem o sentia mais. Não sentia mais nada.

Eu devia ter ficado com Michael. Por que não fiquei com ele?

Jamais teria dado certo, Angel. Nem em um milhão de anos.

Mas funcionou por um tempo.

Até o mundo alcançá-los. O mundo é cruel, Angel, não perdoa. Você sabe disso. Foi um sonho no deserto. A única diferença é que você foi embora antes de Michael se cansar de usá-la. Agora está de volta ao seu lugar, fazendo o que nasceu para fazer.

Nada tinha importância. Era tarde demais para pensar em hipóteses. Era tarde demais para pensar em motivos. Era tarde demais para pensar em qualquer coisa.

Murphy quis tudo.

Quando ele saiu, Angel se levantou da cama. Apagou o lampião, se sentou em um canto escuro, abraçou os joelhos contra o peito e ficou balançando para frente e para trás. A dor que tinha começado quando Paul aparecera no vale explodiu, se espalhou e a consumiu. Com os olhos bem fechados, não emitiu nenhum som, mas o quarto se encheu de gritos silenciosos.

Os dias ficaram todos iguais. Pouca coisa havia mudado. Em vez da Duquesa, Angel agora tinha Murphy; em vez de Magowan, havia Max, mais maleável. Seu quarto era menor, e suas roupas, menos luxuosas. A comida era tolerável e farta. Os homens continuavam os mesmos.

Angel se sentou na cama de pernas cruzadas, balançando uma para frente e para trás enquanto um jovem mineiro se despia. O cabelo dele ainda estava molhado, todo penteado para trás, e cheirava a sabão vagabundo. Não tinha muita coisa para dizer, o que era bom, porque ela não queria ouvir. Esse não demoraria muito. Bloqueou as emoções, trancou a mente e tratou de trabalhar.

A porta se abriu com um estrondo e alguém arrancou o jovem da cama com violência. Angel engoliu em seco quando reconheceu o rosto do homem ali a seu lado.

– Michael!

Ela se levantou.

– Oh, *Michael...*

O rapaz havia caído no chão, mas ficou rapidamente de pé.

– O que está fazendo?

Xingando, ele atacou Michael, que o atingiu com um soco e o jogou contra a parede. Içou o jovem, bateu nele de novo e o projetou porta afora, até que desmoronasse contra a parede do corredor. Pegou as coisas do mineiro e as jogou em cima dele. Fechou a porta com um chute e se virou para Angel.

Ela estava tão aliviada de vê-lo que teve vontade de se atirar aos seus pés, mas bastou olhar para a cara de Michael para recuar.

– Vista-se.

Ele nem esperou Angel se mexer. Pegou suas roupas e as arremessou sobre ela.

– *Agora!*

Com o coração acelerado, Angel se atrapalhou com a roupa enquanto procurava freneticamente pensar numa maneira de escapar dele. Antes de acabar de se vestir, ele a arrancou da cama, abriu a porta e a empurrou para o corredor. Não deixou nem que calçasse o sapato.

Murphy apareceu.

– O que pensa que está fazendo? Eu disse para esperar lá embaixo. Aquele homem pagou. Você pode esperar a sua vez.

– Saia da minha frente.

Murphy afastou os pés e cerrou os punhos.

– Está pensando que pode passar por mim?

Angel tinha visto Murphy em ação antes e estava certa de que Michael não era páreo para ele.

– Michael, por favor...

Ele a empurrou com brutalidade para o lado e pôs-se na frente dela.

Murphy avançou para cima dele, mas Michael moveu-se com tanta rapidez que o outro já estava no chão antes de saber o que o tinha atingido. Michael agarrou Angel pelos pulsos e a puxou novamente. Antes de chegarem à escada Murphy estava de pé. Ele agarrou o braço dela e o puxou para trás com tanta força que ela gritou de dor. Michael a soltou e ela caiu encostada na parede. Murphy atacou de novo, e dessa vez Michael o jogou escada abaixo.

Quando ele se debruçou sobre ela, Angel se afastou.

– Levante-se! – ele berrou.

Angel não ousou desobedecer. Ele segurou o braço dela e a empurrou para frente.

– Continue andando, não pare.

Max atacou Michael quando eles chegaram ao fim da escada. Michael usou o impulso do homem para erguê-lo e arremessá-lo em direção a uma mesa de pôquer. Outros dois homens entraram na briga e Michael desviou Angel do caminho antes de ser atingido. Os três despencaram sobre uma mesa de faraó. Fichas, cartas e homens se espalharam. Mais dois entraram na luta.

– Parem com isso! – gritou Angel.

Certamente matariam Michael. Histérica, procurou alguma coisa para usar como arma para ajudar, mas ele não ficava caído por muito tempo. Chutou um dos homens para longe e se levantou. Angel observou, espantada e boquiaberta, Michael brigar. Ele não recuava, socava com força e rapidez os outros homens que avançavam para cima dele. Rodopiou e deu um chute direto na cara de um homem. Nunca vira ninguém lutar daquele jeito. Parecia que fazia isso a vida toda, em vez de arar a terra e plantar milho. Ele batia bem e com força. Os homens por ele golpeados não se levantavam mais. Depois de alguns minutos, não estavam mais tão dispostos a atacá-lo.

Michael continuou preparado para a briga, com os olhos em fogo.

– Venham – rosnou, desafiando os outros. – Quem mais quer ficar entre mim e minha esposa? Venham!

Ninguém se mexeu.

Chutou uma mesa virada que estava no caminho e foi até Angel a passos largos. Não parecia em nada com o homem que ela passara a conhecer no vale.

– Eu disse para você continuar andando!

Agarrou Angel pelo braço e a fez virar para a porta.

Sua carroça estava bem na frente. Michael pegou Angel nos braços e a instalou no banco alto. Antes de poder pensar em escapar, ele já estava sentado ao lado dela. Pegou as rédeas e as fez estalar. Angel teve de se segurar para não cair. A velocidade que impôs à parelha era muito desagradável. Só diminuiu a marcha depois de estarem muitos quilômetros distantes de Pair-a-Dice, e fez isso mais por se preocupar com os cavalos do que com ela.

Angel ficou com medo até de olhar para ele. Teve medo de falar qualquer coisa. Nunca tinha visto Michael daquele jeito antes, nem naquela vez em que ele perdera a calma no celeiro. Aquele não era o homem paciente e calado que ela pensava que conhecia. Era um desconhecido à procura de vingança. Ela se lembrou de Duke, acendendo seu charuto, e começou a suar frio.

Michael limpou o sangue do lábio.

– Faça com que eu entenda, Angel. Por que fez isso?

Angel. Ele pronunciou o nome num tom mortal.

– Deixe-me descer dessa carroça.

– Você vem para casa comigo.

– Para você me matar?

– Jesus, está escutando o que ela está dizendo? Por que me deu esta mulher burra e teimosa?

– Deixe-me descer!

– De jeito nenhum. Você não vai fugir. Temos de acertar umas coisas.

Seu olhar estava tão cheio de violência que ela se assustou e pulou da carroça. Bateu com força no chão e rolou para amaciar a queda. Recuperou o fôlego, levantou-se e saiu correndo.

Michael puxou as rédeas e embicou a carroça para fora da estrada. Saltou e a perseguiu.

– Angel!

Ele ouviu seus passos fugindo pela floresta.

– Está escurecendo. Pare de correr antes que quebre o pescoço!

Mas ela não parou. Tropeçou numa raiz e caiu com tanta força que ficou sem ar. Continuou no chão sem poder respirar e ouviu Michael se aproximando. Ele caminhava rápido, afastava os galhos do caminho e acabou a avistando.

Ela se levantou e fugiu dele, apavorada, sem se importar com os galhos que lhe batiam no rosto. Michael cortou sua frente e a agarrou pelos ombros. Angel tropeçou, caiu e o derrubou junto com ela. Ele virou o corpo de forma que aterrissou primeiro e tentou rolá-la por cima dele. Angel chutava e se contorcia, brigando para se libertar. Ele a virou de costas no chão e a imobilizou. Quando ela tentou arranhar-lhe o rosto, ele a segurou pelos pulsos e os apertou.

– Já chega!

Angel ficou deitada, ofegante, com os olhos arregalados. Ele recuperou o fôlego e puxou-a para que ficasse de pé. Assim que a soltou, ela tentou fugir de novo. Michael a fez ficar de frente para ele e levou um tapa. Quase revidou, mas sabia que, se batesse nela uma vez, não ia conseguir mais parar. Então a soltou, mas toda vez que ela tentava fugir, ele a puxava para perto. Finalmente ela atacou, dando-lhe tapas, chutando e esperneando. Ele bloqueou os golpes sem retaliar.

Quando Angel se cansou, Michael a puxou para perto e a abraçou com força. O corpo inteiro dela tremia violentamente. Ele sentia o medo que irradiava dela. E com razão. Michael se assustava com a própria fúria. Se tivesse revidado uma vez só, ela a teria matado.

Tinha ficado quase louco quando ela o deixou.

Saíra procurando a pé até encontrar as marcas da carroça e descobrir o que tinha acontecido. Ela tinha ido embora com Paul. Estava voltando para Pair-a--Dice. Ele fora para casa, magoado e furioso com os dois. A longa espera pela volta de Paul foi o mais parecido com o inferno que já havia vivenciado. Por que ele fizera aquilo? Por que não a mandara para casa em vez de levá-la com ele?

Mas Michael sabia.

Paul levou a carroça e os cavalos de volta. Disse que Hochschild tinha se mudado para Sacramento e que por isso tinha demorado tanto. Ficou claro que ele não daria nenhuma informação sobre Amanda. Michael perguntou-lhe diretamente. Paul só disse que sim, que a tinha levado de volta para Pair-a-Dice.

– A ideia de ir embora foi dela. Não a convenci de nada – ele disse, pálido e assustado.

O que mais marcou Michael foi a culpa estampada profundamente na expressão triste do cunhado. Não precisou perguntar mais nada. Já sabia o que mais tinha acontecido na estrada. Ou em Pair-a-Dice.

– Michael, sinto muito. Juro que não foi minha culpa. Tentei contar para você o que ela era...

– Saia da minha frente, Paul. Vá para casa e fique lá.

Foi o que ele fez.

Depois disso Michael quase não foi buscá-la. Ela merecia o que ia ter. Foi procurar aquela vida, não foi? Ele chorou. Amaldiçoou Angel. Ele a amava e ela o traiu. Foi como enfiar-lhe uma faca na barriga e torcê-la.

Mas à noite, no escuro, ele se lembrou daqueles primeiros dias, quando ela estava tão mal que ele chegou a ver sua alma, de relance. Ela falou muito quando delirava por causa da febre, formando imagens do horror de sua vida. Será que conhecia outra? Ele se lembrou da reação de Paul quando a viu e da raiva dela. Ele a viu magoada, embora ela negasse terminantemente. Precisava ir até lá e trazê-la de volta. Ela era sua mulher.

Até que a morte nos separe.

Ele se preparou para qualquer coisa a caminho de Pair-a-Dice, mas, quando entrou naquele quarto e viu o que ela estava fazendo, quase perdeu o juízo. Se não tivesse visto os olhos dela e ouvido a forma como ela disse seu nome, ele teria matado os dois. Mas ele viu e ouviu. Por um breve instante e sem defesas, soube o que ela realmente sentia por ele. E então experimentou um alívio tão profundo que o fez parar.

Mas a raiva instintiva com a traição dela continuava lá, borbulhando.

Michael estremeceu e se afastou dela.

– Venha – disse com aspereza. – Vamos para casa.

Pegou a mão dela e foi andando pela floresta.

Angel queria resistir, mas tinha medo. O que ele faria com ela agora? Com aquela agressividade toda, será que seria brutal como Duke?

– Por que foi me procurar?

– Você é minha mulher.

– Eu deixei a aliança na mesa! Não a roubei.

– Isso não muda nada. Continuamos casados.

– Podia ter esquecido isso.

Ele parou e olhou furioso para ela.

– No meu livro é um compromisso para a vida toda, madame. Não é um acordo que podemos anular quando as coisas ficam meio difíceis de enfrentar.

Ela examinou o rosto dele, confusa.

– Mesmo depois de acabar de me ver...

Michael começou a andar e a puxou com ele. Ela não o entendia. Não o entendia mesmo.

– Por quê?

– Porque eu a *amo* – ele disse, com a voz rouca.

E a fez girar de frente para ele e a encarou com o olhar atormentado.

– Simples assim, Amanda. Eu amo você. Quando vai entender o que isso significa?

Ela sentiu um nó na garganta e abaixou a cabeça.

Percorreram o resto do caminho em silêncio. Ele a levantou para subir na carroça. Ela chegou para o lado quando ele se sentou no banco. Olhou para ele com tristeza.

– O seu tipo de amor não deve fazer bem.

– E o seu tipo, é melhor?

Ela se virou para o outro lado.

– Neste momento o amor não tem muito a ver com os sentimentos – ele disse, irritado. – Não entenda mal. Sou tão humano quanto qualquer homem. Tenho sentimentos sim. Estou sentindo muita coisa agora, muita coisa que não queria sentir – e balançou a cabeça, o rosto marcado pela dor e pela raiva. – Senti vontade de matá-la quando entrei naquele quarto, mas não fiz isso. Neste momento tenho vontade de lhe dar uma surra para enfiar juízo nessa sua cabeça, mas não vou fazer isso.

Michael se virou para ela com um olhar sombrio.

– Mas não importa quanto isso dói, não importa a vontade que senti de machucá-la pelo que fez, não vou fazer isso.

Bateu as rédeas e a carroça partiu mais uma vez.

Angel procurou abafar seus sentimentos, mas eles afloravam, sufocantes. Ela cerrou os punhos e lutou contra eles.

– Você sabia o que eu era. Você *sabia.*

Ela queria que ele entendesse.

– Michael, nunca fui outra coisa. E nunca serei.

– Isso é a mais pura besteira. Quando é que vai parar com isso?

Angel olhou para o outro lado, com os ombros caídos.

– Você simplesmente não entende. Jamais será do jeito que você quer que seja. Não pode ser! Mesmo se um dia essa chance existisse, agora acabou. Você não vê?

O olhar dele a transpassou.

– Está falando do Paul?

– Ele contou para você?

– Nem precisou. Estava escrito na cara dele.

Angel não tentou se defender. Não deu nenhuma desculpa. De ombros caídos, olhava para frente.

Michael viu que ela estava assumindo toda a culpa sozinha, mas Paul e ela, os dois teriam de enfrentar isso. E ele também. Virou-se para a estrada novamente e ficou em silêncio durante um longo tempo.

– Por que voltou para lá? Eu não entendo.

Ela fechou os olhos e procurou uma boa desculpa. Não encontrou nenhuma e engoliu em seco.

– Para pegar meu ouro – disse, sem convicção.

Admitir aquilo fez com que ela se sentisse pequena e vazia.

– Para quê?

– Quero ter uma pequena cabana na floresta.

– Você já tem uma.

Ela mal conseguia falar com o aperto de dor que sentia no peito. Apertou a região e continuou:

– Quero ser livre, Michael. Só uma vez, em toda a minha vida. Livre!

Sua voz ficou embargada. Mordeu o lábio e agarrou a lateral do banco da carroça com tanta força que a madeira lhe cortou as mãos.

O rosto de Michael amaciou. A raiva desapareceu, mas não a mágoa, não a tristeza.

– Você é livre. Mas ainda não sabe disso.

Foi uma viagem longa e silenciosa de volta para o vale.

> *A mente é o seu lugar, e nela mesma faz*
> *do céu inferno, do inferno céu.*
> *– Milton*

Michael não conseguiu tirar aquilo da cabeça. Ela não se desculpou. Não deu nenhuma explicação. Só ficou sentada, muda, com as costas retas, a cabeça erguida, as mãos juntas no colo, como se estivesse indo para a batalha, em vez de estar indo para casa. Será que preferia rejeitar a oferta dele e viver na eterna escuridão, em vez de abrir a cabeça e o coração para ele? Será que o orgulho era a única coisa que importava para ela?

Michael não a entendia.

Angel vivia um silencioso tormento. Lutava com as emoções que a despedaçavam, com o remorso, a culpa, a confusão. Essas emoções viraram uma massa sólida, um nó endurecido que lhe crescia na garganta e no peito, como um câncer que espalhava dor por cada parte do corpo. Estava com medo. A esperança, que pensava que tinha morrido havia muito tempo, tinha ressuscitado. Esquecera-se da pequena luz que piscava dentro dela quando era criança. Alguma coisa acendia a fagulha e ela crescia... Até que Duke a esmagou.

Agora ela tentava esmagá-la com lógica.

Nada podia ser a mesma coisa. O que quer que tivesse crescido entre Michael e ela estava arruinado. Ela sabia disso. No instante em que Paul a acusou, ela jogou fora sua última chance.

Fui eu que provoquei isso para mim mesma. Fiz isso comigo. Mea culpa. Mea culpa.

As palavras da mãe a perseguiam, lembranças insuportáveis de uma vida perdida. Por que sentia de novo aquela pequena luz, se sabia muito bem que seria destruída? Como sempre fora. A esperança era cruel. Não passava do cheiro da comida diante de uma criança faminta. Não era leite. Não era carne.

Ah, meu Deus, não posso ter nenhuma esperança. Não posso. Não sobreviverei se tiver.

Mas lá estava ela, uma fagulha minúscula, brilhando no escuro.

Quando chegaram ao vale com a primeira luz do dia, Angel sentiu o calor do sol aumentando em seus ombros e se lembrou de quando Michael a arrastou no meio da noite para ver o nascer do sol. "Esta é a vida que quero dar para você." Naquele dia ela não entendeu o que ele estava lhe oferecendo. Só compreendeu quando subiu a escada do Silver Dollar Saloon e vendeu sua alma para a escravidão novamente.

É tarde demais, Angel.

Então por que ele está me trazendo de volta? Por que não me deixou em Pair-a-Dice?

Duke também a levou de volta, não é? Diversas vezes.

Ela sempre vira vingança nos olhos escuros de Duke. Ele a fizera sofrer. Mas era mais fácil suportar o que ele fazia com ela do que ver o sofrimento que infligia nas pessoas que ousavam ajudá-la. Como Johnny... Antes de Duke acabar com ele para sempre.

Mas Michael não era como Duke. Ela nunca vira aquele brilho de crueldade calculada no olhar dele. Nunca sentira aquilo nas mãos dele.

Tudo tem um preço, Angel. Você sabe disso. Sempre soube.

Que preço ele cobraria para tirá-la do inferno? Qual seria o preço por salvá-la da própria loucura?

Ela estremeceu por dentro.

Michael deu a volta com a carroça no jardim na frente da casa e amarrou as rédeas. Angel já ia descer, mas ele lhe segurou o pulso.

– Fique sentada.

Sua voz soou pesada e ela ficou calada, esperando suas ordens. Quando ele deu a volta para pegá-la e ajudá-la a descer, ela fechou os olhos, com medo de encará-lo. Ele a pôs no chão gentilmente.

– Entre em casa – disse. – Vou cuidar dos cavalos.

Angel empurrou a porta da cabana e sentiu uma sensação de alívio percorrer todo o seu ser. *Estou em casa.*

Por quanto tempo, Angel? Tempo suficiente para fazê-la sofrer antes que ele a expulse?

Não podia pensar nisso agora. Entrou na casa e examinou tudo para ver se havia alguma mudança. Tudo era tão familiar, tão simples, tão querido. A mesa rústica, as cadeiras de vime diante da lareira, a cama feita com a caixa da carroça, as colchas gastas que a irmã dele tinha feito. Angel foi acender o fogo e arrumar a cama.

Pegou uma camisa de lã vermelha e a apertou contra o rosto, sentindo o cheiro do corpo de Michael. Ele era a terra, o céu e o vento. Ela parou de respirar.

O que foi que eu fiz? Por que joguei tudo isso fora?

Lembrou-se das palavras de Paul: "Você não vale mais que duas pepitas". Era verdade. Ela era uma prostituta e nunca seria mais do que isso. Não tinha levado nem um dia para voltar aos velhos hábitos.

Trêmula, Angel dobrou com cuidado a camisa e a guardou na gaveta dele. Tinha de parar de pensar. Precisava prosseguir como antes. Mas como podia fazer isso agora? Como?

Sua mente desesperada procurava respostas, mas não as encontrava. *Farei qualquer coisa que ele quiser, pelo tempo que ele quiser, se me deixar ficar. Se ao menos ele deixar.*

Ela não tinha apetite, mas sabia que Michael chegaria com fome. Então preparou o café da manhã com todo cuidado. Enquanto cozinhava o mingau de aveia, varreu e tirou o pó. Passou uma hora, depois mais outra. E Michael não voltava.

O que será que ele estava pensando? Sua raiva era maior? Será que havia mudado de ideia e não queria mais que ela ficasse? Será que ia mandá-la embora? Para onde ela iria se ele fizesse isso?

Lembranças de Duke fizeram seu estômago virar do avesso.

Ele não é como Duke.

Todo homem, quando traído, é como Duke.

Sua mente rodava em círculos, como um pássaro à procura de carniça. Ergueu suas defesas e se armou contra Michael. Ninguém o tinha forçado a ir procurá-la. Se estava magoado com o que tinha visto, a culpa era exclusivamente dele. O fato de ele ter entrado no quarto naquele momento não era culpa dela. Também não era culpada por ele ter ido até lá. Por que não a deixava em paz? Ela nunca tentara enganá-lo. O que ele esperava? Desde o início ele sabia no que estava se metendo. Ele sabia o que ela era.

O que eu sou?, ela se perguntou. *Quem eu sou? Não tenho nem um nome. Será que restou alguma coisa da Sarah?*

Via o olhar dele e o peso de seu próprio coração se tornava insuportável.

Por fim não aguentou mais e saiu para procurá-lo. Ele não estava no campo, mas os cavalos estavam lá, pastando. Não viu Michael em parte alguma. Resolveu procurá-lo no celeiro. Lá estava ele, sentado, com a cabeça apoiada nas mãos, chorando. Ficou com o coração ainda mais apertado e o consolo que buscava se transformou num peso ainda maior.

Eu o feri. Seria como pegar uma faca e enfiar-lhe no coração. Teria sido melhor se Magowan tivesse me matado. Teria sido melhor se eu nunca tivesse nascido.

Voltou para a cabana e caiu de joelhos diante do fogo. A culpa era dela. Sua mente ficou povoada de situações hipotéticas. Se eu nunca tivesse deixado Duke... Se eu não tivesse embarcado naquele navio... Se eu não tivesse me vendido para o primeiro que passasse pelas ruas enlameadas de San Francisco, ou ido trabalhar para a Duquesa... Se eu tivesse ignorado Paul... Se eu tivesse ficado ali e nunca fugido... Se eu não tivesse voltado para Pair-a-Dice, ou subido aquela escada com Murphy. *Se, se, se...* A infinita e tortuosa escada decadente.

Mas eu fiz tudo aquilo. E agora é tarde demais. Michael está lá, chorando, enquanto não tenho mais lágrimas, para nada.

Cruzou os braços e se balançou para frente e para trás.

– Por que eu tive de nascer? Por quê? – olhou para as mãos. Para isso?

Sentiu a imundície de sua profissão cobrindo-lhe as mãos. Todo seu corpo era imundo, por dentro e por fora. Michael a tirou da beira do abismo e lhe deu uma chance... que ela jogou fora. Então ele foi até lá mais uma vez, tirou-a de sua cama aviltada, levou-a para a casa dele e, correspondendo à própria estupidez, ela passou a manhã toda limpando a cabana e em nenhum momento pensou em se limpar.

Procurou angustiada uma barra de sabão e foi para o riacho. Tirou a roupa, largou tudo no chão displicentemente e entrou na água. Sentiu o vento e a água gelada, mas não se importou. Só queria se lavar, limpar tudo, todas as lembranças, até onde a mente alcançava.

Talvez até o momento de sua concepção.

Michael se levantou e pendurou os arreios. Saiu do celeiro e foi andando devagar para casa. O que seria de um casamento tão manchado pela traição?

Ela nunca me amou. Por que esperar que seja fiel? Nunca me prometeu nada. Fui eu que a fiz pronunciar seus votos. Ela nunca manifestou estar arrependida, Senhor. Não disse uma palavra nos sessenta quilômetros. Será que cometi um erro? Será que foi a sua voz que ouvi, ou era minha própria carne? Por que faz isso comigo?

Devia tê-la deixado em Pair-a-Dice.

Ela é sua esposa.

É, mas não sei se consigo perdoá-la.

A imagem dela na cama com outro homem tinha ficado marcada a fogo em sua mente. Não podia apagá-la.

Eu a amo, Senhor. Amo tanto que seria capaz de morrer por ela, e ela fez isso comigo. Talvez não haja mais redenção para ela. Como é que se perdoa alguém que despreza tudo a ponto de não se importar se será perdoado ou não?

O que ela quer, Michael?

– Liberdade. Ela quer liberdade.

A cabana estava arrumada. O fogo ardia na lareira. A mesa estava posta e o café da manhã pronto. Só que Angel não estava lá. Michael praguejou pela primeira vez em muitos anos.

– Que ela volte para lá! Não me importo. Estou cansado dessa luta.

E chutou a panela da barra de ferro.

– Quantas vezes tenho de ir atrás dela e trazê-la de volta?

Sentou-se um pouco na cadeira de vime, mas a raiva só fazia crescer. Ia encontrá-la de novo e dessa vez lhe diria o que pensava. Diria que, se quisesse tanto ir embora, ele lhe daria até uma carona. Saiu batendo a porta e ficou parado do lado de fora, com as mãos na cintura, imaginando para que lado ela teria corrido dessa vez. Procurou em volta e, um tanto surpreso, viu que ela estava lá no riacho, nua.

Desceu para a margem a passos largos.

– O que está fazendo? Se queria um banho, por que não levou água para a casa e a esquentou?

Num gesto súbito e atípico de modéstia, ela deu as costas para ele e tentou se cobrir.

– Vá embora.

Ele tirou o casaco.

– Saia daí. Vai pegar uma pneumonia. Se quer tanto um banho, eu pego água.

– Vá embora! – ela gritou, caiu de joelhos e se encolheu.

– Não seja boba!

Ele entrou na água, agarrou-a e a pôs de pé. Angel tinha um punhado de cascalho em cada mão. Os seios e a barriga estavam em carne viva de tanto ser esfregados.

– O que está fazendo?

– Preciso me lavar. Você não me deu oportunidade...

– Já se lavou bastante.

E tentou cobri-la com o casaco, mas ela se afastou.

– Ainda não estou limpa, Michael. Saia daqui e me deixe em paz.

Michael a agarrou com força.

– Vai terminar quando tiver arrancado sua pele fora? Quando sangrar? É isso? Pensa que fazendo isso ficará limpa?

Ele a soltou com medo de machucá-la.

– Não é assim que funciona – ele disse, com os dentes cerrados.

Ela se sentou devagar, com a água gelada até a cintura.

– É, acho que não – disse baixinho.

O cabelo molhado e embaraçado caía-lhe em volta do rosto, muito branco, e sobre os ombros.

– Venha para casa – Michael a ajudou a se levantar.

Dessa vez ela não resistiu e foi aos tropeços para a margem. Abaixou-se para pegar as roupas, ele a puxou sem elas. Empurrou-a para dentro da cabana e bateu a porta.

Pegou um cobertor de cima da cama e lhe jogou.

– Sente-se aí, perto do fogo.

Angel enrolou o cobertor nos ombros e se sentou. Não levantou a cabeça.

Michael olhou para ela e lhe serviu uma caneca de café.

– Beba isso.

Ela obedeceu.

– Terá muita sorte se não ficar doente. O que estava tentando fazer? Queria que eu me sentisse culpado por você ter voltado para a prostituição? Queria que eu me sentisse culpado por arrastá-la para fora daquele bordel de novo?

– Não – ela disse.

Ele não queria sentir pena dela. Queria chacoalhá-la até que perdesse os dentes. Queria matá-la.

E eu poderia. Meu Deus, eu seria capaz de matá-la e ficar contente com isso!
Setenta vezes sete.

Não quero dar ouvidos ao Senhor. Estou cansado disso. Exige demais de mim.
Isso dói. Será que não entende? Não sabe o que ela fez comigo?

Setenta vezes sete.

Tinha os olhos cheios de lágrimas, o coração batia feito um tambor de guerra.
Ela parecia uma criança abandonada. Estava com olheiras escuras sob os olhos
azuis. Deixe-a sofrer. Fez por merecer. Havia uma marca em seu pescoço que
lhe dava náuseas. Ela pôs a mão em cima e se virou para o outro lado. Dava
quase para vê-la murchando. Talvez ainda tivesse uma pontinha de consciência.
Talvez sentisse um pouco de vergonha. Ah, mas ia acabar logo, logo, e ela estaria pronta para fazê-lo em pedacinhos de novo.

Não consigo evitar o que sinto, meu Deus. Se achasse que ela poderia me
amar, talvez...

Como você me amou?

Não é a mesma coisa. O senhor é Deus! Eu sou apenas um homem.

– Não devia ter ido me buscar – ela disse, sem emoção. – Nunca devia ter se
aproximado de mim, desde o início.

– Está certo. Jogue a culpa em mim.

Talvez ela tivesse razão. Ele estava enjoado. Crispou a mão e olhou furioso
para ela.

– Fiz votos e vou cumpri-los, por mais que estejam me sufocando agora.

Ela se virou para ele com um olhar vazio e balançou a cabeça.

– Não precisa fazer isso.

– Vai dar certo. Vou fazer com que dê certo.

O Senhor não prometeu, meu Deus? Ou será que foi imaginação minha? Será
que ela estava certa o tempo todo e não passava de atração física?

– Você está se iludindo – disse Angel. – Não entende. Eu nunca devia ter nascido.

Ele riu com desprezo.

– Autopiedade. Você se afoga nisso, não é? É tola e cega, Angel. Não consegue enxergar o que está bem diante do seu nariz.

Nem você.

Ela ficou olhando para o fogo.

– Não sou cega. Meus olhos estiveram bem abertos, toda a minha vida. Pensa
que não sei do que estou falando? Acha que não é verdade? Ouvi meu próprio
pai dizer que eu devia ter sido abortada.

Angel ficou com a voz embargada. Recuperou o controle e continuou, falando mais baixo.

– Um homem como você não pode entender. Meu pai era casado. Já tinha muitos filhos. Ele disse para mamãe que ela só queria prendê-lo. Eu nunca soube se isso era verdade. Ele a mandou embora. Não a queria mais. Por minha causa. Deixou de amá-la. Por minha causa.

E continuou em voz baixa, angustiada.

– Os pais de mamãe eram pessoas decentes, que moravam num bairro de gente decente. Não a aceitaram de volta, com uma filha ilegítima. Até a Igreja deu as costas para ela.

O cobertor escorregou e Michael viu as marcas vermelhas na pele dela. Arranhões que ela mesma tinha feito.

Jesus, por que está fazendo isso comigo?

Era mais fácil se refugiar na raiva do que enxergar aquela alma torturada.

– Acabamos indo morar nas docas – ela disse, agora sem emoção. – Ela se tornou prostituta. Quando os homens iam embora, ela bebia até adormecer, enquanto Rab saía para gastar todo o dinheiro com bebida. Ela deixou de ser bonita. E morreu quando eu tinha 8 anos – Angel levantou a cabeça e olhou para Michael. – Sorrindo – e esboçou um sorriso triste. – Para você ver. Essa é a verdade. Eu não devia ter nascido. Foi tudo um erro terrível, desde o princípio.

Michael largou o corpo na cadeira, as lágrimas afloraram de novo, mas não por ele mesmo dessa vez.

– O que aconteceu com você depois disso?

Ela abaixou a cabeça e apertou uma mão na outra. Não olhou para ele. Foi um silêncio demorado e pesado antes de Angel dizer, bem baixinho.

– Rab me vendeu para um bordel. Duke tinha uma queda por menininhas.

Michael fechou os olhos.

Ela olhou para ele. É claro que ele estava com nojo. Que homem não estaria, de pensar numa criança fazendo sexo com um homem adulto?

– Isso foi só o começo – disse, sem inflexão, abaixando a cabeça, sem coragem de olhar para ele. – Você não pode nem imaginar o que aconteceu a partir daí. As coisas que fizeram comigo. As coisas que eu fiz.

Ela não disse que era uma questão de sobrevivência. De que adiantava? Ela escolheu obedecer.

Ele olhou para ela com lágrimas nos olhos.

– Você acha que tudo isso foi culpa sua, não é?

– E de quem mais? Da mamãe? Ela amava meu pai. Ela me amava. Ela amava a Deus. Grande coisa esse amor todo fez por ela. Como posso culpá-la de qualquer coisa, Michael? Devo culpar Rab? Ele era apenas um bêbado pobre e burro que achava que estava fazendo o que era melhor para mim. Eles o mataram. Bem ali, na minha frente, porque ele sabia demais.

Ela balançou a cabeça. Michael não precisava saber tudo.

– A culpa não é sua, Amanda.

Amanda. Ah, meu Deus!

– Como pode continuar me chamando assim?

– É quem você é agora.

– Quando é que você vai entender? – protestou Angel, frustrada. – Não importa quem faz coisas com você. Não se pode fingir que não aconteceram – ela ajeitou o cobertor e cruzou os braços. – Tudo faz parte do que somos. O que aconteceu é o que eu sou. Você mesmo disse isso e estava certo. Não posso me lavar e me livrar disso. Não posso me limpar. Poderia arrancar minha pele fora. Poderia secar meu sangue. Não faria diferença nenhuma. É como um mau cheiro do qual não consigo me livrar, por mais que tente. E eu tentei, Michael. Tentei muito. Juro para você. Eu lutei e fugi. Quis morrer. Quase consegui com Magowan. Quase. Não vê? Nada importa. Nada faz diferença. Nunca fez. Sou uma prostituta e era isso que eu tinha de ser.

– Isso é mentira!

– Não, não é. Não é.

Ele chegou mais perto dela, mas ela recuou e se encolheu ainda mais, virando-se para o outro lado.

– Amanda, vamos superar isso – ele disse. – Vamos sim. Faço um pacto com você.

– Não, não vamos conseguir nada. Só me leve de volta.

Ele balançou negativamente a cabeça e ela implorou.

– *Por favor*. Eu não pertenço a este lugar aqui com você. Encontre outra.

– Melhor do que você, quer dizer?

O rosto dela estava branco como a morte, exibia um sofrimento imenso.

– É.

Michael estendeu o braço para pôr a mão em seu ombro, mas Angel se afastou. Agora ele sabia por que e estava amargurado por ela achar que era tão impura que ele não devia nem encostar nela.

– Acha que sou santo? – ele disse, com a voz embargada.

Minutos antes Michael tinha negado o amor e até Deus, tinha inclusive desejado matar a própria esposa. Qual era a diferença entre o assassinato concreto e o realizado em pensamento? Sua natureza carnal alimentava ideias de vingança, ele até desejara isso.

Michael ficou de joelhos e segurou-lhe os ombros.

– Eu devia ter corrido a pé até Pair-a-Dice – disse, emocionado. – Não devia ter esperado Paul voltar para casa com o rabo entre as pernas.

Ela levantou a cabeça e olhou bem nos olhos dele, querendo acabar com aquilo logo, de uma vez por todas.

– Fiz sexo com ele só para pagar a viagem.

A dor daquelas palavras o atingiu em cheio, mas ele não desistiu dela. Segurou o queixo de Angel e levantou seu rosto.

– Olhe para mim, Amanda. Jamais vou levá-la de volta. Nunca. Fomos feitos um para o outro.

– Você é um tolo, Michael Hosea. Tolo e cego.

Angel tremeu violentamente.

Michael se levantou para pegar um cobertor seco. Quando voltou, ela olhava para ele com os olhos cheios de medo.

– O que foi? – ele disse, franzindo a testa. – Acha que vou machucá-la?

Ela fechou os olhos com força.

– Você quer o que eu não tenho para lhe dar. Não posso amá-lo. E, mesmo se pudesse, não o amaria.

Ele se abaixou, tirou o cobertor molhado e a cobriu com o seco.

– Por que não?

– Porque passei os primeiros oito anos de minha vida vendo minha mãe sofrer por amar um homem.

Ele levantou o queixo dela.

– O homem errado – disse, com firmeza. – Eu não sou o homem errado, Amanda.

Ele se endireitou e enfiou a mão no bolso. Abaixou-se de novo diante dela, pegou sua mão por baixo do cobertor e pôs a aliança da mãe dele mais uma vez no dedo de Angel.

– Só para tornar oficial.

Michael acariciou-lhe o rosto e sorriu.

Angel abaixou a cabeça e recolheu a mão sob as dobras pesadas do cobertor de lã. Cerrou os punhos contra o peito e sentiu cada arranhão que tinha feito, mas muito pior foi o sentimento que cresceu dentro dela.

A fagulha estava virando uma chama.

Michael pegou uma toalha e secou-lhe o cabelo. Quando terminou, puxou-a para perto e a abraçou.

– Carne da minha carne – sussurrou no cabelo de Angel. – Sangue do meu sangue.

Angel fechou os olhos. O desejo que ele sentia por ela diminuiria com o tempo. Ele deixaria de amá-la da mesma forma que o pai dela deixara de amar mamãe. E se ela amasse Michael do jeito que mamãe tinha amado Alex Stafford, ele lhe partiria o coração.

Não quero chorar até dormir numa cama desarrumada e beber até morrer.

Michael sentiu que Angel tremia.

– Não posso mandá-la embora sem me cortar ao meio – ele disse. – Você já é parte de mim – e passou os lábios em sua têmpora. – Vamos recomeçar. Vamos deixar para trás o que aconteceu.

– Como? O que está feito, está feito. E está tudo dentro de mim, gravado em pedra.

– Então vamos escavar isso para enterrar de uma vez.

Ela deu uma risada seca e triste.

– Você vai ter de me enterrar.

Michael sentiu o coração mais leve.

– Está bem – ele disse. – Então vamos batizá-la.

Não só com água, mas com o Espírito, se ela deixasse. Ele beijou-lhe o cabelo. Era irônico sentir que estava tão perto dela, mais perto do que nunca. E alisou-lhe o cabelo para trás.

– Já faz tempo que aprendi que controlamos muito pouco deste mundo, Amanda. Ele não pertence a nós. Está fora de nosso alcance. Como nascer, ou ser vendida para a prostituição aos 8 anos. Nós só podemos mudar nossa forma de pensar e nosso modo de viver.

Ela deu um suspiro trêmulo.

– E já resolveu me manter aqui com você por um tempo.

– Por um tempo não. Para sempre. Espero que resolva ficar – ele passou a mão em sua pele, com ternura. – O que quer que tenham dito e feito com você, agora cabe a você tomar essa decisão. Pode resolver confiar em mim.

Ela examinou o rosto dele, confusa.

– Assim, sem mais nem menos?

– É. Assim, sem mais nem menos. Um dia de cada vez.

Angel ficou olhando para Michael um tempo, depois meneou a cabeça. A outra vida tinha sido insuportável demais, por que não experimentar aquela que Michael lhe oferecia?

Ele alisou-lhe a face com o polegar e deu-lhe um beijo na boca. Os lábios de Angel ficaram macios no contato com os dele e ela agarrou-lhe a frente da camisa. Quando ele se afastou um pouco, ela encostou o rosto em seu peito. Michael sentiu o corpo de Angel completamente relaxado contra o seu.

Ele fechou os olhos. *Meu Deus, perdoe-me. O Senhor disse "Vá ao encontro dela" e eu deixei meu orgulho ficar no caminho. Disse também que ela precisava de mim e eu não acreditei. O Senhor disse para amá-la e eu achei que seria fácil. Ajude-me. Abra meu coração e minha mente para poder amá-la como o Senhor me amou.*

O fogo crepitou baixinho e um calor cresceu dentro de Michael, ali abraçado com sua mulher. E no espaço de tempo que cabia em um suspiro trêmulo, ele deixou de pensar nela como Angel, a prostituta que ele amava e que o havia traído, e a viu como a criança sem nome e maltratada que continuava perdida.

> *A nossa carta sois vós... Escrita não com tinta, mas com o
> Espírito de Deus vivo, não em tábuas de pedra,
> mas em tábuas de carne do coração.*
> – II Coríntios 3,2-3

Perdão era uma palavra desconhecida. Graça, inconcebível. Angel queria compensar o que tinha feito e procurou fazer isso com trabalho. Mamãe nunca fora perdoada, nem mesmo depois de mil Ave-Marias e mil Pai-Nossos. Então, como Angel podia ser perdoada com uma única palavra?

Ela se esforçou para compensar o que Michael fazia por ela. Quando terminava as tarefas, ia procurá-lo e pedia mais. Quando ele arava a terra, ela ia andando atrás dele, pegava as pedras e as carregava até o muro de pedra que crescia entre as plantações. Quando ele derrubava árvores, ela cortava os galhos com uma machadinha, amarrava-os em fardos e os empilhava dentro do celeiro, onde ficavam secando para servir de lenha. Quando ele cortava as toras, ela as empilhava. E levava até uma pá para ajudá-lo a cavar os tocos.

Ele nunca pediu para ela fazer nada, por isso ela procurava coisas para fazer para ele.

À notinha, estava exausta, mas não conseguia ficar quieta. Quando não tinha nada para fazer, Angel se sentia culpada. Mas Michael não estava satisfeito, afastava-se dela cada dia mais. Ficava calado, observando-a, pensativo. Será que já estava se arrependendo de ter sido tão impulsivo trazendo-a de volta?

Certa noite, ela lutava contra o cansaço enquanto ele lia. Sua voz era profunda e sonora, e Angel flutuava, exausta, sem conseguir manter os olhos abertos. Ele fechou o livro e o botou de volta no console da lareira.

– Você está trabalhando demais.

Ela se endireitou na cadeira e olhou para a peça de roupa que estava remendando. Suas mãos tremiam.

– É que ainda não estou acostumada com esse tipo de trabalho.

– Você já tem bastante coisa para fazer, sem ter de achar que precisa dividir comigo tudo o que eu faço também. Está morta de cansaço.

– Suponho que não sou muito boa companhia.

Quando Michael botou a mão em seu ombro, Angel fez uma careta de dor.

– Está com dores pelo corpo todo por ter carregado aquelas pedras ontem e por ter tirado hoje de manhã o esterco daquela baia.

– Eu precisava dele para a horta.

– É só me dizer que eu cuido disso!

– Mas você disse que o jardim e a horta eram responsabilidade minha.

Não adiantava conversar com ela. Estava decidida a fazer penitência.

– Vou sair e dar uma volta. Vá para a cama.

Ele subiu a colina e se sentou com os braços apoiados nos joelhos.

– E agora, o que eu faço?

Nada tinha voltado a ser como antes. Eles dois andavam lado a lado, mas jamais se tocavam, jamais se falavam. Ela abriu um corte em si e lhe exibiu as entranhas naquela noite em que a trouxera para casa. Agora sangrava até a morte e não permitia que a cura viesse. Esperava agradá-lo trabalhando feito uma escrava, quando tudo o que ele queria era seu amor.

Passou a mão no cabelo e apoiou a cabeça. *E então, o que eu faço, meu Deus? O que eu faço?*

Cuide da minha ovelha.

– Como? – perguntou Michael para o céu noturno.

Ele entrou na cabana sem fazer barulho e viu que ela tinha adormecido na cadeira. Pegou-a gentilmente no colo e a pôs na cama. Ela parecia jovem e vulnerável. Até que ponto se distanciava da menina estuprada aos 8 anos? Não o bastante. Não era de admirar que nunca tivesse feito sexo como parte do amor. Como poderia? Ele tinha certeza de que não sabia nem metade do que ela sofrera. Sabia que o único que podia consertar uma alma desgarrada era Deus, e ela não queria saber dele.

Como ensinar a uma criança que sofre a confiar no Senhor, se o único pai que conheceu a odiava e queria que ela morresse? Como ensiná-la que o mundo não é feito somente de ruindades, se o padre abandonou a mãe dela? Senhor, ela foi vendida como escrava para um homem que parece o próprio Satã. Como vou convencê-la de que há gente boa no mundo, se todos que ela conheceu a usaram e depois a condenaram por isso?

Michael pegou uma mecha do cabelo louro de Angel e a esfregou entre os dedos. Não fazia amor com ela desde sua volta para casa. Ele queria. Seu corpo desejava o corpo dela. Mas então ele se lembrava da voz sem vida com que ela dissera "Duke tinha uma queda por menininhas", e seu desejo se evaporava.

O que será que ela pensou todas as vezes que estivemos juntos? Será que eu era exatamente igual a todos os outros, satisfazendo meu desejo à custa dela?

Ela sempre pareceu muito forte. E era mesmo. Forte o bastante para suportar todo aquele abuso indescritível e sobreviver. Forte o bastante para se adaptar a qualquer coisa. Forte o bastante para se isolar entre muros que achava que a protegeriam. Que escolha podia ter? E como poderia compreender o que ele estava lhe oferecendo agora?

Ela era apenas uma criança, Senhor. Por que deixou isso acontecer? Meu Deus, eu não entendo. Por quê? O Senhor não devia proteger os fracos e inocentes? Por que não a protegeu? Por que não a protegeu? Por quê?

Em que Angel era diferente de Gômer, a esposa de Oseias, vendida para o profeta pelo próprio pai? Filha da prostituição. Adúltera. Gômer foi algum dia redimida pelo amor do marido? Deus tinha redimido Israel inúmeras vezes. Cristo tinha redimido o mundo. *Mas e quanto a Gômer, Senhor? E quanto a Angel? E quanto à minha mulher?*

Cuide da minha ovelha.

O Senhor sempre diz isso, mas não sei como. Não sei o que quer dizer. Não sou um profeta, Senhor. Sou um simples fazendeiro. Não estou à altura da missão que determinou para mim. Meu amor não bastou para ela. Ela continua no fundo do poço, morrendo. Estendo-lhe a mão, mas ela não quer. Ela vai se matar tentando merecer meu amor, quando ele já é dela.

Confie em mim de todo o coração e não fique se questionando sobre o porquê das coisas.

Estou tentando, Jesus. Estou tentando.

Deprimido, Michael se sentou na beira da cama. A saia de Tessie deslizou e caiu no chão. Ele a pegou e olhou para o tecido grosso. Franziu o cenho e jogou a saia na cama. Pegou a blusa desbotada e a examinou. Esfregou-a entre os dedos. A primeira vez que fora ao quarto de Angel no segundo andar, ela usava uma roupa de cetim e renda. Agora ele a vestia com trapos. Que nem eram dela, mas de sua falecida irmã.

Amanda nunca pedira para substituir aquela roupa, e ele andava concentrado demais nos próprios pensamentos e no trabalho para dedicar algum tempo a esse problema. Ora, isso ia mudar. Não estavam tão longe assim de Sacramento, podiam muito bem viajar até lá e procurar Joseph, que teria um bom estoque de mercadorias, pensando com sua cabeça de comerciante na chegada de muitas famílias.

Michael procurou Paul e lhe pediu para cuidar dos animais enquanto Amanda e ele estivessem fora. Paul empalideceu ao ouvir o nome dela.

– Você a trouxe de volta?

– Sim. Eu a trouxe para casa.

Ele ficou calado, com as feições duras, quando Michael lembrou que ela era esposa dele. Paul aceitou cuidar das coisas na fazenda.

– Vou acertar as coisas com Joseph quando estiver em Sacramento – disse Michael.

– Obrigado, mas prefiro fazer meus acertos com ele eu mesmo.

Michael hesitou um pouco, depois concordou. Sentiu que o abismo entre os dois aumentava. Paul e seu orgulho besta, intolerável. Paul e sua culpa.

Michael carregou a carroça com sacos de batata, caixotes de cebola e de maçãs, enquanto Amanda esperava na porta do celeiro, com o xale enrolado nos ombros. Ela não fez nenhuma pergunta.

– Paul vai cuidar dos animais – disse Michael, quando puseram a lona por cima da produção.

– Eu posso fazer isso. Não precisava pedir para ele.

– Você vai comigo.

Isso certamente a pegou de surpresa. Ele sorriu.

– Faça uma fornada extra de biscoitos esta noite. Vamos empacotar algumas latas de feijão e partiremos bem cedo pela manhã.

Saíram ao amanhecer. Amanda falou muito pouco no caminho. Pararam para comer alguma coisa ao meio-dia e seguiram em frente, sem parar, até anoitecer. Então Michael armou acampamento a cem metros da estrada. Fazia frio, o céu estava limpo. Amanda juntou lenha, Michael cavou um buraco largo e botou uma telha em cima. Depois do jantar, jogou carvão em brasa com uma pá no buraco de terra. Espalhou uma camada de terra por cima, depois pontas de pinheiro e uma lona por baixo dos cobertores. Angel caiu na cama agradecida, seu corpo doía por causa do balanço constante da carroça.

Um coiote uivou e ela chegou mais para perto de Michael. Ele pôs o braço em volta dela e ela se encaixou nele como uma peça de quebra-cabeça. Ele se virou para ela e a beijou, enfiou os dedos em seu cabelo, mas pouco tempo depois se afastou, deitado de costas admirando as estrelas.

Angel chegou para o lado.

– Você não me quer mais, não é?

Ele não olhou para ela quando respondeu.

– Quero muito. Só não consigo parar de pensar como deve ter sido quando você era criança.

– Eu não devia ter lhe contado nada.

Ele olhou para ela.

– Por que não? Para eu poder continuar tendo prazer e nunca entender quanto isso custava para você?

– Não me custa nada, Michael. Não me custa mais.

– Então por que tive de insistir para que dissesse meu nome?

Ela não teve resposta para isso.

Ele rolou de frente para ela e acariciou-lhe suavemente o rosto.

– Eu quero o seu amor, Amanda. Quero que sinta o prazer que eu sinto quando toco em você. Quero lhe dar tanto prazer quanto você me dá.

– Você sempre quis demais.

– Não acho. Só que vamos precisar de tempo. Temos de nos conhecer melhor. Vamos ter de confiar um no outro.

Angel olhou para o céu, coalhado de estrelas.

– Conheci mulheres da vida que se apaixonaram. Nunca deu certo.

– Por que não?

– Porque elas ficaram obsessivas como mamãe e sofreram da mesma maneira que ela.

Angel achava que tinha sorte por não ter capacidade de amar. Uma vez pensou que estava amando, mas não passou de ilusão. Até Johnny acabou sendo só um meio de fuga.

– Você não é mais uma prostituta, Amanda. É minha esposa – Michael sorriu com tristeza e brincou com um cacho de cabelo louro. – Pode me amar quanto quiser e se sentir segura.

Amar significava perder o controle das emoções, da vontade e da vida. Isso causava certa confusão. Angel não podia se arriscar a sentir isso, nem com aquele homem.

– O que sente quando toco em você? – ele perguntou, passando o dedo no rosto dela.

Ela olhou para ele.

– O que quer que eu sinta?

– Esqueça o que eu quero. O que acontece dentro de você?

Ela sabia que ele esperaria pela resposta e que saberia se mentisse.

– Acho que não sinto nada.

Ele franziu a testa e continuou tocando-lhe o rosto. Adorava aquela pele macia e lisinha.

– Quando toco em você, meu corpo todo ganha vida. Sinto calor por dentro. Não sei descrever essa sensação maravilhosa quando fazemos amor.

Ela virou o rosto de novo. Ele precisava falar disso?

– Temos de descobrir um jeito de você gostar tanto quanto eu – ele disse, e deitou-se ao lado dela outra vez.

– Isso é tão importante assim? Por que essa preocupação se eu sinto ou não alguma coisa?

– É importante para mim. O prazer deve ser compartilhado – Michael passou um braço nas costas dela. – Venha cá. Deixe-me só abraçá-la.

Ela se virou, aninhou a cabeça no ombro dele e relaxou. Pôs o braço sobre seu peito. Era quente e sólido.

– Não sei por que se preocupa com isso – ela disse.

Ninguém nunca se preocupou com o que ela pensava ou sentia, desde que fizesse o que tinha de fazer.

– Isso me preocupa porque eu a amo.

Talvez ele não entendesse os fatos da vida. Ou então tivesse alguma ilusão.

– As mulheres não foram feitas para ter prazer com o sexo, Michael. É tudo encenação.

– Quem disse isso para você?

– Algumas pessoas.

– Homem ou mulher?

– Ambos.

– Bem, eu sei que não foi assim que Deus quis.

Ela deu uma risada debochada.

– Deus? Você é tão ingênuo... Sexo é o grande pecado original. Ele expulsou Adão e Eva do paraíso por causa do sexo.

Então ela conhecia alguma coisa da Bíblia. Provavelmente pela mãe dela. Mas sua teologia era deturpada.

– Sexo não teve nada a ver com o motivo pelo qual eles foram expulsos. O pecado de Eva foi querer ser Deus. Por isso ela quis a maçã, para ter todo o conhecimento e ser igual a Deus. Ela foi enganada. Adão foi fraco e acreditou no que ela disse, em vez de seguir o que Deus tinha dito a ele.

Angel chegou um pouco para trás e levantou a cabeça para olhar para ele. Desejava não ter puxado o assunto.

– Está certo. Você é o especialista.

Ele sorriu.

– Estudei as Escrituras antes de nos unirmos aquela primeira vez.

Ela ficou surpresa.

– A sua Bíblia disse o que tinha de fazer?

Ele deu risada.

– Saber o *que* tinha de fazer não foi o problema. Eu estava preocupado em *como* fazer. Os Cânticos de Salomão me disseram que a paixão de um homem e de uma mulher deve ser mútua – o sorriso dele se desfez, e ele pareceu confuso. – Uma bênção compartilhada.

Angel se livrou de seu abraço e olhou para as estrelas. Ficava constrangida quando ele começava a falar de Deus. O grande "estou aqui observando tudo". Mamãe dizia que Deus via tudo, mesmo quando apagávamos o lampião, mesmo quando estávamos na cama com alguém. Ela dizia que Deus sabia até o que pensávamos. O grande "espião do céu", que ouvia cada pensamento dela.

Angel estremeceu. A imensa escuridão do céu lhe dava medo. Todos os sons pareciam amplificados e ameaçadores. Na verdade não havia ninguém lá em cima, havia? Era tudo coisa da cabeça de mamãe. Tudo coisa da cabeça de Michael.

Não era?

– Você está tremendo. Está com frio?

– Não estou acostumada a dormir ao relento.

Michael a puxou para mais perto e apontou para o cinturão de Orion, para a Ursa Maior e para a constelação do Pégaso. Angel ficou escutando a ressonância profunda da voz dele. Ele não ficava aflito com a escuridão nem com os ruídos, e depois de um tempo nos braços dele, ela também não se importou mais. Ficou acordada durante muito tempo depois de Michael adormecer, vendo os desenhos que ele tinha feito no céu, nas estrelas, mas o que não ousava contemplar mesmo era Deus.

Partiram na manhã seguinte, logo depois do nascer do sol. Quando chegaram ao sopé das montanhas, viram o verde brilhante do capim por causa das chuvas de outono. Carvalhos enormes pontilhavam a paisagem. Uma carruagem subiu a colina com os cavalos a todo galope. Michael inclinou o corpo para proteger Angel quando passou voando por eles, levantando lama.

Quando chegaram à periferia de Sacramento, Angel se espantou com o que viu. Um ano antes tinha passado por um amontoado de barracas e casas de compensado com a Duquesa, Mai Ling e Lucky. Agora era uma metrópole em desenvolvimento, com sinais de permanência. As ruas estavam cheias de carroças e de gente a pé. Alguns homens pareciam prósperos com seus ternos alinhados, enquanto outros deviam ter acabado de chegar dos campos de mineração de ouro, com sacos e pás nas costas curvadas. Havia até algumas mulheres com vestidos escuros daquele tecido grosso, meio algodão, meio lã, e capas de lã. Algumas com os filhos.

Michael entrou numa avenida larga e Angel viu a fachada de um grandioso hotel, dois restaurantes, meia dúzia de bares, uma barbearia com uma fila de homens do lado de fora e uma imobiliária. No quarteirão seguinte havia uma construtora e uma loja de artigos para homens que exibia calças de brim, sobretudos pesados e chapéus de abas largas. À esquerda Angel viu uma loja com equipamento para mineiros, um teatro e um avaliador de ouro. Do outro lado, um prédio de dois andares com anúncios de fardos de feno e arame farpado, pregos e ferraduras. Mais adiante, mais lojas de suprimentos para mineiros e uma loja de sementes, ladeadas por um depósito de rodas de carroça e barris. Havia um farmacêutico que anunciava emplastros com mais de uma dúzia de homens enfileirados na calçada de madeira.

Outra carruagem passou por eles, levantando mais lama.

– Paul disse que a loja de Joseph ficava perto do rio – disse Michael, entrando em outra rua. – Fica mais fácil para ele receber a mercadoria dos barcos que sobem o rio American vindos de San Francisco.

Michael notou como os homens olhavam para Angel em todo o trajeto pela cidade. Ela era uma pedra rara numa cidade de lama. Eles paravam e ficavam olhando, alguns se lembravam de tirar o chapéu, apesar da chuva que havia começado a cair. Angel, com as costas retas e a cabeça erguida ao lado dele, nem percebia. Michael pegou o cobertor que estava atrás do banco.

– Enrole-se nisso. Vai mantê-la seca e aquecida.

Ela olhou para ele e Michael viu o desconforto na expressão dela quando lhe pôs o cobertor sobre os ombros.

Angel viu mastros de navios à frente. Michael virou numa rua paralela ao rio. A loja de Hochschild, que era vizinha de um grande bar, tinha o dobro do tamanho de seu antigo mercadinho em Pair-a-Dice. A placa sobre a porta se vangloriava de ter "Tudo sob o sol". Michael parou a carroça na frente e puxou o freio. Desceu, deu a volta e tirou Angel da boleia. Ele a carregou no colo através da lama da calçada de tábuas.

Dois jovens saíram do mercado. Pararam de conversar quando viram Angel. Os dois tiraram o chapéu e ficaram olhando abobalhados, sem notar Michael, que batia as botas para tirar a lama. Ele levantou a cabeça, sorriu e pegou o braço de Angel.

– Se os cavalheiros nos dão licença...

Os dois gaguejaram um pedido de desculpas e se afastaram da porta.

Angel avistou um aquecedor Franklin no fundo da loja e disse para Michael que ia se aquecer enquanto ele tratava de negócios. Ela viu onde Joseph estava, no alto de uma escada, pegando enlatados de uma prateleira alta e deixando-os cair para um assistente que encaixotava as latas para um cliente. Notou que os dois jovens tinham entrado na loja novamente e que Michael caminhava entre algumas mesas que exibiam ferramentas, utensílios domésticos, casacos e botas, até chegar ao balcão.

– Que tipo de merceeiro é você? Não tem nem uma batata aqui.

Joseph olhou para baixo espantado, depois deu um sorriso de orelha a orelha do alto de seu poleiro.

– Michael!

Desceu a escada com rapidez e agilidade e estendeu-lhe a mão. Pediu para o assistente acabar de atender ao pedido e levou Michael para um canto. Olhou na direção de Angel uma vez e depois olhou de novo, nitidamente surpreso. Michael se virou, olhou para ela com um sorriso e disse alguma coisa para Joseph enquanto piscava para ela.

Ela desviou o olhar e ficou o mais perto possível do aquecedor. Um dos rapazes se aproximou e parou ao seu lado. Ela o ignorou, mas sentiu que ele olhava para ela. O outro também foi para perto do aquecedor. Angel ajeitou o xale e olhou friamente para os dois, esperando que entendessem o gesto e a deixassem em paz. Eram magros, e seus casacos tinham remendos.

– Sou Percy – disse um deles.

Era imberbe como o outro, mas a pele era bem bronzeada.

214

– Acabei de voltar de Tuolumne. Desculpe ficar olhando assim, madame, mas faz um mês que não vejo uma dama – e apontou para o companheiro. – Este é meu sócio, Ferguson.

Angel olhou para Ferguson e ele corou. Ela esfregou o braço para se esquentar e desejou que os dois fossem embora. Não queria saber quem eram, de onde vinham nem o que faziam. Seu silêncio era para desencorajá-los, mas Percy interpretou como um estímulo e falou de sua casa na Pensilvânia, das duas irmãs, dos três irmãos menores e dos pais que tinha deixado lá.

– Escrevi para eles contando que a terra aqui é muito boa – disse. – Estão pensando em vir para cá e trazer a família de Ferguson junto.

Michael estava indo na direção deles, com uma expressão indecifrável. Angel teve medo que ele pensasse que ela estava tratando de negócios. Ele pôs a mão embaixo do braço dela, em um gesto de posse, mas sorriu. Percy se apresentou e ao Ferguson mais uma vez.

– Espero que não se importe de estarmos conversando com sua esposa, senhor.

– De jeito nenhum, mas eu ia oferecer trabalho para os dois, ajudando-me a descarregar a carroça.

Eles aceitaram alegremente e Angel ficou aliviada ao vê-los pelas costas. Olhou para Michael para ver qual era seu humor. Ele sorriu.

– Eram inofensivos e solitários – ele disse. – Se olhassem para você como um pedaço de carne, talvez eu sentisse vontade de arrebentar algumas cabeças. Mas não olharam, não é?

– Não – ela deu uma risada baixa, zombeteira. – Um disse que fazia muito tempo que não via uma dama.

– Ora, você é uma dama casada – ele indicou umas mesas. – Joseph tem alguns tecidos que eu quero que veja. Escolha o que mais gostar.

Michael a levou para o meio das mesas, com pilhas de equipamentos de mineiros, e parou em uma carregada de rolos de tecido.

– O suficiente para três vestidos.

E foi ajudar os rapazes a descarregar.

Pensando no que Michael poderia gostar, Angel escolheu um de lã e algodão cinza-escuro e outro marrom. Quando ele voltou, não ficou satisfeito com a escolha.

– O fato de Tess usar marrom e preto não significa que você tenha de usar também.

E jogou os rolos para outra mesa, tirando um azul-claro da base de uma pilha.

– Isso ficaria melhor em você.

– É mais caro.

– Nós podemos pagar.

E pegou outro rolo ferrugem-claro e um xadrez amarelo-claro para combinar. Depois tirou um verde-bandeira e um outro xadrez com estampa de flores. Joseph trouxe mais dois rolos de algodão florido.

– Acabei de receber estes. Há outros mais a caminho. Estou estocando tudo que posso. Os maridos estão trazendo suas esposas e filhos agora.

Ele cumprimentou com a cabeça e sorriu para Angel.

– Olá, Angel. É um prazer revê-la. Tenho uma caixa de botões, um rolo de fita branca e dois de flanela vermelha também, se quiser dar uma espiada.

– Queremos sim – disse ele. – Ela precisa de meias de lã, botas, luvas e um bom casaco.

Joseph foi pegar as coisas que ele pediu. Michael pegou um rolo de xadrez branco e azul.

– O que acha disso para as cortinas?

– Ficaria bonito – ela disse, e viu Michael separar o rolo junto com os outros.

Joseph voltou com os botões para que Angel escolhesse.

– Quanto tempo levará para trazer um fogão para nós? – perguntou Michael.

– Tenho um carregamento que deve estar chegando. Diga que tamanho vocês querem, que reservo um para vocês.

Michael lhe deu as medidas e Angel pôs a mão no braço dele.

– Michael, é grande demais – sussurrou. – Além disso, temos a lareira.

– Um fogão é mais eficiente e não gasta tanta lenha. E manterá a cabana quente durante a noite.

– Mas quanto custa?

– Não discuta com ele, Angel. Pelo preço que está pedindo pelas batatas e cenouras, ele pode pagar o fogão.

– Desde que você não aumente o preço de seus fogões do jeito que aumenta o de seus legumes – ela retrucou.

Os homens deram risada.

– Acho que é melhor deixar minha mulher negociar esses preços – disse Michael.

Ele disse que queria um jogo de pratos e Angel foi novamente para perto do aquecedor. Se pretendia gastar cada centavo que tinha, não era da conta dela.

Joseph convidou o casal para ficar para o jantar e insistiu para passarem a noite em sua casa. Era o mínimo que podia fazer depois de raspar o cofre de Michael.

– Não tem um quarto de hotel desocupado em toda a cidade, com todos esses homens descendo das montanhas para passar o inverno aqui – disse Joseph, levando os dois para o andar de cima. – Além disso, faz muito tempo que você e eu não temos uma boa conversa – disse, dando um tapa nas costas de Michael.

O apartamento no andar de cima era bem mobiliado e confortável.

– Comprei tudo por quase nada. Um camarada do leste chegou num barco lotado até o mastro de móveis *chippendale* e sofás modernos, achando que mobiliaria as mansões dos milionários. Também tinha uma tonelada de cortinado para mosquito e muitos chapéus – panamá para atender toda a população do istmo durante uma década.

Joseph os recebeu numa bela sala com vista para o rio. Um cozinheiro mexicano lhes serviu uma saborosa refeição de rosbife com batata, em elegante porcelana. O anfitrião também lhes serviu um ótimo chá importado. Até as facas, garfos e colheres eram de prata.

Joseph era quem mais falava.

– Acho que acabei de convencer minha família a deixar Nova York e vir para o oeste. Mamãe disse que só vai aceitar se eu arrumar uma esposa.

Michael sorriu para ele, do outro lado da mesa.

– Pediu para ela lhe trazer uma?

– Não precisei. Ela já tinha escolhido uma e já estavam com tudo empacotado, prontas para virem para o oeste.

Terminado o jantar, Joseph lhes serviu café. Os dois conversaram sobre política e religião. Nenhum dos dois concordava com a opinião do outro, mas a conversa continuou amigavelmente. Ela estava sonolenta. Não se importava se a Califórnia tinha se tornado um estado, ou se as companhias mineradoras estavam se apossando da terra do ouro, nem se Joseph insistia que Jesus era um profeta e não o messias que ele esperava. Não se importava se o rio estava subindo com a chuva. Nao se importava se uma pá custava trezentos dólares, e um arado novo, setenta.

– Fizemos Angel dormir – observou Joseph, pondo mais uma acha na lareira. – O segundo quarto fica logo atrás dessa porta.

Ele viu Michael pegar a mulher carinhosamente no colo e levá-la para o quarto. Rodou a xícara com o café e tomou o que restava. Vinha observando Angel desde que a vira perto do aquecedor. Ela era uma dessas raras belezas que deixavam qualquer homem sem ar, mesmo que a tivesse visto muitas vezes.

Quando Michael voltou e se sentou, Joseph sorriu.

– Nunca vou esquecer o seu olhar na primeira vez em que a viu. Pensei que tinha enlouquecido quando soube que se casara com ela.

Homens bons muitas vezes eram destruídos pela obsessão por mulheres da vida, e ele tinha ficado preocupado com Michael. Joseph nunca vira um casal mais disparatado. Um santo e uma pecadora.

– Parece que você não mudou nada.

Michael deu risada e pegou sua xícara.

– Esperava que eu mudasse?

– Esperava que ela fizesse gato e sapato de seu coração.

O sorriso de Michael mudou, indicando sofrimento.

– Ela faz – disse, e tomou o café.

– Ela está mudada – disse Joseph.

Não tinha o brilho de uma mulher apaixonada. Não havia aquela centelha nos olhos dela nem o vermelho na face. Mas tinha alguma coisa diferente nela.

– Não sei o que é exatamente. Mas ela não parece mais tão dura como lembro que era.

– Ela nunca foi dura. Era fingimento.

Joseph não discutiu, mas se lembrava bem da bela mulher da vida que caminhava pela Main Street todas as segundas, quartas e sextas. Ele saía para espiar como todos os outros, fascinado com aquela beleza pálida e perfeita. Mas era dura sim, dura feito granito. Michael a via com os olhos de um homem que a amava muito mais profundamente do que uma mulher como ela merecia. Mas talvez fosse esse tipo de amor que a fizera mudar. Deus sabia que Angel nunca havia encontrado um homem como Michael antes. Não na profissão dela. Ele devia ser algo novo para ela. Joseph riu mentalmente.

Michael tinha sido algo novo para ele também. Era um daqueles homens raros que viviam de acordo com o que acreditavam, não de vez em quando, mas a cada minuto do dia, mesmo quando as coisas ficavam muito difíceis. Gentil como era, terno como era seu coração, não havia nenhuma fraqueza em Michael Hosea. Era o homem mais decidido que Joseph conhecia. Um homem como Noé. Um homem como o rei-pastor Davi. Um homem com a fibra do coração de Deus.

Joseph orou para Angel não arrancar o coração de Michael, deixando-o destruído para o resto da raça humana.

> *E assim tudo que quereis que vos façam os homens, fazei-o também vós a eles.*
> – Jesus, Mateus 7,12

Com a carroça carregada de compras, Michael e Angel partiram para casa na manhã seguinte. Ele fez uma parada na loja de sementes e comprou o que precisava semear na primavera. Ao passar pelo centro da cidade, parou mais uma vez, num prédio pequeno. Desceu da carroça e tirou Angel no colo. Ela só percebeu que ele pretendia entrar numa igreja quando já estavam quase na porta e ela ouviu a cantoria. Soltou a mão dele e balançou a cabeça.

– Vá você. Eu espero aqui fora.

Michael sorriu.

– Experimente. Por mim.

E pegou a mão dela outra vez. Quando entraram, o coração dela batia tão rápido que achou que estava sufocando. Algumas pessoas levantaram a cabeça e ficaram olhando para ela. Angel sentiu o calor subindo para o rosto à medida que mais pessoas notavam a entrada atrasada dos dois. Michael encontrou um lugar para se sentarem.

Angel cerrou os punhos no colo e ficou de cabeça baixa. O que estava fazendo numa igreja? Uma mulher na mesma fila inclinou-se para olhar para ela. Angel olhava fixamente para frente. Uma outra na fila da frente olhou para trás. O lugar parecia cheio de mulheres, simples e trabalhadoras como aquelas que deram as costas para mamãe. Dariam as costas para ela também, se soubessem quem ela era.

Uma senhora de cabelo preto e touca de pano marrom-claro olhava insistentemente para ela. Angel ficou com a boca seca. Será que já sabiam? Será que tinha uma marca na testa?

O pastor olhava diretamente para ela, falava sobre pecado e danação. Ela começou a transpirar e a sentir frio. Ficou nauseada.

Todos se levantaram e começaram a cantar. Nunca tinha ouvido Michael cantar antes. Ele tinha uma bela voz, profunda, melodiosa, e sabia a letra sem precisar do hinário que o homem ao lado lhe oferecera. Aquele era o lugar dele. Acreditava em tudo aquilo. Em cada palavra. Ela se virou para frente de novo e olhou bem para os olhos escuros do pregador. *Ele sabe, como o padre de mamãe sabia.*

Ela precisava sair dali! Quando todos se sentassem novamente, aquele pastor provavelmente apontaria direto para ela e perguntaria o que estava fazendo em sua igreja. Em pânico, passou por todos que estavam na fila.

– Com licença, por favor – disse, histérica, para sair dali.

Agora todos olhavam para ela. Um homem sorriu quando ela saiu correndo pela porta dos fundos. Não conseguia respirar. Encostou-se na carroça e procurou combater a ânsia de vômito.

– Você está bem? – perguntou Michael.

Não esperava que ele a seguisse.

– Estou – mentiu.

– Não quer se sentar ao meu lado?

Ela se virou e olhou para ele.

– Não.

– Não precisa tomar parte do culto.

– A única maneira de me levar lá para dentro de novo é me arrastando.

Michael viu a expressão tensa. Ela cruzou os braços e olhou furiosa para ele.

– Amanda, não frequento a igreja há meses. Preciso da congregação.

– Eu não disse que você tinha de sair.

– Você está bem?

– Estou – ela disse, e pôs a mão no banco da carroça. Michael a levantou. Ela se sentiu mais firme com a ajuda dele. Sentiu ter sido muito brusca e quis se explicar, mas, quando se virou, ele já desaparecia dentro da igreja. Ficou desolada.

Começaram a cantar de novo, bem alto. Ouvia-se claramente lá fora.

– Avante soldados cristãos, marchando para a guerra...

Era uma guerra. Uma guerra contra Deus, contra Michael e contra o mundo inteiro. Às vezes ela desejava não ter mais de lutar. Desejou estar de volta ao vale. Desejou que fosse como era no princípio, só ela e Michael. Desejou que Paul tivesse ficado nas montanhas. Assim talvez as coisas funcionassem.

Mas não por muito tempo. Mais cedo ou mais tarde o mundo atacaria.

Você não pertence a esse mundo, Angel. E nunca pertencerá.

Quando o culto finalmente terminou, outras pessoas saíram antes de Michael. Todas olharam direto para ela, sentada no banco da carroça, esperando por ele. Algumas mulheres pararam para conversar, um pequeno grupo. Será que falavam dela? Angel olhava para a porta, procurando Michael. Quando ele apareceu, estava com o ministro. Eles conversaram alguns minutos e depois apertaram as mãos. Michael desceu os degraus da entrada e o homem de terno preto olhou para ela.

Seu coração disparou outra vez. Sentiu o suor despontando na pele quando Michael se aproximou. Ele subiu, pegou as rédeas e partiu sem dizer uma palavra.

– Nem parecia uma igreja de verdade – ela disse, quando desciam a ladeira para a estrada do rio. – Não tinha padre.

– O Senhor não é limitado pela denominação.

– Minha mãe era católica. Eu não disse que eu era.

– Então por que tem tanto medo de entrar numa igreja?

– Não estava com medo. Fiquei enjoada. Todos aqueles hipócritas.

– Você ficou apavorada – ele pegou a mão dela. – Ainda está suando na palma da mão.

Angel tentou tirar a mão, mas ele a apertou mais.

– Se está convencida de que Deus não existe, do que tem medo?

– Não quero nada com um grande olho no céu que só está esperando uma chance para me esmagar feito um inseto!

– Deus não condena. Ele perdoa.

Ela puxou a mão e dessa vez conseguiu.

– Como perdoou minha mãe?

Ele olhou para ela com aquela segurança irritante.

– Talvez ela nunca tenha se perdoado.

Suas palavras foram como um soco. Angel olhou para frente. De que adiantava aquilo no caso de Michael? Ele não entendia nada. Era como se o pobre tolo nunca tivesse vivido neste mundo.

Ele resolveu insistir.

– Acha que isso pode ter sido parte da história?

– Não importa em que minha mãe acreditava, e o que quer que fosse, não significa que eu pertenço a alguma igreja, assim como ela nunca pertenceu.

– Se Raab, Ruth, Betsabé e Maria pertenceram, acho que deve ter um lugar para você.

– Não conheço nenhuma dessas mulheres.

– Raab era uma prostituta. Ruth dormia aos pés de um homem com quem não era casada, num terraço público. Betsabé era uma adúltera. Quando descobriu que estava grávida, seu amante planejou a morte do marido dela. E Maria engravidou de alguém que não era o homem a quem estava prometida em casamento.

Angel ficou espantada.

– Não sabia que tinha o hábito de andar com mulheres da vida.

Michael deu risada.

– Elas são citadas na linhagem de Cristo. No início do Evangelho de Mateus.

– Ah! – ela disse, sem graça, olhando para ele irritada. – Você pensa que pode me encurralar, não é? Bem, então me diga uma coisa. Se todo esse lixo é verdade, por que o padre não falava com a minha mãe? Parece que ela combina direitinho com essas companhias ilustres.

– Eu não sei, Amanda. Padres são apenas homens. Eles não são Deus. Têm preconceitos e defeitos, como qualquer pessoa.

Michael bateu as rédeas no lombo dos cavalos.

– Sinto muito pela sua mãe, mas eu me preocupo com você.

– Por quê? Tem medo de que, se não salvar minha alma, eu vá para o inferno?

– Acho que já teve uma boa prova dele – disse Michael, batendo as rédeas de novo. – Não tenho planos de ficar pregando para você, mas também não pretendo desistir do que acredito. Não pelo seu conforto. Por nada.

Ela apertou o apoio do banco.

– Não pedi para você fazer isso.

– Não com tantas palavras, mas o homem fica sob pressão quando sua mulher está sentada numa carroça lá fora.

– E quando um homem arrasta a mulher para a igreja?

Ele se virou para ela.

– Acho que tem razão. Sinto muito.

Ela se virou para frente e mordeu o lábio. Com um suspiro triste, disse:

– Não pude ficar lá dentro, Michael. Simplesmente não consegui.

– Talvez não dessa vez.

– Nunca.

– Por que não?

– Por que eu teria de me sentar com as mesmas crianças que me chamaram de nomes feios? São todas iguais. Não importa se nas docas de Nova York ou numa encosta lamacenta da Califórnia – e deu uma risada vazia. – Havia um menino cujo pai visitava mamãe no barraco. Ele ia sempre lá. O filho chamava a mim e a mamãe de nomes, nomes obscenos. Então eu contei para ele onde o pai dele ia toda quarta-feira à tarde. É claro que ele não acreditou, e mamãe disse que eu tinha feito uma coisa terrível, cruel, com ele. Eu não entendia como a verdade podia piorar as coisas, mas alguns dias depois, acho que movido pela curiosidade, o menino seguiu o pai e descobriu por ele mesmo que era verdade. E eu pensei: Pronto, agora ele sabe e vai nos deixar em paz. Mas não. Ele passou a me odiar depois disso. Ele e seus amiguinhos do bem ficavam esperando no fim da rua e, quando eu ia ao mercado comprar alguma coisa para mamãe, jogavam lixo em mim. E todo domingo de manhã eu os via na missa, muito limpos e bem-vestidos, sentados ao lado de seus papais e mamães – ela olhou para Michael. – O padre falava com eles. Não, Michael. Não quero entrar numa igreja. Nunca mais.

Michael segurou a mão dela, entrelaçando os dedos.

– Deus não tem nada a ver com isso.

Os olhos dela ficaram quentes, como se estivessem cheios de areia.

– Mas ele também não impediu, não é? Onde está a misericórdia sobre a qual está sempre lendo? Nunca vi ninguém oferecer essa misericórdia para minha mãe.

Depois disso Michael ficou muito tempo calado.

– Alguém já disse alguma coisa gentil para você alguma vez?

Ela deu um sorriso irônico.

– Muitos homens disseram que eu era bonita. Diziam que só estavam esperando que eu crescesse.

Ela levantou o queixo e se virou para o outro lado.

Michael sentiu que a mão dela estava fria. Apesar de toda a postura de desafio, ele sentia a dor dela.

– O que você vê quando se olha no espelho, Amanda?

Ela não respondeu logo e, quando respondeu, falou tão baixo que ele quase não ouviu.

– Minha mãe.

Pararam à beira de um riacho. Enquanto Michael tirava os arreios dos cavalos e enfaixava-lhes as patas, Angel estendeu o cobertor e abriu o cesto. O cozinheiro de Joseph havia lhes dado pão, queijo, uma garrafa de cidra e frutas secas. Quando Michael acabou de comer, se levantou e apoiou a mão num galho de árvore. Parecia que não tinha pressa de atrelar os cavalos e voltar para a estrada.

Angel ficou observando-o. A camisa de lã azul ficava esticada nos ombros e sua cintura era estreita e dura. Ela se lembrou do fascínio de Torie por ele e começou a entender. Ela gostava de olhar para ele. Era forte e belo, sem representar ameaça. Quando ele se virou para trás e olhou para ela, Angel desviou o olhar e fingiu se ocupar de guardar as coisas no cesto.

Michael enfiou as mãos nos bolsos e se recostou no tronco largo.

– Também fui xingado muitas vezes no meu tempo, Amanda. A maior parte dos xingamentos instigada pelo meu pai.

Ela olhou para ele de novo.

– Pelo *seu* pai?

Michael se virou para o rio.

– Minha família tinha a maior fazenda do município. A terra tinha sido do meu avô. Tínhamos escravos. Eu não pensava muito na escravidão quando era menino. As coisas eram assim naquele tempo. Minha mãe me disse que os escravos eram a nossa gente e que tínhamos de cuidar deles, mas, quando eu tinha 10 anos, tivemos um ano muito ruim e meu pai vendeu alguns trabalhadores. Quando os levaram embora, uma de nossas escravas domésticas desapareceu. Não sei nem dizer o nome dela. Meu pai foi procurá-la. Quando voltou, tinha dois corpos presos sobre um cavalo, o dela e o de um dos trabalhadores que ele tinha vendido. Ele jogou os corpos na frente da casa dos escravos e os pendurou, para que os vissem toda vez que saíssem para o campo. Era uma visão grotesca. Ele tinha soltado os cães para persegui-los.

Ele encostou a cabeça na casca do tronco do imenso carvalho.

– Perguntei por que ele tinha feito aquilo, e ele me disse que era para servir de exemplo para os outros.

Angel nunca havia visto Michael tão abatido, e uma nova emoção ganhou vida dentro dela. Quis ir para perto dele e abraçá-lo.

– A sua mãe pensava como ele?

– Minha mãe chorou, mas nunca disse uma palavra contra meu pai. Eu disse para ele que a primeira coisa que eu faria quando ele morresse seria libertar nossos escravos. Foi a primeira surra que me deu. Disse que, se eu gostava tanto assim deles, podia viver com eles um tempo.

– E você foi?

– Por um mês. Então ele me mandou de volta para casa. A essa altura minha vida tinha mudado muito. O velho Ezra me aproximou de Deus. Até então Deus era só um ritual que minha mãe fazia na sala, todo domingo de manhã. Ezra me mostrou como é o verdadeiro Deus. Meu pai o teria vendido se não fosse tão velho. Em vez disso, o libertou. Foi pior para ele. O velho não tinha para onde ir, então foi morar no pântano. Eu costumava ir lá visitá-lo sempre que podia e levava o que conseguia juntar.

– E o seu pai?

– Fez outras tentativas para mudar meu modo de pensar – Michael deu um sorriso triste. – Queria que eu conhecesse os privilégios da posse – e olhou para ela. – Uma escrava jovem e bela que era minha, para usá-la como eu bem entendesse. Eu disse para ela ir embora, mas ela não foi. Meu pai tinha dado ordem para ela ficar. Por isso, fui embora.

Ele riu baixinho e balançou a cabeça.

– Essa não é toda a verdade. A verdade é que eu fugi. Tinha 15 anos e ela era uma tentação maior do que eu podia controlar.

Michael se abaixou na frente de Angel.

– Amanda, meu pai não era um homem perverso. Não quero que pense isso dele. Ele amava a terra e cuidava de seu pessoal. Tirando aquela vez, ele sempre foi decente com seus escravos. Ele amava minha mãe, meus irmãos e irmãs. E me amava também. Só que queria que tudo fosse do jeito dele. E desde o início eu tinha alguma coisa de diferente... Não me encaixava no molde. Sabia que um dia teria de me afastar dos meus, mas muito tempo se passou até eu criar coragem para deixar todos que amava, especialmente porque nem sabia para onde eu ia.

Ela olhou para ele.

– Pensa em voltar algum dia?

– Não – não havia dúvida nenhuma em sua expressão.

– Você deve ter odiado seu pai.

Ele olhou muito sério para ela.

– Não. Eu o amava e agradeço por ele ter sido meu pai.

– Agradece? Ele tratou você como um escravo, tirou sua herança, sua família, tudo. E o *agradece*?

– Sem tudo aquilo, talvez eu nunca chegasse a conhecer o Senhor, e no fim meu pai teve mais motivo para me odiar – disse Michael. – Quando eu vim embora, Paul e Tess vieram comigo. Tessie era especial para ele. Muito especial. E ela acabou morrendo.

Angel viu lágrimas em seus olhos, que ele não tentou esconder.

– Ela teria gostado de você – ele disse, acariciando o rosto dela. – Ela via as pessoas por dentro.

Sem pensar, Angel pôs a mão em cima da dele, movida pela tristeza que ele sentia. O sorriso que ele deu espremeu o coração dela.

– Ah, minha amada! – exclamou. – Seus muros estão ruindo.

Ela tirou a mão.

– Josué soprando sua trombeta.

Ele deu risada.

– Eu a amo, a amo muito.

E a abraçou, deitando-se e rolando com ela na grama. Beijou-a suavemente primeiro, depois com mais paixão. Ela sentiu uma agitação por dentro, um movimento quente no ventre e, no entanto, não se sentiu ameaçada nem usada. Ele chegou um pouco para trás e ela viu seu olhar. Oh!

– Às vezes esqueço o que estou esperando – ele disse, com a voz rouca de desejo.

Michael se levantou e a puxou junto com ele.

– Vamos. Vou atrelar os cavalos.

Confusa, Angel dobrou o cobertor e botou o cesto embaixo do banco. Apoiou os braços na lateral da carroça e ficou observando Michael trazer os cavalos de volta. Havia poder em seus movimentos. Quando estava atrelando os animais, viu a força de seus ombros e mãos. Ele endireitou o corpo e se virou para ela. Levantou-a até o banco e subiu ao seu lado. Quando pegou as rédeas, sorriu para Angel e, sem a menor hesitação, ela se surpreendeu sorrindo para ele também.

Começou a chover no meio da viagem. Michael parou para levantar a lona e Angel se enrolou no cobertor. Quando ele se sentou outra vez, pôs um segundo cobertor sobre os dois. Ela se sentiu confortável e aconchegada ao seu lado.

Dez quilômetros adiante, encontraram uma carroça coberta, quebrada no meio da estrada. Um homem e uma mulher muito magros tentavam levantá-la para fixar-lhe a roda consertada. Ali perto, sob o abrigo de um grande carvalho, uma menina de cabelo preto abraçava quatro crianças pequenas em volta dela.

Michael guiou a parelha para fora da estrada.

– Pegue aquelas crianças e ponha todas sentadas na parte de trás da carroça – disse para Angel, quando desceu.

A menina mais velha parecia poucos anos mais nova do que ela. O cabelo preto estava grudado no rosto pálido, dominado por grandes olhos castanhos. Quando sorria, ficava bonita.

– Vocês todos ficarão mais secos se se sentarem na traseira da carroça – disse Angel. – Temos outro cobertor.

– Obrigada, senhora – disse a menina, que imediatamente aceitou o convite e apressou as crianças para o abrigo da carroça.

Cheia de medo, Angel subiu na carroça com eles. Deu o cobertor para a menina, que o botou nos ombros, puxando as quatro crianças menores para bem perto, como uma galinha com os pintinhos.

Ela sorriu para Angel.

– Somos os Altman. Eu sou Miriam. Este é Jacob – e olhou para o menino mais alto, que tinha olhos e cabelos iguais aos dela. – Ele tem 10 anos. E Andrew...

– Eu tenho 8 anos! – disse o menino, muito sério.

Miriam sorriu de novo.

– Esta é Leah – disse, aconchegando mais a menina maior – e esta é Ruth – e beijou a menor.

Angel olhou para o grupo molhado e com frio amontoado embaixo de um único cobertor.

– Hosea – disse timidamente. – Eu sou... a sra. Hosea.

– Graças a Deus vocês chegaram – disse Miriam. – Papai estava tendo problemas com aquela roda, e mamãe está exausta.

Ela tirou o cobertor das costas e o ajeitou em volta das quatro crianças.

– Sra. Hosea, faria o favor de tomar conta das crianças? Mamãe ficou doente nos últimos seiscentos quilômetros da viagem e não pode ficar na chuva.

Miriam saltou da carroça antes que Angel pudesse protestar. Ela olhou para as crianças outra vez e viu que todas olhavam para ela de olhos arregalados e curiosos. Minutos depois Miriam voltou com a mãe. Era uma mulher abatida, de cabelo preto, ombros curvados e olheiras. As crianças a rodearam, num gesto protetor.

– Mamãe – disse Miriam, abraçada com a mãe –, esta é a sra. Hosea. Esta é minha mãe.

A mulher deu um sorriso simpático e meneou a cabeça.

– Elizabeth – disse ela, sorrindo. – Deus a abençoe, sra. Hosea – e ficou com os olhos cheios de lágrimas, mas não deixou que caíssem. – Não sei o que teríamos feito se você e seu marido não tivessem aparecido – abraçou os quatro filhos, e Miriam deu uma espiada lá fora para ver se os homens precisavam de ajuda.

– Vai ficar tudo bem. O papai e o sr. Hosea estão consertando a carroça. Vamos seguir viagem em breve.

– Temos de ir para o Oregon? – choramingou Leah.

Uma expressão de dor marcou as feições da mulher.

– Não vamos pensar nisso agora, querida. Vamos viver um dia de cada vez.

Angel remexeu no cesto.

– Estão com fome? Temos pão e um pouco de queijo.

– Queijo! – exclamou Leah com o rostinho iluminado, esquecida da longa viagem para o Oregon. – Ah, sim, por favor.

Então as lágrimas transbordaram e Elizabeth chorou. Miriam a acariciou e murmurou alguma coisa para a mãe. Mortificada, Angel não sabia o que dizer ou o que fazer. Sem olhar para a mulher que chorava, cortou fatias de queijo para as crianças menores. Elizabeth tossiu e parou de chorar.

– Sinto muito – disse baixinho. – Não sei o que há de errado comigo.

– Você está esgotada – disse Miriam. – É a febre – falou para Angel. – Desde que começou, ela ficou sem forças.

Angel lhe ofereceu uma fatia de queijo e o pão, e Elizabeth tocou-lhe a mão carinhosamente antes de aceitar. A pequena Ruth se levantou do colo da mãe e ficou de pé na frente de Angel, que levou um susto e ficou ressabiada, mas depois se surpreendeu com a menina tocando na trança loura que tinha caído para frente e chegava até a cintura.

– Anjo, mamãe?

Angel sentiu um calor subir pelo rosto.

Elizabeth sorriu em meio às lágrimas. Seu riso suave foi de prazer.

– Sim, meu amor. Um anjo misericordioso.

Angel não conseguiu olhar para elas. O que Elizabeth Altman diria se soubesse a verdade? Levantou-se e foi para o fundo da carroça para espiar lá fora. Michael tinha erguido a carroça dos Altman e o homem estava prendendo a roda. Queria descer, mas a chuva estava torrencial e Michael a mandaria de volta. Sentiu tensos todos os músculos do corpo. Olhou para Elizabeth, rodeada pelos filhos amorosos.

Miriam segurou sua mão e Angel levou um susto.

– Vão consertar logo – disse.

E piscou surpresa e constrangida quando Angel puxou a mão apressadamente.

228

O sr. Altman apareceu na traseira da carroça, com a chuva cascateando do chapéu.

– Está tudo bem, John? – perguntou Elizabeth.

– Vai funcionar um tempo – e tocou na aba do chapéu, cumprimentando Angel enquanto Elizabeth os apresentava. – Somos muito gratos à senhora e ao seu marido. Eu estava quase desistindo quando seu marido apareceu – ele olhou para a esposa de novo. – O sr. Hosea nos convidou para passar o inverno na casa dele. Eu aceitei. Seguiremos para o Oregon na primavera.

– Ah! – suspirou Elizabeth, nitidamente aliviada.

Angel ficou boquiaberta. Passar o inverno na casa de Michael? Nove pessoas numa cabana de vinte metros quadrados? Elizabeth encostou-se nela e Angel pulou. Atordoada, sentou-se enquanto a mulher agradecia, antes de John tirá-la da carroça. As crianças seguiram os pais, depois Miriam, que tocou no ombro de Angel quando passou por ela, dando-lhe um sorriso carinhoso e animado. Angel cerrou os dentes e ficou encolhida embaixo do cobertor, no fundo da carroça, imaginando o que Michael faria com toda aquela gente. Ele subiu no banco, encharcado até os ossos, e ela lhe entregou o outro cobertor ao reiniciarem a viagem.

– Vamos ceder a cabana para eles – disse.

– A cabana? E onde vamos dormir?

– No celeiro. Ficaremos confortáveis e aquecidos.

– Por que *eles* não dormem no celeiro? Foi *você* quem construiu a cabana.

Ela não estava gostando da ideia de dormir em qualquer lugar que não fosse naquela cama boa e aconchegante, com o fogo bem perto.

– Eles não dormem em uma casa há mais de nove meses. E aquela mulher está doente – ele apontou para frente com a cabeça. – Eu andei pensando. Tenho uma boa faixa de terra na divisa com a propriedade do Paul. Talvez possa convencer os Altman a ficar. Seria muito bom ter outra família no vale – e virou-se para ela, sorrindo. – Você bem que precisa de amigas por perto.

Amigas?

– O que acha que tenho em comum com elas?

– Por que não esperamos para descobrir?

Eles acamparam ao lado de uma rocha de granito que os abrigou da chuva. Michael e John enfaixaram as patas dos cavalos e levantaram uma barraca, enquanto Angel, Elizabeth e Miriam montavam acampamento. As crianças juntaram lenha suficiente para durar a noite toda e levaram um pouco para Miriam, que estava reunida com as outras na barraca. Ela abriu uma pequena aba no teto.

– Aprendi isso com os índios – disse com um largo sorriso, enquanto acendia o fogo numa bacia dentro da barraca.

Surpreendentemente a fumaça subiu e saiu pelo buraco.

Elizabeth parecia tão fraca que Angel insistiu para ela se deitar. Michael levou alguns suprimentos para dentro da barraca e ela preparou uma refeição. Ainda acordada, a senhora não falava nada, só observava Angel, que, aflita com isso, olhava para ela de vez em quando, imaginando o que estaria pensando.

– Estou me sentindo tão inútil – disse Elizabeth com um tremor na voz.

Miriam se abaixou e acariciou suavemente o rosto da mãe.

– Bobagem, mamãe. Nós damos conta. Trate de descansar – e deu um sorriso malicioso. – Quando você melhorar, deixaremos que faça tudo sozinha de novo. – A mãe sorriu com a provocação carinhosa. – Vou pegar lenha mais pesada – disse Miriam, e saiu.

Voltou com um nó bem grande, que juntou aos gravetos.

– A chuva está diminuindo.

Elizabeth se levantou com dificuldade.

– Onde estão os meninos?

– Papai está com eles. Leah e Ruth não vão sair daqui. Não precisa se preocupar. Agora deite-se de novo, mamãe – e olhou para Angel. – Ela sempre fica preocupada com os índios – sussurrou. – Um menininho se afastou das carroças faltando duzentos quilômetros para chegar a Fort Laramie. Ele desapareceu. Desde então mamãe fica apavorada de pensar que um de nós possa ser raptado – e olhou para a mãe descansando no catre. – Ela vai melhorar, agora que pode descansar.

Miriam esquentou as mãos perto do fogo e sorriu para Angel.

– Não sei o que está cozinhando aí, mas tem um cheiro ótimo.

Angel continuou mexendo e não disse nada.

– Há quanto tempo está na Califórnia?

– Um ano.

– Ah, então só se casou com Michael depois de chegar aqui. Ele disse que chegou em 48. Você veio por terra?

– Não. De navio.

– A sua família está no vale que Michael descreveu para o meu pai?

Angel sabia que as perguntas viriam e que inventar mentiras só pioraria as coisas para ela. Por que não acabar logo com aquilo, para a menina deixá-la em paz? Quem sabe, se todos soubessem a verdade, talvez fossem passar o inverno em outro lugar. Certamente aquela mulher não ia querer dormir na mesma cama em que tinha dormido uma prostituta.

– Vim sozinha para a Califórnia. Conheci Michael em um bordel, em Pair-a-Dice.

Miriam deu risada e, quando viu que Angel falava sério, parou de rir.

– Você está falando sério, não é?

– Estou.

Elizabeth olhava para ela com uma expressão indefinível. Angel olhou para baixo e continuou mexendo a colher na panela.

Miriam ficou um bom tempo calada e Elizabeth fechou os olhos novamente.

– Você não precisava dizer nada – Miriam disse. – Por que respondeu?

– Para não terem nenhuma surpresa chocante mais adiante – disse Angel com amargura e com a garganta apertada.

– Não – disse Miriam. – Eu estava xeretando de novo, foi por isso. Mamãe diz que esse é um de meus defeitos, eu sempre quero saber da vida dos outros. Desculpe-me.

Angel continuou mexendo, perturbada com o pedido de desculpas da menina.

– Gostaria de ser sua amiga – disse Miriam.

Angel levantou a cabeça, surpresa.

– Por que ia querer ser minha amiga?

Miriam também se surpreendeu.

– Porque gosto de você.

Espantada, Angel ficou olhando para ela. Depois olhou para Elizabeth. A mulher observava as duas, com um sorriso cansado. Angel ficou ruborizada, virou-se para a menina e disse baixinho:

– Você não sabe nada de mim, só o que contei.

Ela desejava agora não ter dito nada.

– Eu sei que você é sincera – disse Miriam, com um sorriso triste. – Brutalmente sincera – acrescentou, mais séria.

Miriam ficou pensativa, olhando para Angel.

Os meninos chegaram e com eles uma lufada de vento gelado. As meninas acordaram e Ruth começou a chorar. Elizabeth se sentou e abraçou a filha, pedindo para os meninos pararem de falar e de se agitar. John entrou na barraca e os fez calar com uma única palavra. Angel viu Michael logo atrás dele. Quando ele sorriu, o alívio que ela sentiu foi físico. E então ficou preocupada com o que ele diria quando soubesse que ela havia contado a verdade.

Os homens tiraram o casaco molhado e se amontoaram diante do fogo enquanto Angel servia o feijão nos potes e Miriam os distribuía. Quando todos estavam servidos, John abaixou a cabeça e a família dele fez o mesmo.

– Senhor, obrigado por mais este dia e por ter enviado Michael e Amanda Hosea até nós. Cuide dos entes queridos que perdemos, David e mamãe. Por favor, renove as forças de Elizabeth. Mantenha-nos bem e fortes para a jornada que temos pela frente. Amém.

John fez perguntas sobre a terra, as plantações e o mercado da Califórnia. Jacob e Andrew pediram mais feijão e biscoitos. Angel ficou pensando quando é que Michael voltaria para a carroça. Sentiu que Miriam a observava. Não queria saber as perguntas que deviam estar se passando na cabeça da menina, agora que tinha tido tempo para pensar.

– A chuva parou, papai – disse Andrew.

– Vamos para a nossa carroça agora? – Angel perguntou em voz baixa para Michael.

– Fiquem aqui conosco – disse John. – Temos bastante espaço. Com o fogo aceso está mais quente aqui do que na carroça de vocês.

Michael aceitou e Angel ficou angustiada. Ele saiu para buscar os cobertores, ela se desculpou rapidamente e foi atrás dele.

– Michael – disse, procurando palavras para convencê-lo de que deviam dormir na carroça e não na barraca, com os Altman. Ele estendeu a mão, puxou-a para perto e deu-lhe um beijo ruidoso. Então fez Angel virar-se para a barraca e lhe disse, bem perto do ouvido:

– Mais cedo ou mais tarde você vai aprender que tem gente no mundo que não quer usá-la. Agora tome coragem, volte para lá e conheça algumas dessas pessoas.

Ela enrolou o xale bem apertado e entrou na barraca. Miriam sorriu para ela. Angel se sentou, meio encabulada, perto do fogo e não olhou para ninguém enquanto esperava Michael voltar. Os dois meninos pediram para o pai ler *Robinson Crusoé* para eles. John tirou de um saco um livro muito gasto, com capa de couro, e começou a ler, enquanto Miriam arrumava as camas. A pequena Ruth, com o polegar na boca, arrastou seu cobertor de onde estava e o botou perto de Angel.

– Quero dormir aqui.

Miriam riu.

– Bom, acho melhor pedir para o sr. Hosea, Ruthie. Ele pode querer dormir aí também.

– Ele pode dormir do outro lado – disse Ruth, reivindicando seu território.

Miriam pegou dois cobertores e deu um para Angel. Abaixou-se e cochichou.

– Está vendo? Ela também gosta de você.

Angel sentiu uma pontada no estômago e olhou para eles todos.

Michael chegou com mais cobertores.

– Vem vindo uma tempestade. Se tivermos sorte, deve se dispersar pela manhã.

Enquanto os outros dormiam, Angel ficou acordada, deitada ao lado de Michael. O vento uivava e a chuva batia forte contra a barraca. O barulho da tempestade e o cheiro de lona molhada lhe trouxeram a lembrança das primeiras semanas em Pair-a-Dice.

Onde será que estava a Duquesa? E Meggie? E Rebecca? O que tinha acontecido com elas? Procurou não pensar em Lucky, morrendo no incêndio. Lembrava-se sempre de suas palavras: "Não se esqueça de mim, Angel. Não se esqueça de mim".

Angel não podia se esquecer de nenhuma delas·

Quando a chuva parou, ficou ouvindo a respiração dos que dormiam em volta. Virou-se lentamente de lado e olhou para eles. John Altman estava deitado ao lado da frágil mulher, com um braço em cima dela, protegendo-a. Os meninos dormiam perto deles, um esparramado de costas, o outro encolhido de lado, com o cobertor cobrindo a cabeça. Miriam e Leah estavam encaixadas como colheres, e Miriam abraçava a irmã.

Angel ficou observando o rosto de Miriam. Essa menina era uma nova entidade.

Angel não conhecia muitas dessas *boas* meninas. As que moravam nas docas tinham sido proibidas pelas mães de andar com ela. Sally disse uma vez que as boas meninas eram sem-graça e que censuravam tudo, por isso é que, quando cresciam e se casavam, seus maridos frequentavam bordéis. Miriam não era sem-graça nem crítica. Tinha provocado e brincado com o pai a noite toda, enquanto cuidava da mãe doente. Dava para ver que as irmãs e os irmãos a adoravam. Só Jacob resistira quando ela lhe dissera o que fazer, mas bastou um olhar do pai para que ele obedecesse. Na hora de as crianças irem para a cama, foi Miriam quem cuidou disso, e rezou baixinho com elas enquanto os homens conversavam.

"Quero ser sua amiga."

Angel fechou os olhos. A cabeça doía. O que Miriam e ela teriam para conversar? Não tinha a menor ideia, mas parecia que teria de encarar isso. Os homens já tinham desenvolvido uma camaradagem natural. Os dois amavam a terra.

John Altman falava do Oregon como se falasse de uma mulher atraente, e Michael falava do vale da mesma forma.

– Papai – disse Miriam de bom humor –, você estava convencido de que a Califórnia era o paraíso até descermos as Sierras.

Ele balançou a cabeça.

– Aqui tem mais movimento do que em Ohio. A região toda está infestada de caçadores de fortuna.

– Todos aqueles bons meninos, de boas famílias – disse Miriam, exibindo uma covinha de um lado do rosto. – Talvez até alguns de Ohio.

– Que enlouqueceram – observou John Altman com amargura.

Miriam cutucou-lhe o ombro.

– Você também estaria peneirando ouro num riacho, papai, se não tivesse de cuidar de nós todos. Vi o brilho da ganância em seus olhos quando aquele cavalheiro falava que tinha encontrado um bom filão no American – e virou-se para Michael e Angel. – O homem agora é dono de uma grande loja de material de construção. Ele disse que chegou na Califórnia com pouco mais do que uma pá e a roupa do corpo.

– Uma chance em um milhão – disse John.

– Ah, mas pense só, papai – continuou Miriam teatralmente, com a mão no coração e os olhos escuros faiscando de malícia –, você e os meninos poderiam peneirar o leito do Long Tom, enquanto mamãe e eu cuidaríamos de um pequeno café no acampamento, para atender todos aqueles pobres, queridos, oprimidos, belos e jovens solteiros.

Michael deu risada e John deu um puxão na trança da filha.

Angel estava fascinada com os Altman. Todos se gostavam. John Altman detinha nitidamente o comando e não tolerava desrespeito nem rebelião, mas também era claro que a mulher e os filhos não eram dominados por medo dele. Até a breve rebeldia de Jacob tinha sido tratada com bom humor.

– Sempre que você não obedecer será tratado com uma disciplina rígida – disse-lhe o pai. – Eu cuido da disciplina e você da rigidez.

O menino capitulou e o sr. Altman passou a mão afetuosamente em seu cabelo.

E se eles resolvessem ficar no vale? Angel massageou as têmporas latejantes. O que tinha em comum com eles? Especialmente com uma jovem virgem de olhar inocente? Quando revelara sua antiga profissão e contara como Michael e ela se conheceram, esperava que a menina ficasse chocada e a deixasse em paz. A última coisa que imaginara foi aquela expressão de preocupação e a oferta de amizade.

Angel sentiu um movimento ao lado e abriu os olhos, apesar da dor de cabeça. Ruth se aconchegou junto dela, procurando se aquecer em seu sono. Tinha tirado o dedo da boca. Angel tocou-lhe a face, macia e rosada, e de repente viu a cara enfurecida de Duke flutuando diante de seus olhos. Sentiu o tapa no rosto de novo.

– Eu disse para você se prevenir!

Angel sentiu Duke puxá-la pelo cabelo, arrancá-la da cama e ficar cara a cara com ela.

– A primeira vez foi fácil – ele disse, cerrando os dentes. – Dessa vez vou cuidar para que você nunca mais engravide.

Quando o médico apareceu, ela esperneou e lutou, mas não adiantou. Duke e outro homem a amarraram na cama.

– Pode fazer – ele disse para o médico.

E ficou por perto para ter certeza de que o doutor cumpriria a ordem. Quando Angel começou a berrar, eles a amordaçaram. Duke ainda estava lá quando a tortura terminou. Cheia de dor e fraca pela perda de sangue, ela se recusou a olhar para ele.

– Ficará boa em poucos dias – ele disse, mas Angel sabia que jamais ficaria curada daquilo.

Ela o xingou de todos os nomes que conhecia, mas ele apenas sorriu.

– Essa é a minha Angel. Nada de lágrimas. Só ódio. Isso me aquece, meu doce. Você ainda não aprendeu? – e a beijou com brutalidade. – Voltarei quando estiver melhor.

Deu-lhe um tapinha no rosto e foi embora.

Aquela lembrança horrível torturou Angel enquanto olhava para a pequena Ruth Altman. Queria desesperadamente sair da barraca, mas tinha medo de se levantar e acordar os outros. Ficou olhando para o teto de lona e procurou pensar em outra coisa. A chuva começou de novo e com ela todos os velhos fantasmas.

– Não consegue dormir? – sussurrou Michael.

Angel fez que não com a cabeça.

– Vire-se de lado.

Ela se virou, Michael a puxou para ele e a aconchegou junto ao corpo. A menina se mexeu e se encolheu embaixo dos cobertores, encostada na barriga de Angel.

– Você arrumou uma amiga – murmurou Michael.

Angel abraçou Ruth e fechou os olhos. Ele abraçou as duas.

– Talvez tenhamos uma igual a ela um dia – ele disse.

Ela ficou olhando para o fogo, desesperada.

> *Amarás ao teu próximo como a ti mesmo.*
> – Jesus, Mateus, 19,19

Michael instalou os Altman confortavelmente na cabana e botou seu baú no ombro. Angel foi com ele até o celeiro e engoliu qualquer reclamação. Sabia que ele estava decidido. O que ele ganharia com aquele arranjo? Por que fazia aquilo para completos desconhecidos?

A chuva chegou para valer. Todos os dias, sem parar. Depois de algumas noites, Angel passou a gostar dos pios da coruja nos caibros e dos suaves ruídos dos camundongos no feno. Michael a mantinha aquecida. Às vezes acariciava o corpo dela, provocando-lhe sensações que a deixavam nervosa. Quando o desejo dele ficava muito forte, se afastava e falava de seu passado, especialmente do velho escravo de quem ainda gostava muito. Em um daqueles momentos tranquilos, sem ameaças, Angel acabou lhe contando o que Sally havia lhe ensinado.

Michael apoiou a cabeça na mão e brincou com o cabelo dela.

– Você acha que Sally tinha razão em tudo o que dizia, Amanda?

– Pelas suas regras, acho que não.

– Por quais regras você quer pautar sua vida?

Ela pensou antes de responder.

– Pelas minhas.

Fora dos limites do celeiro e longe dos braços protetores de Michael, Angel era procurada afetuosamente por Miriam. A todo momento, a menina sabotava a determinação de Angel de ficar distante. Miriam a fazia rir. Era muito jovem e cheia daquela malícia inocente. O que Angel não compreendia era por que aquela menina queria ser sua amiga. Sabia que devia desencorajá-la, mas Miriam ficou imune às suas rejeições e continuava a provocá-la e a diverti-la.

Completamente carente de vida em família quando criança, Angel não sabia o que esperavam dela quando passava as noites com Michael na cabana, com a família Altman. Ficava quieta, observando-os. Era cativada pela camaradagem respeitosa que havia entre John e Elizabeth Altman e seus cinco filhos. John era um homem empedernido que raramente sorria, mas deixava claro que adorava os filhos – e que tinha um carinho especial pela filha mais velha, apesar das constantes discussões.

Andrew tinha olhos castanhos bem escuros. Ele e o pai eram muito parecidos, tanto fisicamente como no comportamento. Jacob era sociável e dado a pregar peças. Leah era séria e tímida. A pequena Ruth era aberta e inteligente, a queridinha de toda a família. Por alguma razão que Angel não conseguia entender, a menina se apegara demais a ela. Talvez fosse o cabelo louro que atraísse seu afeto. Qualquer que fosse o motivo, sempre que Michael e ela chegavam para visitar a família, Ruthie se sentava aos pés dela.

Miriam achava graça nisso.

– Dizem que os cães e as crianças são capazes de sentir quando a pessoa tem bom coração. Não podemos negar isso, não é?

Elizabeth ficou uma semana inteira fraca, sem poder se levantar da cama, depois que eles chegaram. Angel cozinhava e cuidava das tarefas domésticas, e Miriam atendia às necessidades da mãe e dos irmãos. Michael e John arrancavam tocos no campo. Quando chegavam para jantar, John se sentava com sua mulher, segurava-lhe a mão e conversava baixinho. As crianças brincavam de pega--varetas e cama de gato.

Angel observava John e se lembrava de todas aquelas semanas em que Michael ficara cuidando dela, depois da surra de Magowan. Lembrava-se de seu carinho e de sua consideração. Ele tinha suportado os piores insultos calado, com toda paciência. Estava integrado com aquela gente. Era ela que não combinava.

Angel não conseguia evitar as comparações. Seu pai a odiava a tal ponto, antes mesmo de ela nascer, que quis que fosse descartada como lixo. A mãe era tão obcecada por ele que quase esquecera que tinha uma filha. Da vida que levara com as prostitutas, Angel acabara se acostumando com mulheres que só se preocupavam com o corpo e com o fato de estarem começando a envelhecer.

Estava habituada com aquelas mulheres que tinham como passatempo arrumar o cabelo e as roupas e que falavam sobre sexo com a mesma facilidade com que comentavam sobre o tempo.

Elizabeth e Miriam eram novidades fascinantes para ela. Elas se adoravam. Não falavam palavrões, eram limpas e arrumadas, sem se preocupar demasiadamente com a aparência, e falavam de tudo, menos de sexo. Apesar de Elizabeth estar fraca demais para trabalhar, ela organizava e conduzia as tarefas de Miriam e das crianças. A pedido dela, Andrew fez uma armadilha para apanhar peixes e a botou no riacho. Leah ia buscar água. Jacob roçava a horta. Até a pequena Ruth ajudava, pondo a mesa e colhendo flores silvestres para enfeitar. Miriam lavava, passava, remendava as roupas e tomava conta dos irmãos. Angel se sentia inútil.

Depois que Elizabeth ficou boa, ela assumiu o controle total. Desempacotou seu fogão, suas panelas e passou a cuidar da cozinha. Os Altman tinham se abastecido em Sacramento e ela preparava refeições deliciosas, com carne de porco salgada e frita, molho, feijão com melado, broa de milho e ensopado de coelho com bolinho de trigo. Quando a armadilha para peixes funcionava, fritava truta com ervas e outros temperos. Também fazia pão de milho na frigideira e uma vez assou dois patos. Fazia biscoito de polvilho para o café da manhã quase todos os dias. Como iguaria especial, fazia torta de maçãs.

Uma noite Elizabeth suspirou quando pôs a comida na mesa.

– Algum dia teremos novamente uma vaca, leite e manteiga.

– Tínhamos uma quando saímos de casa – disse Miriam para Angel –, mas os índios gostaram dela quando chegamos perto de Fort Laramie.

– Eu trocaria o relógio do papai por uma colherada de geleia de ameixa – disse Jacob.

Elizabeth riu e deu um tapa de leve no filho.

Depois do jantar, a família Altman tinha o hábito de falar de religião. Muitas vezes John pedia para Michael ler a Bíblia. As crianças eram muito vivas e sempre faziam perguntas. Se Deus criou Adão e Eva, por que deixou que eles pecassem? Deus realmente quis que eles andassem nus pelo paraíso? Mesmo no inverno? Se havia apenas Adão e Eva, com quem os filhos deles se casaram?

Com os olhos brilhando, John recostava-se na cadeira para fumar seu cachimbo e Elizabeth tentava responder às infinitas perguntas. Michael dava sua opinião e falava de sua crença. Contava histórias, em vez de lê-las.

– Você daria um ótimo pregador – disse John.

Angel quase reclamou, mas então entendeu que aquilo tinha sido um elogio.

Ela nunca participava das conversas. Nem quando Miriam perguntava o que ela achava. Dava de ombros e se esquivava de responder, ou então devolvia a pergunta para a menina. Então, uma noite, Ruth foi direto ao ponto.

– Você não acredita em Deus?

Sem saber como responder, Angel disse:

– Minha mãe era católica.

Andrew ficou boquiaberto.

– O irmão Bartolomeu disse que eles adoram ídolos.

Elizabeth ficou muito ruborizada com o comentário do filho e John tossiu. Andrew pediu desculpas.

– Não precisa – disse Angel. – Minha mãe não adorava nenhum ídolo, que eu me lembre, mas ela rezava muito.

Não que tivesse adiantado alguma coisa.

– Para que ela rezava? – perguntou a irreprimível Ruthie.

– Para a salvação.

Decidida a não tomar parte de uma discussão religiosa, Angel pegou o material que Michael comprara para fazer suas roupas novas. Persistiu um silêncio na cabana que fez a pele dela formigar.

– Para a salvação de quê? – perguntou Ruthie.

– Falamos sobre isso depois – disse Elizabeth. – Agora vocês, crianças, têm lição para fazer.

Ela se levantou e pegou os livros de estudos dos filhos. Depois de um tempo, Angel percebeu que Michael olhava para ela com carinho. Seu coração palpitou estranhamente. Desejou estar na escuridão fresca e tranquila do celeiro, sem ninguém olhando para ela, nem mesmo aquele homem que passara a ter muita importância em sua vida.

Voltou a se concentrar no pedaço de tecido que tinha no colo. Por onde começar? Sem nunca ter costurado nenhuma roupa, não sabia o que fazer. Pensava em todo o dinheiro que Michael havia gasto e ficava com medo de cortar e arruinar a peça.

– Parece que está chateada – disse Miriam, com um largo sorriso. – Não gosta de costurar?

Angel sentiu o rubor tomando conta do rosto. Sua ignorância e sua inexperiência eram uma humilhação. Claro que Elizabeth e Miriam deviam saber exatamente o que fazer. Qualquer moça *decente* era capaz de fazer uma blusa e uma saia.

De repente Miriam pareceu arrependida de ter chamado atenção para algo que não devia. E deu um sorriso ressabiado para Angel.

– Não gosto muito de costurar. Mamãe é a costureira de nossa família.

– Adoraria ajudá-la – ofereceu Elizabeth.

– Você já tem muito que fazer – disse Angel rispidamente.

Miriam se animou.

– Ah, deixe mamãe fazer isso para você, Amanda. Ela adora costurar e não tem tido muita roupa para fazer nesse último ano.

Sem esperar a resposta, Miriam pegou o tecido da mão de Angel e o entregou para a mãe.

Elizabeth deu risada e ficou muito contente.

– Você se importa, Amanda?

– Acho que não – disse Angel.

E levou um susto quando Ruthie subiu em seu colo.

Miriam sorriu de orelha a orelha.

– Ela só morde os irmãos.

Angel tocou no cabelo escuro e sedoso da menina e ficou encantada. A pequena Ruth era muito fofa, com as bochechas rosadas e grandes olhos castanhos. Ela sentiu uma pontada de tristeza no coração. Como seria seu filho? Apagou a lembrança horrível de Duke e do médico e saboreou a afeição de Ruthie. A menina tagarelava como uma gralha, e Angel só escutava e balançava a cabeça. Ela olhou para cima e encarou o olhar de Michael. *Ele quer filhos*, pensou, e aquela ideia foi como um soco na boca do estômago. E se ele soubesse que ela não podia ter filhos? Será que seu amor morreria? Não conseguiu ficar olhando nos olhos dele.

– Papai, toca um pouco de violino para nós? – pediu Miriam. – Você não toca há muito tempo.

– Papai, toque, por favor – imploraram Jacob e Leah.

– Está guardado no baú – ele disse, com um olhar sombrio.

Angel esperava que aquilo pusesse um ponto final na conversa, mas Miriam era teimosa.

– Não está não. Eu tirei de lá esta manhã.

John olhou feio para a filha, mas ela apenas sorriu, agachada ao lado dele, e pôs a mão no joelho do pai.

– Por favor, papai – disse, com uma voz muito suave. – Tudo tem seu tempo, um momento para tudo. Lembra-se? Um tempo para chorar e um tempo para rir; um tempo para lamentar e um tempo para dançar.

Elizabeth ficou imóvel, com as mãos sobre o tecido estendido na mesa de jantar. Quando John olhou para ela, os olhos dele se encheram de dor. E os dela estavam cheios de lágrimas.

– Faz muito tempo, John. Tenho certeza de que Amanda e Michael iam gostar de ouvi-lo tocar.

Miriam fez um sinal para Leah, que foi buscar o instrumento e o arco, entregando-os para o pai. Depois de muito tempo, ele pegou os dois e os botou no colo.

– Eu o afinei esta tarde, enquanto vocês estavam na plantação – Miriam admitiu.

John passou os dedos nas cordas, pegou o violino, encaixou-o no queixo e começou a tocar. Com as primeiras notas da música, os olhos de Miriam se encheram de lágrimas e ela cantou com uma voz aguda e pura. Quando terminou, ele pôs o instrumento no colo outra vez.

– Foi lindo – ele disse, muito comovido, e tocou o cabelo da filha. – Para David, não é?

– É, papai.

Elizabeth levantou a cabeça e as lágrimas escorreram-lhe pelo rosto.

– Nosso filho – disse para Angel e Michael. – Tinha só 14 anos quando... – ela perdeu a voz e se virou para o outro lado.

– Ele era tenorino – disse Miriam. – Tinha uma voz maravilhosa. Preferia canções mais animadas, mas "Amazing Grace" era o hino de que mais gostava. Era cheio de vida e aventureiro.

– Morreu perto de Scott's Bluff – Elizabeth conseguiu dizer. – O cavalo o derrubou quando perseguia um búfalo. Ele bateu a cabeça.

Ficaram todos em silêncio um tempo.

– Vovó morreu na bacia de Humboldt – Jacob disse, quebrando o silêncio.

Elizabeth se sentou lentamente.

– Éramos a única família que ela tinha e, quando resolvemos vir para o oeste, ela veio conosco. Nunca teve saúde muito boa.

– Ela nunca se arrependeu, Liza – disse John.

– Eu sei, John.

Angel ficou pensando se Elizabeth tinha se arrependido. Talvez ela jamais quisesse deixar sua casa. Talvez tudo aquilo fosse ideia do marido. Angel olhou para os dois e imaginou se John estava pensando a mesma coisa, mas, quando Elizabeth se recuperou e olhou para o marido no outro canto da sala, não havia ressenti-

241

mento em seu olhar. John pegou o violino de novo e tocou outro hino. Dessa vez Michael também cantou. Sua voz rica e profunda povoou a casa, e as crianças ficaram deslumbradas com ele.

– Ora, ora! – exclamou Elizabeth, sorrindo satisfeita. – É de fato abençoado por Deus, sr. Hosea.

Os meninos quiseram cantar canções de viagem e o pai lhes atendeu. Quando esgotaram o repertório, Michael contou a história de Ezra e dos escravos que cantavam nos campos de algodão. Cantou uma canção da qual ainda se lembrava. Era lenta e triste.

– Diminua a marcha, doce vagão, para levar-me para casa...

A voz de Michael partiu o coração de Angel.

Ela estava tensa quando eles finalmente voltaram para o celeiro. Muitas dúvidas lhe povoavam a mente. E se mamãe tivesse se casado com um homem igual a John Altman? E se ela mesma tivesse sido criada numa família como aquela? E se tivesse conhecido Michael íntegra e pura?

Mas nada havia acontecido daquele jeito, e desejar não tornava nada melhor.

– Você teria se dado muito bem no Silver Dollar Saloon – ela disse, querendo brincar e deixar o assunto mais leve. – O cantor que eles tinham não era, nem de longe, tão bom quanto você. Ele cantava essas mesmas músicas – acrescentou secamente –, mas as letras eram diferentes.

– De onde acha que a igreja tirou grande parte de suas músicas? – Michael deu uma risadinha. – Os pregadores precisam de melodias bem conhecidas para fazer com que suas congregações cantem junto – e pôs os braços atrás da cabeça. – Talvez eu pudesse converter algumas pessoas.

Ele estava provocando Angel, e ela não queria ficar mais dócil ainda com ele. Ele já fazia seu coração sofrer. Quando ela olhava para ele, era como se os nervos estivessem à flor da pele.

– As letras que eu poderia cantar para você são ofensivas, vulgares.

Angel sentiu o silêncio pensativo de Michael enquanto se despia e se deitava embaixo das cobertas. O coração batia tão depressa que achou que daria para ouvir.

– E nem tente me ensinar as suas – ela disse. – Não vou cantar loas a Deus por nada neste mundo.

Ele não virou de costas como ela esperava. Michael a segurou com seus braços fortes e a beijou até ela não conseguir mais respirar.

– É, ainda não – ele disse.

242

Atiçou a brasa que havia dentro dela com as mãos até virar uma chama, mas não abafou depois. Deu-lhe o espaço e a liberdade que ela pensava que queria e deixou aquele fogo arder.

Em poucos dias Elizabeth preparou uma blusa xadrez amarela e uma saia ferrugem para prova. Angel ficou sem jeito quando tirou a roupa, envergonhada com o estado lamentável da roupa de baixo que tinha sido de Tessie.

– Precisa de mais uma prega aqui, mamãe – disse Miriam, puxando dois centímetros da blusa.

– É, e mais folga aqui atrás, eu acho – disse Elizabeth, afofando o tecido na parte de trás da saia.

Angel estava aflita pelo fato de as duas terem tanto trabalho por causa dela. Quanto menos fizessem, menos ela deveria.

– Vou usar essas roupas para trabalhar na horta – disse.

– Não precisa parecer uma bruxa fazendo isso – disse Miriam.

– Não quero dar trabalho nem incomodá-las.

A roupa estava ótima assim mesmo, não precisava ter um caimento perfeito.

– Incomodar? – disse Elizabeth. – Bobagem. Não me divirto tanto há meses! Pode tirar a roupa agora. Cuidado com os alfinetes.

Angel tirou a saia e a blusa, pegou rapidamente as roupas usadas de Tessie e viu o olhar de pena de Elizabeth para a combinação gasta e as ceroulas puídas. Se tivesse as roupas que usava no Palácio, aquelas senhoras ficariam impressionadas. Provavelmente nunca tinham visto roupa de baixo de cetim e renda vinda da França, ou tecidos de seda da China. Duke só lhe comprava do melhor. Até a Duquesa, por mais pão-dura que fosse, nunca pensaria em vesti-la com aqueles trapos. Mas não, tinha de se exibir para elas com roupa de baixo feita de sacos de farinha usados.

Queria explicar que aquelas peças não eram dela, que tinham pertencido à irmã de Michael, mas isso só suscitaria perguntas que ela detestaria ter de responder. E pior, poderia repercutir mal para Michael. Não queria que pensassem mal dele. Não sabia por que isso importava tanto, mas o fato era que importava. Vestiu-se rapidamente, gaguejou um agradecimento e escapuliu para o jardim.

Onde estava Michael? Ela desejou que estivesse por perto. Ficava mais segura com ele, menos sozinha e desambientada. John e ele estavam no campo arrancando tocos de árvore naquela manhã, mas agora tinham sumido. Os cavalos não estavam no curral. Talvez Michael tivesse levado John para caçar.

A jovem Leah colhia pés de alface em volta dos carvalhos, e Andrew e Jacob tinham ido pescar. Angel abaixou-se para limpar a horta de ervas daninhas e procurou não pensar em nada.

– Posso brincar aqui? – perguntou a pequena Ruth, parada no portão. – Mamãe está lavando roupa e disse que eu estava sendo uma peste.

Angel deu risada.

– Pode entrar, querida.

Ruthie se sentou no caminho onde ela estava trabalhando e não parou de falar enquanto arrancava o mato que Angel apontava para ela.

– Não gosto de cenoura. Gosto de vagem.

– Então você está aí – disse Miriam, abrindo o portão. – Eu falei para mamãe que sabia onde encontrá-la – e balançou o dedo para a irmã.

Miriam se abaixou e segurou o queixo da menina.

– Sabe que não pode sair de perto dela sem dizer exatamente para onde vai.

– Estou com a Mandy.

– *Mandy?* – disse a irmã mais velha, endireitando o corpo e olhando para Angel. – Ora, *Mandy* está trabalhando.

Angel mostrou uma pequena cenoura no cesto.

– Ela está me ajudando.

Miriam mandou Ruthie voltar para perto da mãe e se ajoelhou para trabalhar ao lado de Angel.

– Combina melhor com você – comentou, desbastando os pés de feijão.

– O quê? – perguntou Angel meio ressabiada.

– Mandy – disse Miriam. – Amanda não se parece com você, não sei por quê.

– Meu nome era Angel.

– É mesmo? – disse Miriam, erguendo dramaticamente as sobrancelhas.

Ela balançou a cabeça, piscando os olhos.

– Angel também não combina.

– E "ei-você" serve?

Miriam jogou um torrão de terra em Angel.

– Acho que vou chamá-la de srta. Priss – ela disse. – A propósito – continuou, jogando o mato no balde –, eu não ficaria tão constrangida com sua roupa de baixo.

Diante da reação espantada de Angel, ela deu risada.

– Você precisa ver as minhas!

Alguns dias depois, Elizabeth deu para Angel algo dentro de uma fronha e disse para ela não abrir na frente de ninguém. Ela espiou lá dentro, curiosa, Elizabeth enrubesceu e correu de volta para a cabana. Ainda curiosa, Angel foi para o celeiro e esvaziou a fronha. Pegou as peças de roupa e viu que eram uma linda combinação e ceroulas. O corte e os bordados eram requintados.

Abraçou as peças no colo e sentiu um calor subindo pelo rosto. Por que Elizabeth tinha feito isso? Por pena? Ninguém jamais lhe dera nada sem querer algo em troca. O que Elizabeth queria? Tudo o que tinha era de Michael. Alé ela mesma pertencia a ele. Enfiou as roupas de volta na fronha e saiu. Miriam tinha ido pegar água no riacho e Angel a interceptou.

— Devolva essas coisas para a sua mãe e diga que não preciso delas.

Miriam botou os baldes no chão.

— Mamãe teve medo de que você se ofendesse.

— Não estou ofendida. Apenas não preciso disso.

— Você está zangada.

— Leve essas coisas de volta, Miriam. Não as quero.

Angel estendeu a fronha para a moça de novo.

— Mamãe fez isso especialmente para você.

— Para poder ter pena de mim? Ora, diga que agradeço muito e que ela pode usar, se quiser.

Miriam ficou irritada.

— Por que você quer tanto pensar o pior de nós? A única intenção de mamãe foi agradá-la. Ela está tentando lhe agradecer por você ter-lhe dado um teto depois de passar meses naquela carroça miserável!

— Ela não precisava me agradecer. Se quiser agradecer a alguém, diga para agradecer ao Michael. Foi ideia dele.

No mesmo instante, Angel se arrependeu daquelas palavras duras, e os olhos da menina se encheram de lágrimas.

— Bem, então imagino que ele possa usar a combinação e as ceroulas, não é?

Miriam pegou os baldes de novo. As lágrimas lhe escorriam pelo rosto.

— Você não quer gostar de nós, não é? Já resolveu isso.

Angel sentiu a mágoa estampada no rosto de Miriam.

— Por que não fica com isso para você? — perguntou, num tom mais suave.

Miriam não esmoreceu.

— Se pretende magoar minha mãe, então faça isso pessoalmente, Amanda Hosea. Não vou fazer por você. Vá você mesma dizer para ela que não quer um presente que ela lhe fez porque gosta de você como se fosse uma de suas filhas. E é isso que você é. Apenas uma criança idiota que não reconhece algo precioso quando está bem na frente do seu nariz!

Miriam ficou com a voz embargada e foi embora correndo.

Angel voltou para o celeiro.

Agarrada à combinação e às ceroulas, sentou-se de costas para a parede. Nunca imaginou que algumas frases ásperas de uma menina ingênua pudessem machucar tão profundamente. Jogou as peças longe e apertou os olhos com os punhos cerrados.

Miriam entrou sem fazer barulho e pegou a roupa do chão. Angel esperou que ela saísse, mas Miriam se sentou perto dela.

– Sinto muito por ter sido tão brusca com você – disse timidamente. – Eu falo demais.

– Você diz o que pensa.

– É, digo sim. Por favor, aceite o presente de mamãe, Amanda. Ela ficará magoada se não aceitar. Ela trabalhou dias nisso e levou uma manhã inteira para criar coragem para lhe dar. Toda jovem noiva tem de ter alguma coisa especial. Se devolver, ela vai saber que se ofendeu.

Angel dobrou os joelhos e os encostou no peito. Sentiu-se encurralada pelo pedido de Miriam.

– Eu teria passado direto por vocês na estrada aquele dia.

Angel fez uma careta por dentro e enfrentou o olhar de Miriam.

– Você sabia, não sabia?

Miriam sorriu um pouco.

– Mas agora que estamos aqui, não se importa, não é? Acho que não sabia o que pensar de nós no início. Mas isso mudou, não foi? Ruthie sentiu quem você era de cara. Ao contrário do que pode pensar, ela não se apega assim a todas as pessoas que conhece. Não do jeito que ficou com você. Eu também gosto muito de você, quer goste disso ou não.

Angel apertou os lábios e não disse nada.

Miriam pegou e dobrou a combinação e as ceroulas.

– O que me diz?

– São muito lindas. Acho que deve ficar com elas.

– Eu já tenho, guardadas no meu baú de enxoval. Até eu me casar, saco de farinha serve muito bem.

Angel percebeu que não chegaria a lugar algum com aquela menina.

– Você não nos entende, não é? – disse Miriam. – Às vezes você olha para mim de um modo tão estranho... Em que a sua vida é tão diferente da minha?

– Mais diferente do que você poderia imaginar – disse Angel, desolada.

– Mamãe diz que é bom falar, desabafar.

Angel arqueou uma sobrancelha.

– Nem pensaria em conversar sobre a minha vida com uma criança.

– Tenho 16 anos. Você não é muito mais velha do que eu.

– Na minha profissão, os anos não têm nada a ver com a idade.

– Não é mais sua profissão, não é? Você está casada com Michael. Aquela parte de sua vida acabou.

Angel desviou o olhar.

– Não acaba nunca, Miriam.

– Não quando você fica carregando isso por aí como um fardo.

Angel ficou espantada. Deu uma risada triste.

– Você e Michael têm muito em comum.

Ele tinha dito a mesma coisa para ela um dia. Nenhum dos dois entendia. Não dava para simplesmente mudar e dizer que aquelas coisas nunca aconteceram. Aconteceram sim, e deixaram feridas profundas, feias, abertas. E, mesmo quando as feridas se fechavam, deixavam cicatrizes.

– Só se afastar e esquecer – Angel disse, zombeteira. – Não é tão simples assim.

Miriam brincou com uma folha de feno e mudou de assunto.

– Imagino que teria de fazer um esforço enorme, mas não valeria a pena?

– Isso sempre volta.

– Talvez você ainda não acredite muito no Michael.

Angel não queria falar de Michael, especialmente com uma jovem solteira como aquela, que combinava muito mais com ele do que ela.

– Outro dia eu estava caminhando e vi uma cabana – disse Miriam. – Sabe quem mora lá?

– É o cunhado do Michael, Paul. A mulher dele morreu vindo para cá.

Os olhos escuros de Miriam se iluminaram de curiosidade.

– Por que ele nunca vem visitar Michael? Eles estão brigados?

– Não. Ele não é muito sociável.

– Ele é mais velho ou mais moço do que Michael?

– Mais moço.

Ela deu um sorriso brincalhão.

– Mais moço quanto?

Angel encolheu os ombros.

– Acho que tem 20 e poucos anos.

Angel percebeu aonde aquela conversa ia dar e não gostou. Miriam era como Rebecca, a prostituta que tinha ficado fascinada por Michael.

– Ele é bonito? – ela insistiu.

– Imagino que para uma menina virgem qualquer um que não tenha verrugas e não seja dentuço seja bonito.

Miriam deu risada.

– Bem, estou com 16 anos. A maioria das meninas nessa idade já está casada, e eu nem tenho um candidato à vista. É natural que me interesse pelos disponíveis. Preciso encontrar um noivo para poder usar aquela linda roupa de baixo que mamãe fez para mim e guardou no meu baú.

Angel ficou perturbada só de pensar naquela menina doce com Paul.

– Coisas bonitas não significam grande coisa, Miriam. Não mesmo. Espere por alguém como Michael.

Ela mal acreditou que tinha dito aquilo.

– Só existe um Michael, Amanda, e ele é seu. Como é esse Paul?

– O oposto de Michael.

– Então quer dizer que ele é... feio, fraco, mal-humorado e grosseiro?

– Isso não é brincadeira, Miriam.

– Você é pior do que a mamãe. Ela não fala nada sobre os homens.

– Não há muito que falar. Todos eles comem, defecam, fazem sexo e morrem – disse Angel sem pensar.

– Você é muito amarga, não é?

Angel ficou sentida, mas não demonstrou. Aquela menina não podia mesmo entender. Não sem ter convivido com Duke. Devia ter ficado calada, em vez de manifestar suas ideias sem pensar. O que podia dizer? *Fui estuprada aos 8 anos por um homem adulto? Quando ele se cansou de mim, me entregou para Sally e ela me ensinou como fazer coisas que uma boa menina nem imaginaria?*

Não, aquela menina deveria permanecer inocente, encontrar um jovem, casar-se virgem com ele, ter filhos e uma família igual à família de onde veio. Não precisava se poluir.

– Não me pergunte nada sobre os homens, Miriam. Você não ia gostar do que tenho para dizer.

– Espero que um dia um homem olhe para mim do jeito que Michael olha para você.

Angel não lhe disse que os homens olhavam para ela daquele jeito havia mais tempo do que era capaz de se lembrar. Isso não significava absolutamente nada.

– Papai diz que preciso de um homem forte, que tenha mão firme comigo – disse Miriam. – Mas quero um homem que precise de mim também. Quero alguém que tenha ternura, além de força.

Angel observou Miriam ali na baia, sonhando com seu príncipe encantado. As coisas talvez fossem diferentes se Michael tivesse conhecido Miriam antes dela. Como poderia evitar se apaixonar por ela? Era vivaz, pura e devota. Miriam não tinha fantasmas. Nenhum demônio nas costas.

Miriam se levantou e espanou o feno da saia.

– É melhor eu parar de sonhar e ir ajudar mamãe a lavar a roupa – e se abaixou, botando a combinação e as ceroulas no colo de Angel. – Por que não experimenta isso antes de decidir?

– Eu não magoaria sua mãe por nada neste mundo, Miriam.

Os olhos da menina se encheram de lágrimas.

– Nunca achei que faria isso.

E foi embora.

Angel pôs a cabeça para trás. Logo no início Duke tinha lhe comprado um guarda-roupa cheio de vestidos enfeitados e aventais rendados, abastecera as gavetas da cômoda de fitas e laços de cetim. Grande parte das roupas era feita em Paris.

– *Agradeça-lhe* – dizia Sally, enquanto banhava e vestia Angel para a próxima visita de Duke. – Procure lembrar que você estaria morta de fome nas docas se não fosse pelo Duke. Agradeça-lhe e faça isso sinceramente. Fique *feliz* por ele. Se criar muito caso, ele encontrará outra menina, que será boa para ele, e então o que acha que vai acontecer com você?

Aquele aviso ainda provocava arrepios. Aos 8 anos, Angel achava que Duke mandaria Fergus estrangulá-la com sua corda fina e preta e jogá-la no beco, onde seria comida pelos ratos. Por isso tentou ser grata, mas isso nunca funcionou. Tinha medo e ódio de Duke. Só mais tarde aquela sua terrível dependência da boa vontade dele a fizera pensar que o amava. Não levou muito tempo para saber a verdade.

Duke ainda a assombrava. Ainda era o dono de sua alma.

Não, não é. Estou na Califórnia. Ele está a oito mil quilômetros de distância e não pode me encontrar. Ela estava com Michael e com os Altman e podia resolver mudar sua vida. Não podia?

Olhou para as peças imaculadas no colo. Elizabeth não queria nada em troca. Diferentemente de Duke, dava-lhe aquele presente de livre e espontânea vontade, sem esperar nada de volta.

As palavras de Duke zombaram dela, lá no fundo.

"Todos querem alguma coisa, Angel. Ninguém lhe dará nada sem esperar alguma coisa de volta."

Angel fechou os olhos e viu o rosto doce e pensativo de Elizabeth.

– Não acredito mais em você, Duke.

Não?

Revoltada com o eco da voz dele, ficou de pé e tirou a roupa rapidamente. Vestiu a nova combinação e as ceroulas. Serviram-lhe perfeitamente. Sentiu-se muito bem com elas. Ia se vestir e procurar Elizabeth para lhe agradecer como devia. Ia fingir que era pura, íntegra, e não ia deixar que os pesadelos dos últimos dez anos destruíssem tudo.

Não dessa vez. Não se pudesse evitá-los.

---

*De todas as paixões primitivas,
o medo é a mais amaldiçoada.*
– Shakespeare

Michael se preocupava porque Amanda estava se apegando à família Altman. John ainda falava sobre o Oregon como se fosse o céu, e a primavera já estava chegando. Assim que o tempo firmasse, ele ia querer seguir viagem. Michael sabia que não podia contar com as mulheres de John para mantê-lo no vale. Terra boa era o único argumento que o faria mudar de ideia.

Era evidente que a jovem Miriam adorava Amanda como a uma irmã, e Ruth a seguia por toda parte. Elizabeth achava boa aquela aproximação da caçula com a jovem, mas Michael considerava um perigo. Amanda abria seu coração cada dia mais. O que aconteceria com ela se os Altman levantassem acampamento e partissem?

Ele parou de cavar em volta do toco de árvore, virou-se para trás e olhou para a cabana. Amanda enchia dois baldes de água no riacho. Elizabeth tinha acendido o fogo e posto uma grande bacia em cima, e Miriam separava a roupa para lavar. A pequena Ruth saltitava ao lado de Amanda, tagarelando alegremente.

Senhor, ela precisa de um filho.

– A pequena realmente gostou dela, não é? – disse John, apoiando o corpo no cabo da picareta, observando Ruthie e Amanda.

– Gostou mesmo.

– Está preocupado com alguma coisa, Michael?

Ele bateu com o pé na pá e botou a terra de lado.

– Se você for para o norte com a sua família, vai partir o coração da minha mulher.

– Sem falar do coração de Liza. Ela adotou sua mulher, se é que ainda não notou.

– Temos terras muito boas aqui mesmo.

– Não tão boas como no Oregon.

– Não vai encontrar o que procura no Oregon e em nenhum outro lugar.

Naquela noite, Michael conversou com Amanda sobre vender uma parte da terra deles para os Altman.

– Eu queria conversar com você antes de falar com ele.

– Não vai fazer diferença nenhuma. Ele passou a noite inteira falando do Oregon. Mal pode esperar para ir embora.

– Ele ainda não viu as terras no extremo oeste da propriedade – disse Michael. – Quando as vir, pode mudar de ideia.

Angel se sentou. Tinha o coração apertado de pensar que Miriam e Ruth podiam partir para o Oregon.

– De que adianta? Quando um homem põe uma coisa na cabeça, nada o faz mudar de ideia.

– John está procurando terra boa para plantar.

– Ele está procurando o pote de ouro na ponta do arco-íris!

– Então lhe daremos esse pote – Michael se sentou atrás dela e a fez encostar em seu peito. – Ele quer o melhor para sua família. As terras do oeste são as melhores que temos.

– Mas ele só fala do Oregon. Elizabeth não quer ir. Nem Miriam.

– Ele acha que o vale Willamette é o paraíso.

Angel se soltou dos braços dele.

– Então devia ter ido direto para lá, em vez de parar aqui.

Ela cruzou os braços e se encostou na parede, olhando para a cabana. Estava às escuras, tinham apagado o lampião. Os Altman estavam todos dormindo.

– Gostaria que eles nunca tivessem vindo para cá. Preferia não ter conhecido nenhum deles.

– Eles ainda não foram embora.

Ela se virou para ele e o luar deixou seu rosto muito branco.

252

– O Oregon é tão maravilhoso assim? O paraíso é como ele pensa que é?

– Não sei, Tirzah. Nunca estive lá.

Tirzah. Seu desejo por ela estava naquele nome. Angel sentiu um calor descendo pela barriga quando ele o pronunciou. *Tirzah*. Tentou não pensar no que significava, mas ouviu barulho no feno quando Michael se levantou, e seu coração pulou no peito. Ele se aproximou, ela olhou para ele e mal conseguiu respirar. Quando Michael a tocou, Angel sentiu uma onda de calor e teve medo. Que poder era aquele que ele tinha sobre ela?

– Não desista de ter esperança – ele disse.

Michael sentiu que Amanda ficou tensa quando a segurou nos braços. Queria lhe dizer que podiam ter um filho, mas teriam bastante tempo para isso, e aquela não era a hora. Ainda não.

– John pode mudar de ideia quando vir o que temos para lhe oferecer.

Ela achou que John não ia nem querer ver as terras, mas ele quis. Os dois saíram na manhã seguinte, assim que o sol nasceu. Angel viu Miriam atravessar o jardim correndo, com o xale jogado às pressas sobre o ombro. Ela abriu a porta do celeiro e subiu até a metade da escada, chamando Angel.

– Mandy, eu também quero ver o oeste do vale. Fica a poucos quilômetros daqui, pelo que Michael disse.

Angel desceu a escada.

– Não vai fazer diferença nenhuma.

– Você é derrotista como mamãe. Ainda não empacotamos as coisas e não estamos com o pé na estrada.

Miriam falou praticamente o caminho todo, inventando os planos mais mirabolantes para impedir o êxodo do pai. Angel já sabia, mesmo só conhecendo os Altman há um mês, que, se John dissesse vamos, Elizabeth e Miriam obedeceriam.

– Lá estão papai e Michael – disse Miriam. – Mas quem é aquele homem com eles?

– Paul – respondeu Angel, imediatamente tensa.

Não o via desde aquela terrível viagem para Pair-a-Dice, e não tinha a menor vontade de encontrá-lo agora. Mas que desculpa podia inventar para dar meia-volta e ir para casa?

Miriam nem notou o nervosismo dela, de tão impelida que estava pela curiosidade. Os três homens avistaram as duas. Michael acenou. Angel cerrou os dentes. Não tinha escolha, só podia ir ao encontro deles. Ficou imaginando como seria o ataque de Paul dessa vez.

253

Michael foi encontrá-la. Ela deu um sorriso forçado e empinou o queixo.

– Miriam quis vir.

Ele beijou-lhe o rosto.

– Fico feliz porque ela a trouxe.

Os homens estavam cavando. Miriam pegou um pouco de terra. Amassou-a com a mão e cheirou. Seus olhos brilharam quando se virou para o pai.

– É tão rica que dá até para comer.

– Não podia ser melhor.

– Nem no Oregon, papai?

– Nem no Oregon.

Miriam deu um gritinho e se jogou nos braços do pai, rindo e chorando ao mesmo tempo.

– Espere só até mamãe saber disso!

– Sua mãe não tem de saber de nada. Só depois que tivermos construído uma cabana para ela. Prometa para mim.

Miriam secou as lágrimas.

– Mas, se você mencionar o Oregon uma única vez, papai, eu conto tudo para ela.

Angel olhou para Paul. Ele a encarou rapidamente. Com um olhar que destilava ódio. Ela enrolou melhor o xale nos ombros. Tinha tirado bastante sangue dele aquele dia na estrada. Enfiara a faca até onde podia. Ele olhou para ela de novo, dessa vez por mais tempo. Um animal ferido, furioso e perigoso.

– Paul é bonito – disse Miriam no caminho de volta. – E aqueles olhos escuros, misteriosos, pensativos...

Angel não disse nada. Na despedida, Paul tocou na aba do chapéu e olhou para ela. Só ela viu e ninguém mais notou a expressão dos olhos dele, um olhar que a entregava nas mãos de Hades.

Os homens começaram a trabalhar na manhã seguinte. Paul os encontrou com o machado e o enxó. Michael achou quatro pedras grandes para os alicerces. Foram derrubar árvores.

Jacob ficou sabendo do segredo três dias depois, quando foi junto com Miriam levar-lhes o almoço. Teve de jurar que não contaria nada e começou a trabalhar na construção da cabana. Quando Michael e John voltaram com ele no fim do dia, o menino estava cansado demais para falar.

– O que vocês estão fazendo com ele? – perguntou Elizabeth. – Ele mal con
segue levantar a cabeça para longe do ensopado.

– Limpar a terra é trabalho duro.

Angel ficava trabalhando com Elizabeth. Queria evitar encontrar Paul, mas,
mais do que isso, queria passar mais tempo com ela e com Ruthie. Elizabeth per
cebeu isso e lhe pedia para tomar conta das crianças enquanto cozinhava. Angel
aprendeu a brincar de pique, esconde-esconde, cabra-cega e de carniça. Ia para
a beira do riacho e jogava pedras chatas na água com Ruthie e Andrew. Mas ficava pensando que tinha pouco tempo para conviver com eles.

– As crianças a seguem como os pintinhos com a galinha – disse Elizabeth
para John. – Ela é como uma irmã mais velha para eles.

Miriam chamava Angel de canto e lhe informava.

– As paredes já estão erguidas.

No outro dia:

– Já puseram o telhado.

Angel ouvia cada uma dessas notícias com um aperto no coração.

– Paul já fez todas as telhas para o telhado.

E depois:

– Michael e Paul estão construindo a lareira.

Em poucos dias a cabana estaria terminada e os Altman se mudariam para
lá. Quatro quilômetros já estavam parecendo quatro mil.

Paul seria o vizinho mais próximo. Quanto tempo levaria para envenenar a
amizade deles?

O tempo tinha firmado e estava esquentando.

– Não há por que continuar abusando da hospitalidade dos Hosea – disse
John. – É hora de procurar um lugar só nosso.

E disse para Elizabeth empacotar as coisas.

Pálida, com os lábios apertados, ela começou a trabalhar.

– Nunca vi mamãe tão zangada – disse Miriam. – Ela não falou mais com
papai desde que ele disse que íamos embora. Agora ele não conta para ela por
pura teimosia.

Angel ajudou Miriam a carregar a carroça. Andrew encheu o barril de água
e o pendurou na lateral. Jacob ajudou John a atrelar os cavalos. Quando Elizabeth
foi abraçá-la, Angel ficou sem fala.

– Vou sentir muito sua falta, Amanda – ela sussurrou com a voz entrecortada.

Bateu de leve no rosto de Angel, como fazia com as crianças.

– Cuide muito bem de seu marido. Não há muitos como ele por aí.

– Sim, senhora – disse Angel.

Miriam a abraçou com força e cochichou.

– Você é uma atriz maravilhosa. Realmente parece que está se despedindo para valer de nós.

A pequena Ruth ficou inconsolável e se agarrou a Angel até que ela pensasse que seu coração ia se partir. Por que não iam logo? Miriam pegou Ruthie e murmurou alguma coisa que fez a menina se calar, depois a levantou e a pôs na traseira da carroça junto com Leah. Ruth olhou para Angel, com uma expressão felicíssima. Agora todas as crianças já sabiam do segredo.

– Eu ajudo você a subir, Liza – disse John.

Ela não olhou para ele.

– Obrigada, mas acho que vou andar um pouco.

Assim que partiram, Michael foi selar seu cavalo. Angel ficou no jardim, vendo a carroça se afastar. Já sentia falta deles e sabia que a distância só aumentava, como um abismo que não podia atravessar. Lembrou-se de quando mamãe a enviara com Cléo para a costa. Entrou na casa e encheu um cesto com biscoitos doces e maçãs. Nada seria a mesma coisa.

Paul estava na cabana dos Altman quando Michael e ela chegaram. Tinha um lombo de veado assando no espeto. Angel pendurou as cortinas que Elizabeth tinha feito para a cabana de Michael, enquanto os homens conversavam. Michael saiu para ver se ainda dava para avistar os Altman. Angel sentiu o olhar frio de Paul nas costas.

– Aposto que eles não sabem nada sobre você, não é, Angel?

Ela se virou e o encarou. Ele não acreditaria se ela contasse.

– Gosto muito deles, Paul, e não quero que fiquem magoados.

Ele deu um sorriso debochado.

– Quer dizer que espera poder manter seu passado sórdido em segredo.

Ela viu que não adiantava lhe pedir nada.

– Quero dizer que você faça o que achar que deve fazer – disse, sem emoção.

Quanto tempo ele levaria para lhes mostrar quem ela realmente era? Eles iam logo perceber a animosidade que Paul tinha contra ela e iam querer saber por quê. O que ela poderia dizer? *Ele queria que eu pagasse a viagem e paguei com a única moeda que tinha?*

Por que tinha se deixado envolver por aquela gente? Por que se permitira gostar deles? Desde o início ela sabia que era um erro.

– O amor é debilitante – Sally dizia.

– Já amou alguém? – Angel lhe perguntou naquela ocasião.

– Uma vez.

– Quem?

– Duke – Sally deu uma risada amarga. – Mas eu sempre fui velha demais para ele.

Uma voz fria invadiu-lhe os pensamentos.

– Está com medo, não está?

O sorriso de Paul era uma pedra de gelo. Angel foi para fora. Não conseguia respirar lá dentro. O sofrimento já estava começando. A mesma dor que sentira no dia em que ouvira seu pai dizer que desejava que ela jamais tivesse nascido, a mesma dor de quando mamãe morrera, a mesma dor de quando soubera da morte de Lucky. Tinha sofrido assim até quando Duke a entregara para outro homem.

Tinha sido abandonada por todas as pessoas das quais se aproximava. Mais cedo ou mais tarde elas iam embora. Ou morriam. Ou perdiam o interesse. Bastava amar alguém para acontecer isso. Mamãe, Sally, Lucky. Agora Miriam, Ruthie e Elizabeth.

Como pude esquecer essa sensação?

Michael lhe deu esperança, e a esperança é mortal.

Sally uma vez dissera que tínhamos de ser como uma pedra, porque as pessoas tiravam pedaços de nós, e que essa pedra tinha de ser bem grande, para que ninguém chegasse até o mais íntimo de nosso ser.

Angel viu Michael parado ao sol, forte e belo. Seu coração se contorceu. Ele havia tirado mais lascas dela do que todos os outros, e mais cedo ou mais tarde sairia de sua vida e lhe deixaria um buraco onde antes havia o coração.

Ele se aproximou e, quando viu sua expressão, ficou muito sério.

– Paul disse alguma coisa que a magoou?

– Não – disse Angel com a voz rouca. – Não. Ele não disse nada.

– Você se aborreceu com alguma coisa.

Estou me apaixonando por você. Meu Deus, eu não quero, mas estou. Você está se transformando no ar que eu respiro. Estou perdendo Elizabeth, Miriam e Ruthie. Quanto tempo falta para perdê-lo também? Ela se virou para o lado.

– Nada me aborreceu. Só estou preocupada com o que Elizabeth vai achar de tudo isso.

A resposta não demorou muito. A carroça chegou ao topo da subida e foi se aproximando. Elizabeth olhou incrédula da cabana para John, que saltou da carroça com um sorriso de orelha a orelha. Então ela chorou e se jogou nos braços de John, dizendo que ele era um desgraçado e que ela o adorava.

– Você devia pedir desculpas, mamãe – Miriam deu risada. – Foi cruel com ele desde que saímos da casa dos Hosea.

John pegou a mão da mulher e saíram a pé para ver a propriedade.

Miriam começou logo a trabalhar na cabana, mas logo parou e olhou para Angel.

– Você e Paul não se dão bem, não é?

– Não muito – disse Angel.

Ruth puxou a saia dela, Angel a pegou no colo e a encaixou no quadril.

– Ah, nada disso.

Miriam secou as mãos, pegou Ruth e a botou no chão.

– Mandy tem de me ajudar a preparar um bolo e precisa das duas mãos para fazer isso. E não faça bico para mim, senhorita.

Fez a menina dar meia-volta e deu-lhe um tapinha no bumbum.

– Michael está aí fora. Peça para ele botar você na garupa.

Miriam tirou as tigelas e olhou para Angel.

– Agora conte que história é essa.

– O quê?

– Você sabe. Você e Paul. Ele a amava antes de se casar com Michael?

Angel deu uma risada zombeteira.

– De jeito nenhum.

Miriam franziu a testa.

– Ele não aprovou.

– Não aprova – corrigiu Angel. – E tem bons motivos.

– Cite um.

– Você não precisa saber de tudo, Miriam. Já sabe mais do que devia.

– Se eu perguntar para ele, ele vai contar? – ela provocou.

Angel fez uma careta.

– Provavelmente sim.

Miriam afastou uma mecha de cabelo dos olhos e deixou uma marca de farinha no rosto.

– Então não vou perguntar.

Angel adorava aquela menina. Num momento era uma criança como Ruth, cheia de vida e de malícia, e no momento seguinte uma mulher, com ideias e vontade próprias.

– Não pense muito mal dele – Angel disse. – Ele estava cuidando do Michael – ela bateu mais uma vez na peneira e a pôs de lado. – Conheci uma menina uma vez que ganhou um pedaço de ametista de presente. Era lindo. Cristais roxos e puros. O homem disse que vinha de um geodo em forma de ovo que ele havia quebrado e que ainda estava com parte da casca. Cinza, feia, lisa. Eu sou assim, Miriam. Só que virada do avesso. Toda a beleza está aqui – e tocou na trança do cabelo e no rosto perfeito. – Por dentro sou escura e feia. Paul viu isso.

Miriam ficou com os olhos cheios de lágrimas.

– Então ele não a olhou bem.

– Você é muito doce, mas muito ingênua.

– Sou essas duas coisas e nenhuma das duas. Acho que você não conhece de mim metade do que pensa conhecer.

– Conhecemos tudo que temos para conhecer uma da outra.

O dia ficou tão quente e o céu tão limpo que Miriam resolveu estender cobertores na relva para um piquenique. Angel viu Michael e Paul conversando. Ficou com o coração na boca ao pensar nas coisas horríveis que Paul teria prazer em contar para Michael sobre seu comportamento frio na estrada. Era tão grotesco que ela ficou nauseada. Como Paul interpretara o que havia acontecido entre os dois? Como uma proposta direta de negócios? Como um ato insensível? Não admirava que ele só visse maldade dentro dela, a lepra de sua alma. Só tinha mostrado isso para ele.

Observou Michael disfarçadamente, desejando que ele olhasse para ela só para lhe mostrar que estava tudo bem, mas ele se concentrava no que Paul dizia.

Ela procurou acalmar o coração. Michael a tinha visto num lugar muito pior do que Paul poderia imaginar e, mesmo assim, a aceitara de volta. Mesmo depois de tê-lo abandonado e traído, ele brigou por ela. Angel jamais o entenderia. Pensava que homens como ele eram fracos, mas Michael não era. Era tranquilo e constante, resoluto, como uma rocha. Como podia olhar para ela sem odiá-la, depois de tudo que tinha feito? Como podia amá-la?

Talvez ele ainda não tivesse se dado conta da realidade de Angel. Quando entendesse, olharia para ela do mesmo modo que Paul a olhava. O que ele via agora estava encoberto pela própria fantasia que alimentava, da mulher redimível.

Mas é tudo mentira. Estou apenas desempenhando outro papel. Algum dia o sonhador vai acordar e a vida voltará a ser como antes.

Enquanto trabalhava e conversava com Miriam, Angel fingia que nada a incomodava. O sombrio silêncio interior cresceu, bem familiar e pesado, empurrando-a para baixo. Ela remendou as frestas de suas muralhas e se preparou para o ataque que estava por vir. Mas, toda vez que olhava para Michael, fraquejava.

O passado a alcançava sempre, por mais que ela fugisse, por mais longe que estivesse. Às vezes tinha a impressão de que estava numa estrada e que ouvia a batida dos cascos dos cavalos que se aproximavam, como se uma carruagem fosse atropelá-la e ela não conseguisse sair da frente. Em sua imaginação, via a carruagem chegando, e dentro dela estavam Duke, Sally, Lucky, a Duquesa e Magowan. E lá no alto, na boleia, estavam Alex Stafford e mamãe.

Eles todos iam atropelá-la.

Elizabeth e John voltaram. Angel viu como ele tocava carinhosamente a mulher, que ficava vermelha de vergonha. Ela tinha visto aquele mesmo olhar no rosto de outros homens, mas eles não sorriam daquele jeito para ela. Com ela era apenas negócio.

A cabana estava cheia e ela foi para fora, sentar-se no campo de mostarda. Queria esvaziar a mente. Queria que aquela angústia fosse embora. Ruthie foi para junto dela. Os pés de mostarda eram mais altos do que a menina, que achou uma grande aventura abrir caminho na floresta dourada. Angel a observou arrancando flores e perseguindo uma borboleta branca. Seu coração ficou pequeno de tão apertado.

Naquela noite Michael e ela iriam embora dali e seria o fim. Ela não veria mais Ruthie. Nem Miriam. Nem Elizabeth. Nem os outros. Abraçou os joelhos com força contra o peito. Desejou que Ruthie voltasse e pedisse colo. Queria cobrir aquele rostinho doce de beijos, mas a menina não entenderia e ela não poderia explicar.

Ruth voltou, com os olhos brilhando de animação. Despencou sentada ao lado de Angel.

– Você viu, Mandy? A primeira borboleta.

– Vi, querida.

Angel tocou no cabelo escuro e sedoso da menina.

Ruth olhou para ela com seus grandes e cintilantes olhos castanhos.

– Sabia que elas vêm de larvas? Miriam me disse.

Ela sorriu.

– É mesmo?

– Algumas são peludas e bonitas, mas têm gosto ruim – disse Ruth. – Eu comi uma quando era pequena, foi horrível.

Angel deu risada e a botou no colo. Fez cócegas em sua barriga.

– Ora, então imagino que não vai comer outra, não é, ratinha?

Ruth riu e pulou para pegar mais flores de mostarda. Arrancou um pé pela raiz.

– Agora que temos uma casa, você e Michael vão morar conosco?

– Não, meu amor.

Ruth ficou surpresa.

– Por que não? Você não quer?

– Porque agora cada um de nós tem a sua casa.

Ruth voltou para perto e parou na frente de Angel.

– Qual é o problema, Mandy? Você não está se sentindo bem?

Angel acariciou-lhe o cabelo macio.

– Estou ótima.

– Bem, então quer cantar para mim? Nunca ouvi você cantar.

– Não posso. Eu não sei cantar.

– Papai diz que todo mundo pode cantar.

– Tem de vir lá de dentro, e eu não tenho mais nada dentro de mim.

– É mesmo? – disse a menina, espantada. – Como foi que isso aconteceu?

– Simplesmente secou.

Ruth franziu a testa e analisou Angel da cabeça aos pés.

– Você parece ótima para mim.

– As aparências às vezes enganam.

Ainda perplexa, Ruth se sentou no colo dela.

– Então eu vou cantar para você.

A garotinha misturou as letras e as melodias, mas Angel não se importou com isso. Ficou satisfeita de estar com Ruthie no colo e de sentir a fragrância das flores de mostarda nela. Encostou a cabeça na cabeça da menina e a abraçou. Só notou que Miriam havia chegado quando ela falou:

– Mamãe está te chamando, baixinha.

Angel tirou Ruth do colo e deu-lhe um tapinha de leve para ela ir embora.

– Por que você fica nos evitando? – perguntou Miriam, sentando-se ao lado dela.

– Por que acha que faço isso?

– Você sempre faz isso. Uma pergunta em vez de responder. É muito irritante, Amanda.

Angel se levantou e tirou a terra da saia.

Miriam também ficou de pé.

– Você não responde, não olha para mim e agora está fugindo.

Angel olhou bem nos olhos dela.

– Bobagem.

– O que acha que vai acontecer? Acha que só porque temos a nossa casa agora, nossa amizade vai terminar?

– Vamos ficar muito ocupadas com as nossas próprias vidas.

– Não *tão* ocupadas assim.

Miriam estendeu a mão para segurar a de Angel, mas ela se afastou e fingiu não ter notado.

– Sabe, algumas vezes você se machuca muito mais tentando evitar ser machucada! – Miriam disse alto, correndo atrás dela.

Angel riu, desprezando o que a moça tinha dito.

– Palavras de uma sábia.

– Você é impossível, Amanda Hosea!

– Angel – ela disse baixinho. – O meu nome é Angel.

Reuniram-se todos em volta dos cobertores quando Elizabeth, Miriam e Angel levaram a comida. Angel ficou brincando com a refeição para que os outros pensassem que estava gostando, mas sua garganta se fechava toda vez que dava uma pequena mordida.

Paul olhou para ela com frieza. Ela procurou não se deixar afetar. Era a fraqueza dele que fazia com que a odiasse tanto.

Lembrou-se de alguns jovens que pagavam pelos seus serviços e que ficavam cara a cara com a própria hipocrisia quando vestiam a calça, calçavam as botas e se preparavam para sair do quarto. De repente entendiam o que tinham feito. Não com ela. Isso não tinha importância. Mas com eles mesmos.

– Não se esqueceu de alguma coisa? – dizia, querendo enfiar a faca no coração deles, do jeito que pudesse.

Eles tinham de saber. Primeiro o vermelho na face pálida, depois o ódio negro nos olhos.

Bem, ela enfiara a lâmina bem fundo em Paul, mas agora sabia que quem estava empalada era ela. Teria sido melhor se tivesse ido a pé até Pair-a-Dice aquele dia. Talvez assim Michael a tivesse alcançado antes que fosse tarde demais. Talvez Paul não a odiasse tanto. Talvez ela não tivesse tanto do que se arrepender.

Sua vida inteira era um imenso arrependimento, um remorso desde o início. "Ela nunca devia ter nascido, Mae."

Michael segurou sua mão e Angel levou um susto.

– Em que está pensando? – ele perguntou baixinho.

– Em nada.

O calor se espalhou nela com aquele toque. Perturbada, afastou a mão do contato com a dele. Ele franziu a testa.

– Está preocupada com alguma coisa.

Ela sacudiu os ombros e não olhou para ele.

Michael a fitava, pensativo.

– Paul não vai falar nem fazer nada que possa magoá-la.

– Se fizesse, não teria importância.

– Se ele a machucar, machucará a mim.

Seu tom de voz a fez refletir. Ela tinha pretendido machucar Paul e acabara machucando Michael. Em nenhum momento aquele dia havia pensado em como Michael se sentia. Só havia pensado nela, em sua raiva e em seu desespero. Talvez devesse corrigir isso.

– Isso não tem nada a ver com Paul – garantiu para Michael. – É só que a verdade sempre nos alcança.

– Estou contando com isso.

Michael observou Amanda o dia inteiro. Ela foi se distanciando cada vez mais para dentro de si. Trabalhou com Elizabeth e Miriam, mas falou muito pouco. Estava preocupada, batendo em retirada, reconstruindo seus muros. Quando Ruthie segurou sua mão, Michael viu sofrimento nos olhos de Amanda e sabia o que ela esperava. Ele não podia jurar que não aconteceria. Às vezes as pessoas ficavam muito presas aos problemas do cotidiano e nem notavam o sofrimento do outro.

Mas a jovem Miriam notou.

– Ela está aqui, mas não está. Não deixa que eu me aproxime, Michael. O que houve com ela hoje? Está agindo da mesma forma que agiu no começo, quando chegamos à sua casa.

– Está com medo de sofrer.

– Está se impondo um sofrimento agora.

– Eu sei.

Michael não lhe revelaria o passado nem lhe falaria dos problemas da mulher.

– Paul não gosta dela. Isso é parte do problema. Ela não é mais uma prostituta, mas espera que todos a vejam e a tratem como uma – Miriam falou.

Michael ficou enfurecido.

– Paul lhe disse isso?

Ela balançou a cabeça.

– Foi ela quem me disse, na primeira noite e bem alto, para mamãe ouvir – os olhos dela se encheram de lágrimas. – O que vamos fazer com ela, Michael? O jeito que ela segura Ruthie me parte o coração.

Michael sabia que Miriam teria muito trabalho ajudando John e Elizabeth a arrumar aquele lugar. Não poderia lhe pedir para frequentar a casa deles a fim de que Amanda tivesse certeza de que o afeto entre elas era verdadeiro, e não uma questão de conveniência. Além disso, a menina já olhava para Paul como se ele fosse um deus grego caído do Olimpo, apesar de seus defeitos. Ele sabia que Paul a achava atraente também. Ficava aparente no jeito estudado como ele a evitava. De qualquer forma, a lealdade de Miriam passaria por uma prova bastante dura.

John pegou seu violino. Dessa vez não tocou hinos calmos e tristes, mas quadrilhas da Virgínia. Michael abraçou Angel e rodopiou com ela. Ficar assim nos braços dele era embriagante.

O coração acelerou. Ela sentiu o calor subindo pelo rosto e não teve coragem de olhar para ele. Jacob dançou com a mãe, e Miriam dava voltas com Ruth. John levantou o pé e empurrou Andrew com a ponta da bota na direção da irmã, Leah. Paul ficou só observando, indolentemente encostado na parede da cabana. Parecia tão solitário que Angel teve pena.

– É a primeira vez que danço com você – disse Michael.

– É – ela disse, ofegante. – Você dança muito bem.

– E isso é uma surpresa para você – ele deu risada. – Sou bom em uma porção de coisas.

Ele a abraçou com mais força e o coração dela acelerou ainda mais.

Jacob foi até eles e fez uma mesura para Angel. Michael cedeu-lhe a dama com um largo sorriso. Eles foram dançar e Angel observou os outros pares no jardim. Bastou olhar uma vez para Miriam para saber que ela queria dançar com alguém além de sua irmãzinha ou dos irmãos mais novos. Mas Michael tinha dançado com Elizabeth, Leah e Ruth, e não com Miriam. Uma sensação desagradável incomodou Angel. Por que Michael estava evitando Miriam? Será que tinha medo de ficar muito íntimo dela? Quando ele voltou para tirá-la de Jacob, ela tirou a mão.

– Você não dançou com a Miriam. Por que não dança com ela?

Ele franziu um pouco a testa, agarrou com firmeza sua mão e a enlaçou.

– Paul vai acabar criando coragem.

– Ele ainda não dançou com ninguém.

– E não vai achar necessário se eu tomar o lugar dele. Eu arriscaria apostar que está pensando em Tessie. Ele a conheceu numa dança. Vai perceber logo que Miriam precisa de um parceiro.

Paul de fato dançou com Miriam, mas todo duro e sério, e mal conversou com ela. Miriam ficou obviamente perplexa. Assim que a dança acabou, ele lhes deu boa-noite e foi pegar seu cavalo.

– É melhor irmos para casa também – disse Michael.

Miriam abraçou Angel e cochichou.

– Vou visitá-los daqui a alguns dias. Quem sabe você me conta o que está incomodando aquele homem.

Angel pegou a pequena Ruth no colo e a abraçou com força, beijou-lhe as bochechas macias de bebê e cheirou-lhe o pescoço.

– Até logo, querida. Seja boazinha.

Michael botou Angel na sela e subiu atrás dela. Segurou-a com firmeza no caminho de casa, sob o luar. Nenhum dos dois disse nada em todo o trajeto. Angel estava muito consciente do corpo dele encostado ao dela e confusa com as sensações que a dominavam. Desejou ter ido a pé.

Quando avistou a cabana entre as árvores, ficou aliviada. Michael desmontou e estendeu-lhe os braços. Angel inclinou-se para ele e pôs as mãos em seus ombros fortes. Quando ele a colocou no chão, seu corpo encostou no dela e ela sentiu vida pulsar dentro de si, uma vida desenfreada, estimulante e desconhecida.

– Obrigada – disse, pouco à vontade.

– De nada.

Michael sorriu e Angel ficou com a boca seca. Ele continuou com as mãos em sua cintura e seu coração bateu cada vez mais acelerado.

– Ficou muito quieta o dia inteiro – ele disse, pensativo de novo.

– Não tenho nada para dizer.

– O que a incomoda tanto? – ele perguntou, afastando a trança grossa do ombro.

– Nada.

– Estamos sozinhos de novo. Será que é isso?

Michael levantou o queixo de Angel e deu-lhe um beijo. Ela sentiu que se derretia por dentro, sentiu os joelhos fraquejarem. Michael levantou a cabeça dela e tocou carinhosamente seu rosto.

– Volto logo.

Angel apertou o estômago e ficou espiando Michael levar o cavalo. O que estava acontecendo com ela? Entrou na cabana e foi acender o fogo. Depois olhou em volta à procura de mais alguma coisa para fazer, para não pensar em Michael, mas estava tudo arrumado. Elizabeth tinha até estofado o colchão com palha nova. Havia ervas penduradas num caibro que enchiam a casa com um aroma fresco e doce. Tinha também um jarro de flores de mostarda sobre a mesa, sem dúvida posto lá pela pequena Ruth.

Michael carregou as coisas deles do celeiro para a casa.

– Isso aqui fica bem silencioso sem os Altman, não é?

– É.

– Você vai sentir mais falta da Miriam e da Ruth.

Ele pôs o baú no canto. Angel estava debruçada sobre o fogo. Ele botou as mãos no quadril dela e ela se empertigou.

– Elas gostam muito de você.

Angel piscou rapidamente.

– Vamos falar de outra coisa, está bem? – disse, ao se afastar dele.

Michael a segurou pelos ombros.

– Não. Vamos falar sobre o que você está pensando.

– Não estou pensando em nada.

Ele esperou, obviamente insatisfeito, e ela deu um suspiro profundo.

– Eu devia saber que não podia me aproximar deles.

Angel empurrou as mãos dele e arrumou o xale nos ombros.

– Acha que eles gostam menos de você, agora que estão na casa deles?

Ela olhou furiosa para ele, querendo se defender.

– Às vezes quero que você me deixe em paz, Michael. Que apenas me mande de volta para o lugar de onde eu vim. Seria muito mais fácil, em todos os sentidos.

– Porque agora você está *sentindo*?

– Eu já senti antes e superei!

– Você adora a Miriam e aquela menininha.

– E daí?

Ela também superaria isso.

– O que você vai fazer quando Ruth vier para cá com outro punhado de flores de mostarda? Mandá-la embora? – ele perguntou, asperamente. – Ela tem sentimentos. E Miriam também.

266

Michael viu na expressão de Angel que ela achava que eles não a visitariam. Ele a abraçou e a segurou, mesmo quando sentiu que ela resistia.

– Rezei incessantemente para você aprender a amar, e agora aprendeu. Só que se apaixonou por eles, e não por mim – ele riu baixinho, zombando dele mesmo.

– Houve momentos em que até desejei não tê-los chamado para cá. Fiquei com ciúmes.

O rosto dela queimava e não conseguia acalmar o coração, por mais que tentasse. Se ele soubesse o poder que tinha sobre ela, o que ele faria?

– Não quero me apaixonar por você – ela disse, e empurrou Michael.

– Por que não?

– Porque você vai acabar usando isso contra mim.

Angel percebeu que tinha irritado Michael.

– Como?

– Eu não sei. Mas a verdade é que talvez você nem saiba que está fazendo isso.

– De que verdade estamos falando aqui? Da verdade de Duke? A verdade liberta. Você era livre com ele? Por um único minuto que fosse? Ele encheu sua cabeça de mentiras.

– E quanto ao meu pai?

– Seu pai era egoísta e cruel. Não quer dizer que todos os homens sejam iguais a ele.

– Todos os homens que eu conheci eram.

– Inclusive eu? E John Altman? E Joseph Hochschild, e milhares de outros?

Suas feições se contorceram de dor.

Michael viu seu tormento e ficou mais gentil.

– Você é um passarinho que ficou numa gaiola a vida inteira, e de repente as grades e as paredes desapareceram e você se vê livre. Sente tanto medo que procura algum jeito, qualquer jeito, de voltar para a gaiola.

Michael percebeu as emoções passando no rosto pálido de Angel.

– Não importa o que está pensando, essa gaiola não é mais segura, Amanda. Mesmo que tentasse voltar agora, acho que não conseguiria mais sobreviver daquele jeito.

Ele estava certo. Ela sabia que estava. Tinha chegado ao limite de suas forças para suportar aquilo antes mesmo de Michael tirá-la de lá. Só que estar ali não lhe dava nenhuma tranquilidade.

E se não pudesse voar?

21

> *Como o cervo brama pelas águas dos rios,*
> *assim suspira minha alma por ti.*
> – Salmos 42,1

A terra despertou com a chegada da primavera. As encostas se coloriram de floradas roxas de tremoços e de papoulas douradas, de castilejas vermelhas e de rabanetes silvestres brancos. Angel teve uma sensação estranha dentro de si. A primeira vez que sentiu isso foi quando observava Michael afofando a terra na horta. O movimento de seus músculos por baixo da camisa lhe provocou uma onda de calor. Bastou que ele a olhasse e ela ficou com a boca seca.

À noite ficaram deitados lado a lado, mal se tocando, tensos e calados. Ela sentiu a distância que ele impôs entre os dois e respeitou.

– Isso está ficando cada vez mais difícil – ele disse, sem especificar o que era, e ela não perguntou.

Para Angel, a solidão aumentou em relação a Michael e com o tempo o sofrimento piorou, em vez de melhorar. Às vezes, quando ele terminava sua leitura à noite e levantava a cabeça, ela ficava sem ar diante de seu olhar. Seu coração batia descompassado e ela se virava para outro lado, com medo de que ele visse a profunda carência que sentia. Seu corpo inteiro demonstrava isso. O desejo cantava em coro dentro dela e enchia-lhe a cabeça de pensamentos sobre ele. Mal conseguia falar quando Michael lhe fazia qualquer pergunta.

Duke riria muito. "O amor é uma armadilha, Angel. Atenha-se ao prazer. Ele não exige nenhum compromisso."

Angel sabia que Michael não era a resposta para tudo em sua vida. Pensava nisso e ficava com medo. À noite, quando ele se virava dormindo e encostava o corpo forte no dela, Angel se lembrava de como ele costumava fazer amor com ela, em um abandono feliz, explorando-lhe o corpo, como fazia com a terra. Naquele tempo ela não sentia nada. Mas agora, um simples toque agitava todos os seus sentidos. Os sonhos dele estavam se transformando nos seus.

Michael cedia mais a cada dia, mas ela ficava paralisada de medo. Por que não podiam deixar as coisas como estavam? Deixar que ela continuasse assim, voltada para dentro de si? Que as coisas ficassem como sempre foram? No entanto, ele continuava insistindo, suave e implacavelmente, e ela recuava, temerosa, porque a única coisa que via pela frente era um imenso desconhecido.

Não posso amá-lo. Não devo!

Não havia razão para que fosse mais do que sua mãe, e Mae não tinha sido capaz de conquistar Alex Stafford. Todo o amor dela não bastara para impedir que ele saísse da vida dela como o vento. Angel ainda via aquela figura escura, com a capa esvoaçando, galopando na estrada, para longe da vida de sua mãe. Será que tinha ido pessoalmente dizer para ela fazer as malas e partir? Ou deixara aquele jovem lacaio fazer isso por ele? Angel não sabia. Mamãe nunca contou e ela nunca perguntou. Alex Stafford era solo sagrado sobre o qual Angel jamais ousara pisar. Só mamãe pronunciava o nome dele, e somente quando estava bêbada e revoltada. O assunto sempre ardia, como sal numa ferida aberta.

– Por que Alex me deixou? – mamãe chorava. – Por quê? Não entendo. Por quê?

O sofrimento de mamãe era muito grande, mas o sentimento de culpa era ainda maior. Ela nunca superou tudo de que precisou abdicar para ter amor. Nunca superou o que ele lhe fez.

Mas eu retaliei em dobro, mamãe. Está me ouvindo, onde quer que esteja? Eu o fiz em pedaços, assim como ele fez com você. Ah, a cara dele...

Angel cobriu o rosto.

Você era tão linda e perfeita, mamãe! Tão devota... As contas de seu rosário a ajudaram alguma vez, mamãe? E a esperança? A única coisa que o amor fez por você foi lhe provocar sofrimento. É o mesmo que está fazendo comigo.

Angel havia jurado que nunca amaria ninguém, e agora isso estava acontecendo, contra a sua vontade. Aquilo se manifestava e crescia a contragosto dentro dela, abria caminho na escuridão de sua mente, até aflorar. Como uma semente que busca a luz do sol da primavera, ia crescendo. Miriam, a pequena Ruth, Elizabeth. E agora Michael. Toda vez que olhava para ele, ele feria seu coração. Queria esmagar esses sentimentos novos, mas eles persistiam, lentamente iam abrindo caminho.

Duke tinha razão. Era insidioso. Uma armadilha. Crescia como hera, entrava à força nas menores frestas de suas muralhas, e ia acabar fazendo com que ela inteira ruísse. Se ela permitisse. Se não matasse aquele sentimento o mais rápido possível.

Ainda há uma saída, disse a voz sombria. **Conte para ele a pior coisa que já fez. Conte-lhe a respeito de seu pai. Isso vai envenenar o relacionamento. E acabará com a dor que cresce dentro de você.**

Então ela resolveu confessar-lhe tudo. Quando Michael soubesse de tudo, aquilo acabaria. A verdade criaria um abismo tão grande e tão profundo entre eles, que ela ficaria a salvo para sempre.

Michael estava cortando lenha quando ela o encontrou. Tinha tirado a camisa e ela ficou em silêncio, observando seu trabalho. As costas largas já estavam bronzeadas, e músculos rijos se moviam sob a pele dourada. Ele era todo poder, beleza e majestade quando golpeou o machado em um grande arco, batendo com força e rachando completamente a tora. As duas metades caíram do cepo. Ao abaixar para pegar as achas, ele a viu.

– Bom dia – disse, sorrindo.

Ela sentiu o estômago apertado. Michael parecia satisfeito e surpreso de vê-la observando.

Por que estou fazendo isso?

Porque está vivendo uma mentira. Se ele soubesse de tudo, ia detestá-la e expulsá-la daqui.

Ele não precisa saber.

Prefere que outra pessoa lhe conte? Será ainda pior.

– Preciso conversar com você – ela disse, com a voz fraca.

Angel só ouvia o coração batendo nos ouvidos e aquela voz sinistra que a levava ao desespero.

Michael ficou sério e franziu a testa. Ela estava tensa, mexendo num fiapo da saia.

– Estou ouvindo.

Angel sentiu calor e frio ao mesmo tempo. Precisava fazer aquilo.

Sim. Faça isso, Angel.

Tinha de fazer aquilo. As palmas das mãos ficaram úmidas. Michael tirou o lenço do bolso da calça e secou o suor do rosto. Quando olhou para ela, Angel sentiu uma enorme tristeza.

Eu não consigo.

Consegue sim.

Mas eu não quero.

Tola! Quer acabar como sua mãe?

Michael a observava. Ela estava abatida, pequenas gotas de suor despontavam-lhe na testa.

– Qual é o problema? Está se sentindo mal?

Conte para ele e acabe logo com isso, Angel! É isso que você realmente quer, fazer com que ele desista de você, enquanto pode suportar. Se esperar mais, vai doer mais. Ele lhe arrancará o coração e o servirá fatiado no jantar.

– Nunca lhe contei a pior coisa que fiz.

Ele retesou os ombros.

– Não é necessário confessar tudo. Não para mim.

– Você tem de saber. Já que é meu marido.

– O seu passado é problema seu.

– Não acha que deveria saber que tipo de mulher vive com você?

– Por que esse ataque, Amanda?

– Não estou atacando. Estou sendo sincera.

– Está forçando a barra outra vez. E forçando muito.

– Você precisa saber que...

– Não quero ouvir!

– ... fiz sexo com meu próprio pai.

Michael bufou ruidosamente, como se tivesse levado um soco. Ficou olhando para ela um longo tempo, com um músculo latejando no maxilar.

– Pensei que tinha dito que ele desapareceu de sua vida quando você tinha 3 anos.

– E desapareceu mesmo. Mas voltou a aparecer mais tarde, quando eu tinha 16.

Michael ficou nauseado. *Meu Deus. Meu Deus! Existe algum pecado que esta mulher não tenha cometido?*

Não.

E pede que eu a ame?

Como eu o amei.

Por que ela fez isso? Por que não guardou alguns fardos para si mesma?

– Está se sentindo melhor por ter jogado isso na minha cara?

– Não muito – ela disse, sem emoção.

Angel deu meia-volta e foi para casa, enojada de si mesma. Bem, estava feito. Terminado. Queria se esconder. Apressou o passo. Ia empacotar algumas coisas e ficar pronta para partir.

Michael tremia de raiva. O idílio tinha acabado. A tempestade chegara.

Como eu o amei, Michael. Setenta vezes sete.

Ele deu um grito e enfiou o machado no cepo. Ficou ofegante algum tempo, depois pegou a camisa e a vestiu enquanto ia para a cabana. Abriu a porta com um soco e viu Angel tirando coisas da cômoda que ele tinha feito para ela depois que os Altman foram embora.

– Não deixe isso assim pela metade, Amanda. Conte-me o resto do que fez. Desabafe. Descarregue isso em cima de mim. Dê-me todos os detalhes sórdidos.

Michael, amado.

Não! Não vou escutá-lo agora! Vou resolver isso com ela de uma vez por todas!

Ela não parou o que estava fazendo, então Michael a agarrou pelo braço e a fez virar para ele.

– Tem mais, não tem, Angel?

Ouvir aquele nome foi como se tivesse recebido um tapa na cara.

– Já chega, não chega? – ela disse, com voz muito baixa. – Ou você realmente precisa de mais?

Ele viu as emoções que ela tentava desesperadamente esconder, mas nem isso serviu para acalmá-lo.

– Vamos lavar toda a roupa suja de uma vez.

Ela puxou o braço para evitar o contato perturbador de Michael e aceitou o desafio.

– Está bem. Se é assim que quer... Houve um breve tempo em que pensei que amava Duke. Espantoso, não é? Toda a minha vida parecia depender dele. Contei-lhe tudo. Tudo que me machucava. Tudo que me importava. Pensei que ele consertaria aquilo tudo para mim.

– E em vez disso ele usou o que sabia contra você.

– Adivinhou. Eu nunca havia pensado na vida que Duke levava fora daquela casa nem de quem ele era amigo. Até ele voltar para casa com um que queria que eu conhecesse. "Seja gentil com ele, Angel. É um de meus amigos mais antigos e queridos." E então surgiu Alex Stafford na minha frente. Quando olhei para Duke, vi que ele ria de nós dois. Interessante, não é? Duke sabia quanto eu odiava Stafford pelo que ele tinha feito com minha mãe. Ele só queria ver o que eu ia fazer.

– Seu pai sabia quem você era?

Angel deu uma risada desolada, magoada.

– Meu pai ficou lá parado, olhando para mim como se eu fosse um fantasma. E quer saber o que ele disse? Que eu era muito parecida com alguém que ele conhecia.

– E depois?

– Ele ficou lá. A noite inteira.

– Você alguma vez parou para pensar...

– Eu *sabia* o que estava fazendo, e fiz assim mesmo! Ainda não entendeu? Eu fiz com *prazer*, só esperando o momento de lhe contar quem eu era.

Angel não conseguia olhar para Michael, tremia demais, sem parar.

– Quando contei, falei também o que tinha acontecido com mamãe.

A raiva de Michael se evaporou. Angel ficou tanto tempo em silêncio que ele encostou a mão nela.

– E o que foi que ele disse?

Ela recuou de novo, engolindo em seco convulsivamente. Estava com os olhos arregalados e atormentados.

– *Nada*. Ele não disse nada. Não na hora. Só ficou olhando para mim um tempo. Depois se sentou na beira da cama e chorou. *Chorou*. Parecia um homem velho e derrotado. E me perguntou a razão daquilo tudo.

Angel sentiu os olhos quentes e cheios de areia.

– E eu lhe disse que mamãe costumava fazer essa mesma pergunta para mim. Ele me pediu que o perdoasse, e eu disse que ele podia apodrecer no inferno.

A tremedeira passou e Angel se sentiu gelada por dentro, morta. Quando levantou a cabeça e olhou para Michael, ele estava lá, parado, quieto e imóvel, observando e esperando que ela contasse o resto.

– Sabe o que mais? – ela disse, sem emoção. – Ele se matou com um tiro três dias depois. Duke disse que foi porque devia dinheiro para todo o mundo, inclusive para o diabo, mas eu sei por que ele fez isso – e fechou os olhos, envergonhada. – Eu sei.

– Sinto muito – disse Michael.

Quantos outros pesadelos Angel devia ter, trancados dentro de si?

Ela olhou para ele outra vez.

– Essa foi a segunda vez que se desculpou por algo que não tem nada a ver com você. Como pode olhar para mim?

– Do mesmo modo que posso olhar para mim mesmo.

Ela balançou a cabeça e fechou mais o xale.

– Tem mais uma coisa importante – ela disse.

Michael adotou a postura de um soldado que vai para uma batalha.

273

– Não posso ter filhos. Engravidei duas vezes. Nessas duas vezes, Duke chamou um médico para tirar o bebê. Na segunda vez, disse para o médico cuidar para que eu nunca mais pudesse engravidar. Nunca mais, Michael. Você entendeu?

Angel viu que Michael entendia.

Ele ficou atordoado. Sentiu calor e frio alternadamente. Aquelas palavras tinham penetrado direto em seu peito.

Angel pôs as mãos no rosto; não suportava a expressão de Michael.

– Mais alguma coisa? – ele perguntou, em voz baixa.

– Não – disse ela, com os lábios trêmulos. – Acho que isso é tudo.

Ele não se moveu por um longo tempo. Então, pegou as blusas que Angel tinha posto na cama. Enfiou todas de volta na gaveta da cômoda e a fechou com um estrondo. Depois saiu.

Michael ficou fora durante tanto tempo que ela foi procurá-lo para saber o que ele queria que ela fizesse. Não estava nas plantações nem no celeiro. Podia ter ido até a casa dos Altman. Talvez tivesse ido procurar Paul para dizer que ele estava certo quanto a ela, mais do que certo.

Mas os cavalos estavam no curral.

Ela não parava de pensar no pai e ficou com medo.

Pensou melhor e percebeu que havia outro lugar para onde Michael poderia ter ido. Vestiu um casaco, pegou um cobertor pesado da cama e foi para a colina aonde ele a tinha levado para ver o nascer do sol. Michael estava lá sentado, com a cabeça apoiada nas mãos. Não levantou a cabeça quando ela chegou, e então Angel colocou o cobertor nos ombros dele.

– Quer que eu vá embora? Agora eu sei onde fica a estrada.

Passavam carruagens por lá de vez em quando.

– Posso encontrar meu caminho de volta.

– Não – ele disse, com a voz rouca.

Ela ficou ali, admirando o pôr do sol.

– Você de vez em quando tem a sensação de que Deus está lhe pregando uma peça terrível, não é?

– Não.

– Então por que ele faria uma coisa dessas com você, se você o ama tanto?

– Estive lhe perguntando isso.

– Ele respondeu?

– Eu já sei – Michael segurou a mão dela e a puxou para se sentar ao seu lado. – É para me dar força.

– Já é bastante forte, Michael. Não precisa disso. Não precisa de *mim*.

– Não sou bastante forte para o que ainda está por vir.

Angel teve medo de perguntar o que ele queria dizer com aquilo. Ela estremeceu e ele a abraçou.

– Ele não nos deu um coração temeroso – ele disse. – Ele mostrará o caminho quando chegar a hora.

– Como pode ter tanta certeza?

– Porque ele sempre fez isso.

– Gostaria de poder acreditar.

Grilos e sapos formavam uma cacofonia em torno deles. Como é que ela podia ter pensado que havia silêncio naquele lugar?

– Às vezes ainda ouço mamãe chorando – disse. – À noite, quando os galhos arranham a vidraça, ouço o tilintar de sua garrafa contra o copo e quase consigo vê-la sentada naquela cama desarrumada, com o olhar vazio. Eu gostava mais dos dias de chuva.

– Por quê?

– Porque quando fazia mau tempo os homens quase não apareciam. Ficavam longe, onde havia calor, em lugares secos, e bebiam todo o dinheiro que tinham, como Rab.

Angel contou para Michael que tinha o hábito de juntar latas no beco e que, depois de limpas e polidas, punha-as para coletar os pingos das goteiras.

– Minha sinfonia particular.

Soprou uma brisa. Michael afastou uma mecha de cabelo do rosto de Angel e a prendeu atrás da orelha. Ela estava calada, exausta. Ele ficou pensativo.

– Venha – disse, ao se levantar.

Puxou-a para cima e segurou-lhe a mão no caminho para casa. Quando entraram na cabana, ele vasculhou as ferramentas que estavam dentro de uma gaveta.

– Volto num minuto. Quero fazer uma coisa no celeiro.

Ela foi preparar o jantar. Precisava se manter ocupada para não pensar. Michael batia pregos nos caibros da cabana. Estava demolindo a casa? Ela chegou até a porta, secando as mãos, e espiou lá fora. Ele estava pendurando pedaços de metal, ferramentas, pregos e uma ferradura usada. Desceu da escada e passou a mão nas coisas enfileiradas.

– Sua sinfonia particular – disse, e sorriu para ela.

Sem fala, Angel ficou observando quando ele levou a escada de volta para o celeiro.

Ela entrou e se sentou; estava fraca demais para ficar de pé. Tinha destruído os sonhos dele, e ele lhe havia feito sinos de vento.

Quando ele voltou, ela lhe serviu o jantar. *Eu o amo, Michael Hosea. Amo tanto que estou morrendo disso.* A brisa moveu os sinos de vento e encheu a cabana com o agradável tilintar. Ela só conseguiu dizer "obrigada", baixinho. E ele deu a entender que não esperava nada além disso. Quando Michael terminou de comer, Angel pegou a água quente da grande panela de ferro que estava sobre o fogo para lavar os pratos.

Michael a segurou pelo pulso e fez com que se virasse de frente para ele.

– Deixe os pratos.

Quando começou a soltar seu cabelo, ela mal conseguiu respirar. Estava tremendo e muito constrangida. Onde tinham ido parar sua calma e seu autocontrole? Michael desmontava tudo com sua ternura.

Ele passou os dedos em seus cabelos e inclinou sua cabeça para trás. Viu o medo em seus olhos.

– Juro amá-la e acalentá-la, honrá-la e sustentá-la, na doença e na saúde, na pobreza e na riqueza, no mal capaz de escurecer nossos dias, no bem capaz de iluminar nosso caminho. Tirzah, minha amada, juro ser-lhe sincero em tudo até morrer. E mesmo depois disso, se Deus quiser.

Ela ficou olhando para ele, profundamente abalada.

– E o que eu tenho de lhe jurar?

Os olhos dele se iluminaram com um humor suave.

– Obedecer?

Michael a beijou e Angel se perdeu numa loucura de novas sensações. Jamais tinha sentido isso, assim, dessa maneira à vontade e maravilhosa, excitante, correta. Nenhuma das regras antigas se aplicava ali. Ela se esqueceu de tudo que aprendera com outros mestres. Sentia-se como a terra seca se encharcando de chuva primaveril, um botão de flor se abrindo ao sol. Michael sabia disso e a conduziu com palavras ternas que fluíam sobre ela como o doce bálsamo de Gileade que lhe curava as feridas.

Ela voou, com Michael, para o céu.

Na terra mais uma vez, ele sorriu.

– Você está chorando.

– Estou?

Angel pôs a mão no rosto e sentiu uma única lágrima.

– Não olhe para mim desse jeito – ele disse e a beijou. – É um bom sinal.

Mas, quando Michael acordou de manhã, Angel tinha ido embora.

Humildade

22

*Se uma coisa lhe parece difícil,
não pense que é impossível.*
— Marco Aurélio

O barulho das panelas na lateral da carroça de Sam Teal fez Angel se lembrar dos sinos de vento que Michael tinha pendurado para ela. Fechou os olhos e viu o rosto dele. *Amado. Meu amado!* Não podia pensar nele. Precisava esquecê-lo. Era melhor pensar no que o amor tinha feito com mamãe e botar a cabeça no lugar.

O velho mascate ao seu lado não tinha parado de falar desde que lhe dera carona na estrada ao amanhecer. Ela achou bom aquele bombardeio de palavras. Ele não tinha vendido nada em sua viagem para as montanhas. Os suprimentos de comida estavam acabando e o reumatismo o incomodava demais. A melhor coisa que tinha acontecido com Sam Teal naquele mês era ver uma coisinha linda como ela sentada num toco na beira da estrada. Sam era limpo e bem-arrumado, mas tinha uma aparência muito envelhecida e uma postura curvada. Já não tinha quase cabelo. Nem muito futuro também. Mas tinha um olhar bondoso por baixo das sobrancelhas grisalhas. Enquanto prestasse atenção no que ele dizia, Angel não precisava pensar.

— De quem está fugindo, moça?

Ela afastou uma mecha de cabelo louro do rosto e deu um sorriso fingindo estar calma.

– Por que acha que estou fugindo de alguém?

– Porque fica o tempo todo olhando para trás. Parecia preocupada demais quando a encontrei lá atrás. Imaginei que devia estar fugindo de seu marido.

– Como soube que eu era casada?

– Está usando aliança.

Angel cobriu a mão rapidamente e corou. Tinha se esquecido de tirar o anel. Ficou rodando a joia na mão e pensando como faria para devolvê-la para Michael.

– Ele a maltratou?

Michael nem pensaria nisso.

– Não – ela respondeu, sem emoção na voz.

Ele olhou para ela, curioso.

– Ele deve ter feito alguma coisa para você ter fugido assim.

Angel desviou o olhar. O que poderia dizer? *Ele fez com que me apaixonasse por ele?* Se contasse para aquele homem que Michael nunca tinha feito outra coisa senão tratá-la com a maior bondade e consideração, ele ia começar a lhe fazer perguntas.

– Não quero falar sobre isso, sr. Teal.

Girava sem parar a aliança no dedo e teve vontade de chorar.

– Sam. Pode me chamar de Sam, moça.

– Meu nome é Angel.

– Se vai se sentir melhor, tire a aliança e jogue-a fora – disse.

Ela jamais faria isso. A aliança tinha sido da mãe de Michael.

– Não dá para tirá-la – mentiu.

Teria de encontrar uma maneira de mandá-la de volta para ele.

– Está indo para Sacramento?

Sacramento era um bom lugar para recomeçar. Como qualquer outro.

– Estou.

– Ótimo. Estou indo para lá. Vou parar em alguns acampamentos de mineiros pelo caminho, para ver se consigo vender alguma coisa – e bateu com a rédea nos cavalos cansados. – Parece esgotada, moça. Por que não vai lá para trás e dorme um pouco? A cama abre na lateral. É só puxar aquele trinco.

Ela estava realmente exausta e agradeceu ao homem. Abaixou a cama e se encolheu nela, mas não conseguia pegar no sono. A carroça seguiu balançando pela estrada e sua cabeça girava. Não parava de pensar em Michael. Ele não entenderia por que ela havia fugido e ficaria com raiva. Ela estava muito confusa. Alguma coisa lá dentro insistia para que voltasse e conversasse com Michael,

280

para dizer-lhe o que estava sentindo. Mas sabia que isso era loucura. Mamãe não tinha revelado suas emoções para Alex Stafford? Não tinha declarado seu amor inúmeras vezes? E tudo o que aquele amor fez foi destruir seu amor-próprio e cobri-la de vergonha.

Angel não conseguia parar de pensar na noite anterior. Tinha se sentido plena com ele, completa. A sensação foi de integridade nos braços dele, de que aquele era exatamente o seu lugar.

Sua mãe sentiu a mesma coisa com Alex Stafford, e veja só no que deu.

Ela gemeu baixinho e se encolheu ainda mais.

Se Sam Teal não tivesse aparecido àquela hora, talvez tivesse fraquejado e voltado. E teria se agarrado a Michael do mesmo modo que sua mãe tinha feito com seu pai. Mais cedo ou mais tarde, Michael se cansaria dela, assim como Alex Stafford se cansou de mamãe.

Achava que a distância atenuaria o sofrimento, mas só fazia piorá-lo. Sua mente, seu corpo, a parte mais íntima de si ansiavam por ele.

Por que eu tinha de conhecê-lo? Por que ele tinha de ir a Pair-a-Dice? Por que tinha de estar lá na rua quando saí para andar naquele dia? Por que voltou ao bordel depois que o mandei embora?

Angel via seus olhos, cheios de paixão e ternura. "Eu a amo", ele dissera. "Quando é que vai entender que assumi um compromisso com você?"

"Ele disse que me amava", mamãe dizia, chorando. "Ele disse que me amaria para sempre."

Angel sentiu os olhos cheios de lágrimas e fez força para não chorar. Tudo bem. Tinha se apaixonado por Michael e chorado por ele, mas foi suficientemente esperta para fugir antes que as coisas ficassem sérias demais. Dessa vez tinha levado o que precisava e não apenas a roupa do corpo. Deixaria tudo aquilo para trás. Viajaria para o leste, para o oeste, para o norte ou para o sul. Iria para onde bem entendesse.

– Vou conseguir – sussurrou. – Vou me virar sozinha.

Fazendo o quê?, zombou a voz.

– Qualquer coisa. Vou encontrar alguma coisa para fazer.

Claro que vai, Angel. O que faz melhor.

– Vou descobrir outra forma de me manter. Não vou voltar para aquela vida.

Vai, vai sim. O que mais sabe fazer? E foi tão ruim assim? Você tinha teto, comida, boas roupas, era adorada...

A voz sombria acompanhava a cadência dos cascos dos cavalos cansados na estrada de terra. Quando conseguiu dormir, Angel sonhou com Duke novamente. Ele fazia todas as coisas que costumava fazer. E Michael não estava lá para impedi-lo.

Sam Teal a chamou e ela acordou. Dividiu uma refeição com ela e disse que chegariam a um acampamento em breve.

– Vou tentar mais uma vez. Se não vender parte dessa mercadoria, serei preso quando chegar a Sacramento. Tudo isso está em consignação. Não recebo um centavo se não vender. Talvez o bom Deus fique do meu lado desta vez.

Sam pegou os pratos de zinco e Angel observou quando ele foi até o riacho lavá-los. O bom Deus não tinha feito nada por aquele pobre velho. Não mais do que tinha feito por ela. Sam Teal juntou as coisas e as arrumou novamente na carroça. Ficou esperando e ajudou Angel a subir como se ela fosse uma dama.

– É melhor ficar escondida aí atrás – aconselhou. – Alguns desses jovens cavalheiros ficam muito alvoroçados quando veem uma mulher – e deu um sorriso triste, como se desculpando. – E estou velho demais para brigar por você.

Ela tocou em sua mão e foi para a parte de trás.

Quando chegaram ao acampamento, ela ouviu Sam oferecendo sua mercadoria. Os homens vaiaram, gritaram insultos e zombaram dos cavalos e da carroça. Falaram mal das coisas que ele vendia. E, pior ainda, dele próprio. Mas ele insistiu. Os mineiros o xingaram mais, mas Sam continuou, afirmando a qualidade do que tinha para oferecer. Os homens se divertiam fazendo pouco daquele velho. Angel percebeu na voz de Sam Teal que suas esperanças estavam minguando. Conhecia bem essa sensação. Sabia que era uma dor na alma.

– Todo mundo aqui só precisa de uma panela – alguém gritou.

Outro chamou Sam de idiota. Angel fez uma careta. Talvez ele fosse mesmo idiota, mas não merecia aquilo. Só queria ganhar a vida honestamente.

Ela abriu a cortina e saiu. Sua aparição fez os homens silenciarem imediatamente.

– O que está fazendo? – cochichou Sam, apavorado. – Volte para dentro, moça. Esses homens são perversos.

– Eu sei – ela disse. – Dê-me essa panela, Sam.

– Você não vai conseguir enfrentá-los todos.

– Dê-me a panela.

– O que vai fazer com ela?

– Vendê-la – disse, tirando-lhe a panela da mão. – Sente-se, Sam.

Confuso, ele fez o que ela pediu. Angel deu a volta nele, ergueu a panela e a acariciou, como se fosse um objeto de grande valor.

– Cavalheiros, Sam conhece sua mercadoria, mas não sabe nada de cozinha – sorriu um pouco e viu que alguns homens também sorriam.

Outros deram risada, como se ela estivesse contando uma piada. Angel falou de frango, de bolinhos, de carne de porco salgada e frita com molho, de ovos mexidos com toucinho. Quando os mineiros já estavam babando, falou calmamente da necessidade de ter uma panela de qualidade para preparar uma boa refeição. Falou do ferro fundido, da distribuição do calor, da facilidade no manuseio. Sam já tinha falado de tudo isso antes, mas dessa vez os homens prestaram atenção.

– Além de todas as refeições maravilhosas que podem preparar nesta panela, ela tem outras utilidades. Quando suas balas acabarem e tiverem de proteger seus bens, poderão usá-la como arma.

E fingiu golpear um homem que estava chegando muito perto. Os outros riram. Ela riu também, simpatizando com eles.

– E então, como vai ser, cavalheiros? Tenho um comprador?

– Sim!

Os homens se empurraram para chegar mais perto. Comprariam até uma lata amassada de suas mãos. Uma briga começou no meio do grupo. Ela se inclinou para Sam e lhe perguntou o preço da panela. Ele disse uma quantia modesta.

– Ah, acho que podemos fazer melhor do que isso – retrucou, esperando que apartassem os dois brigões para lhes dar o preço.

Alguém reclamou bem alto e os outros pararam.

Angel sorriu e sacudiu os ombros, indicando que não se importava se eles a comprariam ou não. Pendurou a panela de volta na lateral da carroça e se sentou.

– Vamos embora, Sam. Você estava enganado quanto a estes cavalheiros. Eles não reconhecem uma coisa de boa qualidade quando a veem.

Sam ficou boquiaberto. Alguns homens protestaram. Ela se virou para eles.

– Vocês disseram que estamos cobrando muito caro – disse. – Francamente, não vejo sentido em tentar convencê-los de uma coisa que bastaria a inteligência para saber que é de primeira necessidade. Sam? – e deu as rédeas para ele.

Um mineiro agarrou os arreios dos cavalos e pediu que esperassem, pois queria comprar uma panela antes que partissem.

Angel atendeu ao seu pedido e vendeu todas as panelas que Sam tinha na carroça.

Os homens só começaram a se dispersar quando Sam pegou as rédeas e seguiu pela estrada para fora da cidadezinha. Sorria de orelha a orelha.

– Você tem talento para isso, moça.

– É, alguma coisa eu tenho – ela disse, secamente.

Não era tanto o que ela falava, mas o modo como falava e olhava para os homens. Vender uma frigideira não era diferente de se vender. E isso era o que de melhor sabia fazer.

Angel preparou o jantar dos dois enquanto Sam Teal contava seu ouro. Ela serviu o prato dele e se sentou para comer. Quando terminou, ele lhe jogou alguma coisa. Angel a agarrou no ar, espantada.

– O que é isso? – perguntou, segurando um saco de couro.

– A sua parte do que vendemos hoje.

Ela olhou para ele, surpresa.

– Mas as panelas eram suas.

– E ainda estariam penduradas na minha carroça se você não tivesse falado com eles. Você precisa de dinheiro para se manter. Agora já tem algum.

Sam pegou um cobertor extra e dormiu embaixo da carroça.

Assim que o sol nasceu, seguiram para Sacramento. Chegaram ao meio-dia do segundo dia. Estava acontecendo uma corrida e Sam teve de conduzir a carroça para um lado quando três cavaleiros passaram em disparada. A rua se encheu de gente e de carroças atrás deles. Angel viu construções por toda parte. E só se ouvia o barulho das marteladas e das carroças carregadas de toras de madeira.

– Primeiro foi o incêndio – disse Sam, quando voltou com a carroça para o meio da rua, seguindo o fluxo. – Depois, a enchente. Quase todas as casas à beira do rio foram destruídas – e estalou as rédeas. – Você tem família aqui? – perguntou para Angel.

– Amigos – ela inventou, fingindo observar aquela atividade toda.

– Quer que a deixe em algum lugar específico? – ele perguntou, obviamente preocupado com ela.

– Não. Qualquer lugar está bom. Eu dou um jeito. Não se preocupe comigo, Sam. Sei me cuidar.

Ele parou na frente de uma grande loja de ferragens.

– Aqui é o fim da linha para mim.

Ajudou Angel a descer e apertou-lhe a mão.

– Agradeço sua companhia, moça, e sua ajuda naquele último acampamento. Acho que meus dias de caixeiro-viajante acabaram. É hora de ficar atrás de um balcão. Talvez eu abra uma loja e contrate algumas vendedoras bonitas.

Angel desejou-lhe sorte e afastou-se rapidamente. Foi andando pela calçada de madeira, desviando de homens que tiravam o chapéu para ela. Não olhou para ninguém, concentrada que estava em descobrir o que faria agora que tinha chegado a Sacramento. Passou por um bar e a música barulhenta a fez lembrar do Silver Dollar e do Palácio. Muitas coisas lhe pareciam distantes, mas a lembrança delas trouxe tudo de volta, para perto demais.

Quando se deu conta, estava perto do rio. Deu um sorriso amargo diante daquela ironia. Mamãe não tinha acabado nas docas? E lá estava ela, gravitando na direção do cais, onde os barcos atracavam. Viu gente descendo pela plataforma de desembarque e homens descarregando o navio.

Continuou andando e viu construções em andamento ao longo da rua para substituir as que tinham sido levadas pela enchente. Duas casas ainda funcionavam. Uma era um grande *saloon*. Angel sabia que se entrasse por aquelas portas de mola, em menos de uma hora estaria trabalhando em um dos quartos do segundo andar.

Sem rumo, seguiu pela rua. O que ia fazer? O ouro que Sam Teal tinha lhe dado seria suficiente para mantê-la por uma ou duas semanas. Mas e depois? Tinha de descobrir um jeito de se manter, e a ideia de voltar para a prostituição era insuportável.

Não posso mais fazer isso. Não depois de Michael.

Michael é apenas um homem igual aos outros.

Não. Ele não é igual aos outros em nada.

Um homem alto, de cabelo preto, saiu de uma loja, e o coração dela deu um pulo no peito. Não era Michael, era outro homem com a mesma constituição e o mesmo tom de pele. O homem ria com os amigos ao atravessar a rua.

Ela precisava parar de pensar em Michael. A primeira coisa que tinha de fazer era achar um lugar para ficar, mas todos os estabelecimentos pelos quais passava pareciam precários ou caros demais. Sua mente não parava de provocá-la, mas acabava sempre voltando para Michael. O que ele estaria fazendo naquele momento? Estaria à sua procura ou já teria desistido e voltado para trabalhar na terra? Então passou por outro bordel.

Entre aí, Angel. Eles cuidarão de você. Terá seu próprio quarto e todas as refeições.

Ela transpirava nas mãos. Já era fim de tarde e estava esfriando. Por quanto tempo tinha perambulado? Recuou quando um homem saiu. Ele olhou surpreso para ela.

– Com licença, madame – disse, pondo a mão no chapéu. – Não devia estar aqui, na frente de um lugar como este.

– Meu marido está aí dentro – disse a primeira coisa que pensou para se livrar dele.

– Seu marido? – ele olhou para ela de cima a baixo e balançou a cabeça. – O que ele está fazendo aí dentro, com alguém como você em casa? Como é o nome dele?

– O nome dele? Ah, é Charles.

Assim que o homem passou pela porta de mola e subiu a escada chamando o inexistente Charles, ela saiu apressada, atravessou a rua e virou numa transversal. Alguns homens se espantaram ao vê-la passar correndo. Parou diante de uma placa pintada: Armazém Geral Hochschild. Foi direto para a loja, como se fosse um farol na escuridão.

Uma senhora mais velha e corpulenta saiu com uma vassoura em punho e varreu a calçada. Trabalhava diligentemente, muito séria, varrendo a terra para a rua e batendo a vassoura nas tábuas. Levantou a cabeça quando Angel subiu na passarela.

– Homens – resmungou, com um pequeno sorriso. – Não sabem usar o raspador de lama antes de emporcalhar a loja com suas botas enlameadas.

Ela viu o embrulho de pano na mão de Angel, que cumprimentou a mulher com um aceno de cabeça e entrou na loja. Procurou Joseph, mas não o viu em parte alguma.

– Posso ajudá-la? Procura alguma coisa? – perguntou a mulher, parada perto da porta, segurando a vassoura como um rifle em posição de descanso.

– Bolsa de tapeçaria – disse Angel. – Uma pequena.

– Ficam aqui – disse a mulher, levando-a até uma prateleira encostada na parede. – Esta aqui é bonita.

Tirou uma e a deu para Angel examiná-la. Outra mulher, robusta, de cabelo escuro, saiu de trás de uma cortina nos fundos e botou uma caixa sobre o balcão, secando o suor da testa.

– Joseph – chamou, virando-se para trás –, quer fazer o favor de trazer aquele caixote para cá? Não consigo levantá-lo.

Angel desejou não ter entrado na loja. Por que não raciocinou antes de correr para lá? Joseph gostava de Michael. O que ele ia pensar quando soubesse que ela tinha fugido daquele jeito? Não podia esperar nenhuma ajuda dele. E quem eram aquelas mulheres ali? Ele havia dito que a mãe dele chegaria com uma esposa para ele. Então seria isso?

– Não gostou? – perguntou a mulher.

– O quê? – gaguejou Angel.

Ela precisava sair dali.

– Da bolsa de tapeçaria – a mulher respondeu, agora curiosa.

– Mudei de ideia.

Angel devolveu a bolsa. Joseph saiu lá dos fundos carregando o caixote e a viu imediatamente. Deu um largo sorriso e Angel viu que ele também deu uma olhada rápida em volta, à procura de Michael. Ela se apressou para a porta e esbarrou na senhora mais velha.

– Perdão – gaguejou, tentando firmar a mulher e passar por ela.

– Angel! O que está fazendo? Espere!

Ela não parou. Joseph largou o caixote no chão com um estrondo, pulou por cima do balcão e a alcançou.

– Espere aí – ele disse, agarrando o ombro dela. – O que está acontecendo?

– Nada – ela disse, com o rosto vermelho. – Só vim dar uma espiada nas bolsas de tapeçaria.

– Então olhe quanto quiser. Onde está Michael?

Ela engoliu em seco.

– Em casa.

Joseph franziu a testa.

– O que aconteceu?

Ela inclinou o rosto e levantou o queixo.

– Não aconteceu nada.

A mãe dele foi para junto dos dois, ainda com a vassoura na mão.

– Quem é essa jovem, Joseph?

Ela observava Angel com interesse renovado e com desaprovação também.

– É mulher de um amigo meu – ele disse, sem tirar os olhos da moça.

Angel queria que ele parasse de examiná-la com aquele olhar penetrante e arguto. Joseph segurou seu cotovelo.

– Venha até aqui, sente-se e conte-me o que está havendo.

E cuidou logo das apresentações.

– Minha mulher, Meribah, e minha mãe, Rebekkah.

– Querem café? – perguntou Meribah.

– Sim – respondeu Joseph.

E fez sinal para sua mãe se afastar. Ela foi varrer o chão, mas ficou espiando os dois disfarçadamente.

– Eu não devia ter vindo aqui – disse Angel.

– Michael sabe onde voce está?

– Claro que sabe – ela mentiu.

– Pois é – disse ele, afirmando uma série de coisas com aquelas duas palavras simples.

Joseph se sentou num barril e continuou segurando o braço dela.

– Você fugiu dele, não foi?

Angel puxou o braço e adotou uma atitude defensiva.

– Não estava dando certo.

– Ah, não?

Ele ficou muito tempo sem dizer nada, depois completou:

– Isso não era exatamente inesperado, eu acho, mas é uma pena.

A rebeldia dela aflorou.

– Tem ideia do que uma mulher da vida regenerada pode fazer para ganhar a vida nesta cidade? – perguntou com petulância e com seu antigo sorriso ensaiado.

Joseph franziu o cenho e ela imaginou que ele devia estar pensando que ela lhe pediria algum dinheiro.

– Deixe para lá – ela se apressou em dizer. – Foi uma piada sem graça.

Angel ficou de pé.

– Tenho de ir.

Joseph botou a mão no braço dela de novo.

– Sente-se aí. Meribah está chegando com a bandeja.

Ela lhes serviu o café. As mãos de Angel tremiam ao pegar a xícara. Procurou se controlar, porque sentiu que Joseph a observava. Meribah ofereceu-lhe um pedaço de bolo, mas ela não o aceitou. A mãe de Joseph tinha acabado de varrer e fora para junto deles. Angel desejou mais uma vez não ter entrado naquele lugar. Com a censura de três pares de olhos, teve a sensação de murchar por dentro. Conversaram sobre a enchente, sobre a reconstrução e sobre o estoque da loja. Apesar de ninguém fazer nenhuma pergunta pessoal, Angel sentia os olhares curiosos.

Entrou um cliente na loja e Meribah foi atendê-lo. Chegou mais outro e Rebekkah, percebendo que Joseph não tinha nenhuma intenção de atendê-lo, pediu licença.

– Tem onde ficar? – ele perguntou.

– Ainda não – disse Angel, e empinou o queixo. – Mas não deve ser muito difícil encontrar um quarto.

– Vai ficar aqui – ele disse.

Ela parecia completamente exausta.

– O que sua mulher e sua mãe vão achar disso? – perguntou sarcasticamente, sem se dar conta do próprio olhar de menina perdida.

– Ficariam mais intrigadas se eu a mandasse embora sem lugar para se hospedar. Não podemos oferecer acomodações muito confortáveis, mas terá uma cama com lençóis limpos e comida *kosher*. O que me diz?

Ela mordeu o lábio e olhou para as duas mulheres.

Ele bateu com a palma das mãos nas coxas e se levantou.

– Elas não vão se incomodar.

E mesmo se as duas não gostassem, ele pretendia fazer com que guardassem suas reclamações para si mesmas. Já era fim de tarde e ele podia fechar a loja um pouco mais cedo do que de costume.

Angel se sentou com os três à mesa de jantar no segundo andar. Ficou brincando com a comida no prato, fingiu comer um pouco, mas sem apetite nenhum. Meribah e Rebekkah não lhe fizeram nenhuma pergunta inoportuna, mas Angel sentiu que estavam muito curiosas. Quando Meribah tirou a mesa, ela se levantou e foi ajudá-la. Joseph e a mãe começaram a conversar em voz bem baixa e agitada assim que ela saiu pela porta da sala. Pararam de falar quando Angel voltou para pegar o resto dos pratos. Ela os empilhou e parou.

– Posso ficar só esta noite – disse. – Se isso vai causar problemas para vocês, vou embora amanhã bem cedo.

– Ficará o tempo que Joseph decidir que fique – disse Rebekkah, num tom que não admitia discussão. – Ele vai pôr sua cama perto do fogão à lenha lá embaixo. Assim ficará aquecida.

Joseph arrumou a cama para ela. Subiu de novo e disse para Meribah que ia sair. Que voltaria em poucas horas. A mulher ficou surpresa, mas não lhe perguntou nada.

– Ele nunca sai à noite – disse, depois que ele saiu e fechou a porta.

Meribah pegou um bordado para fazer.

– Negócios – disse Rebekkah, tricotando bem rápido.

Angel ficou na sala de estar com as duas mulheres. O único ruído era o tique-taque do relógio sobre o console da lareira e as agulhas de Rebekkah batendo uma na outra.

– Se não se importam, acho que vou para a cama – disse Angel por fim.

Rebekkah aprovou balançando a cabeça. Angel saiu, fechou a porta e parou. As duas mulheres começaram a falar, agitadas. Deviam estar falando dela. Desceu e se deitou na cama, no escuro. Teve um sono inquieto, sonhou com Duke.

Rebekkah desceu quando o sol nasceu. Angel acordou e se vestiu apressadamente.

– Não dormiu bem, não é? – a mulher perguntou, enquanto Angel juntava suas coisas.

– Dormi sim. Obrigada por ter me deixado ficar esta noite.

Angel dobrou as cobertas, fechou a cama e a botou num espaço estreito entre as prateleiras. Sentiu mais ainda os olhos de Rebekkah observando tudo.

– Joseph disse que está procurando trabalho – ela disse. – Temos muita coisa que você poderia fazer por aqui.

Angel endireitou o corpo, atônita, e encarou a mulher.

– Está me pedindo para trabalhar para *vocês*?

– A menos que tenha alguma coisa melhor em vista – disse Rebekkah.

– Ah, não. Não tenho não – ela disse logo. – O que quer que eu faça?

Rebekkah deu-lhe uma lista.

Angel lavou as janelas e varreu a loja. Empilhou comida enlatada e dobrou camisas de flanela vermelha. Pendurou arreios e selas nas paredes. Quando os homens iam falar com ela, Meribah e Rebekkah intercediam, respondiam às perguntas deles e mostravam-lhes a mercadoria. Rebekkah pediu para ela carregar as caixas do depósito e botá-las nas prateleiras atrás dos balcões. Angel trabalhou muito, parou para almoçar ao meio-dia e retornou à labuta até Joseph fechar e trancar a porta da loja depois de escurecer.

À noite, durante o jantar, Rebekkah deu-lhe um envelope.

– Seu pagamento – disse.

Angel foi pega de surpresa e sentiu um nó na garganta. Olhou para Joseph e para Meribah, depois de novo para Rebekkah, que se virou para o filho.

– Ela trabalha bem.

Angel abaixou a cabeça, sem conseguir falar. Rebekkah pôs um prato de batata na frente dela.

– Coma. Está precisando de mais carne nesses ossos.

Mais tarde, Angel se sentou na cama com um lampião aceso e contou sua diária. Ganhava mais em meia hora no Palácio, mas nunca se sentira tão limpa e orgulhosa.

No dia seguinte, Rebekkah pediu-lhe para que separasse feijão em sacos de dois quilos e meio, depois que os amarrasse e os empilhasse. Quando terminou, Angel arrumou os rolos de tecido e os pôs de pé em vez de empilhá-los. Meribah gostou muito daquele novo arranjo, achando que seria muito mais fácil manuseá-los daquele jeito.

– Joseph acabou de receber um carregamento de banheiras. Quer me ajudar a trazê-las? Podemos empilhá-las naquele canto dos fundos.

Rebekkah designava tarefas para Angel todos os dias e todas as noites, quando fechavam a porta e penduravam o aviso de "Fechado". Em seguida, lhe pagava pelo serviço.

– Olhe só o que acabou de chegar – disse Joseph, batendo com a mão num caixote.

Angel largou a vassoura e ajeitou as mechas de cabelo que escapavam do lenço que usava na cabeça.

– O que é?

– O fogão do Michael.

Ela ficou com o coração na boca ao ouvir o nome dele.

– Tenho de acabar de varrer a loja – disse.

Joseph ficou observando Angel um tempo, depois voltou ao trabalho.

No jantar ela estava distraída, distante. Assim que terminou de tirar a mesa e de lavar os pratos, pediu licença. Meribah desceu logo depois dela.

– Joseph e Rebekkah estão fazendo a contabilidade – disse, e fez uma pausa, meio indecisa. – Você não comeu quase nada no jantar. Está se sentindo bem?

– Sim.

Angel não parava de pensar em Michael. Enquanto estivesse se mexendo e trabalhando, conseguia manter longe a saudade. Olhou para o grande caixote encostado na parede. Teriam de lhe mandar um aviso, e então ele viria pegar o fogão.

Tenho de ir embora antes de Michael chegar.

Meribah se sentou numa caixa e esquentou as mãos perto do aquecedor.

– Está pensando em ir embora, não está?

Angel levantou a cabeça.

– Estou.

– Não está gostando do trabalho?

– Não é o trabalho. É que...

O que ela podia dizer? Deu um suspiro e indicou o grande caixote com um movimento de cabeça.

– O fogão de Michael. Ele virá pegá-lo em breve.

– E você não quer encontrá-lo?

– Não posso.

– Foi tão terrível assim?

Foi maravilhoso, isso sim. Maravilhoso demais para durar.

– É melhor não vê-lo, só isso.

– Para onde vai?

Ela deu de ombros.

– San Francisco. Não sei. Não importa.

Meribah pôs as mãos no colo.

– Joseph admira muito o seu marido.

Angel fez que sim com a cabeça e olhou para o lado.

– Eu sei.

Só de ouvir o nome dele muitos sentimentos se agitavam dentro dela. Pensou que a saudade diminuiria. Achava que a distância acabaria com o que sentia por ele. Já estava longe dele havia três semanas e o desejava mais do que no dia em que saíra de casa.

– Fui casada antes – disse Meribah. – Com um homem muito difícil. Minha mãe morreu quando eu era pequena, e papai quis que eu me casasse antes de chegar a hora dele. Então escolheu um homem que aparentava ser próspero e bondoso. Meu marido não era nem uma coisa nem outra. Eu costumava rezar para que Deus me livrasse dele. E me livrou.

Parou de falar um pouco, depois continuou:

– Então aprendi que a vida pode ser muito cruel com uma mulher sozinha.

– Estive sozinha minha vida inteira – disse Angel simplesmente.

– Se o seu marido for a metade do que Joseph acha que é, você deve voltar e acertar as coisas com ele.

Angel levantou a guarda.

– Não me diga o que devo fazer. Você não sabe nada da minha vida nem por onde andei.

Meribah ficou calada um tempo e Angel se arrependeu da agressividade de suas palavras.

– Tem razão – disse a esposa do comerciante. – Não sei de tudo o que aconteceu, mas sei o pouco que Joseph me contou.

– E o que ele lhe contou? – disse Angel, ouvindo o tom áspero na voz, sem poder amenizá-lo.

Abalada, Meribah olhou com tristeza para ela.

– Que o seu marido a tirou de um bordel. Que ele se apaixonou por você na primeira vez em que a viu e que ainda deve amá-la até hoje.

Aquelas palavras provocaram uma onda de dor em Angel.

– O amor não dura.

Não sabia o que estava transparecendo em sua expressão. Mas a de Meribah ficou mais suave.

– Às vezes dura sim. Se for do tipo certo.

Depois que Meribah subiu, Angel ficou deitada no escuro lembrando o que ela havia dito. Mamãe tinha lutado para manter vivo o amor de Alex Stafford. Fizera de tudo para agradá-lo e manter viva a paixão. Agora Angel imaginava se não tinha sido exatamente esse esforço todo que o fizera se afastar. Mamãe era carente demais do amor dele. Toda a sua vida girava em torno das idas de Alex Stafford à pequena casa. Sua felicidade dependia exclusivamente dele. Era uma obsessão.

E em que o que ela sentia por Michael era diferente? Não conseguia parar de pensar nele. Seu coração ansiava estar perto dele, ouvir sua voz, ver seus olhos brilhando quando olhava para ela. O corpo dela desejava o dele, seu calor e seu toque. As emoções de Angel eram um turbilhão.

De manhã, comunicou a Joseph que ia partir.

– Você não pode ir – ele disse, nitidamente aborrecido com ela. – Meribah machucou as costas ontem à noite. Não foi, Meribah?

A mulher ficou confusa.

– Pode admitir – ele disse, e ela abriu as mãos. – Está vendo? – observou Joseph. – Além do mais, estou com um carregamento nos fundos. Não posso trazer tudo sozinho para as mesas.

– Então está bem – rendeu-se Angel. – Mas assim que isso terminar, preciso ir.

E foi trabalhar na mesma hora, apressada para acabar logo e sair dali. Joseph ficou dizendo para ela ir devagar, que não precisava de outra mulher com uma distensão nas costas. Quando pararam para almoçar, ele ficou mexendo na comida com o garfo tanto tempo que Angel se exasperou. Ela se levantou para voltar ao trabalho e ele lhe disse para se sentar de novo e terminar seu café. Se estava tão aflito para arrumar a mercadoria, por que desperdiçava tanto tempo? E parecia que não havia nada de errado nas costas de Meribah quando ela se levantou e tirou a bandeja pesada da mesa...

Voltaram ao trabalho e Joseph disse que tinha mudado de ideia sobre o local onde tinha posto alguns lampiões, e que queria colocá-los do outro lado da loja. A mercadoria sobre a mesa que ele tinha escolhido também tinha de ser retirada dali. Angel fez o que ele pediu, mas foi ficando cada vez mais tensa à medida que o dia ia passando.

Saia daqui, Angel. Vá embora. Já.

Mas ela ficou trabalhando com Joseph, querendo terminar o que tinham começado, mesmo se ele mudava de ideia a cada meia hora. O que estava acontecendo com ele hoje?

Por fim, Joseph pôs a mão no ombro de Angel.

– Já chega por hoje. Quer fechar a loja para mim?

- Ainda é cedo, não é?

– Acho que já passou da hora – ele disse, e sorriu.

Joseph fez sinal para Meribah e para sua mãe, e os três passaram juntos pela cortina dos fundos. Angel franziu a testa e deu meia-volta.

Michael estava parado na porta da loja.

> *Tu és toda formosa, minha amada,*
> *e em ti não há mácula.*
> — Cântico dos Cânticos 4,7

Angel ficou paralisada de choque quando Michael veio caminhando em sua direção. Estava coberto de poeira da estrada, com rugas no rosto e expressão angustiada.

— Joseph me mandou um recado dizendo que você estava aqui.

O coração dela estava galopando.

— Por que veio?

— Para levá-la para casa.

Ela recuou, para longe dele.

— Eu não quero voltar — disse, querendo parecer firme e indiferente, mas sua voz trêmula não soou como uma coisa nem outra.

Ele continuou avançando. Angel bateu numa mesa de botas e alguns pés caíram no chão.

— Eu sabia que você não ia voltar para Pair-a-Dice — ele disse.

Ela se agarrou à mesa atrás dela para se equilibrar e não cedeu.

— Como teve tanta certeza? — zombou.

Ele não respondeu. E ela não conseguiu decifrar seu olhar. Michael estendeu a mão e ela prendeu a respiração. Sentiu o rosto sendo tocado timidamente. Apertou os lábios para impedir que tremessem.

– Eu simplesmente sabia, Amanda.

Sem poder suportar o turbilhão de emoções, passou por ele, aflitíssima.

– Você nem sabe por que o deixei.

Michael a agarrou e a virou.

– Ah, sei sim!

Puxou Angel e a abraçou.

– Você veio embora por causa disso.

E a beijou. Quando ela tentou se livrar, ele segurou-lhe a cabeça por trás. Angel se debateu mais quando o fogo traiçoeiro a dominou.

Finalmente parou de lutar e Michael soltou os cabelos louros que ela tinha presos pelo lenço. Enfiou os dedos no meio deles, inclinando a cabeça dela para trás. Angel sentia as batidas violentas do coração dele na palma das mãos.

– Foi isso, não foi? – ele disse, com a voz rouca.

Envergonhada, ela tentou se virar para o outro lado, mas ele não deixou.

– Não foi?

– Não quero sentir isso – sussurrou, derrotada.

Alguém pigarreou.

– A loja ainda está aberta?

Michael se virou e deslizou as mãos nos braços dela. Apertou as mãos de Angel um segundo, antes de soltá-la.

– Não, não está. Sinto muito.

Atravessou a loja e acompanhou educadamente o cliente até a porta. Fechou-a bem quando entrou novamente, trancou-a e virou o cartaz na janela.

Michael se virou para trás e viu Amanda no fundo da loja. Ela se abaixou para pegar alguma coisa perto do aquecedor. Ele foi até lá e viu que era uma bolsa de tapeçaria e que ela estava recolhendo as poucas coisas que tinha.

– Vamos para casa amanhã de manhã – ele disse.

Ela não olhou para ele.

– Você vai para casa. Eu vou para San Francisco.

Ele cerrou os dentes e se esforçou para ter paciência. O rosto dela estava muito branco e tenso. Quando tentou encostar nela, Angel se moveu muito depressa e pôs um barril entre os dois. Enfiava as roupas na bolsa freneticamente.

– Você está apaixonada por mim – ele disse. – Pensa que pode escapar disso?

Angel ficou paralisada com suas palavras, de cabeça baixa, agarrando a bolsa com força. Tremia violentamente. O efeito que Michael tinha sobre ela era devastador. Recomeçou a guardar as coisas na bolsa. Quanto mais cedo se afastasse dele, melhor. Tentava enfiar seus sentimentos na bolsa, junto das roupas.

– Eu disse que nunca me apaixonaria por ninguém, e falei sério!

– Mas, milagre dos milagres, você se apaixonou, não foi? – ele retrucou, determinado e implacável como nunca.

– Vá embora, Michael.

– De jeito nenhum.

– Deixe-me em paz!

Angel enrolou a última saia e a enfiou junto com as outras coisas. Fechou a bolsa e olhou furiosa para ele.

– Quer saber como eu sinto o amor? A sensação que tenho é de que você está arrancando meu coração.

Os olhos dele faiscaram.

– Comecei a sentir isso quando você partiu. Não quando estava comigo.

Ela tentou passar por ele, mas ele a impediu.

– Reparei no jeito que estava começando a olhar para mim, Amanda. Senti sua reação naquela última noite. Eu a senti em todo o meu corpo.

– E isso lhe deu uma sensação de poder, não foi? Não foi?

– Sim! – ele admitiu asperamente e agarrou-lhe o braço quando ela já recuava para a porta dos fundos.

– Mas não é um poder que vou usar contra você.

– Tem razão – ela disse, tentando se livrar. – Não vou lhe dar essa chance!

Michael arrancou a bolsa da mão dela e lançou-a contra a parede do fundo da loja.

– Não sou seu pai! Não sou Duke! Não sou nenhum cavalheiro pagando por meia hora em sua cama! – gritou, apertando o braço dela. – Sou seu marido! Não subestimo o que você sente. Eu a amo. Você é minha mulher!

Angel mordeu o lábio e reprimiu as lágrimas.

Michael ficou um pouco mais calmo. Segurou o rosto dela para que não deixasse de olhar para ele e viu a briga desesperada que ela travava com suas emoções. Elas sempre foram suas inimigas. Para sobreviver, ela não podia se permitir sentir. Ele compreendia isso, mas tinha de fazê-la entender que aquela emoção não lhe seria prejudicial.

– Amanda, no primeiro dia em que a vi ,soube que seu lugar era ao meu lado.

– Sabe quantas vezes os homens me disseram isso? – ela disse, querendo afastá-lo.

Ele insistiu, obstinadamente, como se não estivesse ferido com suas palavras.

– Adorei vê-la crescer e mudar. Você nunca é a mesma. Adoro o jeito que encara coisas novas, sua vontade de aprender. Adoro seu modo de trabalhar, a expressão de menininha quando termina uma coisa que nunca fez antes. Adoro vê-la saltitando no campo com Ruth. Adoro vê-la rir com Miriam e acatar a sabedoria de Elizabeth. Adoro a ideia de envelhecer com você e de acordar ao seu lado pelo resto da vida

– Não faça isso – ela murmurou, arrasada.

– Eu ainda nem comecei – e a balançou suavemente. – Amanda, adorei lhe dar prazer. Adorei sentir sua entrega. Adorei ouvi-la dizer meu nome – ela corou e ele a beijou. – O amor purifica, minha amada. Ele não derrota ninguém. Não joga culpas – e a beijou de novo, desejando ter as palavras certas para dizer o que sentia.

As palavras nunca lhe bastariam para mostrar à sua amada o que ele queria lhe dizer.

– Meu amor não é uma arma. É a linha da vida, um salva-vidas. Estenda a mão, agarre-se e não se solte mais.

Dessa vez, quando ele a puxou para perto e a abraçou, ela não resistiu. Então, quando ela o abraçou também, ele suspirou e toda a tensão daquelas últimas semanas desapareceu.

– Essa sensação é boa, não é? É assim que deve ser.

– Eu não conseguia parar de pensar em você – ela desabafou, chegando mais perto e sentindo o cheiro doce de seu corpo.

Angel sentia falta daquela sensação de segurança que só existia quando estava perto dele. Ele estava mesmo decidido a ficar com ela. Ora, por que não deixar que isso acontecesse? Não era o que ela queria? Pertencer a ele. Ficar com ele para sempre. Não era isso que desejava, todos os minutos, desde que o deixara?

– Você me faz ter esperança, Michael. Não sei se isso é bom.

– É bom sim – ele disse.

Ele a abraçou com força e se alegrou com aquela admissão. Era um começo.

Assim que amanheceu, eles partiram. Angel foi montada atrás de Michael, segurando firme em seu cinto. Ele não falou muito, só perguntou como ela tinha chegado a Sacramento. Ela lhe contou tudo detalhadamente. Falou sobre Sam Teal e a má sorte dele. Michael riu quando ela lhe contou como vendeu as panelas no acampamento de mineiros. Ela também achou graça.

– Nunca pensei que eu tivesse jeito para alguma coisa.

– Vou deixá-la tratar de negócios com Joseph da próxima vez que levarmos um carregamento.

– Joseph é completamente diferente. Ele não seria enrolado com tanta facilidade.

– Ele gosta de você, sabia?

– Gosta? – ela ficou satisfeita. – Pensei que tinha me deixado ficar lá por estar fazendo um favor para você.

– Em parte foi por isso também. Ele disse que soube que Deus a acompanhava assim que você entrou em sua loja naquele dia.

Angel não respondeu. Achava que Deus não interferia em nada que tivesse relação com ela. Que tinha lavado as mãos e desistido dela há muito tempo. Ela abraçou a cintura de Michael e encostou a cabeça em suas costas largas e fortes. Estava à beira do choro. Começou a tremer e enfrentou um medo vago que a perseguia. Michael sentiu isso, mas deixou para conversar com ela quando pararam para descansar.

Ele desmontou e a tirou de cima do cavalo. Segurou o queixo dela e analisou seu olhar.

– O que foi, Amanda?

– Foi pura sorte encontrar Joseph naquela hora, Michael.

Ele sabia que tinha sido muito mais que isso, mas, mesmo que ele lhe explicasse, ela não acreditaria.

Angel não queria nem pensar no que teria acontecido se não encontrasse Hochschild. Era fraca. Era horrível ter de reconhecer isso. Bastaria um dia sozinha para que voltasse para um bordel. Um dia. Talvez nem isso.

– Você me salvou mais uma vez – disse, tentando parecer calma.

Constrangida com a própria vulnerabilidade, desviou o olhar.

Michael fez com que se virasse de novo para ele. Ah, os olhos dele. Tão cheios de esperança. Tão cheios de amor.

– Sou apenas uma ferramenta, minha amada. Não sou seu Salvador.

Quando ele a abraçou, Angel correspondeu. Ficaram juntos assim até o anoitecer e percorreram o resto do caminho à luz do luar.

Michael foi trabalhar na terra, os últimos preparativos antes de semear. Angel o ajudou, tirando pedras e desfazendo torrões nos campos de grãos. Quando chegou o dia de plantar, ele carregou a carroça com as sementes e ela foi junto. Ele explicou como semear o trigo, depois rodou de um lado para outro. Angel lançou as sementes e duvidou que dali nascesse alguma coisa.

Depois tiveram mais trabalho plantando milho. Michael pegou peixes na armadilha, cortou-os em pedaços grandes e os enterrou com as sementes de milho. Levaram um dia inteiro para plantar o milharal, mas, quando olhou para a terra toda preparada, Angel ficou satisfeita. Na manhã seguinte, viu um bando de pássaros na plantação de trigo. Largou o balde de água e correu pelo campo para afugentá-los.

Michael, que a observava apoiado na cerca do curral que estava consertando, deu risada.

– O que está fazendo?

– Michael, aqueles pássaros horríveis! O que vamos fazer? Eles estão comendo todas as sementes que plantamos.

Angel jogou um torrão de terra em um pássaro, que saiu voando e se empoleirou numa árvore próxima.

– Pode deixar. Eles só vão comer o que lhes é de direito.

Ela voltou para perto dele.

– O que lhes é de direito? E por que precisam de nossas sementes?

– É um pagamento justo. Eles são os guardiões da terra – disse Michael, apontando para eles. – As andorinhas, os gaviões e falcões controlam o ar e se alimentam dos insetos para que estes não se reproduzam além da conta. Os pica-paus, os trepadores e os chapins se alimentam das larvas e dos besouros que destruiriam nossas árvores. Os passarinhos canoros e os papa-moscas comem os insetos que atacam as folhas. Os galos silvestres e os tetrazes comem os gafanhotos que devorariam nossas plantações.

– O que são aqueles que estão ciscando lá?

Ele riu.

– São melros.

– Bem, esses não servem para nada, não é?

– Eles são os guardiões da superfície do solo, com a ajuda dos corvos, tordos e cotovias. As narcejas e as galinhas comem os insetos que estão enterrados na superfície – disse, puxando-lhe a trança de leve. – Deixe os pássaros, Amanda, senão perderemos nossas plantações. Além do mais, tenho outras coisas para você fazer.

Ele pulou a cerca e a arrebatou nos braços.

– Michael, e se não chover?

– Vai chover.

– Como sabe?

Ele a pôs no chão.

– Você está se preocupando com coisas que não podemos controlar. Apenas aceite tudo, um dia de cada vez.

Realmente choveu nas semanas seguintes, a terra ficou úmida e macia.

– Michael, venha ver!

Brotos verdes despontaram, e Angel andava para cima e para baixo entre os sulcos de milho, animadíssima. As plantinhas eram muito pequenas e frágeis. Bastaria um dia de calor para que secassem, mas Michael não se preocupou. Consertou a cerca do curral, terminou a construção da estufa sobre o riacho e foi caçar. Acertou um gamo e mostrou-lhe como tratar do animal. Penduraram a carne na defumadora.

Às vezes ele encontrava Angel cuidando de seus afazeres quando ela menos esperava.

– Vamos procurar um lugar agradável ao sol – ele sussurrava, abraçando-a. – Venha comigo e seja o meu amor.

Um dia estavam deitados no feno, no jirau do celeiro, quando Angel ouviu Miriam chamar.

– Oh! – exclamou, mortificada.

Michael deu risada, segurou-a pela cintura e a fez cair deitada no feno novamente.

– O que está fazendo?

– O que Miriam vai pensar? Você e eu aqui em cima, em pleno dia?

– Ela pode pensar que estamos espalhando o feno.

– Miriam é uma menina muito inteligente.

Ele deu um sorriso de orelha a orelha.

– Bem, então ela talvez vá embora.

– Não vai não.

Angel ficou de pé de um pulo e tirou as hastes de feno do cabelo.

– Diga para ela que eu fui caçar e que você estava tirando um cochilo – ele disse.

Michael se levantou e beijou a nuca de Angel. Ela corou e o empurrou.

Miriam entrou no celeiro e a viu descendo a escada.

– Ah, você está aí.

– Eu estava cochilando – ela disse, com o rosto vermelho, arrumando o cabelo para trás.

Os olhos de Miriam brilharam.

– Vi que vocês já estão com tudo plantado também.

Angel pigarreou.

– É.

– E tudo germinando.

– Vamos para a cabana? Vou fazer um café.

– Ótima ideia – disse Miriam, caindo na risada. – Michael! Papai quer que você e Mandy venham jantar conosco. Vamos comemorar nossa primeira semeadura.

A risada de Michael veio do jirau do celeiro.

– Diga a ele que será um prazer.

Miriam segurou a mão de Angel e as duas saíram.

– Mamãe sempre fica muito corada quando volta de uma caminhada com papai – ela disse. – Exatamente como você está agora.

Angel corou.

– Você não devia falar disso assim tão abertamente.

Miriam fez Angel parar e a abraçou com força.

– Eu estava com muita saudade de você!

Angel retribuiu o abraço, emocionada.

– Eu também senti sua falta.

Miriam se afastou e seus olhos se encheram de lágrimas.

– Ora! Não foi tão difícil admitir isso, foi?

Estava muito satisfeita.

Os Altman também tinham terminado de plantar e Miriam comentou que agora tinha mais tempo livre. As crianças estavam bem. Tinham estado com Paul algumas vezes. Ele os ajudara a cavar o novo poço.

– Vamos levar o café lá para fora e sentar embaixo daquela macieira – disse Miriam.

Michael estava cortando lenha. Angel o chamou, ofereceu-lhe café, mas ele não quis.

– Mamãe está grávida – disse Miriam, depois que as duas se sentaram à sombra. – Ela sempre fica linda quando um bebê está a caminho.

– O que seu pai acha disso? – perguntou Angel, pensando no próprio pai.

– Ah, ele fica muito convencido, todo prosa – disse Miriam, com um sorriso malicioso. – Você e Michael estão encomendando a prole?

A pergunta provocou uma pontada de dor em Angel. Ela deu de ombros e se virou para o outro lado.

Miriam segurou sua mão.

302

– Por que você foi embora? Ficamos todos muito preocupados.

– Não posso explicar – disse Angel.

– Não pode ou não quer? Você sabe o motivo?

– Parte dele.

Ela não podia dizer mais nada. Como fazer para aquela menina ingênua entender? Miriam era tão franca, tão livre. Angel desejou ser igual a ela.

– Nunca contamos para Ruthie – disse Miriam. – Só dissemos que você e Michael estavam muito ocupados e que não apareceriam por um tempo.

– Obrigada – disse Angel, com o coração apertado, observando Michael empilhar a lenha.

Miriam sorriu.

– Está completamente apaixonada por ele, não está?

– Completamente. Esse amor me consome. Às vezes basta ele olhar para mim que...

Angel parou de falar. Viu que dizia em voz alta seus pensamentos mais íntimos.

– Não é assim que deve ser? – perguntou Miriam.

– Não sei. É?

– Espero que sim – ela disse, sonhadora. – Ah, eu realmente espero que seja.

Quando foi visitá-los novamente, Miriam levou Ruth. Angel largou as ferramentas de jardinagem ao ver a menina descer correndo a encosta florida. Espanou a terra das mãos, passou pelo portão da horta e correu para encontrá-la.

– Mandy! Mandy! – gritou Ruth cheia de alegria.

Angel a levantou no colo e a abraçou.

– Oi, querida – disse, com a voz embargada, beijando-lhe as bochechas e o nariz. – Tem sido uma boa menina desde a última vez que nos vimos?

– Tenho! – disse Ruth, apertando de novo o pescoço de Angel, como se não quisesse mais largá-la. – Por que você fugiu? Ficou longe tanto tempo... Paul disse que você *sempre* foge, e que Michael sempre vai atrás de você e a traz de volta para casa. Ele disse que Michael é bobo, porque você gosta mais de sua vida antiga do que de ser mulher de fazendeiro. Que vida antiga, Mandy? Não quero que você volte para ela. Quero que fique aqui.

Angel pôs Ruth no chão bem devagar. Sentiu um mal-estar assim que a menina começou a repetir o que obviamente tinha ouvido. *Não contamos para Ruthie.* Não conseguiu olhar para Miriam quando ela se aproximou.

– Qual é o problema? – Miriam perguntou.

Angel não respondeu e ela se virou para a irmãzinha.

– O que você andou falando?

Angel tocou carinhosamente no cabelo escuro de Ruth.

– Eu adoro ser mulher de fazendeiro – disse, bem baixinho. – E não quero voltar para minha antiga vida.

Miriam ficou boquiaberta e muito vermelha.

Ruthie meneou a cabeça e abraçou as pernas de Angel, que olhou friamente para Miriam.

– O que ela disse para você? – Miriam perguntou.

– Apenas o que ela ouviu.

– Ruthie. O que foi que você ouviu?

– Você e Paul conversando – ela disse, atrás da saia de Angel.

– Deixe para lá – Angel falou com tristeza. – Deixe a menina em paz, Miriam.

– Não vou deixar nada! Você andou bisbilhotando, não foi? – disse Miriam com as mãos na cintura, olhando séria para a irmã.

Ruthie espiou de trás da saia.

– Mamãe me mandou – ela fez bico. – Pediu para eu chamar você.

– Quando foi isso?

– Quando Paul estava conosco. Ela disse que você estava fora muito tempo e queria que voltasse para casa.

Miriam corou até a raiz dos cabelos.

– E aí?

– Ele estava falando e você estava furiosa. Eu sabia porque você estava toda vermelha, como está agora. Você disse para ele levar as histórias dele para a casa dele, e ele disse...

Angel, muito pálida, pôs a mão trêmula na testa da menina.

– Deixe para lá – Miriam se apressou em dizer, para calar Ruth, e levantou a cabeça com os olhos cheios d'água.

– Amanda...

Angel sacudiu os ombros, ainda tremendo.

Miriam puxou Ruth e deu-lhe um tapinha no bumbum.

– Vai dizer "oi" para o Michael, Ruthie.

A menina mordeu o lábio, quase chorando.

– Você não está brava comigo?

Ela se abaixou.

– Já está perdoada. Agora vai – Miriam beijou a irmã. – Falamos disso depois, pequena. Vá ver o Michael.

304

Quando Ruthie chegou, Michael a pôs em cima da cerca.

– Sinto muito – disse Miriam, abalada. – Diga alguma coisa, Amanda. Não fique assim.

O que ela podia dizer?

– Você quer café?

– Não, obrigada.

Angel foi andando para a cabana. Miriam acertou o passo ao lado dela.

– Eu não estava fofocando sobre você. Eu juro.

– Nem o Paul – disse Angel. – Ele estava apenas expressando seu modo de ver as coisas.

– Como pode defendê-lo?

– Já magoei Michael mais de uma vez, e Paul sabe disso.

– Não quer dizer que vai magoá-lo de novo.

– Não quer dizer que não vou.

Miriam e Ruthie ficaram quase a tarde inteira, e nesse tempo todo Angel não conseguiu esquecer o assunto. Será que ela podia mesmo mudar? Era diferente só porque Michael a amava? Ou aquela seria uma calmaria antes da tempestade?

Michael sabia que alguma coisa estava errada. Tiveram um mês de felicidade completa e agora ele sentia que Amanda se afastava de novo. Ficou com medo. *Meu Deus, não deixe que ela se afaste de mim outra vez. Ajude-me a mantê-la comigo.*

– Venha aqui – ele disse, e botou um cobertor na frente da lareira.

Ela se aproximou na mesma hora, mas com um olhar sombrio e misterioso. O que a atormentava?

Angel se recostou no peito largo e musculoso de Michael. Ela adorava sentir suas mãos em volta dela.

– O que houve? – ele perguntou, passando o nariz em seu pescoço. – Alguma coisa está atormentando você a noite toda. Miriam ou Ruth disseram algo que a aborreceu?

– Não foi de propósito.

Angel não queria falar de Paul. Não queria contar que as palavras a machucavam demais. Tinha negado o poder delas a vida inteira, mas sentia cada uma como um punhal.

– É que estou tão feliz – disse, com a voz trêmula – que não consigo superar a sensação de que não mereço isso.

– E acha que eu mereço?

– O que você fez, em toda a sua vida, para se envergonhar, Michael? Absolutamente nada.

– Eu cometi um assassinato.

Michael sentiu o choque que essas palavras lhe provocaram. Ela se afastou e se virou de frente, com os olhos arregalados.

– Você?

– Cem vezes. Quando voltei para levá-la embora na primeira vez e vi o que Magowan tinha feito com você. E Duke. Eu o matei cem vezes, de cem formas diferentes, cada uma pior que a anterior.

Ela entendeu e ficou aliviada.

– Pensar em fazer alguma coisa errada não é a mesma coisa que fazê-la.

– Não é? Qual é a real diferença? A intenção é a mesma – e puxou sua trança. – Você não entende? Nenhum de nós merece isso. Não tem nada a ver com o nosso merecimento. Toda bênção vem do Pai, não é pagamento por algum bem que fizemos, é uma dádiva.

Michael viu que ela reagiu quando ele mencionou Deus. Sentiu a resistência dela crescendo. *Deus*, a palavra feia. Deus, o ser que não tinha sentido na vida dela, exceto como pena para os pecados cometidos, alguns que nem eram dela. Ela acreditava que Deus era ira e que sempre a puniria por ter vivido aquela vida em que fora forçada a entrar por um velho bêbado decadente que não sabia o que estava fazendo. Para ela, Deus era cruel e gostava de provocar sofrimento.

O que podia fazer para que compreendesse que Deus Pai era a única saída que ela tinha para aquela vida de inferno, se o único pai que conhecera quis que ela fosse arrancada do ventre da mãe e jogada no lixo?

– Mostre-me esse seu Pai, Michael – ela disse, sem poder camuflar a incredulidade na voz.

– É o que estou fazendo – ele disse baixinho.

– Onde? Não estou vendo. Quem sabe, se ele aparecesse na minha frente, eu acreditaria em sua existência.

E poderia cuspir na cara dele por tudo o que acontecera em sua vida e na da mãe.

– Ele está em mim. Mostro-lhe Deus todas as horas de todos os dias, do único jeito que sei.

E evidentemente não estava fazendo um bom trabalho.

Angel viu que ele estava magoado e suavizou o tom. Michael era muito sincero. E a amava muito. Ela o amava também, apesar de ter lutado muito contra

306

isso. Ele fez com que ela o amasse sendo apenas Michael. Mas isso não tinha nada a ver com Deus... Não é?

– O amor não basta – ela disse, tocando naquele rosto amado. – Se bastasse, seria suficiente para a minha mãe, e não foi. Eu não basto para você também.

– É, não basta. E eu também não basto para você, Amanda. Não quero ser o centro de sua vida. Quero ser parte dela. Quero ser seu marido, não seu deus. As pessoas não podem estar sempre ao seu lado quando precisa, por mais que queiram estar. E eu estou entre elas.

– E Deus também? – ela disse, com desprezo. – Deus *nunca* esteve lá quando precisei.

Angel se afastou dos braços dele, se levantou e foi para a cama. Michael observou enquanto ela soltava o cabelo. Ela olhou para ele e ficou completamente imóvel.

– Ainda bem que você gosta de louras – disse, com a voz suave.

Ela não ia desnorteá-lo com tanta facilidade.

– Sua aparência pode ter influenciado um pouco na primeira vez em que a vi – ele admitiu, ao se levantar e jogar o cobertor nas costas da cadeira.

– Só um pouco? – ela disse, sem vaidade.

Até conhecer Michael, Angel sempre se considerara alimento do desejo carnal dos homens.

– Um pouco – ele repetiu, com firmeza.

Angel olhou para ele e Michael ficou sério, com uma expressão que desafiava seu estado de espírito.

– Na verdade acho que foi seu temperamento equilibrado, seu desejo de se adaptar ao meu modo de vida, o desejo constante de me agradar...

Ele atravessou a cabana falando e se sentou na beira da cama. Angel deu risada.

Diante do sorriso dele, que desarmava qualquer agressividade, Angel baixou a guarda.

– Então... – ela disse –, você é só mais um sujeito que reage ao desafio.

O sorriso dela desapareceu assim que aquelas palavras lhe escaparam dos lábios. Por que tudo que dizia tinha de marcá-la com seu passado? Virou-se de lado outra vez e continuou a desmanchar a trança. Michael não se fez de rogado e pôs a mão suavemente na coxa dela, para tranquilizá-la. Aquele toque, leve e simples, a fez se derreter por dentro.

– O que sente agora que virei argila macia em suas mãos, Michael?

– Contentamento – ele disse. – Pura felicidade.

Michael beijou seu pescoço no lugar em que uma artéria latejava acelerada. Ela deu um suspiro repentino e ele sentiu o calor se espalhando rapidamente. Ele a desejava. Sempre a desejaria. E, graças a Deus, ela também o desejava. Michael sentia isso toda vez que encostava nela.

– Minha amada – sussurrou, e sentiu uma ternura avassaladora ao ver a incerteza no azul de seus olhos. – Se alguém soubesse como ou por que as pessoas se apaixonam, certamente mandaria engarrafar e venderia numa daquelas carroças que rodam por aí vendendo curas. Não foi sua aparência. Não é porque agora adoro o seu perfume e o seu gosto. Sabe que não é isso – ele disse, e a beijou.

– É uma parte – ela suspirou.

– Deus sabe que isso é verdade, mas é algo que vai além disso. Uma coisa que não se vê. Você me chamou naquele dia em que passou andando, e a única coisa que pude fazer foi responder.

– Você disse isso antes.

– E ainda não acredita em mim.

– Ah, Michael. A vida fez coisas comigo. Estou tão cheia de... – ela parou, apertou os lábios e olhou para trás de Michael, sem poder encará-lo.

– De quê?

Ele afastou os fios de cabelo de suas têmporas.

– Vergonha – Angel conseguiu dizer, com a voz entrecortada.

Seus olhos ardiam e ela tentou abafar aquelas emoções outra vez. Não podia ceder às lágrimas, a nenhuma, mas queria que ele soubesse o que estava sentindo.

– Não sei o que fiz de errado. Nunca soube, mas desde muito cedo compreendi que jamais seria suficientemente boa para merecer uma vida decente.

E que sua simples presença roubava a decência dos outros. Será que acabaria tirando a decência de Michael também? Não suportava pensar que isso podia acontecer com ele.

– E como explica isso?

Ela estendeu a mão e tocou o rosto dele.

– Não explico. Não sei como. Só sei que isso não vai durar.

Os olhos de Michael se encheram de lágrimas. Ela estava partindo seu coração. Sempre fazia isso.

– Eu nunca dei as costas para você, e nunca darei. Sempre aconteceu o contrário.

– Eu sei. Mas, mesmo se eu lhe desse tudo o que eu tenho, não seria o bastante. Não tenho o que baste para um homem como você.

Ele segurou a mão dela e a apertou contra o coração.

– Então tome de mim o que falta em você. Deixe que o que eu tenho faça a diferença.

O coração de Angel estava tão repleto que chegava a doer.

– Você é tão lindo – sussurrou, com a voz trêmula.

Como podia ser tão amada por um homem como aquele, logo ela, entre todas as mulheres? *Meu Deus, se está aí escutando, por que fez isso com ele?*

Por você, minha amada.

Ela estremeceu e ficou toda arrepiada.

Por mim não. Nunca por mim.

Angel se fechou para aquela voz calma e firme.

– O que foi? – perguntou Michael, vendo aquela palidez repentina.

Ele era muito bonito, mas a atração que ela sentia era por outra coisa. Talvez fosse o que ele tinha dito. Por algo que não se vê. Havia alguma coisa dentro dele que a atraía, como a chama atrai a mariposa, só que uma chama que não queimava nem destruía. Ao contrário, acendia alguma coisa lá no fundo, e ela sentia que estava se tornando parte dele. Ele dava sentido à sua vida. Não era mais uma questão de sobrevivência. Era outra coisa que ela ainda não podia descrever nem entender, mas que, no entanto, a chamava o tempo todo.

E quanto a Paul, Angel?

Ela franziu a testa. Michael se deitou ao lado dela, segurou-lhe o queixo e a fez virar de frente para ele.

– Conte para mim.

Ela ficou maravilhada com a sensibilidade dele para cada pensamento seu, mas será que podia revelar aquilo sem aprofundar ainda mais o abismo entre ele e o amigo? Paul não estava errado quando falava dela. Ele a via como o resto do mundo deveria vê-la, uma mulher que vendia o corpo por dinheiro e nada mais.

Ela balançou a cabeça. Michael a beijou como se quisesse dar-lhe esperança.

– Gostaria de poder mudar as coisas – ela disse com tristeza quando ele levantou a cabeça. – Queria ter chegado limpa e íntegra para você.

– Para que eu a amasse mais do que a amo agora? – ele perguntou, com um sorriso terno.

Para eu poder merecê-lo. Angel puxou a cabeça dele e o beijou.

Posso lhe dar prazer.

– Você me satisfaz do jeito que é.

Ela queria mais do que tudo lhe dar prazer de todas as formas.

Lembre-se de tudo que lhe ensinei, Angel. A voz de Duke se intrometeu. **Faça o que eu lhe ensinei e use-o.**

Quando Michael sorriu, a voz sombria perdeu a força.

– Sem barreiras – disse Michael. – Que não haja nada entre nós.

Então ela se entregou. Não pensava em nada além de Michael. Ela sempre achara feio o corpo dos homens. Mas Michael era lindo, e ela o admirava.

Michael regozijou-se com ela.

– Você é como a terra... As Sierras, o vale fértil e o mar.

Ele a puxou para cima de modo que os dois ficassem sentados de pernas cruzadas na cama, um de frente para o outro. Ela não sabia o que ele pretendia, até ele segurar suas duas mãos e abaixar a cabeça. Ele rezou em voz alta, agradeceu o prazer que tiveram um com o outro.

O coração de Angel batia violentamente. O que o Deus dele ia pensar disso? Quando Michael terminou a oração, sorriu para ela, e o brilho em seus olhos desfez o medo que ela sentia.

– Sem raios, minha amada – ele disse, entendendo o que ela pensava. – Todas as coisas boas vêm do Pai. Até isso.

Ele se deitou de costas e a puxou para ele. Abraçou-a e ficaram assim até adormecer.

> *Porque eu vos digo que, se a vossa justiça não for maior e mais perfeita do que a dos escribas e fariseus, não entrareis no reino dos céus.*
> – Jesus, Mateus 5,20

Paul remoía pensamentos sentado diante da lareira de sua casa, com uma caneca no colo e a foto de seu casamento na mão. Já fazia dois anos que Tessie tinha morrido e ele queria manter sua lembrança viva. Não queria se esquecer de como ela era. Mas ultimamente, até que pegasse a fotografia, tudo o que conseguia lembrar era que ela era morena e tinha o sorriso igual ao de Michael. Tentava lembrar a textura de sua pele, o som de sua voz, mas estava tudo se apagando, tudo menos a doce memória do breve tempo em que estiveram juntos. A solidão vazia e dolorosa que ela deixou era tudo que permanecia nítido. Paul largou a foto e tomou um bom gole de uísque. Inclinou a cabeça para trás e fechou os olhos, cansado. Não via Michael desde o dia em que o amigo fora lhe pedir ajuda para encontrar Angel. Não podia esquecer aquele dia, nem o próprio remorso.

– Ela fugiu de novo?

– Sim. Preciso encontrá-la.

– Deixe que vá. Estará melhor sem uma mulher como aquela.

O olhar de Michael pegou fogo.

– Quando é que vai abrir os olhos?

– E você? – retrucou Paul. – Se ela o amasse, não acha que ficaria? Você não seria capaz de expulsá-la. Michael, quando é que vai enxergar o que ela é?

Michael conduziu seu cavalo para longe e a fúria de Paul explodiu.

– Vá procurá-la em algum bordel. Não foi onde a encontrou na primeira vez?

Vociferando, ele continuou a revirar a terra com a pá e desde então não conseguira mais se livrar da sensação de vazio em seu coração. Nem mesmo quando Michael voltou.

Era óbvio que o cunhado não tinha encontrado nenhuma pista de Angel. Ficou com pena de Michael. Não sentia o fato de ele não a ter encontrado. Sentia muito porque Michael estava arrasado por tê-la perdido. Ela não valia aquele sofrimento todo.

– Ela me ama, Paul. De verdade. Você não a entende.

Paul deixou por isso mesmo. Não queria mais saber de Angel, não mais do que já sabia. Um dia com ela tinha bastado para azedar-lhe a alma pelo resto da vida.

Michael ficou e eles conversaram sobre as plantações e sobre a terra, mas não foi como antes de Angel entrar em suas vidas. Não importava se tinha ido embora ou não. Ela continuava entre os dois.

– Você está progredindo – disse Michael antes de partir. – Aquele campo está muito bem cuidado.

– O trabalho seria mais rápido se eu tivesse um cavalo. Foi uma pena ter perdido o meu na trilha.

– Fique com este.

Michael tirou a sela e Paul ficou atônito.

– Assim que fizer sua colheita, terá dinheiro suficiente para comprar outro.

Envergonhado, Paul ficou com um nó na garganta e não conseguiu falar. Michael botou a sela no ombro.

– Você faria o mesmo por mim, não faria, Paul?

Michael foi para casa.

Poucos dias depois, Paul levou um lombo de veado para os Altman e ficou sabendo que Michael estava a caminho de Sacramento para trazer Angel de volta para casa. Joseph tinha lhe mandado um recado, dizendo que ela estava trabalhando no armazém. Uma boa história. Ele podia apostar que ela estava se vendendo para os mineiros que passavam o inverno na cidade. Seis onças de ouro por quinze minutos. Talvez mais do que isso para compensar o tempo perdido com Michael.

– Não parece muito feliz com a notícia – disse Miriam, observando Paul atentamente.

312

– Tenho certeza de que Michael está feliz – ele disse, e foi pegar seu cavalo.

– É um tolo – resmungou baixinho.

Miriam foi atrás dele.

– Ele a ama muito.

– Chama isso de amor?

– Você chamaria de quê?

Ele olhou para trás, para Miriam, quando jogou a rédea por cima da cabeça do cavalo, mas não respondeu.

– Por que não gosta da Amanda? – perguntou Miriam.

Paul quase deixou escapar que o nome dela não era Amanda, era Angel, e que ela podia ser tudo, menos isso, um anjo, mas ficou calado.

– Tenho meus motivos – ele disse.

A sela estalou quando ele montou.

– Você era apaixonado por ela, não era? – ela disse, sem emoção.

Paul deu uma risada áspera e agarrou a rédea com mais força.

– Ela lhe disse isso?

– Não. Eu adivinhei.

– Bem, adivinhou errado, pequena Miriam.

E virou o cavalo antes que ela pudesse fazer mais perguntas.

Miriam se adiantou e gritou para ele.

– Não me chame de pequena Miriam! Tenho 16 anos.

Ele não precisava da lembrança. Zombando dela, tocou no chapéu.

– Tenha um bom dia, madame – disse, com a voz arrastada, e foi embora.

Ela apareceu na manhã seguinte para convidá-lo para jantar.

– Bife de veado – disse. – E mamãe está assando uma torta de maçã.

Miriam usava um bonito vestido amarelo, que fez Paul notar as curvas elegantes do corpo dela. Ela viu para onde ele olhava e corou. Os olhos escuros de Miriam tinham um brilho aveludado.

– E então? – perguntou.

– E então o quê? – ele respondeu, meio sem-graça.

Ela sorriu.

– Você vem hoje à tarde?

Miriam tinha um sorriso provocante. Consternado, foi lacônico.

– Não – ele apontou para a parte da terra que não estava arada. – Vou ficar trabalhando até o anoitecer.

Ele estalou a língua para o cavalo e empurrou o arado com força, torcendo para ela entender o recado e ir embora. Se soubesse que ia procurá-lo, teria posto uma camisa. Mas acontece que ele estava sem, com um lenço poeirento amarrado na testa, para evitar que o suor escorresse para os olhos. Uma bela visão para uma jovem inocente.

Paul não conseguia tirar da cabeça que, se Miriam Altman tivesse chegado alguns meses antes, Michael não estaria metido naquela confusão toda. Miriam era perfeita para ele. Se aquela prostituta fugisse de novo, o que era provável, talvez Michael também chegasse a essa conclusão. Aquela menina iria virgem para o leito nupcial e lhe seria fiel até a morte. Não era do tipo que faria um homem sofrer. Ela lhe daria os filhos que ele quisesse e o faria feliz.

– Você precisa comer alguma coisa – disse Miriam, caminhando ao seu lado.

Paul não olhou para ela. Quanto menos a olhasse, melhor.

– Papai e mamãe gostariam de lhe agradecer.

– Eles já me agradeceram ontem. Diga-lhes que não têm de quê.

– Não gosta de crianças?

– Crianças? – ele perguntou, perdido. – Gosto de crianças, sim. Mas o que isso tem a ver?

– Pensei que talvez não quisesse ir jantar conosco porque somos muitos.

Ela andava com as mãos juntas, nas costas. Ele olhou para o corpo dela e ficou com a boca seca.

– Como era sua esposa, Paul?

A pergunta o pegou desprevenido.

– Doce. Ela era muito doce.

– Era alta?

– Mais ou menos do seu tamanho.

Tessie era menor, e tinha cabelo castanho-claro, não preto e viçoso como o de Miriam. E os olhos dela. Não conseguia se lembrar da cor dos olhos de Tessie quando olhava para o castanho profundo e aveludado dos olhos de Miriam.

– Era bonita?

Ele olhou para Miriam com o coração disparado.

– Sua mulher – ela disse. – Ela era bonita?

Ele tentou se lembrar do rosto de Tessie, mas não conseguiu. Não com Miriam o olhando fixo daquele jeito. O fascínio tímido dela por seu corpo o deixou em pânico.

– Ela era muito bonita – ele disse, e fez o cavalo parar de repente. – Acho melhor você ir para casa. Tenho certeza de que sua mãe deve estar preocupada com sua demora.

Miriam ficou vermelha.

– Desculpe – ela gaguejou. – Não queria incomodar. Quem sabe você não vem jantar conosco outro dia.

Ele viu lágrimas em seus olhos quando ela se virou e correu para casa. Quase lhe estendeu a mão, mas parou bem a tempo. Cerrou o punho e ficou vendo Miriam se afastar, com uma dor na boca do estômago. Não pretendia ser cruel, mas, se pedisse desculpas, ela poderia ficar e era tentadora demais para isso.

Paul achou que Miriam não voltaria nunca mais.

Ele estava se lavando no poço quando a viu chegar pelo capinzal. Ficou sobressaltado. A irmã mais nova, Leah, estava com ela dessa vez. Ele vestiu a camisa e a abotoou enquanto esperava que elas chegassem e dissessem o que queriam.

– Mamãe pediu que eu viesse – disse Miriam, se desculpando.

Ela mal olhou para ele, entregando-lhe o cesto que carregava.

– Obrigado – disse, e o pegou.

Sua mão encostou de leve na dela e ela o fitou.

– Ela não precisava se preocupar.

– Ah, foi ideia da Miriam – disse Leah, constrangendo ainda mais a irmã mais velha.

– Cale a boca, Leah – disse Miriam, corando.

Ela segurou a mão da irmã.

– Vamos embora. Aproveite o seu jantar, Paul.

Ele viu o balanço suave de seus quadris. *Não tenho o direito de sentir isso por uma menina assim.*

– Diga para sua mãe que levo o cesto de volta.

– Não tem pressa – disse Miriam. – Venho pegá-lo amanhã.

Era exatamente o que ele não queria que ela fizesse. Resolveu deixar o cesto na porta deles assim que o sol raiasse. Ele o largou e puxou mais um balde de água gelada. Jogou no rosto para esfriar um pouco. Devia estar muito mal para sentir aquilo só de olhar para uma bela menina de 16 anos. Precisava ir até o acampamento mais próximo e dar uma parada no bordel do lugar. Só de pensar nisso, Paul já ficou enojado.

Levou o cesto de Miriam para a cabana. A lareira estava apagada. Acendeu o fogo e comeu. Sentia o mesmo vazio de quando Tessie morreu. Aqueles primeiros meses sem ela foram muito ruins, mas havia a luta pela sobrevivência nas Sierras para ocupar a mente. Quando Michael e ele chegaram àquela terra, ele se empenhou em construir a cabana. Depois veio o sofrimento, violento. A terrível dor da perda foi demais para ele. Não conseguia olhar para o campo cheio de flores silvestres sem pensar que Tessie adoraria aquilo. A terra deles na Califórnia era o sonho dos dois. Mas esse sonho ficava vazio e perdia o sentido sem ela.

Quando começou a corrida do ouro, estava pronto para partir. No princípio, se perdeu na excitação de trabalhar nos riachos, na chance de ficar rico. Mas essa animação acabou logo. A vida se reduziu novamente ao trabalho duro de sol a sol. Tudo que produzia dava para comprar comida, passar um dia na cidade, tomar um porre e ir a um bordel. Mesmo quando tinha sua cota de prazer, não conseguia se livrar da ideia de que sua vida não tinha sentido nem da vergonha que o acometia. Sabia que o que estava comprando era falso. Sabia porque o que vivera com Tess era verdadeiro.

As palavras de Angel voltaram, duras e frias. "Eu *sei* o que eu sou, mas você se diz *irmão* dele."

Quando desistiu de procurar ouro e voltou para suas terras, achou que tivesse chegado ao fundo do poço. Mas estava errado. Jurou que compensaria Michael. Deixaria Miriam Altman em paz para que, quando Angel o abandonasse de novo, ele tivesse uma menina decente à sua espera.

Tentou dormir, mas não conseguiu. Miriam não lhe saía da cabeça. Fechava os olhos e via seus olhos, escuros e sorridentes. Desistiu, pôs mais uma acha no fogo e pegou a fotografia do casamento do console da lareira. Ficou olhando de novo para o rosto de Tessie. Ainda era muito preciso para ele, mas não provocou mais a emoção profunda de um ano antes.

Por essa época, pensava que a dor não acabaria nunca. Mas é que, um ano antes, ele achava que não se apaixonaria nunca mais.

– Amanda! – chamou Miriam, descendo a encosta correndo. – Venha depressa! É a Ruthie!

Angel foi correndo ao seu encontro.

– O que houve?

– Ela está em cima de uma árvore e não consigo trazê-la para baixo. Ajude-me!

Angel levantou as saias e subiu o morro atrás de Miriam. Estava sem ar quando chegaram ao velho carvalho retorcido. Com o coração na boca, olhou para cima e viu a menina encarapitada num galho grosso, a seis metros de altura.

– Nossa! Como foi que chegou aí em cima, ratinha?

A menina acenou para ela.

– Ruthie! – gritou Angel, assustada. – Segure-se bem! Não se mexa! Vamos pegá-la.

– Eu tentei subir, mas não consegui – disse Miriam. – Experimente você.

– Eu? Nunca subi numa árvore em toda a minha vida!

– Mandy, você vai me ajudar a descer? – perguntou Ruthie.

– É melhor se apressar – disse Miriam, empurrando Angel. – Não temos tempo a perder.

Ela se abaixou e cruzou os dedos, formando um apoio para o pé.

Angel se atrapalhou com as saias.

– Espere um minuto. Não posso subir assim.

Ela se abaixou, pegou a barra da saia na parte de trás, passou-a entre as pernas e a enfiou no cinto. Subiu no primeiro galho com a ajuda de Miriam.

– Não tenha medo, Ruthie! Mas não se mexa.

– Não vou me mexer – disse a garotinha, balançando as pernas para frente e para trás, com jeito de quem estava se divertindo muito.

– O que estou fazendo? – resmungou Angel baixinho enquanto subia na árvore, toda atrapalhada.

E achou que ouviu uma risada.

– Não olhe para baixo! – disse Miriam. – Está indo bem.

Angel não tinha certeza se Miriam falava com ela ou com Ruthie, mas continuou subindo pelos galhos. Quando chegou bem perto, viu que a menina tinha uma corda amarrada na cintura e no tronco do carvalho. Não poderia cair, nem se quisesse. E o pior era que a diabinha sorria de orelha a orelha.

– Não é divertido, Mandy?

– Você já tinha visto sua cabana dessa altura? – disse Miriam, logo abaixo dela.

Angel ficou vermelha de raiva.

– Vocês me deram um susto danado! O que pensam que estão fazendo?

Miriam passou por ela e montou num galho grande.

– Foi você quem disse que nunca tinha subido numa árvore em toda a sua vida – e deu um sorriso malicioso. – Já era hora de experimentar.

– Você puxou Ruth para cima sozinha? Ela podia ter se machucado.

– Nós a ajudamos – disse Jacob, descendo de um galho mais alto. Andrew estava logo acima dele e Leah espiou de trás do tronco. Todos estavam tão satisfeitos que ela esqueceu a raiva e deu risada. Uma árvore cheia de gralhas. Subiu mais um pouco e se sentou num galho forte.

– Você se saiu muito bem para a primeira vez – disse Andrew, andando em um galho.

Angel fez cara feia para ele, de brincadeira.

– Você devia estar trabalhando com o seu pai.

– Ele me deu o dia de folga. Queria levar mamãe para um passeio.

Miriam deu risada.

– Eu disse para eles que *nós* é que íamos passear – e abaixou a voz de forma que só Angel ouvisse. – Uma das desvantagens de ter uma cabana de apenas um cômodo é a falta de privacidade – ela encostou a cabeça no tronco. – Quando eu me casar, meu marido e eu vamos construir um jirau para nossos filhos e teremos um quarto lindo e aconchegante perto da cozinha.

– Lá está Michael! – apontou Ruthie.

As crianças gritaram e assobiaram até ele se virar e avistá-los. Ele chegou perto da árvore e olhou para cima, com as mãos na cintura.

– O que é isso? – viu Angel e riu. – Você também?

– Eles me enganaram – ela disse, com toda dignidade.

Miriam piscou para ela e gritou para Michael.

– Vai ter de vir buscá-la. Ela não consegue descer!

Angel riu quando Michael tirou as botas e começou a subir. Ele parou bem embaixo e pôs-lhe a mão na panturrilha.

– Quer que eu amarre a corda de Ruthie em sua cintura e a pendure até lá embaixo? – perguntou, sabendo perfeitamente que ela podia descer sozinha.

– Esta árvore daria um ótimo balanço – disse Leah, depois de descer ao lado dele. – Está vendo aquele galho grande e grosso? Você podia amarrar a corda nele.

– Hummm... Boa ideia – disse Michael.

Ele fez Ruthie descer e pediu para Andrew ir pegar mais corda no quarto dos arreios do celeiro. Subiu na árvore de novo, amarrou as duas pontas da corda num galho forte e a deixou pendurada para botar o balanço.

– Faço o assento mais tarde – disse, quando pulou da árvore.

As crianças, animadas, começaram a discutir quem ia balançar primeiro, mas Michael pegou Angel e a pôs sentada na corda.

– Segure firme – disse, antes que ela pudesse protestar, e a fez voar.

O movimento estimulante fez Angel rir. Michael a empurrou de novo e voltou para seu trabalho no campo.

Depois que todos tiveram sua vez no balanço, Angel os levou para a cabana e lhes preparou um lanche. Os meninos saíram para ver Michael, e Leah e Ruthie foram colher flores na encosta.

Miriam encostou-se no batente da porta e olhou para os irmãos empoleirados na cerca do curral, observando Michael trabalhar com o cavalo.

– Michael sabe aproveitar a vida. Não fica parado pensando, de mau humor, o tempo todo.

Angel foi para a porta. Era perturbador o jeito que Miriam o observava. Um sentimento incontrolável deu-lhe um nó no estômago.

Miriam sorriu.

– Estava pensando como deve ser maravilhoso amar alguém e ser correspondido – ela corou e se desencostou do batente. – Mamãe cairia dura se me ouvisse falando assim.

Angel olhou para Michael e a pontada de ciúme se desfez. Olhou pensativa para Miriam, com carinho. Gostava da menina como se fosse uma irmã.

– Quer muito se casar, não é?

– Quero, mas não com qualquer um – disse Miriam. – Quero alguém maravilhoso. Um homem que me ame do jeito que Michael a ama. Que esteja disposto a lutar por mim. Quero um homem que não me deixe fugir.

Angel viu os olhos de Miriam cheios de lágrimas e pegou em sua mão.

– Você gosta do Michael?

– É claro que eu gosto. Como podia não gostar? Ele é muito especial, não é?

Miriam encostou a cabeça no batente da porta de novo e fechou os olhos.

– Os outros deviam ser mais como ele, só que não são – e sorriu. – Nunca vou esquecer aquela noite em que mamãe cantou "Amazing Grace" e falou de David. Michael ficou com os olhos cheios de lágrimas e não se envergonhou disso. Não se importou que vissem que ele é sensível – disse, secando as lágrimas do rosto. – Michael é o único homem que eu conheço que não tem medo de sentir as coisas. Ele não se enterra vivo.

Angel olhou para ele mais uma vez.

– Que pena que eu o conheci primeiro.

Miriam deu risada.

– Bem, se você encontrar o molde, quer fazer outro igual a ele para mim? – e abraçou Angel. – Eu adoro vocês dois, demais – disse, chegando-se para trás. – E agora eu a deixei constrangida – mordeu o lábio e ficou insegura. – Mamãe acha que devo guardar meus sentimentos só para mim, em vez de exibi-los o tempo todo, mas não consigo. Eu sou assim – deu um beijo no rosto de Angel. – É melhor reunir os índios selvagens e ir embora.

Foi para o sol e chamou os irmãos e irmãs.

Angel cruzou os braços, encostou-se no batente onde Miriam estava e ficou vendo os Altman se afastarem. Pensou naquilo a tarde toda e tentou discutir o assunto com Michael naquela noite.

– Acha que poderíamos encontrar um marido para Miriam?

– Miriam? Ela é um pouco jovem, não é?

– Tem idade bastante para se apaixonar. Será que não podemos ir até Sacramento para encontrar alguém?

– Quem? – ele disse, brincando com o cabelo dela.

– Alguém para Miriam.

– Que tal o Paul?

– Paul!

Horrorizada, Angel se afastou.

– Miriam não combina com alguém como Paul. Ela combina com alguém como você.

– Eu já tenho dona. Lembra? – e a puxou para mais perto. – Deixe isso nas mãos de Deus.

– Nas mãos de Deus – ela resmungou. – Sempre quer deixar tudo nas mãos de Deus.

Michael percebeu que Angel não desistiria.

– O Senhor já tem alguém em mente para Miriam. Tenho certeza. Agora tire isso da cabeça.

Angel quase lhe contou que Miriam gostava muito dele, mas pensou melhor e não falou nada. Não havia nada mais irresistível para um homem do que uma jovem apaixonada por ele.

– Só quero ver Miriam feliz e estabelecida na vida.

Michael procurou tranquilizá-la.

– Ela será feliz, Tirzah. Uma menina como Miriam não fica muito tempo sem marido.

Uma menina como Miriam.

– Se não tivesse me encontrado, você...

– Mas encontrei, não?

– É, encontrou – ela disse, acariciando-lhe o rosto. – Já se arrependeu alguma vez?

– Algumas – ele respondeu, muito sério, pois sabia que ela esperava a verdade.

Michael pegou a mão de Angel e rodou a aliança que ela sempre trazia no dedo.

– Você me proporcionou alguns momentos terríveis – sorriu com ternura. – Mas isso já passou – beijou a mão dela e a encostou no próprio rosto. – Tirzah, sei o que estou fazendo e sei quem controla minha vida. Você e eu não somos obra do acaso.

Angel o trouxe para perto de si e o beijou, adorando sua reação e o que sentiu quando ele tomou o controle.

– Acho que nunca me cansarei de você, Michael Hosea. Nunca, enquanto eu viver.

– Nem eu de você.

Os Altman fizeram uma reunião para celebrar a semeadura da primavera. Quando Angel e Michael chegaram, as crianças correram para recebê-los. Elizabeth acenou da porta de casa.

– Venham ver nosso poço novo – disse Leah, puxando a mão de Michael.

Miriam tinha ido pegar um balde de água, que botou no chão.

– Maravilhoso, não é? – disse, orgulhosa. – Paul nos ajudou a cavá-lo algumas semanas atrás. Sentia falta de um poço onde pudesse cantar. Ouçam.

Ela se debruçou nele e cantou. O som melodioso se amplificou e cresceu. "Rock of Ages."

Angel apoiou os braços numa pedra do muro e ficou escutando. Michael sorriu, abaixou-se ao lado de Miriam e cantou com ela, combinando sua voz grave com a dela. Angel nunca tinha ouvido nada mais lindo do que a harmonia das vozes de Miriam e Michael.

– Ah, não é maravilhoso? – Miriam riu. – Vamos cantar outra. Se puser a cabeça bem lá dentro, o som fica em volta de você. Cante conosco dessa vez, Amanda, que ficará ainda melhor.

Miriam não aceitaria um "não" como resposta.

– Não me diga que não sabe. Você sabe cantar sim. E, se não souber a letra, abra a boca e diga "ahhhh". "Rock of Ages" de novo. Já ouviu algumas vezes e deve saber uma parte da letra.

Angel cantou timidamente. Antes de a música acabar, as crianças já estavam debruçadas sobre o poço, cantando junto. Se Michael não agarrasse o vestido de Ruth, ela teria caído lá dentro de cabeça.

– Ah, dessa vez vamos cantar "Suzana" – disse Andrew.

E então passaram para músicas de viagem com letras engraçadas. Terminaram rindo muito.

De repente a expressão de Miriam mudou completamente e ela apertou a mão de Angel.

– Paul está chegando.

Angel levantou a cabeça e o viu atravessando o campo aberto, indo na direção deles.

– Ele ficou tão tenso quando o convidei, que pensei que não viria – disse Miriam.

Angel nunca tinha visto um homem tão carrancudo.

– É melhor eu ir recebê-lo, senão ele é capaz de ir embora antes mesmo de chegar – disse Miriam.

Paul viu Miriam andando em sua direção e se preparou. Estava com o vestido amarelo de novo. Quando ela sorriu para ele, um músculo saltou-lhe no maxilar.

– Que bom que veio, Paul – ela sorriu e se abanou com a mão. – Está quente, não está? Venha beber um pouco de cidra.

Perturbado demais pelo que sentia quando olhava para Miriam, Paul olhou em volta. Angel olhava para ele. Ele deu um sorriso debochado e esperou que ela retribuísse com um sorriso igual. Mas ela não retribuiu. Ele a odiava tanto que chegava a sentir o gosto na boca.

– Quando terminou de semear? – perguntou Miriam, forçando-o a prestar atenção nela de novo.

– Ontem à tarde.

Os dois se juntaram aos outros. Michael cumprimentou Paul com um aperto de mão firme, atestando seu afeto pelo cunhado. Depois pôs o braço no ombro de Angel e a puxou para perto, esperando que os dois se falassem.

Angel olhou apreensiva para Paul.

– Olá, Paul – disse.

Ele teve vontade de ignorá-la, mas não podia fazer isso sem ofender Michael.

– Amanda – disse ele, meneando a cabeça.

Ela não demonstrou nenhuma emoção, e Paul não ficou surpreso com isso. O que Angel podia entender de sentimentos?

Miriam tinha voltado para perto deles com um copo de lata e observava a conversa atentamente. Deu o copo de cidra para Paul e segurou a mão de Angel.

– Mandy, quer me ajudar a esconder as pistas da caça ao tesouro?

Paul observou quando as duas se afastaram de mãos dadas.

– Miriam é bonita, não é? – disse Michael, sorrindo um pouco. – Aqueles olhos escuros...

Paul bebeu a cidra tenso, em silêncio. Não esperava que Michael notasse isso tão cedo.

Quando as crianças saíram em disparada para procurar as pistas do tesouro, que era um cesto com tortinhas de frutas silvestres, Elizabeth, Miriam e Angel foram arrumar a mesa de cavaletes no jardim. Angel tinha levado uma assadeira com carne de veado, feijão e cenouras caramelizadas. Elizabeth tinha assado dois faisões grandes, recheados com pão e ervas.

Miriam botou na mesa duas tortas de maçã.

Angel tinha tanta certeza do ódio que Paul sentia por ela que compartilhar da efusiva alegria dos outros não era tarefa fácil. Conseguiu evitá-lo a tarde toda, mas agora, à mesa, estava sentada bem na frente dele. John deu graças e, quando ela levantou a cabeça, deu de cara com o olhar de Paul, entendendo perfeitamente o recado daquele olhar: *Você? Rezando? Que piada!*

Ela era sim uma hipócrita. Abaixava a cabeça como todos faziam e fingia rezar, mesmo sem tomar parte daquilo. E nem queria. Agia assim porque Michael ficaria magoado se ela ficasse sentada ao lado dele com as costas retas e a cabeça levantada enquanto eles davam graças. E os Altman ficariam constrangidos também. Ruthie faria perguntas. Ela encarou Paul.

Você não consegue entender?

Se é que era possível, parecia que ele a desprezava ainda mais por isso. Resignada por achar que ele jamais a entenderia, talvez nunca nem sequer tentasse, serviu-se de uma fatia de faisão e passou a bandeja adiante.

– Você quer que eu converse com Paul? – perguntou Michael mais tarde, quando John tocava violino e os dois dançavam.

– Não – ela disse, com medo de se tornar motivo de um abismo ainda maior entre os dois.

Angel achava que já tinha causado muitos problemas.

– Ele é um homem decente, Amanda. Ficou do meu lado em tempos muito difíceis. Neste momento está confuso, só isso.

Ela sabia que Paul não estava nada confuso. Era, sim, dominado por uma fúria justiceira, pela animosidade. Por causa dela. Ele sofria por causa dela. Por que ela não tinha raciocinado além de sua vontade de se vingar naquele dia? Não poderia ter ignorado seus insultos? Ela sabia que ele sentia ciúmes. Sabia que ele achava que ela não servia para ser a esposa de Michael. Angel descobriu muitas coisas sobre Paul à primeira vista.

– Seja paciente com ele – disse Michael.

Como Michael era paciente com ela. Angel engoliria seu orgulho se fosse preciso. Pelo bem de Michael, suportaria tudo o que Paul fizesse contra ela.

Michael dançou com Miriam e Angel foi se servir de cidra. Paul ficou ao seu lado, com os olhos escuros faiscando. Apontou com a cabeça para Michael rodopiando com Miriam. Os dois estavam rindo.

– Eles formam um belo casal, não acha?

Angel observou Miriam e sentiu uma pontada. Formavam sim.

– Eles gostam muito um do outro – ela disse, e serviu mais um copo de cidra, dando-o para Paul.

Ele deu um sorriso debochado e aceitou a bebida. Olhou de novo para Michael e Miriam.

– Ela devia ter chegado alguns meses antes. As coisas seriam completamente diferentes.

– Michael disse que não.

– É claro que ele diria isso.

A estocada foi profunda. Angel não disse nada.

Paul curvou os lábios sarcasticamente.

– Soube que andou trabalhando numa loja. Vendia o quê?

– Um pouco de tudo.

– Como sempre, hein?

Angel disfarçou a mágoa e falou com calma.

– Não tenho nenhuma intenção de machucar Michael novamente, Paul. Eu juro.

– Mas vai machucá-lo, não vai? É a sua natureza. Vai sugar toda a vida dele e jogar a casca fora. Ah, você ficará por aqui algum tempo, só pelas aparências. E, quando as coisas ficarem difíceis, pegará suas coisas e cairá na vida de novo.

Angel sentiu o baque e desviou o olhar. Não conseguia respirar direito, sentia um aperto no peito.

– Não vou.

– Não? Então por que teve tanta pressa de voltar para Pair-a-Dice? Por que fugiu para Sacramento?

– Agora eu vou ficar.

– Por um ano, ou dois. Até se entediar com a vida de mulher de fazendeiro.

Bebeu um pouco da cidra e largou o copo.

– Sabe, Angel, eu não via Michael sorrir desse jeito há muito tempo.

Ele se afastou e foi conversar com John.

Angel segurou o copo de cidra com as duas mãos. Levantou a cabeça, viu as duas pessoas que mais amava no mundo dançando e imaginou se Paul não teria razão em tudo o que dizia.

> *E depois do tremor acender-se-á um fogo:*
> *o Senhor não estará no fogo,*
> *e depois do fogo ouvir-se-á*
> *o sopro de uma pequena voz.*
> – I Reis 19,12

Paul procurava sabotar a segurança de Angel toda vez que se encontravam, e ela resolveu aturar tudo o que ele fizesse. Cada vez que ele fazia um comentário cruel, ou inventava alguma profecia ofensiva sobre onde ela estaria dali a dez anos, ela reforçava sua determinação de não retaliar. Qualquer resposta só serviria para magoar Michael. E não mudaria em nada o que Paul sentia por ela. Não importava o que o amanhã traria, porque hoje ela tinha Michael.

Angel recusou-se a se defender de Paul. De nada adiantaria. Ela foi educada. Ficou em silêncio. Manteve-se firme mesmo quando teve vontade de fugir e se esconder num lugar escuro, onde pudesse ficar encolhida.

Não sou mais uma prostituta. Não sou!

Mas o jeito com que Paul a olhava fazia com que se lembrasse de seu passado e se sentisse ainda uma prostituta, por mais que tentasse evitar. Um ano não apagava dez, e ele trazia de volta os anos tenebrosos com Duke, os anos de medo e solidão, de sobrevivência. E, por causa disso, os ataques violentos de Paul fizeram com que Angel se refugiasse cada vez mais nos braços de Michael. Quanto mais Paul se esforçava para afastá-la, mais ela se agarrava ao que tinha. Michael lhe dizia para não se angustiar com o futuro, e ela passou a se concentrar em aproveitar com ele tudo o que a vida lhes oferecia. Ele a encorajava e ela não tinha medo, desde que ele estivesse ao seu lado.

Michael a amava no presente, e era só isso que importava para ela. Ele dava sentido à sua vida e a preenchia com coisas novas e maravilhosas. A vida deles era de trabalho pesado de sol a sol, mas Michael conseguia torná-la estimulante. Ele lhe abria a mente para coisas que não tinha notado antes. E uma pequena voz ecoava o tempo todo dentro de si: *Levante-se, minha amada.*

Levante-se de onde?

Nunca ficava satisfeita nem se cansava da companhia dele, queria sempre mais e mais. Ele lhe preenchia a mente e o coração. Era sua vida. Acordava-a com beijos antes do nascer do sol e ficavam os dois deitados no escuro, ouvindo a sinfonia de grilos e sapos, os sinos de vento. O corpo dela tremia ao toque de Michael e cantava quando ele a possuía. Todos os momentos e todos os dias com ele eram preciosos.

A primavera trouxe uma explosão de cores. Manchas luminosas de papoulas douradas e de tremoços roxos enfeitavam as encostas verdes e os campos não cultivados. Michael falava do rei Salomão, que, mesmo com toda sua riqueza, não era capaz de se vestir como Deus vestia as encostas, com simples flores silvestres.

– Não vou arar aquela parte – Michael disse. – Vou deixar como está.

Ele via Deus em tudo. No vento, na chuva e na terra. Nas plantações que cresciam. Via Deus na natureza dos animais que habitavam suas terras. E nas chamas do fogo que se acendiam à noite.

Angel só via Michael e o venerava.

Quando ele lia em voz alta à noite, diante do fogo, ela se perdia na profunda ressonância de sua voz. As palavras a cobriam como uma onda quente e pesada que depois voltava para um mar distante. Jonas escalando um penhasco para conduzir os filisteus. Davi, um menino-pastor, matando um gigante de três metros de altura chamado Golias. Jesus ressuscitando os mortos. Lázaro, levante-se! *Levante-se!*

Michael fazia qualquer som sem sentido parecer poesia.

Angel pegava a Bíblia e a punha de volta no console da lareira.

– Venha me amar – dizia, segurando a mão dele.

E Michael não conseguia fazer outra coisa.

Elizabeth foi visitá-los com as crianças.

– Paul falou de uma cidade que fica a menos de vinte quilômetros daqui. Não é muito grande e tem pouco a oferecer, mas eles foram até lá comprar suprimentos.

Angel notou a barriga de Elizabeth. Ofereceu-lhe café e biscoitos, depois se sentou para conversar. Ruthie quis se sentar em seu colo e Angel a levantou.

– Quando é que vai ter um bebê? – perguntou a menina.

Angel ficou muito vermelha e Elizabeth gemeu baixinho, mortificada.

– Ruth Anne Altman, nunca se deve fazer esse tipo de pergunta – disse-lhe a mãe, tirando a menina do colo de Angel e pondo-a com firmeza no chão à sua frente.

– Por que não?

Ruth não ficou nem um pouco constrangida e obviamente não entendeu por que a mãe e Angel reagiram daquela forma.

– Porque é um assunto muito pessoal, senhorita.

Ruth olhou para Angel, atônita, arregalando os olhos.

– Quer dizer que você não quer ter um bebê?

Miriam abafou a risada e pegou a mão da irmã.

– Vamos balançar um pouco – disse.

Elizabeth se sentou de novo e abanou o rosto esfogueado.

– Essa menina simplesmente fala tudo que lhe vem à cabeça – disse, pedindo desculpas.

Angel avaliou se devia contar que não podia ter filhos, mas resolveu ficar em silêncio.

– Vim pedir-lhe ajuda – disse Elizabeth. – O bebê vai chegar em dezembro e gostaria que você fosse minha parteira.

Angel não podia ficar mais espantada e abalada.

– Eu? Mas, Elizabeth, não sei nada sobre ajudar alguém a ter um filho.

– Eu sei o que precisa ser feito. Miriam quer ajudar, mas acho que uma menina jovem e impressionável como ela não pode cuidar de um parto. Pode se assustar, sem necessidade.

Angel ficou em silêncio durante um tempo.

– Não vejo como posso ajudar.

– Eu já passei por isso. Posso dizer o que tem de fazer. Onde morávamos eu tinha uma parteira, mas aqui só tenho John, e ele simplesmente não dá para isso – e sorriu um pouco. – Ele é capaz de fazer o parto de um bezerro ou de um potro, mas é completamente inútil quando se trata de pôr os próprios filhos no mundo. Ele desaba assim que eu demonstro ter alguma dor e, bem, não posso passar por tudo isso sem sentir um certo desconforto, posso? Quando Miriam nasceu, ele desmaiou.

– Desmaiou?

Angel não conseguia imaginar o estoico John desmaiando por nada.

– Ele despencou no chão ao lado da cama e eu fiquei lá, indefesa como uma tartaruga de costas, tendo de cuidar sozinha do meu trabalho de parto – e riu baixinho. – Só acordou quando tudo tinha terminado.

– Vai ser muito difícil? – perguntou Angel, já preocupada.

Ela se lembrou de uma menina que tinha conseguido esconder a gravidez até ser tarde demais para abortar.

– Não tem um médico na cidade?

– Imagino que deve ter, mas, quando ele chegar aqui, já estará tudo acabado. Ruth levou apenas quatro horas para nascer. Este aqui pode chegar até mais rápido.

Angel se dispôs a ajudar quando chegasse a hora.

– Se você tiver certeza de que quer que seja eu...

– Tenho sim – disse Elizabeth, e abraçou Angel, muito aliviada.

Angel saiu para encontrar Michael quando os Altman foram embora. Apoiou-se na cerca e ficou vendo o marido trocar a ferradura de um cavalo.

– Elizabeth quer que eu a ajude quando ela tiver o bebê.

Angel viu as rugas mais profundas no rosto de Michael quando ele sorriu.

– Miriam me disse que ela ia pedir isso para você. Estava um pouco aborrecida, porque não seria ela quem ajudaria a trazer o irmãozinho, ou irmãzinha, ao mundo.

– Elizabeth acha que Miriam pode ficar chocada. Eu, por outro lado, não devo ficar chocada com nada.

Michael percebeu a amargura em seu tom de voz, uma amargura que não se manifestava havia semanas. Ele a observou. Será que tinha sido provocada pelo fato de ele ter se referido a Miriam? Ou será que Angel estava assustada com essa responsabilidade a mais?

– Se tiver algum problema, posso ajudar, já fiz o parto de alguns potros nos bons tempos.

– Ela disse que John desmaiou.

Michael bateu o último cravo e cortou-lhe a ponta, dando risada.

– Não tem graça, Michael. E se alguma coisa der errado? Tinha uma menina no bordel em Nova York que escondeu a gravidez durante tanto tempo que Duke não pôde forçá-la a abortar. Sally o convenceu a deixá-la ficar, mas, quando chegou a hora, ela gritava de dor. Ouvi os gritos através da parede. Era domingo à tarde, o lugar estava muito movimentado e...

Ela olhou para Michael quando ele se endireitou e parou de falar. Por que ela tinha de falar desse assunto de novo?

– E o quê?

– Nada não – ela disse, e olhou para o outro lado.

Ele foi até a cerca.

– Seu passado faz parte de você. E eu a amo, lembra-se? Então, o que aconteceu com a menina e o bebê?

Sua garganta se fechou, e mal conseguiu falar.

– Sally a amordaçou para que não incomodasse ninguém. Demorou muito. A noite inteira e o dia inteiro. Ela ficou doente depois, e o bebê...

Sally mantivera as outras meninas longe, mas deixara Angel entrar no quarto com ela para cuidar da mãe e do recém-nascido. A jovem prostituta estava muito pálida e calada. O bebê ao lado dela choramingava o tempo todo, enrolado num pano cor-de-rosa. Angel quis pegá-lo no colo, mas Sally a empurrou.

– Não toque nele! – sussurrou.

Angel não entendeu por quê, até Sally desenrolar cuidadosamente o pano.

– O que tinha a criança? – perguntou Michael, afastando-lhe uns fios de cabelo louro da testa.

– Era uma menininha. Viveu só uma semana – ela disse, com tristeza.

Angel não contou para Michael que o bebê estava coberto de feridas nem que tinha morrido sem nome. A mãe desaparecera logo depois. Quando Angel perguntou para Sally o que tinha acontecido, a mulher disse que não cabia a ela questionar o que Duke fazia. E assim Angel ficou sabendo que a menina estava morta, que servia de alimento aos ratos em algum beco escuro e sujo, igual a Rab. E igual a ela, caso não lhe obedecesse. Angel estremeceu.

– Elizabeth teve cinco filhos, Amanda – lembrou Michael.

– É, e todos saudáveis.

Michael viu a cor voltar lentamente ao rosto de Angel. Não sabia o que ela estava pensando, mas também não perguntou. Se quisesse falar, ela falaria. Se não, ele respeitaria seu silêncio. Mas sentiu que ela precisava de apoio.

– Quando chega a hora de um bebê nascer, ninguém pode impedir.

Ela sorriu para ele.

– Você sabe tudo a respeito disso também?

– Não por experiência própria – respondeu. – Tess ajudou no parto de um bebê na caravana. Ela disse que não teve de fazer nada além de garantir que o nenê não caísse no chão da carroça. Eles são meio escorregadios quando nascem. Mas, quando chegar a hora de Elizabeth, irei junto para segurar a mão de John.

Angel deu risada e a tensão acabou. Tudo daria certo se Michael estivesse com ela.

– Ah, a propósito – ele disse, tirando um embrulho do bolso –, Miriam me pediu que lhe desse isso.

Angel tinha notado que Miriam ficara um bom tempo apoiada na cerca, conversando com Michael.

– O que é? – perguntou, ao ver a bela caligrafia, indecifrável para ela, uma vez que Duke achava desnecessário que ela aprendesse a ler.

– São sementes de flores de verão.

O mormaço da primavera se transformou no calor do verão e Angel descobriu que tinha o dom da mãe para plantar. O canteiro de flores que fez em volta da casa virou uma imensa profusão de cores. Enchia diariamente a jarra de flox rosa, milefólio amarelo, orelha-de-lebre vermelha, delfínio roxo e malva branca. Flores azuis de linho e margaridas brancas enfeitavam o console da lareira. Mas, muito maior do que o prazer que tinha com as flores, era o orgulho que sentia quando via o milharal.

Mal podia acreditar que os grãozinhos murchos que Michael lhe dera para plantar tinham se transformado em plantas mais altas do que ele. Caminhou entre as fileiras, tocando nas plantas muito altas e vendo as espigas de milho que já despontavam. Tinha mesmo ajudado a criar aquilo?

– Amanda! Onde você está? – chamou Michael.

Ela riu e ficou na ponta do pé.

– Aqui – respondeu, e correu para se esconder.

– Está bem – ele disse, rindo também. – Onde é que você se meteu?

Ela assobiou para ele de seu esconderijo. Ruthie e ela tinham brincado de esconde-esconde no milharal no dia anterior, e ela estava de muito bom humor, disposta a provocar Michael.

– O que eu ganho se a encontrar?

– O que quer?

– Ah, um pouquinho disso, um pouquinho daquilo...

Michael enfiou o braço numa carreira de pés de milho e quase conseguiu agarrar sua saia. Rindo, Angel escapou de novo. Ele a alcançou no fim da fileira, mas ela desviou novamente e desapareceu na plantação verdejante. Abaixou-se atrás de uma carreira e pôs o pé para frente quando Michael passou. Ele tropeçou, ela riu muito e correu para o outro lado.

– Nunca vou conseguir acabar de consertar aquela cerca – ele disse, partindo em seu encalço.

Michael tinha acabado de pegar Angel quando alguém os chamou. Ele deu uma risadinha.

– É a Miriam de novo, querendo saber se Mandy pode ir brincar com ela.

Miriam estava muito nervosa quando alcançou os dois, com os olhos vermelhos de tanto chorar.

– O que aconteceu? – perguntou Angel, alarmada. – É a sua mãe?

– Mamãe está bem. Estão todos bem – ela disse, com um sorriso forçado. – Michael, preciso conversar com você. Por favor. É importante.

– Claro.

Miriam pegou a mão de Angel e a apertou.

– Obrigada – ela disse. – Não vou ocupá-lo por muito tempo.

Angel percebeu que estava sendo dispensada.

– Venha até em casa quando terminar. Vou fazer um café.

Ficou vendo, pela janela, Miriam e Michael conversando no jardim. Ela estava chorando. Michael pôs a mão em seu ombro e ela desabou em seus braços. O coração de Angel ficou apertado ao vê-lo segurar Miriam. Uma dor surda se espalhou pelo peito quando ele alisou as costas da menina, dizendo-lhe algo. Miriam se afastou um pouco e balançou a cabeça. Ele segurou o queixo dela e disse mais alguma coisa. Miriam falou bastante depois e Michael ficou a ouvindo. Quando ela parou, ele fez um rápido comentário. Ela o abraçou e o beijou no rosto. Então foi direto para a casa dela. Michael ficou vendo Miriam se afastar. Esfregou a nuca e balançou a cabeça. E foi para a cerca onde estava trabalhando.

Quando Michael chegou para almoçar, Angel esperou que ele lhe contasse o que Miriam havia dito, mas ele não comentou nada. Em vez disso, falou sobre o andamento do trabalho no curral e sobre o que pretendia fazer à tarde. Se Miriam lhe tinha feito alguma confidência, Angel sabia que ele não a trairia.

Ao fim do dia, Michael estava pensativo. Ficou observando Angel tirar os pratos.

– Está muito calada – ele disse, chegando por trás e abraçando-lhe a cintura, enquanto Angel derramava água quente nos pratos. Afastou a trança e beijou-lhe a nuca.

– Está preocupada com o quê? Com Elizabeth?

– Com Miriam.

Michael soltou as mãos. Angel deu meia-volta e olhou para ele.

– E com você.

Ele piscou e não disse nada, então Angel passou por ele. Michael a segurou e a puxou para que ela ficasse de frente para ele.

– Não precisa ficar com ciúmes, apesar de eu ter certeza de que, se Paul aparecesse e quisesse conversar com você a sós, eu ficaria muito aborrecido.

– Isso não vai acontecer, não é?

– É. Acho que não – ele devia ter deixado Paul fora dessa. – A questão é que eu amo você.

– E não se sente nem um pouco tentado por uma menina que venera o chão em que você pisa?

– Não – ele respondeu, sem negar o afeto de Miriam. – Sou mais um irmão mais velho para ela do que qualquer outra coisa.

Angel se sentia mesquinha. Gostava demais de Miriam, mas vê-los juntos lhe doía. Ela olhou nos olhos de Michael novamente e não teve dúvidas de que ele a amava. Sentia-se enfraquecida com aquele amor todo. Relaxou e deu um sorriso triste.

– Ela está bem? Qual é o problema?

– Ela está infeliz. Sabe o que quer, um marido, filhos, mas não sabe como conseguir isso. Então veio pedir a opinião de um homem.

– Bem, fico feliz de ela não ter ido procurar Paul – disse Angel, sem pensar no que estava dizendo.

Recomeçou a lavar os pratos. Ele destruiria uma menina doce e inocente como Miriam com seus comentários zombeteiros.

Michael ficou calado.

Ela se virou para ele e viu que não deveria ter dito nada contra seu amigo.

– Desculpe, é só que...

E sacudiu os ombros.

– Miriam precisa de um marido.

– É – ela concordou –, mas ele terá de ser muito, muito especial.

– Você gosta muito dela, não é?

– É a coisa mais parecida com uma irmã que já tive na vida. Talvez por isso mesmo tenha doído tanto quando vi vocês dois abraçados.

– Não abraço Miriam do jeito que abraço você. Quer ver a diferença?

Sem ar e dando risada, ela o empurrou.

– Agora você está todo molhado. Vá ler um pouco para que eu possa acabar isso aqui.

Ele pegou a Bíblia e se sentou diante do fogo com o livro no colo. Abaixou a cabeça e Angel sabia que estava rezando. Era um hábito dele e ela não reclamava mais. Aquele grande livro preto estava quase em pedaços, mas ele o manuseava como se fosse encapado com ouro e contivesse pedras preciosas dentro. Nunca o lia sem antes rezar. Um dia dissera que só começava a ler quando a mente estivesse aberta para receber. Ela não sabia do que ele estava falando. Às vezes, o que ele dizia não fazia nenhum sentido para ela, apesar de serem palavras simples. E depois ele dizia algo maravilhoso, que a cobria de luz e calor. Ela era a noite mais escura, e ele, a luz das estrelas que penetrava a escuridão, revelando-lhe um desenho em sua vida.

Angel terminou os afazeres domésticos e se sentou ao lado de Michael, que continuou calado. Ela pôs a cabeça para trás e ficou ouvindo os estalidos do fogo, esperando. Quando por fim ele começou a ler, ela estava sonolenta e satisfeita. A voz quente e rica de Michael era como um caramelo, mas o que ele leu a surpreendeu. Era a história de um casal e da paixão que sentiam um pelo outro. Ele ficou bastante tempo lendo.

Michael pôs a Bíblia no console da lareira e mais uma acha de lenha no fogo. Duraria a noite inteira e manteria a cabana aquecida.

– Por que uma noiva virgem finge que é prostituta para o noivo? – Angel perguntou, perplexa.

Ele se virou para trás. Pensava que ela estivesse dormindo.

– Ela não fez isso.

– Fez sim. Ela dançou para ele, que ficou olhando para o corpo dela. Dos pés à cabeça. No princípio, ele olhava para os olhos dela.

Michael ficou surpreso ao ver como ela havia prestado tanta atenção.

– Ele tinha prazer de ver o corpo dela, como ela queria, e ela dançou para excitá-lo e lhe dar prazer.

– E o seu Deus diz que é certo excitar um homem?

– Se for o seu marido.

Ela fechou a cara. Não tinha querido dizer qualquer homem, mas ele sabia que ela era bem treinada para provocar.

– E se considerarem que é provocação só por causa da sua aparência?

Michael empurrou a acha de lenha mais para o fundo com a bota.

– Os homens sempre vão olhar para você, Amanda. Você é linda. Não pode fazer nada quanto a isso.

Até John Altman tinha olhado para ela boquiaberto no início. E Paul também. Às vezes Michael ficava imaginando o que se passava na cabeça de Paul quando a via. Será que se lembrava do que tinha acontecido com eles a caminho de Pair-a-Dice? E afastou aqueles pensamentos perturbadores. Eles só alimentavam dúvidas, que eram um tormento para ele.

– Fica aborrecido com isso? – ela perguntou.

– Com o quê?

– Que os homens olhem para mim.

– Às vezes – ele admitiu. – Quando olham para você como se fosse um objeto, e não como um ser humano que tem sentimentos – completou, com uma expressão de tristeza – nem como uma esposa que ama seu marido.

Ela rodou a aliança no dedo.

– Eles nunca olham para as minhas mãos, Michael.

– Talvez devêssemos botar a aliança no seu nariz.

Angel viu seu sorriso provocante e riu também.

– É, ou uma maior no meu pescoço. Talvez isso os afastasse.

Muito tempo depois ela ainda estava acordada ao lado dele, ouvindo a brisa da noite balançar os sinos de vento do lado de fora da janela. A melodia daquele tilintar tinha um efeito calmante.

Embaixo dela o feno novo exalava um perfume doce, mais doce ainda por estar ali graças ao seu trabalho também. Michael e ela tinham colhido aquele feno juntos. Trabalho estafante! Ficou fascinada ao vê-lo ceifando com a segadeira em movimentos amplos e fluidos, derrubando as hastes douradas. E então ela juntou tudo em pilhas, que os dois puseram na carroça para levar para o celeiro. Os animais teriam feno todos os meses frios do inverno.

Tudo que Michael fazia tinha um objetivo. Ela pensou na própria vida, como tinha sido sem sentido e infeliz antes dele. Sua razão de viver agora dependia dele. E Michael dependia da terra, das chuvas, do calor do sol. E de Deus.

Especialmente de Deus.

Eu estaria morta agora se Michael não tivesse ido me buscar. Estaria apodrecendo numa cova rasa e anônima.

Foi tomada pela gratidão e por uma humildade sofrida pelo fato de ser amada por aquele homem. Por que, entre todas as mulheres do mundo, ele a escolhera? Ela não merecia. Era inconcebível.

Mas estou feliz, muito feliz, pelo fato de ele ter me escolhido. Nunca mais farei qualquer coisa para magoá-lo. Oh, meu Deus, eu juro...

Uma doce fragrância tomou a cabana escura, um perfume que desafiava qualquer definição. Ela encheu os pulmões com aquele cheiro embriagante e maravilhoso. O que era? De onde vinha? Sua cabeça rodopiava com palavras e frases que Michael tinha lido nas últimas semanas e mesmo antes, palavras que pensava nem ter ouvido, mas que de alguma forma ficaram gravadas lá no fundo, dentro dela, num lugar que não podia bloquear.

E então uma voz muito calma soou na casa.

Eu sou.

Angel se sentou rapidamente, de olhos arregalados. Olhou em volta e não viu ninguém além de Michael, que dormia profundamente a seu lado. Quem tinha falado? Ficou com medo e chegou a tremer. Depois passou, o medo desapareceu e a calma voltou, mas estranhamente sua pele ficou formigando.

– Não há nada – murmurou. – Nada.

Esperou uma resposta, sem se mexer.

Não houve resposta. Nenhuma voz preencheu o silêncio.

Angel deitou-se e encolheu-se lentamente, bem junto de Michael.

> *Dai a palavra à dor;*
> *a dor que não fala.*
> — SHAKESPEARE

Setembro chegou muito rápido e o milho estava maduro, pronto para a colheita. Michael levou a carroça para o meio do milharal e a deixou lá. Angel e ele arrancaram as espigas e as jogaram contra o anteparo para que caíssem dentro da carroça. Em pouco tempo encheram a tulha.

Os Altman foram ajudá-los a descascar o milho. Era uma boa desculpa para se reunirem e se divertirem juntos. Todos cantavam, contavam histórias e riam enquanto trabalhavam. As mãos de Angel se cobriram de bolhas e ficaram cheias de cortes provocados pela palha, mas ela nunca tinha sido tão feliz em toda a sua vida. O monte de espigas douradas crescia em volta dela, e ela se orgulhava muito de fazer parte daquilo. Tinham mais do que o suficiente para plantar no ano seguinte e sua cota para fazer curau estava garantida, além de mais outro tanto de milho para vender.

Quando a debulha terminou, Elizabeth se sentou à sombra e bebeu o chá de ervas que Angel levara para ela. Sua barriga crescia bastante e seu rosto brilhava, corado, saudável. Angel nunca tinha visto Elizabeth tão bem nem tão animada.

– Quer sentir o bebê chutar? – ela perguntou, pegando a mão de Angel para botar em sua barriga. – Pronto. Sentiu isso, Amanda?

Angel sorriu, encantada.

– John quer outro menino – ela disse.

Angel ficou tristonha enquanto conversavam. Elizabeth deu-lhe um tapinha na mão.

– Vai chegar sua vez. Você é jovem.

Angel não respondeu.

Michael e Miriam subiram o morro juntos para tomar conta da pequena Ruth, que estava no balanço. Elizabeth observou os dois com ar de preocupação.

– Ela cita Michael como se fosse o Evangelho. Torci tanto para ela se apaixonar pelo Paul...

– Paul? – Angel exclamou, surpresa.

– Ele é jovem, forte e muito bonito. Trabalha duro na terra e tem futuro. Perguntei a Miriam o que achava dele, e a única coisa que ela disse foi que ele contou que sua mulher era muito linda e que lhe fazia muita falta. Ele mal a olha quando vem ajudar o John – suspirou. – Imagino que ainda esteja de luto por causa da mulher. A ponto de nem notar uma jovem bonita e da idade certa para ele. E Miriam está... – ela interrompeu a frase quando se deu conta do que estava prestes a dizer.

– Apaixonada por Michael – disse Angel.

Elizabeth corou.

– Ela nunca disse isso.

– Nem precisa, não é?

Elizabeth ficou pensando no estrago que tinha feito com suas divagações e sua língua comprida. Às vezes dizia coisas impróprias e sem pensar, como seus filhos. Devia ter ficado calada, sem extravasar suas preocupações. Era fácil demais conversar com Amanda.

– Pensei nisso – ela admitiu, vendo que não tinha mais como evitar o assunto.

E pensava nisso naquele momento em que observava Miriam se afastar com Michael, concentrada em cada palavra que ele dizia. Será que ele percebia seu afeto? Como poderia não perceber? Miriam nunca soubera esconder nada.

Elizabeth tocou a mão de Angel.

– Miriam jamais tomaria nenhuma iniciativa, mesmo se sentisse isso por Michael. Ela adora você, e é uma boa menina, não é boba, Angel.

– Claro que não.

Angel viu Michael descendo a encosta com a amiga e achou que os dois formavam um belo casal. Ambos tinham cabelo castanho-escuro e eram lindos. Tinham muita coisa em comum. Acreditavam no mesmo Deus. Amavam a terra. Abraçavam a vida com zelo e alegria. Distribuíam seu amor incondicionalmente.

Ela viu Miriam dar o braço para Michael e rir com ele em franca camaradagem. Seu coração se apertou com uma pontada aguda de ciúme, que logo se desfez, dominado por uma tristeza avassaladora. Observou atentamente o rosto de Miriam quando os dois se aproximaram.

Elizabeth ficou desolada ao ver que Angel observava a filha.

– Fui uma idiota – disse, arrasada, certa de que tinha destruído a amizade da filha com Angel. – Não devia ter dito nada.

– Ainda bem que disse.

Elizabeth segurou a mão de Angel.

– Amanda, Michael a ama muito.

– Eu sei – ela disse, com um sorriso triste.

Que bem faria aquele amor para ele?

– E Miriam também.

Angel reparou que Elizabeth estava muito aborrecida e pousou sua mão sobre a dela.

– Sei disso também, Elizabeth. Não precisa se preocupar.

Além de Michael e Ruthie, ela amava Miriam mais do que qualquer outra pessoa no mundo. Não que não amasse Elizabeth também. O que sentia a consumia demais para ser compartilhado.

Elizabeth ficou com os olhos rasos d'água.

– E agora arruinei a confiança que você tinha nela.

– Nada disso.

Angel sabia que isso era verdade. Confiava no amor de Michael. Mas e quanto a Miriam? Mais perturbador ainda, e quanto aos sonhos de Michael?

Ela tentou tirar aquelas ideias angustiantes da cabeça. *Michael sabia o que receberia. Ele mesmo afirmou isso. Então não é culpa minha se ele não receber tudo o que queria. Filhos, por exemplo.*

Angel olhou para a barriga de Elizabeth e se virou para o outro lado, fingindo que aquela tristeza dentro dela não existia.

No dia seguinte, Michael foi visitar Paul e ficou fora quase o dia inteiro. Angel ficou imaginando o que ele tinha para conversar com Paul e o que este lhe diria. Estava trabalhando na horta quando Michael voltou. Ela não foi ao seu encontro. Ele desmontou do cavalo e caminhou decidido até ela. Apoiou a mão no mourão e saltou sobre o portão. Pegou-a nos braços e deu-lhe um beijo demorado. Quando Angel ficou sem ar, ele a soltou e sorriu de orelha a orelha.

– Isso acaba com sua preocupação?

Ela deu risada e o abraçou. Alívio e alegria compensaram toda a ansiedade daquele longo dia sem ele. A mente sabia como torturar.

Ela foi até a cabana para preparar o jantar, enquanto Michael cuidava do cavalo. Quando ele entrou em casa, ela sorriu.

– Está tudo bem com Paul?

– Não – ele disse, muito sério, com as mãos nos bolsos, encostando-se no console da lareira e olhando para ela. – Alguma coisa o perturba e ele não quer me dizer o que é. Vamos à cidade amanhã, para vender nossos produtos.

Ela sentiu ter de ficar mais um dia longe dele, mas não disse nada.

– Vou cuidar dos animais de manhã e você pode passar o dia com os Altman – ele afirmou. – Elizabeth está fazendo compota de maçã.

Angel se virou para trás para olhá-lo.

– Esteve com a Miriam?

– Estive – a expressão dele era indecifrável. – Que confusão! – Michael disse, quase falando sozinho.

Angel não perguntou mais nada.

Paul chegou bem cedo. Michael estava acabando de tomar café. Levantou-se, botou a mão no ombro do cunhado e o fez se sentar.

– Fique aí. Tome um café enquanto cuido dos animais. A carroça já está carregada. Eu grito quando for a hora de atrelar os cavalos. Vamos passar pela sua fazenda para pegar os caixotes e então seguir viagem.

Paul ficou muito tenso e olhou para Angel com frieza quando Michael saiu.

– Foi ideia sua termos esse tempo sozinhos?

– Não. Imagino que Michael torça para resolvermos nossas diferenças.

Paul bebeu o café em silêncio, com os ombros tensos.

Ela se virou para ele.

– Já comeu alguma coisa esta manhã? Tem um pouco de...

– Não, obrigado – ele disse bruscamente, olhando para ela com desprezo. – Achei que já teria ido embora há muito tempo.

Era óbvio que ele desejava isso.

– Quer mais café?

– Tão educada, tão decente. Qualquer um acharia que foi criada para ser mulher de fazendeiro.

– Eu sou mulher de fazendeiro, Paul – ela disse, em voz baixa.

– Não, você é uma boa atriz. Faz tudo certo. Mas por dentro não chega nem perto do que deveria ser uma esposa de fazendeiro – sua mão ficou branca apertando a caneca. – Não acha que Michael percebe a diferença toda vez que conversa com Miriam Altman?

Angel não deu sinal de que suas palavras tinham calado fundo.

– Ele me ama.

– Ama, sim – ele disse e a examinou de alto a baixo. – Você sabe muito bem como é.

Como Michael podia gostar daquele homem como a um irmão? Ela tentou ver alguma coisa nele, algum sinal de bondade, de humanidade, mas não viu nada além do frio ódio.

– Vai sempre me odiar pelo que fez, Paul? Não vai esquecer nunca?

Ele empurrou a caneca e a cadeira, arrastando-a no chão. Seu rosto estava muito vermelho, os olhos em fogo.

– Você põe a culpa em mim pelo que aconteceu? Fui eu que a arrastei para fora daquela carroça? Eu a estuprei? Você bem que gostaria de pensar que a culpa foi minha, não é?

E saiu.

Angel ficou onde estava. Devia ter ficado calada. Sabia que não tinha como se defender.

Michael voltou rapidamente para lhe dar um beijo de despedida.

– Passo na casa dos Altman na volta. Fique lá e podemos voltar para casa juntos.

Ruthie correu para encontrar Angel quando ela apareceu atravessando o pasto.

– Paul disse que podemos colher todas suas maçãs! – disse, quando Angel a pegou no colo e a pôs montada na cintura. – Mamãe vai fazer compota de maçã. Eu adoro compota de maçã. E você?

Miriam estava na porta, muito bonita, com um vestido xadrezinho azul e branco e um avental branco. Ela sorriu.

– Estamos sendo convocadas para trabalhar – disse, abraçando Angel.

Pegaram um carrinho de mão e caminharam quase dois quilômetros para chegar até as macieiras. Enquanto catavam as frutas, Miriam mostrou todo o trabalho que Paul tinha feito na fazenda.

– Ele tem uma plantação de abóbora que está quase madura e fez uma boa colheita de milho também. Nós o ajudamos a descascá-lo poucos dias atrás.

Elas voltaram para a cabana dos Altman e passaram o resto da manhã descascando, descaroçando e cortando as maçãs para cozinhá-las. Enquanto mexia na panela, Elizabeth foi acrescentando temperos e o cheiro doce encheu a casa toda. Enquanto a compota fervia, preparou um cesto de piquenique e despachou todas elas.

– Os meninos já estão lá com seu pai e quero a cabana só para mim, para tirar uma soneca – disse, quando Miriam perguntou se ficaria bem sozinha.

Ruth e Leah foram com Miriam e Angel. As duas mais novas entraram na água do riacho e Angel se sentou na margem, enfiando os dedos dos pés na areia. Miriam se deitou de costas, com os braços estendidos, e aproveitou o sol.

– Às vezes sinto saudade de casa – disse.

Miriam contou da fazenda que tinham, dos vizinhos e das reuniões. Falou da longa viagem para o oeste. Foi se lembrando de vários incidentes cômicos e Angel riu muito com ela. Miriam fez uma viagem extenuante de quatro mil quilômetros parecer uma viagem turística.

– Fale-me do navio – disse Miriam, rolando de barriga para baixo e apoiando a cabeça nas mãos. – Havia muitas mulheres a bordo?

– Mais duas além de mim. Meu quarto não era muito maior do que uma casinha e era frio demais. Usava toda a roupa que tinha e mesmo assim não adiantava. A travessia do cabo Horn foi o mais próximo que se podia chegar do inferno. Pensei que morreria de tanto enjoo.

– O que fez quando chegou a San Francisco?

– Congelei e quase morri de fome – ela abraçou os joelhos e olhou para as duas menininhas no riacho. – Então comecei a trabalhar de novo – e suspirou. – Miriam, não tenho muitas histórias engraçadas para contar, e as poucas que tenho não são para você.

Miriam se sentou com as pernas cruzadas.

– Não sou mais criança, você sabe. Podia me contar um pouco como era.

– Obsceno.

– Então por que não fugiu?

Aquela pergunta insinuava uma acusação? Ela devia contar para Miriam como foi ficar trancada em um quarto aos 8 anos de idade, sabendo que só duas pessoas tinham a chave, uma madame que lhe levava comida e lhe trocava o penico e Duke? Devia contar o resultado desastroso de ter fugido com Johnny?

– Eu tentei, Miriam – disse simplesmente, e deixou por isso mesmo.

– Mas os homens a desejavam. Os homens se apaixonavam por você. Só uma vez na vida eu gostaria de caminhar por uma rua e fazer com que eles se virassem para me admirar.

– Não gostaria não.

Miriam quase chorou.

– Só uma vez, eu queria ser desejada por um homem.

– Você acha mesmo? E se fosse um desconhecido que pagasse a alguém para tê-la, e você tivesse de fazer tudo o que ele quisesse, por mais degradante que fosse? E se ele fosse feio? E se não tomasse banho há um mês? E se fosse violento? Acharia isso romântico?

Angel não pretendia ser tão crua. Estava tremendo.

Miriam ficou muito pálida.

– Era assim?

– Pior – disse Angel. – Gostaria de não ter conhecido nenhum outro homem antes de Michael.

Miriam segurou a mão dela e não fez mais nenhuma pergunta.

Michael chegou ao anoitecer. Miriam foi a primeira que saiu para recebê-lo.

– Pensei que Paul ia voltar com você.

Michael saltou da carroça.

– Ele resolveu ficar mais um ou dois dias na cidade.

– Bem coisa de homem – disse Miriam, sem a vivacidade de sempre.

Elizabeth insistiu para que Michael e Angel ficassem para jantar. Miriam se sentou do outro lado dele e quase não falou o jantar inteiro. Mal tocou a comida. Angel viu Michael pôr sua mão sobre a de Miriam e cochichar-lhe alguma coisa. Os olhos de Miriam se encheram de lágrimas, ela rapidamente pediu licença e se levantou da mesa.

– O que está acontecendo com ela ultimamente? – perguntou John, perplexo.

– Deixe estar, John – Elizabeth olhou para Angel e para Michael e passou um prato de abobrinha para o marido.

Michael estava pensativo na volta para casa. Pegou a mão de Angel e a segurou com força.

– O que eu não faria por um bom conselho neste momento – comentou. – O que Paul lhe disse hoje de manhã?

– Ele se surpreendeu porque ainda não fugi – ela respondeu, sorrindo para fazer com que ele pensasse que isso não a tinha magoado.

Mas Michael não acreditou.

– Trouxe uma coisa da cidade para você.

Quando chegaram em casa, ele tirou o presente da carroça e lhe deu. Angel não sabia o que era, apenas uns talos com espinhos meio embrulhados com um saco de aniagem.

– São mudas de roseiras. O homem jurou que são vermelhas, mas vamos descobrir quando chegar a primavera. Vou plantá-las amanhã de manhã. É só me dizer onde as quer.

Angel se lembrou do perfume de rosas flutuando numa sala de estar ensolarada.

– Uma bem embaixo da janela – disse – e outra ao lado da porta da frente.

Surgiu-lhe na lembrança a imagem da mãe, ao luar, ajoelhada no jardim, de camisola. No mesmo instante, Angel tratou de afastar os maus pensamentos.

O Dia de Ação de Graças chegou muito rápido e Elizabeth já estava em um estágio avançado de gravidez. Miriam e Angel assumiram os preparativos para a comemoração enquanto Elizabeth as observava e orientava. No dia, a mesa foi posta com faisão recheado e assado, purê de cenoura e ervilhas, batatas e nozes carameladas. John comprara uma vaca e havia uma jarra de leite em cada extremidade da mesa. Angel não tomava um copo de leite havia meses e essa iguaria a atraiu mais do que todas as outras que ajudou a preparar.

– Paul foi comemorar na cidade – disse Miriam, num tom quase neutro. – Outro dia ele disse que está pensando em voltar para os riachos na primavera.

– Tem um riacho bem perto da casa dele – disse Leah.

Jacob olhou com desprezo para a irmã.

– Mas não tem ouro nele, sua boba.

– Pare com isso, Jacob – Elizabeth o repreendeu enquanto punha na mesa uma torta de ruibarbo.

Miriam botou uma de abóbora do outro lado. Quando terminaram, as crianças se escafederam para não serem convocadas para trabalhar na cozinha. John e Michael foram para fora, para John fumar seu cachimbo. O cheiro provocava enjoo em Elizabeth naquele estado. Miriam foi buscar água no poço.

Elizabeth afundou-se numa cadeira, cansada, com a mão na barriga.

– Juro que essa criança já está gravando suas iniciais nas paredes.

– Quanto tempo falta? – perguntou Angel, tirando os restos dos pratos e botando-os na bacia para que fossem lavados.

– Tempo demais – sorriu Elizabeth. – Preciso da ajuda de John e Miriam para me tirar da cama todas as manhãs.

Angel derramou uma chaleira de água quente sobre os pratos sujos. Olhou para Elizabeth e viu que a pobre mulher estava exausta, quase dormindo. Secou as mãos e foi para perto dela.

– Elizabeth, você devia se deitar e descansar.

Angel ajudou-a a se levantar e depois a cobriu com um cobertor quando ela se deitou na cama. Adormeceu quase imediatamente.

Angel ficou bastante tempo ao lado da cama. Elizabeth estava encolhida, de lado, com os joelhos dobrados e a mão protegendo o filho que não tinha nascido. Um abraço. Angel olhou para a própria barriga reta e espalmou as mãos nela. Os olhos arderam e ela mordeu o lábio. Deixou as mãos caírem ao lado do corpo, se afastou e viu Miriam parada na porta.

A garota deu um sorriso triste.

– Sempre imaginei como seria. É a razão de viver de uma mulher, não é? Nosso privilégio divino: trazer uma nova vida ao mundo e alimentá-la – e sorriu para Angel. – Tem dias em que mal posso esperar.

Angel viu as lágrimas que Miriam tentava esconder. Afinal, de que servia o privilégio divino para uma menina virgem?

Ou para uma mulher estéril.

*No coração do homem se forjam muitos pensamentos,
mas a vontade do Senhor permanecerá.*
— Provérbios 19,21

Antes de sair para caçar, Michael levou alguns sacos de milho seco para a cabana, para Angel debulhar. Ela se sentou diante do fogo e esfregou duas espigas para arrancar alguns grãos, a fim de que o resto pudesse ser tirado com mais facilidade. Alguns lhe caíram no colo. Angel largou a espiga e pegou um grão. Sorriu e rolou aquela coisa dura entre os dedos.

Você tem de morrer para renascer.

Ela levantou a cabeça e procurou ouvir com atenção. Seu coração batia acelerado, mas o único barulho ali perto era o dos sinos de vento balançando. Olhou para o grão seco e meio murcho na palma da mão. Era como muitos que tinha plantado na última primavera, dos quais a floresta verde tinha desabrochado. Ela o jogou no cesto com os outros e espanou alguns da saia.

Talvez fosse meio louca mesmo. As vozes antigas estavam rareando, mas agora havia aquela nova voz, serena e firme, que não fazia nenhum sentido. Da morte nasce a vida? Impossível. Mas aos seus pés estava o cesto com grãos de milho. Ela franziu a testa, confusa. Abaixou-se e passou as mãos no milho. Pegou dois punhados. O que aquilo queria dizer?

— Amanda! — Miriam exclamou, entrando na cabana. — Chegou a hora de mamãe.

Angel botou o xale e já ia saindo. Miriam riu e a fez parar.

– Não vai querer voltar e encontrar a casa pegando fogo, vai?

Angel pegou uma saca de milho seco e a arrastou para bem longe do fogo. Ergueu outra e a botou em cima da mesa; a terceira, colocou perto da cama. Então, correram praticamente durante todo o caminho.

– Oh! – exclamou Miriam. – Nem me lembrei de avisar o Michael...

– Ele vai saber – disse Angel, andando rápido para recuperar o fôlego e depois levantando a saia para correr de novo.

Ofegante, Angel entrou na cabana dos Altman, com Miriam logo atrás. Elizabeth estava calmamente sentada na frente do fogo, costurando uma saia. As crianças levantaram a cabeça. Estavam sentadas à mesa, fazendo seus deveres de casa.

O único agitado era John, que pulou da cadeira na mesma hora.

– Graças a Deus!

Ele pegou o xale de Angel e o jogou na direção do cabide de parede. Falou em voz baixa.

– As dores estão vindo com intervalos muito curtos, mas não consigo convencê-la a se deitar. Ela diz que tem de consertar as roupas!

– Estou quase terminando, John – disse Elizabeth.

Botou uma saia de lado e pegou outra. De repente ficou imóvel, com a expressão tensa, concentrada. Angel ficou olhando para ela, procurando algum sinal de dor, à espera de um grito lancinante. Elizabeth fechou os olhos por um longo tempo, depois deu um suspiro suave e recomeçou a trabalhar. As crianças nem notaram nada. John gemeu.

– Lizzie, vá para a cama!

– Quando terminar aqui, John.

– Agora! – ele berrou tão de repente que Angel pulou.

Nunca tinha ouvido John usar aquele tom de voz com ninguém de sua família. Elizabeth levantou a cabeça com muita dignidade.

– Deixe-me em paz, John. Vá alimentar os cavalos ou cortar lenha. Vá limpar o estábulo. Vá caçar alguma coisa para o jantar, mas não me incomode agora.

Ela disse isso com uma voz tão calma que Angel quase deu risada. John levantou as mãos num gesto de rendição e saiu furioso da casa, resmungando alguma coisa sobre as mulheres.

– Tranque a porta, Andrew.

– Mas mamãe...

– Ele vai voltar correndo se você não trancar – disse Elizabeth, sorrindo.

As crianças riram e continuaram com seus afazeres. Miriam estava tensa e nitidamente preocupada.

Vieram mais algumas contrações, e Elizabeth não parou de costurar. Deu um nó e arrebentou a linha. Veio outra contração quando dobrava a saia e Miriam foi ficando cada vez mais pálida. Ela olhava para Angel, que pretendia esperar que Elizabeth tomasse a iniciativa. Se queria ficar ali sentada e ter o bebê na cadeira, o problema era dela.

Quando veio uma contração mais demorada, Angel se abaixou e pôs a mão com firmeza no joelho de Elizabeth.

– O que posso fazer para ajudá-la? – disse, com mais firmeza do que de fato sentia.

Elizabeth não disse nada. Apertou o braço da cadeira e sua mão ficou branca com o esforço. Acabou dando um suspiro profundo e pegou a mão de Angel.

– Leve-me para o quarto – disse baixinho. – Miriam, cuide das crianças e do seu pai.

– Sim, mamãe.

– E vamos precisar de bastante água quente. Jacob pode ir buscar. E panos limpos. Leah, estão no baú. Vamos precisar do barbante que está no armário. Ruthie, pode pegá-lo para mim, querida?

– Sim, mamãe.

As crianças faziam o que ela pedia.

Angel fechou a porta devagar. Elizabeth se sentou na beirada da cama e começou a desabotoar a blusa. Precisou de ajuda para tirá-la e tinha só uma combinação fina por baixo.

– Está vindo agora – disse. – A bolsa estourou quando fui até a casinha esta manhã – e deu uma risada suave. – Fiquei com medo de a criança cair dentro daquele buraco – falou, segurando a mão de Angel. – Não se preocupe. Está tudo bem.

Ela respirou, fundo e rápido, e crispou as mãos. Gotas de suor despontaram-lhe na testa.

– Essa foi das boas – disse.

Miriam entrou no quarto com uma jarra de água e uma bacia cheia de panos.

– Papai está trazendo mais água. Dois baldes além do que Jacob trouxe. Pusemos o caldeirão no fogo.

Os olhos de Elizabeth brilharam.

– Seu pai deve achar que um bom banho quente resolve tudo

Ela beijou o rosto de Miriam.

– Obrigada, querida. Conto com você para cuidar de tudo. Leah estava tendo problema com a aritmética e Jacob precisa treinar caligrafia.

As dores estavam vindo com mais frequência e durando mais. Elizabeth não emitia nenhum som, mas Angel via o que ela estava enfrentando, pálida e suando muito. Angel molhou um pano e o torceu, passando-lhe no rosto.

Miriam enfiou a cabeça na porta uma hora depois.

– Michael está aqui.

Angel deu um suspiro de alívio e Elizabeth sorriu.

– Está indo muito bem, Amanda.

Angel corou e riu.

Na hora seguinte Elizabeth não falou quase nada, e Angel respeitou seu silêncio. Acariciava a amiga carinhosamente e segurava sua mão quando vinham as dores. Quando Elizabeth relaxava entre uma contração e outra, Angel torcia o pano e botava-lhe na testa.

– Não vai demorar agora – disse Elizabeth, depois de uma dor que emendou na outra.

Dessa vez ela gemeu, agarrada à cabeceira da cama.

– Ah, não pensei que demoraria tanto assim.

– Diga o que tenho de fazer! – pediu Angel, mas Elizabeth não tinha fôlego para falar.

Deu um grito sufocado, mas respirou fundo de novo e levantou as pernas. Gemeu mais alto, contorceu o rosto e ficou muito vermelha.

Angel não ficou parada pensando em decoro. Puxou a coberta de cima de Elizabeth.

– Oh, Elizabeth! Está vindo, querida! Estou vendo a cabeça.

Angel apoiou o bebê quando Elizabeth fez um último esforço. Ajoelhou-se com o recém-nascido nos braços, choramingando.

– É um menino. Elizabeth, é um menino! E é perfeito. Dez dedos nas mãos, dez dedos nos pés...

Ela se levantou, tremendo de emoção e deslumbramento.

Elizabeth chorou de alegria quando Angel botou o bebê sobre seu peito. Poucos minutos depois das últimas contrações, relaxou, completamente exausta.

– Amarre o cordão com o barbante antes de cortar – disse Elizabeth, cansada, mas sorrindo. – Ele tem bons pulmões.

– É, tem mesmo.

Angel lavou o bebê com todo o cuidado, enrolou-o num cobertor macio e o entregou para a mãe. Ele mamou imediatamente e Elizabeth sorriu, satisfeita. Angel derramou água quente numa bacia e lavou a amiga, procurando não machucá-la. Não pôde evitar, mas Elizabeth não reclamou. Ela se abaixou e beijou a nova mamãe.

– Obrigada – murmurou Angel para a mulher, que já estava dormindo.

Saiu sem fazer barulho. Estavam todos de pé na sala, esperando.

– Você tem mais um lindo filho, John. Parabéns.

– Deus seja louvado! – John desmoronou na cadeira. – Qual será o nome dele?

Angel deu risada, livre da tensão acumulada.

– Bem, eu não sei, John. Acho que é *você* que tem de resolver isso.

Todos riram, inclusive John, com o rosto muito vermelho. Ele balançou a cabeça e foi para o quarto. Miriam e as crianças o seguiram em fila, em silêncio.

Michael sorriu para Angel de um jeito que fez o coração dela acelerar.

– Seus olhos estão brilhando – ele disse.

Ela estava tão emocionada que nem conseguia falar. A expressão de Michael era muito carinhosa, cheia de promessas. Ela o amava tanto que se sentia consumida por esse amor. Ele se aproximou dela, levantou-lhe o queixo e encostou sua boca na dela, levemente.

– Oh, Michael! – ela exclamou, abraçando-o.

– Um dia... – ele começou a falar, mas logo gelou com a bobagem que ia dizer. Ele a abraçou com mais força.

Angel sabia o que ele estava pensando. Eles jamais teriam um filho. Michael se afastou um pouco, mas ela não conseguiu olhá-lo, nem mesmo quando ele lhe segurou o rosto.

– Amanda, desculpe – disse baixinho. – Não tive a intenção de...

– Não precisa se desculpar, Michael.

Por que ele não pensara antes de falar qualquer coisa?

– Vou avisá-los que estamos indo para casa.

Ele a deixou e foi cumprimentar os Altman. O bebê era lindo.

Elizabeth segurou a mão dele.

– Amanda foi maravilhosa. Diga que terei muito prazer de cuidar dela quando chegar sua hora.

– Vou dizer – Michael respondeu, sabendo que não podia.

Os dois foram a pé para casa, em silêncio. Michael ficou vendo Angel abafar o fogo.

– Elizabeth disse que você foi maravilhosa.

– Ela foi magnífica – disse Angel. – Podia ter tido o bebê sem nenhuma ajuda – e olhou para ele com um sorriso triste. – Isso é que é ser mulher, não é? Miriam chamou a maternidade de privilégio divino – disse, virando-se para o lado. – A semente de John foi plantada em solo fértil.

– Amanda – ele disse, segurando-lhe o braço.

– Não diga nada, Michael, por favor...

Ela não resistiu quando ele a segurou nos braços. Michael pôs a mão na parte de trás da cabeça dela e a abraçou com força. Ele queria aplacar aquele sofrimento, mas não sabia como.

– Faltam poucos dias para o Natal.

– Só me lembrei disso esta noite, na casa dos Altman.

Elizabeth e Miriam já tinham decorado a cabana com galhos de pinheiro e fitas vermelhas. Leah e Ruthie tinham feito um presépio com bonecos de sabugo de milho. Angel não pensou em fazer nada. Duke sempre dissera que o Natal era só um dia como os outros, em que dormíamos oito horas.

Mamãe dava importância ao Natal naqueles primeiros anos. Mesmo quando estavam morando no cais e tinham pouca comida e pouco dinheiro, ela tratava o Natal como um dia santo. Naquele dia nenhum homem entrava no barraco. Mamãe costumava contar como era o Natal quando ela era pequena. Angel não gostava que ela falasse sobre esse assunto, porque isso sempre fazia mamãe chorar.

– Natal – disse Angel, afastando-se de Michael.

Ele viu sua angústia e achou que a culpa era dele.

– Amanda...

Ela o olhou, mas não viu seu rosto na escuridão.

– O que vou lhe dar no Natal, Michael? O que posso lhe dar, se tudo o que você mais deseja é um filho?

Angel se debatia com a emoção que aumentava, e seu peito subia e descia com a respiração entrecortada.

– Eu queria... Eu queria...

– Não faça isso – ele disse, desolado.

Angel cerrou os punhos.

– Eu queria que Duke não tivesse me estragado! Queria que ninguém mais tivesse posto as mãos em mim! Queria ser como a Miriam!

– Eu amo *você*.

Angel se afastou, ele a puxou para perto de novo e a abraçou.

350

– É você que eu amo.

Michael a beijou e sentiu que Angel se derreteu em seus braços, agarrando-
-se a ele desesperadamente.

– Michael, eu queria ser completa. Queria ser inteira para você.

*Meu Deus, por quê? John e Elizabeth têm seis filhos. Não poderei ter nem
um com minha mulher? Por que deixou que isso acontecesse assim?*

– Não tem importância – ele ficou repetindo. – Não tem importância.

Mas ambos sabiam que tinha.

*Nada façais por porfia nem por vanglória,
mas por humildade, tendo cada um aos outros
por mais importantes.*
— FILIPENSES 2,3

Paul foi à reunião de Natal dos Altman. Angel ficou nervosa ao vê-lo, imaginando que farpas lançaria sobre ela daquela vez. Ficou longe dele e resolveu que nada estragaria aquele Natal. Ela nunca tivera um Natal de verdade, e aquela família queria que ela participasse. Se Paul a chamasse de prostituta, aceitaria sem nada dizer. Além do mais, sabia que ele não falaria isso na frente dos outros.

Mas Angel se surpreendeu, porque Paul a deixou em paz. Pareceu empenhado em ficar longe dela também. Levou presentes para as crianças, pequenos sacos marrons cheios de doces que tinha comprado no novo armazém. Eles adoraram, menos Miriam, que ficou furiosa quando Paul lhe deu um.

– Obrigada, tio Paul – disse, irritada, beijando o rosto dele.

Ele cerrou o maxilar quando ela se afastou.

Angel esperou que todos terminassem de comer a enorme ceia que Miriam e ela tinham preparado para então distribuir seus presentes e os de Michael. Havia trabalhado dois dias nas bonecas de trapo que fizera para Leah e Ruthie, e prendeu a respiração enquanto as meninas abriam os embrulhos. Seus gritinhos a fizeram rir. Os meninos também ficaram encantados com os estilingues que Michael lhes tinha feito. Na mesma hora puseram um alvo lá fora para brincar.

Miriam abriu seu embrulho com cuidado e exibiu a grinalda de flores secas que Angel tinha confeccionado. Passou a mão nas fitas de cetim penduradas na parte de trás.

– É linda, Amanda – disse, com lágrimas nos olhos.

Angel sorriu.

– Lembrei-me de você descendo a encosta, correndo no meio de todas aquelas flores silvestres, e achei que isso combinava com você.

Miriam soltou o cabelo e balançou a cabeça, de forma que as mechas lhe caíram em volta do rosto, sobre os ombros e as costas. Então pôs a grinalda na cabeça.

– Como ficou?

– Natural e linda – disse Michael.

Paul se levantou e foi lá para fora.

O sorriso de Miriam encolheu um pouco.

– Ele é um bobalhão – disse baixinho.

– Miriam! – exclamou Elizabeth surpresa, com o bebê no colo. – Isso não se diz.

Miriam não ficou nem um pouco arrependida quando olhou furiosa para Paul lá fora. Tirou o adorno e o pôs no colo.

– Adorei a grinalda e vou usá-la no meu casamento, no lugar do véu.

Quando escureceu, a família se reuniu em volta do fogo e entoou cânticos de Natal. John deu a Bíblia para Michael sem especificar o que queria que ele lesse. Michael foi direto para a história do Natal. Angel ficou ouvindo, abraçada aos joelhos dobrados. Ruth a cutucou, sonolenta. Sorrindo, Angel a pôs no colo. A menina se remexeu até ficar confortável, com a cabeça encostada no peito de Angel. Ela acariciou o cabelo da menina. *Se adoro tanto essa criança que não é minha, quanto mais poderia amar um filho meu?*

Todos ficaram em silêncio, ouvindo a voz profunda e melodiosa de Michael Angel se lembrou de sua mãe contando a história de Jesus, que nasceu numa manjedoura com os pastores e os três reis que foram adorá-lo, mas, pelos lábios de Michael, o relato se enchia de beleza e de mistério. Apesar de tudo, ela não conseguia se alegrar com isso. Não como os outros. Que tipo de pai deixaria o próprio filho nascer com o único propósito de ser pregado numa cruz?

A voz sombria se fez ouvir sem aviso.

Você sabe que tipo de pai, Angel. Teve um igual a ele.

Angel estremeceu. Parou de olhar para Michael e viu John de pé no escuro, ao lado de Elizabeth. Estava com a mão no ombro dela. Nem todos os pais eram como Alex Stafford. Alguns eram como John Altman. Ela se virou para Michael de novo. Ele seria um pai maravilhoso também. Forte, amoroso e magnânimo se fosse preciso. Ele tinha lido para ela a história do filho pródigo uma vez, depois que a trouxera de volta de Pair-a-Dice. Se seu filho se perdesse, ele seria um pai que o receberia de volta de braços abertos. Não seria como aquele, que expulsara sua mãe.

Michael terminou de ler e fechou a Bíblia. Levantou a cabeça e olhou diretamente para ela. Angel sorriu. Ele retribuiu o sorriso, mas havia dúvida em seu olhar.

– Miriam – chamou John em voz baixa.

Ela foi para perto do pai e ele lhe disse alguma coisa. Elizabeth deu o bebê para Miriam segurar. Ela pôs o bebê nos braços de Michael. O menininho levantou a mão, Michael passou a ponta do dedo de leve na palma minúscula e sorriu quando ele agarrou seu dedo com força.

– E então, John – disse. – Já resolveram que nome vão lhe dar?

– Já. Benjamin Michael. Em sua homenagem.

Michael ficou atônito e profundamente emocionado. Seus olhos cintilaram, cheios de lágrimas. Ela pôs as mãos em seus ombros e se abaixou para beijar-lhe o rosto.

– Esperamos que, quando crescer, faça jus ao nome.

O coração de Angel ficou apertado quando viu Michael segurando o bebê e Miriam com a mão em seu ombro. Pareciam formar um casal perfeito.

Na escuridão lá de fora, Paul pensava a mesma coisa.

As roseiras que Michael trouxera para Angel floresceram mais cedo. Ela tocou os brotos vermelhos e se lembrou da mãe. Era tão parecida com Mae... Era habilidosa plantando flores, se enfeitando e dando prazer para um homem. Fora isso, servia para quê?

Michael deveria ter filhos. Ele os deseja.

Na noite de Natal ela descobriu o que tinha de fazer, só que era insuportável pensar em deixá-lo, em viver sem ele. Queria ficar e esquecer o olhar dele quando segurou Benjamin. Queria se agarrar a ele e aproveitar a felicidade que ele lhe proporcionava.

Foi exatamente esse egoísmo que fez Angel entender que não merecia Michael.

Michael tinha lhe dado tudo. Ela estava vazia e ele a encheu com seu amor, até transbordar. Ela o traiu, ele a aceitou de volta e a perdoou. Ele sacrificou seu

354

orgulho para amá-la. Como podia descartar os desejos dele depois disso? Como podia suportar a vida sabendo que tinha ignorado os desejos do coração dele? O que seria de Michael? O que era melhor para ele?

A voz sombria se intrometia o tempo todo.

Fique! Você não merece um pouco de felicidade depois de todos aqueles anos de sofrimento? Ele diz que a ama, não diz? Então, deixe-o provar isso!

Ela não aguentou mais ouvir. Bloqueou a mente para a voz e pensou em Michael, em Miriam, sua irmã de coração. Pensou nos filhos que Miriam e Michael poderiam ter, morenos e lindos, fortes e carinhosos. E muitas gerações futuras. Lembrou que nada nasceria dela. Se ficasse, Michael continuaria fiel até morrer e seria o fim dele.

Não podia deixar que isso acontecesse.

Quando Michael a avisou que ia até a cidade com Paul, ela tomou sua decisão. John tinha comentado na véspera que a cidade tinha crescido tanto que havia uma carruagem de passageiros para lá duas vezes ao dia. Ela passava pela estrada que ficava a menos de quatro quilômetros da cabana, logo depois da vertente das colinas. Angel ainda guardava o ouro que recebera de Sam Teal e de Joseph Hochschild. Michael tinha insistido que ela ficasse com ele. Era o bastante para pagar a viagem para San Francisco e mantê-la por alguns dias. Não pensaria no que viria depois disso.

Preciso pensar no que é melhor para Michael.

Quando ele chegou do campo, à noite, encontrou um maravilhoso assado de veado preparado por ela. A cabana estava toda enfeitada com flores, no console da lareira, na mesa, na cama. Michael olhou em volta, intrigado.

– O que estamos comemorando?

– A vida – ela disse, e o beijou.

Ela absorveu aquela imagem dele, decorou cada ângulo de seu rosto e de seu corpo. Desejava-o desesperadamente, sentia um amor imenso por ele. Será que um dia ele saberia quanto? Não podia dizer-lhe isso, senão ele iria atrás dela. E a traria de volta mais uma vez. Era melhor que pensasse que era uma atração física e vulgar. Mas ela teria aquela última noite para se lembrar. Ele seria parte dela, não importava onde estivesse, mesmo que ele nunca soubesse. Ela levaria aquelas doces lembranças para o túmulo.

– Leve-me até o alto da colina de novo, Michael. Leve-me para aquele lugar onde me mostrou o nascer do sol.

Ele viu a sede nos olhos dela.

– Hoje está fazendo muito frio.

– Não está, não.

Michael não conseguia lhe negar nada, mas sentiu um desconforto estranho na boca do estômago. Tinha alguma coisa errada. Ele pegou os cobertores da cama e saiu na frente. Talvez ela conversasse com ele e contasse o que andava pensando. Talvez finalmente se abrisse para ele.

Mas o humor de Angel mudou, de pensativo para um certo abandono. Correu até o topo do morro na frente dele e rodopiou com os braços abertos. À sua volta os grilos cantavam e uma brisa suave soprava o capim.

– É lindo, não é? A imensidão disso tudo. Sou completamente insignificante.

– Não para mim.

– Sim – ela disse, virando-se para ele. – Até para você.

Michael franziu o cenho e ela rodou de novo.

– Não haverá nenhum outro deus para mim – ela gritou para o céu. – Nenhum outro, meu senhor.

Angel girou e olhou para ele. *Nenhum outro além de você, Michael Hosea.* Ele fez uma careta.

– Está zombando de mim, amada?

– Nunca – ela disse, sinceramente.

E soltou o cabelo, que lhe caiu sobre os ombros e as costas, brancos ao luar.

– Lembra quando leu para mim sobre a noiva sulamita, que dançou para o marido?

Ele mal conseguia respirar vendo-a assim, dançando ao luar. Cada movimento atraía seu olhar e aguçava sua consciência. Quando tentava agarrá-la, ela se afastava de novo e estendia-lhe os braços, chamando-o. O cabelo flutuava em volta dela e sua voz chegava rouca e provocante, carregada pelo vento.

– Faço qualquer coisa por você, Michael. Qualquer coisa.

E de repente ele entendeu o que ela estava fazendo. Estava se despedindo, assim como tinha feito na última vez. Queria amortecer a mente dele com o prazer físico.

Quando Angel se aproximou de novo, ele conseguiu agarrá-la.

– Por que está fazendo isso?

– Por você – ela disse, puxando-lhe a cabeça para baixo e o beijando.

Ele enfiou os dedos em seu cabelo e retribuiu o beijo. Teve vontade de devorá-la. Suas mãos eram como chamas no corpo dele.

Meu Deus, não vou deixá-la fugir outra vez. Não posso!

Ela encostou o corpo no dele e ele não pensou em mais nada, só nela, mas isso não bastava.

356

Meu Deus, por que está fazendo isso comigo de novo? O Senhor dá para depois tomar?

– Michael, Michael – ela sussurrou, e ele sentiu o gosto salgado das próprias lágrimas no rosto dela.

– Você precisa de mim – ele viu o rosto dela iluminado pela lua. – Precisa de mim. Diga, Tirzah. Diga.

Deixe-a ir, meu amado.

Meu Deus, não! Não me peça isso!

Entregue-a para mim.

Não!

Os dois se agarraram um ao outro, buscando consolo na paz do esquecimento. Mas a paz do esquecimento é passageira.

Michael abraçou-a com força depois. Tentou se agarrar a tudo que tinha sentido, mas eram dois seres separados outra vez. Ele não tinha força para mantê-los juntos para sempre.

Ela tremia violentamente, ele não sabia se era de frio ou da paixão que se exauria. E não perguntou. Enrolou o cobertor em volta dos dois e mesmo assim sentiu a decisão dela como uma ferida aberta.

Estava esfriando e eles precisavam voltar. Vestiram-se em silêncio, ambos atormentados, fingindo que não estavam. Ela se aproximou de novo, enlaçou-lhe a cintura e se encostou nele, como uma criança que procura proteção e consolo.

Michael fechou os olhos para o medo que crescia dentro de si. *Eu a amo, Senhor. Não posso desistir dela.*

Michael, meu amado. Quer que ela fique eternamente pendurada na cruz?

Michael deu um suspiro trêmulo. Quando Angel levantou o rosto, ele viu algo na expressão dela que deu vontade de chorar. Ela o amava. Ela o amava de verdade. No entanto, havia mais alguma coisa naquele rosto iluminado pelo luar. Uma tristeza enorme que ele não conseguia afastar, um vazio que ele nunca poderia preencher. Lembrou-se de suas palavras angustiadas na noite em que Benjamin nascera. "Eu queria ser completa!" Ele não podia lhe dar isso.

Ele a segurou no colo e a embalou nos braços. Ela abraçou o pescoço dele e lhe deu um beijo. Michael fechou os olhos. *Senhor, se desistir dela e entregá-la agora, vai devolvê-la para mim?*

Não ouviu nenhuma resposta.

Meu Deus, por favor!

O vento soprou suavemente, mas a única coisa que ele ouviu foi o silêncio.

Na manhã seguinte, Angel saiu do celeiro com Michael e ele selou seu cavalo.

– Quando você volta?

Ele olhou para trás com uma expressão enigmática.

– O mais rápido que eu puder.

Tirou o cavalo da baia com o braço em seus ombros. Ela sorriu. Ele parou de andar, segurou-a nos braços e deu-lhe um beijo. Ela retribuiu e aproveitou ao máximo a última oportunidade que teria. Michael apertou o ombro dela com tanta força que chegou a machucá-lo, e Angel estranhou.

– Eu amo você – ele disse asperamente. – Sempre a amarei.

Ela ficou confusa com aquela veemência toda e acariciou-lhe o rosto.

– Cuide-se.

Michael não sorriu.

– Você também.

Ele montou no cavalo e foi embora. Angel só voltou para casa quando ele desapareceu atrás da colina.

Só partiria quando tudo estivesse em ordem. Fez a cama, lavou e guardou os pratos, bateu o tapete que ficava diante da lareira. As flores ainda estavam frescas. Abafou o fogo para que continuasse aceso até Michael voltar para casa.

Pulou de susto quando alguém bateu à porta. Era Miriam.

– O que está fazendo aqui? – perguntou, consternada.

Miriam ficou surpresa.

– Não sabia que eu vinha?

– Não.

– Que estranho. Michael passou lá em casa a caminho da casa de Paul e disse que hoje era um bom dia para vir visitá-la.

Angel deu as costas para Miriam e voltou-se para a bolsa aberta em cima da cama. Enfiou rapidamente uma camisa de Michael na bolsa e dobrou um vestido por cima. Miriam ficou observando-a.

– Michael não contou que você ia sair.

– Ele não sabe.

Angel fechou a bolsa.

– Vou deixá-lo, Miriam.

– O quê? – a garota exclamou, olhando para Angel como se visse um fantasma.
– Outra vez?

– Dessa vez é para valer.

– Mas por quê?

– Porque preciso.

Angel olhou em volta da cabana pela última vez. Tinha sido feliz ali, mas não tinha de ficar por causa disso. E então saiu.

Miriam foi atrás dela.

– *Espere!*

Foi caminhando com Angel na direção das montanhas.

– Amanda, não estou entendendo.

– E não tem de entender. Vá para casa, Miriam. Diga adeus para todos por mim.

– Mas para onde vai?

– Para o oeste, para o leste, tanto faz. Ainda não decidi.

– Então por que tanta pressa? Fique aqui e converse com Michael. O que quer que ele tenha feito para você querer deixá-lo...

Angel não podia deixar a amiga acreditar que Michael tinha feito algo de errado.

– Miriam, Michael nunca fez nada de errado na vida dele.

– Então por que está fazendo isso?

– Não quero falar sobre esse assunto.

Angel continuou andando, torcendo para Miriam desistir e deixá-la em paz.

– Você ama o Michael. Eu sei que ama. Se deixá-lo sem motivo nenhum, o que ele vai pensar?

Angel sabia o que ele ia pensar. Ia achar que ela ia voltar para sua antiga vida. Talvez fosse melhor que ele acreditasse nisso. Impediria que ele fosse atrás dela. Ela era a única pessoa que precisava saber que jamais voltaria para a prostituição. Mesmo que tivesse de morrer de fome por isso.

Miriam argumentou e implorou todo o caminho até a estrada e só parou porque acabou sem ar. Angel andava de um lado para o outro, à espera da carruagem. Passava pouco do meio-dia e deveria chegar logo. Ela não aguentaria muito tempo aquela espera. Por que Michael tinha dito para Miriam ir visitá-la exatamente naquele dia?

– Eu pensava que Michael era perfeito – disse Miriam, desesperada. – Mas não pode ser, se você está fugindo dele desse jeito.

– Ele é tudo que parece ser e ainda mais, Miriam. Juro pela minha vida que ele jamais fez qualquer coisa para me magoar. Ele não fez nada além de me amar desde o início, mesmo quando eu não suportava olhar para ele.

Miriam estava quase chorando.

– Então como pode deixá-lo agora?

– É que não fui feita para ele. Nunca.

Angel viu que Miriam continuaria falando e pôs a mão em seu braço.

– Miriam, pare, por favor. Eu não posso ter filhos. Sabe o que isso significa para um homem como Michael? Ele quer filhos. Ele merece ter filhos. Fui mutilada muito tempo atrás – Angel encarou a própria dor. – Eu imploro, Miriam. Não torne isso ainda mais difícil do que já é. Vou embora porque é melhor para Michael. Procure entender – disse, com a voz embargada. – Miriam, preciso pensar no que é melhor para ele.

Finalmente a carruagem estava chegando. Angel foi rapidamente para a estrada e acenou para o cocheiro parar. Enquanto ele puxava a rédea dos seis cavalos, ela tirou a aliança do dedo e a deu para Miriam.

– Devolva isso por mim. Pertenceu à mãe dele.

Com lágrimas escorrendo pelo rosto, Miriam balançou a cabeça e não quis pegar a aliança. Angel segurou sua mão, pôs-lhe a aliança na palma e fechou seus dedos. Virou rapidamente e deu a bolsa de tapeçaria para o cocheiro. Ele foi prender a bolsa com o resto da bagagem.

Angel olhou para o rosto pálido e abatido da amiga.

– Você ama o Michael, não ama, Miriam?

– Sim, você sabe disso – e chegou mais perto. – Você está cometendo um erro. Um erro, Amanda.

Angel deu-lhe um abraço apertado.

– Ajude-me a ser forte.

Ficou um tempo abraçada com Miriam.

– Eu a quero muito bem.

Então Angel se afastou e subiu rapidamente na carruagem.

– Não vá! – gritou Miriam, com as mãos na janela aberta.

A carruagem começou a andar.

Angel olhou para ela lá embaixo, lutando contra a dor que sentia.

– Você disse que o amava, Miriam. Então ame-o para valer. Dê a ele os filhos que eu não posso dar.

Miriam largou a janela, chocada. Ficou com o rosto muito vermelho, depois branco.

– Não. Oh, não!

Saiu correndo atrás da carruagem, mas ela já estava ganhando velocidade.

– Espere! Amanda, *Amanda!*

Mas era tarde demais. A poeira subiu e ela quase sufocou. Quando se recuperou para começar a correr de novo, a carruagem já estava muito longe para ser alcançada. Parada no meio da estrada, Miriam ficou olhando para a aliança e desatou a chorar.

A última coisa que Paul esperava ver quando Michael e ele chegaram à sua cabana no fim da tarde era Miriam saindo lá de dentro. O coração dele deu um pulo quando a viu e depois começou a saltitar no peito como um coelho quando ela correu para ele. O que Michael pensaria de vê-la ali?

Mas ela correu para Michael, não para ele. Paul sentiu um frio na barriga. Michael desmontou.

– Amanda foi embora! – disse Miriam, abatida, com marcas de lágrimas no rosto.

Estava empoeirada e descabelada.

– Fiquei esperando aqui o dia inteiro, Michael. Sabia que você passaria primeiro pela casa de Paul. Você precisa ir atrás dela. Ela pegou a carruagem da manhã. Você tem de trazê-la de volta!

Paul continuou montado em seu cavalo. Então Angel tinha fugido de novo. Apesar de todas as promessas, tinha deixado Michael. Exatamente como ele esperava. Ele devia ficar contente com isso. Mas, quando Michael botou a mão no ombro de Miriam, sentiu uma onda inesperada de ciúme.

Michael ficou pálido e tenso.

– Não vou atrás dela, Miriam.

– Você e Amanda, os dois, ficaram malucos? – ela gritou, e seus olhos escuros ficaram marejados de lágrimas mais uma vez. – Você não está entendendo...

Como podia explicar para ele? Deus, o que devia fazer? Sentiu que Paul observava os dois, por isso não podia contar para Michael tudo o que Amanda havia lhe confidenciado.

– Você precisa ir atrás dela. Agora! Se não for, talvez nunca mais a encontre.

– Não vou procurá-la. Dessa vez não.

– Dessa vez não?

– Ele quer dizer que já foi atrás dela antes e não foi nada bom para ele – disse Paul. – Ela não mudou nada desde o dia em que a conheceu.

Miriam virou-se para ele com o rosto lívido.

– *Fique fora disso!* Vá se esconder em sua cabana! Vá enfiar a cabeça na areia, como sempre faz!

Paul recuou, chocado com a fúria de Miriam.

Ela se virou de novo para Michael e agarrou-lhe a frente da camisa.

– Michael, por favor, vá atrás dela antes que seja tarde demais.

Ele segurou as mãos dela.

– Não posso, Miriam. Se ela quiser voltar, vai voltar. Se não quiser... não vai.

Miriam cobriu o rosto com as mãos e chorou.

Michael olhou para Paul e viu que ele não pretendia consolar a menina. Deu um suspiro profundo e abraçou Miriam. Ela tremia inteira de tanto soluçar.

Paul olhou fixo para os dois e foi como se uma dor aguda o cortasse ao meio. Era aquilo que ele queria, não era? Tinha planejado aquilo. Não estava esperando que aquela bruxa fosse embora para Michael ficar com Miriam e ter a esposa que merecia? Então, por que nunca se sentira tão sozinho como naquele momento?

O que quer que tivesse pensado que queria, naquele momento Paul não conseguiu ficar vendo os dois abraçados. Doía demais. Fez o cavalo dar meia-volta e os deixou sozinhos.

> *E apareceu um cavalo amarelo*
> *e o que estava montado nele tinha por nome Morte,*
> *e seguia-o o Inferno.*
> — Apocalipse 6,8

São Francisco não era mais uma cidadezinha feia às margens de uma baía, mas uma verdadeira cidade que se espalhava pelas montanhas varridas pelo vento. Happy Valley não era mais um acampamento de lona, e sim uma comunidade de casas. Muitos dos barcos, que tinham sido arrastados para a terra firme e transformados em lojas, bares e pensões, tinham se queimado no incêndio. Foram substituídos por estruturas mais sólidas e prédios de tijolos. Calçadas de tábuas agora se alinhavam nas ruas enlameadas.

O barqueiro estava parado de frente para o vento.

– Toda vez que a cidade pega fogo, é reconstruída melhor do que antes – disse, quando cruzavam a baía.

Ele avisou para ter cuidado com a água salobra dos poços mais rasos e disse que ela encontraria acomodações melhores subindo a montanha, longe do cais. Angel estava cansada demais para se aventurar para muito longe e acabou ficando num pequeno hotel à beira-mar.

O cheiro da maresia e do lixo trouxe-lhe a lembrança do barraco onde morava na infância, perto das docas. Parecia que tudo acontecera havia cem anos. Ela jantou na pequena sala de jantar e foi vítima dos olhares ousados de meia dúzia de jovens. Comeu o ensopado para preencher o vazio no estômago, mas o do coração continuou.

Fiz a coisa certa ao deixar Michael. Sei que fiz.

Voltou para seu pequeno quarto e tentou dormir na cama estreita. O quarto era gelado e ela não conseguia se aquecer. Encolheu-se como uma bola embaixo do cobertor e pensou com saudade no calor seguro de Michael ao seu lado. Não conseguia parar de pensar nele. Fazia só três dias que tinha dançado ao luar para ele? O que ele devia estar pensando dela agora? Será que a odiava? Será que a amaldiçoava?

Se pudesse chorar, talvez se sentisse melhor, mas não tinha lágrimas. Ela se conteve, sofrendo muito. Fechou os olhos e tentou ver o rosto de Michael, mas só sua imagem não lhe bastou. Não podia tocá-lo. Não podia sentir seus braços em volta dela.

Então levantou-se da cama e procurou a camisa de Michael na bolsa. Deitou-se novamente com o rosto no tecido de lã que Michael tinha usado, para sentir o cheiro do corpo dele.

– Oh, mamãe! – murmurou no escuro. – Essa dor dá mesmo vontade de morrer.

Mas uma voz pequenina e calma dentro de si ficava repetindo sem parar. *Viva. Continue. Não desista.*

O que ela ia fazer? Ainda tinha um pouco de ouro, mas não duraria muito. A viagem de carruagem, as acomodações, a viagem na barca, tudo foi mais caro do que ela esperava. A diária daquele hotelzinho de quinta era alta demais. O ouro que restava podia mantê-la por mais dois ou três dias no máximo. Depois disso, teria de encontrar um modo de ganhar a vida.

Finalmente, conseguiu adormecer. A noite foi povoada por sonhos estranhos e desconcertantes. Acordou diversas vezes, tremendo violentamente. Era como se houvesse alguma força maligna por perto, à espreita.

Angel guardou seus parcos pertences e saiu do hotel pela manhã. Caminhou horas nas ruas de San Francisco. A Praça Portsmouth tinha mudado drasticamente. O barraco onde ela havia morado não existia mais. Nem os outros barracos e as tendas e barracas que se multiplicavam como praga em volta da praça. Agora havia cabines que lhe davam uma atmosfera de um grande bazar. Ela examinou mercadorias de todos os cantos do mundo.

Havia alguns bordéis, um com a aparência elegante de New Orleans. No outro extremo, viu estalagens, bares e cassinos prósperos. Parker House, Dennison's Exchange, Crescent City e Empire agora se erguiam no lugar da sujeira de que Angel se lembrava. No sudoeste da Clay Street ficava o Brown's City Hotel.

Ela passou por consultórios de médicos e dentistas, salas de advogados e empresários, de topógrafos e engenheiros. Viu alguns bancos novos e uma grande firma de corretagem. Havia até uma escola com crianças, que brincavam de pega-pega no pátio. Angel ficou observando-as um pouco, pensando na pequena Ruth, em Leah e nos meninos. Sentia muita saudade deles.

Na Clay Street homens faziam fila diante da agência dos correios, aguardando notícias da chegada de correspondência. Na esquina da Washington com a Grant havia uma nova lavanderia chinesa. Empregados esfregavam as roupas em grandes bacias, enquanto outros empilhavam roupa de cama lavada em cestos. Equilibravam-nos em bambus e saíam correndo para fazer as entregas.

Ao meio-dia Angel estava morrendo de fome e cansada. Não sabia ainda o que faria para se manter. A única coisa que lhe vinha à cabeça era voltar para o que conhecia. Toda vez que passava por um bordel, sabia que podia entrar lá e ter comida e abrigo. Teria conforto físico. Bastava para isso vender seu corpo novamente... e trair Michael.

Ele nunca ficará sabendo, Angel.

– Mas eu saberei.

Um homem olhou para ela desconfiado. Será que se transformaria numa louca, falando sozinha?

Um mineiro a fez parar e a pediu em casamento. Ela puxou o braço e disse para que a deixasse em paz. Então ele comentou a respeito de uma cabana nas Sierras e da necessidade de arrumar uma esposa. Apressada, Angel se afastou, dizendo que procurasse essa tal esposa em outro lugar.

O grande movimento a deixava cada vez mais nervosa. Para onde estava indo toda aquela gente? O que aquelas pessoas faziam para viver? Sua cabeça latejava. Talvez por causa da fome. Ou então por causa da preocupação de não saber o que faria quando o ouro acabasse. Ou ainda por saber que era fraca e que provavelmente voltaria a ser uma prostituta para poder manter corpo e alma juntos.

O que eu vou fazer? Meu Deus, eu não sei!

Entre naquele café e descanse um pouco.

Angel procurou e viu um pequeno café mais adiante. Suspirou e foi até lá. Entrou, escolheu uma mesa num canto, nos fundos, e botou a bolsa embaixo da cadeira. Esfregou as têmporas e ficou pensando onde passaria a noite.

Alguém deu um soco na mesa perto dela, que a fez pular de susto na cadeira. Um homem magro, de barba, berrou.

– Por que está demorando tanto? Estou esperando há quase uma hora. Onde está o bife que pedi?

Um homenzinho ruivo saiu dos fundos do café e tentou acalmar o freguês furioso, explicando-lhe a demora em voz baixa, mas isso só serviu para enfurecê-lo ainda mais. Com o rosto muito vermelho, ele agarrou o homenzinho e encostou sua cara na dele.

– Doente uma ova! Você quer dizer bêbado!

E jogou o homenzinho de costas, esbarrando em outra mesa. O freguês foi para a porta e a bateu com tanta força quando saiu que as janelas estremeceram.

O homenzinho se escondeu novamente no cômodo dos fundos, provavelmente para escapar do escrutínio dos muitos fregueses que ainda esperavam ser servidos dos pratos que haviam pedido. Vários outros se levantaram e saíram. Angel não sabia se fazia como eles ou não. Estava exausta e sem perspectivas, e ficar ali sentada era tão bom quanto se sentar em qualquer outro lugar. De qualquer modo, não queria sair para aquela rua apinhada de gente por um tempo. Não morreria se perdesse uma refeição.

Mais três homens desistiram de esperar para ver se a comida vinha ou não. Angel e outros quatro ficaram. O homenzinho apareceu de novo, com um sorriso tenso e forçado.

– Temos biscoitos e feijão.

Os quatro homens foram embora do café resmungando que nunca mais poriam os pés naquela espelunca.

O homenzinho curvou os ombros, derrotado. Sem notar que Angel continuava lá no canto, falou em voz alta:

– Bem, é isso, meu Deus. Estou falido.

Foi até a porta, virou o cartaz que dizia que estava fechado e encostou a testa na parede.

Angel ficou com pena dele. Sabia o que era estar numa maré de azar.

– Devo ir embora? – ela perguntou calmamente.

Ele se virou para ela e ficou muito vermelho.

– Não sabia que ainda tinha alguém aí. Quer um biscoito e feijão?

– Por favor.

Ele desapareceu nos fundos. Voltou logo, pôs um prato na frente dela e recuou. O biscoito estava duro como pedra, e o feijão, queimado. Ela franziu a testa e olhou para ele.

– Quer café? – ele perguntou, servindo-lhe um pouco numa caneca.

Estava tão forte que Angel fez uma careta.

– O senhor está precisando de um novo cozinheiro – ela disse com um sorriso seco, largando a caneca e empurrando o prato.

– Está querendo o emprego?

Ela arregalou os olhos.

– Eu?

Ele viu como Angel ficou surpresa e olhou para ela com mais atenção.

– É, acho que não.

Angel sentiu um calor subindo pelo rosto. Seu passado era tão aparente assim? Será que estava marcado a fogo na testa, para o mundo inteiro ver? Será que conhecer Michael há um ano não a fizera mudar em nada?

Angel enrijeceu as costas.

– De fato, eu estava mesmo procurando um emprego – disse, dando uma risada. – E, apesar de estar longe de ser a melhor cozinheira do mundo, acho que posso fazer melhor do que isso.

E fez uma careta para a massa gelada de feijões gordurosos no prato.

– Nesse caso, está contratada! – ele afirmou, largando o bule de café e estendendo-lhe a mão antes que Angel pudesse dizer qualquer coisa. – Meu nome é Virgil Harper, madame.

Ela estava procurando entender que agora tinha um trabalho e que ele havia caído em seu colo como uma ameixa madura vinda do céu. Como é que aquilo tinha acontecido? Um minuto antes, estava histérica, sem saber o que faria para ganhar a vida. No minuto seguinte, um baixinho agressivo lhe oferecia um emprego.

– Espere aí – ela disse, levantando a mão. – Primeiro preciso encontrar um lugar para morar. Talvez eu nem fique em San Francisco.

– Não precisa procurar nada, senhora. Pode ficar com as acomodações do cozinheiro, assim que ele tirar as malas dele de lá, coisa que ele já está fazendo. Seu quarto fica ao lado do meu, em cima da cozinha. É muito confortável. Tem uma boa cama e uma cômoda.

Ela semicerrou os olhos. Devia saber que havia um porém.

– E tem uma boa tranca na porta – ele disse. – Pode verificar primeiro se quiser. Sabe fazer tortas? Temos muitos pedidos de tortas.

Ela mal conseguia recuperar o fôlego, de tão rápido que ele falava.

– Quanto vai me custar esse quarto?

– Nada – ele respondeu, sinceramente surpreso. – Vem com o emprego. E quanto às tortas? Sabe fazê-las ou não?

– Sei, sei fazer tortas e pães – ela disse.

Elizabeth e Miriam tinham lhe ensinado tudo o que sabiam.

– Se conseguir farinha, maçãs e frutas silvestres...

Harper jogou a cabeça para trás e as mãos para o alto.

– Senhor Jesus, eu o amo! – deu meia-volta e bateu os pés no chão. – Eu o amo! Eu o amo!

Angel ficou olhando espantada para ele, pulando como um gafanhoto, e imaginou se o pobre homem tinha enlouquecido de vez. Ele viu seu espanto e deu risada.

– Estive a semana toda de joelhos, pensando no que ia fazer. Sabe o que aquele bêbado fez? Ele se aliviou na sopa e a serviu o dia inteiro, na segunda-feira. Contou para mim aquela noite. Pensei que estaria pendurado num poste na manhã seguinte, mas ele apenas riu e disse que estava temperando o caldo. Nem vou contar o que ele fez nesta manhã.

Ela olhou para o pote na frente dela.

– Ele fez alguma coisa com o feijão?

– Não que eu saiba.

– Por que não me sinto segura?

– Venha até a cozinha. Vou lhe mostrar o que tenho de mantimentos e verá o que pode fazer. Como devo chamá-la, madame? Nem me lembrei de perguntar.

– Hosea – ela disse. – Sra. Hosea.

Michael enterrou o machado na tora. Passou direto e o prendeu no cepo. Deu um puxão forte e soltou a lâmina. Pegou outra tora e dividiu-a com um golpe. Fez a mesma coisa inúmeras vezes, até formar pilhas em volta do cepo. Chutou-as para o lado e pegou outra tora. Golpeou-a de novo, com mais força do que antes. O machado partiu a madeira e resvalou no cepo, quase atingindo a perna dele.

Tremendo, Michael largou o machado e caiu de joelhos. O suor escorria para dentro de seus olhos. Secou-o com o braço. Ouviu um barulho. Apertou os olhos contra o sol e viu John montado em seu cavalo, observando-o. Michael nem o tinha ouvido chegar.

– Há quanto tempo está aí? – perguntou, ofegante.

– Uns dois minutos.

Michael tentou ficar de pé, mas não conseguiu. Assim que interrompeu o esforço frenético, ficou completamente sem forças. Afundou de novo e encostou-se no cepo. Levantou a cabeça e deu um sorriso amarelo para John.

– Não o ouvi chegar. O que o traz aqui?

John apoiou os braços no cepilho da sela.

– Você tem lenha suficiente para dois invernos aí.

– Traga uma carroça e leve quanto quiser.

A sela rangeu quando John desmontou. Ele ficou de cócoras ao lado de Michael.

– Não vai atrás dela?

Michael passou a mão trêmula no cabelo.

– Deixe isso para lá, John.

Ele não estava com vontade de conversar.

– Engula seu orgulho, monte em seu cavalo e vá procurá-la. Eu cuido de suas terras.

– Não tem nada a ver com orgulho.

– Então, o que o impede?

Michael inclinou a cabeça para trás e respirou fundo.

– O bom senso.

John franziu o cenho.

– Então é como Paul disse.

Michael se virou para ele.

– O que Paul disse?

– Nada de mais – John se esquivou. – Michael, as mulheres são muito emotivas. Às vezes fazem besteiras...

– Ela planejou isso. Não obedeceu a nenhum impulso.

– Como sabe disso?

Michael passou a mão no cabelo de novo. Quantas vezes tinha se lembrado das coisas que ela fizera e dissera na noite anterior. Ainda podia ver seu corpo elegante ao luar, o cabelo claro flutuando-lhe em volta. E fechou os olhos.

– Simplesmente sei.

– Miriam está se culpando por tudo isso. Não quer nos dizer por que pensa assim, mas está plenamente convencida disso.

– Não tem nada a ver com ela. Diga-lhe isso por mim.

– Já lhe disse. Ela tentou fazer Paul ir atrás de Amanda e trazê-la de volta para você.

Michael podia adivinhar o resultado daquela conversa. Pelo menos Paul teve sensibilidade suficiente para não aparecer nas últimas semanas e não tripudiar.

– Paul nunca gostou de Angel.

– Angel? – John perguntou, sem entender.

– Mara, Amanda, Tirzah...

A voz de Michael falseou. Ele apoiou a cabeça nas mãos.

– Jesus – disse, com a voz rouca. – Jesus.

Angel. Ela jamais confiara nele o bastante para lhe dizer seu verdadeiro nome. Ou será que ele pensava nela como Angel o tempo todo, sem o saber? Será que foi por isso que ela o deixara de novo? *Meu Deus, então foi por isso que quis que eu a deixasse ir?*

John Altman ficou impotente diante do sofrimento de Michael. Não podia sequer imaginar a vida sem Elizabeth. Tinha visto como Michael amava Amanda, e Miriam jurava que Amanda o amava também. Pôs a mão no ombro dele.

– Talvez ela volte por iniciativa própria.

Suas palavras soaram vazias. Michael nem levantou a cabeça.

– O que posso fazer para ajudá-lo a superar isso?

– Nada – disse Michael.

Quantas vezes Angel tinha dito exatamente isso... *Nada.* Será que ela tinha a sensação de que suas entranhas estavam sendo dilaceradas? Será que a dor era tão imensa que até mencioná-la a tornava pior? Quantas vezes ele cutucava as feridas dela, assim como John fazia agora com as dele? Tentando ajudar, e só fazendo sangrar mais...

– Eu volto amanhã – disse John.

Miriam foi em seu lugar.

Os dois se sentaram embaixo do salgueiro, sem dizer nada. Ele podia ouvir a mente dela funcionando, a pergunta pairando no ar: "Por que não faz alguma coisa?" Mas ela não perguntou. Enfiou a mão no bolso e ofereceu-lhe algo. Ficou arrasado quando viu a aliança de sua mãe na palma da mão de Miriam.

– Pegue-a – ela disse.

Ele a pegou.

– Onde a encontrou? – ele perguntou, com a voz embargada.

Miriam ficou com vontade de chorar.

– Ela me deu antes de subir na carruagem. Esqueci de lhe dar naquele dia. Depois fiquei... envergonhada.

Ele cerrou o punho, segurando a aliança.

– Obrigado.

Michael não perguntou mais nada.

– Mudou de ideia, Michael? Vai tentar encontrá-la?

Ele a olhou fixamente.

– Não, Miriam. E não me pergunte mais isso.

Ela foi embora logo depois. Tinha dito tudo que podia no dia em que Amanda o deixara, sem conseguir convencê-lo.

Michael conhecia todos os motivos possíveis para Amanda tê-lo abandonado. Mas, além disso, além dessa compreensão, ele sabia que era a vontade de Deus agindo.

Por que desse jeito? – gritou, angustiado. – Por que me pediu para amá-la se tinha planos de tirá-la de mim?

Enfurecia-se com Deus e lamentava a falta da esposa. Parou de ler a Bíblia. Parou de rezar. Fechou-se dentro de si à procura de respostas. Não encontrou nenhuma. Tinha sonhos sombrios e confusos com rostos que o cercavam.

A voz calma e baixa não falava mais com ele havia semanas, meses. Deus estava mudo e escondido, seus propósitos eram um mistério. A vida se tornou um deserto tão estéril que Michael não suportou e gritou bem alto:

– Por que me abandonou?

Amado, estou sempre com você, até o fim dos tempos.

Michael diminuiu o trabalho frenético e buscou consolo na palavra de Deus. *Não entendo mais nada, Senhor. Perdê-la é como perder metade de mim. Ela me amava. Eu sei que me amava. Por que a afastou de mim?*

A resposta veio devagar, com a troca das estações.

Não terá outros deuses além de mim.

Isso não podia estar certo.

A raiva de Michael aumentou.

– Quando foi que adorei qualquer outro? – enfureceu-se novamente. – Eu o segui toda a minha vida. *Jamais* pus qualquer um à sua frente.

De punhos cerrados, chorou.

– Eu a amo, mas nunca fiz dela meu deus.

Na calma que seguiu essa enxurrada de palavras raivosas, Michael ouviu... e finalmente entendeu.

Você se tornou o deus dela.

Angel estava parada à noite, no meio da rua, vendo o Harper's Café pegar fogo. Tudo que tinha conseguido com o trabalho dos seis últimos meses queimava-se com ele. Só lhe restava o vestido xadrez surrado que estava usando e o avental manchado por cima.

Foi tudo muito rápido. Virgil irrompeu na cozinha berrando que a casa estava pegando fogo. Ela nem teve tempo para perguntar nada, quando ele a puxou para fora. Dois prédios pegavam fogo mais adiante. Então soprou uma brisa que levou o fogo para o resto das casas do quarteirão.

As pessoas corriam de um lado para o outro, algumas em pânico, outras gritando ordens, outras pegando e passando baldes de água freneticamente, tentando conter o incêndio, em vão. Cinzas e fumaça encheram o ar, e as chamas cresceram ainda mais, alaranjadas contra o céu escuro.

Impotente, Angel viu o café desabar numa explosão de fagulhas e labaredas. Virgil chorou. Os negócios iam bem. Embora o cardápio fosse limitado, o que ofereciam era excelente e a notícia tinha se espalhado rapidamente.

Angel sentou-se num barril que alguém rolara para fora de um prédio. Os homens tinham tirado tudo o que puderam arrastar ou carregar de suas casas. A rua estava lotada de mercadorias, móveis e sacos. Por que não lhe passara pela cabeça fazer a mesma coisa? Nem tinha pensado em ir ao segundo andar para pegar suas coisas. Podia ter enfiado tudo o que tinha na bolsa e saído em tempo.

Quando o fogo chegou ao fim da rua, parou. A brisa também morreu e, com ela, aquela agitação toda. De um e de outro lado da rua as pessoas olhavam desesperadas para o fogaréu que consumia o que restava de seus sonhos. Virgil sentou-se no chão, com a cabeça apoiada nas mãos. A depressão tomou conta de Angel como um cobertor velho e molhado. E agora, o que ia fazer? Olhou em volta e viu que os outros estavam na mesma situação. O que Michael faria se estivesse ali? Ela sabia que ele nunca se entregaria ao desespero e que faria alguma coisa por aquelas pessoas. Uma coisa ela sabia que não podia fazer. Ficar ali parada, vendo Virgil soluçar na rua.

Sentou-se na terra, ao lado dele.

– Assim que o fogo apagar, vamos cavar o que sobrou e ver se dá para salvar alguma coisa.

– Para quê? Não tenho dinheiro suficiente para reconstruir nada – ele soluçou. Ela botou o braço em seu ombro.

– O terreno vale alguma coisa. Talvez você possa conseguir um empréstimo com ele e começar de novo.

Dormiram numa pilha de sacos com cobertores emprestados. De manhã vasculharam no meio das cinzas e do entulho. Engasgada com a fuligem, Angel achou as panelas de ferro. O fogão ainda podia ser usado. Os utensílios tinham derretido, mas havia muitos pratos intactos. Uma boa esfregada e poderiam ser reutilizados.

Com o rosto coberto de cinzas e a garganta ardendo por respirá-las, Angel descansou. Estava com fome e cansada. Todos os músculos do corpo doíam, mas pelo menos Virgil estava mais esperançoso, apesar de ainda não ter encontrado um lugar para os dois ficarem. Os hotéis ali por perto já estavam lotados com hóspedes pagantes e não dariam espaço no saguão para os que não podiam pagar. A ideia de dormir na rua, com a névoa gelada da baía, era terrível, mas Angel achou que as coisas poderiam ser piores. Alguém lhes tinha dado mais dois cobertores.

Os dois se esforçaram para remover a madeira carbonizada. Angel juntou os cacos de vidro das janelas em um balde e os jogou numa pilha para serem levados embora mais tarde. Virgil estava pálido de tanto cansaço.

– Acho que vamos ter de acampar aqui mesmo, até eu juntar dinheiro para reconstruir o café. O padre tem um lugar para você na igreja, se quiser ir para lá. Algumas pessoas estão fazendo isso.

– Não, obrigada – ela disse.

Dormiria na lama, mas não buscaria ajuda numa igreja.

Virgil indicou uns homens fazendo fila diante de um prédio do outro lado da rua.

– Padre Patrick está servindo sopa. Vá pegar alguma coisa para comer.

– Não estou com fome – ela mentiu.

Não pediria nada a nenhum padre.

Mas precisava desesperadamente beber água. Tinham posto alguns barris com água potável por ali. Ela queria lavar o rosto, mas a única água disponível além daquela era a de um cocho. Suspirando, Angel pensou que devia estar mais limpa do que ela. Abaixou-se, pegou a água com as mãos em concha e lavou o rosto. Conseguiu refrescar-se.

– Olá, Angel. Há quanto tempo.

Seu coração parou de bater. Achou que estivesse imaginando aquela voz profunda. Levantou a cabeça bem devagar, com o coração aos pulos e o rosto todo molhado.

Duke estava ali, à sua frente, com um sorriso mortal.

30

*Ainda que eu ande pelo vale das sombras da morte,
não temerei mal algum,
porque tu estás comigo.*
— Salmos 23,4

O olhar debochado de Duke notou o vestido xadrez sujo de Angel e ele deu um sorriso sarcástico.

— Já vi você em dias melhores, minha querida.

Ela ficou paralisada ao vê-lo. Quando ele se aproximou e a tocou, ela pensou que fosse desmaiar.

— Parece que, por mais longe que você fuja, não consegue escapar de mim, não é? — e olhou para ela com desprezo. — Uma bela mulher por trás de toda essa fuligem — afirmou, observando todos os prédios incendiados em volta. — Estava trabalhando em algum desses pardieiros miseráveis?

E, quando olhou novamente para Angel, ela conseguiu achar a própria voz.

— Eu era cozinheira no Harper's Café.

— Cozinheira? Você? — ele deu risada — Ah, que maravilha, minha querida. Qual era sua especialidade?

Duke observava os homens trabalhando nos prédios carbonizados enquanto falava.

— Estava preocupado com você. Tive medo que acabasse com outro fracote como o Johnny.

E viu Virgil cavando o entulho.

– Em vez disso, acabou com um ratinho.

Angel reconheceu aquele olhar sinistro e sabia que era mau sinal para Virgil, que tinha sido bondoso com ela. Suava nas mãos, mas precisava atrair a atenção de Duke para longe do homenzinho que a tinha ajudado.

– Certamente não veio até a Califórnia só para me encontrar... Logo você, que tem tantas coisas importantes para fazer.

– Olhe em volta, minha querida. Neste lugar pode-se fazer fortuna – ele deu um sorriso debochado. – Vim pegar minha parte.

Virgil avistou os dois e se aproximou. O olhar de Angel não o fez recuar. Pelo contrário, ele apertou o passo. Examinou Duke de alto a baixo e se virou para Angel, preocupado.

– Está tudo bem, madame? Esse homem a incomoda?

O que o pobre tolo pensava que podia fazer?

– Estou bem, Virgil.

Duke sorriu friamente.

– Não vai nos apresentar, minha querida?

Angel fez as apresentações. Virgil ouviu muito bem o nome de Duke e ficou atônito.

– A senhora conhece esse homem?

– Angel e eu somos bons e velhos amigos.

Virgil olhou espantado para ela, e Angel sentiu necessidade de dizer mais alguma coisa, de tentar explicar. Mas não lhe restava muito mais a dizer.

– Nós nos conhecemos em Nova York. Muito tempo atrás.

– Nem tanto tempo assim – disse Duke, num tom possessivo.

– Você não é o dono daquele lugar do outro lado da praça? – perguntou Virgil. – Daquele prédio grande?

– Sou sim – respondeu Duke, achando graça. – Já frequentou minhas mesas?

– Nunca tive dinheiro para isso – retrucou Virgil, secamente.

– Então vamos, Angel? – disse Duke, apertando o cotovelo dela.

– Vamos? – perguntou Virgil, olhando para Angel. – Para onde?

– Não é da sua conta – Duke respondeu, em tom ameaçador.

Virgil se empertigou em todo seu metro e meio.

– É da minha conta sim, se ela não quiser ir com você.

Duke deu risada.

Angel ficou surpresa e emocionada com a disposição de Virgil para defendê-la, mesmo contra um homem como Duke, evidentemente capaz de derrubá-lo sem muito esforço.

– Eu..

Sentiu os dedos de Duke apertando-lhe o braço e teve medo do que ele faria com o amigo, se demorasse a obedecer.

– Sinto muito, Virgil.

O pobre homem ficou muito confuso e magoado. Olhou para ela e Angel sentiu que o estava traindo também, por não ter sido sincera desde o início. Ela realmente achara que poderia ter uma vida diferente? Com que direito pensara isso?

– Terá de encontrar outra cozinheira – disse Duke. – Ela vai voltar para o lugar dela.

– Tem certeza, madame?

Os olhos escuros de Duke faiscaram de irritação com aquele pequeno proprietário de café que pensava que podia enfrentá-lo se quisesse.

– Talvez eu possa fazer com ele o que fiz com Johnny – disse, olhando para Angel cheio de impaciência.

– Que Johnny? – perguntou Virgil, sem se intimidar, pronto para desafiá-lo.

Apesar da pouca altura, Virgil não tinha pouca coragem. A única coisa que lhe faltava mesmo era bom senso.

– Não! – implorou Angel. – Por favor, Duke, eu irei com você.

– Você ficou tão educada, minha querida...

Benevolente mais uma vez, Duke sorriu para Virgil.

– Esse pedaço de terra é seu?

– É – disse Virgil, ressabiado.

– Gostaria de vendê-lo?

– Nem morto.

Duke deu risada.

– Ah, não? Bem, se precisar de dinheiro para reconstruir seu café, apareça que podemos entrar num acordo. Se tiver problema para encontrar outra cozinheira para substituir Angel, talvez eu também possa ajudá-lo nisso.

Duke estava se divertindo.

– Obrigado – disse Virgil, mas Angel percebeu que ele não levava a sério nada do que Duke dizia. – Sra. Hosea, tem certeza disso?

– Sra. Hosea? – disse Duke em voz baixa, levantando uma sobrancelha escura e olhando para Angel.

Com o coração na boca, ela respondeu:

Tenho sim, Virgil.

Duke se afastou com ela, rindo baixinho, como se tivesse ouvido uma ótima piada. Angel procurou pensar no que ia fazer, mas a mão firme em seu braço paralisava seu cérebro. *Michael, oh, Michael!* Ele lutou para abrir caminho para eles no *saloon* em Pair-a-Dice, mas não estaria ali para lutar por ela dessa vez. Estava sozinha e Duke a segurava com tanta força que ela sabia que ele não pretendia soltá-la nunca mais.

– Então se casou, minha querida? Foi divertido enquanto durou? Ou era só fingimento?

E a levou para uma grande casa de jogos. Angel mal notou o que havia em volta enquanto estava sendo conduzida por entre as mesas. O lugar era grandioso, afinal Duke sempre fazia tudo em grande estilo.

Os homens o cumprimentavam e olhavam para ela abertamente. Angel foi andando de cabeça erguida, olhando reto para frente. Os dois subiram a escada e seguiram por um corredor com as paredes revestidas de madeira. Ela ficou em pânico ao se lembrar de outro corredor, a seis mil quilômetros de distância, e do que a esperava ao final. Duke abriu uma porta e a empurrou para dentro do quarto.

Uma bela morena dormia em uma cama de bronze. Duke foi até ela e deu-lhe um tapa no rosto, que a fez acordar com um grito de dor.

– Saia.

A jovem prostituta desceu da cama às pressas, pegou sua roupa e foi embora. Duke sorriu para Angel.

– Este será o seu quarto.

Ela não podia simplesmente se entregar.

– Tenho outra escolha?

– Continua rebelde – ele disse com a fala arrastada, aproximando-se dela lentamente.

Segurou o rosto dela com força e a fitou profundamente. Angel tentou esconder o medo com uma expressão furiosa, mas não tinha como enganá-lo. Obviamente ele sabia que ela estava fingindo.

– Você está em casa, minha querida – ele sorriu. – De volta ao seu lugar. Parece muito controlada, mas seu coração bate como o de um coelho assustado.

Acendeu um charuto e a observou através da fumaça.

– Está muito pálida, minha querida. Acha que vou machucá-la?

Beijou-lhe a testa num gesto de afeto paterno, zombando dela como sempre fazia quando ela o desafiava.

377

– Conversaremos mais tarde, está bem?

Deu-lhe um tapinha no rosto, como se faz com uma criança, e saiu do quarto.

Michael acordou suando frio. Com um chamado de Angel, no meio de um incêndio. Não conseguia alcançá-la, por mais que tentasse, mas viu uma silhueta escura caminhando entre as chamas, indo na direção dela.

Passou a mão trêmula no cabelo molhado. O suor escorria-lhe pelo peito nu e ele não conseguia parar de tremer.

– Foi só um sonho.

O mau pressentimento foi tão forte que Michael ficou nauseado. Rezou. Depois levantou-se da cama e foi para fora. O sol já estava quase nascendo. Tudo melhoraria à luz do dia. Mas, quando amanheceu, a sensação de que havia alguma coisa errada não foi embora, e ele rezou fervorosamente outra vez. Estava muito preocupado com sua mulher.

Onde ela estava? O que estava fazendo para sobreviver? Será que passava fome? Tinha onde morar? Como estaria vivendo, sozinha?

Por que não voltava para ele?

Michael sentiu aquele mau presságio pairando no ar durante todo o dia. Era como uma escuridão que lhe envolvia a alma e ele não tinha dúvida nenhuma de que tinha a ver com Amanda. Rezou o tempo todo por ela.

Reconhecia a própria impotência. Se ela estivesse correndo algum perigo, não havia nada que ele pudesse fazer. Não sabia onde ela estava nem que tipo de ajuda precisava, mas desistir dela era difícil demais. Ele ainda a amava muito. Confiava que Deus ia protegê-lo e guiá-lo. Mas por que não achava que o Senhor faria o mesmo por ela?

Porque sabia que ela não acreditava.

Angel tentou abrir a porta, mas estava trancada. Foi até a janela e afastou a elegante cortina de renda para espiar. Não dava para escapar por ali também. Duke sempre vigiava suas propriedades.

Andou de um lado para o outro, transpirando nas mãos, pensando no que Duke podia fazer com ela. Sabia muito bem que, por trás do comportamento amável, ele fumegava de raiva. Deixá-la sozinha era vantajoso para ele. Duke sabia que ela se consumiria de preocupação, imaginando o que ele poderia fazer.

– Dessa vez, não – murmurou baixinho. – De novo, não.

Olhou em volta e resolveu que podia arrumar a cama e o quarto. Tinha de fazer alguma coisa para não pensar no inevitável. Terminou aquelas pequenas tarefas, sentou-se à janela e espiou as pessoas andando lá embaixo. Veio-lhe o medo outra vez. Fechou os olhos com força e procurou combatê-lo.

– Michael, Michael, diga-me o que devo fazer.

Imaginou Michael trabalhando no campo. Viu-o endireitando as costas, com a enxada na mão, sorrindo. Viu-o sentado diante do fogo com a Bíblia no colo.

– Confie no Senhor – ouviu-o dizer. – Confie no Senhor.

A porta se abriu, ela continuou sentada e procurou manter a calma quando Duke entrou com um homem corpulento. Angel fingiu indiferença enquanto o empregado tirava as coisas das outras meninas do armário e as levava embora. Duke ficou parado, olhando para ela. Ela se virou para ele e sorriu. *Não vai me fazer rastejar, seu demônio. Dessa vez não vai dominar minha mente. Vou pensar em Michael. Pensarei em Michael o tempo todo.*

Um empregado chinês apareceu para trocar a roupa de cama.

Angel se sentou calmamente, com as mãos nos braços da poltrona e o coração batendo violentamente. Duke ficou imóvel, não disse nada, mas ela conhecia aquele olhar, e o medo cresceu como um nó na barriga. Que vingança ele estaria planejando?

– Traga a banheira aqui para cima – ordenou Duke, e o chinês abaixou a cabeça. – E bastante água quente.

O homem abaixou a cabeça novamente e saiu do quarto. Duke semicerrou os olhos e estudou o rosto de Angel por um bom tempo.

– Vou mandar alguém para assisti-la.

Deu meia-volta e saiu.

Surpresa, Angel deu um suspiro. Ele tinha reagido ao comportamento dela. Jamais conseguira enganá-lo antes. Mas, também, já fazia três anos desde a última vez que se viram. Talvez ele tivesse esquecido as artimanhas dela.

E talvez isso tornasse as coisas ainda piores para ela.

Uma menina chegou para ajudá-la a se despir. Não tinha mais do que 13 anos. Angel sabia que ela não era amante de Duke, embora pudesse ter sido. Era bonita. Mas ela sabia que, enquanto uma menina fosse exclusivamente de Duke, andaria de cara lavada, com roupas de cores claras, tranças e fitas no cabelo. Seu rosto e seus lábios estavam pintados de vermelho, e o cabelo caía em uma profusão de cachos sobre os ombros estreitos. Tinha aquele olhar de quem comera o pão que o diabo amassou.

Cheia de pena, Angel sorriu para a menina.

– Como é o seu nome?

– Cherry – disse ela, jogando o vestido xadrez e a combinação de Angel ao lado da porta.

– Gostaria de ter essas roupas de volta depois de lavadas.

– Duke disse para jogá-las fora.

– E todos têm de lhe obedecer, sempre – completou, não querendo criar problema para a menina. – Você veio com ele para a Califórnia?

– Eu e outras três meninas – ela disse, experimentando a temperatura da água. – Não está muito quente. Pode se banhar agora.

Angel tirou a roupa de baixo, entrou na água quente e suspirou. O que quer que acontecesse depois, ela estaria limpa. Pelo menos por fora.

– Há quanto tempo estão aqui?

– Oito meses – respondeu a menina.

Angel franziu a testa. Estava morando a poucos quarteirões de Duke aquele tempo todo e nunca soubera. Talvez fosse seu destino ficar com ele.

– Você é muito linda – disse Cherry.

Angel olhou desolada para a menina.

– Você também.

Cherry era uma menina pálida, bonita, com olhos azuis cheios de medo. Angel sentiu compaixão dela.

– Quer que eu lave seu cabelo? – perguntou Cherry.

– O que eu gostaria é de descobrir um jeito de escapar daqui.

Cherry ficou paralisada, surpresa, e Angel riu dela mesma.

– Só que isso é impossível, não é?

Ela pegou a esponja e o sabonete com perfume de lavanda das mãos da menina e não disse mais nada.

Duke entrou sem bater. Cherry pulou de susto e empalideceu. Angel pegou a mão da menina e sentiu que ela estava gelada. Duke tinha alguns vestidos de cetim pendurados no braço, que foram colocados com todo cuidado ao pé da cama.

– Saia, Cherry.

A menina saiu, encolhida e apressada.

Furiosa, Angel ergueu todas as defesas e continuou seu banho como se ele não estivesse ali. Duke a olhava fixamente. Pouco à vontade sob aquele perverso escrutínio, levantou-se e enrolou-se numa grande toalha. Ele lhe deu uma menor para o cabelo, que ela enrolou na cabeça, feito um turbante. Ele segurou aberto um robe de cetim azul, que Angel vestiu, fechando-o bem com uma faixa. Pôs a mão no ombro dela e a fez se virar para ele.

– Você não é mais minha pequena Angel, é?

– Não podia ser criança para sempre – ela disse, gelada com seu toque.

– É uma pena.

E puxou uma cadeira para ela. Angel respirou devagar e se controlou para ficar calma enquanto se sentava.

– Deve estar morrendo de fome – ele disse, ao puxar a corda da sineta.

O empregado chinês entrou com uma bandeja. Assim que o homem a deixou na mesa diante de Angel, Duke fez sinal para que saísse. Ele tirou a tampa de prata da bandeja e sorriu.

– Tudo que gosta, minha querida.

Era um banquete. Um bife grosso malpassado, purê de batata e legumes cozidos com muita manteiga. Havia até uma fatia grossa de bolo de chocolate. Angel não fazia uma refeição como aquela desde sua saída do bordel em Nova York. Ficou com água na boca e o estômago se contraiu.

Duke pegou um jarro de prata, encheu um copo de cristal com leite e lhe ofereceu.

– Sempre preferiu leite a champanhe, não é?

Angel pegou o copo.

– Engordando o bezerro antes de matá-lo, Duke?

– O bezerro de ouro? Ora, não seria burrice minha fazer isso?

Ela não comia nada desde antes do incêndio, pois tinha recusado obstinadamente a caridade daquele padre. Se tomasse a sopa, ele ia querer que ela confessasse seus pecados para depois dizer que não tinha salvação. Por isso estava mesmo com muita fome.

– Volto para ficar com você mais tarde – disse Duke, e ela se surpreendeu novamente.

Achava que ele ia ficar. Assim que saiu, ela atacou a suntuosa refeição. Não comia uma refeição tão boa havia três anos. Duke sempre oferecia uma boa mesa. Serviu-se de um segundo copo de leite.

Quando sentiu o estômago cheio, percebeu o que tinha feito e se envergonhou.

Oh, Michael! Sou fraca. Sou muito fraca! Fiz a coisa certa ao deixá-lo. Olhe só para mim! Estou me empanturrando com a comida de Duke. Vendendo minha alma por um bife e uma fatia de bolo de chocolate, depois de jurar que morreria de fome antes de voltar para minha antiga vida. Eu não sei ser boa! Só consegui quando estava com você.

– Você parece aflita, minha querida. O que foi? Alguma coisa que comeu?

Angel se assustou com a voz de Duke. Não o tinha ouvido entrar no quarto.

– Ou será que está preocupada, sem saber qual será o meu castigo?

Ela empurrou o prato vazio, com o rosto vermelho de tanta humilhação, nauseada com o que tinha feito.

– Não me importo com o que vai fazer – disse, sem emoção.

Angel se levantou e lhe deu as costas. Abriu a cortina de renda e espiou a rua movimentada pela janela. *O que aconteceu com toda a força moral que eu tinha quando estava com você, Michael? Desapareceu mais uma vez. Voltei a ser Angel. Tudo no espaço de poucas horas e por uma bandeja de comida!*

E fechou os olhos. *Deus, se estiver aí, fulmine-me. Mate-me para que eu não me entregue completamente. Não tenho força para lutar contra esse demônio. Não tenho força para nada.*

– Fiquei preocupado com você – disse Duke, num tom de adulação.

Angel sentiu as mãos dele nos ombros, massageando com os polegares os músculos tensos.

– Só penso no que é melhor para você.

– Como sempre – ela disse, secamente.

– Alguma vez teve de se misturar com as classes mais baixas, minha querida? Você só teve o melhor. Quantas meninas de 16 anos tiveram um senador e um juiz da Suprema Corte que a visitavam sempre? Ou um magnata da frota mercante? Charles ficou arrasado quando você desapareceu. Contratou gente para procurá-la. Foi ele quem me disse que você estava num navio a caminho da Califórnia.

– O bom e velho Charles – ela disse, lembrando-se do jovem mimado.

Afastou as mãos de Duke e o encarou.

– E se eu dissesse que quero largar essa vida?

Duke curvou um pouco os lábios.

– Fale-me desse homem, Hosea.

Angel retesou os músculos.

– Por que quer saber dele?

– Mera curiosidade, minha querida.

Talvez falar de Michael lhe desse força para resistir ao que lhe acontecesse.

– Ele é fazendeiro.

– Fazendeiro? – disse Duke, surpreso e achando graça outra vez. – E você aprendeu a arar a terra, Angel? Sabe tirar leite de uma vaca e costurar bem uma bainha? Gostou de ficar com terra embaixo das unhas?

Pegou sua mão e a virou com a palma para cima. Angel não reagiu.

– Calos – ele disse, com nojo, largando-lhe a mão.

– Sim, calos – ela disse, orgulhosa. – Mesmo coberta de terra e de suor, eu era mais limpa com ele do que jamais fui com você.

Duke deu-lhe um tapa e Angel quase caiu para trás. Ela endireitou o corpo e viu algo no rosto dele que serviu para amenizar o medo que sentia. Não sabia ao certo o que era, mas ele não tinha mais o controle de si mesmo nem da situação.

– Conte-me tudo, minha querida. Você o amava?

– Ainda o amo. Vou amá-lo sempre. Ele foi a única coisa boa que aconteceu em minha vida e me agarrarei a isso até morrer.

Duke adotou um ar ameaçador.

– Tem pressa de que isso aconteça?

– Faça o que quiser, Duke. O que tiver vontade. Não é o que sempre fez?

Ela lhe deu as costas novamente e até esperou que ele a fizesse se virar para bater nela outra vez, mas Duke não fez nada disso. Ela se sentou na beira da cama e olhou para ele, curiosa.

– E onde está esse modelo de virtude e de masculinidade agora? – ele perguntou.

– Na fazenda dele.

Talvez já estivesse com Miriam.

– Você o deixou.

– Sim, eu o deixei.

Ele sorriu satisfeito.

– Ficou entediada?

– Não. Um dos sonhos de Michael era ter filhos e, como nós dois sabemos muito bem, eu não posso dar isso a ele.

Angel não aliviou a amargura na voz. Nem tentou.

– Então ainda não me perdoou por isso?

– Contei para Michael o motivo pelo qual eu não posso ter filhos. Ele disse que não fazia diferença para ele.

– Ah, não?

– Não. Mas fazia para mim. Eu queria que ele tivesse tudo o que queria e merecia.

A expressão de Duke ia ficando cada vez mais pesada com cada palavra que Angel dizia. Ela ignorou o aviso. Só estava pensando em Michael.

– Não foi a primeira vez que o deixei. Casei-me com ele quando não podia fazer outra coisa e o abandonei na primeira oportunidade que tive. Não queria saber dele. Queria voltar para receber o dinheiro que me deviam. Quando cheguei, o bordel não estava mais lá. Então acabei trabalhando para um dono de *saloon*. Tive uma boa prova de todas as classes mais baixas das quais você fala com tanto menosprezo. Sabe o que Michael fez quando descobriu onde eu estava? Ele me tirou de lá. Teve de brigar para sairmos do *saloon*. E me levou para casa de novo. Ele me perdoou.

E deu uma risada triste.

– Mas eu continuei fugindo. Ele me fazia sentir coisas, coisas incríveis. Foi como se ele virasse toda a minha vida do avesso. Ele me amou, sempre me amou, não importava o que tivesse acontecido em meu passado. Não importava o que eu havia feito. Não importava quanto eu o magoasse. Ele não desistia de mim.

Duke agarrou-lhe o queixo.

– Como eu também não desisti – os olhos dele cintilavam como brasas. – Ou será que você já esqueceu que fugiu de mim também, algumas vezes, e que eu sempre a levava para casa e a perdoava?

Ela deu um tranco com a cabeça para se soltar e o encarou, furiosa.

– Perdoava? Você era meu dono. Você me vê como uma propriedade. Uma coisa para ser vendida para quem der o maior lance. Algo para ser usado. Michael me amou. Você sempre pensou que possuía a minha alma. Michael me mostrou que ninguém a possui.

– Não? – e tocou gentilmente a face onde tinha dado o tapa. – Não se sente em casa aqui, Angel? Não sentiu falta da boa comida, das roupas maravilhosas, da decoração de luxo, de toda essa atenção?

Ela se ajeitou na cadeira, constrangida, e ele sorriu.

– Conheço você – ele disse. – Apesar de todos os protestos, você adora a sensação da seda na pele. Gosta de ter uma empregada para atendê-la – e pegou a jarra vazia na mesa. – Você adora leite – e riu dela.

O rosto de Angel estava pegando fogo. Ele a pressionava com uma expressão maliciosa, de prazer.

– Eu costumava observar seu jeito de manipular os homens que vinham procurá-la. Eram barro em suas mãos. Eles ficavam completamente tontos com você.

– E isso lhe dava poder sobre eles.

– É, dava mesmo – ele admitiu prontamente. – Muito poder – e levantou o rosto dela com um gesto brusco. – Senti sua falta. Senti falta do poder que me dava, porque os homens que eu levava para você ficavam enfeitiçados e, quando isso acontecia, eles ficavam em minhas mãos.

– Você me dá crédito demais.

– Ninguém conseguia chegar até você.

– Michael chegou.

Angel viu um clarão de fúria nos olhos escuros de Duke. Estranhamente, não teve medo. Havia uma quietude dentro dela. O simples fato de pensar em Michael já lhe dava coragem, mas ela sabia que aquela coragem não duraria. Não depois que Duke começasse. Ele não era como Magowan. Não perdia o controle e nunca a mataria.

Duke se levantou.

– Vou deixá-la por enquanto, minha querida. Descanse. Volto novamente para conversar com você. Temos de tratar de negócios. Afinal de contas, você precisa ganhar seu sustento.

Abaixou-se para beijá-la, mas ela virou o rosto. Ele apertou o rosto dela com muita força e a fez levantar a cabeça. Beijou-a com brutalidade. Ela não sentiu paixão no beijo nem na expressão dele quando se afastou. Ele tinha se cansado dela quando era um pouco mais velha do que Cherry.

Duke parou na porta.

– A propósito, Angel, se o Michael vier procurá-la, vou matá-lo da mesma maneira que matei o Johnny – sorriu. – E farei você assistir.

Angel perdeu a coragem. Ele viu isso e sorriu outra vez.

Ouviu quando ele trancou a porta do quarto e caiu sentada na cama.

Duke não voltou no dia seguinte nem no outro. Cherry levava-lhe comida e um guarda trancava a porta quando ela saía.

Angel sabia o que Duke estava fazendo, mas isso não adiantava nada.

Os pesadelos voltaram.

Ela corria e a escuridão aumentava. Passos pesados ecoavam atrás dela no beco. À sua frente via o cais, com os mastros todos delineando o horizonte. Corria de um barco para outro, implorando para subir a bordo.

– Sinto muito, madame. Estamos lotados – diziam os marinheiros, um após o outro.

Correu no último píer e viu lá embaixo uma embarcação que transportava lixo. Estavam desamarrando os cabos. Olhou para trás e viu Duke. Ele a chamava e aquela voz sinistra a puxava para ele.

Ratazanas corriam sobre o lixo na embarcação lá embaixo, aproveitando o banquete de carne e legumes podres. O mau cheiro era terrível, mas ela pulou assim mesmo. Afundou as mãos numa massa gosmenta e os ratos correram em todas as direções, guinchando. Quase desmaiou com aquele cheiro insuportável, mas se agarrou quando o barco começou a se mover. Afastou-se do cais bem na hora em que Duke apareceu.

– Não poderá fugir. Não poderá fugir, Angel.

E então ele sumiu e ela se viu no meio de uma tempestade em alto-mar. As ondas quebravam à sua volta, nos costados da embarcação. Ela tentou subir para um ponto mais seguro, mas não conseguiu achar nenhum. Arrastou-se para escapar das ondas. Quando chegou ao topo, viu Rab deitado de costas. Com a corda preta no pescoço e os ratos roendo-lhe a carne morta. Gritou apavorada e deslizou no monte de lixo, para o mais longe possível dele, e ficou ali, encolhida.

Tremendo de frio, cobriu a cabeça.

– Quero morrer. Quero morrer...

– Querida, onde está?

Angel levantou a cabeça e viu sua mãe, de branco, tremulando à sua frente.

– Onde está, querida? Onde está o meu terço?

Angel engatinhou no lixo, procurando-o freneticamente.

– Vou encontrá-lo, mamãe! Vou encontrá-lo!

Viu alguma coisa brilhando e estendeu o braço para pegá-la.

– Achei! Está aqui, mamãe!

O barco adernou violentamente e despejou um pouco do lixo no mar. Angel gritou e tentou alcançar o terço, rolando no lixo. Encostou a ponta dos dedos no crucifixo e nas contas, mas eles escaparam de sua mão e foram parar no mar turbulento. Angel sentiu que também estava caindo. Instintivamente procurou se agarrar em alguma coisa, mas nada tinha firmeza para servir de apoio. Estava tudo caindo. Mergulhou na água gelada, rodeada de dejetos. Bateu as pernas para voltar à superfície e, quando conseguiu, o mar tinha acalmado. Viu uma praia e nadou para lá. Em terra firme, mal conseguia ficar de pé, em virtude da grande sujeira que havia grudado nela. Cambaleou pela praia e caiu, exausta. Sua pele tinha feridas e tumores, como a do bebê da jovem prostituta.

Levantou a cabeça e viu Michael no meio de uma plantação. O vento suave fazia o trigo parecer um mar dourado ao seu redor. O ar tinha um cheiro doce e limpo. Miriam ia ao encontro dele com um bebê nos braços, mas ele não lhe dava atenção.

– Amanda! – gritou Michael, correndo para Angel.

– Não, Michael! Volte! Não chegue perto de mim!

Sabia que, se ela a tocasse, a podridão que a cobria iria cobri-lo também.

– Fique longe de mim! Volte!

Mas ele não lhe deu ouvidos. Continuou avançando.

386

Ela estava fraca demais para fugir. Olhou para seu corpo e viu a pele apodrecendo e caindo. Michael se aproximou dela sem hesitar. Estava tão perto que dava para ver seus olhos.

– Oh, meu Deus! Deixe-me morrer. Faça com que eu morra por ele.

Não, disse uma voz suave.

Então Angel viu Michael diante dela. Uma pequena chama ardia no lugar do coração dele. *Não, minha amada.* Ele não tinha movido os lábios, e a voz não era dele. A chama foi ficando maior e mais brilhante e se alastrou, até iluminar o corpo inteiro de Michael. Aquela luz se separou dele e cobriu os últimos metros até atingi-la. Era um homem, glorioso e magnífico, com luz irradiando em todas as direções.

– Quem é você? – murmurou, apavorada. – Quem é você?

Yahweh, El Shaddai, Jeovah mikadiskim, El Elyon, El Olam, Elohim...

Os nomes não acabavam mais, moviam-se juntos como música, corriam em seu sangue, cobriam-na toda. Ela tremeu de medo e não conseguiu se mexer. Ele estendeu a mão e a tocou, ela sentiu um calor e o medo desapareceu. Olhou para baixo e viu que estava limpa, vestida de branco.

– Então eu morri.

Para poder viver.

Angel ficou confusa, olhou para cima de novo e viu o homem de luz coberto com toda a sujeira que era dela.

– Não! – chorou. – Oh, meu Deus, perdão. Sinto muito. Quero voltar atrás. Farei qualquer coisa...

E, quando ela estendeu a mão, a imundície desapareceu e ele se tornou perfeito outra vez.

Eu sou o caminho, Sarah. Siga-me.

Ela avançou e estendeu-lhe os braços, então ouviu um trovão e acordou na escuridão.

Ficou imóvel, deitada, olhando para cima, com o coração disparado. Fechou os olhos com força e quis voltar para o sonho, ver como terminava, mas não conseguiu. Não se lembrava mais de quase nada. O sonho tinha-lhe escapado.

Então ouviu um barulho que a fez despertar. Vinha do quarto ao lado e era tão familiar que lhe despedaçou o coração.

Duke falava com a voz baixa e sedutora.

E uma criança chorava.

31

> *E, entretanto, eis o que diz o Senhor que te criou, ó Jacó, e que te formou, ó Israel: "Não temas, porque eu te remi, e te chamei pelo teu nome: tu és meu".*
> — Isaías 43,1

Paul sabia que tinha de voltar para as montanhas. Não aguentava ficar mais uma semana ali. Não era possível estar tão próximo de Miriam e não enlouquecer. Era melhor a desilusão e o torpor de peneirar o ouro do que vê-la atravessando os campos para ir à cabana de Michael.

Mas precisava de mais dinheiro para comprar suprimentos.

Então engoliu o orgulho e procurou Michael para lhe vender suas terras.

— Não estou pedindo muito pela propriedade. Só o suficiente para começar uma vida nova. A terra é boa. E deve ser sua de qualquer maneira, Michael. Foi você quem cuidou dela para mim quando fui embora da última vez.

— Tenho muita terra e nenhum dinheiro — disse Michael, recusando a oferta. — Espere até poder colher suas plantações. Depois pegue tudo o que ganhar com elas e vá, se tiver de ir mesmo. A terra estará aqui à sua espera, para quando voltar.

— Não vou voltar, Michael. Dessa vez não.

Michael botou a mão no braço de Paul.

— Por que se tortura assim? Por que se deixa levar por qualquer vento que sopre?

Paul se afastou, zangado.

– Por que espera a prostituta que nunca mais vai voltar?

E foi embora antes de dizer qualquer outra coisa da qual pudesse se arrepender.

Não tinha mais escolha, precisava falar com John Altman.

John o convidou para entrar na cabana. Elizabeth estava embalando o bebê, e Miriam, debruçada sobre o fogo, mexendo um ensopado borbulhante na panela. Quando Paul a viu, sentiu o coração disparar. Ela se endireitou e sorriu para ele. Ele ficou com as pernas bambas.

– Sente-se, Paul – disse John, dando-lhe um tapinha nas costas. – Faz tempo que não nos vemos.

Paul não resistiu e olhou para Miriam outra vez. Perdeu o fio da meada do que John estava falando enquanto a observava enrolar, cortar e botar os pedaços de massa de biscoito numa frigideira de ferro. O silêncio de John chamou sua atenção. Elizabeth sorria para ele. E John também. Paul sentiu o calor subindo pelo rosto.

– Vim lhe oferecer minhas terras, John.

Com o canto do olho, Paul viu que Miriam o olhava. Um musculo se contraiu no maxilar dele.

– Resolvi voltar para as montanhas – disse, decidido.

John ficou sério.

Elizabeth arqueou as sobrancelhas.

– Isso foi bem de repente, não, Paul?

– Não.

Sentiu Miriam olhando espantada para ele, com as mãos na cintura.

– Pensou bem no que vai fazer? – perguntou John. – Investiu muito trabalho naquela terra.

– Pensei sim. Acho que não nasci para ser fazendeiro.

Miriam se virou de costas e bateu a tampa de uma panela. Elizabeth e John pularam e se voltaram para ela, surpresos.

– Não estou pedindo muito pelas terras – disse Paul, tentando ignorar Miriam.

Deu-lhes o preço, e os Altman ficaram ainda mais chocados.

– Mas a propriedade vale muito mais – disse John, esfregando o queixo, intrigado com a oferta. – Por que está fazendo isso?

Miriam deu meia-volta.

– Porque ele é um tolo!

– Miriam! – exclamou Elizabeth, atônita.

– Perdão, mamãe. Mas ele é um idiota, um retardado, um cabeça-dura, um burro!

– Já chega! – disse John, levantando-se da cadeira com muita raiva. – Paul é visita em nossa casa!

Miriam só olhou para Paul, com os olhos ardendo e as lágrimas escorrendo pelo rosto.

– Desculpe, papai. Acho que me esqueci do meu lugar. Com licença.

Apressada, atravessou a sala, pegou o xale e abriu a porta. Olhou para trás, para Paul.

– Vá em frente. Fuja para suas montanhas e para sua procura de ouro.

E saiu, batendo a porta.

Paul ficou imóvel, arrasado. Queria ir atrás dela para explicar, mas o que podia dizer? Que era apaixonado por ela e que isso o deixava louco? Que Michael superaria a falta de Angel e que seria sensato que ela esperasse?

John sentou-se novamente.

– Peço desculpas – disse. – Não sei o que deu nela.

– Tenho certeza de que ela não quis dizer aquilo – comentou Elizabeth.

Seria melhor se quisesse.

– O que me diz, John? Quer ficar com as minhas terras, ou terei de ir até a cidade para ver se encontro alguém interessado?

Quanto mais cedo saísse de lá, melhor.

John franziu a testa e olhou para a mulher.

– Deixe-me pensar. No final da semana dou uma resposta.

Mais três dias. Será que aguentaria tanto tempo?

Paul agradeceu e se levantou.

– Vê se não some – disse John, com a mão no ombro dele, quando se despediam. – Aconteça o que acontecer, será sempre bem-vindo aqui – afirmou, acompanhando-o até a porta. E completou:

– Não sei o que está acontecendo com Miriam, mas ela vai superar isso.

Paul viu Miriam atravessando o campo, indo na direção da cabana de Michael.

– Vai sim – e deu um sorriso desolado. – Falo com você daqui a três dias, John.

Botou o chapéu e foi para casa.

– O que acha que foi aquilo? – John perguntou para Elizabeth, quando voltou para a cabana.

– John, não estou entendendo mais nada desde que Amanda foi embora.

Os dois esperaram Miriam voltar, torcendo para que ela resolvesse confiar neles, como costumava fazer. Já era noite quando chegou.

– Estávamos preocupados – disse Elizabeth, chamando a atenção da filha. Não esperavam que ela ficasse tanto tempo fora.

– Onde você estava? – John quis saber.

– Fui à casa do Michael. Depois fui caminhar. Depois sentei. E depois rezei.

Miriam curvou as costas e começou a chorar. John e Elizabeth se entreolharam, surpresos. Apesar de muito emotiva, a filha não era dada a esse tipo de desabafo.

– O que foi, querida? – perguntou Elizabeth, abraçando a filha. – Qual é o problema?

– Ah, mamãe! Eu o amo tanto que chega a doer.

Elizabeth olhou para o marido.

– Mas ele é casado. Você sabe disso.

Miriam endireitou as costas com o rosto muito vermelho.

– *Paul*, mamãe! Não o Michael.

– Paul! – exclamou Elizabeth, muito aliviada. – Mas nós pensávamos...

– *Sempre* foi o Paul. Sei que ele também me ama. Só que é teimoso demais para admitir, até para ele mesmo.

E, virando-se para o pai, continuou:

– Não posso deixar que ele vá embora, papai. Se comprar as terras dele, não vou perdoá-lo nunca.

– Se eu não comprar, algum outro comprará – John afirmou, procurando entender o que estava acontecendo. – Se ele a ama, por que quer vender as terras e ir embora?

– Acho que ele quer se afastar pela mesma razão que levou Amanda a abandonar Michael.

– Você nunca nos contou o que ela disse – lembrou Elizabeth.

Miriam corou.

– Não posso – e afundou na cadeira, cobrindo o rosto. – Simplesmente não posso.

Elizabeth se ajoelhou ao lado dela e tentou acalmá-la.

– O que propõe para impedir que Paul vá embora? – perguntou o pai. – Ele já resolveu, Miriam, não há nada que se possa fazer.

Miriam levantou a cabeça.

– Eu poderia fazer Paul mudar de ideia.

John franziu a testa e observou a expressão decidida da filha.

– Em que está pensando?

Miriam mordeu o lábio, olhou para a mãe e para o pai.

– Numa coisa que li na Bíblia.

Secou as lágrimas e endireitou as costas.

– Em que parte da Bíblia? – John perguntou, muito sério.

– Eu sei o que preciso fazer, papai, mas vocês terão de confiar em mim.

– Quantos anos ela tem, Duke?

Ele curvou os cantos da boca com uma expressão de deboche.

– Está com ciúme, Angel?

Ela teve vontade de matá-lo.

– Oito? Nove? Não deve ter muito mais que isso, senão não atrairia seu interesse.

Sua expressão ficou perigosa.

– É melhor controlar essa sua linguinha ferina, minha querida – ele disse, segurando a cadeira para ela. – Sente-se. Temos de conversar.

Angel usava um vestido cor-de-rosa, de cetim e renda. Apesar de lhe servir como uma luva, ela detestou a roupa. Odiou ter suas curvas realçadas para o escrutínio de Duke. Ele verificava a mercadoria, para ver como era melhor exibi-la, para ganhar o máximo.

– O rosa não combina mais com você – disse, e Angel ficou perturbada de ver que os dois tinham pensamentos tão parecidos. – Vermelho, eu acho... Ou azul-safira escuro, ou verde-esmeralda... Vai parecer uma deusa com essas cores.

Antes de se sentar, Duke tocou-lhe o ombro.

Sentaram-se frente a frente, cada um de um lado da pequena mesa, e Angel controlou as feições para não revelar nada. Duke a analisou com um sorriso tenso.

– Você mudou, Angel. Sempre foi obstinada e arredia. Era parte de seu charme. Mas agora está indiferente também. Não é sensato ser assim em sua posição.

– Talvez não me importe mais com o que me acontece.

– Quer que eu prove que está errada? Sabe que eu poderia. Com muita facilidade.

Juntou as pontas dos dedos e olhou fixo para ela, por trás daquelas mãos aristocráticas, sem calosidades, claras, com as unhas bem-feitas. Belas mãos, capazes de crueldades inimagináveis.

Angel se lembrou das mãos de Michael, grandes e fortes, evidentemente acostumadas ao trabalho pesado. Eram ásperas e cheias de calos. Pareciam muito cruéis, no entanto eram tão gentis... Seu toque tinha-lhe curado o corpo e aberto o coração.

Duke semicerrou os olhos com uma expressão de frieza.

– Por que está sorrindo desse jeito?

– Porque nada que faça comigo realmente me importa.

– Foi o seu Michael quem lhe disse isso? Ficou longe de mim tempo demais.

Todos aqueles pesadelos terríveis, os segredos e a culpa que ela carregou. Michael tinha dito uma vez que ela teria de jogar fora aquela bagagem antiga. Duke era isso. Uma bagagem antiga.

– Ah, não, Duke. Carreguei você comigo para todo canto.

Vendo seu sorriso convencido, ela acrescentou:

– Que desperdício de tempo.

A boca dele se transformou numa linha reta.

– Vou lhe dar uma opção, minha querida. Pode administrar as meninas, ou se tornar uma delas.

– Tomar o lugar de Sally, você quer dizer? O que aconteceu com ela, Duke? Nunca mais a vi desde que você me tirou de lá.

– Ela continua em Nova York e está se dando muito bem na casa de pedra. E ainda está bem bonita. Extravagante demais para o meu gosto, é claro.

– Pobre Sally. Passou anos apaixonada por você. Será que você nunca soube? Imagino que sim. Mas nunca se importou. Ela é velha demais para você, não é, Duke? Mulher demais.

Ele se levantou da cadeira, agarrou Angel pelo cabelo, puxou-lhe a cabeça para trás e ficou com o rosto muito próximo ao dela.

– O que aconteceu com você, minha querida? – disse, com uma voz falsamente suave. – O que será preciso para trazer a minha pequena Angel de volta?

A raiz dos cabelos ardia, e ela sentia o coração na boca. Duke podia quebrar-lhe o pescoço num instante, se quisesse. Ela desejou que ele fizesse isso mesmo e que desse um fim a tudo aquilo. Os olhos escuros de Duke mudaram quando ele a encarou, furioso.

Franziu um pouco a testa e afrouxou a mão.

– Morta você não me serve.

Será que ele lia sua mente com tanta facilidade assim? Soltou-a com um tranco e se afastou. Atravessou o quarto e a olhou, desconfiado.

– Não me pressione, Angel. Por mais que eu goste de você, saiba que não é indispensável.

Angel pensou na menina.

– Quem é que controla as chaves agora?

Ela alisou a saia para que ele não pudesse vê-la apavorada e para que não percebesse o motivo daquela pergunta. Duke ficou perplexo, o que era muito melhor do que sádico.

– Eu.

Enfiou a mão no bolso da calça e tirou um molho de chaves.

– Acho que prefiro a posição de Sally – ela disse.

Se ela conseguisse descobrir qual era a chave da porta do quarto da menina, talvez pudesse tirá-la daquele inferno.

Duke sorriu, estava rindo dela com os olhos. Jogou as chaves na mesa.

– Da adega, da despensa, dos armários de roupa de cama e do quarto de vestir.

Abriu o colarinho da camisa e tirou uma corrente de ouro. Pendurada nela havia uma chave.

– É essa que você quer.

Continuou sorrindo, aproximou-se de novo e pôs as mãos com força em seus ombros.

– Acho que, afinal, você precisa de uma lição sim – disse, com voz macia. – Vou apresentá-la esta noite. Você vai usar um vestido azul e deixar seu glorioso cabelo solto. Será a maior sensação. Todas as meninas que tenho são lindas, mas você é algo muito raro e especial. Todos os homens da casa vão querê-la.

A pele de Angel foi ficando cada vez mais fria enquanto ele falava. Queria pular da cadeira, mas sabia que, mesmo que fizesse isso, não adiantaria nada. Era mais sensato ficar quieta e esperar.

– Ficará com as chaves a semana que vem, minha querida, mas esta semana servirá pessoalmente nossos clientes. Tenho alguns em mente que me serão muito úteis – e sorriu. – Além do mais, sempre mantive uma exclusividade muito grande com você. Precisa de um despertar para a boa vida que teve.

Quando ele se afastou, ela levantou a cabeça e viu no rosto dele que cada palavra que dizia era verdade.

Paul acordou e viu Miriam avivando as brasas e pondo mais lenha no fogo. O cobertor escorregou do peito nu quando ele se sentou de um pulo e ficou olhando espantado para ela. Estava sonhando. Só podia estar. Esfregou o rosto, olhou em volta, viu o xale dela no encosto da cadeira e uma caixa na mesa.

Ela se virou para ele e sorriu.

– Bom dia. O sol está quase nascendo.

Aquilo era real, e ele entrou em pânico.

– O que está fazendo aqui?

– Vim morar com você.

– O *quê?*

– Disse que me mudei para cá.

Paul ficou boquiaberto, como se Miriam tivesse enlouquecido. Ela foi se sentar na beira da cama, e ele puxou o cobertor para cobrir o peito.

Miriam olhou para ele e não pôde deixar de rir com o absurdo da situação. Mas era culpa dele. Se não fosse tão teimoso...

– Não tem graça nenhuma – ele disse entre dentes.

– Não tem mesmo – ela concordou, um pouco mais séria. – Eu o amo e não vou deixar que vá para as montanhas e arruíne sua vida.

Ele ficou confuso. O cabelo estava embaraçado e espetado para todos os lados, como o de um menino. Ela estendeu a mão para alisá-lo e ele recuou, assustado.

– Vá para casa, Miriam – disse, desesperado.

Ele precisava sair dali! Por acaso ela sabia o que ele sentia quando ela dizia que o amava? Se ela não saísse naquele instante, provavelmente não resistiria. Mas ela não se mexeu. Ficou ali, olhando para ele, com um sorriso paciente. Ele ouviu um ronco nos ouvidos e berrou.

– Vá para casa, já disse!

– Não – ela respondeu simplesmente –, e também não vou lhe dar suas roupas.

Ele ficou atônito.

Miriam pôs as mãos no colo e então sorriu para ele. O olhar dela provocou um calor enorme nele. Mal conseguia respirar. Aquilo era uma loucura!

– O que está inventando, Miriam Altman? O que seu pai vai dizer?

– Ele já sabe.

– Meu Deus! – ele rezou em voz alta, imaginando quando John irromperia por aquela porta com uma espingarda na mão.

– Papai passou quase a noite inteira tentando me convencer a não fazer o que estou fazendo e acabou desistindo. Se não fosse isso, teria vindo mais cedo.

O sorriso dela sinalizava malícia.

– Lembra-se do Livro de Ruth, Paul? Na Bíblia? Lembra o que ela fez? Bem, Boaz, aqui estou eu, aos seus pés. E agora, o que vai fazer?

Miriam pôs a mão em sua coxa, e Paul pulou para longe.

– Não toque em mim! – disse, com o suor brotando-lhe na testa. – Estou dizendo que quero que saia daqui agora!

– Não quer não.

– Como sabe o que quero? – ele tentou parecer zangado.

– Eu sei toda vez que olha para mim. Você me deseja.

– Não faça isso – Paul implorou.

– Paul – ela disse, muito gentilmente –, gosto demais do Michael. Ele é como um irmão mais velho para mim. Mas não estou apaixonada por ele, nunca estarei. É você que eu amo.

– Mas você não combina comigo – ele disse, angustiado.

– Não seja ridículo – ela afirmou, como se falasse com uma criança teimosa. – É claro que combino.

– Miriam...

Ela pôs a mão em seu ombro e ele prendeu a respiração.

– Sempre quis tocar em você – ela disse, com a voz suave e rouca. – Aquele dia no campo, quando você estava arando...

Ele engoliu em seco e segurou a mão dela.

Seus olhos encontraram os dele.

– E eu sempre quis que você tocasse em mim.

– Miriam – ele disse, com a voz rouca –, não sou nenhum santo.

– Eu sei disso. E acha que eu sou?

Os olhos dela brilharam com as lágrimas.

– Isso não é nada fácil, sabia? Mas sou uma mulher, Paul, e não uma criança. Sei o que quero. E quero você como meu marido. Para vivermos juntos todos os nossos dias.

Ele estava tremendo.

– Não faça isso comigo.

Paul viu uma lágrima deslizar na face dela e, não se contendo, afagou-a. Miriam pôs a mão sobre a dele e a prendeu contra o rosto por um breve tempo. A pele dele era muito macia, o cabelo, sedoso. Ele sentiu sua pulsação e exclamou:

– Miriam! Oh, Miriam! O que está fazendo comigo?

– Nada que você não queira há muito tempo. Admita.

Miriam enlaçou-lhe o pescoço e o beijou. Depois se afastou um pouco, mas ele continuou. Segurou o rosto dela com as duas mãos e a beijou, suavemente no início, depois com todo o amor acumulado que vinha sentindo havia meses.

Beijou-a com volúpia. Miriam se entregou e todos os sentidos dele ganharam vida. Ela era firme, macia e quente, e tinha um gosto delicioso.

– Eu a amo – ele sussurrou, com medo de dizer aquelas palavras em voz alta. – Estava enlouquecendo. Não podia suportar. Precisava me afastar de você.

– Eu sei – ela disse, tremendo, tocando-lhe os cabelos.

E começou a chorar.

– Eu o amo tanto, Paul. De verdade...

Ele se afastou, olhou para o rosto dela e viu que ela estava corada, transbordando de amor por ele, e chegou a pensar que seu coração explodiria. Ela era sua. Ela lhe pertencia! Mal podia acreditar.

Miriam viu a chama no olhar de Paul e tocou-lhe o rosto com ternura.

– Quero que comecemos direito. Case-se comigo primeiro, Paul. Seja meu marido. Quero compartilhar tudo com você, sem nenhuma sombra sobre nós, sem arrependimento. Se fizer amor comigo agora, sentirá vergonha amanhã. Sabe que é verdade. Não poderá encarar meu pai e minha mãe. Pensará que se aproveitou de mim – ela deu um sorriso trêmulo. – Apesar de ser o contrário.

– Pensei que podia me afastar de você – ele disse, sabendo que a levaria com ele o resto da vida, um tormento do qual nunca poderia escapar. – Acho que teremos de ir até Sacramento para encontrar um pregador.

– Não vamos, não.

Ele ficou surpreso.

Miriam corou e sorriu com timidez. Agora sim parecia a Miriam que ele conhecia, e não a jovem ousada que entrara em sua cabana no meio da noite.

– Papai disse que ele mesmo fará nosso casamento. Ele ficou remexendo no baú quando eu saí, procurando seu Livro de Orações. Achei que ele estava com pressa.

Paul não resistiu e a beijou outra vez.

– Eu não podia escapar mesmo, não é? – ele disse, rindo baixinho.

– Não – ela sorriu, satisfeita. – Michael sempre me disse que você cederia. Mas eu cansei de esperar.

Do lugar onde estava, atrás da cortina, à esquerda do palco, Angel podia ouvir os homens no cassino. O lugar era um circo, e Duke ia exibi-la no picadeiro principal.

Já tinha apresentado um *show* de dançarinas, equilibristas e acrobatas. Angel não fazia ideia de onde Duke tinha encontrado aquelas pessoas, mas ele tinha seus métodos. Com um gesto de mão, podia fazê-los e materializá-los do fogo e da fumaça.

Estava inquieta e sentiu um aperto no braço. Desde que Duke a levara para o quarto, não tinha ficado um minuto sozinha sem que um guarda a vigiasse. Não havia saída, e estava morta de medo.

Fechou os olhos e lutou contra a náusea. Talvez nem devesse. Talvez fosse melhor ir para o palco central e vomitar ali mesmo. Isso estragaria o ardor da multidão. Quase riu, mas sabia que, se fizesse isso, estaria cedendo de vez à histeria.

Ouvia a voz dele manipulando a plateia. Tinha a voz de um orador. Isso lhe tinha sido muito útil na política e depois também, quando resolvera trabalhar nos bastidores, lucrando muito mais com isso. Instigava os homens, punha-lhes fogo. Angel quase podia sentir o cheiro da excitação deles. Em poucos minutos teria de encarar aquilo. Centenas de pares de olhos fixados nela, tirando a roupa, imaginando o que desejariam fazer com ela. E Duke permitindo que as fantasias deles se tornassem realidade. Por um preço. Qualquer coisa por um preço bem alto.

"Servirá a eles por uma semana."

Angel fechou os olhos. *Meu Deus, se estiver me escutando, por favor, me mate! Varra-me da face da terra com um raio. Mande-me para a morte, para o esquecimento, me queime, me transforme num pilar de sal. Do jeito que quiser, mas faça isso. Por favor, meu Deus, me ajude, me ajude!*

– Calma, senhorinha – disse o homem, sorrindo com frieza.

Oh, Deus! Oh, Jesus, ajude-me, por favor!

– Ele já está acabando de prepará-los para você.

E, então, quando achou que seu coração ia parar de bater com o pavor que sentia, Angel ouviu.

Sarah, minha amada.

Era a mesma voz suave que tinha ouvido na cabana de Michael. A que tinha ouvido também no sonho...

Acalme-se, estou aqui.

Ela olhou em volta e só viu o guarda encarregado de vigiá-la e os artistas. Seu coração disparou loucamente, ficou toda arrepiada, como naquela estranha noite na cabana.

– Onde? *Onde?* – murmurou, freneticamente.

O guarda se virou para ela, sem entender.

– Qual é o problema?

– Você ouviu uma voz aqui?

– Com toda aquela balbúrdia da plateia? – ele riu.

Angel tremia violentamente.

– Tem certeza?

Ele apertou ainda mais o braço dela, dando-lhe um tranco violento.

– É melhor se controlar. Fingir que é maluca não vai ser nada bom para você. Duke está quase pronto para apresentá-la. Ouça aqueles homens. Parecem leões famintos, não parecem?

Angel queria resistir, mas de que adiantaria? Fechou bem os olhos novamente, procurou bloquear a multidão enlouquecida sentada diante do palco, tentou se concentrar na voz calma e assustadora que falava dentro da cabeça dela, que a chamava pelo nome que só ouvira uma vez, em um sonho, desde a morte da mãe.

O que quer que eu faça? Diga-me. Oh, Deus! Diga-me o que quer que eu faça.

A minha vontade.

Ela se desesperou. Não sabia o que era aquilo.

– Esse é o seu sinal – disse o guarda. – Vai até lá sozinha?

Mesmo se ela conseguisse fugir, para onde iria? Angel abriu os olhos e de repente aquela tremedeira por dentro parou. Não tinha explicação, mas estava tranquila. Estranhamente calma. Virou-se para o guarda com altivez.

– Se você soltar o meu braço.

Ele piscou, pego de surpresa, e a soltou. Angel se adiantou e o homem abriu a cortina para que ela pudesse passar.

Assim que ela apareceu, a plateia enlouqueceu de vez. Os homens assobiavam e gritavam. Angel manteve a cabeça erguida, olhou para frente e foi para o palco central, onde Duke sorria com malícia e prazer. Ele inclinou a cabeça com a boca bem perto de seu ouvido, para que ela pudesse ouvi-lo apesar de todo o barulho da plateia.

– Está sentindo o poder, Angel? Pode dividi-lo comigo. Podemos botar todos eles de joelhos!

Então a deixou sozinha, no centro do palco.

O barulho era ensurdecedor. Estavam todos loucos? Queria fugir e se esconder. Queria morrer.

Olhe para eles.

Ela se esforçou para exibir a antiga arrogância e o desdém, varrendo a plateia com o olhar.

Olhe bem nos olhos deles, Sarah.

Ela olhou, primeiro para os homens que estavam mais perto do palco, depois para os outros. Eram jovens. Tinham um vazio perdido no olhar. Ela reconheceu aquele olhar. Desilusão, sonhos desfeitos, rebeldia. Tinha sentido aquela mesma solidão e desespero que via refletidos à sua volta. Olhou para os homens de pé perto das mesas de jogos. Olhou para os que estavam enfileirados no bar de mogno, segurando copos de uísque. Seria imaginação dela, ou o vozerio estava diminuindo?

– Cante alguma coisa! – gritou um homem no fundo do salão.

Outros gritaram concordando. Sua cabeça estava vazia, exceto por uma canção, nada apropriada, completamente fora de contexto.

– Cante, Angel!

A barulheira cresceu de novo, como uma onda, e o pianista batucou uma canção vulgar que os homens reconheceram. Alguns começaram a cantar e a rir com abandono.

Cante, minha amada.

Ela fechou os olhos para se isolar dos homens e cantou. Não a música que eles entoavam, mas outra. Uma canção muito antiga. E, cantando, transportou--se para o poço, com Michael e Miriam debruçados, cantando dentro das paredes, envolvida pela música e pela harmonia. Quase podia ouvir a risada de Miriam. "Mais alto, sua boba. Do que tem medo? Você sabe cantar. É claro que sabe."

Depois ecoou a voz de Michael. "Mais alto, Tirzah. Cante como se acreditasse."

Mas eu não acredito. Tenho medo de acreditar. Parou de repente, abriu os olhos e sua mente ficou subitamente vazia. A letra da canção se apagou. Desapareceu.

A plateia estava em silêncio, todos os homens olhavam para ela, ali sozinha no palco vazio. Sentiu a ardência das lágrimas nos olhos. *Oh, Deus! Faça-me acreditar!*

Alguém começou a cantar por ela, de onde havia parado. Era uma voz profunda e melodiosa, tão parecida com a de Michael que sentiu o coração dar um pulo no peito. Procurou aquela voz na multidão e viu um homem alto e grisalho, de terno escuro, perto do bar.

Com a mesma rapidez que tinha desaparecido, a letra da canção voltou e ela cantou com ele. Avançando lentamente por entre os homens, ele parou logo embaixo do palco e sorriu. Ela retribuiu o sorriso. Então olhou em volta novamente e viu que estavam todos calados, atônitos. Alguns não conseguiam encará-la, desviavam o olhar, envergonhados.

– Por que estão todos aqui? – ela perguntou, temendo sufocar com as lágrimas reprimidas. – Por que não estão em casa, com suas mulheres e filhos, ou com suas mães e irmãs? Vocês não sabem que lugar é este? Não sabem onde estão?

As cortinas se abriram atrás dela e as dançarinas saíram correndo para o palco. O pianista começou a tocar e as jovens cantaram bem alto em volta dela, levantando as pernas em estilo cancã. Alguns homens bateram palmas e vibraram. Outros ficaram quietos, calados e envergonhados.

Angel saiu lentamente do palco. Viu Duke à sua espera, com uma expressão que jamais tinha visto. Suava na testa e o rosto estava branco de fúria. Agarrou-lhe o braço com brutalidade e puxou-a para um canto escuro.

– Por que fez aquela estupidez?

– Acho que foi por Deus – disse, espantada.

Angel sentia o júbilo e a presença de um poder tão formidável que a fazia tremer. Encarou Duke e não teve mais medo.

– *Deus?* – ele cuspiu a palavra.

Seus olhos faiscavam.

– Vou matar você. Devia ter feito isso há muito tempo.

– Você está com medo, não está? Eu sinto o cheiro. Tem medo de uma coisa que não pode ver. E sabe por quê? Porque o que Michael tem é muito mais poderoso do que você já foi ou poderá ser.

Ele levantou a mão para bater nela, mas um homem falou tranquilamente atrás dele:

– Se encostar nessa jovem, farei com que o enforquem.

Duke deu meia-volta. O homem que tinha cantado com Angel estava a poucos metros deles. Era um pouco mais baixo do que Duke e bem mais magro, mas tinha alguma coisa que lhe dava uma aura de força e autoridade. Angel olhou para Duke, para ver se ele sentia aquilo também, e teve a confirmação. O coração dela bateu descompassado.

– Quer sair daqui, senhorita? – perguntou o desconhecido.

– Quero, quero sim.

Angel não questionou para onde iam nem suas intenções. Bastava que tivesse uma rota de fuga, e a ela se agarraria com unhas e dentes. Esperava que Duke enfrentasse o homem por causa daquela interferência, mas ele ficou lá, parado, calado e muito pálido, rangendo os dentes. Quem era aquele homem?

Ela descobriria mais tarde. Já ia andando para perto dele, mas parou. Não podia ir embora ainda. Virou-se para Duke.

– Dê-me a chave, Duke.

Os dois homens a olharam, um sem entender, o outro lívido de raiva. E com algo mais: com medo.

– A chave – disse outra vez, e estendeu a mão.

Duke não se mexeu, então Angel rasgou a camisa dele, pegou a corrente e a arrancou. Chocado, o suor escorria-lhe pelas têmporas. Angel olhou bem nos olhos dele.

– Você não vai ficar com ela – disse, segurando a chave com o punho cerrado, bem embaixo de seu nariz. – Queime no inferno, Duke.

E olhou para o cavalheiro ali parado, em silêncio, observando os dois.

– Espere por mim, por favor.

– Não vou a lugar algum sem a senhora – disse o homem calmamente.

Angel subiu a escada correndo, foi ao quarto ao lado do dela e destrancou a porta. A menina deitada na cama acordou imediatamente e se sentou, com os olhos azuis arregalados de medo. Afastou-se e o vestido rosa se enrugou em volta dos joelhos. O cabelo louro estava enfeitado com fitas de cetim rosa.

Angel mordeu o lábio. Era como se ver num espelho dez anos antes. Mas não podia ficar ali parada, afundando na dor. Precisava tirar aquela criança dali. Já. Então se adiantou rapidamente.

– Está tudo bem, querida. Sou Angel, e você vem comigo – disse, estendendo-lhe a mão. – Agora – e inclinou-se sobre a cama, pegando a mão da menina. – Não temos muito tempo.

No corredor, Angel viu Cherry boquiaberta, espantada e cheia de esperança.

– Venha conosco – disse Angel. – Não precisa ficar aqui, mas tem de vir agora.

– Duke...

– Venha agora, senão vai passar o resto da vida num lugar como este. Ou pior.

– Deixe-me pegar minhas coisas...

– Esqueça tudo isso. Apenas saia. Não olhe para trás.

Angel seguiu às pressas pelo corredor. Cherry ficou um instante sem saber o que fazer, mas depois correu atrás dela. As três desceram a escada juntas e o desconhecido estava lá para acompanhá-las. Não havia sinal de Duke. Quando o cavalheiro viu as duas meninas com Angel, ficou possesso.

– Não vou sem elas – disse Angel.

– É claro que não.

Angel apontou com a cabeça para a porta do palco.

– Podemos sair por ali.

– Não. Vamos atravessar o palco e sair pela porta da frente.

– O quê? – exclamou Angel.

Ele era louco?

– Não podemos fazer isso!

– Vamos. Andem logo – ele estava lívido. – Vamos expor o demônio que esse homem é.

A menininha chorava, agarrada à saia de cetim azul de Angel, e Cherry também ficou bem perto das duas.

– Vamos, eu carrego a menina – disse o cavalheiro, mas, quando estendeu a mão, a menina tentou desesperadamente se esconder atrás de Angel.

– Ela não vai deixar que a toque – disse Angel, ajoelhada e abraçada com a menina. – Segure firme, querida, vou levá-la no colo.

Olhou para o desconhecido e disse com firmeza:

– Não vamos deixar ninguém machucá-la. Duke não vai nos impedir.

A menina prendeu as pernas na cintura de Angel, que se ergueu com ela. Os bracinhos finos se penduraram no pescoço dela.

– Seria mais seguro sairmos pela outra porta. – Angel disse.

– Por aqui é melhor.

E abriu a cortina.

– Há dezenas de homens aí que podem nos impedir.

– Não há um homem neste lugar que ousaria tocar em mim.

– Quem pensa que é? Deus?

– Não, madame. Apenas Jonathan Axle, dono de um dos maiores bancos de San Francisco. Agora vamos?

Ele não lhe dava nenhuma opção. Angel abraçou a menina, que tremia com mais força.

– Feche os olhos, querida. Vamos tirá-la daqui.

Ou morrer tentando.

Cherry ficou bem junto dela e Jonathan Axle levou as três para o palco central. A música parou de repente e as dançarinas também, confusas. Angel olhou em volta e viu a expressão de choque dos homens. Duke não estava em lugar nenhum. Nem o homem que lhe servira de guarda.

– Vamos – disse Axle baixinho, apoiando o braço dela com gentileza e firmeza.

403

Angel desceu os degraus até o meio do salão. Os homens abriram caminho.

Muitos clientes arregalavam os olhos para Cherry, vestida e maquiada como uma mulher da vida, apesar de obviamente ainda ser uma criança. Os homens recuaram para abrir caminho diante dela. O choro assustado da menininha cortava o silêncio.

Alguns começaram a comentar, com vozes baixas, atônitos. Angel escutou algumas observações enquanto passava por eles.

– Por que ele mantinha uma criança tão pequena assim, num lugar como este?

Angel parou e olhou para o homem.

– Não imagina por quê? – disse baixinho, arrasada de pena.

O homem ficou horrorizado quando compreendeu.

O vozerio cresceu como um vagalhão atrás dela e Angel sentiu a violência das vozes. Os homens queriam sangue, mas não era o dela. Chegando à rua, soltou a respiração, que nem sabia que estava prendendo.

– Por aqui – disse Axle. – Sinto muito, mas não tenho carruagem. São alguns quarteirões. Acha que consegue?

Angel fez que sim e encaixou a menina do outro lado. Foi seguindo o homem em silêncio, a certa distância, e então perguntou:

– Para onde está nos levando?

– Para a minha casa.

Ela semicerrou os olhos, desconfiada.

– Para quê?

– Para minha mulher e minha filha cuidarem de vocês enquanto vejo o que posso fazer com aquele lugar. Devia ser queimado, com aquele diabo dentro.

Angel ficou constrangida com a desconfiança que manifestou, mas não conhecia nada além da aparente simpatia daquele homem. O fato de ser um banqueiro não significava que tinha boas intenções. Tinha conhecido outros banqueiros.

O peso da menina parecia aumentar a cada passo que dava. Os músculos doíam, mas continuou andando. Cherry ficava olhando para trás, preocupada.

– Acha que ele virá atrás de nós?

– Não – disse Angel, e perguntou para Axle:

– Por que me ajudou daquele jeito? Nem me conhece.

– Foi a música que você cantou. Deus não podia deixar mais claro que eu precisava tirá-la dali.

Angel se surpreendeu. Ficou calada um tempo, mas não parava de pensar.

– Sr. Axle, preciso dizer uma coisa.

– O que é?

– Não acredito em Deus – Angel sentiu uma dor aguda quando disse isso.

Não acredita?

A pergunta veio de dentro dela. Tinha pedido ajuda de Deus quando estava apavorada, e ali estava ela. Depois aquela voz... Será que tinha imaginado? O que Axle disse foi eco da confusão que ela sentia.

– Não? Você foi muito convincente quando cantou lá.

– Eu estava morta de medo e foi a única canção que consegui lembrar.

Ele sorriu.

– Tem alguma coisa aí.

– Não acredito num homenzinho velho, todo enrugado, de barba longa e branca, sentado num trono, cuidando de mim.

Ele riu.

– Eu também não. Acredito em algo muito maior do que isso. E vou lhe dizer mais uma coisa – ele deu um sorriso gentil –, o fato de não acreditar em Deus não significa que o poder dele não está atuando em você.

Angel ficou sem fala, envergonhada. Tinha tentado de tudo para escapar de Duke e nada havia dado certo. Então, naquela noite, um simples hino que Michael lhe ensinara tinha resolvido. Como? Não fazia sentido. Aquela voz dissera "A minha vontade", mas tudo o que ela realmente fez foi a única coisa que lhe veio à cabeça. E aquele homem havia aparecido do nada.

Ela se lembrou das palavras que Michael tinha lido. "Ainda que eu ande pelo vale das sombras da morte, não temerei mal algum, porque tu estás comigo."

Duke teve medo dela. Isso ela viu, com certeza.

De você não, Sarah. De mim.

Angel estremeceu, ficou toda arrepiada de novo quando seu coração se abriu. *Meu Deus, eu o neguei tantas vezes... Como pode me salvar agora?*

Apesar de me negar, eu a amo com um amor eterno.

O que aconteceu lá? Nem eu mesma sei. Como foi que escapamos? Oh, Jesus, eu não entendo! Simplesmente não entendo como fez isso.

Começou a garoar, e o pesado nevoeiro da baía ocupava os espaços. Cherry se agarrou mais a Angel no caminho.

– Estou com frio – ela sussurrou.

– Falta muito, sr. Axle? – Angel perguntou com a voz trêmula, mas não de frio.

– No alto dessa ladeira.

E viu uma casa grande diante deles. Ele era mesmo rico. Agora a chuva tinha engrossado e a ideia de ter um abrigo a fez continuar. Lampiões ardiam nas janelas. Pensou ter visto uma mulher espiando atrás de uma cortina. Jonathan Axle abriu o portão. A porta se abriu antes de que o grupo chegasse, e uma mulher alta e magra apareceu, com o cabelo todo preso para trás. Não dava para Angel ver seu rosto, mas ficou desconsolada. O que aquela senhora pensaria do marido, vendo-o levar para casa três prostitutas, mesmo sendo duas tão jovens?

– Entrem, senão ficarão doentes – disse a mulher.

Ela estava visivelmente nervosa. Angel não sabia se ela falava com Jonathan Axle ou com os quatro, e ficou parada, sem saber o que fazer.

– Entrem, entrem – disse a mulher, fazendo sinal para ela.

Jonathan pôs a mão no braço de Angel.

– Não precisa ter medo dela – disse, achando graça. – Ela só late.

Angel tomou coragem e seguiu até a porta. Talvez a senhora deixasse que elas se secassem antes de jogá-las na rua.

Ela entrou, e Cherry a acompanhou logo em seguida. Olhou em volta antes de encarar a mulher e foi uma surpresa ver que ela era jovem e atraente, apesar do coque sem graça e do vestido escuro.

– A lareira está acesa, por aqui – disse, e levou-as para uma sala com mobília simples, mas confortável.

– Sentem-se, por favor.

Angel se sentou. Olhou para a mulher e viu que ela a examinava sem esconder a curiosidade. Examinou as três, da cabeça aos pés.

– Está tudo bem – disse Angel, alisando as costas da menininha, que tremia.

Será que estava mesmo?

A menina relaxou nos braços dela, chegou para trás e Angel pôde olhar em volta. Cherry estava sentada no sofá ao seu lado, com as costas bem retas, muito pálida e assustada. A jovem mulher olhava para Jonathan Axle, pedindo uma explicação. Se estava chocada, não demonstrou.

– Pai, o que aconteceu?

– Minha filha, Susanna – disse Jonathan Axle.

A mulher meneou a cabeça e deu um sorriso tímido, confuso.

– Não sei o nome de vocês – ele se desculpou.

– Meu nome é Angel. Esta é Cherry e... – Angel lembrou de repente que não sabia o nome da garotinha. – Querida – disse suavemente, levantando-lhe o queixo –, como se chama?

Os lábios da menina tremeram, ela murmurou alguma coisa e escondeu novamente o rosto no ombro de Angel.

– Faith – disse Angel. – O nome dela é Faith.

– Precisamos de cobertores, Susanna. Quer cuidar disso enquanto vou falar com sua mãe?

– Mamãe está na cozinha, esquentando o seu jantar – disse sorrindo, e saiu apressada.

– Deem-me licença um instante – disse Jonathan, antes de deixá-las sozinhas. Cherry curvou os ombros e começou a chorar assim que ele saiu.

– Estou com medo. Duke vai me matar.

– Duke nunca mais vai encostar em você – disse Angel, pegando em sua mão. – Estamos todas com medo, mas acho que podemos confiar nessa gente.

Precisavam confiar. Não tinham escolha.

Jonathan voltou com uma mulher pequena de olhos muito azuis. Seu nome era Priscilla. Angel notou a semelhança entre mãe e filha. Priscilla assumiu rapidamente o controle da situação.

– A primeira coisa que temos de fazer é tirar essas roupas molhadas – disse, e levou as meninas para o segundo andar. – Depois vocês descem para a cozinha para comer alguma coisa conosco.

Abriu a porta da direita no corredor e mostrou-lhes um quarto espaçoso.

– Vocês duas, mais jovens, dividirão este quarto – disse. – E Angel pode ficar no quarto da Susanna, que fica bem aqui em frente.

Angel imaginou o que Susanna acharia disso.

Priscilla pegou roupas secas para todas elas e Angel ficou ainda mais surpresa. Será que havia um guarda-roupa com peças de todos os tamanhos ou havia outras filhas que ainda não tinham visto? Os vestidos eram de lã, simples e confortáveis. Angel juntou as roupas que Cherry, Faith e ela tinham tirado e as botou no balde, perto da lareira.

Susanna ficou esperando para levá-las para baixo, até a cozinha, onde Priscilla serviu bifes, sopa de legumes e biscoitos. Jonathan comeu com elas. Angel recusou o café e preferiu um copo de leite. Faith caía de sono ao lado dela. Cherry tinha manchas de lápis preto sob os olhos. Estava abatida, mas parecia menos amedrontada.

Priscilla pôs a mão suavemente no ombro de Cherry e encostou o rosto no da menina.

– Venha, filha, você está caindo de sono – disse, estendendo a mão para Faith, que surpreendentemente aceitou.

Foi um alívio enorme para Angel.

Susanna tirou a mesa.

– Por que não vão para a sala de estar, pai? Só não falem de nada importante até eu chegar.

– Sim, querida – disse Jonathan, fingindo submissão.

Piscou para Angel e se levantou.

– É melhor fazermos o que ela disse.

Angel se sentou perto do fogo, nervosa e preocupada. O que aconteceria com elas no dia seguinte? Jonathan foi até uma pequena mesa num canto, serviu-se de uma bebida e olhou para ela.

– Quer um pouco de cidra?

– Não, obrigada.

Ele sorriu e botou a garrafa na mesa. Sentou-se numa poltrona confortável, de frente para ela.

– Estão seguras aqui.

– Eu sei. Mas por quanto tempo? – perguntou, espantando-se com a própria ousadia.

– Ninguém vai botá-las para fora, Angel. Podem ficar conosco o tempo que quiserem.

Angel mal acreditou. Sentiu vontade de chorar, mordeu o lábio, mas não conseguiu falar. Ele sorriu.

– São muito bem-vindas – ele disse.

Angel encostou a cabeça nas costas do sofá e procurou controlar suas emoções.

– Fico pensando no que ele vai fazer – disse, refletindo em voz alta.

Jonathan não precisou perguntar de quem ela estava falando.

– Se ele continuou dentro daquele prédio depois que saímos, deve estar pendurado em algum poste a essa altura. Infelizmente acho que não é tão burro assim.

– Não. Duke pode ser tudo, menos burro – ela suspirou. – Vocês estão sendo muito bondosos conosco. Obrigada.

– Tive fome e me deram de comer; tive sede e me deram de beber; não me conheciam e me convidaram para entrar; estava nu e me vestiram; estava doente e ficaram comigo; estava preso e me procuraram – ele citou. – Conhece isso?

Michael tinha lido aquelas palavras para ela certa vez, logo depois de receber os Altman e ela ter perguntado por que ele fazia aquilo. As lembranças que tinha dele eram tão fortes que a impediam de falar.

Jonathan Axle percebeu o sofrimento nos olhos da jovem e quis amenizá-lo. Ela parecia não ter noção da magnitude de seus atos, da coragem necessária para agir daquela maneira.

408

– Vocês são bem-vindas para compartilhar o que temos.

Afinal, nada daquilo pertencia a ele. Ele era apenas o guardião.

Conversaram até bem tarde. Ela contou mais do que tinha contado para qualquer pessoa, até para Michael. Talvez pelo fato de que Jonathan Axle ainda fosse um desconhecido bondoso, sentia tanta liberdade de lhe falar. Só que ele não parecia nenhum desconhecido.

Angel inclinou a cabeça para trás, cansada.

– O que vou fazer agora, sr. Axle?

– Você é quem sabe – sorriu Jonathan. – Você e Deus.

Priscilla acordou quando Jonathan entrou no quarto. Ele se despiu e entrou embaixo das cobertas, puxando-a para perto. O corpo dela estava quente e macio, e ela pôs a mão em seu peito.

– Preciso lhe perguntar algo, Jonathan. O que estava fazendo num lugar como aquele?

Ele riu baixinho e beijou-lhe a testa.

– Não sei, meu amor.

– Mas você não bebe nem joga – disse. – O que deu em você?

– Foi um dia estranho, Priss. Alguma coisa ficou me incomodando a partir do meio-dia. Não consegui descobrir o que era.

– Está tudo bem no banco?

– Muito bem. Senti vontade de caminhar um pouco. Por isso mandei avisar que chegaria tarde. Estava passando por aquele lugar e ouvi aquele demônio fazendo um discurso. O lugar era tão barulhento que entrei para ouvir o que ele dizia.

– Mas por quê? Você odeia aquele homem.

– Não sei por quê. Foi um impulso, alguma coisa me empurrou lá para dentro. Ele estava apresentando Angel. Foi obsceno. Não exatamente as palavras que usou. Mas o jeito dele, as insinuações. Não sei explicar. Tive a sensação de estar num templo pagão e de que ele era um sacerdote apresentando a nova prostituta do templo.

– Por que não foi embora?

– Pensei nisso, mas toda vez que pensava em sair alguma coisa me dizia para esperar. E então Angel apareceu.

– Ela é muito linda – disse Priscilla.

– Não foi a beleza dela que me prendeu ali, meu amor. Ela era tão jovem, foi até o centro do palco com tanta dignidade... Você nem pode imaginar, Priss. Aqueles homens pareciam todos os cães do inferno, rosnando para ela. E então ela cantou. Cantou tão baixo no início que ninguém ouviu direito. Depois o barulho diminuiu até se fazer silêncio e ficar só a voz dela.

Ele sentiu um nó na garganta e lágrimas brotaram-lhe dos olhos.

– Ela cantou "Rock of Ages".

32

> *Deus opera de modo misterioso*
> *para realizar maravilhas...*
> — WILLIAM COWPER

No jantar, Miriam notou o mau humor de Paul. Ele mal havia tocado no ensopado e o café havia esfriado na caneca. Nem precisou perguntar o que estava acontecendo.

— Foi visitar o Michael?

— Fui – disse Paul friamente, empurrando o prato e franzindo a testa. – Não entendo mais o Michael. Não o entendo mesmo.

Miriam esperou, achando que ele diria mais alguma coisa, que explicaria melhor. Paul estava com raiva e frustrado, mas não era só isso, algo profundo e invisível o incomodava e o envenenava, como um câncer na alma.

Enfim ele falou, entre dentes cerrados:

— Quando é que ele vai desistir? Fico arrasado de vê-lo de joelhos por causa daquela mulher – e deu um suspiro ruidoso. – Miriam, tive vontade de bater nele – disse, cerrando o punho. – Quis sacudi-lo. Ele estava rezando quando cheguei lá. De joelhos, no celeiro, rezando por ela.

Miriam não entendia aquela animosidade toda.

— Mas por que ele não deveria rezar por ela, Paul? Ela é mulher dele e ele ainda a ama.

Ele fechou a cara.

– Mulher? Não vê o que ela fez com ele?

– Ela me disse que ia embora porque achava que era melhor para ele.

Ele passou a mão no cabelo, aflito.

– Acredita nisso? Você não a conheceu, não de verdade. Era fria como gelo. Uma prostituta de Pair-a-Dice. Nunca sentiu nada por Michael, ele simplesmente lhe era conveniente. Mas nunca o amou, pois ela não tem coração. Não seja boba!

Os olhos de Miriam se encheram de lágrimas com esse ataque. Tinha visto seu pai zangado muitas vezes, mas nunca descarregava a raiva em seus entes queridos. Teve de responder:

– Você é que nunca a conheceu, Paul. Nunca sequer tentou...

– Não me venha defendê-la! Eu a conheci sim – ele disse asperamente. – Eu a conheci melhor do que você, melhor do que Michael. Vocês dois só viram o que ela quis que vissem. Eu vi o que ela realmente era.

Miriam levantou a cabeça. Não ficaria ali calada, ouvindo sua amiga ser difamada.

– Você viu Amanda como uma criatura vil que não merecia um pingo de sua cortesia.

Ele ficou lívido.

– Está me repreendendo por não ter sucumbido ao feitiço dela como o resto de vocês? Em minha própria casa?

Miriam ficou boquiaberta. Foi como se Paul tivesse lhe enfiado uma espada no coração.

– Então agora a casa é só sua, apesar de estarmos casados? – ela disse, com a voz entrecortada. – Sou apenas uma visita, até você resolver me expulsar. Deus me livre de cometer qualquer erro, de não ser perfeita.

Paul lamentou o que disse antes mesmo de Miriam começar a falar.

– Miriam, eu não. .

A raiva que ela sentia aumentava rapidamente.

– Imagino que não tenho o direito de ter pensamentos e crenças próprios, se forem diferentes dos seus. É isso, Paul? – ela se levantou e apontou para a porta. – Se eu quiser dizer o que penso, terei de ir lá para fora para fazer isso. Melhor ainda, você vai querer que eu esteja fora de sua propriedade?

A culpa matou o remorso dele. O que Miriam dizia era um golpe na consciência de Paul e ele atacou de novo, para se defender.

– Você sabe que não foi isso que eu quis dizer!

Ela começou a chorar e ele se derreteu.

– Miriam, não... – gemeu.

– Não sei mais o que quer dizer, Paul. Você está tomado pela amargura. Carrega seu ódio por aí feito uma bandeira que acena o tempo todo. Não me conta o que Amanda lhe fez para odiá-la tanto, então só me resta pensar se você não tomou parte nisso!

Paul sentiu o calor subindo pelo rosto, e a raiva crescendo também. Já ia se defender, mas Miriam não tinha terminado.

– Eu nunca teria vindo atrás de você como vim se não fosse a Amanda.

– Do que está falando?

Ela abaixou o tom de voz.

– Eu não teria tido coragem.

Miriam viu que Paul não estava entendendo e não sabia como lhe explicar. Tinha a garganta apertada, só queria se sentar e cobrir o rosto com as mãos. Mesmo se conseguisse contar, ele não entenderia. Paul estava surdo para qualquer coisa que demonstrasse a bondade de Amanda.

O rosto dela começou a se enrugar como o de uma criança ferida, e Paul sentiu um aperto no peito.

– Eu amo você – ele disse, com a voz rouca. – Miriam, eu amo você.

– Mas não age como se me amasse.

– Angel ficou entre mim e Michael. Não deixe que ela fique entre nós também.

– Foi você quem a pôs nesse lugar!

– Não, não é verdade – ele afirmou. – Não entende o que ela faz?

Ele queria implorar para que ela o escutasse. Não suportava seu olhar.

– Ela destruiu Michael – ele continuou, com a voz falha.

– Michael está mais forte do que nunca agora.

– É por isso que está de joelhos?

– Ele luta por ela do único jeito que pode.

– Miriam, ela enfiou as garras nele e depois o fez em pedaços.

– Você é mesmo tão cego assim? Foi Michael quem desbaratou as defesas dela. Ela o ama!

– Se isso fosse verdade, ela não teria ficado? Nada poderia fazê-la ir embora. Mas ela não ficou, não é? Ela o abandonou com a maior facilidade – ele disse, e estalou os dedos. – E está querendo me convencer de que ela tem coração?

Miriam se sentou pesadamente e olhou para o rosto amargurado do marido. Realmente achava que o salvaria sozinha? Que arrogância! Ele estava mais distante dela agora do que se tivesse voltado para as montanhas à procura de ouro. Ela só sabia o que sentia.

– Eu também a amo, Paul, como a uma irmã. Seja o que for que você pense dela, eu a conheço e rezarei todos os dias de minha vida para que ela volte.

Paul saiu de casa e bateu a porta.

Angel estava deitada na cama, olhando para o teto. Sabia que tinha feito a coisa certa, mas às vezes a saudade de Michael ficava tão forte que chegava a doer. Será que ele estava bem? Será que estava feliz? Certamente já devia ter desistido dela. Devia ter entendido que eles nunca deveriam ter ficado juntos. Ela sabia que ele não a perdoaria nunca, mas prosseguiria com a vida, ficaria com Miriam e poderia ter filhos.

Não devia pensar nisso, para não afundar em autopiedade. Tinha acabado, terminado, aquilo era passado. Tinha de seguir em frente. Fechou os olhos e abafou o sofrimento. Levantou-se da cama e vestiu-se, pensando nas coisas maravilhosas que tinham acontecido.

Cherry estava morando com um casal que era dono de uma padaria. Estava feliz e se adaptando à nova vida. A pequena Faith tinha sido adotada por uma família batista e agora vivia em Monterey, com seus novos irmãos e irmãs. E estava aprendendo a ler e a escrever, porque tinha lhes enviado cartas.

Por mais que Angel gostasse de viver com os Axle, sabia que não podia ficar com eles para sempre. A família já tinha sido boa demais para ela, dando-lhe abrigo, proteção e amizade. Providenciaram-lhe até um novo guarda-roupa, deixando que escolhesse o que queria. Angel preferiu roupas simples de lã, nas cores cinza-claro e marrom.

Foi Susanna quem insistiu em lhe dar aulas. Angel ficava aflita para aprender o que Susanna lhe explicava, e a nova amiga insistia.

– Você tem agilidade mental e vai acabar entendendo. Não exija demais de si mesma em tão pouco tempo.

As aulas eram difíceis, e Angel ficava imaginando se valeria a pena todo aquele esforço.

Pensou em voltar a trabalhar para Virgil, mas logo desistiu da ideia. Por algum motivo sabia que não era aquilo que devia fazer. O que era, então?

Susanna levava Angel quando saía para fazer compras para a família. Andavam pelos mercados e compravam carne, legumes, verduras, pão e material de limpeza. Angel aprendeu a pechinchar. Não era muito diferente de vender panelas para os mineiros. Sabia blefar, fingir indiferença, e costumava conseguir o que Susanna queria por um preço baixíssimo.

– Só de olharem para seus olhos azul-claros, eles entregam as mercadorias praticamente de graça. Eles se desdobram para servi-la – disse Susanna, dando risada. – E imagine só, receber um pedido de casamento no mercado!

– Não foi um pedido, Susanna. Foi uma proposta. É bem diferente.

– Ora, não seja tão implacável. Você não a aceitou, e foi muito educada, devo dizer.

Quem sabe os homens não a notassem se ela vestisse roupas de saco de aniagem. Mas, mesmo de cinza-claro, chamava atenção quando passava. Poucos a importunavam, mas ela acreditava que era porque Susanna Axle estava a seu lado, e não em razão de sua nova condição. Os Axle eram muito conhecidos e respeitados na comunidade. O que poderia acontecer se saísse de baixo da asa protetora deles? Ao primeiro sinal de dificuldade, fraquejaria novamente? Essa simples ideia a fazia engolir o orgulho e aceitar de bom grado a ajuda de seus amigos.

Angel começou até a frequentar a igreja com eles, sentindo-se isolada, mas protegida, com Jonathan e Priscilla de um lado e Susanna do outro. Sorvia as palavras de salvação e redenção, embora achasse que não tinha direito a elas. Tinha sede daqueles ensinamentos tal qual um gamo à procura da água da vida, e, enquanto os ouvia, lembrava-se do sonho que tivera no bordel de Duke, na Praça Portsmouth.

Oh, meu Deus! Era o Senhor que falava comigo, não era? Era o Senhor. E aquela noite na cabana, tanto tempo atrás, quando senti aquela fragrância maravilhosa e pensei ter ouvido alguém falar comigo, também era o Senhor.

Tudo o que Michael lhe tinha dito, tudo o que ele tinha feito, agora fazia sentido. Ele vivia em Cristo para ela poder entender.

Oh, Senhor! Como pude ser tão cega? Por que não lhe dei ouvidos? Por que precisei de tanto sofrimento para ver que o Senhor estava lá comigo, o tempo todo?

Todo domingo, depois do sermão, o pastor chamava quem quisesse receber Cristo como seu Salvador e Senhor. E toda vez que ele dava a oportunidade aos que queriam se apresentar, Angel sentia os nervos tensos.

A voz calma a chamava com ternura.

Venha a mim, minha amada. Levante-se e venha a mim.

E então ela sentia todo o corpo quente. Aquele era o amor pelo qual tinha esperado a vida inteira. Mas não podia se mexer. *Oh, Michael! Se estivesse aqui comigo hoje... Se ao menos estivesse aqui para ir comigo, talvez eu tivesse coragem.*

Todos os domingos ela fechava os olhos e tentava criar coragem para atender ao chamado... E todos os domingos fracassava. Ficava tremendo, sentada, sabendo que não era digna, que, depois de tudo o que havia dito contra Deus, não teria o direito de ser sua filha.

No quarto domingo, Susanna chegou bem perto e sussurrou:

– Você quer ir, não quer? Está querendo há semanas.

Com vontade de chorar, sem voz, Angel fez que sim, abaixou a cabeça e apertou os lábios. Sentia medo, tanto medo que chegava a tremer. Que direito tinha de se apresentar a Deus e de receber misericórdia? Que direito tinha?

– Eu vou com você – disse Susanna, segurando a mão dela com firmeza.

Foi a mais longa caminhada que Angel fez na vida, para encarar o pastor que aguardava no fim da nave da igreja, sorrindo, com os olhos brilhando. Pensou em Michael e sentiu uma pontada de angústia. *Oh, Michael! Queria que estivesse aqui comigo agora. Queria que estivesse aqui para ver isso. Será que um dia vai saber que foi você quem acendeu a chama e iluminou minha escuridão?* O coração dela se encheu de gratidão. *Meu Deus, ele o ama muito.*

Angel não chorou. Tinha anos de prática para controlar as emoções e não cederia agora, diante de toda aquela gente, nem mesmo com Susanna Axle ao seu lado. Sentia sobre ela os olhares de todos na igreja, observando cada movimento seu, prestando atenção em qualquer mudança em seu tom de voz. Não podia errar.

– Crê que Jesus é o Cristo, o Filho do Deus vivo? – perguntou o pastor.

Creio – ela respondeu com muita dignidade e fechou os olhos por um instante.

Oh, Deus! Perdoe minha descrença. Torne minha fé maior do que uma semente de mostarda, Jesus. Faça-a crescer. Por favor.

– E entrega sua vida a Jesus agora, diante dessas testemunhas? Se é sua vontade, atesta dizendo que sim?

Palavras para uma cerimônia de casamento. Ela deu um sorriso triste. Com Michael tinha dito "por que não", em vez de "sim". Tinha chegado ao fim de suas forças e não teve escolha. Sentia isso agora. Tinha chegado ao fim de suas batalhas, ao fim de sua luta para sobreviver sozinha. Precisava de Deus. Queria Deus. Ele a tirara de sua antiga vida, quando não tinha fé. E agora que sabia que ele realmente estava ali, ele lhe estendia a mão e fazia seu pedido.

Oh, Michael! Era isso que queria para mim, não era? Era isso que queria me dizer ao afirmar que um dia eu teria de escolher.

416

– Angel? – chamou o pastor, perplexo.

Todos ficaram imóveis e prenderam a respiração.

– Sim – ela respondeu, com um sorriso radiante. – Com toda certeza, digo que sim.

E então ele riu e a fez se virar de frente para a congregação, dizendo:

– Esta é Angel. Nossa nova irmã em Cristo. Recebam-na.

E todos a receberam.

Mas as coisas não podiam continuar do mesmo jeito. Lá no fundo, ela sentia isso. Não era para ela ficar naquela bolha de segurança, protegida pelos Axle. Mais cedo ou mais tarde teria de deixá-los e descobrir se era capaz de viver sozinha.

Mas primeiro tinha de saber o que ia fazer da vida.

Depois de guardar as compras na cozinha, Angel subiu para o quarto. Tirou a capa preta e a pendurou ao lado da porta. Priscilla tinha lhe dado o quarto onde Cherry e Faith haviam ficado. Era espaçoso, bem mobiliado e com uma lareira num canto. Alguém tinha acendido o fogo. Angel abriu a cortina de renda e espiou pela janela.

O nevoeiro estava chegando, lufadas de névoa passavam pela janela. Ela viu o cais e uma floresta de navios sem ninguém no porto. Um a um iam sendo desmontados e afundados para fundear o aterro.

Lembrou-se de certo dia em que espiara pela janela de um segundo andar e vira Michael lá embaixo, quando ele saía de Pair-a-Dice. Lembrou-se de ter ouvido sua voz na agonia que ela mesmo provocara com Magowan. Lembrou-se de Michael rindo e correndo atrás dela no milharal. Lembrou-se de sua compaixão, de sua revolta, de sua compreensão, de sua força. Lembrou-se de seu amor avassalador. E soube o que ele queria que ela fizesse para encontrar as respostas de que precisava. Rezar. Quase pôde ver o rosto dele dizendo isso. *Reze.*

Fechou os olhos e suspirou, cansada.

– Sei que não tenho o direito de pedir nada, Senhor, mas Michael disse que eu deveria. Então vou pedir. Jesus, se estiver me ouvindo, por favor, diga-me para onde devo ir. Não sei o que fazer. Não posso ficar aqui para sempre, vivendo à custa dessa boa gente. Não é direito. Preciso pagar minhas dívidas neste mundo. O que devo fazer, Jesus? Preciso fazer alguma coisa, senão vou enlouquecer. Eu lhe peço, Jesus, lhe imploro. O que devo fazer? Amém.

Ficou ali sentada mais de uma hora, esperando.

Não desceu nenhuma luz do céu. Nenhuma voz. Nada.

Poucos dias depois, Susanna foi ao quarto dela após o jantar.

– Esteve muito calada a semana toda, Angel. Qual é o problema? Está preocupada com seu futuro?

Angel não se surpreendeu ao ver que Susanna sabia o que a incomodava. Parecia que ela sempre previa os pensamentos e sentimentos das pessoas.

– Tenho de fazer alguma coisa – Angel disse, sinceramente. – Não posso ficar aqui, vivendo à custa de sua família o resto da vida.

– E não vai ficar.

– Já se passaram seis meses, Susanna, e até agora sei tanto quanto na noite em que cheguei aqui.

– Já rezou a respeito disso?

Angel corou.

Os olhos de Susanna brilharam, e ela riu.

– Ora, não precisa ficar assim, como se alguém a pegasse de calças curtas.

– Não fique tão satisfeita – disse Angel, secamente. – Deus não me respondeu.

Susanna sacudiu os ombros.

– Ainda não. Mas ele sempre responde, no tempo dele, não no seu. Quando chegar a hora, você vai saber o que deve fazer.

– Gostaria de ter sua fé.

– Pode pedir – Susanna sorriu de orelha a orelha.

Angel sentiu uma pontada de dor.

– Você me faz lembrar de Miriam.

– Vou considerar isso um elogio – afirmou Susanna, olhando-a com ternura. – A fé em Deus não veio fácil para mim também, por incrível que pareça – e se levantou. – Venha. Quero lhe mostrar uma coisa.

E estendeu-lhe a mão.

Foram para o quarto de Susanna, onde tinham conversado antes, muitas vezes. Susanna soltou a mão de Angel, abaixou-se e enfiou os braços embaixo da cama. Tirou de lá uma caixa e a pôs em cima da cama.

– Tenho de ficar de joelhos para pegá-la – disse, esfregando as mãos. – Preciso varrer aí embaixo um dia desses.

Enfiou uma mecha de cabelo no coque e se sentou.

– Sente-se – disse, batendo com a mão na cama.

Angel se sentou e olhou curiosa para a caixa entre as duas.

418

Susanna pôs a caixa no colo.

– Esta é minha caixa de Deus – disse. – Quando fico com a cabeça cheia de problemas, escrevo tudo o que me aflige, dobro o papel e o enfio na abertura. Quando estão dentro desta caixa, são problemas de Deus, não meus.

Angel deu risada. Susanna ficou muito séria olhando para ela e Angel parou de rir.

– Você está brincando, não está?

– Não. Falo sério. Sei que parece ridículo, mas funciona. Tenho mania de consertar tudo. Vivo preocupada. Nunca fui capaz de deixar as coisas como estão. Pode-se dizer que quero bancar Deus – ela sorriu, zombando dela mesma. – Mas toda vez que faço isso, as coisas dão errado – e bateu de leve na caixa. – Por isso tenho esta caixa.

– Uma simples caixa de chapéu – disse Angel, secamente.

– Sim, uma simples caixa de chapéu, que me lembra de ter fé em Deus e não em mim. O prêmio chega quando vejo minhas preces atendidas – ela fez um trejeito com a boca. – Acha que sou louca, não é? Mas vou lhe mostrar.

Susanna tirou a tampa da caixa e lá dentro havia dezenas de papeizinhos, bem dobrados. Mexeu neles e tirou um.

– Cherry precisa de um lar – ela leu.

O bilhete tinha uma data.

– Gosto de saber quanto tempo Deus leva para responder – Susanna riu de si mesma. – Já que essa prece foi atendida, não vou pôr o papel de volta na caixa.

Dobrou-o, botou-o na cama e tirou outro da caixa.

– Deus, dê-me paciência com papai. Se ele trouxer mais um candidato a marido para casa, sou capaz de entrar para um convento. E sabe que eu seria uma péssima freira.

Angel riu com ela.

– É melhor deixar esse dentro da caixa.

Tirou outro. Ficou um momento em silêncio, depois leu.

– Por favor, acabe com os pesadelos de Faith. Proteja-a do mal.

Esse Susanna dobrou e o colocou de volta na caixa.

– Entende o que quero dizer?

– Acho que sim – disse Angel. – E se Deus disser não?

Susanna não ficou incomodada com a possibilidade.

– Então é porque ele tem alguma outra coisa em mente, uma coisa melhor do que somos capazes de imaginar.

Susanna franziu a testa e olhou para a caixa cheia.

– Angel, nem sempre é fácil aceitar – ela fechou os olhos e soltou o ar lentamente. – Houve um tempo em que eu tinha tudo planejado para mim. Quando conheci Steven, sabia exatamente o que eu queria e o que ia fazer. Ele era bonito e vibrante. Estava estudando para ser ministro, cheio de fé e zelo – e sorriu. – Íamos para o oeste, pregar o Evangelho para os índios.

Susanna balançou a cabeça e seus olhos se encheram de tristeza.

– Ele a deixou?

– De certa forma. Ele foi assassinado. Foi tudo tão sem sentido... Ele costumava ir aos piores bairros da cidade para conversar com os homens nos bares. Dizia que eles precisavam mais de Deus do que os mais privilegiados. Que não seria pastor de homens ricos. Parece que uma noite um homem estava levando uma surra em um beco e Steven tentou impedir. Foi esfaqueado até a morte.

Ela mordeu o lábio.

– Sinto muito, Susanna – disse Angel, sentindo a dor da amiga como se fosse dela.

Susanna apertou as mãos, e as lágrimas lhe encheram os olhos e escorreram lentamente pelo rosto pálido.

– Culpei Deus. Fiquei com muita raiva. Por que Steven? Por que alguém tão bom, alguém que tinha tanto a oferecer? Fiquei zangada até com Steven. Por que fez a besteira de ir para aqueles lugares horríveis? Por que se incomodar com aquela gente? Tinham feito suas escolhas, não tinham? – e suspirou. – Tudo ficou muito confuso dentro de mim, minhas emoções entraram em conflito. Não me servia de consolo saber que Steven estava com Deus. Eu queria que estivesse comigo – e ficou calada um tempo. – E ainda quero.

Angel apertou a mão dela. Sabia o que era desejar alguém assim tão intensamente, sabendo que essa pessoa estará sempre fora de seu alcance.

– Você disse que não tinha certeza do que devia fazer daqui por diante. Bem, estamos no mesmo barco – disse Susanna, sorrindo outra vez. – Mas a resposta virá, Angel. Sei que virá.

A tampa da caixa escorregou, caiu da cama, e ela largou a mão de Angel para pegá-la. Quando se abaixou, a caixa virou e os papeizinhos caíram no chão. Angel ajoelhou-se com Susanna para recolher os bilhetes e botá-los de volta na caixa. Tantos pedacinhos de papel, tantas preces...

Susanna pegou um, se sentou sobre os calcanhares e sorriu. A palidez desapareceu de seu rosto, e a luz voltou a seus olhos. Sorrindo, ficou com o papel na mão enquanto Angel guardava todos os outros e tampava a caixa. Susanna enfiou a caixa embaixo da cama.

– Às vezes ele responde rápido – e continuou sorrindo, dando o papel para Angel. – Leia isso.

Angel pegou o bilhete e leu as palavras escritas com uma bela caligrafia: "Deus, por favor, *por favor*, preciso de uma amiga para conversar".

A data era de um dia antes da chegada de Angel com Jonathan.

Michael carregou a carroça com sacos de trigo e foi para Sacramento. Havia um moinho no caminho, onde podia moer os grãos e ensacar adequadamente para levá-los para o mercado. Tinha sido uma boa colheita. Ganharia o suficiente para comprar algumas cabeças de gado e uns dois leitões. No próximo ano teria toucinho e presunto para defumar, e carne para vender.

Passou a noite à beira de um riacho, onde Angel e ele haviam feito uma parada. Sentado ao luar, olhando para a água, pensou nela. Podia quase sentir o suave perfume de sua pele na brisa noturna. Sentiu um calor e um formigamento no corpo. Lembrou-se de seu sorriso tímido e de seu olhar espantado sempre que ele rompia suas defesas. Às vezes conseguia isso apenas com uma palavra ou com um olhar, e ficava embevecido nessas horas, como se ele, e não Deus, tivesse realizado o impossível. Michael abaixou a cabeça e chorou.

Sim, tinha aprendido que era impotente. Aprendeu que um homem consegue viver depois de uma mulher partir seu coração. Aprendeu que podia viver sem ela. *Mas, Deus, sentirei a falta dela até morrer.* Sentiria aquela dor sempre que imaginasse se ela estava bem, se estava se cuidando, se estava livre do perigo. Lembrar que Deus tomava conta dela também não lhe servia de consolo. As palavras de Angel sempre voltavam para atormentá-lo.

"Ah, eu conheço Deus. Faça alguma coisa errada e ele o esmagará como a um inseto."

Será que ela ainda acreditava nisso? Será que a fé e a certeza dele eram tão fracas que ela nem vira? Será que não tinha aprendido nada com as crueldades que sofrera e com a própria impotência diante delas? Será que ela ainda acreditava que podia controlar a própria vida?

Quando esses pensamentos torturantes ganharam força, Michael se lembrou de uma única frase das Escrituras e se agarrou a ela. "Confie no Senhor de todo coração e não se apegue à sua compreensão." O suor despontou-lhe na testa e ele cerrou os punhos. *Confie no Senhor, confie no Senhor.* Ficou repetindo sem parar, até se acalmar e a tensão se desfazer.

Então Michael rezou por Angel, não para que voltasse para ele, mas para que encontrasse Deus.

De manhã, quando seguiu viagem, jurou que, por maior que fosse a tentação, não a procuraria quando chegasse a Sacramento.

E jamais poria os pés em San Francisco.

– Angel! Angel!

Ela estremeceu quando alguém gritou seu nome. Por que sentiu aquela necessidade de ir até a praça? Devia ter ido para casa assim que se despedira de Virgil. Ele tinha mandado embora outro cozinheiro e estava tentando convencê-la a voltar a trabalhar para ele. Ela quase desejou não ter ido e renovado as esperanças dele.

Então foi andando pelas ruas, e passou por um teatro e um bar. Seu antigo território, que a assombrava. Não sabia por que estava ali. Tinha apenas saído para caminhar e pensar um pouco, para fazer planos, e foi atraída de volta para aquele lugar. Era desanimador.

E agora alguém do passado abria caminho entre as pessoas na rua e chamava seu nome. Sentiu vontade de correr sem olhar para trás.

– Angel, espere!

Ela cerrou os dentes, parou e virou-se para trás. Reconheceu a jovem imediatamente. Ao vê-la, empertigou-se no mesmo instante e usou a máscara de desprezo e calma.

– Olá, Torie – disse, inclinando um pouco o queixo.

Torie examinou-a de alto a baixo.

– Não acreditei que fosse você. Está tão *diferente* – ela parecia confusa. – Continua casada com aquele fazendeiro?

Angel sentiu a dor da saudade antes de poder controlá-la.

– Não, não estou mais casada com ele.

– Que pena. Ele era muito especial. Tinha alguma coisa nele... – e deu de ombros. – Bem, é a vida, eu acho – notou o vestido e a capa marrom de Angel e mordeu o lábio. – Não está mais trabalhando, está?

– Não. Parei há dois anos.

– Soube da Lucky?

Angel fez que sim com a cabeça. Querida, querida Lucky.

– Mai Ling morreu no incêndio também.

– Eu sei.

Angel queria acabar com aquela conversa e voltar para a casa na colina. Não queria pensar no passado. Não queria olhar para Torie e ver como tinha envelhecido. Não queria reconhecer o desespero em seus olhos.

– Bem, pelo menos Magowan teve o que merecia – disse Torie.

E olhava atentamente para a gola alta da blusa de Angel.

– Meg está morrendo de varíola – continuou. – A Duquesa a dispensou assim que descobriu. Eu via Meggie de vez em quando, dormindo em alguma porta com uma garrafa de gim na mão – e sacudiu os ombros. – Mas não a tenho visto mais.

– Continua com a Duquesa?

Torie riu.

– Nada muda. Pelo menos para algumas de nós – e deu um sorriso cínico. – Na verdade não é tão mau assim. Ela acabou de construir uma casa nova e está com um bom cozinheiro. Estou bem. Tenho até algum dinheiro guardado para o futuro.

Angel sentiu um peso no peito. Torie fingia que estava bem enquanto sangrava até morrer por dentro? A outra continuou falando, mas Angel nem ouviu o que ela dizia. Olhava para seus olhos e via coisas que não tinha percebido antes. E então voltou tudo, tudo o que tinha vivenciado desde os 8 anos. A dor, a solidão... E aquilo estava ali também, nos olhos de Torie.

– Bom, já tomei bastante seu tempo falando dos bons e velhos tempos – disse Torie, com um sorriso triste. – É melhor eu voltar para o trabalho. Mais um hoje e depois posso descansar.

Ela já ia se afastando e Angel sentiu uma coisa muito estranha. Primeiro foi um calor e depois uma explosão de energia e de segurança que nunca havia sentido antes. Esticou o braço rapidamente e fez Torie parar.

– Almoce comigo – pediu, tão animada que chegava a tremer.

– Eu? – Torie perguntou, tão surpresa quanto Angel.

– Sim, você! – disse Angel sorrindo.

Parecia que ia explodir com as ideias que se expandiam em sua cabeça. Ela sabia! Sabia o que Deus queria que fizesse. Sabia *exatamente* o que ele queria.

– Conheço um pequeno café ali na esquina.

E deu o braço para Torie.

– O nome do dono é Virgil. Vai gostar dele. E eu sei que ele vai gostar de conhecê-la.

Torie ficou atônita demais para protestar.

– Ela disse para onde ia? – Jonathan perguntou para a filha aflita.

– Não, pai. Você sabe que ela tem andado inquieta nessas últimas semanas. Hoje de manhã disse que sairia para andar um pouco. Acho que aconteceu alguma coisa com ela.

– Você não tem de achar nada – disse Priscilla. – Está se deixando dominar pelas emoções. Angel sabe se cuidar.

– Sua mãe tem razão – concordou Jonathan, mas até ele estava preocupado. Se Angel não voltasse dali a uma hora, sairia para procurá-la.

Susanna parou de andar de um lado para o outro e espiou pela janela.

– Está escurecendo. Ah! Lá está ela. Vem subindo a ladeira.

Deu meia-volta, com os olhos brilhando.

– Ela sorriu e acenou para mim!

Susanna largou a cortina de renda e marchou para o *hall* de entrada.

– Vou dizer o que eu acho de ela nos deixar assim, morrendo de preocupação!

Angel entrou em casa e abraçou Susanna antes que ela pudesse articular uma palavra de protesto.

– Oh, Susanna! Você não vai acreditar! Não vai mesmo! – Angel deu risada. – Bem, retiro o que eu disse. Você vai acreditar sim.

Tirou a capa, pendurou-a no cabide e botou a touca em cima.

Jonathan notou imediatamente algo diferente nela. Tinha o rosto radiante, exibia um sorriso de alegria.

– Eu sei o que Deus quer que eu faça da minha vida – disse, e se sentou na beira do sofá com as mãos nos joelhos, parecendo que ia explodir de felicidade.

Jonathan observou a filha se sentar lentamente perto de Angel. Parecia que estava perdendo sua melhor amiga. Bem, talvez estivesse mesmo.

– Vou precisar de sua ajuda – disse Angel para Jonathan. – Nunca conseguirei pagar o que já fizeram por mim, mas vou pedir mais uma coisa – e balançou a cabeça. – Estou indo depressa demais. Primeiro tenho de lhes contar o que aconteceu hoje.

Angel contou que encontrara Torie e almoçara com ela. Falou da depressão e do desespero das jovens prostitutas e dos muitos anos que passara sentindo isso.

– Ela podia trabalhar para Virgil se soubesse cozinhar. Mesmo assim ele aceitou que ela ficasse desde que eu trabalhe com ela nas próximas semanas. Ela é inteligente e poderá cuidar de tudo sozinha em pouco tempo.

– Não estamos entendendo nada – disse Jonathan.

A menina estava tão empolgada que não falava coisa com coisa.

424

– Torie disse que, se tivesse uma saída, largaria essa vida. Virgil perguntou se ela sabia cozinhar e ela disse que não. E então me veio a ideia, bem ali no café do Virgil. Por que não?

– Por que não o quê? – disse Susanna, exasperada. – Você não explicou nada.

– Por que não criar uma saída para ela? – disse Angel. – Ensiná-la a cozinhar, costurar, fazer chapéus, qualquer coisa que lhe servisse como uma forma de ganhar a vida. Jonathan, quero comprar uma casa para onde alguém como Torie possa ir e se sentir protegida, para ganhar seu sustento sem ter de vender o corpo para isso.

Ele ficou pensativo.

– Tenho amigos que podem ajudar. Quanto acha que vai precisar para começar?

– Tem uma casa a dois quarteirões do cais.

Ela falou o preço.

Ele arqueou as sobrancelhas. Era muito dinheiro. Olhou para Priscilla, mas ela não o socorreu. Virou-se de novo para Angel e viu que não podia negar-lhe o pedido e apagar aquele brilho de esperança e propósito que via estampado em seus olhos.

– Vamos cuidar disso amanhã de manhã.

Com os olhos brilhando, ela se curvou e deu-lhe um beijo no rosto.

– Obrigada, querido amigo.

– Meu pai tem mais amigos que podem ajudar a sustentar a casa – disse Susanna.

Jonathan viu a mudança de expressão da filha. Não via aquela animação em seu rosto desde a morte de Steven. Sentiu um aperto no peito. *Oh meu Deus!* Aquela revelação repentina lhe doeu. *Vou perdê-la, afinal, não para um jovem entusiasta que pretende levá-la para o meio do mato e converter os índios pagãos, mas para Angel e outras iguais a ela.*

Queria sua menina casada e estabelecida, com filhos. Queria que ela morasse perto para poder visitá-la sempre. Queria que ela fosse mais parecida com Priscilla e menos com ele.

Viu a filha andando de um lado para o outro, despejando planos como uma fonte. Angel dava risada e falava de suas ideias, uma cascata delas. As duas estavam tão lindas... Eram como luzes brilhando na escuridão.

Jonathan fechou os olhos. *Oh, Deus! Não foi isso que planejei.*

De qualquer modo, quando é que as coisas reais, de valor duradouro, podem ser planejadas?

> *Quando eu era menino, falava como menino, discorria como menino, raciocinava como menino, mas, quando me tornei homem, abandonei as coisas de menino.*
> – I Coríntios 13,11

Paul foi para Sacramento procurar Angel. Se queria salvar seu casamento, tinha de encontrar a bruxa e levá-la de volta. Era óbvio que Michael não iria atrás dela, e Miriam não sossegaria até que ela voltasse para casa. Ele não suportava mais vê-la sofrendo por causa de Angel. Não entendia como ela podia ver bondade naquela mulher depois de todo aquele tempo. Talvez por isso mesmo ele a amasse tanto. Miriam não tinha visto bondade nele?

Naquele momento faria qualquer coisa por ela, até sair da casa deles e ir à procura de Angel, se com isso ela se acalmasse e cuidasse da própria saúde.

Imaginou que Angel devia ter voltado para a vida fácil na comunidade próspera mais próxima. Primeiro a procurou nos bordéis, achando que com sua rara beleza seria fácil chegar até ela. Só que o nome "Angel" tinha se tornado comum entre as prostitutas. Encontrou muitas outras, mas ela não.

Depois de uma semana, Paul saiu de Sacramento e foi para o oeste, para San Francisco. Talvez Sacramento não fosse grande o bastante para Angel. Pensando que talvez pudesse estar errado sobre isso, foi parando em cada cidadezinha no caminho e perguntando por ela. Nem sinal.

Quando chegou a San Francisco, estava convencido de que a busca era inútil, não ia dar em nada. Tinha passado muito tempo desde que Angel saíra do vale. Quase três anos. Devia ter partido em algum barco para Nova York, ou para a

China. Ele não sabia se agradecia por seu fracasso ou se continuava procurando até obter alguma informação. Miriam tinha tanta certeza, estava tão convencida.

– Ela ainda está na Califórnia. Sei que está.

Alguém devia ter ouvido falar dela. Uma menina como Angel não podia simplesmente desaparecer.

Aquela situação toda o incomodava demais. E se a encontrasse? O que diria? *Queremos que você volte para o vale?* Ela saberia que ele estaria mentindo. Ele não queria que ela voltasse. Não queria vê-la nunca mais. Também não dava para imaginar que Michael a quisesse de volta depois de todo aquele tempo. Três anos. Só Deus sabia o que ela tinha feito aquele tempo todo, e com quem.

Mas Michael queria que ela voltasse. Esse era o problema. Ele ainda amava Angel. Sempre a amaria. Era teimosia, ou orgulho, que o impedia de ir atrás dela dessa vez. Ele dizia que Angel teria de decidir. Que ela deveria voltar por vontade própria. Bem, ela não ia voltar. Um ano devia ter-lhe indicado isso. Dois anos, com certeza. Ao fim do terceiro, até Miriam havia perdido a esperança de que Angel voltasse por si só. Pediu então que alguém fosse ao seu encalço.

– Quero que você vá, Paul. Tem de ser você.

Ouvindo isso, ele odiou Angel mais do que nunca.

Finalmente chegou a San Francisco. A névoa cobria a cidade e Paul foi procurá-la, desanimado. Encontrar Angel geraria mais problemas do que não encontrar. Será que ele teria de arrastá-la de volta para o vale como Michael tinha feito na primeira vez em que ela o deixara? De que adiantaria? Ela simplesmente iria embora de novo. E de novo. E de novo. Será que Miriam não era capaz de entender? Uma vez prostituta, sempre prostituta. Algumas verdades podiam ser cruas demais para uma menina tão doce e ingênua como sua esposa. Ou para um homem tão puro quanto Michael. Paul amava demais os dois, e não entendia como encontrar Angel podia ajudá-los.

Por que Miriam insistia tanto para que ele fosse encontrá-la e a levasse de volta? Ela não quis explicar. Disse que ele descobriria por conta própria. No início ele se recusou e ela ficou irritada com ele. Paul se espantou ao ver que sua mulher, que costumava ser tão sensata, podia se tornar tão obstinada e furiosa. Suas palavras eram como espadas que o cortavam em pedaços. Depois ela chorou e disse que não podia continuar daquele jeito. Quando implorou para que ele procurasse Angel, ele não aguentou e acabou cedendo.

Agora estava ali, a duzentos quilômetros de casa, com tanta saudade de Miriam que o corpo todo doía. E pensando por que cargas d'água tinha cedido. Era melhor que Angel ficasse longe.

427

Distraído com a própria revolta e de mau humor, vagou sem destino, olhando em volta sem registrar o que via. Uma jovem de cinza chamou sua atenção. Estava do outro lado da rua, olhando uma vitrine, e vê-la o fez se lembrar de Tessie. Não pensava nela havia meses, e a antiga tristeza voltou, com todo o sofrimento. A jovem inclinou o corpo para frente e a saia levantou um pouco atrás, revelando botinhas pretas bem gastas, iguais às que Tess usava.

Miriam, o que estou fazendo aqui? Quero estar em casa com você. Preciso de você. Por que me convenceu a partir nessa busca louca?

A jovem endireitou o corpo e amarrou direito a touca. Virou-se para a rua e esperou uma carroça passar para atravessar. Paul viu o rosto dela de relance e seu coração parou.

Angel!

Primeiro não acreditou que era ela. Só podia ser sua imaginação, desenhando o rosto dela sobre outro depois de todas aquelas semanas de busca. Ela atravessou a rua apressada e se afastou rapidamente. Paul pôs o chapéu para cima e ficou olhando para ela para saber se tinha visto direito. Devia estar enganado. Não podia ser ela, não vestida daquele jeito... Mas de qualquer modo a seguiu, só para dar mais uma espiada.

A jovem foi andando bem rápido, com a cabeça erguida. Os homens olhavam para ela em todo o trajeto. Alguns a cumprimentavam com a mão no chapéu quando passava. Outros assobiavam, fazendo propostas ousadas. Mas ela não parava nem falava com ninguém. Obviamente estava indo para algum lugar. Quando chegou ao centro da cidade, entrou num grande banco numa esquina.

Paul ficou esperando meia hora do lado de fora, no frio, e então ela saiu. Era mesmo Angel. Tinha certeza. Estava com um cavalheiro bem-vestido, um homem bem mais velho e mais próspero do que Michael. Paul cerrou os dentes. Ficou observando os dois conversarem por alguns minutos. Então o homem lhe deu um beijo no rosto.

Clientela de alta classe, Paul pensou com cinismo. E apesar da postura e da roupa adequada, Angel estava mais ousada do que nunca. Nenhuma mulher decente deixaria um homem beijá-la na rua. Nem no rosto.

As palavras de Miriam o perseguiam. "Você sempre julgou Amanda. De forma errada."

Ele apertou os lábios. Miriam não estava lá para ver aquela cena. Não sabia nada sobre mulheres como Angel. Ele nunca conseguira convencê-la. Miriam nunca acreditara realmente na existência de uma menina chamada Angel e no que ela fazia num bordel em Pair-a-Dice.

– Você nem está falando da mesma pessoa – Miriam havia dito.

Mas Paul sabia o que Angel era, mesmo que Miriam e Michael jamais tivessem encarado isso.

O que os dois podiam ter visto naquela vadia para amá-la com uma devoção tão sólida, tão inabalável? Ele jamais entenderia.

Seguiu Angel até um prédio simples, de compensado, não muito longe da Praça Portsmouth. Havia um cartaz na porta da frente. Teve de atravessar a rua para lê-lo. Casa de Madalena. Ali estava, para qualquer homem ver. Ele sabia o tempo todo. E agora, o que ia fazer? Mesmo se contasse para Miriam, ela não acreditaria. E convencê-la só serviria para magoá-la ainda mais.

Deprimido e revoltado, Paul ficou muito tempo andando. Era culpa de Angel ele estar naquela situação! Ela sempre fora uma destruidora, desde a primeira vez que pusera os olhos nela. Primeiro ficara entre ele e seu dinheiro, fazendo-o jogar ouro fora uma vez, na vã tentativa de passar meia hora com ela no Palácio. Depois, ficara entre Michael e ele. E agora, estava entre ele e sua mulher!

Paul passou a noite num hotel barato. Pediu o jantar no refeitório do hotel, mas não conseguiu comer. Foi para a cama, mas não conseguiu dormir. Ficava imaginando o rosto de Miriam molhado de lágrimas.

– Você nunca sequer tentou entendê-la, Paul. E não a entende agora. Às vezes fico pensando se vai entendê-la algum dia!

Eu a entendo muito bem e quero essa bruxa fora da minha vida para sempre! Queria que estivesse morta, enterrada e esquecida.

Paul teve um sono agitado e acordou bem antes de o sol nascer, resolvido a voltar para o vale. Mentiria para Miriam. Não havia outra maneira de poupá-la. Diria que a tinha procurado por toda parte e não a tinha encontrado. Ou então diria que ficara sabendo que Angel morrera com a febre, ou de varíola. Não, varíola não. Difteria. Pneumonia. Qualquer coisa, menos varíola. Podia dizer que Angel tinha ido para a costa leste e que o navio havia afundado no cabo Horn. Isso seria plausível. Mas jamais poderia contar que tinha visto Angel entrando num bordel a poucas quadras do cais.

Sentiu-se mal de ter de mentir. Arrumou suas coisas, furioso de pensar em todas as semanas que havia passado sem a doce companhia da mulher por causa de Angel. Inventaria um jeito, antes de chegar em casa, de convencer Miriam de que se tratava de uma causa perdida. Tinha de fazer isso.

A caminho da barca que o levaria para o outro lado da baía, Paul começou a ter dúvidas. Miriam ia querer saber o nome do navio. Ia querer saber com quem ele tinha conversado. Ia querer saber centenas de detalhes que ele teria de inventar. Uma grande mentira ele seria capaz de contar, mas não uma trama cheia de pequenas mentiras.

Parado no espesso nevoeiro, ele sentiu um frio por dentro. Não daria certo. Qualquer história que inventasse, Miriam saberia. Ela sempre sabia. Assim como Michael soube o que acontecera com ele e com Angel na estrada, por mais que ninguém tivesse dito nada em voz alta.

Furioso, Paul voltou para a casa de compensado. Achou que não precisava bater e entrou. Viu uma sala pequena com dois bancos e um cabide para chapéu. Mas não havia nenhum chapéu pendurado. Na verdade não havia ninguém ali a quem pudesse perguntar qualquer coisa.

Ouviu mulheres conversando. Tirou o chapéu, entrou numa grande sala de estar e ficou paralisado. Estava cheia de mulheres, a maioria jovem, todas olhando para ele. Paul ficou ruborizado.

Muitas coisas lhe vieram à cabeça ao mesmo tempo. As meninas estavam todas sentadas em cadeiras de madeira com espaldar reto. O único homem na sala era ele, e o lugar parecia mais uma sala de aula do que um bordel. Todas usavam o mesmo vestido cinza que Angel estava usando na véspera. Mas Angel não estava com elas.

Uma mulher alta que estava na frente das outras sorriu para ele. Os olhos castanhos brilhavam, achando graça de vê-lo ali.

– Está perdido, senhor? Veio mudar de vida?

As mulheres mais jovens riram.

– Eu... eu... Perdão, madame – ele gaguejou, confuso e constrangido.

Que lugar era aquele?

– Ele acha que aqui é um hotel – disse uma das meninas, vendo o saco de viagem que ele tinha nas costas.

As outras deram risada.

– Ah, aposto que ele acha que é outra coisa completamente diferente, não é, querido? – disse outra, examinando Paul de alto a baixo.

Alguém riu.

– Ele está todo vermelho! Não via um homem corar desde 1849.

– Senhoras, por favor – disse a mulher alta, fazendo-as calar.

Ela largou o giz, tirou o pó branco dos dedos compridos e se aproximou dele.

– Sou Susanna.

Estendeu a mão e ele a apertou sem pensar. Os dedos dela eram frios, o aperto de mão, firme.

– Posso ajudá-lo?

— Estou procurando uma pessoa. Angel. O nome dela é Angel. Pelo menos costumavam chamá-la assim. Pensei tê-la visto entrando aqui ontem à tarde.

— Paul?

Ele se virou rapidamente e a viu parada na porta. Parecia surpresa e consternada.

— Venha comigo, por favor — ela disse.

Ele a seguiu por um corredor e entraram num pequeno escritório. Ela se sentou atrás de uma grande mesa de carvalho, coberta de papéis e de livros. Num canto havia uma caixa de chapéu marrom, com uma abertura na tampa.

— Sente-se, por favor — disse.

Ele se sentou e examinou a sala simples. Não estava entendendo nada. Por que uma madame de bordel teria uma sala que parecia a de uma freira? Que tipo de aulas estavam sendo dadas na outra sala? Tinha visto problemas de matemática escritos no quadro, mas agora, diante de Angel novamente, nem se lembrou de perguntar. A antiga animosidade tinha voltado com toda a força.

Se não fosse por ela, ele estaria em casa com Miriam.

Angel o olhava da mesma maneira direta, mas ela estava diferente. Ele a encarou com frieza, tentando descobrir o que era. Ainda era linda, incrivelmente linda... Mas isso ela sempre fora: linda, fria e dura feito uma pedra.

Ele franziu a testa. Era isso. Aquela dureza. Tinha desaparecido. Agora havia suavidade nela. Nos olhos azuis, no sorriso discreto, na postura tranquila.

Ela está serena.

Paul se espantou com a ideia e a deixou de lado. *Não, não é serenidade. Ela não sente absolutamente nada. Nunca sentiu.* Ele se lembrou daquele dia na estrada. Não conseguia exorcizá-lo. Queria dizer alguma coisa, mas não conseguia pensar em uma única palavra. Estava com raiva, ressentido, deprimido, mas lembrando sempre que não estava ali por ele. Estava ali por Miriam. Quanto mais cedo explicasse tudo, mais cedo Angel diria que não voltaria e ele poderia ir embora com a consciência tranquila.

Angel falou primeiro.

— Você está muito bem, Paul.

Ele teve uma sensação muito estranha, de que ela estava querendo deixá-lo à vontade. Por que ia querer isso?

— É. Você também — ele retrucou, com uma polidez forçada.

Mas era verdade. Mesmo de cinza, ela ficava bem. Melhor do que nunca. Angel era uma daquelas mulheres que seriam bonitas mesmo aos 60 anos. Um demônio disfarçado.

– Foi um choque vê-lo aqui – ela disse.

– É. Tenho certeza de que foi.

Ela examinou o rosto dele.

– O que veio fazer na Casa de Madalena?

Faria suspense para deixá-la preocupada.

– De quem é essa casa?

– Minha.

E não explicou mais nada. Esperou que ele dissesse alguma coisa.

– Vi você na rua ontem e a segui até aqui.

– Por que não entrou?

– Não quis interromper nada – ele disse. – Ainda usa o nome Angel?

Paul não conseguia tirar a animosidade da voz e não entendia o olhar dela, como se cada palavra que ele dizia a machucasse profundamente. Por que isso? Angel nunca sofrera com nada antes. Era mais uma encenação.

– Ainda me chamo Angel – ela disse. – Achei apropriado.

Mais uma vez a resposta direta. Sem rodeios, direto ao ponto, só que mais suave, de um jeito que ele nunca tinha visto antes.

– Você está diferente – ele disse e olhou em volta. – Esperava que tivesse um padrão mais alto do que esse.

– Mais baixo, você quer dizer.

Parecia que Angel se divertia, que não estava se defendendo.

Ele deu um sorriso debochado.

– Nada muda, não é?

Angel olhou bem para ele. Num certo sentido Paul tinha razão. Pelo menos no que dizia respeito ao ódio que sentia por ela. Não sem razão. Mesmo assim, aquilo machucava.

– É, acho que não – ela respondeu, tranquila. – É compreensível.

Ela devia muitas explicações. Parou de olhar para ele. Não conseguia parar de pensar em Michael. Tinha medo de perguntar por ele, especialmente para aquele homem que gostava tanto dele e a odiava com a mesma intensidade. O que ele estava fazendo ali?

Paul não sabia o que dizer. Percebeu que a tinha magoado. Ela suspirou e olhou para ele de novo. Ele imaginou se ela estava calma como aparentava, se alguma coisa podia afetá-la. Era uma das coisas que desprezava nela. Nenhuma flecha disparada por ele a tinha feito sangrar.

– Voltou ao vale alguma vez? – Angel perguntou.

A pergunta o pegou desprevenido.

– Eu moro lá.

– Ah – ela disse, surpresa.

– Nunca saí de lá.

Ela não reagiu ao tom de acusação.

– Miriam me disse que você planejava tentar a sorte na busca do ouro outra vez.

– Era desespero – ele disse. – Ela me convenceu a ficar.

A expressão de Angel ficou mais suave.

– É, imaginei que ela faria isso. Miriam está sempre salvando uma alma. Como é que ela está?

– Vai ter um filho neste verão.

Paul viu o rosto de Angel embranquecer e depois recuperar a cor, devagar.

– Graças a Deus.

Graças a Deus?

Ela sorriu. Mas foi um sorriso triste, melancólico. Paul nunca vira Angel sorrir daquele jeito. Gostaria de saber o que ela estava pensando.

– É uma notícia maravilhosa, Paul. Michael deve estar muito feliz.

– Michael? – ele riu baixinho, sem entender. – Bem, imagino que esteja.

Ele não resistiu e continuou:

– Ele tem progredido muito nesses últimos anos. Comprou mais terra e um pequeno rebanho de gado na última primavera. E construiu um celeiro maior agora no outono.

Ela não precisava saber que tinha levado metade do coração dele quando partira. Michael ainda tinha fé em Deus, e Deus encontraria uma boa mulher para ele.

Paul não esperava que Angel sorrisse com as notícias que estava dando, mas ela sorriu. Não pareceu nem um pouco surpresa. Ficou aliviada e feliz.

– Michael progredirá sempre.

A bruxa desalmada. Era tudo que podia dizer? Então não sabia quanto Michael a amava, como tinha ficado arrasado quando ela partira?

– E você, Paul? Já fez as pazes com ele?

Ele a odiou por lembrar o que tinha acontecido. Odiava-a tanto que sentiu até o gosto de aço na boca.

– Assim que você foi embora, as coisas voltaram a ser como antes – ele disse, sabendo que era mentira.

Michael nunca guardara rancor. Era *ele*, Paul, que não conseguia esquecer. Nada mais era a mesma coisa. Ela continuava sendo um muro entre eles.

– Fico contente – ela disse, parecendo sincera. – Ele sempre o adorou, você sabe. Nunca deixou de gostar de você.

Angel notou sua expressão e mudou de assunto.

– Você pode ajudá-lo a ampliar a cabana. Ele vai precisar agora.

– Ampliar? Para quê?

– Para a chegada do bebê – ela disse. – Miriam e ele vão acabar precisando de mais espaço. E com o tempo virão mais filhos. Michael sempre disse que queria muitos filhos. Agora poderá tê-los.

Paul não conseguia respirar. Ficou nauseado e com frio.

Angel franziu a testa.

– O que foi?

Ele entendeu a verdade, e a sensação na boca do estômago não era nada comparada à dor do aperto no peito. *Oh, meu Deus! Oh, meu Deus! Então foi por isso que ela o deixou?*

Ele sentiu a presença de Miriam e ouviu suas palavras. "Você nunca entendeu Amanda, Paul. Nunca sequer tentou." Miriam com lágrimas nos olhos. "Talvez se tivesse tentado, pelo menos uma vez, as coisas pudessem ter sido diferentes. Amanda nunca teria confiado em mim. Não completamente. Acho que ela nunca deixou ninguém saber quanta dor sentia, nem mesmo Michael. Talvez você pudesse ter tentado ajudá-la!" Miriam sem recuar diante do deboche dele. "Eu nunca conheci Angel. Só conheço Amanda e, se não fosse ela, eu jamais teria tido coragem de vir procurar você." Miriam no dia em que foi à cabana dele. "Preciso fazer o que é melhor para você."

Angel examinava o rosto dele.

– Qual é o problema, Paul? O que é? Não há nada de errado com a Miriam, há?

– Miriam é minha mulher, não do Michael.

Ela chegou para trás, atônita.

– Sua?

– Sim, minha.

– Não estou entendendo – ela disse, trêmula. – Como pode ser sua mulher?

Paul não pôde responder. Sabia o que ela queria dizer. Quantas vezes pensara que não era bom o bastante para ela. Ela era perfeita para Michael. Pensava sempre nisso, e nesse meio-tempo se apaixonara por Miriam. E estava convencido disso até o dia em que ela fora procurá-lo na cabana.

434

— Angel, Michael continua esperando que você volte para casa.

Ela ficou muito pálida.

— Faz mais de três anos. Ele não pode estar me esperando.

— Mas está.

As palavras de Paul foram uma pancada no peito dela. *Oh, meu Deus!* Ela fechou os olhos, então se levantou e se virou de costas para ele. Abriu a cortina e espiou pela janela. Chovia. Não conseguia respirar com aquela dor no peito. Seus olhos ardiam.

Paul viu que ela apertou a cortina até as articulações da mão ficarem brancas.

— Acho que estou entendendo – ele disse, arrasado. – Você pensou que indo embora ele ficaria com Miriam. Com o tempo ia se apaixonar por ela e esquecer você. Foi isso?

Ele também esperava isso. E aquela possibilidade o despedaçara por dentro.

— Ia acabar acontecendo.

Ela nem precisou completar: "Se você não tivesse interferido". Uma vez Paul disse para Miriam que achava que Angel não era capaz de sofrer ou amar. Aquelas palavras voltaram para atormentá-lo naquele momento. Como podia ter se enganado tanto em relação a ela? Quando Angel se virou e o olhou, Paul sentiu vergonha.

— Miriam é perfeita para ele – ela disse. – É o tipo de esposa que ele precisa. Pura, inteligente e carinhosa. Tem uma imensa capacidade de amar.

Dessa vez ele ouviu muito mais do que palavras.

— Isso tudo é verdade, mas Michael ama você.

— Ele quer ter filhos, e Miriam poderia dar filhos a ele. Eles se entendem muito bem.

— Porque são amigos.

Os olhos dela brilharam.

— Podiam ter sido mais que isso.

— Talvez – Paul concedeu, encarando o próprio egoísmo. – Se eu tivesse a coragem que você teve, se tivesse me afastado. Mas não fiz isso. Não consegui.

Até aquele momento ele achava que era porque amava muito Miriam, mas agora via claramente que amava mais a si mesmo. Angel vivia um amor mais elevado, capaz de se sacrificar.

Ele chegou para frente e apoiou a cabeça nas mãos. Agora sabia por que Miriam tinha insistido tanto para ele ir procurá-la.

— Eu estava errado. Enganei-me sobre você o tempo todo.

A visão ficou embaçada. Ele levantou a cabeça de novo.

– Eu odiei você. Odiei tanto que...

Paul parou, não conseguia mais falar.

Angel se sentou outra vez, triste.

– Você tinha razão em muitas coisas.

As palavras dela só confirmavam o que ele tinha acabado de descobrir. Ele deu uma risada desolada.

– Nunca cheguei nem perto. E eu sei por quê. Aquele dia na estrada, eu sabia que você tinha razão. Você estava certa. *Eu* traí Michael.

Os olhos dela se encheram de lágrimas.

– Eu podia ter me recusado.

– Você sabia disso na hora?

Ela demorou um pouco para responder.

– Uma parte de mim devia saber. Talvez eu apenas não quisesse admitir. Talvez fosse meu jeito de fazê-lo sofrer. Não sei mais. Faz tanto tempo... Nunca quis pensar nisso de novo, e depois, toda vez que o via, lá estava aquela cena. Não conseguia me livrar dela.

Angel se lembrou da escuridão em que vivera. Lembrou-se de todos aqueles meses em que Paul se mantivera afastado, e como a ausência dele magoava Michael. Podia imaginar a dor de Paul também com a separação, e a vergonha que ele devia sentir. E a terrível culpa. Não tinha convivido com a dela o tempo todo?

Ela permitira que acontecesse. Por qualquer motivo. Mas que importância tinha isso agora? Não podia jogar a culpa em ninguém, a não ser em si mesma. A escolha havia sido dela. Nunca havia pensado nas consequências. As repercussões foram como uma pedra jogada em águas tranquilas. A batida na superfície, depois os círculos se alastrando. Levou muito tempo até o espelho d'água ficar liso de novo. E a pedra continuou lá, fria e dura na água silenciosa. Michael. Paul. Ela. Almas partidas, desesperadas para se recompor.

O tormento e a rixa entre os dois homens aumentaram, não porque Michael não pudesse perdoar, mas porque Paul não sabia se perdoar. Não foi isso que ela sentira a maior parte da vida? Que tudo que tinha acontecido com ela era sua culpa, que era culpada até de ter nascido? Naqueles últimos anos, tinha aprendido que não era a única a sentir isso. Ouvia a mesma coisa todos os dias de outras mulheres que sofreram os mesmos abusos que ela. Perdoar os outros pelo que tinham feito com ela tinha sido muito mais fácil do que perdoar a si mesma. E ainda enfrentava algumas batalhas nessa guerra.

Os lábios dela tremiam.

– Paul, sinto muito pelo sofrimento que lhe causei. Sinto mesmo.

Ele ficou muito tempo calado, sem conseguir falar, pensando em toda a perseguição que ela havia sofrido. E naquela que havia partido dele. E agora era ela quem lhe pedia perdão. Ele planejou a destruição dela e acabou se destruindo nesse processo. Desde aquela época fora consumido pelo ódio, ficara cego. *Fui insuportável, hipócrita e cruel.* Essa revelação era amarga e dolorosa, mas também um alívio. Era uma espécie estranha de liberdade estar diante de um espelho e se ver claramente. Pela primeira vez na vida.

Se não fosse por Miriam, em que ele teria se transformado? O amor que sentia por ela o tornava mais humano. Miriam tinha visto nele algo que ele nunca imaginara que outra pessoa pudesse ver, exceto Tess. E ela vira alguma coisa em Angel que ele não fora capaz de ver. Chegou a ter dúvidas, mas se agarrou obstinadamente às próprias convicções. A mulher de Michael sempre fora Angel para ele, a prostituta de luxo de Pair-a-Dice... E ele sempre a tratara assim.

Olhando para trás, Paul não conseguia se lembrar de uma só vez em que ela tivesse se defendido. Por que ela não se defendera? Ele também sabia essa resposta. Angel acabara de responder quando dissera que ele tinha razão para recriminá-la. Não fora desprezo nem arrogância que a fizeram silenciar, fora vergonha. Angel acreditava em tudo o que ele dizia sobre ela. Acreditava que era suja, que não valia nada, que só servia para ser usada.

E eu ajudei a convencê-la disso. Fiz o papel que Michael se recusou a desempenhar.

Paul foi dominado pelo remorso. Era doloroso olhar para ela. Doía mais ainda enxergar a verdade – que o sofrimento de Michael era, em grande parte, culpa sua também. Se tivesse ido procurá-lo só uma vez, como Miriam havia dito, talvez as coisas mudassem, mas fora orgulhoso demais, achara que era o dono da verdade.

– *Eu* é que sinto muito ele disse. – Sinto demais. Pode me perdoar?

Angel imaginou que Paul nem sabia que tinha lágrimas no rosto e sentiu um carinho súbito e inexplicável por aquele homem. O irmão de Michael, irmão dela.

– Já o perdoei há muito tempo, Paul. Abandonei o vale e Michael por vontade própria. Não pense que a culpa foi sua.

Ela inclinou o corpo para frente e apertou o mata-borrão sobre a mesa.

– Vamos deixar isso tudo para trás. Por favor. Conte-me tudo que aconteceu desde a minha partida – ela sorriu, tentando animá-lo. – Especialmente como um homem como você conseguiu conquistar uma menina como a Miriam.

Ele riu pela primeira vez depois de meses.

– Só Deus sabe – disse, balançando a cabeça.

Paul deu um suspiro profundo e se acalmou.

– Ela me ama. Disse que soube que se casaria comigo no instante em que me viu.

Falar sobre Miriam trouxe o bem-estar de volta, então ele continuou:

– Eu ficava olhando para ela e a desejava muito, mas encontrava todo tipo de motivo para não me considerar digno de beijar a bainha da saia dela. Então, certa madrugada, ela apareceu em minha cabana. Disse que ia morar comigo e tratou de me convencer de que eu precisava muito dela. Não tive forças para mandá-la para casa.

Angel riu baixinho.

– Não consigo imaginar Miriam sendo tão ousada.

– Ela disse que aprendeu a ser corajosa com você.

Na hora Paul não soube o que Miriam queria dizer. Mas agora sabia. Angel amou Michael o bastante para deixá-lo quando achou que era melhor para ele. Miriam foi procurá-lo pelo mesmo motivo. Se não tivesse feito isso, ele teria voltado para a busca do ouro, para a bebida, os bordéis... E provavelmente teria morrido por lá, de cara na lama.

– Foi Miriam quem me pediu para vir procurá-la, Amanda. Quero levá-la para casa – Paul disse, sinceramente.

Amanda. Ela ficou emocionada e sorriu. Estava se livrando de mais um fardo e era grata por isso, mas não era fácil nem simples. Não conseguia aceitar.

– Não posso voltar, Paul. Nunca mais.

– Por que não?

O que mais ele precisava saber para entender e ficar do lado dela?

– Tem muita coisa sobre mim que você não sabe.

– Então me conte.

Ela mordeu o lábio. Quanto bastaria?

– Fui vendida para a prostituição quando tinha 8 anos – disse bem devagar, olhando para o vazio. – Nunca conheci nenhuma outra vida até Michael se casar comigo. E nunca o entendi, não do jeito que ele esperava que eu o entendesse Não posso mudar quem fui. Não posso desfazer o que aconteceu.

Paul chegou para frente.

– É você que não está entendendo, Amanda. Tem uma coisa que eu nao tinha compreendido até agora, porque era cabeça-dura demais, invejoso, orgulhoso...

Michael *escolheu* você. Com todo o seu passado, com todas as suas fraquezas, com tudo. Ele sabia desde o começo de onde você vinha, e isso não fez diferença nenhuma para ele. Onde morávamos havia muitas mulheres que teriam agarrado a chance de se casar com ele. Meninas virgens, doces, sensatas, de famílias tementes a Deus. Ele nunca se apaixonou por nenhuma delas. Bastou olhar para você uma única vez para ele ter certeza. Desde o início. Você e ninguém mais. Ele me contou tudo isso, mas pensei que era só atração sexual. Agora sei que não era. Era outra coisa.

– Um acidente louco...

– Acho que ele sabia quanto você precisava dele.

Ela balançou a cabeça, não queria ouvir aquilo, mas Paul estava determinado.

– Amanda, ele comprou a sua alforria com o próprio suor e com o próprio sangue, e você sabe disso. Não me diga que não pode voltar para ele.

O sofrimento era muito grande, porque ela ainda amava e precisava de Michael. Às vezes chegava a pensar que morreria se não ouvisse a voz dele. Fechava os olhos, via o rosto dele, seu modo de andar, o jeito que sorria para ela. Ele a ensinara a brincar, a cantar e a se alegrar, coisas desconhecidas para ela até então. E a doçura daqueles momentos era torturante. A separação, insuportável.

Às vezes tentava não pensar nele, porque a dor era grande demais. Mas a necessidade dele estava sempre presente, aquela sede infinita e sofrida. Ele havia aberto o coração para que Cristo entrasse na vida dela. Através dele, Cristo a preenchera plenamente. Michael sempre lhe dissera que tudo tinha a ver com Deus. Agora ela sabia que era verdade.

E saber que ele tinha sido a ponte entre ela e o Salvador só fazia com que o desejasse ainda mais.

Não podia se permitir pensar em tudo isso. Tinha de pensar no que era bom para ele, não no que ela queria. Agora tinha um propósito na vida, e era gratificante. Não era mais perseguida por pesadelos nem pela insegurança. Pelo menos até agora. Tinha de contar toda a verdade a Paul, para que ele a entendesse.

– Não posso dar filhos a ele, Paul. Nunca. Fizeram uma coisa comigo quando eu era muito jovem para impedir que eu engravidasse.

Ela teve de parar de falar e virar o rosto antes de continuar.

– Michael quer filhos. Você sabe disso. É o sonho dele – ela o olhou. – Entende agora por que não posso voltar? Sei que ele me aceitaria de volta. Sei que ainda seria sua mulher. Mas não seria justo, não acha? Não para um homem como ele.

Ela fez força para controlar as lágrimas, que surgiam com muita frequência ultimamente. Não cederia. Não podia ceder. Se não se controlasse, choraria até se reduzir a nada.

Paul não sabia o que dizer.

– Faça-me um favor – ela disse. – Quando voltar, não diga a Miriam que esteve comigo. Diga-lhe qualquer coisa, que eu saí do país, que morri.

Ele se arrepiou quando ouviu as próprias ideias voltando para assombrá-lo.

– Por favor, Paul. Se contar para ela, ela vai contar para Michael, e ele vai achar que tem de vir para me levar de volta novamente. Não deixe que ele descubra onde estou.

– Não precisa temer por isso. Ele disse para Miriam que dessa vez não a arrastaria de volta. Disse que a decisão era sua, que você tinha de voltar por conta própria, senão jamais entenderia que é livre.

Paul queria convencê-la de que precisava voltar para casa.

– Você contou para ele que não pode ter filhos?

– Contei.

– O que ele disse?

Ela balançou a cabeça.

– Você conhece o Michael.

De fato, ele conhecia. Paul ficou de pé e apoiou as mãos na mesa.

– Ele se casou com você, Amanda. Na alegria e na tristeza, pelo tempo em que viverem, e é esse o tempo que ele vai esperá-la, até mais do que isso, se o conheço. Se soubesse como ele está sofrendo...

– Não faça isso.

– Você sabe como ele é. Alguma vez ele desistiu de você? Ele não vai desistir de esperá-la agora. Não vai desistir nunca.

Ela balançou a cabeça, abatida e angustiada.

– Não posso voltar.

Paul endireitou as costas. Não sabia se tinha lhe dado algo para pensar ou se aquilo a fizera sofrer ainda mais.

– Já lhe disse tudo o que podia. Agora cabe a você, Amanda. Mas não demore muito para resolver. Estou com saudade da minha mulher.

Ele escreveu o nome e o endereço do hotel onde havia passado a noite.

– Pretendo sair amanhã às nove horas. Avise-me o que decidir.

Pegou o saco de viagem e o botou no ombro.

– Afinal, o que é este lugar? Uma pensão?

Ela despertou do dilema que enfrentava.

– Mais ou menos. É um lar para prostitutas, mulheres como eu que querem mudar de vida. Tivemos muita sorte. Alguns cidadãos ricos nos deram ajuda financeira.

O homem no banco, pensou Paul. *Que Deus me perdoe! Como fui idiota!*

– Foi você quem o fundou, não foi?

– Sim, mas tive muita ajuda no caminho.

– O que ensinam para elas naquela sala? – ele apontou para a sala espaçosa no fim do corredor.

– A ler, escrever, fazer contas, cozinhar, costurar, administrar um pequeno negócio... Quando estão preparadas, encontramos emprego para elas. Estamos conseguindo isso com a ajuda de várias igrejas.

Padre Patrick ia sempre visitá-la. Alguns padres católicos eram muito parecidos com Michael. Devotados a Deus, humildes, pacientes, amorosos.

– Madalena é uma das coisas em que tenho de pensar, Paul. Precisam de mim aqui.

– Por melhor que seja a causa, agora é apenas uma desculpa. Passe o bastão para outra pessoa. Aquela senhora alta de olhos sorridentes parece capaz de cuidar de tudo por aqui – ele foi para a porta. – Sua primeira obrigação é com Michael.

Ele já tinha dito tudo o que podia.

– Espero-a amanhã, até o meio-dia no máximo. Então voltarei para casa.

Depois que Paul foi embora, Angel ficou muito tempo pensando. O sol se pôs e ela não acendeu o lampião. Lembrou-se de quando estava sentada na colina a dois quilômetros de casa e de Michael dizendo: "Esta é a vida que quero lhe dar". Ele tinha feito isso.

Como Michael poderia saber o que tinha feito por ela? Como poderia imaginar que ela tinha uma vida nova porque ele havia lhe mostrado como viver?

Paul pensara que ela tinha voltado para a prostituição. E se Michael acreditasse na mesma coisa? Ela não suportaria pensar que ele acreditava nisso. Tiraria o sentido de tudo o que ele havia feito por ela, e o sentido de tudo era aquele.

Meu Deus, será que cometi um erro? Devo voltar? Como posso encará-lo de novo, depois de todo esse tempo? Como posso vê-lo e ir embora outra vez? O que o Senhor quer que eu faça? Eu sei o que eu quero. Oh, Deus! Como sei! Mas o que o Senhor quer que eu faça?

Cruzou os braços com as mãos nos ombros e balançou para frente e para trás, mordendo os lábios e combatendo a dor. *Como posso não ser grata a Michael?*

Algum dia eu realmente lhe expliquei o que ele fez por mim? O que lhe dei em troca, além de sofrimento? Mas agora ela tinha o que oferecer. Tinha enfrentado Duke. Tinha trilhado o caminho que Michael lhe havia ensinado. Por causa dele, as pessoas confiaram nela e a apoiaram na construção da Casa de Madalena. A vida estava sendo boa com ela, e tudo por causa dele, pelo que tinha visto nele. "Procure e encontrará", Michael lera certa vez para ela, e foi isso o que ela fez. Se descobrisse um modo de lhe contar, talvez Michael ficasse em paz.

Sarah, minha amada.

Meu Deus, não lhe peço nada além disso. Ela fechou os olhos. *Não lhe peço nada além disso.*

As aulas haviam terminado quando ela saiu do escritório. As meninas tinham acabado de jantar e estavam nos quartos. Angel subiu a escada. Viu a luz acesa por baixo da porta de Susanna e bateu.

– Pode entrar.

Quando Angel entrou, Susanna se levantou da cama e segurou as mãos dela.

– O que aconteceu? – perguntou. – Você está muito abatida. Sentimos sua falta no jantar. Quem era aquele homem?

– Um amigo. Susanna, quero que você cuide da Casa de Madalena para mim.

– Eu? – ela disse, espantada.

Susanna parecia muito insegura, como Angel nunca a vira. Soltou as mãos de Angel e recuou.

– Você não pode estar falando sério. Eu não poderia cuidar disso tudo sozinha!

– Estou falando sério sim, e você pode assumir tudo aqui.

Susanna era mais do que capaz de cuidar de tudo. Só que ainda não sabia. Era capaz de caminhar sobre o fogo e sair ainda mais forte do que antes. Angel de repente teve certeza disso.

– Mas por quê? Para onde você vai?

– Para casa – disse Angel. – Vou para casa.

> *Vinde e retornemos ao Senhor,*
> *porque ele é o que nos dividiu, e ele nos curará,*
> *ele o que nos feriu, e o que nos unirá.*
>
> OSEIAS 6,1

aul!

Miriam saiu correndo da cabana e pulou no pescoço dele, chorando de alegria.

– Que saudade senti de você!

E beijou-lhe cada parte do rosto. Ele deu risada, beijou-lhe a boca e se recompôs por dentro de novo. Estava em casa! Toda a tensão das últimas semanas, a culpa e o remorso dos meses anteriores se evaporaram. Ela o abraçou com mais força e outras emoções afloraram no corpo dele. Ter Miriam nos braços de novo era realmente uma tentação.

Quando se separaram, ela estava muito corada e ofegante. Nunca parecera tão linda. Ele a examinou e viu que a gravidez estava começando a aparecer.

– Nossa, a barriga cresceu – disse, afagando-a.

Ela riu e pôs a mão sobre a dele.

– Você a encontrou?

– Em San Francisco.

O coração de Paul ficou ainda mais leve com a expressão de Miriam.

Ela sorriu, cheia de ternura.

– Estou vendo que tudo deu certo.

Miriam sentiu-se aliviada e muito feliz. A raiva dele estava completamente esquecida.

– Onde ela está? – perguntou, espiando atrás dele.

– Ela quis parar um pouco no caminho para cá. Acho que está se preparando para uma provação. Mal disse uma palavra nesses dois dias de viagem. Ela está mudada, Miriam.

Miriam o fitou e sorriu.

– Você também, meu amor. Fez as pazes consigo mesmo, não fez?

– Tive ajuda nessa caminhada.

Então Miriam viu Amanda e correu pela estrada, com os braços abertos para recebê-la. As duas mulheres se abraçaram carinhosamente e Paul sorriu. Quando Miriam a soltou, começou a tagarelar alegremente, com lágrimas escorrendo-lhe pelo rosto. Angel estava pálida e tensa, nem um pouco à vontade. Olhou para as terras de Michael e Paul entendeu por quê. Amanda tinha medo de encarar Michael depois de todo aquele tempo.

Senhor, faça tudo dar certo para ela e para Michael. Eu lhe peço. É o meu pedido.

– Vou pegar água para você tomar um banho – disse Miriam, de braço dado com Amanda, indo para perto de Paul. – Fiz pão hoje de manhã e a sopa está esquentando. Vocês devem estar morrendo de fome depois da viagem.

– Não posso ficar, Miriam.

Miriam parou de andar.

– Não pode? Por quê?

– Tenho de encontrar Michael.

– Ora, é claro, mas pode descansar alguns minutos e se lavar. Podemos conversar.

– Não posso – disse Angel. – Se esperar mais, sou capaz de desistir.

Angel deu um sorriso sofrido.

Miriam examinou-lhe o rosto. Olhou para Paul e de novo para Angel. Deu-lhe um abraço apertado.

– Vamos com você.

Ela pediu para Paul com o olhar.

– Claro que vamos – ele concordou prontamente, e Angel assentiu.

Chegada a hora, estavam todos com medo do que poderia acontecer. Até que ponto Michael era paciente? Pior ainda, será que ficaria com raiva pelo fato de eles interferirem e resolverem as coisas sem consultá-lo? Ou será que estavam cumprindo a vontade de Deus o tempo todo?

Quando finalmente avistaram a casa de Michael, Angel parou.

– Preciso seguir sozinha o resto do caminho – disse para os dois. – Obrigada por virem até aqui comigo.

Miriam já ia argumentar. Mas, quando olhou para Paul, ele balançou a cabeça. Amanda tinha razão.

Angel beijou Miriam e deu-lhe um abraço.

– Obrigada por enviar Paul – sussurrou.

Os dois ficaram vendo Angel caminhar sozinha.

Paul pôs o braço nos ombros de Miriam e observou Amanda. Lembrou-se do jeito que Angel sempre andava, de cabeça erguida e costas retas. Tinha pensado que era arrogância, mas era orgulho, o orgulho que a manteve por tanto tempo, o orgulho que os manteve separados. Agora ela tinha uma aura serena, uma bela humildade.

– Ela está com medo – Paul disse baixinho.

– Ela sempre teve medo – disse Miriam, apoiada nele. – Acha que fizemos a coisa certa, Paul? Talvez devêssemos ter deixado que ela voltasse por conta própria.

Era a primeira vez que ele a via insegura.

– Ela não ia voltar. Já tinha decidido. Pensava que você tinha se casado com ele.

– Porque ela disse para eu me casar com ele. Disse que queria que eu desse filhos a ele.

Miriam o olhou com os olhos marejados.

– Mas eu só queria os seus.

– Oh, meu amor – Paul exclamou e a abraçou. – Teremos de lembrar o tipo de homem que Michael é.

– Sim – ela afirmou, passando-lhe o braço na cintura. – Agora é com eles, não é?

Ele virou o rosto de Miriam e a beijou com toda a saudade que havia sentido naquelas semanas em que estiveram separados.

– Não sei o que faria sem você.

Ela levantou as mãos, puxou a cabeça dele para baixo e retribuiu o beijo. Dessa vez com paixão.

– Vamos para casa.

Angel avistou Michael trabalhando no campo. Tinha tantas emoções conflitantes que mal podia suportá-las. Insegurança, raiva de si mesma, orgulho e medo. Todas as coisas que a fizeram fugir tanto tempo atrás e outras que a impediram de procurá-lo antes. Não podia permitir que a impedissem dessa vez.

Oh, Deus, dê-me força! Por favor. Ande comigo. Ajude-me. Não sei se consigo enfrentar isso.

Eu não lhe dei um coração temeroso.

Ela soube no momento em que Michael a viu. Ele levantou a cabeça quando ela atravessava o pasto. Ficou imóvel, olhando para ela de longe.

Não devo chorar. Não devo.

E continuou andando na direção dele. Michael não se mexeu. Ela sentiu uma pontada de insegurança, mas se controlou. Queria desfazer todas as barreiras que a afastaram dele, todos aqueles meses de desafios, medos e incertezas. Queria descartar as terríveis lembranças da infância e a culpa que havia assumido por coisas que nunca tivera poder para impedir.

Se as coisas tivessem sido diferentes... Ela queria tão desesperadamente ficar limpa para ele, nova. Queria agradá-lo. Dedicaria o resto da vida a isso, se ele deixasse. Queria se desfazer do passado. Ah, se pudesse ser Eva novamente, uma nova criatura no paraíso. Antes da queda.

Com as mãos trêmulas, desfez-se dos adornos do mundo. Deixou cair o xale, tirou o casaco de lã. Desabotoou os minúsculos botões da blusa, a despiu também e a deixou cair no caminho. Soltou a saia e a deixou deslizar até o chão, passando por cima dela.

Sem titubear, foi andando para ele.

Nunca dissera tudo que tinha para dizer. Ele não sabia o que tinha feito com ela, para ela. Ele foi como o mar, às vezes tempestuoso, com as ondas estourando contra um penhasco. Outras vezes foi como uma lagoa, serena e calma. E sempre como a maré, lavando a praia, refazendo a costa.

Senhor, não importa o que ele faça ou diga, preciso agradecer a ele. Ele sempre foi seu servo bom e fiel e eu nunca agradeci por isso. Não o bastante. Oh, Deus, nunca, nunca o bastante!

Tirou a bata, a combinação, o colete do espartilho, o espartilho e as ceroulas. Com cada peça que tirava e deixava cair, Angel jogava fora a raiva, o medo, sua cegueira para a pluralidade de alegrias da vida, o próprio orgulho desesperado. Tinha um único e permanente propósito. Mostrar para Michael que o amava. Foi tirando uma por uma as camadas de orgulho, até ficar reduzida à própria nudez. Por último descalçou o sapato de couro e tirou os grampos que prendiam o cabelo.

Mais de perto, Angel viu o cabelo grisalho nas têmporas de Michael e as novas rugas naquele rosto amado. Quando olhou nos olhos dele, tudo o que ela sentia transbordou. Sempre conhecera a própria dor, a própria solidão e as próprias carências. Agora estava frente a frente com as dele.

Oh! O que lhe fizera ao negar seu amor, ao lhe dar as costas? Quis ser Deus e fez o que achava que era melhor para ele, mas com isso o fez sofrer. Pensava que ele era forte demais para sofrer assim, sábio demais para esperar. Só agora via quanto seu próprio martírio tinha custado para ele.

Todas as palavras que tinha cuidadosamente ensaiado desapareceram. Tantas palavras para dizer uma coisa simples, vinda lá do fundo: *Eu amo você e sinto muito*. Angel não conseguia falar. As lágrimas que ficaram congeladas dentro de si a vida toda e seu último bastião desmoronaram e se desmancharam numa enxurrada.

Angel chorou e caiu de joelhos. Lágrimas quentes caíram nas botas dele. Ela as secou com o cabelo, se abaixou, com o coração partido, e pôs as mãos em seus pés.

– Oh, Michael, Michael, sinto muito.

Oh, meu Deus, perdoe-me!

Sentiu a mão dele na cabeça.

– Meu amor – ele disse.

Michael a segurou e a puxou para cima. Angel não conseguia olhar para o rosto dele e queria esconder o seu. Ele tirou a camisa e a pousou nos ombros dela. Levantou-lhe o queixo, e ela não teve escolha senão olhar para os olhos dele outra vez. Também estavam molhados como os dela, só que cheios de luz.

– Esperava que você voltasse para casa um dia – ele disse e sorriu.

– Tenho tanta coisa para lhe dizer. Tanta coisa para lhe contar...

Ele passou os dedos em seu cabelo, inclinando a cabeça dela para trás.

– Temos o resto da vida para isso.

Então Angel soube que duvidara que ele a perdoasse outra vez, mas ele já havia perdoado. Ela podia viver a eternidade com ele sem saber o que havia em seu âmago. *Oh, Senhor, obrigada, obrigada!* E entregou-se ao seu abraço, com as mãos nas costas fortes, tão perto quanto pôde, com um sentido de gratidão tão poderoso que mal conseguia suportar. Ele era calor, luz e vida. Ela queria ser carne da sua carne, sangue do seu sangue. Para sempre. Fechou os olhos, inalou seu doce perfume e sentiu que estava em casa novamente.

Pensava que tinha sido salva pelo amor dele, e em parte isso era verdade. Ele a tinha purificado, jamais a culpando por nada. Mas isso fora apenas o começo.

Era a retribuição desse amor que a havia tirado da escuridão. *O que posso lhe dar além disso? Eu lhe daria tudo.*

– Amanda – disse Michael, segurando-a com ternura. – Tirzah...

Sarah, disse-lhe a voz, serena e suave, e ela entendeu qual era sua maior dádiva. Era ela. Angel se afastou de Michael e o olhou.

– Sarah, Michael. Meu nome é Sarah. Não sei o que mais. Só isso. Sarah.

Michael se emocionou. Seu corpo todo foi dominado pela alegria. O nome combinava muito com ela. Uma peregrina em terras estranhas, uma mulher estéril cheia de dúvidas. No entanto, a antiga Sarah tinha se tornado um símbolo de confiança em Deus e principalmente a mãe de uma nação. Sarah. Uma bênção. Sarah. Uma mulher estéril que concebeu um filho. Sua linda e adorada esposa que um dia lhe daria um filho.

É uma promessa, não é, Senhor? Michael sentiu o calor e a certeza penetrar cada célula de seu corpo.

Ele lhe estendeu a mão.

– Olá, Sarah.

Ela ficou confusa quando ele pegou sua mão e a apertou, dando-lhe um largo sorriso.

– Muito prazer em conhecê-la. Finalmente.

Ela riu.

– Você é louco, Michael.

Ele riu com ela, abraçou-a e beijou-a. Sentiu seus braços quando ela retribuiu o beijo. Tinha voltado para casa para valer dessa vez. Nem mesmo a morte poderia separá-los.

Pararam para respirar, Michael a fez girar e a levantou sobre ele com alegria. Ela jogou a cabeça para trás e abriu os braços para abraçar o céu, com lágrimas de alegria no rosto.

Michael certa vez havia lido para ela que Deus expulsara o homem e a mulher do paraíso. Mas que, apesar de todas as fraquezas e defeitos humanos, ele tinha lhes mostrado o caminho de volta.

Amem o Senhor seu Deus e amem-se uns aos outros. Amem-se uns aos outros como ele os ama. Amem com força, propósito e paixão, não importa o que surja contra vocês. Não fraquejem. Enfrentem a escuridão e amem. Esse é o caminho de volta para o Éden. Esse é o caminho de volta para a vida.

Epílogo

O choro pode durar uma noite;
pela manhã, porém, vem o cântico de júbilo.
− Salmos 30,5B

Sarah e Michael viveram muitos anos felizes juntos. No sétimo aniversário de casamento, suas preces foram atendidas com o nascimento de um filho, Stephen. Depois de Stephen vieram Luke, Lydia e Esther. Miriam e Paul também viveram felizes e tiveram três filhos, Mark, David e Nathan.

As duas famílias prosperaram e continuaram amigas a vida toda. Juntos construíram uma igreja e uma escola comunitárias e receberam muitos outros colonos no vale.

Susanna Axle ficou na Casa de Madalena até morrer, em 1892. Com a ajuda dela, dezenas de jovens que viviam escravizadas pela prostituição cruzaram o limiar de vidas melhores. Algumas fizeram bons casamentos e se tornaram pessoas importantes.

A família de Sarah enriqueceu e ficou famosa. Alguns se tornaram médicos, embaixadores, missionários e até um veterano muito condecorado de San Juan Hill, mas todos os anos ela voltava e passava uma semana na Casa de Madalena. Enquanto era fisicamente capaz, caminhava pela Barbary Coast, o bairro da prostituição, e descia até o cais, conversando com as jovens prostitutas, animando-as a mudar de vida. Quando lhe perguntavam a razão daquilo, ela dizia:

− Não quero me esquecer jamais de onde vim e de tudo o que Deus fez por mim.

Muitas vezes voltava do cais para a Casa de Madalena de mãos dadas com uma Angel.

Depois de sessenta e oito anos de casamento, Michael descansou. Saran o seguiu um mês depois. Segundo o desejo deles, seus túmulos deveriam ser marcados por simples cruzes de madeira. Mas, alguns dias depois do enterro de Sarah, foi encontrado um epitáfio riscado na cruz:

Embora caído
Deus o ergueu
Um anjo.

NOTA DE FRANCINE RIVERS

POR QUE ESCREVI *AMOR DE REDENÇÃO*

Muitos cristãos renascidos falam de uma única experiência de conversão que mudou sua vida para sempre. Sabem dizer o dia e a hora em que tomaram a decisão de viver para o Senhor. Eu não posso fazer isso.

Fui criada num lar cristão. Frequentei a escola dominical e os acampamentos de férias da igreja. Fiz parte de grupos de jovens. Quando preenchia formulários que perguntavam minha religião, marcava o quadrado que dizia "protestante". Mas, para mim, a conversão chegou lentamente, como a mudança das estações, e com um poder que ainda me deslumbra.

Não vou entrar em detalhes sobre os erros que cometi. Basta dizer que carregava um peso e era carente do espírito, assim como meu marido, Rick. Nós dois carregávamos fardos que seriam suficientes para afundar nosso casamento se a vontade de Deus não fosse outra.

Escrever era minha fuga do mundo e dos tempos difíceis. Era sempre a única parte da minha vida sobre a qual eu acreditava (equivocadamente) que tinha controle total. Podia criar personagens e histórias que me agradassem. Escrevi romances para o mercado secular e os lia vorazmente.

Rick disse certa vez: "Se tivesse de escolher entre mim e as crianças e o que escreve, você escolheria escrever". Na época em que ele disse isso, infelizmente era verdade. Muitas vezes eu imaginava que seria muito mais fácil viver sozinha numa cabana, longe de todos, na companhia exclusiva de uma máquina de escrever elétrica.

Em pouco tempo, Rick e eu resolvemos que precisávamos fazer algumas mudanças em nossa vida. Nunca fizemos nada pela metade, de modo que vendemos nossa casa, doamos metade de nossa mobília e nos mudamos para o norte, para Sonoma County, para começar um novo negócio. Mas foram todas mudanças externas, nenhuma interna, do coração. O negócio prosperou, mas nosso relacionamento estava se desintegrando.

Só que, mesmo nos momentos mais difíceis, consigo olhar para trás e ver que Deus demonstrou seu amor e sua preocupação conosco. Estava sempre estendendo os braços e nos dizendo: "Venham a mim". Uma mensagem como essa chegou por um menininho que morava na casa ao lado. Chegamos com nosso caminhão de mudança e estávamos levando as caixas para a pequena casa alugada em Sebastopol quando o pequeno Eric apareceu para nos receber e ajudar.

– Tenho uma superigreja para vocês! – ele disse.

Rick e eu reviramos os olhos e desejamos que ele fosse incomodar outra pessoa.

Por mera curiosidade, algumas semanas depois, fui à igreja de Eric. Afinal, não tinha encontrado paz em nenhuma outra coisa. Bem, o nosso pequeno vizinho tinha razão! O calor humano e o amor que senti na congregação me atraíram assim que passei pela porta. Ouvi pregarem a palavra de Deus. Senti a verdade e o amor de Deus em ação à minha volta. Muitas igrejas parecem apenas museus de santos de plástico, ou pregam satisfação e realizações do ponto de vista do mundo, um "evangelho da prosperidade". Mas aquela igreja era diferente. Era um hospital para pecadores arrependidos, e seu único mapa da vida era a Bíblia, que todos tinham e, o mais surpreendente, que todos liam! A igreja não tinha ligação com nenhuma organização. Eles se chamavam de cristãos e diziam que viver de acordo com o exemplo do Cristo é um processo de uma vida inteira.

Comecei a levar as crianças para a igreja comigo. Então Rick começou a frequentá-la também. Nossa vida começou a mudar, não por fora, mas de dentro para fora. Fomos todos batizados por imersão, não só na água, mas com o Espírito. Não foi uma coisa que aconteceu rapidamente, ainda temos nossos conflitos, mas pertencemos a Deus, e ele nos molda e nos faz de acordo com sua vontade.

Acredito que todos servimos a alguém nesta vida. Nos primeiros trinta e oito anos da minha, servi a mim mesma. Minha conversão não foi uma experiência extremamente emocional. Foi uma decisão consciente e pensada que mudou meu objetivo, minha direção, meu coração, minha vida. Mas não quero enganar ninguém. Não foi tudo paz e luz depois disso. A primeira coisa que aconteceu foi que não consegui mais escrever. Ah, eu tentei, mas não parecia certo. Escrever simplesmente não funcionava mais para mim. Perdi minha rota de fuga. Havia me entregado ao Senhor e ele tinha outros planos para mim. Acabei aceitando que talvez nem estivesse em seus planos que eu viesse a escrever de novo. E me rendi. Passei a compreender que ele queria que eu o conhecesse primeiro. Ele não queria outros deuses em minha vida. Nem minha família nem o que eu escrevia. Nada.

Fiquei sedenta da palavra de Deus. Lia página por página, de capa a capa, e de capa a capa, e de capa a capa novamente. Comecei a rezar, a escutar e a apren-

der. A palavra de Deus é como comida e água limpa e clara. Preenchia os vazios dentro de mim. Eu me renovava. Abria os olhos, os ouvidos, a mente, o coração e me enchia de alegria.

Abrimos nossa casa para um estudo doméstico da Bíblia, e nosso pastor iniciou o estudo dos Evangelhos. Depois estudamos o materialismo, os profetas menores, e acabamos chegando ao Livro de Oseias. Aquela parte da palavra de Deus me afetou tão profundamente que eu soube que aquela era a história de amor que Deus queria que eu escrevesse! A história dele, uma história muito emocionante do seu amor apaixonado por cada um de nós, incondicional, misericordioso, imutável, eterno, altruísta, o tipo de amor que a maioria das pessoas deseja a vida inteira e nunca encontra.

Escrever *Amor de redenção* foi uma forma de devoção para mim. Com esse livro, pude agradecer a Deus por me amar mesmo quando eu me revoltava, desafiando e desprezando o que eu pensava que significava ser cristão, com medo de entregar meu coração. Quis ser meu próprio deus e controlar minha vida, como Eva no jardim do Éden. Agora sei que ser amada por Cristo é minha maior felicidade, minha maior satisfação. Tudo em *Amor de redenção* foi uma dádiva do Senhor: a trama, os personagens, o tema. Nada disso é meu.

Há muitos que lutam para sobreviver, muitos que foram usados e abusados em nome do amor, muitos sacrificados nos altares do prazer e da "liberdade". Mas a liberdade que o mundo nos oferece é falsa. Muitos despertaram um dia e descobriram que são escravos, que não sabem como escapar. Foi para pessoas como essas que escrevi *Amor de redenção* – pessoas que lutam, como eu fiz, para ser deuses de si mesmas, para acabar descobrindo no fim que estão perdidas, desesperadas e terrivelmente sozinhas. Quero levar a verdade aos que estão presos às mentiras e à escuridão, para dizer-lhes que Deus está aqui, que é real e que os ama incondicionalmente.

Eu costumava acreditar que o propósito da vida é buscar a felicidade. Não acredito mais nisso. Creio que todos nós recebemos dons de nosso Pai e que nosso propósito é oferecer a ele esses dons. Ele sabe como quer que os usemos. Lutei muito para encontrar a felicidade. Trabalhei muito para obtê-la. Pelos padrões deste mundo, obtive sucesso. Mas tudo isso era vaidade sem sentido. Agora eu tenho a felicidade. Tenho tudo o que sempre quis ou sonhei: um amor tão precioso que não tenho palavras para descrevê-lo. Não consegui isso pelos meus próprios esforços. Com certeza não fiz nada que valesse isso nem que eu merecesse. Recebi-o como uma dádiva gratuita de Deus, o Deus eterno. É o mesmo dom que ele oferece a você, a cada minuto, a cada hora, todos os dias de sua vida.

Espero que esta história o ajude a ver quem é Jesus e quanto ele o ama. E que o Senhor o conduza até ele.

Escreva para Francine Rivers aos cuidados de Multnomah Books
12265 Oracle Boulevard, Suite 200
Colorado Springs, CO
80921 EUA

Caro leitor,

Esperamos que tenha gostado do romance de Francine Rivers, *Amor de redenção*. Esta história anteporal sobre o amor entre Deus e a humanidade nos faz lembrar do poço profundo que há em nós e que brada para ser preenchido por um amor incondicional e redentor. Como sempre, Francine deseja que você, leitor, encontre as respostas para as incríveis situações da vida na palavra de Deus, através de um relacionamento pessoal com ele. O guia de estudo a seguir se destina a abrir seu apetite e a estimulá-lo em sua jornada. Em cada aula há três seções:

- Discussão – a história e os personagens
- Descobertas – princípios e caráter de Deus
- Decisões – reflexão sobre os personagens e você

Em Romanos 8,28, lemos: "Sabemos que todas as coisas cooperam para o bem daqueles que amam a Deus, daqueles que são chamados segundo o seu propósito". Angel acabou atendendo ao chamado de Deus em sua vida e descobriu o bem que ele tinha lhe reservado. Sarah e Michael aprenderam a lidar com tudo o que a vida lhes dava pela crença na fidelidade de Deus e em seu amor infalível. Que você atenda ao chamado de Deus em sua vida e descubra a felicidade e a bondade que ele tem para você. Que ele o abençoe quando você buscar as respostas para a vida em seu evangelho.

Peggy Lynch

REJEIÇÃO

[Jesus] Era desprezado e rejeitado dos homens – homem de dores e experimentado nos sofrimentos, e como um para quem os homens viravam o rosto, era desprezado, e não fizemos dele caso algum. – ISAÍAS 53,3

DISCUSSÃO

1. Como Sarah/Angel foi rejeitada e traída? Quais foram suas primeiras experiências com Deus e/ou com a Igreja?
2. Que experiência tinha Michael com rejeição ou traição? Compare os exemplos de Michael e de Angel no enfrentamento dessas situações de vida.
3. Quem mais na história sofreu rejeição ou traição e como lidou com isso?
4. Com qual personagem você se identifica mais? Por quê?
5. Descreva um momento em que foi rejeitado ou traído. A quem recorreu? Por quê?

DESCOBERTAS

Tu viste quando os meus ossos estavam sendo feitos, quando eu estava sendo formado na barriga de minha mãe, crescendo ali em segredo, tu me viste antes de eu ter nascido. Os dias que me deste para viver foram todos escritos no teu livro quando ainda nenhum deles existia. Como são preciosos os seus pensamentos sobre mim, ó Deus! – SALMOS 139,15-17

1. Onde estava Deus quando você nasceu? Como se sente com isso? O que mais aprendeu sobre Deus nesses versículos?
2. Como relaciona esses versículos com Angel? Relacione-os também com você.

DECISÕES

Sabemos que todas as coisas cooperam para o bem daqueles que amam a Deus, daqueles que são chamados segundo o seu propósito. – ROMANOS 8,28

1. Quando Angel vivenciou rejeição e traição, Deus a estava chamando? Que bem ele estava operando na vida dela?
2. Quando você enfrentou rejeição ou traição, Deus o estava chamando? Que bem ele operou em sua vida em relação a essas situações?

RESIGNAÇÃO

*Onde não há conselho, fracassam os projetos, mas com os muitos
conselheiros, há bom êxito.* – PROVÉRBIOS 15,22

*Todos os caminhos do homem são puros aos seus olhos, mas o Senhor
examina seus motivos.* – PROVÉRBIOS 16,2

DISCUSSÃO

1. Qual cena você considera que demonstra melhor como Angel se resignou em
   não contar com ninguém além de si mesma? Quais acontecimentos fizeram
   com que ela agisse assim? Por que você acha que ela nunca clamou por Deus?
2. Compare Michael com Angel em relação à autoridade.
3. Descreva o relacionamento de Miriam com Deus. Por que suas atitudes e crenças são tão diferentes das de Angel?
4. A quem você recorre? Por quê?

DESCOBERTAS

*Livrará [Deus] ao pobre que clama por ajuda, também ao atribulado e a
todo aquele que não tiver quem o ajude. Terá compaixão daquele de
condição humilde e do pobre, e salvará as almas dos pobres. Resgatará sua
alma da opressão e da violência e a vida deles será preciosa aos seus olhos.*
– SALMOS 72,12-14

1. O que você aprende sobre o caráter de Deus nesses versículos?
2. Qual o seu papel quando vivencia a ajuda de Deus? O que o impede de pedir?
3. Discuta os personagens à luz desses versículos.

DECISÕES

*Sabemos que todas as coisas cooperam para o bem daqueles que amam a
Deus, daqueles que são chamados segundo o seu propósito.* – ROMANOS 8,28

1. De que forma Deus chamava Angel quando ela só contava consigo mesma?
   Qual bem ele estava operando?
2. De que forma Deus o tem chamado, independentemente de com quem você
   conta? Como ele está operando o bem para você nesse processo?

RESGATE

Se ando em meio à tribulação, tu me refazes a vida; estendes a mão contra a ira dos meus inimigos; a tua destra me salva. O que a mim me concerne o Senhor levará a bom termo; a tua misericórdia, ó Senhor, dura para sempre; não desampares as obras das tuas mãos. – Salmos 138,7-8

DISCUSSÃO

1. Quem ajudou Michael a escapar do passado? De que formas ele foi resgatado?
2. Angel tenta inúmeras vezes escapar da situação em que vive. Descreva seus diversos planos.
3. Compare Ezra, o escravo que ajudou Michael, com Duke, o traficante de escravas.
4. Discuta o resgate de Angel das mãos de Magowan, executado por Michael.
5. Por que você acha que Angel voltou para sua antiga vida?
6. Do que, ou de quem, você está tentando escapar? Por quê?
7. O que faz com que você volte aos antigos hábitos?

DESCOBERTAS

Porque todo aquele que invocar o nome do Senhor será salvo. Como, porém, invocarão aquele em que não creram? E como crerão naquele de quem nada ouviram? E como ouvirão se não há quem pregue? – Romanos 10,13-14

1. Como você aplicaria esses versículos a Angel? De acordo com esses versículos, por que Angel nunca clamou por Deus? Quem era o responsável?
2. O que o impede de clamar por Deus? O que pode fazer sobre isso agora?

DECISÕES

Sabemos que todas as coisas cooperam para o bem daqueles que amam a Deus, daqueles que são chamados segundo o seu propósito. – Romanos 8,28

1. Faça uma lista de todas as maneiras como Deus chamou Angel nesse momento da vida dela.
2. Você vê o bem que ele opera em torno dela? Faça uma lista.
3. E quanto a sua vida? Como Deus o resgatou? De que forma ele o chamou e operou o bem através disso?

REDENÇÃO

[Jesus] o qual se deu a si mesmo por nós, a fim de remir-nos de toda iniquidade e purificar para si mesmo um povo exclusivamente seu, zeloso de boas obras. – Tito 2,14

DISCUSSÃO

1. Angel foi comprada e vendida em diversas ocasiões. O que há de diferente quando Michael a redime? Discuta o papel da confiança (ou da falta de confiança) em Angel.
2. Quando Michael e Angel ajudaram a família Altman, o que ela aprendeu sobre ele? Sobre si mesma? Sobre Deus?
3. Descreva as mudanças nos atos e no modo de pensar que ocorreram depois de Angel ser resgatada pela segunda vez por Michael. O que você acha que provocou essas mudanças?
4. Que problemas de confiança você tem? Quem Deus pôs em sua vida como exemplos positivos?

DESCOBERTAS

Porque pela graça sois salvos, mediante a fé; e isto não vem de vós, é dom de Deus; não de obras, para que ninguém se vanglorie. Pois somos obras dele, criados em Cristo Jesus para boas ações, as quais Deus de antemão preparou para que andássemos nelas. – Efésios 2,8-10

1. Faça uma lista de tudo o que aprendeu sobre salvação nesses versículos.
2. Qual é o papel de Deus? Qual é o seu papel?
3. Aplique esta passagem a Angel.
4. De que forma Deus está sempre o recriando?

DECISÕES

Sabemos que todas as coisas cooperam para o bem daqueles que amam a Deus, daqueles que são chamados segundo o seu propósito. – Romanos 8,28

1. Como você vê o chamado de Deus na vida de Angel sob esse ponto de vista? O que especificamente ela descobre sozinha?
2. Faça uma lista das coisas boas que acontecem na vida dela.

3. Quais descobertas específicas você fez sozinho em relação ao chamado de Deus?
4. Faça uma lista das coisas boas que acontecem em sua vida.

RECONCILIAÇÃO

Rogo-vos pois, irmãos, pelas misericórdias de Deus, que apresenteis os vossos corpos por sacrifício vivo, santo e agradável a Deus, que é o vosso culto racional. E não vos conformeis com este mundo, mas transformai-vos pela renovação da vossa mente, para que experimenteis qual seja a boa, a agradável e a perfeita vontade de Deus. – ROMANOS 12,1-2

DISCUSSÃO

1. O que fez Angel ir embora outra vez?
2. Em que essa vez é diferente da anterior?
3. Por que teve de ser Paul a procurar por Angel?
4. O que ele aprendeu sobre si mesmo? De que forma isso o ajudou?
5. O que Angel aprendeu com essa experiência?
6. O que Michael estava aprendendo nesse período difícil?
7. Há alguém que precisa se reconciliar com você? Ou você precisa se reconciliar com alguém, como fez Paul? Explique.

DESCOBERTAS

Acima de tudo, porém, tende amor intenso uns para com os outros, porque o amor cobre multidão de pecados. – I PEDRO 4,8

Humilhai-vos portanto, sob a poderosa mão de Deus, para que ele, em tempo oportuno, vos exalte, lançando sobre ele toda a vossa ansiedade, porque ele tem cuidado de vós. – I PEDRO 5,6-7

1. O que cobre o pecado? Até que ponto?
2. O que Deus faz com aqueles que se humilham diante dele? Por quê?
3. Como você aplicaria esses versículos aos personagens? A quais deles? Por quê?
4. Como o orgulho o impede de ter paz e de ser capaz de perdoar?

DECISÕES

Sabemos que todas as coisas cooperam para o bem daqueles que amam a Deus, daqueles que são chamados segundo o seu propósito. – ROMANOS 8,28

1. Como o chamado de Deus afeta a vida de Angel agora?
2. Descreva o bem que agora flui da vida dela.
3. O chamado de Deus tem efeito completo em sua vida? Por que sim, ou por que não?
4. Que bem você compartilha com os outros?

RESTAURAÇÃO

Ora, o Deus de toda a graça, que em Cristo vos chamou à sua eterna glória, depois de terdes sofrido por um pouco, ele mesmo vos há de aperfeiçoar, firmar, fortificar e fundamentar. – I PEDRO 5,10

DISCUSSÃO

1. Que passos Angel deu para restaurar seu espírito?
2. Quais foram os efeitos duradouros da busca da alma de Angel?
3. Que passos ela deu para restaurar seu casamento? Como Michael reagiu?
4. De que modo Deus recompensou Sarah e Michael?
5. O que você aprendeu sobre o amor de um homem por uma mulher?
6. O que você aprendeu sobre o amor de Deus por toda a humanidade, inclusive por você?

DESCOBERTAS

E assim habite Cristo nos vossos corações, pela fé, estando vós arraigados e alicerçados em amor, a fim de poderdes compreender, com todos os santos, qual é a largura, e o comprimento, e a altura, e a profundidade, e conhecer o amor de Cristo que excede todo o entendimento, para que sejais tomados de toda a plenitude de Deus. Ora, a aquele que é poderoso para fazer infinitamente mais do que tudo quanto pedimos, ou pensamos, conforme o seu poder que opera em nós. – EFÉSIOS 3,17-20

1. Como você descreveria o amor de Deus nesses versículos? O que ele nos oferece?
2. Como Sarah e Michael descobriram que isso era verdade para a vida deles?
3. O que Deus quer fazer por você? O que ele quer de você?

DECISÕES

Sabemos que todas as coisas cooperam para o bem daqueles que amam a Deus, daqueles que são chamados segundo o seu propósito. – ROMANOS 8,28

1. Como você resumiria o chamado de Deus na vida de Angel/Sarah? Descreva o progresso na vida dela que foi o bem através da mão de Deus.
2. Lembre e examine seu progresso. Como resumiria o chamado de Deus em sua vida?
3. Quais progressos existiram que você pode atribuir ao bem que Deus opera em você?

Que Deus continue a fazer o bem em sua vida e que você continue a responder ao seu chamado.